Ullstein

ÜBER DAS BUCH:

Die Hauptperson des 1931 erschienen Romans ›Erloschenes Feuer‹ von Vita Sackville-West (1892–1962) ist eine sehr alte liebenswerte Dame. Lady Slane ist achtundachtzig, als sie sich nach dem Tod ihres Mannes Henry zum erstenmal seit ihrer Heirat auf sich selbst besinnen kann. »Ihr ganzes Leben lang hatte sie sich in anmutiger und sanfter Weise gänzlich untergeordnet, war mehr oder minder nichts anderes gewesen als ein – Anhängsel.« Ohne Bitterkeit konstatiert die alte Dame die Verkümmerung ihres eigenen Lebens, die Preisgabe seiner individuellen Möglichkeiten unter dem Druck des gesellschaftlichen Kanons, der für ihre Entfaltung keinen Raum ließ, und sie kostet das Gefühl ihrer plötzlichen Befreiung aus, indem sie – endlich – eigene Entscheidungen trifft.

ÜBER DIE AUTORIN:

Im Jahr 1932, die Autorin war gerade vierzig Jahre alt geworden, erschien Vita Sackville-Wests Roman über eine Frau von vierzig Jahren. Die Aufregung in der Londoner Gesellschaft war groß: Anklage? Beichte? Selbstdarstellung? Auf jeden Fall empörend offen, unkonventionell, wenn nicht gar skandalös.
Erzählt wird die Geschichte der Evelyn Jarrold, der schönen, geheimnisvollen Schwiegertochter des reichen Lord Jarrold, die sich in einen um fünfzehn Jahre jüngeren Mann verliebt. Er bringt sie durch seine intellektuelle Neugier, seine unehrerbietige Lebhaftigkeit, seine radikalen Ansichten völlig aus der Fassung: Die Frau von vierzig Jahren erlebt ihre erste große Liebe.

Vita Sackville-West

Erloschenes Feuer

Mit einem Nachwort von
Renate Schostack

Eine Frau von vierzig Jahren

Mit einem Nachwort von
Ingrid von Rosenberg

Zwei Romane

Ullstein

ein Ullstein Buch
Nr. 23407
im Verlag Ullstein GmbH,
Frankfurt/M – Berlin

Ungekürzte Ausgabe

Umschlaggestaltung:
Theodor Bayer-Eynck
Illustration:
William Strang (1859 – 1921)/Artothek

Mit freundlicher Genehmigung
für diese Ausgabe der
Curtis Brown Group, Ltd., London
und Agence Hoffman, München
Englischer Originaltitel:
›All Passion Spent‹

Ins Deutsche übertragen von
Hans B. Wagenseil
Englischer Originaltitel:
›Family History‹

Ins Deutsche übertragen von
Th. A. und I. Knust
Deutsche Rechte beim Verlag
Ullstein GmbH,
Frankfurt/M – Berlin
Printed in Germany 1994
Druck und Verarbeitung:
Ebner Ulm
ISBN 3 548 23407 0

Juli 1994
Gedruckt auf alterungs-
beständigem Papier mit
chlorfrei gebleichtem Zellstoff

Von derselben Autorin
in der Reihe
der Ullstein Bücher:

Erloschenes Feuer (30104)
Adler und Taube (30131)
Pepita (30162)
Eine Frau von vierzig Jahren (30180)
Jeanne d'Arc (30290)
Frühe Leidenschaft (30327)
Aus meinem Garten (34330)

Die Deutsche Bibliothek –
CIP-Einheitsaufnahme

Sackville-West, Vita:
Erloschenes Feuer / mit einem Nachw. von Renate Schostak. [Ins Dt. übertr. von Hans B. Wagenseil]. Eine Frau von vierzig Jahren / mit einem Nachw. von Ingrid Rosenberg. [Ins Dt. übertr. von Th. A. und I. Knust]. Zwei Romane / Vita Sackville-West. – Ungekürzte Ausg. – Frankfurt/M; Berlin: Ullstein, 1994
(Ullstein-Buch; Nr. 23407)
Einheitssacht.: All passion spent <dt.>
Einheitssacht. des beigef. Werkes:
Family history <dt.>
ISBN 3-548-23407-0
NE: Sackville-West, Vita: [Sammlung <dt.>]; GT

Vita Sackville-West

Erloschenes Feuer

Erster Teil

Henry Lyulph Holland, erster Graf von Slane, hatte so lange gelebt, daß die Leute begonnen hatten, ihn für unsterblich zu halten. Das Publikum empfindet im allgemeinen Langlebigkeit eines Menschen als beruhigend und neigt dazu, nach einer gewissen Pause des Abwartens, sehr hohes Alter als Zeichen hervorragender Leistung anzuerkennen. Der Langlebige hat wenigstens über eines der Hindernisse triumphiert, die dem Menschen von Anfang an im Wege stehen: die Kürze des Lebens. Zwanzig Jahre von der ewigwährenden Vernichtung wegstehlen zu können, beweist Überlegenheit über ein von vornherein zugemessenes Programm. So klein ist die Gradeinteilung, mit der wir unsere Werte messen. Daher wollten es die in die Stadt fahrenden Londoner zuerst kaum glauben, als sie an einem warmen Maimorgen im Zuge ihre Zeitungen öffneten und lasen, am vorhergehenden Abend habe nach dem Essen Lord Slane im Alter von vierundneunzig Jahren plötzlich das Zeitliche gesegnet. »Herzschwäche«, sagten sie scharfsinnig, obschon diese Todesursache in den Zeitungsberichten angegeben war, und setzten dann mit einem Seufzer hinzu: »Wieder ein Wahrzeichen der alten Zeit verschwunden.« Das war das vorherrschende Gefühl: wieder ein Wahrzeichen der alten Zeit verschwunden, wieder eine Erinnerung an die Unbeständigkeit aller Dinge. Alle Ereignisse und Beförderungen, die Henry Holland in seinem langen Leben durchgemacht hatte, wurden von den Zeitungen zusammengetragen und in Artikeln, die zum letztenmal aktuell waren, beleuchtet und ausgeschmückt. Eine Handvoll Tatsachen, zusammengepreßt wie zu einem harten Crikketball, wurde dem Publikum ins Gesicht geworfen: von den Tagen seiner »glänzenden Universitätslaufbahn« angefangen durch jene Zeiten, in denen Herr Holland in einem erstaunlich frühen Alter einen Platz im Kabinett eingenommen hatte, bis zu diesem letzten Tage, an dem er als Graf von Slane, Ritter des Hosenbandordens, des Großkreuzes des Ordens von Bath, Großkomtur des Sternes von Indien, Großkomtur des Ordens vom Kaiserreich Indien usw. usw. – die kleineren Auszeichnungen zogen hinter ihm her wie der Schwanz eines Kometen – nach dem Essen in seinem Sessel zusammengesunken und in der Fülle von neunzig Jahren plötzlich in die Geschichte zurückgetreten war. Die Zeit schien, jetzt da die Gestalt des alten Slane sie nicht mehr mit ausgestreckten Armen zurückhielt, einen Sprung vorwärts gemacht zu haben. Seit fünfzehn Jahren hatte er am öffentlichen Leben keinen sehr aktiven Anteil mehr genommen, aber er war *dagewesen*, und bei Gelegenheit hatten die unwiderlegliche Anmut, die klare Nüchternheit und der Spott seiner Beredsamkeit seine extremeren Kollegen im Parlament am Rande ihrer abgründigen Torheit in Verwirrung gesetzt, wenn sie sie auch nicht wirklich aufhalten konnten. Solche Ansprachen waren selten, denn Henry Holland hatte immer den Wert weiser Sparsamkeit zu schätzen gewußt, aber gerade durch ihre Seltenheit riefen sie ein heilsames Gefühl der Unbehaglichkeit hervor, da man wußte, daß sie durch eine geradezu legendäre Erfahrung gestützt wurden. Wenn der Alte, der Achtzigjährige, der Neunzigjährige, sich dazu aufraffen konnte, nach Westminster zu stelzen und sich in seiner unvergleichlichen Art sorgfältig und nüchtern durchdachter, aber zynisch vorgetragener Meinungen zu entledigen, wurden Presse und Öffentlichkeit zur Aufmerksamkeit gezwungen. Nie hatte jemand Lord Slane ernstlich angegriffen. Nie hatte jemand Lord Slane vorgeworfen, daß er zum alten Eisen gehöre. Sein Humor, sein gefälliges und bezauberndes Wesen, seine Lässigkeit und sein gesunder Menschenverstand hatten ihn für alle Generationen und alle Parteien unantastbar gemacht. Von allen Politikern und Staatsmännern konnte man das vielleicht von ihm allein sagen. Vielleicht hatte er, weil er das Leben überall berührt zu haben schien und doch mit dem Leben, mit dem gewöhnlichen Leben, dank seiner sprichwörtlichen Zurückhaltung wohl nie in Berührung gekommen war, sich nie die Verdammung und das Mißtrauen zugezogen, die gewöhnlich dem bloßen Sachverständigen zuteil werden. Ein Lebensgenießer, ein Humanist, Sportsmann, Philosoph, Gelehrter, Mann der Gesellschaft und geistreicher Kopf, einer jener seltenen Engländer, deren glückliches Los es ist, bei ihrer Geburt mit einem wirklich reifen Geist ausgestattet zu werden. Seine Kollegen und seine Untergebenen waren durch sein angebliches Widerstreben, sich mit irgendeiner praktischen Frage zu beschäftigen, abwechselnd in Entzücken und in Wut geraten. Es war schwer, ein Ja oder Nein aus dem Mann herauszubringen. Je wichtiger eine Frage war, desto oberflächlicher verfuhr er damit. »*Ja*«, schrieb er etwa an das Ende einer Denkschrift, die die Vorteile zweier entgegengesetzter politischer Verhaltensweisen auseinandersetzte, und seine Mitarbeiter verhüllten verzweifelt mit den Händen ihr Gesicht. Sie sagten, er sei als Staatsmann gescheitert, weil er immer beide Seiten des Falles sah, aber selbst wenn sie mit Verzweiflung auf diese Eigentümlichkeit hinwiesen, sahen sie sie doch nicht als Schwäche an, denn sie wußten, daß er bei Gelegenheit, wenn er schließlich in die Ecke getrieben wurde, schneidender und tödlicher zuschlagen konnte als irgendeiner, der in wichtigtuerischer Gespreiztheit auf einem Regierungssessel saß. Er konnte einen Bericht durchfliegen und hatte seinen Kern und seine Schwäche erfaßt, ehe noch ein anderer Zeit gehabt hätte, ihn durchzulesen. In seiner außerordentlich höflichen Art konnte er dem Optimismus und der Kurzsichtigkeit seines Berichterstatters einen vernichtenden Schlag versetzen. Immer höflich und kultiviert, ließ er seine Nebenbuhler tot auf dem Platze.

Auch seine persönlichen Eigenarten waren sowohl dem Publikum als auch den Karikaturenzeichnern lieb. Seine Halsbinde aus schwarzem Satin, sein Monokel, das an einem lächerlich breiten Bande hing, die Korallenknöpfe an seiner Frackweste, sein zweiräderiges Coupé, in dem er noch immer fuhr, als längst schon Autos in Mode gekommen waren – durch all das ging er in die aus Richtigem und Falschem unentwirrbar gemischte Legende ein, und als es ihm mit fünfundachtzig Jahren schließlich gelang, das Derby zu gewinnen, wurden ihm Ovationen dargebracht, wie sie noch nie jemand erhalten hatte. Seine Frau allein ahnte, wie sehr diese Eigenheiten berechnet waren. Sie, die von Natur aus gar keine Verstellungskunst besaß, hatte nach siebzigjährigem Zusammensein mit Henry Holland gelernt, ihre wahre Natur mit einem Firnis von Zynismus zu überziehen. »Der gute Alte«, sagten die Londoner Geschäftsleute im Zuge, »nun ist er tot.«

Er war wirklich tot, endgültig und unwiderruflich. So dachte auch seine Witwe, als sie an seinem Totenbett in Elm Park Gardens auf ihn niedersah. Die Rolläden waren nicht heruntergelassen, denn er hatte sich immer ausbedungen, daß das Haus nicht verdunkelt werden sollte, wenn er einmal stürbe, und selbst nach seinem Tode wäre es niemandem eingefallen, seinen Befehlen nicht zu gehorchen. Er lag dort im vollen Sonnenlicht und ersparte so dem Bildhauer die Mühe, sein Antlitz in Stein zu meißeln. Sein liebster Urenkel, dem alles erlaubt war, hatte ihn oft damit geneckt, daß er einen schönen Leichnam abgeben würde, und jetzt, wo der Spaß Wirklichkeit geworden war, war die Wirklichkeit um so eindringlicher, weil sie durch einen Scherz vorausgenommen worden war. Sein Gesicht war von jener Art, von der man schon bei Lebzeiten die Vorstellung hat, sie werde einmal gut zu der hohen Würde des Todes passen. Die knochige Architektur von Nase, Kinn und Schläfen trat um so deutlicher hervor, weil das Fleisch etwas eingesunken war. Die Lippen bildeten eine strengere Linie, die Erfahrung einer Lebenszeit lag hinter ihnen versiegelt. Überdies sah Lord Slane, und das war das Wichtigste, im Tode ebenso gepflegt aus, wie er im Leben ausgesehen hatte. Selbst jetzt, wo ein Bettlaken ihn bedeckte, hätte man sagen können: »Dies ist ein Dandy.«

Aber trotz der Würde, die ihm der Tod verlieh, enthüllte er auch etwas. Das Gesicht, das im Leben so edel ausgesehen hatte, verlor im Tode etwas von diesem Adel. Die Lippen, die zu humorvoll gekräuselt gewesen waren, um unangenehm hämisch zu sein, verrieten jetzt ihre spröde Dünnigkeit. Der sorgfältig verhehlte Ehrgeiz enthüllte sich jetzt voll in dem kühnen Schwung der Nasenflügel. Die Härte, die sich unter einem bezaubernden Wesen verkleidet hatte, blieb jetzt, wo ihr der Schutz eines Lächelns genommen war, allein übrig. Er war schön, aber er war weniger angenehm. Allein im Zimmer, betrachtete seine Witwe ihn, und Überlegungen zogen ihr durch den Kopf, die ihre Kinder sehr überrascht haben würden, hätten sie ihre Gedanken lesen können.

Ihre Kinder waren jedoch nicht anwesend, um sie beobachten zu können. Sie waren im Salon versammelt, alle sechs; mit zwei Frauen und einem Ehemann brachten sie es auf neun. Diese Anzahl reichte aus, um eine schreckenerregende Familienversammlung zustande zu bringen. Alte schwarze Raben, dachte Edith, die Jüngste, die immer in Aufregung war und immer versuchte, die Dinge in Form einer Sentenz zusammenzufassen, wie wenn man Wasser in einen Eimer schüttet, aber große Tropfen der Bedeutung ihrer Worte und der stillschweigenden Folgerungen, die man daraus ziehen konnte, flossen über, spritzten umher und gingen verloren. Das Unternehmen, sie wieder einzufangen, nachdem sie einmal verschüttet waren, war so hoffnungslos wie der Versuch, Wasser in der Hand zu halten. Vielleicht, wenn immer ein Notizbuch und ein Bleistift zur Hand gewesen wären – aber dann wäre der Gedanke abhanden gekommen, während man nach dem richtigen Wort suchte, und überdies war es schwierig, ein Notizbuch zu benutzen, ohne daß jeder es sah. Höchstens mit Stenographie – aber man durfte seinen Gedanken nicht so freien Lauf lassen, man mußte geistige Disziplin bewahren, seine Aufmerksamkeit auf den gerade vorliegenden Gegenstand richten, wie es andere Leute ohne jede Schwierigkeit fertigzubringen schienen, obschon, wenn man diese Lektion mit sechzig Jahren noch nicht gelernt hatte, man sie wahrscheinlich nie mehr lernen würde. Eine schreckenerregende Familienversammlung, dachte Edith, zu ihrem ersten Gedanken zurückkehrend: Herbert, Carrie, Charles, William und Kay; Mabel, Lavinia, Roland. Man konnte sie in Gruppen einteilen: Die Hollands selbst, die Schwägerinnen, der Schwager. Dann konnte man sie auch anders zusammenstellen: Herbert und Mabel, Carrie und Roland; Charles; William und Lavinia, und dann Kay ganz für sich. Es geschah nicht oft, daß sie alle zusammenkamen, ohne daß einer fehlte. Seltsam, dachte Edith, daß der Tod die Menschen zusammenführt, wie wenn alle Lebenden sofort zusammenliefen, um sich gegenseitig zu schützen und zu stützen. Meine Güte, wie alt wir alle sind! Herbert muß achtundsechzig sein, und ich bin sechzig, Vater war über neunzig, und Mutter ist achtundachtzig. Edith, die begonnen hatte, ihr Gesamtalter zusammenzurechnen, überraschte sie alle durch die Frage: »Wie alt bist du, Lavinia?« Bestürzt sahen sie sie alle mit stillschweigendem Tadel an, aber das war echt Edith, sie hörte nie zu, was gesagt wurde, und machte dann plötzlich eine ganz abwegige Bemerkung. Edith hätte ihnen erzählen können, daß sie ihr ganzes Leben versucht hatte, ihre Meinung zu sagen, daß es ihr aber nie gelungen war. Nur zu oft sagte sie genau das Gegenteil von dem, was sie sagen wollte. Sie hatte immer schreckliche Angst, es könnte ihr eines Tages einmal ein unschickliches Wort über die Lippen schlüpfen. So könnte sie vielleicht sagen: »Ist es nicht herrlich, daß Vater tot ist?«, anstatt: »Ist es nicht schrecklich?«. Und dann gab es noch entsetzlichere Möglichkeiten, daß man nämlich einmal ein wirklich furchtbares Wort gebrauchen könnte, eines von jenen Wörtern, die die Schlachterjungen mit Bleistift an die weißgetünchten Wände des Lieferanteneingangs kritzelten, über das man in ausweichenden Andeutungen mit der Köchin sprechen mußte, eine unangenehme Aufgabe, die Edith in Elm Park Gardens zufiel und die in London tausend Ediths übernehmen mußten. Aber von diesen Befürchtungen wußte ihre Familie nichts.

Ihre Angehörigen waren jetzt zufriedengestellt, da sie sahen, daß sie errötete und daß ihre Hände nervös die grauen Haarsträhnen ordneten. Diese Gebärde sollte bedeuten, daß sie nichts gesagt hatte. Sie kehrten daher, nachdem sie sie in diese Verwirrung gebracht hatten, zu ihrer Unterhaltung zurück, die sie in geziemend gedämpftem und traurigem Ton führten. Selbst Herbert und Carrie senkten ihre gewöhnlich sehr eindringlichen Stimmen. Ihr Vater lag oben, und ihre Mutter war bei ihm.

»Mutter ist wundervoll.«

Edith ging dieser Satz auf die Nerven, denn sie hatten ihn schon mehrmals wiederholt. Aus dem Ton ihrer Worte klang Überraschung, als hätten sie erwartet, ihre Mutter würde toben, rasen, kreischen und sich mit äußerster Verzweiflung gebärden. Edith wußte sehr gut, daß ihre Geschwister im geheimen der Anschauung huldigten, ihre Mutter sei so etwas wie ein Einfaltspinsel. Von Zeit zu Zeit ließ sie Bemerkungen fallen, die mit einem normalen Verstande nicht zu vereinbaren waren. Sie konnte mit der Welt, so wie sie wirklich war, nicht recht fertig werden. Sie sagte leicht unüberlegte Dinge, die, wenn sie auch auf englisch geäußert wurden, doch nicht mehr Sinn ergaben, als wären sie in der Sprache eines anderen Planeten gesprochen worden. Sie hatten ihre Meinung oft auf höfliche Weise und in dem bittersüßen Ton, den man bei einem Familienspaß anschlägt, mit den Worten ausgedrückt: »Mutter ist ein Wechselbalg.« Jetzt bei diesem unglücklichen Ereignis hatten sie einen neuen Satz gefunden: »Mutter ist wundervoll.« Solche Worte waren eben bei derartiger Gelegenheit üblich, und deshalb wiederholten sie sie immer wieder wie einen Kehrreim, der von Zeit zu Zeit ihre Unterhaltung unterbrach und plötzlich auf eine höhere Ebene führte. Dann sank das Gespräch wieder ab und beschäftigte sich mit praktischen Dingen. Mutter war wundervoll, aber was sollte mit Mutter geschehen? Offensichtlich konnte sie für den Rest ihres Lebens nicht dauernd wundervoll bleiben. Irgendwo, irgendwie mußte man ihr schon gestatten, zusammenzubrechen, und wenn das vorüber war, mußte sie irgendwo untergebracht werden. Man mußte für sie sorgen, man mußte daran denken, wo sie wohnen sollte. Draußen auf den Straßen mochten die Zeitungsverkäufer die großen Schlagzeilen hochhalten: *Lord Slane gestorben.* Die Journalisten mochten Fleet Street auf und ab rennen, um das Material für ihre Artikel zusammenzubringen, sie mochten sich auf die Wandfächer stürzen, diese gruseligen Taubenlöcher, wo die Nachrufe für den Fall des Ablebens fix und fertig bereitlagen, sie mochten die Leute bestürmen, die nähere Einzelheiten wußten: »Sagen Sie mal, trug der alte Slane sein Kleingeld tatsächlich in Kupfermünzen bei sich? Trug er wirklich Kreppsohlen? Stippte er das Brot in den Kaffee ein?« Irgendwas, das den Artikel interessant machte. Depeschenausträger mochten klingeln, ihre roten Fahrräder gegen den Randstein stellen, um ihre braunen Beileidstelegramme abzuliefern, Telegramme aus der ganzen Welt, von allen Teilen des Reiches, besonders aus solchen, in denen Lord Slane ein hohes Amt bekleidet hatte. Blumengeschäfte mochten ihre Kränze schicken – schon war die enge Halle voll von ihnen –, »unschicklich früh«, sagte Herbert, der trotzdem eifersüchtig durch sein Monokel die angehefteten Karten studierte. Alte Freunde mochten vorsprechen – »Herbert – so unerwartet plötzlich – ich habe mich natürlich nicht der Hoffnung hingegeben, Ihre teure Mutter sprechen zu können –«. Aber offenbar hatten sie das doch erwartet, hatten gedacht, sie würden die einzige Ausnahme sein, und Herbert mußte sie hinauskomplimentieren, eine Aufgabe, der er sich gar nicht ungern unterzog. »Sie verstehen, Mutter ist natürlich ziemlich fassungslos, hält sich allerdings wundervoll, muß ich sagen, aber augenblicklich, das werden Sie sicherlich verstehen, sieht sie natürlich nur *uns.*« Und so gingen sie, nachdem sie mit Herbert viele herzliche Händedrücke gewechselt hatten, fort, ohne daß sie weiter gekommen waren als bis in die Halle oder zur Haustür. Zeitungsberichterstatter mochten draußen auf dem Bürgersteig herumlungern und ihre Kameras wie schwarze Ziehharmonikas schwenken. All das mochte außerhalb des Hauses vor sich gehen, aber innerhalb desselben war Mutter oben beim Vater, und das Problem ihrer Zukunft lastete schwer auf ihren Söhnen und Töchtern.

Sie würde natürlich die Weisheit der Anordnungen, die sie etwa treffen würden, nicht in Frage stellen. Mutter hatte keinen eigenen Willen. Ihr ganzes Leben lang hatte sie sich in anmutiger und sanfter Weise gänzlich untergeordnet, war mehr oder minder nichts anderes gewesen als ein – Anhängsel. Man dachte, sie besäße nicht genug

Verstand, um ihren Willen zur Geltung zu bringen. »Gott sei Dank«, bemerkte Herbert manchmal, »ist Mutter keine von diesen geschäftstüchtigen Frauen.« Die Möglichkeit, daß sie etwa Gedanken haben könnte, die sie für sich selbst behielt, wurde gar nicht in Betracht gezogen. Es war also nicht anzunehmen, daß ihre Mutter ihnen irgendwelche Schwierigkeiten bereiten würde. Auch die Möglichkeit, daß sie sich etwa ihnen entgegenstellen und ihnen einen Streich spielen könnte – mehrere Streiche vielleicht –, nachdem sie sich Jahre hindurch in zwar etwas unbeholfener, aber immer liebenswerter Art unter ihnen bewegt hatte, wurde nicht in Erwägung gezogen. Sie war keine geschäftstüchtige Frau. Sie würde ihnen dankbar sein, wenn sie für die paar Jahre, die sie noch zu leben hatte, die geeigneten Anordnungen für sie träfen.

Sie standen im Salon beieinander, traten unbehaglich von einem Fuß auf den anderen, aber es kam ihnen gar nicht der Gedanke, sich zu setzen. Sie würden das für unehrerbietig gehalten haben. Trotz ihrer verstandesmäßigen, praktischen Einstellung brachte der Tod, selbst ein Tod, der zu erwarten war, sie etwas durcheinander. Es hing jene Unruhe und Unbehaglichkeit über ihnen, wie sie Menschen ergreift, die eine Reise antreten oder deren Leben plötzlich ernstlich gestört worden ist. Edith hätte sich gern gesetzt, wagte es aber nicht. Wie groß sie alle waren, dachte sie, groß und schwarz und ältlich, hatten sie doch selbst schon Enkelkinder. Welch ein Glück, überlegte sie, daß wir alle gewöhnlich so viel Schwarz tragen, denn unsere Trauerkleidung würde jetzt sicherlich noch nicht fertig sein, und wie schrecklich wäre es für Carrie gewesen, in einem rosa Unterkleid zu kommen. So waren sie alle schwarz wie Krähen. Carries schwarze Handschuhe lagen mit ihrer Boa und ihrer Handtasche auf dem Schreibtisch. Die Damen der Familie Holland trugen noch Boas, hohe Kragen und lange Röcke, die sie aufheben mußten, wenn sie die Straße überquerten. Jedes Zugeständnis an die Mode war nach ihrem Gefühl für ihr Alter unpassend. Edith bewunderte ihre Schwester Carrie. Sie liebte sie nicht, und sie hatte Angst vor ihr, aber sie bewunderte und beneidete sie schrecklich. Carrie hatte die Adlernase und das gebieterische Auftreten ihres Vaters geerbt, sie war groß, bleich und vornehm. Auch Herbert, Charles und William waren groß und vornehm, nur Kay und Edith waren klein und dick. Ediths Gedanken gingen wieder auf Wanderschaft. Kay und ich könnten einer anderen Familie angehören, dachte sie. Kay war tatsächlich ein kleiner, dicklicher alter Herr mit klaren blauen Augen und einem netten weißen Bart. Auch hierin unterschied er sich von seinen Brüdern, die glattrasiert waren. Was für eine sonderbare Bewandtnis es doch mit dem Aussehen eines Menschen hatte! Und zu welch ungerechter Beurteilung es verleitete! Es bestimmte für das ganze Leben die Art und Weise, wie einen die Leute einschätzten. Wenn man unbedeutend aussah, wurde man für unbedeutend angesehen, aber man sah wahrscheinlich nicht unbedeutend aus, wenn man es nicht verdiente. Doch Kay schien ganz glücklich zu sein. Er bekümmerte sich nicht um Bedeutung noch um irgend etwas anderes. Seine Junggesellenwohnung und seine Sammlung von Kompassen und Astrolabien schien ihn genau so zu befriedigen wie einen anderen allgemeine Anerkennung, eine Frau oder ein persönlicheres Leben. Er war nämlich die größte lebende Autorität für Globen, Kompasse, Astrolabien und andere ähnliche Instrumente. Wie glücklich ist Kay doch, dachte Edith, daß er sich so in Zufriedenheit auf ein kleines Gebiet konzentriert hat. (Es war allerdings sonderbar, daß jemand, der nie das Meer geliebt oder einen Berg erstiegen hatte, sich solche Symbole erwählt hatte. Für ihn waren sie wohlgeordnete und etikettierte Sammlerstücke, aber für die romantische Edith stieg eine weite dunkle Welt hinter ihren Messingverzierungen und Mahagonieinfassungen auf, dem Durcheinander von Zapfen und Doppelringen, Scheiben und Kreisen, der vergoldeten Bronze und dem nußbraunen Holz, den Zeichen des Tierkreises und den auf den Wellen spielenden Delphinen, eine weite dunkle Welt, wo auf den Karten nur Gefahrenzonen und unerforschte Gebiete verzeichnet waren und wild aussehende Männer Flintenkugeln kauten, um ihren Durst zu löschen.)

»Dann ist die Frage des Einkommens zu bedenken«, sagte William.

Wie bezeichnend für William, Mutters Zukunft mit Finanzfragen zu verquicken, denn für William und Lavinia war Sparsamkeit an und für sich eine Lebensaufgabe. Fallobst mußte sofort zu Kompott verarbeitet werden, damit es nicht verkam. Verschwendung war für William und Lavinia ein Schreckbild. Selbst die Zeitung mußte zu Fidibussen zusammengerollt werden, um die Streichhölzer zu sparen. Sie hatten die Leidenschaft, für nichts etwas zu erhalten. Jede Brombeere in der Hecke bereitete Lavinia Angstqualen, bis sie eingemacht war. In Godalming, wo sie auf einem kleinen Grundstück lebten, verbrachten sie schmerzvoll-glückliche Abende in Berechnungen, ob ein von Küchenabfällen gefüttertes Schwein sich wohl bezahlt mache und ob ein Dutzend Hennen wohl mehr Körner fräßen, als ihre Eier wert waren. Nun, dachte Edith, die Zeit muß ihnen ganz angenehm vergehen, wenn sie ständig so etwas zu überlegen haben, aber wie elend muß es sie machen, wenn sie an all die Säcke Gold denken, die sie seit ihrer Verheiratung verschwendet haben. Einen Augenblick mal, dachte Edith, William ist der Vierte, er muß also vierundsechzig sein. Er muß jetzt dreißig Jahre verheiratet sein. Wenn sie also fünfzehnhundert Pfund jährlich ausgegeben haben – so etwas dürfte es wohl sein, wenn man die Ausgaben für die Erziehung der Kinder und alles übrige in Anschlag bringt –, so macht das fünfundvierzigtausend Pfund, eine ganze Schiffsladung Gold, wie sie die Taucher auf dem Meeresboden suchen. Aber Herbert sagte etwas. Herbert war immer gut unterrichtet, und das Überraschende bei solch einem Dummkopf war, daß seine Mitteilungen gewöhnlich stimmten.

»Darüber kann ich Auskunft geben.« Er klemmte zwei Finger in den Kragen, schob ihn zurecht, warf das Kinn nach oben, räusperte sich und sah im Vorgenuß seines Orakelspruchs seine Verwandten durchdringend an. »Darüber kann ich Auskunft geben. Ich habe das mit Vater besprochen – er zog mich, wie ich wohl sagen darf, ins Vertrauen. Hm! Vater war, wie ihr wißt, kein reicher Mann, und der größte Teil seines Einkommens geht mit ihm dahin. Mutter wird ein Reineinkommen von fünfhundert Pfund jährlich verbleiben.«

Sie verdauten die Tatsache. William und Lavinia tauschten Blicke aus, und man konnte sehen, daß ihr Geist rasch und geübt verwikkelte Berechnungen durchführte. Edith, die bei ihren Verwandten unter der Hand für geistig nicht ganz vollwertig galt, konnte gelegentlich überraschend scharfsinnig sein – sie hatte die Gewohnheit, durch die Worte ihrer Bekannten hindurch direkt ihre Motive zu sehen und die daraus gezogenen Folgerungen mit einer eher verwirrenden als diskreten Offenheit kundzugeben. Sie erkannte sofort, was William sagen wollte, wenn sie auch fürs erste den Mund hielt. Aber sie kicherte in sich hinein, als sie seine Worte hörte.

»Was ich sagen wollte, Herbert, hat Vater im Laufe seiner vertraulichen Mitteilungen wohl zufällig die Juwelen erwähnt?«

»Jawohl. Die Juwelen bilden, wie ihr wißt, nicht den unbedeutendsten Teil seiner Hinterlassenschaft. Sie waren sein persönliches Eigentum, und er hat es für richtig gehalten, sie bedingungslos Mutter zu vermachen.«

Eine tüchtige Ohrfeige für Herbert und Mabel, dachte Edith. Sie erwarteten wohl, daß Vater die Juwelen als Erbstücke seinem ältesten Sohn hinterließe. Ein Blick auf Mabels Gesicht zeigte ihr jedoch, daß die Ankündigung für sie nicht überraschend kam. Offenbar hatte Herbert seiner Frau die vertraulichen Mitteilungen bereits kundgetan – und Mabel konnte von Glück sagen, dachte Edith, wenn Herbert es sie nicht hatte entgelten lassen, es nicht fertiggebracht zu haben, ihn in einen erfolgreichen Erben zu verwandeln.

»In diesem Fall«, sagte William mit Entschiedenheit – denn obwohl er und Lavinia auf einen Teil der Juwelen gehofft hatten, war der Gedanke doch angenehm, daß auch Herbert und Mabel enttäuscht worden waren –, »in diesem Fall wird Mutter sie sicher verkaufen wollen. Und auch mit Recht. Denn warum sollte sie einen Haufen nutzlosen Geschmeides auf der Bank liegenlassen? Meiner Meinung nach müßten die Juwelen fünf- bis siebentausend Pfund einbringen, wenn sie richtig auf den Markt gebracht würden.«

»Aber wichtiger als die Juwelen- oder Einkommensfrage«, fuhr Herbert fort, »ist die Frage, wo Mutter unterkommen soll. Man kann sie nicht allein lassen. Auf jeden Fall wird sie es sich nicht leisten können, dieses Haus weiterzuführen. Es muß verkauft werden. Wohin also soll sie gehen?« Wieder ein musternder Blick. »Es ist klar, daß es unsere Pflicht ist, uns um sie zu bekümmern. Wir müssen ihr ein Heim bieten.« Es war wie eine vorbereitete Rede.

Alle diese alten Leute, dachte Edith, die über eine noch ältere Person verfügen! Doch es schien unvermeidlich zu sein. Mutter würde ihr Jahr zwischen ihnen teilen: drei Monate bei Herbert und Mabel, drei bei Carrie und Roland, drei bei Charles, drei bei William und Lavinia – aber wie war es dann mit ihr selbst und Kay? Sie tauchte wieder einmal an die Oberfläche ihrer Überlegungen und ließ eine ihrer plötzlichen und schlecht gewählten Bemerkungen los. »Aber sicher sollte ich die Hauptlast tragen – ich habe immer zu Hause gelebt – ich bin unverheiratet.«

»Last?« sagte Carrie und drehte sich zu ihr hin. Edith sank sofort vernichtet zusammen. »Last? Meine liebe Edith! Wer spricht von

Last? Nach meiner Überzeugung werden wir alle es als eine Freude – ein Vorrecht – ansehen, für Mutter in diesen letzten Jahren ihres Lebens zu sorgen, denn traurig werden sie auf jeden Fall sein, da ihr das einzige genommen ist, wofür sie lebte. Ich glaube kaum, Edith, daß ›Last‹ das rechte Wort ist.«

Edith stimmte ergeben bei: nein, natürlich nicht. Mehrmals so isoliert wiederholt, aus dem Zusammenhang gerissen, ohne die Stütze der begleitenden und mildernden Worte, klang das Wort hart und plump, beinahe sinnlos, etwas wie kunter ohne bunt oder Mords ohne Kerl. Was wollte sie doch damit sagen, die Hauptlast tragen? Nein, Last hatte sie ja gar nicht gemeint. »Ich dachte mir nur«, sagte Edith, »daß ich mit Mutter zusammenleben sollte.«

Sie sah, wie Kays Gesicht sich aufhellte. Er hatte offenbar an seine behaglichen Zimmer und seine Sammlungen gedacht. Herberts Stimme war wie die Trompete gewesen, die die Mauern Jerichos zu Fall zu bringen drohte. Alle blickten auf Edith und überlegten die Möglichkeit, die sie ihnen bot. Die unverheiratete Tochter – natürlich, das war die einzige vernünftige Lösung. Aber die Hollands waren keine Leute, die sich vor einer Pflicht gedrückt hätten, und je lästiger die Pflicht war, desto unwahrscheinlicher war es, daß sie ihr aus dem Wege gingen. Freude war für sie eine Angelegenheit, die sie selten in Erwägung zogen, aber Pflicht war ihnen immer gegenwärtig, sie erfüllten sie immer erst und manchmal grimmig. Die Energie ihres Vaters war auf sie übergegangen, wenn sie auch auf dem Wege etwas sauer geworden war. Carrie sprach für ihre Verwandten. Carrie war eine gute Seele, aber wie so viele gute Seelen führte sie meistens Unzufriedenheit und Streit herbei.

»An dem, was Edith sagt, ist sicher etwas dran. Sie hat immer zu Hause gelebt, und die Veränderung würde nicht sehr groß für sie sein. Ich weiß natürlich, daß sie oft den Wunsch gehabe hat, unabhängig zu sein und ein eigenes Heim zu haben – nicht wahr, liebe Edith?« sagte sie mit einem herablassenden Lächeln. »Aber ich meine, sie weigerte sich mit Recht, Vater und Mutter zu verlassen, solange sie ihnen irgendwie von Nutzen sein konnte. Ich habe jedoch jetzt das Gefühl, daß wir alle unseren Teil beitragen sollten. Wir dürfen Ediths oder Mutters Selbstlosigkeit nicht ausnützen. Ich bin überzeugt, ich spreche auch für dich, Herbert, und auch für dich, William. Es würde für Mutter sehr vorteilhaft sein, wenn sie, anstatt ein neues Haus zu nehmen, abwechselnd ihr Heim bei uns allen aufschlagen könnte.«

»Ganz richtig«, stimmte Herbert bei und rückte wieder seinen Kragen zurecht, »ganz recht, ganz recht.«

William und Lavinia tauschten Blicke aus.

»Natürlich«, begann William, »würden Lavinia und ich trotz unseres beschränkten Einkommens Mutter immer gern willkommen heißen. Gleichzeitig aber, meine ich, müßte man irgendeine finanzielle Regelung treffen. Das wäre auch für Mutter befriedigender. Sie brauchte dann keinerlei Verlegenheit zu empfinden. Vielleicht zwei Pfund wöchentlich oder fünfunddreißig Schilling...«

»Ich stimme völlig mit William überein«, sagte Charles unerwartet. »Wenn ich für mich selbst sprechen darf, so ist die Pension des Generals so lächerlich gering, daß die Beherbergung eines Gastes die mir zur Verfügung stehenden Mittel aufs stärkste belasten würde. Wie ihr wißt, lebe ich sehr bescheiden in einer kleinen Mietwohnung. Ich habe kein Fremdenzimmer. Ich hoffe natürlich, daß die Pensionsfrage eines Tages in Ordnung gebracht werden wird. Ich habe dem Kriegsministerium darüber eine lange Denkschrift eingereicht, ich habe auch einen Brief an die *Times* geschrieben, den man zweifellos bis zu einer passenden Gelegenheit in Reserve hält, da man ihn bis jetzt noch nicht abgedruckt hat, obschon unter der jetzigen elenden Regierung wenig Aussicht auf eine Reform besteht.« Charles räusperte sich befriedigt. Er hatte das Gefühl, eine ziemlich gute Rede gehalten zu haben, blickte einen nach dem anderen an und erwartete Zustimmung. Er war nicht umsonst General Sir Charles Holland.

»Ist das nicht eine ziemlich peinliche...« begann die neue Lady Slane.

»Sei still, Mabel«, sagte Herbert. Man hörte ihn selten einen anderen Satz an seine Frau richten, auch gelang es Mabel nicht oft, über vier oder fünf Eröffnungsworte hinauszukommen. »Dies ist ganz und gar eine Familienangelegenheit, bitte. In jedem Fall kann sie in allen Einzelheiten erst – hm – nach Vaters Beerdigung erörtert werden. Ich weiß gar nicht, wie dieses unangenehme Thema überhaupt zur Sprache gekommen ist.« (Das geht gegen William, dachte Edith.) »Inzwischen muß Mutter natürlich in allen unseren Gedanken an erster Stelle stehen. Alles, was wir tun können, um ihre Gefühle zu schonen... Wir dürfen schließlich nicht vergessen, daß ihr Leben zerstört ist. Ihr wißt, daß sie nur für Vater gelebt hat. Wir würden uns mit Recht schweren Tadel zuziehen, wenn wir sie jetzt in ihrer Vereinsamung verlassen würden.«

Aha, das ist's also, dachte Edith: was werden die Leute sagen? Sie wollen zwei Dinge vereinigen: man soll eine gute Meinung von ihnen haben, und gleichzeitig wollen sie der armen Mutter ein bißchen Geld abnehmen. Weiter nichts als Zank und Hader, dachte sie – denn sie kannte diese Diskussionen im Kreise der Familie nur zu gut. Sie werden wochenlang wegen Mutters hadern, so wie Hunde sich um einen alten, sehr alten Knochen streiten. Nur Kay wird versuchen, sich herauszuhalten. William und Lavinia werden am schlimmsten sein. Sie wollen Mutter als zahlenden Gast haben und dann bescheiden an ihren Nasen entlangsehen, während ihre Bekannten sie mit Lobsprüchen überhäufen. Carrie wird die Miene einer großen Dulderin zur Schau tragen. So geht es also zu, dachte sie, wenn ein Mensch stirbt. Dann entdeckte sie, daß unter diesen Gedankengängen noch andere, tiefere verborgen waren, nämlich, ob es ihr jetzt möglich sein würde, unabhängig zu leben. Sie sah im Geiste die kleine Wohnung, die ihr gehören würde, das trauliche Wohnzimmer, das Alleinmädchen und den Hausschlüssel, die Abende, die sie lesend am Kamin zubringen würde. Sie brauchte keine Briefe mehr für Vater zu beantworten, sie brauchte Mutter nicht mehr zu begleiten, wenn diese eine neue Abteilung in einem Krankenhaus eröffnete, sie brauchte im Haushaltungsbuch nicht mehr die täglichen Ausgaben zusammenzuzählen und Vater nicht mehr zu einem Spaziergang in den Park zu führen. Und schließlich würde sie sich endlich einen Kanarienvogel anschaffen können. Wie hätte sie da nicht hoffen sollen, daß Herbert, Carrie, Charles und William Mutter abwechselnd bei sich aufnehmen würden? So entsetzt sie über die Absichten der anderen war, sie mußte innerlich zugeben, selbst auch nicht besser als die übrigen Mitglieder ihrer Familie zu sein.

*

Edith hatte Angst, in diesem fremd gewordenen Hause mit ihrer lebenden Mutter und ihrem toten Vater allein zu bleiben. Sie konnte diese Angst nicht eingestehen, aber sie tat alles, was sie konnte, um ihre Brüder und ihre Schwester möglichst lange dazubehalten. Selbst Carrie und Herbert, die sie nicht besonders gern mochte, und

Charles und William, die ihr beinahe zuwider waren, empfand sie jetzt als angenehme und wünschenswerte Gesellschafter. Sie hielt sie unter allen möglichen Vorwänden zurück und fürchtete den Augenblick, wo sich die Haustür endgültig hinter ihnen schlösse. Selbst Kay wäre besser gewesen als nichts. Aber Kay machte sich vor den anderen davon. Sie flatterte bis an die Treppe hinter ihm her. Er drehte sich um, um zu sehen, wer ihm folgte, drehte sich um, so daß man sein nettes weißes Bärtchen und sein wohlgenährtes Bäuchlein erblickte, über das sich eine Uhrkette spannte. »Du gehst schon, Kay?« Er war ärgerlich, weil er einen Vorwurf in Ediths Ton zu vernehmen glaubte, wo er in Wirklichkeit nur eine Bitte hätte heraushören sollen. Er war ärgerlich, weil ihm die Absicht, eine Verabredung einzuhalten, bereits ein Schuldgefühl verursachte. Hätte er doch lieber zum Essen in Elm Park Gardens bleiben sollen? Aber er hatte sein Gewissen mit der Ausrede getröstet, daß er die Dienerschaft nicht zu sehr belasten dürfe. Als daher Edith hinter ihm herrannte, dämpfte er seinen Ärger und sah so wenig verärgert aus, wie es ihm nur möglich war. »Du gehst schon, Kay?«

Kay ging. Er müsse etwas essen. Er könne ja später wiederkommen, wenn Edith es wünsche. Er sagte das, weil er, wenn ihm auch seine eigene Bequemlichkeit über alles ging, doch feige war und alle Unannehmlichkeiten um jeden Preis vermeiden wollte. Zum Glück für ihn war auch Edith feige und nahm sofort jeden Tadel oder jede Bitte, die man etwa aus ihrer Frage hätte folgern können, zurück. »O nein, Kay, das meinte ich natürlich nicht. Warum solltest du wiederkommen? Ich werde schon für Mutter sorgen. Kommst du morgen früh?«

»Ja«, sagte Kay erleichtert. Er werde morgen früh kommen. So früh wie möglich. Sie gaben sich einen Kuß. Das hatten sie schon seit vielen Jahren nicht mehr getan, aber so etwas war eine der sonderbaren Wirkungen des Todes: ältliche Geschwister tupften einander auf die Wangen. Da sie es nicht mehr gewohnt waren, kamen ihnen ihre Nasen in den Weg. Beide blickten, nachdem sie sich geküßt hatten, den dunklen Schacht des Treppenhauses hinauf, zu dem Stockwerk hin, wo ihr Vater lag. Dann trippelte Kay in plötzlicher Verlegenheit eilig die Treppe hinunter. Er hatte ein Gefühl der Erleichterung, als sich die Haustür hinter ihm schloß und er auf der Straße war. Ein Maiabend, ein Alltagsabend in London. King's Road war von

Autodroschken belebt. FitzGeorge wartete auf ihn im Klub. Er durfte Fitz nicht warten lassen. Er würde nicht mit dem Omnibus fahren, sondern eine Droschke nehmen.

FitzGeorge war sein ältester, ja sogar sein einziger Freund. Es trennte sie ein Altersunterschied von über zwanzig Jahren, aber wenn man einmal sechzig ist, spielen solche Ungleichheiten keine große Rolle mehr. Die zwei alten Herren hatten in vielen Dingen denselben Geschmack. Sie waren beide eifrige Sammler, der einzige Unterschied zwischen ihnen war nur, daß der eine weit mehr Geld hatte als der andere. FitzGeorge war enorm reich, er war Millionär. Kay Holland war arm – alle Hollands waren verhältnismäßig arm, obwohl ihr Vater Vizekönig von Indien gewesen war. FitzGeorge konnte alles kaufen, was er wollte, aber zum Ausgleich war er so verschroben, daß er wie ein Armenhäusler im obersten Stock eines Hauses in Bernard Street in zwei Zimmern wohnte und an einem Kunstwerk nur dann Gefallen fand, wenn er es selbst entdeckt und möglichst billig erworben hatte. Da er einen außerordentlichen Instinkt für Entdeckungen und billige Erwerbungen besaß – er fand etwa in den Kellerräumen großer Möbelgeschäfte in Tottenham Court Road Donatellos, von denen niemand eine Ahnung hatte –, hatte er für billiges Geld (zu seinem eigenen Entzücken und zur zwar mit Neid erfüllten, aber dafür um so ehrlicheren Bewunderung Kay Hollands) eine aus verschiedenartigen Kunstwerken bestehende Sammlung zusammengebracht, auf die sowohl das Britische wie das Kensington-Museum ein Auge geworfen hatten. Niemand wußte, was er mit diesen Sachen anfangen würde. Er konnte sie ebensogut alle Kay Holland vermachen wie sie in Russell Square auf einem Scheiterhaufen verbrennen. Sichtbare Erben hatte er ebensowenig wie sichtbare Ahnen. Mittlerweile hielt er seine Schätze eng bei sich. Die wenigen Leute, die das Vorrecht genossen, ihn in seinen zwei Zimmern besuchen zu dürfen, erzählten, daß Figuren aus der Ming-Zeit in ein paar Socken eingewickelt, Zeichnungen von Leonardo im Bad verstaut und elamitische Töpfereien auf Stühlen aufgestellt seien. Sicher war, daß man während eines Besuches stehenbleiben mußte, da kein freier Stuhl da war, auf den man sich setzen konnte. Jadevasen mußten erst aus dem Wege geräumt werden, bevor FitzGeorge einem höchst widerwillig eine Tasse des billigsten Tees anbieten konnte, den er selbst auf einer Gasflamme kochte. Von den

Besuchern erhielten nur diejenigen eine zweite Einladung, die den Tee abgelehnt hatten.

Fast jedermann kannte ihn von Ansehen. Wenn die Leute ihn mit seinem viereckigen Hut und seinem altmodischen Gehrock zu Christie hineingehen sahen, sagten sie: »Da ist der alte Fitz.« Winter wie Sommer war er gleich gekleidet. Derselbe Hut, derselbe Gehrock, und gewöhnlich trug er ein Paket unter dem Arm. Was das Paket enthielt, wurde nie offenbar. Es konnte eine Tasse aus Dresdener Porzellan oder ein Bückling sein, den sich FitzGeorge fürs Abendessen gekauft hatte. Er war ein echtes Londoner Original, und darum mochten ihn die Londoner gern, aber niemand, nicht einmal Kay Holland, hätte sich einfallen lassen, ihn stracks ins Gesicht Fitz zu nennen, wie unbekümmert sie auch sagen mochten: »Da ist der alte Fitz«, wenn sie ihn vorübergehen sahen. Man sagte, das glücklichste Ereignis in seinem Leben sei der Tod Lord Clanricardes gewesen. An jenem Tage war der alte Fitz mit einer Blume im Knopfloch durch St. James's Street gegangen, und all die anderen Herren, die an den Klubfenstern saßen, hatten genau gewußt, warum.

Obschon Herr FitzGeorge und Kay Holland seit dreißig Jahren Freunde waren, bestand doch keine persönliche Vertraulichkeit zwischen ihnen. Wenn sie zusammen beim Essen saßen – gewöhnlich bei Boodle oder im Thatched House Club, wo sie Bier tranken und jeder für sich bezahlte –, erörterten sie Preise und Kataloge ebenso unerschöpflich, wie ein Liebespaar über seine Herzensangelegenheiten spricht, aber darüber hinaus wußten sie nicht das geringste voneinander. Natürlich wußte FitzGeorge, daß Kay der Sohn des alten Slane war, aber Kay wußte von FitzGeorges Verwandten nicht mehr als jeder andere. Möglicherweise wußte nicht einmal FitzGeorge selbst etwas über sie, so sagten wenigstens die Leute, indem sie ihren Verdacht auf die zu allerlei Vermutungen Anlaß gebende Vorsilbe seines Namens gründeten. Sicherlich hatte Kay ihn nie gefragt und nie im geringsten zu erkennen gegeben, daß er gern etwas darüber gewußt hätte. Ihre Beziehung war von einer schönen Zurückhaltung. Das erklärt, warum Herr FitzGeorge Kays Ankunft mit einiger Unruhe erwartete. Es kam ihm unbehaglicherweise zum Bewußtsein, daß er irgendeine Anspielung auf den Verlust machen sollte, von dem die Familie Holland betroffen war, zugleich aber schrak er davor zurück, das stillschweigende Einverständnis, auf dem ihre Beziehungen beruhten, durch eine solche Erwähnung zu durchbrechen. Er war ärgerlich auf Kay, es war unüberlegt von ihm, seinen Vater verloren zu haben, unüberlegt von ihm, daß er ihre Zusammenkunft nicht abgesagt hatte. Dabei wußte Herr FitzGeorge ganz genau, daß eine solche Absage ein unverzeihliches Vergehen gewesen wäre. Sehr verärgert trommelte er bei Boodle an die Fensterscheibe, während er nach Kay ausschaute. Sagen mußte er wohl etwas, es war besser, wenn man es gleich sagte, um es dann hinter sich zu haben. Kay würde sich doch wohl nicht verspäten? In dreißig Jahren hatte er sich noch nie bei einer Verabredung verspätet, hatte sich nie verspätet und war noch niemals fortgeblieben. Herr FitzGeorge zog eine riesige silberne Rübe aus der Tasche, Preis fünf Schilling, und sah nach der Zeit. Siebzehn Minuten nach acht. Er verglich sie mit der Uhr am St.-James-Palast. Kay hatte sich verspätet, um zwei Minuten. – Aber da war er, stieg aus einer Droschke.

»'n Abend«, sagte Kay, als er eintrat.

»'n Abend«, sagte FitzGeorge. »Spät dran.«

»Leider, leider. Verzeihung!« sagte Kay. »Das beste ist, wir gehen gleich zum Essen hinüber.«

Während des Essens sprachen sie über ein paar Sèvresvasen, die FitzGeorge in Fulham Road entdeckt haben wollte. Kay, der sie auch gesehen hatte, war der Meinung, daß sie Fälschungen waren, und diese Meinungsverschiedenheit führte zu einer jener Unterhaltungen, die die beiden alten Herren so außerordentlich liebten. Aber an diesem Abend war FitzGeorge die Lust daran verdorben. Er hatte nicht gesagt, was er sagen wollte, und jeder Augenblick machte die Sache schwieriger und unmöglicher. Seine gereizte Stimmung gegen Kay nahm noch zu. Es war in all den vielen Jahren die erste Mahlzeit, die nicht ganz gelungen war, und die Enttäuschung darüber brachte FitzGeorge zu der Überlegung, daß alle Freundschaft ein Irrtum sei. Er bedauerte aufrichtig, daß er sich je dazu hatte verleiten lassen, mit Kay in so nahe Beziehungen zu treten. Andere Leute hatte er nie ganz an sich herankommen lassen, ein höchst empfehlenswertes System. Es war ein Fehler, ein großer Fehler, Ausnahmen zu machen. Er blickte finster über den Tisch auf Kay, der sein Bier trank und sich sorgfältig seinen netten kleinen Bart abwischte, ohne eine

Ahnung von der feindseligen Stimmung seines Gegenübers zu haben.

»Kaffee?« fragte FitzGeorge.

»Ich denke auch – ja, Kaffee.«

Armer alter Kerl, er sieht abgespannt aus, dachte FitzGeorge plötzlich, nicht ganz so flott wie sonst, läßt sich ein bißchen hängen, es wird ihm schwer, die Unterhaltung in Gang zu halten.

»Wie wär's mit einem Kognak?« fragte er.

Kay blickte überrascht auf. Sie hatten noch nie Kognak zusammen getrunken.

»Nein, danke.«

»Ja, Kellner, einen Kognak für Herrn Holland. Auf meine Rechnung.«

»Aber wirklich...« begann Kay.

»Unsinn! Den besten Kognak, Kellner, den Achtundvierziger. Was wollen Sie denn, Holland, ich habe Sie doch schließlich in der Wiege liegen sehen. Der Achtundvierziger war damals erst dreißig Jahre alt oder so herum. Zieren Sie sich also nicht.« Kay zierte sich nicht, denn diese plötzliche Enthüllung, daß der alte Fitz ihn hatte in der Wiege liegen sehen, machte ihn ganz verdutzt. Sein Geist machte wilde Sprünge rückwärts in Zeit und Raum. Zeit: 1874, Ort: Indien. Der alte Fitz mußte also im Jahre 1874 in Indien gewesen sein. »Sie haben mir nie etwas davon erzählt, daß Sie damals in Kalkutta waren«, sagte Kay, indem er seinen Kognak über seinen kleinen Van-Dyck-Bart hielt und an ihm nippte. »Nicht?« sagte der alte Fitz gleichgültig, als ob das von keiner Bedeutung sei. »Nun, ich war es. Meine Vormünder wollten mich nicht auf die Universität gehen lassen und schickten mich statt dessen um die Welt.« (Seltsame Enthüllungen! Der alte Fitz hatte also in seiner Jugend unter Vormundschaft gestanden!) »Ihre Eltern waren sehr gütig zu mir«, fuhr der alte Fitz fort. »Ihr Vater hatte als Vizekönig natürlich nicht viel Zeit, aber Ihre Mutter war sehr liebenswürdig, sehr reizend. Sie war damals jung, jung und sehr lieblich. Ich weiß noch, daß ich damals gedacht habe, in ganz Indien nichts Lieblicheres gesehen zu haben. Aber mit diesen Sèvresvasen haben Sie trotzdem nicht recht, Holland. Von Porzellan verstehen Sie gar nichts – haben nie etwas davon verstanden und werden nie etwas davon verstehen. Das würde ein Fingerspitzengefühl voraussetzen, das Ihnen abgeht. Sie sollten sich auf solchen Plunder wie Ihre Astrolabien beschränken. Für mehr langt's nicht bei Ihnen. Haha, Sie möchten sich als Richter über Porzellan aufspielen! Und dabei noch gegen mich entscheiden, der mehr über Porzellan vergessen hat, als Sie je darüber gelernt haben.«

Kay war an solche Anrempelungen gewöhnt. Er hatte es gern, wenn ihm der alte Fitz so zusetzte. Ein wonniger Schauer lief ihm dabei über den Rücken. Er hörte geduldig zu, während der alte Fitz ihm erklärte, er verdiene nicht den Namen eines Kenners und hätte weit besser daran getan, etwa Briefmarken zu sammeln. Er wußte, daß Fitz kein Wort davon ernst meinte, sondern daß es ihm Spaß machte, ihn wie ein alter girrender Tauber ein wenig anzuhacken, während Kay mit seitlich abgewandtem Kopf die Schnabelhiebe abwehrte, wobei er auf das Tischtuch niedersah, mit Messer und Gabel spielte und dabei hin und wieder lächelte, mit einem schelmischen Anflug lächelte. Ihre Beziehungen hatten nun wieder den Normalzustand erreicht, und FitzGeorge geriet über diese Wiederherstellung des normalen Verhältnisses in eine so übermütige Stimmung, daß er ausrief, der Teufel solle ihn holen, wenn er nicht auch einen Kognak trinken würde. Er dachte gar nicht mehr an die schwierige Anspielung, die er hatte machen wollen, oder meinte, er habe sie vergessen, aber vielleicht hatte sie ihm die ganze Zeit im Sinn gelegen, denn als sie zusammen aus dem Klub gingen und sich gerade auf der Treppe verabschieden wollten, hörte FitzGeorge, während Kay seine Glacéhandschuhe anzog – Herr FitzGeorge hatte noch nie Handschuhe besessen, aber Kay Holland sah man nie ohne seine buttergelben Handschuhe –, hörte FitzGeorge sich zu seiner eigenen Überraschung brummeln: »Ihr Vater – tut mir leid, solche Nachricht zu hören, Holland.«

Endlich war es heraus, und die St. James Street hatte sich nicht aufgetan, um ihn zu verschlingen. Es war gesagt, und es war eigentlich ganz leicht gegangen. Aber was in aller Welt brachte ihn dazu, weiterzugehen und einen so unglaublichen, so unnötigen Vorschlag zu machen? »Vielleicht werden Sie mich eines Tages mal zu einem Besuch bei Lady Slane mitnehmen.« Was hatte ihn nur dazu gebracht, so etwas zu sagen? Kay schaute ganz verblüfft drein, und das war kein Wunder. »O ja, ja, ja – gewiß – wenn Ihnen daran liegt«, sagte er schnell. »Also gute Nacht – gute Nacht«, und er eilte davon, während der alte Fitz hinter ihm hersah und sich fragte, ob er es sich nicht selbst unmöglich gemacht habe, Kay Holland jemals wiederzusehen.

*

Das Haus war fremdartig – so setzte Edith ihren Gedankengang fort –, es bestand ein solcher Gegensatz zwischen den Vorgängen in ihm und dem, was draußen geschah. Draußen war alles laut und grell und für die Öffentlichkeit bestimmt, da stachen einem die Zeitungsplakate in die Augen, die Zeitungsberichterstatter lungerten noch immer am Gitter des Vorgartens herum, die Leute sprachen von einem Begräbnis in der Westminsterabtei, und in beiden Häusern des Parlaments wurden Nachrufreden gehalten. Drinnen war alles gedämpft und geheimnisvoll, wie wenn eine Verschwörung im Gange wäre. Die Hausangestellten flüsterten, man ging die Treppe geräuschlos hinauf und hinab; wenn Lady Slane ins Zimmer trat, hörte jeder sofort auf zu sprechen und stand auf, und jedesmal ging ihr sicher jemand entgegen und führte sie sacht zu einem Stuhl. Sie behandelten sie etwa so, als hätte sie einen Unfall gehabt oder als wäre sie vorübergehend nicht ganz richtig im Kopf. Aber Edith war sicher, es war ihrer Mutter gar nicht angenehm, sich zu einem Stuhl führen und sich so ehrfurchtsvoll und stumm küssen oder sich fragen zu lassen, ob sie nicht lieber das Essen auf ihrem Zimmer einnehmen wolle. Die einzige, die in normaler Weise mit ihr verkehrte, war Genoux, ihre alte französische Zofe, die beinahe so alt war wie Lady Slane selbst und während der ganzen langen Zeit ihrer Ehe bei ihr gewesen war. Genoux ging so geräuschvoll wie immer im Hause umher, sprach mit sich selbst, wie es ihre Gewohnheit war, und murmelte sich in ihrem ungewöhnlichen Mischmasch von Französisch und Englisch ihre nächste Arbeit vor. Sie brach auf der Suche nach ihrer Herrin ganz unfeierlich in den Salon ein und brachte die versammelte Familie durch die Frage zum Entsetzen: »Pardon, miladie, est-ce que ça vaut la peine d'envoyer les Hemden de milord zum Waschen?« Sie blickten alle Lady Slane an, als wenn sie erwarteten, sie müsse sofort in Stücke fallen wie eine Vase, der man einen Stoß versetzt hat, aber sie antwortete in ihrem gewöhnlichen ruhigen Ton, selbstverständlich müssse man die Hemden Seiner Lordschaft zur Wäsche geben, und dann sagte sie zu Herbert: »Was soll ich nun eigentlich mit Vaters Sachen anfangen, Herbert? Es wäre doch schade, wenn ich sie alle dem Hausmeister gäbe, sie würden ihm ja auch nicht passen.«

Mutter und Genoux allein, dachte Edith, sträuben sich, die Fremdheit des Hauses mitzumachen. Sie konnte in Herberts, Carries, Charles' und Williams Augen Mißbilligung lesen, aber diese konnte natürlich nicht offen kundgegeben werden. Sie konnten nur stillschweigend darauf bestehen, daß ihr eigenes Benehmen von allen befolgt werden mußte, und dies war ihre Einstellung: Mutters Leben war zerstört, Mutter hielt sich wundervoll, Mutter mußte in dem Elend ihres persönlichen Schmerzes so pfleglich wie möglich behandelt werden, während die notwendigen Geschäfte, die notwendige Berührung mit der Außenwelt von ihren tüchtigen Söhnen und ihrer tüchtigen Tochter weitergeführt und aufrechterhalten wurden. Die arme Edith konnte dazu wenig nützen. Jeder wußte, daß Edith immer im falschen Augenblick das Falsche sagte und jede Arbeit, die man von ihr erwartete, ungetan ließ, wobei sie die Entschuldigung vorbrachte, sie habe zuviel zu tun gehabt. Auch Kay konnte von keinem großen Nutzen sein, aber schließlich rechnete er ja kaum zur Familie. Herbert, Carrie, William und Charles standen zwischen ihrer Mutter und der Außenwelt. Von Zeit zu Zeit ließen sie allerdings eine besondere Nachricht durch die von ihnen errichtete Schranke schlüpfen: das Königspaar hatte ein sehr teilnahmsvolles Beileidsschreiben geschickt – man konnte von Herbert kaum erwarten, daß er eine solche Neuigkeit für sich behielt. Huddersfield, Lord Slanes Geburtsstadt, hatte die Familie um ihre Zustimmung zu einem Gedenkgottesdienst ersucht. Der König würde sich bei dem Begräbnis durch den Herzog von Gloucester vertreten lassen. Die Damen der königlichen Stickschule hatten in aller Eile ein Bahrtuch gearbeitet. Der Premierminister würde eine Ecke davon tragen, der Führer der Opposition eine andere. Die französische Regierung würde einen Vertreter entsenden, während die belgische wahrscheinlich den Herzog von Brabant abordnen würde. Diese Mitteilungen wurden von Herbert seiner Mutter tropfenweise und mit Vorsicht beigebracht, er versuchte herauszubekommen, wie sie sie aufnehmen würde. Sie nahm sie mit völliger Gleichgültigkeit auf. »Sehr nett von ihnen, sicherlich«, sagte sie, und einmal sagte sie: »Freut mich, wenn du zufrieden bist.« Herbert genoß diese Bemerkung, und zugleich vermerkte er sie übel. Jede Ehrung, die seinem

Vater erwiesen wurde, wurde ja zugleich ihm erwiesen, da er jetzt das Haupt der Familie war, doch Mutter mußte von Rechts wegen im Mittelpunkt des Bildes stehen. Diese drei oder vier Tage zwischen dem Tod und dem Begräbnis mußten ihr ganz gehören. Herbert war stolz darauf, einen solchen Sinn für das Schickliche zu besitzen. Später war noch genug Zeit, um sich als Lord Slane in Szene zu setzen. Eine Generation mußte der anderen auf den Fersen folgen, das war ein Naturgesetz, aber so lange, wie die sterblichen Überreste seines Vaters noch im Hause waren, hatte seine Mutter Anspruch auf die erste Stelle. Durch ihre Gleichgültigkeit verzichtete sie unnötigerweise und auch unschicklicherweise zu früh auf ihre Stellung. Sie sollte in diesen drei oder vier Tagen dem Andenken ihres Gatten zu Ehren ihren Rang besonders betonen. Jeder Verzicht auf ihr Recht war unpassend. So stand es in Herberts Ehrenkodex geschrieben. Aber vielleicht, wisperte der Kobold in Edith, vielleicht ist sie von Vater zu seinen Lebzeiten so völlig ausgesogen worden, daß ihr jetzt die Erinnerung an ihn zuviel wird?

Sicher war das Haus fremdartig, von einer besonderen Fremdheit, die es nie zuvor gehabt hatte und nie wieder haben würde. Vater konnte nicht zweimal sterben. Durch seinen Tod hatte er diese eigentümliche Lage geschaffen – eine Lage, die er sicher nicht vorausgesehen hatte, die gar nicht vorauszusehen war, bis sie wirklich da war. Niemand hätte voraussehen können, daß Vater, der immer so überragend war und immer alle beherrschte, durch die bloße Tatsache seines Todes Mutter zur herrschenden Figur machen würde. Ihre Herrschaft konnte allerdings nur drei oder vier Tage dauern, aber während dieses kurzen Zeitraumes mußte sie absolut sein. Jeder mußte sich ihr beugen. Sie und sie allein mußte entscheiden, ob die Pforten von Westminster sich in ihren Angeln drehen sollten oder nicht. Die ganze Nation mußte auf ihre Entscheidung warten, der Dean von Westminster und sein Kapitel ihrer Wünsche gewärtig sein. Sehr sanft und vorsichtig mußte sie bei jedem Punkt beraten und ihre Ansicht darüber gehört werden. Es war sehr sonderbar, daß jemand, der seine Person immer so ausgelöscht hatte, plötzlich zu etwas so Wichtigem geworden sein sollte. Es war wie ein Spiel. Es erinnerte Edith an die Zeit, wenn Vater in einem Anfall guter Laune nach dem Tee ins Wohnzimmer kam, wo Mutter alle Kinder um sich versammelt hatte und ihnen vielleicht aus einem

Geschichtenbuch vorlas. Vater klappte dann das Buch zu und sagte, sie wollten nun alle »Ich folge meinem Führer« spielen und durch das ganze Haus ziehen, aber Mutter müsse der Führer sein. So waren sie losgezogen und machten Kapriolen in stillen Kanzleien und auf dem Parkettboden von Ballsälen, wo die Leuchter in den mit dem Wappen der Familie Holland geschmückten Hüllen hingen, verübten bei ihrem Durchgang allerhand lustige Steiche – denn Mutter hatte eine unerschöpfliche Erfindungsgabe –, und Vater folgte als letzter am Schwanzende, spielte aber immer den Clown und machte alles falsch, was Mutter ihm vormachte, wobei die Kinder vor Entzücken schrien und sich bemühten, ihn richtig zu unterweisen, und Mutter mit dem kleinen an ihren Rockschößen hängenden Kay drehte sich dann um und sagte mit angenommener Strenge: »Aber Henry!« Manche Botschaft und manches Regierungsgebäude hatten so von ihrem abendlichen Lachen widergeklungen. Aber einmal, erinnerte sich Edith, hatte Mutter, die damals jung war, im Archiv einige Papiere aus einem Dokumentenstoß herausgezerrt, und als die Kinder jauchzend herbeikrabbelten, um die Unordnung noch schlimmer zu machen, war Vaters Gesicht plötzlich finster geworden, und er hatte sein Mißfallen nach Art der Erwachsenen geäußert. Seine und Mutters Heiterkeit war plötzlich wie eine sich abblätternde Rose in Stücke zerfallen. Die Rückkehr ins Wohnzimmer war in düsterem Schweigen erfolgt, als wenn sie alle Schelte bekommen hätten. Es war, wie wenn Jupiter vom hohen Olymp herab einen Sterblichen entdeckt hätte, der sich, weil er glaubte, Vater Zeus ließe es an Wachsamkeit fehlen, Freiheiten auf dessen Hoheitsgebiet herausnahm.

Aber jetzt konnte Mutter dieses Spiel nach Herzenslust treiben, drei oder vier Tage konnte sie jetzt vorangehen und konnte die Würdenträger Europas und des Reiches nach Golder's Green oder nach Huddersfield tanzen lassen, wie es ihr gerade gefiel, anstatt sich auf die Westminsterabtei oder den Friedhof von Brompton zu beschränken, wie man erwartete, aber die Enttäuschung lag – für den Kobold in Ediths Geist – in Mutters Weigerung, überhaupt eine Führerrolle zu übernehmen. Sie stimmte einfach allem zu, was Herbert vorschlug. Ebensogut hätte Herbert im Alter von sieben Jahren als Anführer des Spiels sie antreiben können: »So, jetzt wollen wir mal durch die Küche toben.« Edith empfand Mutters Fügsamkeit jetzt, wo sie achtundachtzig und Herbert achtundsechzig war, als höchst unpassend. Herbert hatte dasselbe Gefühl, wenngleich ihm als echtem Sohn seines Vaters weibliche Ergebenheit schmeichelte. Nur für diese drei oder vier Tage – denn er spielte ein Spiel nach bestimmten konventionellen Regeln – verlangte er von seiner Mutter, daß sie eigene Meinungen haben sollte. Doch so stark war sein männlicher Widerspruchsgeist, daß er gleichzeitig jede Entscheidung übelgenommen hätte, die seinen eigenen Ideen zuwidergelaufen wäre.

Herbert wurde also immer sanfter und umgänglicher, als er sah, daß seine Vorschläge angenommen wurden und er sich gleichzeitig einreden konnte, sie wären von seiner Mutter ausgegangen und nicht von ihm. Er kam aus dem Zimmer seiner Mutter zu seinen Geschwistern herunter, die wieder – unaufhörlich, wie es Edith schien – im Salon versammelt waren. Mutter wünschte die Westminsterabtei, also mußte es die Abtei sein. Schließlich hatte Mutter zweifellos recht. Die größten Söhne Englands waren alle in der Abtei beigesetzt worden. Er selbst würde die Pfarrkirche in Huddersfield vorziehen, sagte er, wenn auch Edith die Aufrichtigkeit dieser Bemerkung skeptisch beurteilte, und er glaube damit ihrer aller Meinung zum Ausdruck gebracht zu haben, aber Mutters Wünsche müßten berücksichtigt werden. Sie müßten sich mit dem feierlichen Begräbnis in der Westminsterabtei abfinden. Schließlich war es ja eine Ehre – eine große Ehre –, die allen Ehrungen, die ihr Vater im Leben erfahren hatte, die Krone aufsetzte. Carrie, William und Charles senkten bei diesem feierlichen Gedanken stillschweigend den Kopf. Edith andererseits dachte, wie belustigt ihr Vater und wie befriedigt er gleichzeitig gewesen wäre, wenn er das auch unter einer spöttischen Maske verborgen hätte, wenn er seinem Begräbnis in der Abtei hätte zuschauen können.

Das von den Damen der königlichen Stickschule hergestellte Bahrtuch war zweifellos äußerst prächtig. Auf violettem Plüsch hoben sich die Wappenverzierungen ab. Der Premierminister trug, wie vorgesehen, mit geziemendem Ernst die für ihn bestimmte Ecke. Sein Benehmen entsprach so völlig seiner hohen Würde, daß jeder sofort sagen mußte: »Da schreitet ein Premierminister oder jedenfalls ein Kabinettsminister Englands.« Der Führer der Opposition hielt mit dem Premierminister gleichen Schritt. Für eine Stunde hatten sie ihre Gegensätze begraben, die ja in der Tat ein Teil eines Spiels waren, da sie unter dem Schirm einer gemeinsamen Verantwortung dieselben Lektionen gelernt hatten, wenn auch ihre Anhänger ihnen verboten, sie in derselben Sprache vorzutragen. Die beiden jungen Prinzen, die eilig, wenn auch ehrfurchtsvoll, zu ihren Sitzen geleitet wurden, wunderten sich vielleicht, warum das Schicksal sie von anderen jungen Männern isoliert hatte, indem es sie dazu verdammte, über neu zu eröffnende Straßen gespannte Bänder zu durchschneiden oder Staatsmänner durch Teilnahme an ihrem Begräbnis zu ehren. Wahrscheinlich aber faßten sie das alles als Teil ihrer täglichen Arbeit auf.

Aber wo, fragte sich Edith verwundert, blieb mittlerweile die Wirklichkeit?

*

Nachdem das Begräbnis vorüber war, veränderte sich in Elm Park Gardens alles ganz sacht und langsam. Es wurde noch immer große Rücksicht auf Lady Slane genommen, aber eine Note der Ungeduld machte sich darin bemerkbar, eine Note der Dringlichkeit, die von Herbert und Carrie angeschlagen und hartnäckig festgehalten wurde. Herbert war nun endgültig das Haupt der Familie geworden und Carrie seine Stütze. Sie waren entschlossen, ihrer Mutter gegenüber eine feste, wenn auch gütige Haltung anzunehmen. Man konnte Mutter noch immer zu einem Stuhl führen und ihr, wenn sie Platz genommen hatte, mit einer freundlich beschützenden Gebärde auf die Schulter klopfen; aber es mußte ihr zu verstehen gegeben werden, daß die Geschäfte der Welt weitergingen und daß diese Ruhepause, die man mit Rücksicht auf den Tod eingelegt hatte, nicht für immer andauern konnte. Wie die Papiere in Lord Slanes Schreibtisch, so mußte auch Lady Slane aufgeräumt werden, dann konnten Herbert und Carrie sich wieder ihren eigenen Angelegenheiten zuwenden. Alles das wurde nicht direkt in Worte gekleidet, aber nichts, was sich ohne Worte sagen läßt, konnte deutlicher mitgeteilt werden.

Sehr ruhig, sehr vornehm, sehr alt und sehr gebrechlich saß Lady Slane da und blickte auf ihre Söhne und Töchter. Ihre Kinder, die an sie gewöhnt waren, nahmen ihr Aussehen als gegeben hin, aber Fremde beteuerten erstaunt, sie könne doch unmöglich über siebzig sein. Sie war eine schöne alte Frau. Groß, schlank und bleich, hatte sie nie ihre Anmut oder ihre Haltung verloren. Kleider hörten bei ihr auf, Kleider zu sein, und wurden zu Gewändern. Sie hatte das Geheimnis der Linie. Lieblichkeit floß weich über alle ihre Glieder. Ihre Augen waren grau und saßen tief in ihren Höhlungen. Ihre Nase war kurz und gerade. Ihre ruhigen Hände waren die Hände eines van Dyck. Über ihr weißes Haar fiel ein schwarzer Spitzenschleier, der ihr sehr gut zu Gesicht stand. Seit Jahren hatte sie immer weich fallende, nicht nach einer bestimmten Mode geschnittene Kleider von unauffälligem Schwarz getragen. Wenn man sie ansah, konnte man glauben, es sei für eine Frau leicht, schön und anmutig zu sein, wie alle genialen Werke in uns den Eindruck hervorrufen, daß sie mühelos zustande gekommen sind. Schwieriger war es, an die Aktivität zu glauben, die Lady Slane in ihrem Leben entwickelt hatte. Wohltätigkeit, Kinder, gesellschaftliche Verpflichtungen, Erscheinen in der Öffentlichkeit – mit solchen Pflichten waren ihre Tage gefüllt gewesen, und bei der Erwähnung ihres Namens stellte sich sofort der Nebengedanke ein: »Was für eine wunderbare Hilfe sie für ihren Gatten in seiner Laufbahn ist!« O ja, dachte Edith, Mutter ist liebenswert, Mutter ist wundervoll, wie Herbert sagt. Aber Herbert räuspert sich. Was wird jetzt kommen?

»Mutter, Liebes...« Eine halb kindliche, halb konventionelle Form der Anrede. Herbert steckt die Finger in den Kragen. Und doch hatte sie einmal auf dem Boden neben ihm gesessen und ihm gezeigt, wie man den Kreisel treibt.

»Mutter, Liebes. Wir haben miteinander gesprochen... wir haben, meine ich, uns natürlicherweise Gedanken über deine Zukunft gemacht. Wir wissen, wie du an Vater gehangen hast, und wir begreifen die Lücke, die sein Tod in deinem Leben hervorrufen muß. Wir haben uns gefragt – und das ist der Grund, weshalb wir dich gebeten haben, noch einmal mit uns allen hier im Salon zusammen zu sein, bevor wir uns trennen und jeder wieder in sein eigenes Heim zurückkehrt –, wir haben uns gefragt, wo und wie du wohl gern wohnen möchtest.«

»Aber das hast du doch bereits für mich entschieden, Herbert, nicht wahr?« sagte Lady Slane mit äußerster Sanftmut.

Herbert steckte die Finger in den Kragen und suchte sich blinzelnd Luft zu machen, bis Edith fürchtete, er werde ersticken.

»Nun, Mutter, Liebes, für dich entschieden – entschieden, das dürfte wohl kaum zutreffen. Wir haben uns allerdings einen kleinen Plan gemacht, den wir dir unterbreiten möchten und dem du vielleicht zustimmen könntest. Wir haben deine Neigungen in Betracht gezogen und daran gedacht, daß du dich wohl nicht gern von so vielen interessanten Beschäftigungen trennen möchtest. Gleichzeitig ...«

»Einen Augenblick, Herbert«, warf Lady Slane ein, »was sagtest du da von interessanten Beschäftigungen?«

»Gewiß, Mutter, Liebes«, sagte Carrie vorwurfsvoll, »Herbert meint alle deine verschiedenen Ausschüsse, den Battersea-Klub für arme Frauen, die Findelanstalt, die Hilfsorganisation für gefallene Mädchen, die ...«

»O ja«, sagte Lady Slane, »sehr interessante Beschäftigungen. Durchaus. Sprich weiter, Herbert.«

»Alle diese Dinge«, sagte Carrie, »würden ohne dich zusammenbrechen. Wir sind uns darüber klar. Viele von ihnen hast du gegründet. Andere wären ohne dich zugrunde gegangen. Natürlich wollen wir nicht, daß du sie jetzt aufgibst.«

»Dazu, liebe Lady Slane«, sagte Lavinia – sie war nie so vertraut geworden, um ihre Schwiegermutter anders anzureden –, »wissen wir genau, wie Sie sich langweilen würden, wenn Sie nichts zu tun hätten. Sie, die Sie so aktiv und so energisch sind! O nein, wir könnten uns gar nicht vorstellen, daß Sie irgendwo anders als in London wohnen könnten.«

Noch immer sagte Lady Slane nichts. Sie blickte von einem zum anderen mit einem Ausdruck, der für einen so sanften Menschen überraschend ironisch war.

»Gleichzeitig«, fuhr Herbert fort, indem er zu seiner ursprünglichen Rede zurückkehrte, deren Unterbrechung er geduldig, wenn auch unangenehm berührt, hingenommen hatte, »wird dein Einkommen kaum für die Aufwendungen ausreichen, die für ein Haus, wie du es berechtigterweise erwarten könntest, zu machen sind. Wir schlagen dir deshalb vor ...«, und er entwickelte den Plan, dessen Erörterung wir bereits vernommen haben, so daß wir uns die Mühe sparen können, ihn noch einmal zu hören.

Lady Slane jedoch hörte aufmerksam zu. Sie hatte einen großen Teil ihres Lebens mit Zuhören verbracht, ohne viele Bemerkungen zu machen, und jetzt hörte sie ihrem ältesten Sohn zu, ohne überhaupt ein Wort zu sagen.

Er für sein Teil wurde durch ihr Schweigen nicht im geringsten verwirrt. Er wußte, daß sie ihr ganzes Leben daran gewöhnt gewesen war, ihr Kommen, Gehen und Bleiben von anderer Seite für sie geregelt zu finden, ob von ihr nun verlangt wurde, einen Dampfer nach Kapstadt, Bombay oder Sydney zu besteigen, ihre Garderobe und Kinderstube nach Downing Street zu verlegen oder ihren Gatten für das Wochenende nach Windsor zu begleiten. Bei allen diesen Gelegenheiten hatte sie den ihr gegebenen Weisungen mit anerkennenswerter Tüchtigkeit und ohne Erstaunen Folge geleistet. Gekleidet wie es sich gehörte und wie es der Gelegenheit entsprach, stand sie, kaum daß sie die Aufforderung erhalten hatte, neben einem Haufen Gepäck auf einem Kai oder einem Bahnhof und wartete, bis sie geholt wurde. Herbert sah keinen Grund, warum seine Mutter sich jetzt weigern sollte, ihr Leben plangemäß und etappenweise in den Fremdenzimmern ihrer Söhne und Töchter zu verbringen.

Als er zu Ende war, sagte sie: »Das ist sehr aufmerksam von dir, Herbert. Es wäre sehr lieb von dir, wenn du dieses Haus gleich morgen zum Verkauf ausschreiben würdest.«

»Famos!« sagte Herbert. »Ich freue mich, daß du zustimmst. Aber du brauchst nicht das Gefühl zu haben, daß es so eilt. Zweifellos muß etwas Zeit verfließen, bevor das Haus verkauft wird. Mabel und ich erwarten dich zu gelegener Zeit.« Er beugte sich nieder und streichelte ihr die Hand.

»Aber warte mal, Herbert«, sagte Lady Slane, indem sie ihre Hand hob. Es war die erste Bewegung, die sie gemacht hatte. »Du gehst zu schnell vor. Ich bin nicht einverstanden.«

Sie sahen sie alle verdutzt an.

»Du bist nicht einverstanden, Mutter?«

»Nein«, sagte Lady Slane lächelnd. »Ich werde nicht bei dir wohnen, Herbert, auch bei dir nicht, Carrie, und bei dir, William, und dir, Charles, auch nicht, obwohl ihr alle sehr lieb seid. Ich werde für mich allein leben.«

»Für dich allein, Mutter? Das ist unmöglich – und wo wolltest du denn übrigens wohnen?«

»In Hampstead«, erwiderte Lady Slane, indem sie still mit dem

Kopf nickte, wie wenn sie einem Gedanken in ihrem Inneren Antwort gäbe.

»In Hampstead? Aber wirst du denn ein Haus finden, das dir zusagt, bequem und nicht zu teuer? – Wirklich«, sagte Carrie, »da reden wir von Mutters Haus, wie wenn alles schon abgemacht wäre. Es ist geradezu lächerlich. Ich weiß nicht, was über uns gekommen ist.«

»Es ist schon ein Haus da«, sagte Lady Slane, indem sie wieder nickte. »Ich habe es gesehen.«

»Aber Mutter, du bist ja nie in Hampstead gewesen.« Dies war unerträglich. Carrie hatte Tag für Tag gewußt, wohin ihre Mutter ging, wenigstens in den letzten fünfzehn Jahren, und sie lehnte sich gegen den Gedanken auf, ihre Mutter hätte Hampstead ohne ihr Wissen besucht. Solch ein Zeichen der Unabhängigkeit war eine Beleidigung, fast eine Schande. Zwischen Lady Slane und ihrer ältesten Tochter hatte immer eine enge und nie abgerissene Verbindung bestanden. Die Pläne für den Tag wurden immer zwischen ihnen besprochen. Genoux überbrachte morgens ein Briefchen, oder sie telefonierten umständlich miteinander, oder Carrie kam nach dem Frühstück nach Elm Park Gardens hinüber, eine hochgewachsene, praktische, geschäftige, selbstbewußte Tochter, mit Handschuhen, Hut und Boa für den Tag ausgerüstet, eine Einkaufsliste in der Handtasche, mit der fertigen Tagesordnung für die am Nachmittag stattfindende Ausschußsitzung. Die zwei ältlichen Damen besprachen die Tageseinteilung, während Lady Slane weiterstrickte, und dann pflegten sie um halb zwölf auszugehen, zwei große Gestalten in Schwarz, die den anderen alten Damen der Nachbarschaft vertraut waren. Oder wenn ihre Tätigkeit einmal nicht in der gleichen Richtung lag, pflegte Carrie wenigstens zum Tee nach Elm Park Gardens zu kommen, wo sie dann genau erfuhr, wie ihre Mutter den Tag verbracht hatte. Es war einfach unmöglich, daß Lady Slane einen Ausflug nach Hampstead verheimlicht haben sollte.

»Vor dreißig Jahren«, sagte Lady Slane. »Damals habe ich das Haus gesehen.« Sie nahm einen Strang Wolle aus ihrem Arbeitskörbchen und hielt ihn Kay hin. »Magst du ihn halten, Kay?« Und nachdem sie zuerst sorgfältig die kleinen Schlingen gelöst hatte, begann sie die Wolle aufzuwickeln. Sie war direkt die Verkörperung heiterer Ruhe. »Ich bin überzeugt, daß das Haus noch dort ist«, sagte sie, indem sie sorgfältig wickelte. Kay stand mit der durch lange Gewohnheit gewonnenen Erfahrung vor ihr und bewegte rhythmisch die Hände auf und nieder, damit die Wolle ihm von den Fingern glitt, ohne hängenzubleiben. »Ich bin überzeugt, daß das Haus noch dort ist«, sagte sie. Der Ton, in dem sie das sagte, war eine Mischung aus Träumerei und Zutrauen, wie wenn sie im geheimen Einverständnis mit dem Hause stünde und es nach dreißig Jahren geduldig auf sie warte. »Es war ein nettes kleines Haus«, setzte sie prosaisch hinzu, »nicht zu klein und nicht zu groß – Genoux könnte allein damit fertig werden, wenn vielleicht täglich noch eine Zugehfrau für die grobe Arbeit käme –, und es hatte einen hübschen Garten mit einem Pfirsichspalier an der Südmauer. Es war zu vermieten, als ich es sah, aber natürlich wäre das eurem Vater nicht recht gewesen. Ich erinnere mich sogar an den Namen des Vermieters.«

»Und wie hieß der Vermieter?« fragte Carrie spöttisch.

»Es war ein komischer Name«, sagte Lady Slane, »vielleicht habe ich ihn deshalb behalten. Bucktrout. Gervase Bucktrout. Er schien so gut zu dem Hause zu passen.«

»Oh«, rief Mabel und klatschte in die Hände, »es klingt zu köstlich – Pfirsiche und Bucktrout...«

»Sei still, Mabel«, sagte Herbert. »Wenn du dich natürlich, liebe Mutter, auf diesen – hm – exzentrischen Plan versteifst, so brauchen wir nicht weiter darüber zu reden. Du kannst schließlich tun, was du willst. Aber wird es nicht etwas seltsam in den Augen der Welt aussehen, daß du, wo du doch so viele dir treu ergebene Kinder hast, es vorziehst, allein und zurückgezogen in Hampstead zu wohnen? Es liegt mir natürlich fern, einen Druck auf dich auszuüben.«

»Da bin ich anderer Meinung«, sagte Lady Slane. Sie hatte den Strang Wolle abgewickelt, sagte: »Danke dir, Kay«, machte an einer langen Stricknadel eine Schlinge und fing eine neue Handarbeit an. »In Hampstead leben viele alte Damen in stiller Zurückgezogenheit. Übrigens habe ich auf die Augen der Welt so lange Rücksicht genommen, daß ich mir nach meinem Dafürhalten mal einen kleinen Urlaub gönnen darf. Die Zeit, die mir noch verbleibt, ist kurz.«

»Nun«, sagte Carrie, indem sie versuchte, dieser üblen Geschichte die beste Seite abzugewinnen, »wenigstens werden wir dafür sorgen, daß du dich niemals einsam fühlst. Es sind unser so viele, daß wir es so einrichten können, daß du jeden Tag wenigstens einmal Besuch bekommst. Obschon Hampstead sicherlich weit aus unserem Wege liegt und es nicht immer leicht ist, das Auto zur gegebenen Zeit zur Verfügung zu halten«, setzte sie mit einem bedeutungsvollen Blick auf ihren kleinen Mann hinzu, der bereits bebte. »Aber schließlich sind ja noch die Urenkel da«, sagte sie erleichtert. »Du wirst es sicher gern sehen, wenn sie dich oft besuchen und du so in ständiger Berührung mit uns bleibst. Sonst würdest du sicherlich nicht glücklich sein.«

»Im Gegenteil«, sagte Lady Slane. »Das ist auch ein Punkt, über den ich nachgedacht habe. Du siehst, Carrie, ich gehe immer mehr meinen eigenen Neigungen nach. Ich will mein Alter richtig genießen. Keine Enkel. Sie sind zu jung. Noch keiner von ihnen ist fünfundvierzig. Auch keine Urenkel. Das wäre noch schlimmer. Ich will keine kräftigen jungen Leute um mich haben, die nicht zufrieden damit sind, eine Sache zu tun, sondern notwendigerweise wissen wollen, warum sie diese tun. Ich möchte auch nicht, daß sie ihre Kinder zu mir bringen, denn es würde mich nur an die schreckliche Anstrengung erinnern, die die armen Geschöpfe machen müssen, bevor sie in Sicherheit das Ende ihres Lebens erreichen. Ich will lieber vergessen, daß sie da sind. Ich will nur Menschen um mich haben, die ihrem Tode näher sind als ihrer Geburt.«

Herbert, Carrie, Charles und William kamen zu der Überzeugung, daß ihre Mutter verrückt sein müsse. Sie gingen noch einen Schritt weiter. Während sie sie immer für einfältig gehalten hatten, kamen sie nun zu der Ansicht, daß das hohe Alter offenbar ihr Gehirn in Mitleidenschaft gezogen habe. Diese Verrücktheit nahm jedoch eine harmlose und sogar eine ihnen angenehme Form an. William mochte mit Bedauern an den verlorenen Zuschuß zu seinem Haushaltsetat denken, Carrie und Herbert mochten sich noch einigen Bedenken über die Augen der Welt hingeben, aber im ganzen war es eine Erleichterung, daß ihre Mutter ihre Angelegenheiten selbst in die Hand nahm. Kay sah seine Mutter forschend an. Er hatte sie immer so hingenommen, wie sie erschien. Alle hatten sie so hingenommen – ihre Sanftheit, ihre Selbstlosigkeit, ihre unpersönliche Betätigung –, und nun wurde es Kay zum erstenmal in seinem Leben offenbar, daß Menschen, selbst wenn man sie noch so lange kannte, Überraschungen für einen bereit halten können. Edith allein frohlockte innerlich. Sie hielt ihre Mutter nicht für verrückt, sondern sichtlich für geistig gesund. Sie sah mit Wonne Carries und Herberts Niederlage. Ihre Bemühungen waren vergeblich gewesen, denn ihre Mutter hatte sich ganz ruhig aus ihren Fängen gelöst. Sie faltete still die Hände und flüsterte: »Nur weiter, Mutter, nur weiter so!« Nur ein Rest von Klugheit hinderte sie daran, das laut zu sagen. Sie freute sich über die plötzlich entdeckte Beredsamkeit ihrer Mutter – nicht die geringste Überraschung dieses überraschenden Morgens, denn Lady Slane sprach gewöhnlich nur wenig, hielt mit ihrer Meinung zurück, verbarg sogar den Ausdruck ihres Gesichts, wenn sie sich über ihr Strickzeug oder ihre Stickerei beugte, und aus ihrem gelegentlichen »Meinst du, meine Liebe?« konnte man kaum entnehmen, was sie wirklich dachte. Es dämmerte Edith jetzt, daß ihre Mutter hinter dem Schirm ihrer liebevollen Aufmerksamkeit all die Jahre hindurch ein eigenes Privatleben geführt haben könnte. Wieviel hatte sie wohl beobachtet, bemerkt, kritisiert, aufgespeichert? Jetzt sprach sie weiter und suchte dabei in ihrem Arbeitskörbchen herum.

»Ich habe die Juwelen aus der Bank genommen, Herbert. Es ist besser, wenn du und Mabel sie in Besitz haben. Ich wollte sie Mabel schon vor Jahren geben, aber euer Vater wollte das nicht. Hier sind übrigens einige«, und damit drehte sie das Körbchen um und schüttete den Inhalt in ihren Schoß, ein wirres Durcheinander von Lederfutteralen, Seidenpapier, einigen losen Steinen und Wollsträngen. Mit ihren feinen Händen begann sie die Steine herauszulesen. »Läute mal Genoux, Edith«, sagte sie aufblickend. »Ich habe mir nie viel aus Juwelen gemacht«, sagte sie, mehr zu sich selbst sprechend als zu ihren versammelten Kindern, »und es schien mir immer so schade, daß ich so viele bekommen habe – ich wußte nicht, was ich mit ihnen anfangen sollte. Euer Vater sagte immer, ich müsse so viele haben, damit ich mich bei großen Gelegenheiten schmücken könne. Als wir in Indien waren, pflegte er eine Menge Sachen bei den Tasch-i-Khane-Auktionen zurückzukaufen. Er war der Ansicht, es gefalle den Fürsten, wenn sie sähen, daß ich ihre Geschenke trüge, obwohl sie genau wußten, daß wir sie zurückgekauft hatten. Er hatte wohl recht. Aber mir erschien es immer töricht – solch ein Humbug. Ich hatte einmal einen großen Topas, einen großen bronzefarbigen ungefaßten Topas, der in Dutzende von Facetten geschnitten war.

Ob ihr Kinder euch wohl daran erinnert? Ich ließ euch immer durch ihn aufs Feuer schauen. Man sah durch ihn Hunderte von kleinen Flammen, einige züngelten nach oben, andere nach unten. Wenn ihr nach dem Tee herunterkamt, setzten wir uns vor das Feuer und schauten hindurch wie Nero auf den Brand Roms. Nur war das Feuer braun, nicht grün. Ihr werdet euch wohl nicht mehr erinnern. Es sind schon sechzig Jahre her. Ich habe ihn natürlich verloren. Man verliert immer das, was man am meisten schätzt. Von den anderen Steinen habe ich keinen verloren, vielleicht weil Genoux sie in Verwahrung hatte – sie versteckte sie an den unmöglichsten Orten, sie hatte ein Mißtrauen gegen Safes, deshalb versenkte sie meine Diamanten in die Wasserkanne – kein Räuber würde daran denken, sie dort zu suchen, sagte sie. Ich habe mir oft gedacht, daß, wenn Genoux plötzlich sterben sollte, ich nicht wüßte, wo ich die Juwelen suchen sollte, aber den Topas trug ich immer in der Tasche.« Hier wurden Lady Slanes träumerische Erinnerungen durch Genoux' Eintritt unterbrochen. Genoux raschelte wie eine Schlange im trockenen Laub und knarrte wie ein Sattel, denn bis Ende Mai trug Genoux Lagen von Packpapier unter ihrem Korsett und ihrer Unterwäsche zum weiteren Schutz gegen das englische Klima. »Miladi a sonné?«

Ja, dachte Edith, für Genoux ist hier niemand als Mutter. Nur Mutter kann geläutet haben, nur Mutter kann einen Auftrag zu geben haben, obwohl wir alle hier versammelt sind: Herbert, der über seinem Kragen zu ihr hinblinzelt, Carrie, die sich entrüstet aufrichtet, Charles, der seinen Schnurrbart dreht wie jemand, der einen Bleistift spitzt – aber wer bekümmert sich schon um Charles? Nicht einmal das Kriegsministerium, was Charles auch weiß. Sie alle wissen, daß sich niemand um sie kümmert, darum sprechen sie so laut. Mutter hat nie gesprochen – bis heute, und doch kommt Genoux herein, als wäre Mutter die einzige Person im Zimmer, im ganzen Hause, die ihr einen Auftrag erteilen könnte. Genoux weiß, wem Respekt gebührt. Genoux bekümmert sich nicht um laute und durchdringende Stimmen. »Miladi a sonné?«

»Genoux, Sie haben doch die Juwelen?«

»Mais bien sûr, miladi, que j'ai les bijoux. J'appelle ça le trésor. Miladi veut que j'aille chercher le trésor?«

»Bitte, Genoux«, sagte Lady Slane in bestimmtem Ton, obgleich

Genoux die Versammelten anblickte, als wären Herbert, Carrie, Charles, William, Lavinia und selbst die geduckte und harmlose Mabel eben die Räuber, vor denen sie die Diamanten über Nacht in die Wasserkanne versenkt hatte. Auf indischen Terrassen und südafrikanischen Veranden hatte Genoux in vergangenen Jahren in ihrer Phantasie die schleichenden Fußtritte von Räubern gehört, die nach den vizeköniglichen Juwelen lüstern waren – »ces sales nègres« –; aber jetzt drohte diesem eifersüchtig bewachten Schatz eine unmittelbarere, weil begründetere und englische Gefahr. Man konnte sich nie darauf verlassen, daß miladi, die so sanft, so träumerisch, so geistesabwesend war, auf ihre eigenen Sachen Obacht gab. Genoux war von Natur aus ein Wachhund. »Miladi se souviendra au moins que les bagues lui ont été très spécialement données par ce pauvre milord?«

Lady Slane blickte auf ihre Hände. Sie waren, wie man so sagt, mit Ringen beladen. Diese Redensart bedeutet, soweit irgendeine Redensart überhaupt etwas bedeutet – und jede Redensart, jedes Cliché bedeutete einmal etwas, was eng mit irgendeiner menschlichen Erfahrung zusammenhing –, daß die betreffenden Steine zu schwer für die Hände waren, die sie trugen. Ihre Hände waren in der Tat mit Ringen beladen. Sie waren von Lord Slane so beladen worden – Zeichen der Zuneigung, sicherlich, aber nicht weniger Zeichen des Schmucks, der sich für die Hände der Gattin Lord Slanes gebührte. Der große hufeisenförmige Diamantring drehte sich leicht an ihrem Finger. (Lord Slane hatte des öfteren bemerkt, daß die Hände seiner Frau so weich wie Tauben seien, was ja in einer Beziehung stimmte, da sie in nichts zusammenschmolzen, wenn man sie umschloß, aber in anderer Beziehung ganz falsch war, da sie für den nur Betrachtenden fein, modelliert und charaktervoll waren; doch bei Lord Slane war es kein Wunder, wenn er in erster Linie den mehr weiblichen Reiz beachtete und die feineren, weniger bequemen Anzeichen übersah.) Lady Slane blickte also auf ihre Hände, als hätte Genoux zum erstenmal ihre Aufmerksamkeit auf sie gezogen. Denn die Hände eines Menschen sind die Teile seines Körpers, die man plötzlich so betrachtet, als gehörten sie einem gar nicht an. Sie sind plötzlich weit weg. Man bestaunt ihre wunderbaren Bewegungen und ihre fabelhafte Empfänglichkeit für die Übertragung spontaner Mitteilungen, als gehörten sie zu einer anderen Person oder wären Teil eines fremden Triebwerks. Man beobachtet sogar das Oval ihrer Nägel, die Poren ihrer Haut, die feinen Linien ihrer Glieder und Knöchel, ihre Glätte oder ihre Unebenheiten mit neugierig abschätzenden Blicken. Sie sind seit langem unsere Diener, und doch hat man ihre Persönlichkeit noch nicht erforscht, die, wie die Handlesekunst uns versichert, so eng mit unserer eigenen verknüpft ist. Man sieht sie auch, wie es nun gerade der Fall sein mag, mit Ringen überladen oder rauh und rissig von grober Arbeit. So blickte Lady Slane auf ihre Hände nieder. Sie hatten ihr ganzes Leben mitgelebt, diese Hände. Sie waren mit ihr gewachsen, aus den Patschhändchen eines Kindes waren sie jetzt die elfenbeinglatten Hände einer alten Frau geworden. Sie drehte den Diamanten- und den Rubinenring leicht und erinnerungsvoll herum. Sie hatte sie so lange getragen, daß sie ein Teil von ihr geworden waren. »Nein, Genoux«, sagte sie, »soyez sans crainte, ich weiß, die Ringe gehören mir.«

Aber die anderen Stücke gehörten ihr nicht auf dieselbe Weise, und sie hatte kein Verlangen nach ihnen. Genoux zog sie eines nach dem anderen hervor und überreichte sie Herbert und zählte sie dabei, wie wohl ein Bauer einem Käufer ein Schock Eier vorzählt. Herbert nahm sie in Empfang und überreichte sie dann Mabel, wie ein Maurer seinem Arbeitskameraden Ziegelsteine hinreicht. Er hatte ein Gefühl für Werte, aber keines für Schönheit. Lady Slane saß ruhig da und sah zu. Sie hatte ein Gefühl für Schönheit, aber keines für Werte. Der Marktpreis dieser Sachen war für sie ohne Bedeutung. Ihre Schönheit empfand sie, ohne ein Eigentumsinteresse zu verspüren. Die Erinnerung, die mit ihnen zusammenhingen, bedeuteten viel für sie, denn sie bildeten den Hintergrund ihres Lebens in höchst phantastischem Licht. Da waren die Szepter aus Jade, die die Sendboten des tibetanischen Lamas gebracht hatten. Wie gut sie sich an die feierliche Szene ihrer Überreichung erinnerte! Die Sendboten in ihren gelben Jacken hockten am Boden und entlockten gewaltigen Knochen, von der Länge eines Mammutschenkels, eine heulende Musik. Sie erinnerte sich sogar, daß sie, während sie würdevoll neben dem Vizekönig in seiner Durbarhalle saß, ihre Belustigung durch den Gedanken unterdrückt hatte, daß diese sich auf der gleichen Ebene bewegte wie der billige Spott der Engländer über die ihnen fremde Anhäufung von Konsonanten in einem polnischen Namen. Was hätte sie denn außer dieser Fremdheit über das aus einem tibetanischen Schenkelknochen gezogene Gewimmer zum Lachen veranlassen können? Ein tibetanischer Lama hätte ebensogut über den Namen Kubelik lachen können. Dann waren die indischen Fürsten mit ihren Geschenken gekommen, die nun Genoux Herbert, dem Erben in Elm Park Gardens, überreichte. Die indischen Fürsten hatten sehr gut gewußt, daß ihre Geschenke in den Tasch-i-Khane-Fonds kamen und dann nach Belieben des Vizekönigs und nach dem Maße der ihm zur Verfügung stehenden Geldmittel von ihm zurückgekauft wurden. Dicke Perlen und ungeschnittene, starkwolkige Smaragde gingen nun von Genoux' ungern und zögernd ausliefernden Händen in Herberts mit mühsam verhehlter Gier zugreifende über. In Behältern aus rotem Samt glitzerten Armreife und Halsketten.

»Tout est bien en ordre«, sagte Genoux und klappte die Etuis zu. Als sie fertig waren, war ein kleiner Tisch ganz mit solchen Futteralen bedeckt. »Ich werde dir wohl einen Koffer leihen müssen, liebe Mabel«, sagte Lady Slane.

Raubgut. Williams und Lavinias Augen glitzerten. Lady Slane bemerkte ihre begehrlichen Blicke und ihre versteckte Wut über diese einseitige Verteilung nicht. Nicht einmal eine Brosche für Lavinia! Es war offenbar, daß Lady Slane einfach nicht daran gedacht hatte, die Sachen gleichmäßig zu verteilen. Lavinia und Carrie saßen in stiller Wut da. Eine solche Einfältigkeit grenzte an Schwachsinn. Aber Herbert bemerkte ihre Verfassung genau und – so freundlich sind unsere geheimen Gefühle – genoß sie. Er freute sich über ihren Verdruß, und um ihn noch zu vermehren, redete er Mabel sogar einmal in liebevollem Ton an: »Leg die Perlen einmal an, meine Liebe, sie werden dir sicher ausgezeichnet stehen.« Nein, sie paßten gar nicht zu Mabels kleinem zerknitterten Gesicht, denn Mabel, die einmal hübsch gewesen war, war nun verwelkt. Sie hatte die Buße der Blonden zahlen müssen, so daß ihre Haut dunkler als ihr Haar erschien, und dieses Haar war ohne Glanz, es hatte die Farbe des Staubes. Die Perlen, die einmal ihren Schein auf die Spitzen und weichen Rundungen Lady Slanes ergossen hatten, hingen nun unscheinbar und ohne Feuer um Mabels faltigen Hals. »Sehr hübsch, Mabel«, sagte Lavinia, durch ihr Lorgnon spähend, »aber sonderbar, nicht wahr, diese orientalischen Geschenke sind doch eigentlich immer recht minderwertig. Die Perlen sind ja ganz gelb, jetzt sehe ich sie erst richtig – mehr wie alte Klaviertasten. Als deine Mutter sie trug, habe ich das nie bemerkt.«

»Was ich noch wegen des Hauses sagen wollte, Mutter«, begann Carrie. »Würde es dir passen, wenn wir es morgen besichtigten? Ich glaube, ich habe einen freien Nachmittag.« Und sie nahm ein kleines Notizbuch aus ihrem Handtäschchen, um darin zu blättern.

»Vielen Dank, Carrie«, sagte Lady Slane und setzte damit den Überraschungen, die sie ihnen schon bereitet hatte, die Krone auf, »aber ich habe mich schon für morgen zur Besichtigung angekündigt. Es ist sehr nett von dir, mir deine Begleitung anzubieten, aber ich denke, ich werde allein hinfahren.«

*

Es war für Lady Slane eine Art Abenteuer, allein nach Hampstead zu fahren. Sie fühlte sich erst wohl, als sie in Charing Cross sicher umgestiegen war. Ihr Dasein, das einst nur durch die Grenzen des britischen Weltreiches eingeschränkt gewesen war, war seit ihrem Einzug in Elm Park Gardens zusammengeschrumpft. Oder vielleicht gehörte sie zu jenen Menschen, auf die ein dauernder Aufenthalt in fremden Ländern nur wenig Eindruck macht – sie bleiben bis zum Ende sie selbst, oder vielleicht wurde sie auch wirklich alt. Wenn man achtundachtzig ist, sollte man das wohl sagen dürfen. Dieses Bewußtsein, dieses Gefühl des Alters war sonderbar und interessant. Der Geist war so frisch wie immer, vielleicht noch lebendiger, geschärft durch das Vorgefühl der bevorstehenden endgültigen Unterbrechung des Lebens, angespornt durch die Notwendigkeit, die verbleibende Zeit noch so gut wie möglich auszunützen. Nur der Körper war ein wenig zitterig, man konnte sich nicht mehr ganz auf ihn verlassen, sogar das Orientierungsvermögen war nicht mehr ganz in Ordnung, man hatte Angst, man könnte über eine Stufe stolpern oder eine Tasse Tee verschütten, man war nervös und schwankte ein bißchen, man wußte, daß man seinem Körper nicht mehr zuviel zumuten dürfe, daß man ihn nicht zur Eile antreiben dürfte, weil sonst seine Schwäche sofort offenbar wurde. Jüngere Menschen schienen das nicht immer zu merken oder Rücksicht darauf zu nehmen, und wenn sie es merkten, so wurden sie wohl leicht gereizt, schlenderten wohl zu offensichtlich langsam neben einem her, um mit den zögernden Tritten Schritt zu halten. Aus diesem Grunde war es Lady Slane nie sehr angenehm gewesen, mit Carrie bis zu der Ecke zu gehen, wo sie in den Omnibus stiegen. Als sie aber jetzt allein nach Hampstead fuhr, fühlte sie sich nicht alt, seit Jahren hatte sie sich nicht so jung gefühlt, und der Beweis dafür war, daß sie freudig diesen Beginn eines neuen Lebensabschnitts begrüßte, mochte es auch der letzte sein. Man sah ihr auch ihr Alter nicht an, als sie so dasaß und leicht mit dem Schaukeln des Untergrundbahnzuges hin und her schwankte. Sie saß sehr gerade und hielt ihren Schirm und ihre Handtasche fest. Ihre Fahrkarte hatte sie sorgfältig in die Öffnung ihres Handschuhs gesteckt. Es fiel ihr gar nicht ein, sich zu fragen, was die Mitreisenden wohl denken würden, wenn sie wüßten, daß sie vor zwei Tagen ihren Mann in der Westminsterabtei begraben hatte. Sie beschäftigte sich viel mehr mit der außergewöhnlichen Empfindung, von Carrie unabhängig zu sein.

(Haltestelle Leicester Square.)

Wie Henrys Tod diese plötzliche Befreiung herbeigeführt hatte, konnte sie nicht begreifen. Es war nur ein weiteres Beispiel für die undeutliche Beobachtung, die sie ihr ganzes Leben gemacht hatte: wie gewisse Ereignisse augenscheinlich Folgen hatten, die nichts mit ihnen zu tun zu haben schienen. Sie hatte Henry einmal gefragt, ob dieselbe Erscheinung auch auf dem Gebiet der Politik zu beobachten sei, aber obwohl er ihr (wie immer und jedem) mit der größten Höflichkeit und Aufmerksamkeit zugehört hatte, hatte er offenbar nicht verstanden, was sie meinte. Und doch mißlang es Henry nur selten, den Kern einer ihm gestellten Frage sofort aufzugreifen. Im Gegenteil, er ließ die Leute reden, hielt die ganze Zeit hindurch seine scharfen schalkhaft blitzenden Augen auf sie gerichtet und griff dann den Kernpunkt ihrer Meinung heraus, wie unbeholfen sie diese auch ausgedrückt hatten, nahm sie in die Hände, warf sie hoch und fing sie wieder auf, so wie ein Taschenspieler mit goldenen Kugeln spielt, bis sie unter dem Einfluß seiner unvergleichlichen Intelligenz von einem unansehnlichen armseligen Ding zu etwas Glitzerndem, Sprudelndem und Bedeutendem wurde, denn dies war das Bemerkenswerte, das Anziehende an Henry, die Eigenschaft, die ihm den Namen des scharmantesten Mannes in der Welt eintrug: daß er seine ganze Intelligenz jedem darbot, der sie in Anspruch nehmen wollte, ob das nun ein Minister bei einer Kabinettssitzung oder eine schüchterne junge Dame war, die er als Tischnachbarin hatte. Er war nie abweisend, schenkte jedem seine ganze Aufmerksamkeit und nahm jeden und alles wichtig. Er beschäftigte sich mit jedem Thema, wie unbedeutend es auch sein mochte, und je weiter es von seiner Arbeit oder seinen Interessen entfernt lag, desto lieber war es ihm. Er sprach über Ballkleider mit einer jungen Dame, die bei Hof vorgestellt wurde, über Poloponies mit einem Untergebenen oder über Beethoven mit beiden. So brachte er ungezählte Leute zu der Überzeugung, daß sie wirklich sein Interesse erweckt hätten.

(Haltestelle Tottenham Court Road.)

Aber als seine Frau ihm die Frage nach den anscheinend zusammenhanglosen Folgen gewisser Ereignisse stellte, war er zu keiner Erörterung aufgelegt und spielte statt dessen mit den Ringen an ihren Fingern. Sie blickte jetzt auf die Ringe nieder, die sich unter den schwarzen Handschuhen abhoben. Sie seufzte. Wie oft hatte sie versuchsweise an einem geistigen Schalter geknipst, aber die Leitung hatte nicht funktioniert, und Henrys Geist war dunkel geblieben. Sie hatte sich schließlich damit abgefunden und Zuflucht in dem Gedanken gesucht, daß sie wahrscheinlich die einzige Person in der Welt war, bei der er sich nicht anzustrengen brauchte. Das war ein vielleicht etwas mageres, aber immerhin aufrichtiges Kompliment. Sie bedauerte es jetzt. Es gab so viele Dinge, die sie gern mit Henry besprochen hätte, unpersönliche Dinge, nichts, was ihn in Verlegenheit bringen konnte. Sie hatte fast siebzig Jahre lang diese einzigartige Gelegenheit, dieses leider nicht zur Wirkung gekommene Vorrecht gehabt, aber nun war es dahin, zerdrückt unter den Fliesen der Westminsterabtei.

(Haltestelle Goodge Street.)

Es hätte ihm Spaß gemacht, wenn er geahnt hätte, daß sie sich von Carrie losmachen würde. Er hatte Carrie nie gemocht. Sie hatte Zweifel, ob er überhaupt eines seiner Kinder sehr gern gehabt hatte. Er kritisierte nie jemanden – das war einer seiner charakteristischen Züge –, aber Lady Slane kannte ihn gut genug (wenngleich sie ihn eigentlich überhaupt nicht kannte), um zu erkennen, ob er jemand leiden mochte oder nicht. Seine Lobsprüche waren immer gemessen, aber wenn er umgekehrt mit ihnen zurückhielt, so konnte man daraus allerlei entnehmen. Sie konnte sich nicht erinnern, daß er für Carrie je ein Wort des Lobes gehabt hatte, man hätte denn die

Bemerkung »Verdammt tüchtiges Weib, meine Tochter« in zustimmendem Sinne auffassen müssen. Der Blick, mit dem er Herbert ansah, war nicht mißzuverstehen. Auch Charles hatte bei den vielen Klagen, die er vorzubringen hatte, nie große Sympathie bei seinem Vater finden können.

(Haltestelle Euston.)

Lord Slane pflegte seinen Sohn, den General, mit einem Ausdruck zu betrachten, der etwa sagte: »Soll ich mich nun anstrengen und diesem redseligen und mürrischen Kerl genau sagen, was ich von Regierungsämtern halte, von denen ich schließlich doch ein bißchen mehr verstehe als er, oder soll ich es lieber nicht tun?« Soviel Lady Slane wußte, hatte er es nie getan. Er hatte es vorgezogen, ihn schweigend zu ertragen. William schnitt er ganz offen, obgleich Lady Slane aus nicht ganz aufrichtiger Zuneigung zu ihrem Sohn immer versucht hatte, dieses Verhalten ihres Mannes aus einer Abneigung gegen Lavinia zu erklären. »Meine Liebe«, hatte Henry einmal gesagt, als sie ihm sanfte Vorhaltungen darüber machte, »es fällt mir schwer, mit Personen umzugehen, die ihren Geist wie in einem Hauptbuch bilanzieren.« Lady Slane hatte geseufzt und hatte ja gesagt, es müsse zugegeben werden, daß Lavinia auf den armen William keinen ganz guten Einfluß ausgeübt habe, worauf Lord Slane erwidert hatte: »Einfluß? Sie sind einer wie der andere«, was für ihn eine scharfe Erwiderung war.

(Haltestelle Camden Town.)

Für Edith hatte er eine etwas selbstsüchtige Zuneigung. Sie war zu Hause geblieben, sie war gefällig, sie hatte ihn spazierengeführt, sie hatte manchmal Briefe für ihn beantwortet. Allerdings hatte sie oft Unheil mit ihnen angerichtet, hatte sie ohne Unterschrift weggesandt oder, wenn sie unterzeichnet waren, ohne Adresse, in welchem Fall sie durch das Amt für unzustellbare Briefe mit der Aufschrift »Slane, Elm Park Gardens« zurückgeschickt wurden, eine Unannehmlichkeit, die Lord Slane immer mehr Belustigung als Ärger verursachte. Nie hatte Lord Slane Gelegenheit gehabt, seine Tochter Edith ein verdammt tüchtiges Weib zu nennen. Lady Slane war manchmal auf den Gedanken gekommen, daß er Edith mehr deshalb liebte, weil sie ihm Anlaß zu Neckereien gab, als weil er Wert auf ihre in guter Absicht angebotenen Dienste legte.

(Haltestelle Chalk Farm.)

Kay. Aber bevor Lady Slane überlegen konnte, was Lord Slane aus diesem sonderbaren Problem Kay gemacht hatte, bevor sie wie an einer langen Angelschnur einen weiteren Erinnerungsfisch hochziehen konnte, fiel ihr ein, daß sie sich selbst eine Beschränkung auferlegt hatte, nämlich, daß sie nicht auf Erinnerungspfaden wandeln wollte, ehe sie zu völliger Ruhe gekommen war, nicht in Erinnerungen schwelgen wollte, bis sie das nach Herzenslust und in völliger Freiheit tun konnte. Sie durfte sich diesen Schmaus nicht dadurch verderben, daß sie vorher allerlei kleine Bissen naschte. Der Zug kam ihr zu Hilfe, er sprang über Weichen und lief dann wieder in einen weiß ausgekachelten Bahnhof ein, auf dem eine Linie roter Kacheln den Namen: Hampstead bildete. Lady Slane richtete sich schwankend auf und streckte die Hand nach einer hilfreichen Stange aus. Nur bei einer solchen Gelegenheit und bei einer solchen allein, wenn sie es mit der Hast des mechanischen Lebens aufzunehmen hatte, verriet sie äußerlich, daß sie eine alte Dame war. Sie wurde dann ein wenig zitterig, ein wenig ängstlich. Es wurde dann offenbar, daß sie sich in ihrer Schwäche fürchtete, umgestoßen zu werden. Doch in ihrer Ängstlichkeit, anderen keine Ungelegenheiten zu bereiten, nahm sie es wörtlich und beeilte sich gehorsam, wenn die Schaffner riefen: »Schnell aussteigen, bitte.« Mit derselben Ängstlichkeit jedoch vermied sie es, sich vorzudrängen, und ließ andere immer zuerst in den Zug oder in den Omnibus steigen, während sie sich selbst höflich zurückhielt. Durch diese Methode hatte sie schon manchen Zug und Omnibus verpaßt, oft zur Verzweiflung Carries, die sich selbst stets ihren Platz sicherte und davonfuhr, während ihre Mutter auf dem Bahnsteig oder am Kantstein stehenblieb.

Es war ein Wunder, daß Lady Slane bei ihrer Ankunft in Hampstead rechtzeitig aus dem Zuge kam und ihren Schirm, ihre Handtasche und ihre in den Handschuhschlitz gesteckte Fahrkarte glücklich mit hinausbrachte, aber es gelang ihr, und nun stand sie da in der warmen Sommerluft und sah die Dächer Londons zu ihren Füßen. Die Vorübergehenden beachteten sie nicht, so gewöhnt waren sie an den Anblick alter Damen in Hampstead. Als sie sich zu gehen anschickte, war sie sich nicht ganz klar darüber, ob sie den Weg wiederfinden würde, aber Hampstead schien kaum ein Teil Londons zu sein, so schläfrig und dörfisch war es mit seinen Baumgruppen und Ausblicken, die sie angenehm an Constables Gemälde erinnerten. Sie ging langsam, aber in fröhlicher Stimmung und ohne Ängstlichkeit wie in einem freundlichen Winkel voll Geborgenheit. Sie dachte nicht mehr daran, welche Meinung Henry von seinen Kindern hatte, sie dachte überhaupt nur daran, daß sie jetzt das Haus finden mußte, *ihr* Haus, das vor dreißig Jahren in einer ebensolchen Reihe roter Backsteinhäuser gestanden und wie jedes von ihnen einen Garten hinter sich gehabt hatte. Es war ein sonderbarer Gedanke, daß sie es jetzt gleich wiedersehen würde. Dreißig Jahre waren vergangen, zehn Jahre mehr, als ein Kind brauchte, um den vollen Gebrauch seiner Verstandeskräfte zu gewinnen. Wer konnte sagen, was während dieser Zeitspanne mit dem Haus geschehen war? Hatten sich in ihm stürmische Szenen ereignet, hatte es voll Trostlosigkeit oder in heiterer Gemächlichkeit dagestanden?

*

Das Haus hatte in der Tat mehrere Jahre dagestanden und darauf gewartet, daß jemand käme und es bewohne. Es war, seitdem es Lady Slane vor dreißig Jahren zum erstenmal gesehen hatte, nur einmal an ein ruhiges altes Ehepaar vermietet worden, Leute, deren Leben so einfach dahinflog wie das der meisten Menschen. Es war in ihren eigenen Augen, weiß Gott, ereignisreich genug, aber so alltäglich, daß es, ohne Spuren zu hinterlassen, in den allgemeinen Ozean des Lebens versank. Ein ruhiges altes Ehepaar, das die Wechselfälle des Lebens hinter sich hatte. Sie waren in das Haus gezogen, um langsam dahinzuwelken, sanft aus dem Dasein zu treiben, und so waren sie verwelkt, so waren sie fortgetrieben, sie hatten tatsächlich beide ihren letzten Atemzug in dem über dem Pfirsichspalier liegenden südlichen Schlafzimmer getan, wie die Hausmeisterin Lady Slane als aufmunternden Auftakt erzählte, während sie in lässiger, unbekümmerter Weise die Rolläden aufzog und die Sonne hereinließ. Sie schwatzte dabei ununterbrochen, wischte mit der Schürze ein Spinnweb von dem Fensterbrett und sah sich dann nach Lady Slane um, als wollte sie sagen: »So, jetzt können Sie sehen, wie das Haus aussieht, nicht viel los damit, nur so ein Haus, das zu vermieten ist – entschließen Sie sich um Himmels willen nur schnell, damit ich zu meinem Nachmittagstee zurückgehen kann.« Aber Lady Slane blieb in dem leeren Zimmer stehen und sagte ruhig, sie habe eine Verabredung mit Herrn Bucktrout.

Die Hausmeisterin könne gehen, sagte sie, sie brauche nicht zu warten. In ihrer Stimme mußte wohl ein Ton vizeköniglicher Autorität nachgeklungen haben, denn die Hausmeisterin wurde auf einmal ganz demütig und folgsam. Aber abschließen, sagte sie, müsse sie trotzdem. Sie zeigte auf die Schlüssel. Tag für Tag hatte sie das Haus aufgeschlossen, hastig hier und dort ein bißchen Staub gewischt und es wieder zugeschlossen. Das Haus kehrte dann zu seinem Schweigen zurück, das nur gelegentlich durch das Abbröckeln des Wandmörtels unterbrochen wurde. Während der Nacht fiel immer etwas Gips und Mörtel herunter und mußte am Morgen aufgeputzt werden. Ein unbewohntes Haus geriet gar zu leicht in einen schrecklichen Zustand. Sogar der Efeu kroch zwischen den Fenstern hindurch. Lady Slane erblickte einen bleichen jungen Schößling, der trübselig in der Sonne hing. Strohteilchen trieben sich hier und da auf dem Boden herum. Eine große Spinne rannte eilig die Wand hinauf und verschwand in einem Spalt. Ja, sagte Lady Slane, die Hausmeisterin könne ruhig gehen, Herr Bucktrout werde sicher die Freundlichkeit haben, das Haus abzuschließen.

Die Hausmeisterin zuckte die Schulter. Schließlich war ja nichts in dem Hause, was Lady Slane hätte stehlen können, und sie wollte Tee trinken. Nachdem Lady Slane ihr eine halbe Krone in die Hand gedrückt hatte, ging sie. Lady Slane blieb allein in dem Hause zurück. Sie hörte die Haustür zuschlagen. Wie wenig doch diese Hausmeister ihren Namen verdienten, sie gaben so wenig Obacht. Dann und wann trugen sie mal einen Eimer schwärzlichen Wassers herbei, schmierten mit einem schmutzigen Wischlappen über den Boden und hielten dann ihre Arbeit für getan. Man konnte ihnen nicht einmal einen Vorwurf machen, sie empfingen ein paar Schilling in der Woche, und dafür erwartete man von ihnen, daß sie sich die Knöchel noch schwieliger rieben, und alles wegen eines Hauses, das für sie im besten Falle einen Verdienst, im schlimmsten eine Last bedeutete. Man konnte von ihnen nicht erwarten, daß sie ihm die Pflege angedeihen ließen, die von Herzen kommt. Ein paar Monate solcher Arbeit würden jedermanns Eifer abstumpfen, aber Hausmeister mußten diese Arbeit ihr ganzes Leben tun. Man konnte von ihnen auch nicht erwarten, daß sie ein Gefühl dafür bekamen, was für ein sonderbares Ding ein Haus war, besonders ein leeres Haus, nicht nur eine systematische Anhäufung von Ziegelsteinen, die beim Bau durch Senkblei und Wasserwaage in eine bestimmte Ordnung gebracht und hier und da von Tür- und Fensterlöchern durchbrochen waren, sondern ein Wesen mit selbständigem Leben, als wenn in die in diesem viereckigen Backsteinwürfel eingeschlossene Luft ein einigender, das Ganze zusammenfügender Atem geblasen wäre, dessen Wirkung anhielt, bis die ihn einschließenden Wände auseinanderfielen und das Innere fremden Blicken preisgaben. Ein Haus war etwas sehr Privates, es hatte eine stille Abgeschlossenheit, die nicht von Schlössern und Vorlegestangen abhing. Wem diese Vorstellung als unvernünftiger Aberglaube erschien, dem konnte man erwidern, daß auch der Mensch nur eine Ansammlung von Ziegelsteinen war, aber Anspruch auf eine Seele, auf einen Geist, auf die Gabe der Erinnerung und der Wahrnehmung machte, die mit seinen ruhelosen Atomen nicht mehr zu tun hatten als das Haus mit seinen ruhig daliegenden Steinen. Für einen solchen Glauben konnte man keine rationale Erklärung beibringen, man konnte von einem Hausmeister nicht erwarten, daß er sich über eine solche Vorstellung viele Gedanken machte.

Lady Slane erlebte das sonderbare Gefühl, das allen gemeinsam ist, die zum erstenmal allein in einem leeren Hause bleiben, das vielleicht ihr Heim werden soll. Sie blickte aus dem Fenster des ersten Stocks, aber im Geiste lief sie die Treppen auf und ab und sah sich die Zimmer an, denn schon bei diesem ihrem ersten Besuch erschien ihr das Haus vertraut. Das war bereits ein Zeichen, daß sie und das Haus zusammenklangen. Sie stieg im Geiste sogar in den Keller hinunter, den sie noch nicht besichtigt, dessen moosbedeckte Stufen sie jedoch gesehen hatte. Sie hing sogar müßig dem Gedanken nach, ob dort wohl der Schwamm wuchs, nicht die gefleckte orangenfarbige, sondern die bleiche Art, die weit ungesunder und unangenehmer war. Wahrscheinlich befand sich auch der Schwamm unter den Eindringlingen dieses Hauses, und dieser Gedanke brachte sie zu dem leeren Zimmer zurück, in dem sie stand, dessen unverschämte Bewohner nach Herzenslust am Boden herumwehten, an den Fenstern schwebten und an den Wänden entlangliefen.

Seit langer Zeit hatten diese Dinge – die Strohteilchen, der Efeuschößling, die Spinne – das Haus ganz für sich allein gehabt. Sie hatten keine Miete bezahlt, hatten aber während eines leichten und flüchtigen Daseins den Boden, das Fenster und die Wände ganz nach Gutdünken benutzt. Das war die Gesellschaft, die Lady Slane wünschte. Sie hatte genug von Geschäftigkeit, Wettbewerb und ehrgeizigen Bestrebungen aller Art. Sie wollte mit den Dingen verschmelzen, die Zugang in ein leeres Haus fanden, wenn sie auch nicht wie die Spinne Netze weben wollte. Sie wollte sich damit begnügen, sich vom Wind bewegen zu lassen, grün zu werden im Licht der Sonne, sich den Korridor der Jahre hinuntertreiben zu lassen, bis der Tod sie sanft nach draußen wehte und die Tür hinter ihr schloß. Sie wollte sich ganz passiv verhalten, während diese äußeren Dinge mit ihr taten, was sie wollten. Aber erst einmal mußte sie wissen, ob sie das Haus haben konnte.

Ein leichtes Geräusch unten im Hause – war es das Öffnen einer Tür? – ließ sie aufhorchen. War es Herr Bucktrout? Sie hatte sich für halb fünf mit ihm verabredet, und die Zeit war schon überschritten. Sie mußte wohl oder übel mit ihm sprechen, obwohl sie geschäftliche Erörterungen haßte und am liebsten Besitz von dem Hause ergriffen hätte, wie das die Strohteilchen, der Efeu und die Spinne getan hatten, einfach dadurch, daß sie ihre Zahl durch ihre Person um noch eine weitere vermehrte. Sie seufzte, sie sah eine Menge Unannehmlichkeiten voraus, bevor sie in Ruhe im Garten sitzen konnte. Dokumente mußten unterzeichnet, Aufträge gegeben, Vorhänge und Teppiche ausgewählt und verschiedene Menschen in Bewegung gesetzt werden, die alle mit Hämmern, Nägeln, Nadel und Faden anrücken würden, bevor sie und ihre Sachen nach ihrer letzten Reise sich häuslich niederlassen konnten. Warum besaß man nicht Aladins Ring? Man mochte das Leben vereinfachen wie man wollte, seinem ungeheuer komplizierten Mechanismus konnte man nicht ganz entrinnen.

Es kam ihr plötzlich der Gedanke, daß der Herr Bucktrout, dessen Namen sie sich vor dreißig Jahren notiert hatte, inzwischen durch einen geschäftstüchtigen jungen Sohn ersetzt sein könnte, und groß war ihre Erleichterung, als sie über das Treppengeländer blickte und unten in der Halle in einer durch ihren Standpunkt bewirkten sonderbaren Verkürzung einen zuverlässig alten Herrn stehen sah. Sie blickte auf seine Glatze nieder, darunter sah sie seine Schultern, kaum eine Andeutung von Körper und dann zwei Lackschuhe. Er stand zögernd da, vielleicht wußte er nicht, daß seine zukünftige Mieterin bereits da war, vielleicht war ihm das auch gleichgültig. Sie hielt das letztere für wahrscheinlicher. Er schien es gar nicht eilig zu haben, das herauszufinden. Lady Slane stieg mühsam ein paar Stufen nach unten, um ihn besser sehen zu können. Er trug einen langen Leinenmantel, der ihm das Aussehen eines Anstreichers gab. Er hatte ein rosiges und etwas pausbäckiges Gesicht und preßte einen Finger gegen die Lippen, als beschäftige sich sein Geist in schlau überlegender und spitzbübischer Weise mit irgendeinem Problem. Was wird er nur tun, fragte sich Lady Slane, indem sie diese sonderbare kleine Gestalt beobachtete. Er hielt noch immer seinen Finger gegen die Lippen gepreßt, als wolle er jemanden zum Schweigen ermahnen, dann ging er auf den Zehenspitzen durch die Halle bis zu einer Stelle, wo ein Fleck an der Wand anzeigte, daß dort ehemals ein Barometer gehangen hatte. Dann klopfte er schnell gegen die Wand, wie ein Specht gegen einen Baum klopft, schüttelte den Kopf, murmelte: »Fällt! Fällt!«, hob die Zipfel seines Mantels hoch und tanzte in zwei niedlichen Pirouetten in die Mitte der Halle zurück und blieb dort mit zierlich vorgestrecktem Fuß stehen.

»Herr Bucktrout?« sagte Lady Slane, noch weiter herabsteigend.

Herr Bucktrout tat einen kleinen Sprung und streckte dann den anderen Fuß vor. Er legte eine Pause ein, um seinen Spann zu bewundern. Dann blickte er auf. »Lady Slane?« sagte er, indem er eine tiefe altmodische Verbeugung machte.

»Ich bin wegen des Hauses gekommen« sagte Lady Slane in vorzüglicher Stimmung, da sie sofort eine große Sympathie zu dieser exzentrischen Person verspürte.

Herr Bucktrout ließ die Zipfel seines Mantels fallen und stellte sich wie ein normaler Mensch auf zwei Füße. »Jawohl, wegen des Hauses«, sagte er. »Ich hatte es ganz vergessen. Da muß man nun wohl an geschäftliche Dinge denken, obwohl das Barometer fällt. Sie wollen also das Haus besichtigen, Lady Slane. Es ist ein reizendes Haus, so reizend, daß mir gar nichts daran liegt, es zu vermieten. Es ist nämlich mein eigenes Haus, ich bin zugleich Besitzer und Verwalter. Wenn ich nur der Verwalter wäre und im Namen des Besitzers handelte, hätte ich es für meine Pflicht gehalten, es nach Möglichkeit zu vermieten. Darum hat es so lange leer gestanden. Es haben sich viele Bewerber gemeldet, aber keiner von ihnen gefiel mir. Aber Sie sollen es sehen.« Er legte auf das »Sie« einen leichten Nachdruck.

»Ich habe es bereits gesehen«, sagte Lady Slane. »Die Hausmeisterin führte mich umher.«

»Ah so. Ein schreckliches Weib. So grob, so schmutzig. Haben Sie ihr ein Trinkgeld gegeben?«

»Ja«, sagte Lady Slane belustigt. »Ich habe ihr eine halbe Krone gegeben.«

»Ach, schade. Aber jetzt ist es natürlich zu spät. Sie haben also das Haus gesehen. Haben Sie es ganz gesehen? Drei Schlafzimmer, ein Badezimmer, zwei Toiletten, eine oben und eine unten; drei große Wohnzimmer, Veranda, die üblichen Nebenräume. Allgemeine Wasserversorgung, elektrisches Licht. Zweitausend Quadratmeter Garten, alte Obstbäume, darunter ein Maulbeerbaum. Schöne Keller. Essen Sie gern Pilze? Sie könnten Pilze im Keller züchten. Damen machen sich gewöhnlich nicht viel aus Wein, so könnte man den Keller zur Pilzzucht verwenden. Ich habe noch nie eine Dame getroffen, die Wert darauf gelegt hätte, sich ein Fäßchen Portwein einzulagern. Wenn Sie also das Haus gesehen haben, Lady Slane, was halten Sie davon?«

Lady Slane zögerte, denn es kam ihr der phantastische Einfall, Herrn Bucktrout genau die Gedanken zu erzählen, die ihr durch den Kopf gegangen waren, als sie auf ihn wartete. Sie fühlte zuversichtlich, daß er sie mit großem Ernst und ohne Überraschung aufnehmen würde. Aber statt dessen beschränkte sie sich darauf, mit der erprobten Vorsicht und Zurückhaltung eines Menschen, der eine Wohnung mieten will, zu sagen: »Ich glaube, es würde mir wahrscheinlich sehr zusagen.«

»Ah, aber die Frage ist«, sagte Herr Bucktrout, indem er den Finger wieder an die Lippen legte, »werden Sie *ihm* zusagen? Ich habe das Gefühl, das wird möglich sein. Und jedenfalls dürften Sie es nach dem Ende der Welt nicht mehr brauchen.«

»Ich denke, mein eigenes Ende wird eher eintreten«, sagte Lady Slane lächelnd.

»Durchaus nicht, wenn Sie nicht wirklich sehr alt sind«, sagte Herr Bucktrout in vollem Ernst. »Das Ende der Welt wird in zwei Jahren eintreten – ich könnte Sie durch ein paar einfache mathematische

Berechnungen überzeugen. Vielleicht sind Sie keine Mathematikerin. Nur wenige Damen haben mathematische Begabung. Aber wenn der Gegenstand Sie interessiert, könnte ich eines Tages, wenn Sie Ihren Einzug beendet haben, zum Tee zu Ihnen kommen und Ihnen meine Beweisgründe auseinandersetzen.«

»So werde ich also hier einziehen, ja?« sagte Lady Slane.

»Ich denke, ja«, sagte Herr Bucktrout, indem er den Kopf seitwärts neigte und sie von der Seite her ansah. »Das ist wohl wahrscheinlich. Denn warum sollten Sie sonst dreißig Jahre lang an das Haus gedacht haben – Sie sagten das in Ihrem Briefe –, und warum sollte ich so viele Mieter abgelehnt haben? Die beiden Dinge scheinen zusammenzukommen, nicht wahr, scheinen sich in einem Punkt zu treffen, nachdem jedes eine gesonderte Bogenlinie beschrieben hat. Ich glaube fest an die geometrischen Planungen der Vorsehung. Auch hierüber möchte ich Ihnen eines Tages meine Meinung vortragen, wenn ich Sie zum Tee besuchen darf. Wenn ich natürlich nur der Verwalter wäre, würde ich Ihnen nie einen solchen Vorschlag machen. Das würde sich nicht schicken. Da ich aber auch der Eigentümer bin, habe ich das Gefühl, daß wir, wenn wir die geschäftlichen Dinge hinter uns gebracht haben, uns auf gleichem Fuß begegnen können.«

»Ich hoffe in der Tat, daß Sie kommen werden, wenn Sie Lust dazu verspüren, Herr Bucktrout«, sagte Lady Slane.

»Sie sind sehr liebenswürdig, Lady Slane. Ich habe wenige Freunde, und ich finde, wenn man älter wird, zieht man mehr und mehr die Gesellschaft Gleichaltriger vor und scheut den Verkehr mit jüngeren Leuten. Sie ermüden einen so. Sie bringen einen aus der Fassung. Ich kann gegenwärtig kaum die Gesellschaft von Menschen ertragen, die unter siebzig sind. Junge Leute zwingen uns, vorwärts auf ein Leben voll Mühe und Anstrengung zu blicken. Alte Leute erlauben uns, rückwärts auf ein Leben zu schauen, dessen Mühen endgültig vorüber sind. Das läßt einen ausruhen. Ruhe, Lady Slane, ist eines der wichtigsten Dinge im Leben, aber wie wenige finden sie! Wie wenige in der Tat wünschen sie! Den Alten wird sie aufgedrängt. Sie sind entweder krank oder müde. Aber die Hälfte von ihnen seufzt noch nach der Energie, die sie einstmals hatten. Was für ein Fehler!«

»Das ist jedenfalls ein Fehler, den ich mir nicht vorzuwerfen habe«, meinte Lady Slane erleichtert und Herrn Bucktrout gegenüber ganz offenherzig.

»Nein? Dann sind wir wenigstens über einen der Hauptpunkte einig. Es ist schrecklich, zwanzig zu sein, Lady Slane. Es ist ebenso schlimm, wie wenn man vor der Aufgabe steht, im Großen National-Rennen zu reiten. Man weiß, daß man fast sicher in den Bach des Wettbewerbs fallen, beim Sprung über die Hecke der Enttäuschung ein Bein brechen, über den Draht der Intrige stolpern und ganz gewiß beim Satz über das Hindernis der Liebe zu Schaden kommen wird. Wenn man alt ist, kann man sich als Reiter am Abend nach dem Rennen ruhig niederlegen und denken: Nun, diese Strecke werde ich nie mehr zu reiten brauchen.«

»Aber Sie vergessen, Herr Bucktrout«, sagte Lady Slane, die in ihren eigenen Erinnerungen suchte, »daß es einem Spaß machte, als man jung war, gefährlich zu leben – man wollte es – es grauste einem gar nicht.«

»Das stimmt«, sagte Herr Bucktrout. »In meiner Jugend war ich Husar. Mein größtes Vergnügen war die Wildschweinjagd. Ich versichere Ihnen, Lady Slane, daß es für mich der seligste Augenblick meines Lebens war, wenn ich einen Eber mit schönen Hauern auf mich zukommen sah. Ich habe heute noch einige ausgestopfte Exemplare daheim, die ich Ihnen gelegentlich gern zeigen möchte. Aber ich hatte keinen Ehrgeiz – keinen militärischen Ehrgeiz. Ich hatte nie das leiseste Verlangen, Kommandeur meines Regiments zu werden. Darum nahm ich meinen Abschied, sobald ich erkannte, daß ein beschauliches Leben weit mehr Freuden bieten kann als ein von ehrgeiziger Tätigkeit erfülltes.«

Lady Slane stellte sich Herrn Bucktrout als Husaren vor, denn seine sonderbar stelzbeinigen Sätze beschworen dieses Bild herauf, und sie mußte sich sehr bemühen, das Lachen, zu dem dieses Bild sie reizte, zu verbergen. Es leuchtete ihr ohne weiteres ein, daß er niemals militärischen Ehrgeiz besessen hatte. Er war ihr sofort sehr sympathisch, doch mußte sie ihn nun wohl an praktische Dinge erinnern, obgleich, weiß Gott, diese zwanglose Unterhaltung für sie ein neuer und schwelgerischer Genuß war. »Aber jetzt müssen wir mal von dem Haus sprechen, Herr Bucktrout«, begann sie etwa in der Art, wie Carrie das Thema bei der Verteilung des Schmuckes angeschlagen hatte. Dieser Rückfall in die Sprechweise, die ihr einst als Frau eines Vizekönigs geläufig gewesen war, führte Herrn Bucktrout von seinen Wildschweinschlachten im Busch zu dem Gegenstand einer Hausvermietung in Hampstead zurück. »Mir gefällt das Haus«, sagte Lady Slane, »und anscheinend«, setzte sie mit einem Lächeln hinzu, das die angenommene hoheitsvolle Art Lügen strafte, »lehnen Sie mich als Mieterin nicht ab. Aber wie ist es nun mit dem geschäftlichen Teil? Wie hoch ist die Miete?«

Er sah sie überrascht an. Offenbar war er inzwischen eifrig auf der Jagd gewesen, war als Husar ins Leben zurückgekehrt, hatte ganz vergessen, daß er Hausbesitzer und Hausverwalter war. Dieses Mal legte er den Finger an die Nase, wobei er Lady Slane verschmitzt ansah und sich selbst Zeit zum Nachdenken gab. Der Gegenstand schien ihm verhaßt zu sein, aber in seinem Inneren rührten sich Reste ehemaliger Geschäftstüchtigkeit und zogen in seinem Geist an einem Erinnerungsfaden. Er lebte natürlich wie Lady Slane in einer Welt, in der Mieten von keiner großen Wichtigkeit waren, und so konnte man sich kaum ein unpassenderes und doch auch wieder ein passenderes Paar zur Erörterung von Mieten vorstellen. »Die Miete... die Miete...« sagte Herr Bucktrout wie jemand, der sich bemüht, ein Wort in einer fremden Sprache zu erhaschen, die er einmal gekonnt hat.

Dann klärte sich sein Gesicht auf. »Natürlich – die Miete«, sagte er lebhaft. »Sie wollen einen jährlichen Mietvertrag, nicht wahr?« fragte er, indem er aus dem Dickicht, in dem er vor fünfzig Jahren als Husar Wildschweine gejagt hatte, endlich zur Gegenwart zurückkehrte und als Geschäftsmann seinen Wortschatz wiederfand. »Es würde sich kaum für Sie lohnen, einen längeren Vertrag zu machen. Sie könnten es jeden Augenblick wieder räumen müssen, und Ihre Erben würden es sicher nicht gern auf dem Halse haben. Ich denke, daß wir auf dieser Grundlage zu einer befriedigenden Regelung kommen können. Es ist mir angenehm, einen Mieter zu finden, der mich auf kurze Zeit der Sorge um das Haus enthebt. Ganz abgesehen von meiner persönlichen Vorliebe für Sie, mag diese Vorliebe auch ganz plötzlich entstanden sein, ist mir der Gedanke angenehm, daß gerade dieses Haus nach kurzem Zwischenraum wieder zu meiner Verfügung stehen wird. Schon aus diesem Gesichtspunkt heraus würden Sie mir als Mieterin wunderbar passen. Es gibt natürlich noch andere Gesichtspunkte, wie immer in diesem Leben, aber aus

Geschäftsinteresse darf ich sie augenblicklich nicht ins Auge fassen. Jene anderen Gesichtspunkte sind rein gefühlsmäßig – nämlich, daß ich Sie mir recht gut als Bewohnerin gerade dieses Hauses vorstellen kann (vom Standpunkt des Eigentümers, nicht des Maklers aus gesprochen) und daß ich angenehmen Nachmittagen entgegensehe, wenn ich Ihnen als einer Dame mit großem Verständnis beim Tee meine verschiedenen kleinen Probleme auseinandersetze. Diese Überlegungen müssen für den Augenblick beiseitestehen. Wir sind hier, um die Frage der Miete zu erörtern.« Er stellte einen Fuß vor, bedachte sich, zog ihn zurück und sah Lady Slane befriedigt und triumphierend an.

Er drückt es auf wunderbar zarte Weise aus, dachte Lady Slane. Es würde sich kaum für mich lohnen, einen längeren Mietvertrag als auf ein Jahr abzuschließen, da ich das Haus jeden Augenblick wieder räumen könnte, indem ich in meinem Sarge hinausgetragen werde. Aber wenn er nun vor mir sterben sollte? Denn wenn ich auch eine alte Frau bin, so ist er doch sicher ebenfalls ein alter Mann. Es ist doch bestimmt lächerlich, wenn Leute, die dem Tode so nahe sind, sich noch feiner umschreibender Redewendungen befleißigen. Aber man spricht eben doch nicht gern in nackten Worten vom Tode, wie sehr auch sein unmittelbares Bevorstehen unser Herz bedrücken mag, und darum unterließ es Lady Slane, den möglichen Trugschluß in Herrn Bucktrouts Berechnungen aufzudecken, und sagte nur: »Ein jährlicher Mietvertrag wäre mir recht, aber damit ist meine Frage nach der Miete noch immer nicht beantwortet.«

Herrn Bucktrout war es offensichtlich peinlich, so in die Enge getrieben zu werden. Obgleich er sowohl Hausbesitzer wie auch Makler war, gehörte er doch zu jenen Leuten, die ihre Träume nicht gern in Mark und Pfennig ausgedrückt sehen. Überdies war er nun versessen darauf, Lady Slane als Mieterin zu bekommen. Er versuchte, Zeit zu gewinnen. »Nun, Lady Slane, ich beantworte Ihre Frage mit einer Gegenfrage. Welche Mietsumme wären Sie wohl bereit zu zahlen?«

Er geht wieder mit großer Zartheit vor, dachte Lady Slane. Er fragt nicht: »Welche Mietsumme können Sie bezahlen?« Sie kreuzten die Klingen, sie gingen umeinander herum wie zwei verliebte Tauben, es wurde allmählich komisch. Henry wäre dazwischengefahren, hätte ihre Unschlüssigkeit mit einem Axthieb kalten Verstandes gespalten. Doch sie hatte den seltsamen kleinen Mann gern, war froh, von Herzen froh, daß sie Carries Begleitung zurückgewiesen hatte. Carrie wäre wie ihr Vater drastisch dazwischengefahren und hätte dadurch eine Beziehung zerstört, die sich gerade so schnell und fein gebildet hatte wie ein aus Glas geblasenes Segelschiff, bei dem jeder Faden sogleich hart wird, wenn er das Blasinstrument verläßt und an die Luft tritt, und doch so zerbrechlich bleibt, daß eine falsche, die Ätherwellen mißtönig berührende Note ihn zersplittern kann. Widerwillig nannte Lady Slane eine Summe, die natürlich zu hoch war. Herr Bucktrout halbierte sie umgehend, aber da war sie natürlich zu klein.

Aber schließlich kamen sie zu einer Vereinbarung. Wenn auch diese Art, geschäftliche Verhandlungen zu führen, nicht nach jedermanns Geschmack sein mochte, so gefiel sie ihnen doch sehr gut, und sie schieden mit beiderseitigem Wohlgefallen voneinander.

Carrie fand, daß ihre Mutter in ihren Äußerungen sehr zurückhaltend über das Haus war. Ja, sie hatte es besichtigt, ja, sie hatte mit dem Verwalter gesprochen, ja, sie hatte es gemietet. Sie hatte einen Mietvertrag auf ein Jahr geschlossen. Carrie geriet in Aufregung. Was nun, wenn der Verwalter ein besseres Angebot erhielt und sie hinauswarf? Lady Slane lächelte überlegen. Der Verwalter, sagte sie, werde sie nicht hinauswerfen. Aber Hausverwalter, entgegnete Carrie, seien so furchtbar habgierige Leute – ganz natürlich, denn sie müßten wohl oder übel so sein –, und welche Garantie habe ihre Mutter, sich nicht nach Ablauf eines Jahres nach einem anderen Hause umsehen zu müssen? Lady Slane sagte, eine solche Notwendigkeit sehe sie nicht voraus, so ein Mensch sei Herr Bucktrout nicht. Aber, meinte Carrie verzweifelt, Herr Bucktrout müsse doch Geld verdienen. Geschäftliche Beziehungen gründeten sich nicht auf menschenfreundlichen Neigungen. Dann fragte sie, indem sie zu einem anderen Thema überging, da sie alle Hoffnung aufgab, die Vermietung noch rückgängig machen zu können, ob ihre Mutter Vereinbarungen über Reparaturen und Innenausstattung getroffen habe. Wie war es zum Beispiel mit dem Tapezieren und Anstreichen und der Ausbesserung von Dachschäden, hatte ihre Mutter wohl daran gedacht? Carrie, die alle Entscheidungen ihrer Mutter seit Jahren kontrolliert hatte, stand wahre Höllenqualen aus, die noch dadurch vergrößert wurden, daß sie ihrer Entrüstung nicht frei die Zügel schießen lassen konnte, denn sie konnte bei bestem Willen einer alten Dame von achtundachtzig Jahren keine Befehle erteilen, wenn diese alte Dame plötzlich zu verstehen gab, daß sie nach Erreichung dieses Alters endlich ihre Angelegenheiten selbst ordnen konnte. Carrie war überzeugt, daß sie das nie fertigbringen werde. Sie war nicht nur starr vor Erstaunen, weil sie sich so plötzlich entthront sah, sondern auch aufrichtig besorgt, weil sie ihre Mutter stracks und unrettbar in die schrecklichsten Schwierigkeiten rennen sah. Lady Slane erwiderte inzwischen ruhig, daß Herr Bucktrout versprochen habe, in ihrem Namen mit Schreinern, Anstreichern, Installateuren und Tapezierern zu verhandeln. Es sei sehr lieb von Carrie, wenn sie sich Sorgen mache, aber ganz unnötig. Sie und Herr Bucktrout würden alles unter sich regeln.

Carrie fühlte, daß es nicht einmal Sinn hatte, das Wort Voranschlag zu erwähnen. Ihre Mutter schien sich ganz von ihr gelöst und sich in eine nicht von Vernunft, sondern von Gefühlen beherrschte Welt verirrt zu haben, eine Welt, in der man die Anständigkeit anderer Leute als selbstverständlich voraussetzte. Aber diese Welt hatte, wie Carrie genau wußte, keine Beziehung zu irgendwelchen Dingen auf diesem Planeten. Diese Haltung ihrer Mutter war im Grunde dasselbe wie ihre außerordentliche Gleichgültigkeit und Stumpfheit, die sie bei der Verteilung der Juwelen gezeigt hatte. Welcher Mensch mit klarem Verstand würde auf diese Weise Juwelen verschenkt haben, die fünf-, vielleicht sogar siebentausend Pfund wert waren? Welcher Mensch mit richtigem Unterscheidungsvermögen würde nicht darauf gekommen sein, daß auch Carrie und Lavinia wenigstens einen Teil davon haben sollten? Von Edith gar nicht zu reden. Eine Brosche hätte sie Edith schon gegönnt. Schließlich war Edith Vaters Tochter. Aber ihre Mutter hatte alles fortgegeben, als wäre es wertloser Plunder, genau wie sie jetzt sich und ihre Börse einem alten Haifisch mit Namen Bucktrout ausgeliefert hatte.

Carrie fand jedoch großen Trost darin, die Sache in langen und wiederholten Unterredungen mit ihren Verwandten zu besprechen. Ihr Zusammenhalt wurde dadurch gefestigt. Sie hatten alle großen Genuß bei diesen Besprechungen am Teetisch – der Nachmittagstee war ihre Lieblingsmahlzeit, vielleicht weil sie die billigste war –, und niemand achtete darauf, wie oft jemand dasselbe und sogar in denselben Worten sagte. Sie hörten alle mit immer wiederholter Zustimmung zu und nickten beifällig, als wäre gerade eine neue und umwälzende Entdeckung gemacht worden. Carrie und ihre Verwandten fanden sich durch diese Vorträge und ihre beifällige Aufnahme ungemein gestärkt. Man braucht eine Sache nur oft genug zu wiederholen, und sie wird wahr. Durch das Einhämmern genügend vieler Pfähle derselben Art errichteten sie eine Palisade zwischen sich und den wilden Gefahren des Lebens. Die Phrase »Mutter ist wundervoll«, die sie so häufig in den Tagen zwischen dem Tod und dem Begräbnis gebraucht hatten, wurde durch die Bemerkung abgelöst »Die arme Mutter – so hoffnungslos unbeholfen in praktischen Dingen«. Aber nachdem sie diese mit lobenswerter Ausdauer vorgebracht hatten – in Queen's Gate, wo William und Lavinia wohnten, in Lower Sloane Street, wo Carrie und Roland wohnten, in Cromwell Road, wo Charles seine Wohnung hatte, in Cadogan Square, wo Herbert und Mabel hausten –, sahen sie zu ihrem Erstaunen, daß sie nicht imstande waren, mit dieser leicht unbeholfenen Mutter fertig zu werden. Sie war doch früher immer so angenehm, so leicht zu lenken gewesen, und jetzt hatte sie ihnen einen solchen Possen gespielt – sie mit ihrem Hause in Hampstead und ihrem Herrn Bucktrout. Keiner von ihnen hatte Herrn Bucktrout zu Gesicht bekommen, das war ihnen nicht gestattet worden, selbst Carrie und ihr zu Fahrten angebotenes Auto waren zurückgewiesen worden, aber seine Unsichtbarkeit verstärkte nur noch ihr Mißtrauen gegen ihn. Er wurde »dieser Mann, der Mutter in den Klauen hat«. Wenn Lady Slane nicht bereits alle Perlen, Rubine und Smaragde in ihrer unbekümmerten Weise Herbert und Mabel gegeben hätte, so hätten sie sich leicht vorstellen können, wie sie diese Herrn Bucktrout auf dessen Wink aushändigte. Was konnte dieser Herr Bucktrout, dem gar nichts an einem festen Mietvertrag zu liegen schien, der so hilfreich im Namen seiner Mieterin mit Schreinern, Anstreichern, Installateuren und Tapezierern verhandelte, anders sein als ein Haifisch? Im günstigsten Falle flossen für Carrie und ihre Familie seine Beweggründe in dem verdächtigen Wort Vollmacht zusammen.

Aber inzwischen hatte Herr Bucktrout sich die Dienste Herrn Gosherons gesichert.

»Sie müssen verstehen«, sagte er zu diesem schätzenswerten Handwerker, »daß Lady Slane trotz ihrer hohen Stellung eine Dame mit beschränkten Mitteln ist. Es ist nicht immer richtig, Herr Gosheron, Aristokratie und Reichtum gleichzusetzen. Wenn jemand Vizekönig von Indien und Premierminister von England gewesen ist, so heißt das nicht, daß seine Hinterbliebenen im Überfluß leben. Die staatliche Verwaltung, Herr Gosheron, wird nach ganz anderen Grundsätzen geführt. Deshalb müssen Sie, Herr Gosheron, Ihren Voranschlag so niedrig halten, wie es mit Ihrem wohlüberlegten und vertretbaren Gewinn verträglich ist. Als Makler und auch als Grundbesitzer habe ich einige Erfahrung in diesen Dingen. Und ich versichere Ihnen, daß ich es mir zur Pflicht mache, Ihre Kostenanschläge für Lady Slane so niederzudrücken, als müßte ich das Geld aus eigener Tasche bezahlen.«

Herr Gosheron wiederum versicherte Herrn Bucktrout, daß er nie daran denken werde, Lady Slane zu übervorteilen.

Genoux faßte vom ersten Augenblick an eine Vorliebe für Herrn Gosheron. »Voilà un monsieur«, sagte sie, »qui connaî son travail. Il sait par exemple«, setzte sie hinzu, »quels Bleigewichte il faut mettre dans les rideaux. Et il sait faire de la peinture pour que ça ne klebt pas. J'aime le bon travail – pas trop cher, mais pas de pacotille.« Genoux und Lady Slane, die von Carrie erlöst waren, verbrachten sehr glückliche Tage mit Herrn Bucktrout und Herrn Gosheron. Lady Slane gefiel alles an Herrn Gosheron, selbst sein Aussehen. Er sah sehr bieder aus und trug ständig einen alten, vor Alter grünen steifen Hut, den er nicht einmal im Hause absetzte. Wenn er Lady Slane grüßen wollte, faßte er ihn hinten an der Krempe und schob ihn etwas nach vorn, um ihn dann wieder in seine alte Lage zu bringen. Sein Haar, das ehemals braun gewesen, aber nunmehr grau und strähnig war, geriet durch dieses Hin- und Herschieben des Hutes immer in Unordnung, so daß nach der Verschiebung hinten eine Strähne hervorguckte, die Lady Slane fasziniert anstarrte, die aber von dem Eigentümer des Hutes nicht bemerkt wurde. Er trug immer einen Bleistift hinter dem Ohr, einen Bleistift, der so breit war und ein so weiches Blei hatte, daß er zu nichts anderem dienen konnte, als einen Strich über ein Holzbrett zu ziehen. Lady Slane sah ihn aber nur dazu gebraucht, sich damit den Kopf zu kratzen. Sie erkannte in Herrn Gosheron schnell einen jener Handwerker, die an jeder nicht unter ihrer eigenen Anleitung ausgeführten Arbeit etwas auszusetzen haben. »So 'n armseliges Ding«, pflegte Herr Gosheron zu murmeln, wenn er etwa die Zugklappe des Küchenherdes untersuchte. Er gab immer zu verstehen, daß, wenn die Arbeit ihm übertragen worden wäre, er sie besser gemacht haben würde. Aber gleichzeitig gab er auch zu verstehen, daß ein erfahrener Mann den Schaden wieder in Ordnung bringen und diese ganz schlechte Arbeit, wenn auch nicht ganz zufriedenstellend, einigermaßen wieder richten könne. Gewöhnlich schweigsam und in Gegenwart Herrn Bucktrouts ziemlich kleinlaut, ließ er gelegentlich seinem Groll die Zügel schießen. Lady Slane hörte zum Beispiel gern seine Ausbrüche gegen die mit Asbest gedeckten durchschnittlichen Wochenendhäuschen. Diese Ausbrüche waren ihr besonders wertvoll, weil sie so selten waren. »Ich kann nicht verstehen, wie man ohne Schönheit leben kann.« Herr Gosheron konnte ein Dielenbrett schön finden, wenn es gut geschnitten und eingepaßt war, obgleich er natürlich eins aus Eiche vorzog. »Grauenhaft, wie einige die Faserung des Holzes mit Farbe zuschmieren!« Herr Gosheron war kein junger Mann mehr. Er war mindestens siebzig, aber seine handwerkliche Tradition ging auf hundert oder mehr Jahre zurück. »Diese Lastwagen«, sagte er, »die die Mauern erschüttern!« Henry Slane, der immer fortschrittlich war, waren Lastwagen so schön erschienen wie Herrn Gosheron ein gut gezimmertes Brett. Aber Lady Slane, die sich als brave Gattin viele Jahre lang bemüht hatte, die Schönheit der Lastwagen zu entdecken, befand sich nun weit wohler in einer neuen Wertordnung. Sie konnte ganze Stunden mit Herrn Bucktrout und Herrn Gosheron vertrödeln, wobei Genoux ihnen wie ein geschlossener und nie wankender Chor folgte. Fest auf ihre zwei Füße gepflanzt, stand sie in einiger Entfernung von den dreien, und wenn sie sich bewegte, knisterten die Einlagen von braunem Packpapier. Genoux, die ihr ganzes Leben hindurch grundsätzlich jeden mit Mißtrauen betrachtet hatte, empfand für Herrn Bucktrout und Herrn Gosheron eine Zuneigung, die fast an Liebe grenzte. Wie verschieden, wie erstaunlich angenehm verschieden sie von den Kindern ihrer Herrin waren – für die Genoux trotzdem eine scheue Ehrfurcht hegte. Die beiden alten Herren schienen ängstlich darauf bedacht zu sein, daß Lady Slane alles nach ihrem Wunsch bekam, aber doch möglichst geringe Ausgaben hatte. Wenn sie zögernd fragte, ob im Badezimmer wohl ein Regal aus Glas angebracht werden könne, oder was es sonst auch sein mochte, so sahen sich die beiden wie zwei Verschworene an, fast zwinkernd, und sagten regelmäßig, sie glaubten, das werde wohl noch möglich sein. So sah Genoux Miladi gern behandelt – wie ein kostbares, zerbrechliches und selbstloses Wesen, dem andere schützend zur Seite standen, um ihre Rechte, die sie selbst niemals durchsetzte, wahrzunehmen. Nie war sie früher so behandelt worden. Milord hatte sie natürlich geliebt und hatte sie immer vor Unannehmlichkeiten bewahrt (Milord, der sich gegen jeden so reizend betrug), aber er selbst war eine so gewichtige Persönlichkeit, daß andere natürlicherweise in seinem Schatten standen. Ihre Kinder liebten sie wohl auch, wie Genoux annahm, denn für sie war es undenkbar, daß ein Kind seine Mutter, selbst nach sechzig Jahren, nicht lieben sollte, aber es hatte Zeiten gegeben, wo Genoux ihr Betragen gegen ihre Mutter nicht billigen konnte. Lady Charlotte zum Beispiel war wirklich zu tyrannisch, kam zu allen Stunden des Tages nach Elm Park Gardens, und ihr Anblick allein konnte eine schüchterne alte Dame zum Zittern bringen. Sehr oft konnte man eine verschleierte Ungeduld hinter ihren Worten spüren. Nach Genoux' Meinung waren sie alle zu energisch, außer Lady Edith und Herrn Kay. Sie stießen ihre arme Mutter herum, sprachen laut und hielten es für selbstverständlich, daß ihre Kräfte den ihren die Waage hielten. Einmal, als Herr William mit Lady Slane ausging, hatte sie den Vorschlag gemacht, eine Droschke zu nehmen, aber Herr William hatte gesagt, sie könnten ebensogut im Omnibus fahren, und Genoux, die ihnen die Haustür öffnete, hätte beinahe ihre Börse hervorgezogen, um Herrn William das Fahrgeld zu geben. Sie wünschte jetzt, sie hätte sich dieses freche Stückchen geleistet. Es war unvernünftig, eine Dame von achtundachtzig zu behandeln, als wäre sie erst fünfundsechzig. Genoux, die selbst nur zwei Jahre Jünger war als Lady Slane, wurde erbost, wenn sie in der Halle von Elm Park Gardens Lady Slane die Überschuhe anzog und ihr den Regenschirm gab, weil sie in das schlechte Wetter hinausgehen mußte. Es war nicht recht, besonders wenn man in Betracht zog, an welches Leben Lady Slane gewöhnt gewesen war in jener Zeit, da sie auf einem Elefanten saß mit einem Mahut hinter sich, der ihr einen Sonnenschirm über den Kopf hielt. Genoux war lieber in Kalkutta als in Elm Park Gardens gewesen.

Aber in Hampstead hatte man dank Herrn Bucktrout und Herrn Gosheron endlich die richtige Atmosphäre gefunden. Sie war bescheiden. Es gab keine Adjutanten und keine Fürsten, aber wenn sie auch bescheiden war, so war sie doch warm und herzlich und anständig und großzügig, gerade wie sie sein sollte. Herr Bucktrout drückte sich in einem Stil aus, den Genoux für ganz ausgezeichnet hielt. Er war sicher sonderbar, aber er war ein Kavalier – ein echter Monsieur. Er hatte seltsame und schöne Gedanken, er hatte es nie eilig. Manchmal, wenn er von geschäftlichen Dingen sprach, brach er mitten drin ab, um etwas über Descartes ober über ein befriedigendes Muster zu sagen. Und wenn er Muster sagte, meinte er kein Tapetenmuster, sondern ein Muster der Lebensführung. Herr Gosheron hatte es nie eilig. Manchmal hob er seinen steifen Hut von hinten her hoch und kratzte sich mit dem Bleistift am Kopf, und diese Gebärde diente anstatt einer Bemerkung. Er sprach sehr wenig und immer mit leiser Stimme. Er bedauerte den Verfall der handwerklichen Tüchtigkeit in der modernen Welt, weigerte sich, gewerkschaftlich organisierte Arbeiter zu beschäftigen, und arbeitete mit solchen, die er selbst herangezogen hatte und die folglich schon so alt waren, daß Genoux manchmal Angst hatte, sie könnten von der Leiter fallen. Auch die Arbeiter hatten sich verschworen, Lady Slane zufriedenzustellen. Wenn sie kam, begrüßten sie sie immer mit strahlendem Gesicht, nahmen ihre Mützen ab und beeilten sich, ihr die Farbtöpfe aus dem Wege zu räumen. Doch wenn es bei der Arbeit auch gemütlich zuging, so schien sie trotzdem schnell weiterzuschreiten, und jedesmal wenn Lady Slane nach Hampstead kam, gab es eine Überraschung für sie.

Herr Bucktrout machte ihr sogar kleine Geschenke, die er jedoch aus Feinfühligkeit immer in bescheidenem Rahmen hielt, so daß Lady Slane sie ohne Verlegenheit annehmen konnte. Manchmal war es eine Pflanze für ihren Garten, manchmal eine Vase mit Blumen, die auf dem Fensterbrett eines leeren Zimmers seltsame Leuchtkraft gewann. Er müsse sie auf ein Fensterbrett setzen, erklärte er, da noch keine Tische oder andere Möbelstücke vorhanden seien, aber Lady Slane hatte ihn im Verdacht, daß er das Fensterbrett deshalb vorzog, weil er sein Geschenk dann so zurechtrücken konnte, daß die Sonnenstrahlen gerade zu der Stunde darauf fielen, wo er seine Mieterin erwartete. Sie neckte ihn manchmal, indem sie eine halbe

Stunde zu spät kam, aber er ließ sich nicht beirren, und einmal verriet ihn ein feuchter Ring neben der Vase. Er war, als er sah, daß sie nicht rechtzeitig eintraf, wieder nach oben gegangen und hatte die Blumen weiter in die Sonne vorgerückt. Hohes Alter, dachte Lady Slane, müsse sich sicher mit sehr kleinen Freuden begnügen, nach dem Vergnügen zu urteilen, das sie bei der Bestätigung ihrer Verdachtsgründe empfand. Müde, schwach, bereit abzutreten, konnte sie sich noch damit belustigen, ein winziges Miniaturspiel mit Herrn Bucktrout und Herrn Gosheron zu treiben, eine Art Menuett, das nach einer verklingenden Musik getanzt wurde, das vielleicht künstlich war, aber doch symbolisch für eine Wirklichkeit, die sie mit ihren eigenen Kindern nie erreicht hatte. Die Künstlichkeit lag in der Art, auf die es gepielt, die Wirklichkeit in der Herzlichkeit, mit der es erfunden wurde. Ritterlichkeit war kein künstliches Produkt mehr, wenn sie auf wirklicher Hochachtung beruhte, sie wurde dann eine der keuschen, verhüllenden Grazien, eine Formel, durch die ein tieferes Gefühl mitgeteilt werden konnte.

Sie waren alle drei zu alt, um starke Gefühle zu äußern, um in Wettbewerb zu treten, zu überlisten und Siege davonzutragen. Sie mußten in den alten Takt des Menuetts verfallen, in dem die Verbeugung des Herrn alles ausdrückte, was er an galanter Zuneigung für die Frauen fühlte, und der Fächer der Dame einen so sanften Luftzug erregte, daß nicht einmal ein Härchen davon bewegt wurde. Das war das Alter, in dem man alles so gut kannte, daß man es nur noch in Symbolen ausdrücken konnte. Die Zeit war dahin, da das Gefühl seine Grenzen überschritt und heiß aus dem Schmelzofen strömte, da das Herz von starken und sich widerstreitenden Gefühlen zu zerreißen drohte. Es war nur noch ein einfarbiges Gemälde übriggeblieben, die Landschaft war noch dieselbe, aber alle Farben waren aus ihr verschwunden, und an die Stelle des Wortes war eine Gebärde getreten.

Lady Slane war es am liebsten, wenn Herr Bucktrout seine kleinen Geschenke in Form von Blumen brachte. Sie entdeckte an ihm mit der Zeit manche kleinen Talente, unter denen die Gabe, einen Blumenstrauß zusammenzustellen, nicht das geringste war. Er machte kühne und überraschende Farben- und Formenzusammenstellungen, so daß man glaubte, ein Stilleben und nicht mehr einen Strauß lebender Blumen vor sich zu haben, dem jedoch ein Leben eingehaucht war, das keine Farbe hervorzaubern konnte. Wenn der Strauß auf dem Fensterbrett in der Sonne leuchtete, und sein Leuchten war auf den kahlen Brettern und im Gegensatz zu den nackten Wänden um so intensiver, erschien sein Gewebe eher von innen her als von außen bestrahlt. Herrn Bucktrouts Erfindungskraft erlahmte auch nicht, denn in dieser Woche brachte er einen Strauß, der so bunt war wie ein Zigeuner, alles blau, purpurn und orange, in der nächsten aber ein diskretes Pastellbild, alles rosa und grau mit einem Fleck Gelb darin und einem federigen, leicht kremfarbigen Zweig. Lady Slane, die beinahe Malerin geworden war, wußte diese Farbwirkungen wohl zu schätzen. Herr Bucktrout sei ein Künstler, sagte Lady Slane, und selbst Genoux, die nicht viel Wert auf Blumen im Hause legte, weil sie ihre Blätter über die Tische verstreuten und schließlich weggeworfen werden mußten und dann den ganzen Inhalt des Papierkorbs feucht machten, bemerkte eines Tages, daß »Monsieur aurait dû se faire floriste«.

Als Herr Bucktrout sah, daß seine Bemühungen gewürdigt wurden, wurden seine Geschenke allmählich persönlicher. Außer der Vase mit Blumen brachte er noch ein Sträußchen mit, das dazu bestimmt war, an Lady Slanes Schulter gesteckt zu werden. Das erstemal ergab sich dabei eine Schwierigkeit. Sie hatte voll Besorgnis, den alten Herrn nicht zu enttäuschen, unter ihren Spitzen und Rüschen vergeblich nach einer Nadel gesucht. Von nun an war an dem mitgebrachten Sträußchen immer eine große schwarze Sicherheitsnadel sichtbar, die sorgfältig durch das die Stengel umhüllende Silberpapier gesteckt war und die Lady Slane immer gehorsam benutzte, obwohl sie vorahnend nie mehr vergaß, selbst eine bei sich zu tragen. Aus solch kleinen, stillschweigenden und gegenseitigen Artigkeiten baute sich ihre Beziehung auf.

Eines Tages fragte sie ihn, warum er sich ihretwegen so viel Mühe gebe. Warum hatte er es auf sich genommen, Herrn Gosheron für sie ausfindig zu machen, seine Voranschläge durchzusehen und sich um jede Einzelheit der Arbeit zu bekümmern? Das war doch bei einem Häusermakler sicher nicht üblich, selbst dann nicht, wenn dieser Makler zugleich Hausbesitzer war? Herr Bucktrout war sofort sehr ernst. »Ich habe mir schon gedacht, Lady Slane«, sagte er, »daß Sie mir eine solche Frage stellen würden. Ich freue mich, daß Sie sie gestellt haben, denn ich bin immer dafür, Licht in die Dickichte der

Mißverständnisse einzulassen. Sie haben recht: es ist nicht üblich. Sagen wir, daß ich es tue, weil ich sonst sehr wenig zu tun habe, und daß ich, solange Sie keine Einwände erheben, dankbar bin, wenn Sie mir Anlaß zur Beschäftigung geben.«

»Nein«, sagte Lady Slane verlegen, aber bestimmt, »das ist nicht der Grund. Warum nehmen Sie meine Interessen auf diese Weise wahr? Sehen Sie, Herr Bucktrout, Sie überwachen nicht nur Herrn Gosheron – ich habe eigentlich nie einen Handwerker gesehen, der so wenig Überwachung nötig hätte –, sondern von Anfang an waren Sie besorgt, mir soviel wie möglich abzunehmen. Ich mag in praktischen Dingen nicht sehr bewandert sein«, fuhr sie mit ihrem reizenden Lächeln fort, »aber ich habe mich hinreichend in der Welt umgesehen, um zu wissen, daß Geschäfte gewöhnlich nicht nach Ihrem System geführt werden. Meine Tochter Charlotte übrigens – aber sprechen wir nicht von meiner Tochter Charlotte. Es bleibt die Tatsache bestehen, daß ich überrascht und auch ziemlich neugierig bin.«

»Ich möchte nicht, daß Sie mich für einen Einfaltspinsel halten, Lady Slane«, sagte Herr Bucktrout sehr ernst. Er zögerte, als überlege er sich, ob er sie ins Vertrauen ziehen solle, dann sprach er schnell weiter. »Ich bin kein Einfaltspinsel, auch kein kindischer alter Mann. Man spreche mir nur nicht von Kindischwerden und solchem Unsinn. Leute, die sagen, daß die Welt anders ist als sie ist, machen mich nur ungeduldig. Die Welt, Lady Slane, ist einfach grauenhaft. Sie ist grauenhaft, weil sie auf Wettbewerb gegründet ist – und man weiß wirklich nicht, ob man die Grundlage dieses Kampfes eine Konvention oder eine Notwendigkeit nennen soll. Ist er ein außerordentliches Blendwerk oder ein Lebensgesetz? Ist er vielleicht ein tierisches Gesetz, von dem die Kultur uns schließlich befreien kann? Gegenwärtig scheint es mir, Lady Slane, daß der Mensch alle seine Berechnungen auf ein von Grund aus falsches mathematisches System gegründet hat. Für seinen eigenen Zweck geht die Rechnung wohl auf, weil er diesen Planeten so zurechtgestutzt und zurechtgebogen hat, daß die Prämissen für ihn stimmen. Wenn man aber nach anderen Gesetzen urteilt, so würden die Resultate zwar richtig bleiben, die Prämissen aber würden einfach verrückt erscheinen, zwar geistreich genug, aber verrückt. Vielleicht wird eines Tages eine wahre Kultur kommen und alle unsere Rechnungen als falsch durchstreichen. Aber bis dahin haben wir noch einen weiten Weg zu gehen – einen weiten Weg.« Er schüttelte den Kopf, stellte den Fuß vor und versank in Gedanken.

»Sie denken also«, sagte Lady Slane, da sie merkte, ihn in die Wirklichkeit zurückrufen zu müssen, »daß jeder, der gegen dieses außerordentliche Blendwerk angeht, der Kultur weiterhilft?«

»Jawohl, Lady Slane, das denke ich. Aber bei dem jetzigen Zustande der Welt ist das ein Luxus, den sich nur Dichter oder sehr alte Leute leisten können. Ich versichere Ihnen, daß ich, nachdem ich meinen Abschied genommen hatte und Geschäftsmann geworden war, einfach wild war. Es ist wirklich das einzige Wort. Wild. Niemand konnte es mit mir aufnehmen. Und je rücksichtsloser ich vorging, desto mehr Achtung brachte man mir entgegen. Nichts verschafft einem so schnell Achtung, wie wenn man seine Mitmenschen wissen läßt, man sei ihnen gewachsen. Andere Methoden können einem zwar auf lange Sicht auch Achtung verschaffen, aber wenn man sie auf kürzerem Wege erringen will, so ist das beste Mittel, sich selbst einen hohen Wert beizulegen und andere zu zwingen, diese Wertung anzuerkennen. Bescheidenheit, Mäßigung, Rücksichtnahme, Nettigkeit taugen nichts, sie machen sich nicht bezahlt. Wenn Sie einmal einen meiner früheren Kollegen treffen sollten, Lady Slane, so würde er Ihnen erzählen, daß ich zu meiner Zeit eine richtige Dampfwalze gewesen bin.«

»Und wann haben Sie diese rücksichtslosen Grundsätze aufgegeben, Herr Bucktrout?« fragte Lady Slane.

»Sie nehmen doch wohl nicht an, daß ich prahle, Lady Slane«, sagte Herr Bucktrout, indem er sie streng ins Auge faßte. »Ich erzähle Ihnen dies alles, damit Sie sehen, daß Einfalt nicht meine Schwäche ist. Wie ich Ihnen schon sagte, Sie dürfen mich nicht für einen Einfaltspinsel halten. – Wann ich diese Grundsätze aufgab? Nun, ich setzte mir einen Termin. Ich beschloß, mich mit fünfundsechzig Jahren von den eigentlichen Geschäften zurückzuziehen. An meinem fünfundsechzigsten Geburtstage – oder, um es genauer zu sagen, an meinem sechsundsechzigsten – erwachte ich als freier Mann. Denn ich war mehr aus Vorsatz als aus Neigung Geschäftsmann gewesen.«

»Aber was ist's denn mit diesem Hause?« fragte Lady Slane. »Sie haben mir erzählt, daß Sie dreißig Jahre lang Mieter zurückgewiesen haben, wenn sie Ihnen nicht paßten. Das war doch sicher Neigung, nicht wahr? Denn Geschäftstüchtigkeit konnte man das doch bei bestem Willen nicht nennen.«

»Ach«, sagte Herr Bucktrout, indem er den Finger an die Nase legte, »Sie sind zu schlau, Lady Slane, Sie haben ein zu gutes Gedächtnis. Aber seien Sie nicht zu hart gegen mich. Dieses Haus war immer der Tummelplatz meiner Torheiten, oder soll ich sagen, der Übungsplatz meines gesunden Verstandes? Ich bin gern genau in meinen Ausdrücken. Ich sehe, Lady Slane, daß Sie gern ein bißchen necken. Ich will Ihnen nicht zu nahe treten. Wenn uns die Damen nicht neckten, würden wir in Gefahr geraten, uns zu ernst zu nehmen. Ich habe mir immer vorgestellt, meine Tage in diesem Hause zu beenden, deshalb wünschte ich natürlich nicht, seine Atmosphäre durch unsympathische Einflüsse zu verderben. Sie haben vielleicht bemerkt – natürlich haben Sie es bemerkt –, daß es eine sonderbar gereifte und reservierte Atmosphäre hat. Ich habe diese Atmosphäre mit der größten Sorgfalt erhalten, denn wenn man auch keine Atmosphäre schaffen kann, so kann man sie doch wenigstens vor Störungen bewahren.«

»Aber wenn Sie selbst hier wohnen wollen – und sogar hier sterben«, sagte Lady Slane und sah, daß er eine Hand erhoben hatte und sie verbessern wollte, »warum haben Sie dann das Haus an mich vermietet?«

»Oh«, sagte Herr Bucktrout leichthin und tröstend, »Sie durchkreuzen meine Pläne nicht, wenn Sie hier wohnen.«

Denn so höflich Herr Bucktrout war, in dieser Hinsicht blieb er völlig unsentimental und verhehlte nicht seine Ansicht, Lady Slane werde das Haus nur für kurze Zeit benötigen. Wenn er ihr von unnötigen Ausgaben abriet, so tat er es aus dem Grunde, weil sie sich kaum für sie lohnten. Wenn sie vorsichtig von Zentralheizung sprach, erinnerte er sie daran, daß sie in dieser ihrer letzten Wohnung nur wenige Winter, wenn überhaupt einen, verbringen werde. »Wenngleich sicherlich kein Grund vorhanden ist«, setzte er teilnahmsvoll hinzu, »warum man es sich nicht, wenn man will, so bequem wie nur möglich machen sollte.« Genoux, die diese Bemerkung zufällig hörte, rief ihre Religion zur Unterstützung ihrer Entrüstung zu Hilfe. »Monsieur pense donc qu'il n'y a pas de radiateurs au paradis? Il se fait une idée bien mièvre d'un Bon Dieu peu neuzeitlich.« Aber Herr Bucktrout beharrte bei seiner Meinung, daß Petroleumbrenner zur Erwärmung der Zimmer genügen würden. Er rechnete aus, wieviel Liter Petroleum sie in einem Winter gebrauchen würden, und stellte daneben die Kosten, die die Anlegung einer Zentralheizung mit der dazu nötigen Durchbrechung der Wände durch Röhren erfordern würde. »Aber Herr Bucktrout«, sagte Lady Slane nicht ohne Bosheit, »als Hausbesitzer sollten Sie mich doch eigentlich zur Anlage einer Zentralheizung ermutigen. Denken Sie doch daran, wie angenehm das für Ihren nächsten Mieter sein müßte.«

»Lady Slane«, erwiderte Herr Bucktrout, »der Gedanke an meinen nächsten Mieter ist von dem an meinen jetzigen Mieter gänzlich getrennt. Das ist im Leben immer meine Richtschnur gewesen, und dank derselben habe ich stets meine verschiedenen Beziehungen getrennt halten können. Ich bin für scharfe Umrisse. Zu große Weichheit gefällt mir nicht. Viele Leute sind in den Irrtum verfallen, es sei das beste, nirgendwo anzustoßen, aber dadurch taten sie niemandem einen Gefallen, am wenigsten sich selbst. Bei einem Kompromiß kommt schließlich nichts heraus. Es war immer mein Grundsatz, daß es besser ist, einer Person sehr zu Gefallen zu sein als einer Anzahl von Personen ein wenig, gleichgültig wie viele man dadurch vor den Kopf stößt. Ich habe in meinem Leben viele vor den Kopf gestoßen, aber das reut mich in keinem einzigen Falle. Ich bin dafür, daß man das Interesse des Augenblicks wahrnehmen soll. Das Leben ist so flüchtig, Lady Slane, daß man es beim Schwanz fassen muß, wenn es vorüberfliegt. Es hat keinen Zweck, an gestern oder an morgen zu denken. Gestern ist vorbei, und morgen ist problematisch. Selbst das Heute ist unsicher, weiß Gott. Deshalb sage ich Ihnen«, fuhr Herr Bucktrout in biblischer Sprache fort, indem er einen Fuß vorsetzte, als wolle er damit seinen Worten Nachdruck verleihen, »legen Sie keine Zentralheizung an, denn Sie wissen nicht, wie lange Sie leben und sich ihrer erfreuen können. Mein nächster Mieter mag sich meinetwegen in der Hölle wärmen. Ich bin hier, um Ihnen einen Rat zu geben, und ich rate Ihnen: kaufen Sie einen Petroleumbrenner – mehrere Petroleumbrenner. Die werden Sie wärmen und Sie überdauern, wie oft Sie auch die Dochte werden erneuern müssen.« Er wechselte den Fuß und gab seinen Rockschößen einen seine Worte unterstützenden Schwung. Herr Gosheron schob verlegen seinen Hut vor.

Diese Überzeugung von der kurzen Dauer ihrer Mietzeit hatte, wie Lady Slane entdeckte, zwei Gründe: die Einschätzung ihres hohen Alters und seine prophetischen Ansichten über das unmittelbar bevorstehende Ende der Welt. Er hielt lange Vorträge über dieses Thema, ohne sich durch die Gegenwart Genoux' und Herrn Gosherons beirren zu lassen, die lieber solche Unterhaltungsgegenstände vermieden und dafür von Wäscheschränken und Anstreichen gesprochen hätten. Genoux' Leinentücher mußten warten und ebenso Herrn Gosherons kleine Farbenscheibchen, winzige Vollmonde, genannt pompejanisch rot, steingrau, olivgrün, garnelenrosa. Herrn Bucktrouts Aufmerksamkeit war zu sehr auf die Ewigkeit gerichtet, als daß Wäscheschränke und Farben mehr als ein flüchtiges Interesse bei ihm erregen konnten. Länger als fünf Minuten konnte er sich mit so etwas nicht beschäftigen. Später pflegte er dann Herrn Gosheron mit sarkastischen Bemerkungen in Verlegenheit zu setzen, indem er etwa sagte, sein Meterstab habe in jedem Zimmer eine verschiedene Länge, je nachdem dieses nach Norden oder Süden, Osten oder Westen liege, und Genoux' Schrankbretter könnten nie ganz waagerecht sein, da nämlich das ganze Weltall auf einer Kurve basiere, wodurch er Genoux und Herrn Gosheron außer Fassung brachte, aber doch bewirkte, daß Genoux wegen seiner Gelehrsamkeit noch mehr Respekt vor ihm bekam und Herrn Gosheron der Hut fast bis auf die Nasenspitze rutschte. Herr Bucktrout, der diese Wirkung beobachtete, schwoll vor sadistischem Vergnügen. Er wußte, daß er an Lady Slane eine verständnisvolle Zuhörerin hatte. Er behielt ja auch seine beiden Füße immer genügend auf der Erde, um ihr in praktischen Dingen Beistand zu leisten. »Es gibt wenigstens vier Theorien«, sagte er in einem Zimmer, das gerade gestrichen wurde, und die Arbeiter hörten mit dem Pinseln auf, um ihm zuzuhören, »vier Theorien, die sich mit der Art des Weltuntergangs beschäftigen. Sie führen ihn auf folgende Ursachen zurück: Feuer, Überschwemmung, Kälte und Zusammenstoß. Es gibt noch andere, aber sie sind so unwissenschaftlich und unwahrscheinlich, daß man sie übergehen kann. Dann sind natürlich noch die prophetischen Zahlen zu berücksichtigen. Soweit ich glaube, daß Zahlen einer der Grundpfeiler der ewigen Harmonie sind, bin ich überzeugter Pythagoräer. Zahlen existieren im leeren Raum. Es ist unmöglich, sich die Vernichtung von Zahlen vorzustellen, selbst wenn man sich die Vernichung des Weltalls vorstellen kann. Ich will hiermit nicht sagen, daß ich es mit solchen geistreichen Theorien halte wie etwa mit der großen heiligen Zahl der Babylonier, zwölf Millionen neunhundertundsechzigtausend, wenn Sie sich erinnern, auch nicht mit solchen Berechnungen, wie sie William Miller veranstaltet hat, der durch ein System von Additionen und Subtraktionen zu der Überzeugung kam, daß die Welt am 21. März 1843 enden werde. Nein, ich habe mein eigenes System ausgearbeitet, Lady Slane, und ich kann Ihnen versichern, es ist unwiderlegbar, wenn es auch betrüblich sein mag. Die große Vernichtung steht nahe bevor.« Herr Bucktrout war losgelassen. Er ging auf den Zehenspitzen zur Wand und schrieb mit einem Stück Kreide sehr sorgfältig das Wort ΡΩΜΗ hin. Ein Anstreicher ging ihm nach und wischte es ebenso sorgfältig mit dem Pinsel wieder aus.

»Mais attendant, miladi«, sagte Genoux, »mes draps?«

Lady Slane hatte noch an keiner Gesellschaft so viel Vergnügen gefunden. Sie war nie so glücklich gewesen wie mit ihren zwei alten Herren. Sie hatte ihre Rolle unter hervorragenden, unter bedeutenden Menschen gespielt, sie hatte sich ihrer Unterhaltung angepaßt, und während der Jahre, in denen sie im Brennpunkt der Gesellschaft gestanden, hatte sie gelernt, die einzelnen Bruchstücke ihres Wissens zusammenzufügen, denn es war ihr immer schwer gefallen, sie zu ordnen oder gar sie im Gedächtnis zu behalten. So wurde sie immer an ihre Mädchenzeit erinnert, wo große Lücken in ihren Kenntnissen zu klaffen schienen und wo sie vergeblich herauszubekommen suchte, was die Leute eigentlich meinten, wenn sie von der irischen Frage oder der Frauenbewegung sprachen. Schlimmer waren noch die Themen Freihandel und Schutzzölle, zwei besondere Steine des Anstoßes, die sie nie instinktiv unterscheiden konnte, obwohl sie ihr gut ein dutzendmal erklärt worden waren. Sie hatte sich immer entsetzliche Mühe gegeben, ihre Unwissenheit vor Henry zu verstecken. Schließlich war ihr das ganz gut gelungen, und wenn er ihr einen langen Vortrag hielt, in dem er ihr komplizierte politische Probleme auseinandersetzte, so merkte er gar nicht, daß seine Frau schon längst nicht mehr wußte, wovon eigentlich die Rede war. Sie schämte sich im geheimen sehr ihrer Unzulänglichkeit. Aber was konnte man dagegen tun? Es war ihr einfach nicht möglich, sich nach einiger Zeit noch zu erinnern, warum Herr Asquith Herrn Lloyd George nicht leiden konnte oder was die Ziele dieser neuen und beunruhigenden Partei, der Labour Party, waren. Sie konnte weiter nichts tun als ihre Unwissenheit zu verbergen, während sie sich verzweifelt in ihrem Gehirn auf ein bißchen Wissen zu konzentrieren suchte, das ihr eine passende Antwort ermöglicht hätte. Während ihrer Pariser Zeit hatte sie besonders gelitten, denn die gescheite und glänzende Art der französischen Konversation, die sie sehr bewunderte, ließ sie immer fühlen, daß sie ihr nicht gewachsen war, und wenn sie auch stundenlang in Entzücken über das glänzende Feuerwerk dieser geistreichen Bemerkungen und schnellen Entgegnungen schwelgen konnte und über die Geschicklichkeit anderer Leute staunte, eine Seite des Lebens, über die sie gerade wegen ihrer Wichtigkeit ein ganzes Leben nachdenken konnte, in einen kurzen Satz zusammenzufassen, so wurde doch dieses angenehme Vergnügen immer durch die Furcht verdorben, daß in jedem Augenblick ein Gast aus mißverstandener Höflichkeit sich an sie wenden und ihr den Ball, den aufzunehmen sie nicht imstande war, mit der Frage zuwerfen könnte: »Und was denken die Frau Botschafter darüber?« Und wenn sie auch wußte, daß sie innerlich das, was sie sagten, weit besser verstanden hatte, als sie es selbst verstanden – denn die Unterhaltung der Franzosen schien sich immer um Themen zu drehen, die sie zutiefst interessierten und von denen sie ihrem Gefühl nach wirklich etwas verstand, wenn sie es nur hätte ausdrücken können –, so gingen ihr doch die richtigen Worte einfach nicht aus dem Munde, oder sie sagte etwas, was gar nicht zur Sache gehörte oder was sie gar nicht sagen wollte, und dabei war sie sich stets bewußt, daß Henry, der dabeisaß, wegen der schlechten Figur, die seine Frau machte, Qualen ausstand. Doch wenn sie allein waren, sagte er wohl einmal, wenn auch selten, daß sie die klügste Frau sei, die er kenne, da sie, wenn sie auch oft stumm dasitze, niemals eine dumme Bemerkung mache.

Ihr ständiges Gebet war, daß diese Ängste ihr Geheimnis blieben. Weder Henry noch ihre Tischgäste durften sie entdecken. Es gab noch andere ähnliche Schwächen, deren sie sich ebenso schämte, obwohl in etwas geringerem Maße: daß sie zum Beispiel nicht fähig war, einen Scheck richtig auszufüllen, so daß der Betrag in Zahlen mit dem in Worten übereinstimmte, und daß sie vergaß, ihn zu kreuzen und mit ihrem Namen zu zeichnen; daß sie nicht verstand, was eine Obligation war, den Unterschied zwischen gewöhnlichen Aktien und Effekten nicht begriff, ganz abgesehen von jenen rätselhaften Ausdrücken wie Hausse, Baisse, Differenzgeschäfte, Report und Deport. Sie nahm in aller Demut an, daß diese Dinge sehr wichtig waren, da sie offenbar die Welt in Gang hielten. Sie nahm an, daß Parteipolitik, Krieg und Industrie und eine hohe Geburtenziffer (die sie Menschenpotential zu nennen gelernt hatte), Wettbewerb, Geheimdiplomatie und Mißtrauen Teile eines notwendigen Spiels waren, notwendig deshalb, weil die gescheitesten Menschen, die sie kannte, es zu ihrer Angelegenheit machten, wenn es auch für sie als Spiel unverständlich war. Sie nahm an, es müsse so sein, obgleich sie oft das Gefühl ergriff, als sähe sie Gestalten, die sich in der täuschenden Atmosphäre eines schrecklichen und lächerlichen Traumes bewegten. Das ganze tragische System schien auf einer außergewöhnlichen Übereinkunft zu beruhen, die so unbegreiflich war wie die Theorie des Geldes, das, wie man ihr erklärt hatte, keine Beziehung zu dem vorhandenen Goldbestand hatte. Der Zufall hatte die Menschen veranlaßt, Gold zu ihrem Symbol zu machen und nicht Steine. Es war Zufall, daß die Menschen den Kampf zu ihrem Prinzip gemacht hatten und nicht die Verträglichkeit. Daß der Planet mit Steinen und Verträglichkeit besser gefahren wäre – eine einfache Lösung –, war seinen Bewohnern offenbar nie eingefallen.

Ihre eigenen Kinder, sie mochte tun, was sie wollte, waren in denselben Überlieferungen aufgewachsen. Natürlicherweise. Da stritten und kämpften sie nun, waren nicht damit zufrieden, einfach *dazusein*. Herbert, der sich immer so gewichtig ausdrückte, der in seiner dümmlichen Art so ehrgeizig war; Carrie mit ihren Komitees und ihrer harten befehlenden Stimme, die sich in die Angelegenheiten von Leuten mischte, die nichts anderes wollten, als in Ruhe gelassen zu werden, und das nur aus Lust sich einzumischen, wie ihre Mutter überzeugt war; Charles mit seinen ewigen Klagen; William und Lavinia, die immer sparten, beiseitelegten und zusammenkratzten, eine Beschäftigung für sich. Keiner von ihnen besaß wirkliche Güte, Anmut oder ein eigenes Leben. Nur für Edith und Kay konnte ihre Mutter etwas Sympathie aufbringen: Edith, die immer konfus war, die immer versuchte, etwas richtig zu machen, und alles nur noch mehr in Unordnung brachte, die gern ein bißchen zurücktrat, um einen Blick auf das Leben zu werfen, auf das ganze Leben – eine Unmöglichkeit, wie die meisten Leute glaubten, die jedoch Edith quälte und sie unglücklich machte (doch gerade das Mißbehagen, das sie darüber empfand, sprach zu ihren Gunsten). Ja, von allen ihren Kindern war vielleicht Kay, der unter seinen Kompassen und Astrolabien herumwirtschaftete, derjenige, der am wenigsten strebte und kämpfte, derjenige, der, ohne es zu wissen, das stärkste Gefühl für seine eigene Wesenheit besaß, wenn er die Tür hinter sich schloß und den Staubwedel nahm, um seine Regale abzustauben. Ja, Kay und Edith standen ihr am nächsten. Das würde eines der Geheimnisse, eine der Merkwürdigkeiten sein, die sie mit sich ins Grab nahm.

Im übrigen war sie eine einsame Frau gewesen, die immer mit den Ansichten, denen sie sich anscheinend anpaßte, im Widerspruch stand. Dann und wann einmal hatte sie eine köstliche Begegnung mit einem gleichgestimmten Geist gehabt. Da war zum Beispiel der junge Mann gewesen, der sie nach Fatihpur Sikhri begleitet hatte, ein junger Mann, dessen Namen sie vergessen oder nie gekannt hatte. Doch hatte sie einen Augenblick seine Gedanken gelesen und ihn dann entlassen, indem sie sich abwandte und zu dem Vizekönig und zu der Gruppe in Tropenhelmen einherschlendernder Offiziere ging. Solche Begegnungen waren selten gewesen und wegen der Verhältnisse, in denen sie lebte, nur kurz. (Sie behielt jedoch von diesen Begegnungen die Überzeugung, daß viele Geister gleichgestimmt, aber durch die konventionellen Vorstellungen der Welt so verschüttet sind, daß der klare, zur unmittelbaren Verständigung erforderliche Ton nicht mehr angeschlagen werden kann.) Bei Herrn Bucktrout und Herrn Gosheron befand sie sich vollständig wohl und im Gleichgewicht. Sie konnte Herrn Bucktrout ohne Verlegenheit erzählen, daß sie indirekte Steuern von direkten nicht unterscheiden könne. Sie konnte Herrn Gosheron sagen, daß sie den Unterschied zwischen Volt und Ampère nicht verstehe. Keiner von beiden versuchte, ihr eine Erklärung zu geben. Sie gaben das gleich auf und sagten einfach, darum brauche sie sich gar nicht zu kümmern. Sie kümmerte sich nicht darum und überließ die Unterscheidung ihnen, im Vertrauen darauf, daß sie das Rechte treffen würden.

Sonderbar, wie erleichtert und entspannt sie sich in ihrer Gesellschaft fühlte! War das eine Folge der Ermüdung, die hohes Alter mit sich brachte, oder die lang erwartete Wiederkehr der Kindheit, wo man jede Entscheidung und Verantwortung wieder in die Hände anderer legte und sich endlich unbehindert in eine Welt hineinträumen konnte, von deren Sonnenschein und Güte man überzeugt war? Wenn ich nur noch einmal wieder jung sein könnte, dachte sie, so würde ich mich auf die Seite alles Ruhigen und Beschaulichen stellen im Gegensatz zu dem Aktiven, dem Planen und Streben, dem Falschen – ja, dem Falschen, sagte sie laut, indem sie eine Faust ballte und sie mit ungewohnter Energie in die flach ausgestreckte andere Hand fallen ließ. Aber dann fragte sie sich, diesen Gedanken überprüfend, ob das nicht nur ein negativer Glaube, eine Verneinung des Lebens sei, vielleicht sogar ein Geständnis ungenügender Vitalität, kam jedoch dann zu dem Schluß, daß das nicht so war; denn in einer beschaulichen Haltung (und auch bei der Ausübung ihres eigentlichen, angeborenen Berufes, auf den sie hatte verzichten müssen) konnte sie wirksamer zu einem glücklichen Leben vordringen als ihre Kinder, die alles nur nach den Erfolgen und der Leistung beurteilten.

Sie dachte daran, wie einmal, als sie mit Henry durch die persische Wüste gefahren war, ihr Wagen von Schwärmen weißer und gelber Schmetterlinge begleitet worden war, die auf beiden Seiten, über ihren Köpfen und hinten und vorn um sie herum tanzten, jetzt in geschlossener Bewegung voranflogen und dann kehrtmachten, um sie zu begleiten, als ob es ihnen Spaß machte, ihren leichten und schnellen Flug zu hemmen und sich dem Tempo eines so schwerfälligen Gefährtes anzupassen, aber dann doch nicht mit einer so langsamen Nüchternheit Schritt halten konnten und, um ihrer Ungeduld Ausdruck zu geben, in die Luft stiegen oder unter den Achsen durchflogen, um an der anderen Seite wieder zum Vorschein zu kommen, bevor die Pferde den erhobenen Huf niedersetzen konnten, wobei sie die ganze Zeit kleine Schattenflecke auf den Sand warfen, die wie kleine schwarze Anker niederfielen und sie mit unsichtbaren Drähten an die Erde fesselten, aber mit derselben launischen Schnelligkeit wieder hochgerissen wurden und ihnen folgen mußten. Sie erinnerte sich, wie sie damals, eingelullt durch diese eintönige Fahrt, die von früh bis spät der Sonne nachzog wie ein Pflug, der der Sonne in einer geraden, langsam gezogenen Furche rings um die ganze Erde folgt – sie erinnerte sich, daß sie damals gedacht hatte, wie sehr diese Fahrt ihrem Leben ähnelte, das auch der Sonne Henry Holland folgte, aber dann und wann in eine Wolke Schmetterlinge tauchte, die ihre eigenen kecken, unerheblichen Gedanken waren, die umherflitzten und tanzten, aber das Tempo der Fahrt nicht im geringsten änderten, nie den Wagen mit den Flügeln streiften, immer flatternd und fliehend, manchmal vorwärts eilten, aber dann wieder neckend und spielerisch zurückkehrten und unter den Achsen herflogen, Gedanken, die unabhängig und köstlich waren, ein Schwarm von Kobolden, die über die Fläche der Wüste und den schwerfällig dahinrollenden Wagen flitzten. Aber Henry, der eine Inspektionsreise machte, konnte nur sagen: »Schrecklich, wie viele Leute hier an Augenentzündungen leiden, ich möchte wirklich etwas dagegen tun.« Sie mußte ihm recht geben, wußte auch, daß er mit den Missionaren sprechen würde, und so hatte sie ihre Aufmerksamkeit den Schmetterlingen entzogen und sie auf ihre Pflicht gelenkt, entschlossen, daß auch sie, wenn sie nach Yesd oder Schiras oder wer weiß wohin kämen, mit den Frauen der Missionare über die Augenkrankheiten in den Dörfern sprechen und dafür sorgen würde, daß eine neue Sendung Borsäure aus England käme.

Aber merkwürdigerweise war das Flattern der Schmetterlinge immer weit wichtiger geblieben.

Zweiter Teil

> Ihr Herz schwieg still im Straßenlärm,
> Gedränge ließ es unbewegt.
> Kein großer Plan hat ihre Hand,
> Hat ihren Fuß zur Eile angeregt.
>
> *Christina Rossetti*

Als sie nun im Spätsommer unter der Südmauer und den reifen Pfirsichen in Hampstead in der Sonne saß, während die Hände müßig im Schoße ruhten, dachte sie an den Tag ihrer Verlobung mit Henry. Sie hatte jetzt Tag für Tag Muße genug, um ihr Leben zu überschauen, so wie man eine Strecke Land durchquert, bis sie schließlich eine Landschaft wird, aus einer Reihe getrennter Felder oder getrennter Jahre und Tage, aus einer Vielfalt eine Einheit, die sich mit einem Blicke übersehen läßt. So konnte sie dann und wann ein einzelnes Feld herauswählen und es im Geiste umwandern, obgleich sie es dabei zugleich aus der Höhe sah, so daß es den ihm zukommenden Platz unter den anderen erhielt, genau sichtbar mit der es umschließenden Hecke und dem nächsten Feld, zu dem die Lücke in der Hecke führte. So meinte sie schließlich, ihr ganzes Leben mit Kreisen umschließen zu können. Langsam durchquerte sie jenen Tag, wie man eine Wiese auf einem kleinen Pfad durchschreitet, an deren Rändern der Sauerampfer und die Butterblume wuchern. Sie durchschritt diesen Tag langsam von neuem, vom Frühstück bis zum Schlafengehen, und jede Stunde gewann, während der eine Uhrzeiger über den andern wanderte, wieder den ihr eigentümlichen Charakter. Dies war die Stunde, dachte sie, als ich an jenem Tage nach unten kam und den Hut an den Bändern schwang. Und dies war die Stunde, in der er mich überredete, mit ihm in den Park zu gehen, und er mit mir auf einer Bank am See saß und mir erzählte, es entspreche nicht der Wahrheit, daß ein Schwan mit einem Flügelschlag einem Menschen das Bein brechen könne. Sie hatte ihm zugehört, indem sie, wie es sich schickte, ihre Aufmerksamkeit auf den Schwan richtete, der auf sie zu ans Ufer geglitten war, den Kopf ins Wasser tauchte und ihn dann niederbog, um das schneeige Federkleid seiner Brust zu bezupfen, aber sie dachte weniger an den Schwan als an Henrys sprossenden Backenbart, dabei verwirrten sich ihre Gedanken, so daß sie sich fragte, ob Henrys braune Kräuselhaare wohl ebenso weich seien wie die Federn auf der Brust des Schwans, und beinahe spielerisch ihre Hand erhoben hätte, um sie zu befühlen. Dann hörte er auf, von dem Schwan zu sprechen, als ob dieser nur ein Vorwand gewesen wäre, um sein Zögern zu verbergen, und gleich darauf sprach er sonderbar ernst, indem er sich vorbeugte und sogar mit einer Falbel ihres Kleides spielte, als wäre er ängstlich darauf bedacht, irgendeine Verbindung zwischen sich und ihr herzustellen, wenn er sich dieses Vorhabens auch nicht bewußt war, aber für sie war jede wahre Verbindung in dem Augenblick abgerissen, als er begann, so ernst zu sprechen, sie spürte nicht einmal mehr den leisen Kitzel des Verlangens, ihre Hand auszustrecken und die krausen Haare auf seinen Wangen zu berühren. Diese Worte, die er so ernst sprechen mußte, damit der Tonfall ihre ganze Bedeutung fühlbar werden ließ, diese Worte, die er von einem geheimen Ort aus seinem Inneren hervorzuholen, aus dem tiefen Brunnen seiner Persönlichkeit heraufzuziehen schien, diese Worte, die dem Bereich der gewichtigen Welt der Erwachsenen angehörten – diese Worte entfernten ihn schneller von ihr, als wenn ein Adler ihn in seine Fänge genommen und zum Himmel entführt hätte. Er war nicht mehr da. Er hatte sie verlassen. Selbst während sie ihn ernsthaft ansah und ihm zuhörte, wußte sie, daß er bereits viele Meilen von ihr fort war. Er war in jene Sphäre entschwunden, in der Menschen heiraten, zeugen und Kinder bekommen, sie aufziehen, der Dienerschaft Befehle erteilen, Einkommensteuer bezahlen, von Dividenden sprechen, geheimnisvoll in Gegenwart junger Personen flüstern, für sich selbst Entscheidungen treffen, essen, worauf sie Appetit haben, und zu der Stunde ins Bett gehen, die ihnen gerade paßt. Herr Holland bat sie, ihn in diese Sphäre zu begleiten, er bat sie, seine Frau zu werden.

Ein solches Anerbieten anzunehmen, war ihr als glatte Unmöglichkeit erschienen. Der Gedanke war lächerlich. Sie konnte unmöglich Herrn Holland in jene Sphäre folgen, ihm noch weniger als irgendeinem anderen Mann, denn sie wußte, daß er glänzend begabt und für das ihr entfernteste und für sie eindruckvollste aller Geheimnisse ausersehen war: eine große Karriere. Sie hatte gehört, wie ihr Vater sagte, der junge Holland würde, ehe es jemand für möglich hielte, Vizekönig von Indien werden. Da mußte sie also Vizekönigin werden, und bei dem Gedanken schaute sie ihn an wie ein aufgescheuchtes Rehkalb. Herr Holland legte diesen Blick gleich nach seinem Wunsche aus, nahm sie in den Arm und küßte sie leidenschaftlich, wenn auch mit Zurückhaltung, auf die Lippen.

Was sollte ein armes Mädchen tun? Bevor ihr zum Bewußtsein kam, was geschah, sah sie ihre Mutter unter Tränen lächeln, sah, wie ihr Vater Herrn Holland die Hand auf die Schulter legte, hörte, wie ihre Schwestern fragten, ob sie alle Brautjungfern werden könnten, während Herr Holland selbst sehr aufrecht, sehr stolz, sehr schweigsam dastand, sich dann mit leisem Lächeln niederbeugte und sie mit einem Ausdruck ansah, den selbst ihre Unerfahrenheit nur als besitzerisch auslegen konnte. Im Nu hatte sie sich also aus der Person, die sie war, in etwas gänzlich anderes verwandelt. Oder doch nicht? Sie konnte keine Verwandlung an sich selbst feststellen, die dem auf allen Gesichtern aufleuchtenden Lächeln entsprach. Sie hatte das bestimmte Gefühl, daß sie noch genau so war wie kurz vorher. Eine Art Schrecken befiel sie, als man sie plötzlich fragte, welche Meinung sie über dies und das habe, und sie legte die Entscheidung darüber schnell wieder in die Hände anderer. Sie hatte das Gefühl, daß sie durch diese Methode den Augenblick hinauszögern könnte, wo sie endlich und unwiderruflich jene andere Person werden mußte. So konnte sie noch eine kurze Zeit im geheimen weiter sie selbst sein.

Und was warst du eigentlich, fragte sie sich jetzt als alte Frau, die das Mädchen wieder betrachtete, das sie einst gewesen war. Dieses Staunen war die sanfteste, aber auch die ernsteste aller Beschäftigungen, doch machte es nicht melancholisch, war eher der letzte, feinste Genuß, auf dessen Befriedigung sie ihr ganzes Leben lang gewartet hatte. In dieser kurzen Spanne vor dem Tode war gerade noch Zeit, sich ihm hinzugeben. Sie hatte schließlich nichts anderes zu tun. Zum erstenmal in ihrem Leben – nein, zum erstenmal seit ihrer Heirat – hatte sie nichts anderes zu tun. Sie konnte sich an den Tod anlehnen und das Leben betrachten. Dazu war die Luft voll von dem Gesumme der Bienen.

Sie sah sich als junges Mädchen am See entlanggehen. Sie ging langsam und schwang dabei ihren Hut in der Hand. Sie ging in Gedanken, die Augen auf den Boden gerichtet, und dabei stocherte sie mit der Spitze ihres Sonnenschirmes in der lockeren Erde. Sie trug eines der mit Falbeln besetzten, sehr weiblichen Musselinkleider, wie sie um 1860 in der Mode waren. Ihr Haar war schön lockig gedreht, und eine Locke löste sich und fiel sanft gegen ihren Hals. Ein kraushaariger Spaniel begleitete sie und schnupperte in den Büschen herum. Sie sah genau so aus wie das Bild eines Mädchens mit einem Hunde, wie man es manchmal auf gefühlvollen Andenkenbildern erblickt. Ja, das war sie, Deborah Lee, nicht Deborah Holland und nicht Deborah Slane. Die alte Frau schloß die Augen, um das Bild besser sehen zu können. Das Mädchen, das am See entlangging, merkte davon nichts, aber die alte Frau sah die ganze Frische der Jugend wie jemand, der ein Blumenblatt pflückt, das sich gerade entfaltet, tauig, zitternd, jungfräulich, verlangend, getrieben von edlen, doch scheuen Regungen, schüchtern und schnell wie ein Häschen, so vertrauensvoll wie ein Reh, das zwischen den Baumstämmen hervorlugt, so leichtfüßig wie eine Tänzerin, die in den Kulissen wartet, so weich und wohlriechend wie eine Damaszener Rose, voll von Lachen wie eine sprudelnde Fontäne – ja, das war Jugend, zögernd wie jemand, der auf einer fremden Schwelle steht, doch bereit, mit der Brust gegen einen Speer zu rennen. Die alte Frau sah näher hin. Sie sah das zarte Fleisch, die feinen Formen, die tiefen und strahlenden Augen, den ungeküßten Mund, die ringlosen Hände, und da sie das Mädchen liebte, das sie einst gewesen war, versuchte sie einen Ton ihrer Stimme zu erhaschen, aber das Mädchen blieb stumm, ging wie hinter einer Wand von Glas. Sie war allein. Diese nachdenkliche Einsamkeit schien ein Teil ihres Wesens zu sein. Was auch sonst in ihrem Kopf vor sich ging, sicherlich war weder Liebe noch romantische Neigungen noch irgendeine der Erregungen, die man gewöhnlich jungen Leuten zuschrieb, in ihm. Wenn sie träumte, so sicher nicht von einem jungen Adam. Und auch hierin, dachte Lady Slane, soll man jungen Leuten nicht unrecht tun, indem man ihnen nur eine einzige Gedankenrichtung zuschreibt, denn die Jugend ist reicher. Jugend ist voll von vielen weitreichenden Hoffnungen, Jugend will den Fluß in Brand setzen und alle Glockentürme der Welt zum Läuten bringen. Nicht nur um Liebe handelt es sich, sondern auch um Dinge wie Ruhm, Tatendurst und Schöpferdrang, alle diese Dinge, die vielleicht in unserem Herzen sind und gegen die Rippen klopfen. Schließen wir uns schnell in einen Turm ein und laßt uns sehen, ob der Genius in uns sich nicht offenbart. Aber, dachte Lady Slane, im Jahre 1860 bot sich einem Mädchen, das an Ruhm dachte, ein armseliger Ausblick.

Lady Slane war in der glücklichen Lage, in das Herz des Mädchens zu sehen, das sie selbst einst gewesen war. Sie konnte nicht nur den zögernden Schritt beobachten, das Stehenbleiben, die zusammengezogenen Augenbrauen, das Stochern des Schirmes, den gebrochenen zitternden Widerschein in den Wassern des Sees, sie konnte auch die Gedanken lesen, die den einsamen Spaziergang begleiteten. Sie wußte um ihre geheimen und ausschweifenden Hintergründe. Denn die Gedanken hinter diesem zarten und mädchenhaften Äußeren waren von einer unmäßigen Heftigkeit, die einem wilden jungen Mann Ehre gemacht hätte. Sie dachte an nichts weniger als an Flucht und Versteck, sie dachte daran, sich einen anderen Namen beizulegen, sich als Mann zu verkleiden und frei in einer fremden Stadt zu leben – Pläne, wie sie etwa ein Junge hat, der von daheim ausreißen will, um zur See zu fahren. Die Locken da würden unter der Schere fallen – und hierbei fuhr eine Hand nach dem Kopf, um ihn, der in der Vorstellung schon kahl und glatt war, zu streicheln. Das Fichu würde durch ein Hemd ersetzt werden – und die Finger fühlten nach dem Knoten einer Krawatte. Der Rock würde für immer abgelegt werden, und eine Hand sank herab und fühlte, sehr scheu dieses Mal, nach der Öffnung einer Tasche. Das Bild des Mädchens verblaßte, und an ihrer Stelle stand ein schlanker Knabe. Er war zwar ein Knabe, aber im wesentlichen ein geschlechtsloses Wesen, ein bloßes Symbol und die Verkörperung der Jugend, einer, der für immer die Freuden und Rechte des Geschlechts abgeschworen hatte, um einem höheren Ziel zu dienen, wie es ihm seine wilde Phantasie vorstellt. Kurz, Deborah hatte sich im Alter von siebzehn Jahren entschlossen, Malerin zu werden.

Die Sonne, die ihre alten Knochen und die Pfirsiche an der Mauer gewärmt hatte, kroch nach Westen hinter ein Haus, so daß Lady Slane leicht zusammenschauerte, sich erhob und ihren Stuhl auf den noch von der Sonne beschienenen Rasen trug. Sie wollte diesen vergangenen Ehrgeiz von einem zweifelhaften Entstehen durch die Monate hindurch, in denen er sich festigte und wuchs und wie Blut durch sie hindurchfloß, bis zu der Zeit verfolgen, wo er erlahmte und trotz all ihrer Bemühungen, ihn am Leben zu erhalten, erloschen dahinsank. Sie erkannte ihn nun als das, was er war: das einzig Wertvolle, das in ihr Leben getreten war. Wirklichkeit oder was bei anderen Frauen als solche gilt, hatte sie genug gehabt, aber diese

Wirklichkeit wollte sie jetzt nicht untersuchen, sie mußte sich an diese schnell vorübergegangene höhere Wirklichkeit halten, solange sie konnte, sie war so etwas Festes, es machte sie so glücklich, sich daran zu erinnern, wie diese sie einmal gestärkt und aufrechterhalten hatte, denn sie erzählte sich nicht nur jetzt davon, sie fühlte sie wieder in der Tiefe ihres Wesens. Sie hatte die durchdringende Natur der Liebe, solange diese noch stark ist und nicht in kalter Rückerinnerung besteht. Sie brannte wieder in derselben Ekstase, mit derselben Begeisterung. Wie schön war es doch gewesen, in diesem Zustand der Verzückung zu leben! Wie schön und wie schwierig, aber auch wie äußerst lohnend! Eine Nonne in ihrem Noviziat war nicht mehr auf der Hut als sie. Straff gezogen wie ein fester Draht, hatte sie schon bei der geringsten Berührung gezittert. Sie war einhergeschwebt wie ein junger Gott in der Lauterkeit der Schöpfung. Bilder sammelten sich in ihrem Geist, aber jedes Bild mußte von einer äußerst lyrischen Art sein. Nichts anderes konnte sie brauchen. Ein scharlachroter Mantel, ein silbernes Schwert waren weder prächtig noch strahlend genug, die Glut jener Stimmung auszudrücken. Mein Gott, rief sie aus, während das junge Blut wieder stürmisch durch ihre Adern pulste, das ist ein Leben, das wert ist, gelebt zu werden! Das Leben des Künstlers, des Schöpfers! Scharf der Blick und weit umfassend das Gefühl, der kleinste Gegenstand und der weite Horizont mit einem Blick umfaßt. Sie dachte daran, wie der Schatten an der Wand ihr eine größere Entzückung verursachte als der Gegenstand, der ihn warf, oder wie sie zu einem stürmischen Himmel aufgeblickt hatte oder niedergeschaut auf eine in der Sonne leuchtende Tulpe und diese Dinge mit ihren Augen eingefangen und in Verbindung mit allem gebracht hatte, was ihrem Geist schon Gestalt und Form gab.

So hatte sie monatelang im geheimen intensiv gelebt und sich auf ihre künftigen Aufgaben vorbereitet, wenn sie auch nie mit dem Pinsel die Leinwand berührte und sich nur weit weg in die ferne Zukunft träumte. Sie konnte die Eitelkeit des gewöhnlichen Lebens an dem Nachlassen dieser Hochstimmung messen, wenn die Flamme einmal niedriger brannte. Diese Blicke in die Vergeblichkeit und Sinnlosigkeit des Lebens jagten ihr entsetzliche Angst ein. Die Flamme ist erloschen, dachte sie erschrocken, jedesmal wenn sie niedersank. Sie würde sich nie wieder entzünden. Von nun an würde alles kalt und dunkel sein. Sie konnte nie begreifen, daß sie zurückkehren würde, sobald die große Girlande des innerlichen Rhythmus wieder aufwärts schwang und das Licht, warm wie die aufs neue erscheinende Sonne, glühend wie ein Stern, sie überströmte, doch wie auf Flügeln stieg sie wieder hoch, in immer stetigerem Fluge. So lebte sie in Extremen, in diesem Augenblicke in Verzückung und im nächsten zu Tode betrübt. Aber von all diesem kam nicht eine Spur an die Oberfläche.

Vielleicht warnte sie ein Instinkt, ihr in den Alltag nicht einzuordnendes Geheimnis jemandem anzuvertrauen, da sie wohl wußte, daß ihre zwar nachsichtigen, aber natürlicherweise beschränkten Eltern ihre Erklärung lächelnd hinnehmen, sie über den Kopf streicheln und einen Blick austauschen würden, der so klar wie möglich sagte: »Unser hübsches Vögelchen! Der erste ansehnliche Mann, der ihr in den Weg läuft, wird diese verrückten Gedanken schon vertreiben.« Aber vielleicht war es auch nur das geliebte Fürsichsein des Künstlers, das sie schweigen ließ. Sie war so folgsam wie nur möglich. Sie machte für ihre Mutter Gänge im Hause, sammelte den Lavendel in ein großes Tuch, machte Säckchen, in denen sie ihn zwischen die Wäsche legte, schrieb Zettel für die Einmachgläser, bürstete den Mops und holte ihr Stickzeug nach dem Essen, ohne dazu aufgefordert zu werden. Die Eltern wurden von Bekannten um ihre älteste Tochter beneidet. Es gab viele, die bereits ein Auge auf sie als Frau für ihren Sohn geworfen hatten. Aber ein dünner Faden des Ehrgeizes soll sogar durch den bescheidensten und ordentlichsten Haushalt laufen, ein einziger Faden, denn Deborahs Eltern, die mit ihrer Schar Töchter und Söhne nun in die reiferen Jahre gekommen waren, zogen ihre einfache ländliche Häuslichkeit jedem weltlichen Vorteil vor, für Deborah jedoch waren ihre Ziele höher gesteckt: daß Deborah die Frau eines guten Mannes werden mußte, stand fest, aber wenn sie nun auch die Frau eines Mannes werden konnte, für dessen Laufbahn sie eine Hilfe und eine Zierde wäre, so war das um so besser. Hiervon wurde natürlich Deborah nichts gesagt. Es ging nicht an, einem jungen Mädchen den Kopf zu verdrehen.

Lady Slane stand wieder auf und zog den Stuhl ein wenig weiter in die Sonne, denn der Schatten kroch heran, und es fror sie.

Ihr ältester Bruder war fortgewesen, erinnerte sie sich. Er war dreiundzwanzig. Er war, wie das bei jungen Männern so üblich, nicht mehr daheim, war hinaus in die Welt getreten. Manchmal fragte sie sich, was denn diese jungen Männer in der Welt draußen taten. Sie stellte sich vor, daß sie lachend und prahlend umherzogen, hingehen konnten, wohin sie wollten, in der Morgendämmerung durch die leeren Straßen stolzierten oder eine Droschke anriefen und nach Richmond fuhren. Sie unterhielten sich mit fremden Leuten, sie traten in Läden und besuchten die Theater. Sie hatten einen Klub, mehrere Klubs. Sie wurden von lästigen Frauen in der Dunkelheit angesprochen und konnten deren Körper gedankenlos für eine Nacht in den Armen halten. Alles, was sie taten, geschah mit schöner Sorglosigkeit und in herrlicher Freiheit. Sie brauchten über ihr Tun keine Rechenschaft abzulegen, wenn sie nach Hause kamen. Überdies bestand unter jungen Männern eine Art Freimaurerei, die auf gemeinsamer Freiheit beruhte und sehr verschieden war von jener Freimaurerei, die unter Frauen bestand und die immer etwas Schnüffelndes, Persönliches und fast ein wenig Unanständiges an sich hatte. Aber wenn Deborah ihr Los mit dem ihres Bruders verglich, so sagte sie nichts darüber. Es war ihm nicht nur eine große Freiheit eingeräumt, sondern auch jede Möglichkeit geboten, und ganz abgesehen hiervon, fühlte sie sich gegen ihn zurückgesetzt. Wenn er Anwalt werden wollte, so wurde diese Wahl gebilligt und er mit Lobsprüchen überhäuft. Warum sollte dann sie, die Malerin werden wollte, so vor der Bekanntgabe ihres Entschlusses zurückschrecken, daß sie zu geheimen und verzweifelten Verkleidungs- und Fluchtplänen getrieben wurde? Da stimmte sicher etwas nicht. Aber jeder schien das völlig in der Ordnung zu finden, so völlig in der Ordnung, daß die Sache nicht einmal besprochen wurde. Für Frauen gab es nur einen einzigen Beruf.

Die Stärke dieser Einstellung erfuhr Deborah, als Herr Holland sie vom See zu ihrer Mutter brachte. Sie war immer ein Lieblingskind gewesen, aber nie waren die Strahlen der Billigung so warm auf sie niedergefallen. Sie mußte an jene italienischen Bilder denken, auf denen der Himmel weit offen stand und der ewige Vater sich zwischen goldenen Strahlen niederbeugte, die so dick waren wie die Holzstäbchen eines Fächers, so daß man die Finger ausstreckte, um sich an dem Glanz seiner Güte wie an dem Gitter eines Kaminfeuers zu wärmen. So war es jetzt zwischen Deborah und ihren Eltern, ganz zu schweigen von den Verwandten und Bekannten. Man zeigte ihr, daß sie durch ihre Verlobung mit Herrn Holland eine außerordentlich tugendhafte, wenn auch angenehme Tat vollbracht, tatsächlich gerade das getan hatte, was man von ihr erwartete. Sie hatte nicht nur für sich selbst ein gutes Werk getan, sondern auch andere Leute in außergewöhnlichem Maße zufriedengestellt. Sie konnte nicht genug darüber staunen, was für Gefühle man bei ihr voraussetzte. Es wurde angenommen, daß sie in Herrn Hollands Gegenwart vor Freude zitterte, in seiner Abwesenheit dahinkümmerte, einzig (wenn auch in aller Bescheidenheit) für die Förderung seiner ehrgeizigen Pläne da war und ihn für den bedeutendsten Mann hielt, wie sie selbst die bevorzugteste aller Frauen war, und alle Welt war gern bereit, ihr diesen Glauben zu verzeihen. So allgemein war diese Auffassung, daß sie beinahe selbst dazu gebracht wurde, sie zu teilen.

Dies war nun alles gut und schön, und einige Tage ging sie selbst auf dieses kleine Spiel ein, wobei sie dachte, sie würde sich schon ohne große Schwierigkeit herausziehen können, denn sie war ja erst achtzehn, und es ist angenehm, gelobt zu werden, besonders von jenen, die man liebt und verehrt, aber dann bemerkte sie schnell, daß unzählige kleine Fäden sich wie ein Spinnennetz um ihre Handgelenke und Fußknöchel wickelten und daß das andere Ende eines solchen Fadens in irgendein Herz lief, in ihres Vaters Herz etwa oder in das Herrn Hollands – den sie, wenn auch nicht sehr schnell, Henry nennen gelernt hatte –; ihrer Mutter Herz aber hätte ein Hauptbahnhof sein können, so viele schimmernde Fäden endeten und verloren sich in ihm – Fäden des Stolzes und der Liebe, der Erleichterung, mütterlicher Aufregung und weiblicher Freude an dem geschäftigen Hin und Her. Deborah schaute gebunden und verdutzt zu und fragte sich, was sie nun tun solle. Während sie wie eine hilflose Maienkönigin dastand, um die sich die bunten Bänder wickeln, sah sie am Horizont Leute mit Geschenken auftauchen, und alle kamen auf sie zu wie Vasallen, die ihren Tribut darbringen: Henry mit einem Ring – und es war eine feierliche Zeremonie, als er ihn ihr an den Finger steckte –, ihre Schwestern mit einem Arbeitsbeutel, den sie gemeinsam von ihrem Taschengeld gekauft hatten, und dann ihre Mutter mit so viel Leinen, daß man damit ein Segelschiff hätte betakeln können: Tischtücher, Servietten, Küchenhandtücher, Hand- und Badetücher, Trockentücher, Abspültücher, Staubtücher und natürlich Bettlaken, die, wenn man sie auseinanderfaltete, sich als doppelt gelegt erwiesen und alle mit einem Monogramm bestickt waren, das auf den ersten Blick nicht entzifferbar war, das aber Deborah bei näherem Zuschauen in die Buchstaben D. H. zerlegte. Dann aber war sie ganz verloren, verloren in schäumenden Wogen von Seide, Satin, Popeline und Alpaka, während Schneiderinnen um sie herumkrochen, den Mund voll Nadeln, und sie selbst dastehen, den Arm beugen und ihn wieder ausstrecken mußte. Und während der Rock um sie einen Ring auf dem Boden bildete, wurde sie angewiesen, vorsichtig zu gehen und ihr Korsett etwas enger zu schnüren, denn das Futter war eine Kleinigkeit zu eng geworden. Es schien ihr damals, daß sie immer müde war und daß die Leute ihre Liebe zu ihr dadurch bezeigten, daß sie sie noch müder machten, als sie schon war, indem sie ihr allerlei Verpflichtungen aufluden und um sie herumtanzten, bis sie nicht mehr wußte, ob sie noch stand oder sich wie ein Kreisel drehte. Auch die Zeit schien in diese Verschwörung eingetreten zu sein, indem sie boshafterweise die Tage kürzte, so daß sie an ihr vorbeihuschten und nur mehr ein Schneesturm von Briefchen, Seidenpapier und weißen Rosen waren, die ihr jeden Tag auf Henrys Veranlassung von einem Blumengeschäft geschickt wurden. Doch die ganze Zeit über schienen die älteren Frauen eine Art Geheimnis unter sich zu haben, das wie eine unterirdische Strömung war, immer schienen sie einen Grund für ein weises Lächeln und für bedeutende Blicke zu finden, die geheimnisvoll andeuteten, daß Deborah in diesem angenehmen Durcheinander nicht zuviel Kraft verschwenden, sondern einen Teil für größere Anforderungen, die bald an sie gestellt werden würden, aufspeichern müsse.

Diese Wochen vor der Trauung waren tatsächlich ganz den Riten eines geheimnisvollen Frauenwesens gewidmet. Nie, so kam es Deborah vor, war sie von so vielen Frauen umgeben gewesen. Das Matriarchat stand in voller Blüte. Die Männer schienen auf diesem Planeten zu unbedeutenden Wesen geworden zu sein. Selbst Henry zählte nicht mehr. (Aber er stand immer in schrecklicher Weise im Hintergrund. So konnte eine athenische Mutter, dachte sie, ihre Töchter ermüdet haben, bevor sie diese zum Minotaurus sandte.) Von allen Seiten erschienen Frauen auf der Bildfläche: Tanten, Cousinen, Freundinnen, Schneiderinnen, Korsettmacherinnen, Putzmacherinnen und sogar eine junge französische Zofe, die Deborah ganz für sich haben sollte. Diese betrachtete ihre neue

Herrin mit staunenden Augen wie jemanden, den die Götter gezeichnet haben. In diesen Riten sollte Deborah, wie man von ihr erwartete, eine komplizierte Rolle spielen. Man setzte voraus, daß sie genau wußte, worum es sich handelte, und doch mußte der Kern des Geheimnisses vor ihr verborgen gehalten werden. Die Leute beglückwünschten sie lächelnd, nannten sie aber auch »meine kleine Deborah« – welcher Ausruf sie argwöhnen ließ, daß das Beiwort »arm« nur zufällig weggelassen worden sei – und umarmten sie wie zum Abschied lange und wohlwollend. Was für ein Getue, dachte sie, machen doch Frauen um eine Heirat, und doch, wer kann ihnen einen Vorwurf machen, setzte sie bei sich hinzu, wenn man daran denkt, daß die Heirat – und ihre Folgen – das einzige ist, um was sich Frauen in ihrem ganzen Leben aufregen können! Sie regen sich sogar dann auf, wenn es sich um eine andere handelt. Werden sie nicht für dieses Amt geschaffen, hergerichtet, herausgeputzt, erzogen – wenn man eine so einseitige Angelegenheit Erziehung nennen kann –, werden sie nicht deswegen behütet, im Ungewissen gehalten, mit allerlei Andeutungen bedacht, abgetrennt, eingesperrt – alles, damit sie im gegebenen Augenblick einem Mann als ergebene Dienerin ausgeliefert werden oder ihre Töchter ihm ausliefern?

Aber wie sie ihm nun eigentlich dienen sollte, wußte Deborah nicht. Sie wußte nur, daß sie mit diesem ganzen Unsinn von außerordentlichem Glück, das sie empfinden sollte, nichts anfangen konnte. Nach ihrer Meinung war sie in Henry nicht verliebt, aber selbst wenn sie ihn geliebt hätte, so konnte sie darin keinen Grund sehen, ihr eigenes Leben vollständig aufzugeben. Henry liebte sie, aber niemand erwartete, daß er sein eigenes Leben vollständig aufgeben würde. Im Gegenteil, es hatte den Anschein, als füge er diesem Leben nur etwas Besonderes hinzu, wenn er sie heimführte. Er würde weiter mit seinen Freunden frühstücken, in seinen Wahlkreis reisen, seine Abende im Parlament verbringen, er würde sein freies, abwechslungsreiches und männliches Leben fortsetzen, ohne daß ein Ring an seinem Finger oder ein anderer Name die in seinem Zustand eingetretene Veränderung anzeigte. Wenn er sich aber getrieben fühlte, nach Hause zu kommen, mußte sie da sein, mußte gleich ihr Buch, ihre Zeitung oder ihren Brief beiseitelegen, sie mußte sofort bereit sein, alles, was er zu sagen hatte, anzuhören, sie mußte seine politischen Freunde einladen, und sogar, wenn er sie aufforderte, mit ihm um die Welt zu reisen, mußte sie folgen. Nun, das erinnerte ihrer Meinung nach an Ruth und Boas und war sehr angenehm für Henry. Zweifellos würde er sich ihrer annehmen, so wie er dies verstand. Wenn er neben ihr saß, während sie ihre Nadel in den Stickrahmen senkte und wieder herauszog, würde er liebevoll auf ihren gesenkten Kopf niederschauen und sagen, er preise sich glücklich, zu einer so hübschen kleinen Frau heimkehren zu können. Trotz seiner Würde als Kabinettsminister würde er das sagen wie ein Ehemann aus dem Bürger- oder Arbeiterstand. Und sie mußte dann mit dankbarem Lächeln zu ihm aufblicken. Trotz seiner Würde und Anziehungskraft als Gouverneur oder Vizekönig würde er die Lockungen von Frauen, die Vorteile für ihre Männer wünschten, über die notwendige gesellschaftliche Galanterie hinaus nicht beachten und ihr treu sein, so daß die grüne Schlange der Eifersucht nie über ihren Weg kriechen würde. Er würde immer mehr Ehren auf sich häufen und mit aufrichtigem Stolz eine Adelskrone auf dem Haupt des kleinen schwarzen Schattens erscheinen sehen, der ihn so viele Jahre lang begleitet hatte. Aber wo blieb in einem solchen Programm Platz für ein Atelier?

Es würde nicht angehen, daß Henry, wenn er des Abends zurückkehrte, vor eine verschlossene Tür käme. Es würde nicht angehen, daß Henry, wenn er gereizt nach Tinte oder Löschpapier suchte, erführe, seine Frau sei mit einem Modell beschäftigt. Es würde nicht angehen, daß man Henry, wenn er zum Gouverneur einer fernen Kolonie ernannt wäre, sagte, der Zeichenlehrer wohne unglücklicherweise in London. Es würde nicht angehen, wenn Henry noch einen Sohn haben wollte und sie ihm dann sagte, daß sie gerade einen besonderen Studienkurs angefangen habe. Man konnte in einer Welt voll so fester, tiefeingewurzelter Begriffe nicht annehmen, daß sie gleiche Rechte wie Henry hatte. Für solche Vorrechte war die Ehe nicht geschaffen.

Aber für gewisse Vorrechte war die Ehe eben doch geschaffen. Wenn Deborah in ihrem Schlafzimmer das Gebetbuch studierte und die Zeremonie der Eheschließung nachschlug, so sah sie, daß die Ehe zur Erzeugung von Kindern geschaffen war. Nun, das wußte sie. Eine Freundin hatte ihr das erzählt, bevor sie ihre Ohren schließen konnte. Frauen hatten nach ihrer Bestimmung liebevoll und liebenswürdig und ihren Gatten treu und gehorsam zu sein, als ehrwürdige und gottesfürchtige Hüterinnen von Nüchternheit, Ruhe und Frieden. Das war zweifellos nicht ganz so streng und wörtlich gemeint, wie es dastand. Aber schließlich lagen diesen Worten doch tatsächliche Verhältnisse zugrunde. Und wieder fragte sie sich, wo bei einem solchen System Platz für ein Atelier bliebe.

Henry, der immer liebenswürdig und höflich und jetzt sehr verliebt war, lächelte sehr nachsichtig, als sie es schließlich über sich brachte, ihn zu fragen, ob er etwas dagegen einzuwenden habe, wenn sie nach ihrer Eheschließung malen würde. Einzuwenden? Er habe durchaus nichts dagegen einzuwenden! Er halte das für eine der Frau sehr angemessene Beschäftigung. »Ich gestehe«, sagte er, »daß mir von allen fraulichen Beschäftigungen das Klavierspielen die liebste ist, aber da dein Talent in anderer Richtung liegt, mein Liebes, so werden wir es pflegen, soweit das möglich ist.« Und dann führte er aus, wie nett es sein würde, wenn sie ihre Reisen in Bildchen verewigte, und wie reizend ein Album mit Aquarellen aussehen würde, das sie zu Hause ihren Bekannten zeigen könnten. Aber als Deborah sagte, das sei nicht ganz das, was sie meine – sie habe sich etwas Ernsteres vorgestellt, sagte sie, und sie sagte es mit allem Nachdruck –, hatte er verliebter und nachsichtiger als je gelächelt und gesagt, das könne man sich ja in aller Ruhe überlegen und übrigens glaube er, daß sie nach der Heirat genug andere Beschäftigungen finden werde, um ihre Zeit auszufüllen.

Da hatte sie allerdings das Gefühl, daß sie in eine Falle geraten war, und wurde wild. Sie verstand gut, was er meinte. Sie haßte ihn wegen seiner olympischen Herablassung und Überlegenheit, wegen seines zwar liebevollen, doch überheblichen Gebarens, wegen seiner billigen Liebenswürdigkeit aber am meisten, weil es unmöglich war, ihm einen Vorwurf zu machen. Man konnte ihm keinen Vorwurf machen. Er hatte nur das für feststehend und richtig gehalten, wozu er berechtigt war, und sich dadurch mit den Frauen in eine Linie gestellt und an der allgemeinen Verschwörung teilgenommen, die sie darum betrügen wollte, ihr Leben selbst zu wählen.

Sie war sehr kindisch, sehr unsicher und sehr unwissend. Aber das eine wenigstens hatte sie erkannt, daß diese Unterredung entscheidend war. Sie hatte die Antwort erhalten. Sie kam nie wieder darauf zurück.

Und doch war sie keine Frauenrechtlerin. Sie war viel zu klug, um in dem Luxus eines eingebildeten Märtyrertums zu schwelgen. Die Kluft zwischen ihr und dem Leben war nicht die Kluft zwischen Mann und Frau, sondern die Kluft zwischen dem Tatmenschen und dem Träumer. Daß sie ein Weib war und Henry ein Mann, war wirklich nur ein Zufall. Sie ging nicht weiter als bis zu der Erkenntnis, daß die Tatsache ihres Frauentums die Lage für sie um einen Grad schwieriger machte.

Lady Slane zog ihren Stuhl dieses Mal durch den halben Garten. Genoux beobachtete sie vom Fenster aus und kam mit einer Decke »pour m'assurer que miladi ne prendra pas froid. Que dirait ce pauvre milord, s'il pensait que miladi prenait froid? Lui, qui toujours avait tant de soin de miladi!«

Ja, sie hatte Henry geheiratet, und Henry war immer sehr besorgt gewesen, daß sie sich nicht erkältete. Er hatte ihr die größte Sorgfalt angedeihen lassen, sie konnte mit Recht sagen, daß sie immer ein behütetes Leben geführt hatte. (Aber war das ihr Wunsch gewesen?) Ob in England oder in Afrika, in Australien oder in Indien, Henry hatte immer dafür gesorgt, daß sie möglichst wenig Unbequemlichkeiten hatte. Vielleicht war das seine Art, sie für die Unabhängigkeit zu entschädigen, die sie seinetwegen aufgegeben hatte. Vielleicht hatte Henry – ein sonderbarer Gedanke! – mehr geahnt, als er zugeben mochte. Vielleicht hatte er bewußt oder unbewußt versucht, ihre Sehnsucht unter einer Fülle von Decken und Kissen zu ersticken, gleichsam ein gebrochenes Herz auf einem Federbett zur Ruhe zu bringen. Er hatte sie immer mit Dienerschaft, Sekretären und Adjutanten umgeben. Diese erfüllten die Aufgabe jener kleinen Polster, die ein Schiff vor einem zu harten Anstoßen an die Kaimauer bewahren. Gewöhnlich hatten sie aus großer Anhänglichkeit an Lady Slane mehr als ihre Pflicht getan, bloß aus dem Verlangen heraus, eine Frau zu schützen und vor Unannehmlichkeiten zu bewahren, die so sanft, so tapfer, so anspruchslos und so weiblich war. Ihre Zartheit erweckte die Ritterlichkeit der Männer, ihre Bescheidenheit bewahrte sie vor der Feindseligkeit der Frauen, ihr Geist verschaffte ihr die Achtung beider. Henry tändelte zwar gern mit hübschen und schmeichlerischen Frauen und beugte sich in einer Weise über sie, daß Lady Slane oft Qualen litt, aber er hatte doch keine andere Frau in der Welt für wert gehalten, mit ihr verglichen zu werden.

In die Decken eingewickelt, die Henry gewissermaßen über ihre Knie gebreitet hatte, fragte sie sich jetzt, wie eng damals die Gemeinschaft zwischen ihnen gewesen war. Die Kühle, mit der sie jetzt ihr Verhältnis abschätzen konnte, erschreckte sie ein wenig, führte sie jedoch auf einem sonderbaren Umweg zu der Zeit zurück, da sie vorgehabt hatte, ihren Eltern zu entlaufen und sich einem Leben zu widmen, das, wenn es auch nach den üblichen Begriffen tadelnswert war, doch im wesentlichen ernster Arbeit und einem unbescholtenen Wandel gewidmet werden sollte. *Damals* hatte sie dem Leben von Angesicht zu Angesicht gegenübergestanden, und das war ein Grund für die Notwendigkeit klarsten Denkens gewesen. *Jetzt* stand sie so dem Tode gegenüber, und auch das schien ein Grund für die möglichst aufrichtige und kompromißlose Abschätzung wahrer Lebenswerte zu sein. Allein der in der Mitte liegende Zeitraum war dunkel gewesen.

Dunkel. Andere würden ihn nicht so ansehen. Andere würden ihre Ehe als vollkommen bezeichnen, das Band zwischen ihr und Henry als unzerreißbar. Sie würden sagen, daß keiner einen anderen Menschen »angesehen« habe. Sie würden sie beneiden als zwei Menschen, die in enger Verbundenheit eine ehrenvolle Laufbahn zurückgelegt und eine vielversprechende Dynastie begründet hatten. Sie würden Mitleid mit ihr haben, weil sie allein zurückgeblieben war, würden aber schließlich zu dem Schluß kommen, daß eine alte Frau von achtundachtzig Jahren, die ihr Leben hinter sich habe, nicht so sehr zu bemitleiden sei und die ihr noch verbleibenden Jahre damit zubringen könne, dem Zeitpunkt entgegenzusehen, da ihr Gatte – wieder jung, mit Blumen bekränzt und mit einer Art Nachtgewand angetan – sie in sehnsüchtiger Erwartung auf der anderen Seite begrüßen würde. Sie würden sagen, sie sei glücklich gewesen.

Aber was war schon Glück? War sie wirklich glücklich gewesen? Das war ein seltsames Wort von eigentümlichem Klang, ein Wort, das für die ganze englisch sprechende Welt etwas Bestimmtes bedeutete; ein seltsam klingendes Wort, um in zwei Silben einen ganzen Lebensinhalt auszudrücken. Glücklich. Aber man war in diesem Augenblick glücklich und zwei Minuten später todunglücklich, und für keines von beidem lag ein guter Grund vor. Was bedeutete also das Wort? Wenn es überhaupt etwas bedeutete, dann dieses: aus irgendeinem unbehaglichen Verlangen heraus hatte man den Wunsch, Schwarz möge Schwarz und Weiß möge Weiß sein, es bedeutete, daß in dem Gestrüpp der Schrecken des Lebens die dort kriechenden winzigen Wesen Schutz in einer Formel suchten. Gewiß hatte es Augenblicke gegeben, wo man sagen konnte: *damals* war ich glücklich, und mit größerer Sicherheit: *damals* war ich unglücklich – als zum Beispiel der kleine Robert im Sarge gelegen und seine schluchzende syrische Wärterin ihn mit Rosenblättern bestreut hatte. Aber dazwischen lagen weite Strecken, in denen man nur eben existiert hatte. Es war töricht, zu untersuchen, ob sie glücklich oder unglücklich waren. Es war gerade so, als würde jemand über einen Fremden eine Frage stellen und diese Frage in ein Wort kleiden, das keine Beziehung zu dem stets wechselnden, sich einem festen Zugriff entziehenden Spiel des Lebens hatte, als wenn man versuchte, etwas Unmögliches zuwege zu bringen, wie etwa das Wasser eines Sees zu einer festen harten Kugel zusammenzuballen. Ein solcher See ist das Leben, dachte Lady Slane, als sie unter der warmen Südmauer saß und den Duft der Pfirsiche roch, ein See, der seine glatte Fläche vielen Gedanken darbietet, vergoldet von der Sonne, im Silberschein des Mondes glitzernd, verdunkelt von einer Wolke, gekräuselt von einem Windstoß, aber dabei immer eine Ebene bleibt, eine Fläche, die ihre bestimmten Grenzen hat, aber nicht in eine harte feste Kugel zusammengeballt werden kann, die klein genug ist, um sie in der Hand zu halten. Aber das versuchten eben jene zu tun, die fragten, ob unser Leben glücklich oder unglücklich war.

Nein, eine solche Frage konnte man nicht an sie, konnte man an keinen Menschen richten. So einfach lagen die Dinge nicht. Hätte man sie gefragt, ob sie ihren Mann geliebt habe, so hätte sie ohne Zögern antworten können: ja, sie habe ihn geliebt. Es gab keinen Augenblick, wo sie hätte einen Unterschied machen und sagen können: damals in jenem Augenblick liebte ich ihn, und damals in jenem Augenblick liebte ich ihn nicht. Der Druck war beständig gewesen. Ihre Liebe zu ihm war eine gerade schwarze Linie gewesen, die quer durch ihr Leben lief. Sie hatte ihr weh getan, sie hatte ihr Schaden zugefügt und sie klein gemacht, aber es war ihr unmöglich gewesen, davon loszukommen. Jeder Teil von ihr, der nicht Henry Holland gehörte, hatte in entgegengesetzter Richtung gezogen, doch diese einzige riesenstarke Liebe hatte sie alle hinübergezogen, wie eine schwächere Mannschaft beim Tauziehen. Ihr Ehrgeiz, ihr geheimes Leben war zu seinen Füßen gekollert. Sie hatte ihn so sehr geliebt, daß selbst ihr Groll nachgeben mußte. Sie konnte ihm nicht einmal das Opfer übelnehmen, das er ihr auferlegt hatte. Doch sie gehörte nicht zu jenen Frauen, die sich so freudig opfern, daß das Opfer aufhört, ein Opfer zu sein. Ihre jugendlichen Hoffnungen waren unvereinbar mit solch einer Liebe; wenn sie jene aufgab, so wußte sie, daß sie etwas von unschätzbarem Wert aufgab. Das hatte sie für Henry Holland getan, und Henry Holland hatte es nie erfahren.

Schließlich konnte sie ihn und sich in der Rückschau deutlich sehen, noch mehr, sie konnte es fertigbringen, ihn, ohne ihm abtrünnig zu werden, genau zu prüfen. Sie konnte es fertigbringen, die übertriebene Ergebenheit, mit der sie früher an ihm gehangen hatte, abzustreifen. Nicht daß die Angst ihrer Liebe in ihrem Gedächtnis verblichen war. Sie konnte sich noch an die Tage erinnern, da sie abergläubisch für Henry Hollands Sicherheit und Glück zu einem Gott gebetet hatte, an den sie nie ganz glaubte. Mit einer kindlichen Glut hatte sie Worte für ihr Gebet gefunden und sie ihren Nöten angepaßt. »O Herr«, hatte sie nachts gebetet, »behüte meinen geliebten Henry, mache ihn glücklich, bewahre ihn vor allen Gefahren, ob Krankheit oder Unglücksfällen, erhalt ihn für mich, die ich ihn mehr liebe als irgend etwas im Himmel oder auf Erden.« So hatte sie gebetet, und wenn sie auch jede Nacht betete, so verloren die Worte doch nichts von ihrer ersten Glut. Wenn sie flüsterte: »Bewahre ihn vor allen Gefahren, ob Krankheit oder Unglücksfällen«, so hatte sie Henry im Geiste gesehen, wie er von einem Wagen überfahren wurde, wie er Lungenentzündung hatte und schwer nach Atem rang, so als hätte sie beide schreckliche Ereignisse wirklich vor Augen. Und wenn sie flüsterte: »Die ich ihn mehr liebe als irgend etwas im Himmel oder auf Erden«, so hatte sie einen Alpdruck gespürt, weil sie sich fragte, ob dieses Einbeziehen des Himmels nicht Gotteslästerung war und nicht einen eifersüchtigen Gott beleidigen konnte; denn sicher grenzte es an Gotteslästerung, sich damit zu brüsten, daß ihr Henry lieber war als alles im Himmel oder auf Erden – was ja Gott einschloß, einen Gott, den sie gnädig stimmen wollte –, eine Lästerung, die vielleicht eher gehört werden würde als die Bitte, die sie ja sein sollte? Doch sie beharrte bei ihrem Gebet, denn es entsprach ihrem wahren Gefühl, Henry war ihr lieber, weit lieber als alles im Himmel oder auf Erden. Er hatte sie so niedergeduckt, daß sie ihn lieber hatte als ihren eigenen Ehrgeiz. Sie konnte nicht anders zu einem Gott sprechen, der (wenn er überhaupt existierte) ja sicher ihr Herz kennen würde, ob sie es ihm nun flüsternd im Gebet offenbarte oder nicht. Deshalb mochte sie sich lieber das Herz erleichtern, indem sie die Wahrheit flüsterte, die, wie sie hoffte, von Gott gehört werden, aber, wie sie ebenfalls hoffte, Henry Holland verborgen bleiben würde. Es war ein Trost für sie. Nach ihrem Gebet konnte sie schlafen, da sie Henry wenigstens für vierundzwanzig Stunden Sicherheit verschafft hatte, denn dies war die Grenze, bis zu der sie ihr Gebet für wirksam hielt, und Henry Holland war, wie sie sich entsann, ein schwer und gefährlich zu bewahrender Schatz gewesen, selbst mit Hilfe geheimer Fürsprache. Seine Laufbahn war so bewegt gewesen, so fern von dem behüteten Leben, das sie für ihn erbat. Sie hätte am liebsten das methodische Dasein eines holländischen Tulpenzüchters für ihn gewählt, eines Mynheers, der keine größeren Sorgen hatte als die Züchtung einer neuen Art, während die Tauben in ihrem Holzkäfig girrten und ihre Flügel in der Sonne ausbreiteten, und dabei sah sie ihn immer in feierlichen Aufzügen, bedroht von Bomben, auf einem Elefanten durch indische Städte reitend, von ihr durch staatliche Feierlichkeiten oder durch geschäftliche Verpflichtungen ferngehalten. Und wenn die körperliche Gefährdung zeitweise in einer sicheren Stadt wie London, Paris oder Washington aufgehoben war, wenn er als großer Diener des Staates in England beschäftigt war oder in einer friedlichen Mission im Ausland reiste, dann wurden andere Anforderungen an ihre Wachsamkeit gestellt. Sie mußte schnell entdecken, ob er etwa ein tröstendes Wort brauchte, wenn eine augenblickliche Entmutigung ihn befallen hatte, wenn er unruhig zu ihr kam und sich über ihren Stuhl neigte, ohne etwas zu sagen, aber darauf wartete (wie sie wußte), daß von ihr ein sanfter Schutz kam und sich wie eine sichere Hülle um ihn legte, doch dies alles mußte ohne direkte Bezugnahme geschehen. Sie mußte seinen Glauben wiederherstellen, daß die Starrköpfigkeit der Regierung oder die Feindseligkeit seiner Nebenbuhler von Kurzsichtigkeit oder Neid und von keinem Versagen seinerseits herrührte, doch durfte er nicht merken, daß sie die Stimmung, in der er sich gerade befand und in der er sich selbst mißtraute, fühlte, denn sonst brach das mühsame Gebäude ihrer tröstenden Worte in sich zusammen. Wenn sie dann mit äußerster Zartheit und äußerster Anstrengung diese Leistung vollbracht hatte, wenn er sie verließ, um neu gestärkt an seine Arbeit zu gehen, dann war es ihr, während ihre Hände als Zeichen ihrer Erschöpfung schlaff im Schoß lagen und sie in sich eine wonnige Leere spürte, als wenn ihr eigenes Selbst in die Adern eines anderen geflossen wäre – dann war es ihr, während sie fast umsank und mühsam nach Atem rang, als habe sie im geheimen die Höhe seliger Ekstase erreicht.

Doch diese Rechenschaft, die sie sich über ihre Liebe gab, und die Erinnerungen an die vielen unsichtbaren Anforderungen, die diese an sie gestellt hatte, erschienen ihr als eine zu große Vereinfachung, die ihr nicht genügen konnte. Die Feststellung, daß sie geliebt hatte, war zwar unbestreitbar, enthielt aber auch eine Anzahl höchst verwickelter Fragen. Wer war die »Sie«, das »Ich«, das geliebt hatte? Und wer und was war Henry? Eine körperliche Gegenwart, bedroht durch Zeit und Tod, und wegen dieser Drohung ihr um so lieber? Oder war seine körperliche Gegenwart nur die greifbare Widerspiegelung, das Symbol von etwas, was man mit Recht ihn selbst nennen konnte? Unter dem Symbol ihrer Körperlichkeit verborgen war zweifellos sowohl in ihm als auch in ihr etwas versteckt, was man wohl ihr eigentliches Selbst nennen konnte. Aber an dieses Selbst konnte man schwer herankommen. Verdunkelt durch die zu vertrauten Äußerlichkeiten der Stimme, des Namens, der Erscheinung, der Beschäftigung, der Lebensumstände, konnte man das eigentliche Selbst nur mit einem flüchtigen Blick erhaschen, und sogar dieser war getrübt oder abgelenkt. Es gab nicht nur ein Selbst, sondern mehrere. Sie konnte nie das gleiche Selbst bei ihm sein, wie wenn sie allein war, und sogar dieses einsame Selbst, das sie zu erjagen versuchte, veränderte schnell seinen Standort, wechselte seine Erscheinung, schmolz zusammen, wenn sie sich ihm näherte. Sie konnte es nie in eine dunkle Ecke treiben und dort wie einen ertappten Einbrecher an der Kehle halten und gegen die Wand drücken, der harte Kern des Selbst fand immer wieder einen Ausweg in eine dunkle Gasse, wohin sie ihm nicht folgen konnte. Sogar die Worte, die ihre Gedanken einkleideten, waren nur neue Täuschungen. Kein Wort konnte allein stehen wie eine Steinsäule oder ein Baumstamm, sondern jedes verwandelte sich sofort in ein tropisches Dickicht zusammenhängender Gedankenverbindungen. Auch Tatsachen schienen ebenso flüchtig und vielgestaltig zu sein wie das Selbst. Nur in einer wortlosen Verzückung wurde eine echte Wahrnehmung möglich, in einer wortlosen Verzückung reinen Gefühls, einem außerkörperlichen Zustand, in dem nur das feinnervige Zittern der Fingerspitzen an die Existenz des Körpers erinnerte und eine Reihe von Bildern durch den Geist floß, die keinen Namen hatten und mit der Sprache nicht ausgedrückt werden konnten. Dieses war wohl jener Zustand, in dem sie sich dem in ihr verborgenen Selbst am meisten näherte, aber es war ein Zustand, der nichts mit Henry zu tun hatte. Hatte sie deshalb als das Nächstbeste die Liebe willkommen geheißen, die ihr gerade durch ihre Qual die Illusion eines nahen Zusammenseins verschaffte?

Sie war schließlich eine Frau. War es vielleicht möglich, nachdem man sie gehindert hatte, Künstlerin zu werden, auf anderem Wege Erfüllung zu finden? Gab es vielleicht doch eine Grundlage für den herrschenden Glauben, daß die Frau dem Mann dienen soll? Hatten die Generationen recht, war der Kampf des einzelnen nicht berechtigt? War etwas Schönes, etwas Tätiges, etwas Schöpferisches sogar in ihrer scheinbaren Unterwerfung? Konnte sie nicht auf dem gespannten Seil ihres Verhältnisses zu Henry ebenso gefährlich und ebenso unsicher balancieren wie bei dem Schaffen eines Bildes? War es nicht möglich, die Töne und Halbtöne ihres Lebens mit ihm so zu sehen, wie sie die braunen und violetten Schatten einer Landschaft sehen konnte, und sie in Beziehung zu setzen und ihre Werte zu bestimmen, daß sie hierdurch zwangsläufig schön werden mußten? War nicht auch dies eine Leistung, wie sie einer Frau besonders angemessen war? Von der Art in der Tat, die Frauen allein zuwege bringen konnten, ein Vorrecht und ein Vorzug, die nicht zu verachten waren? Die Frau in ihr antwortete: Ja! Die Künstlerin in ihr entgegnete: Nein!

Und dann wiederum, betrogen nicht Frauen mit diesem neuen aufrührerischen Geist die Welt um den kargen Rest des Zaubers, einer vielleicht törichten, aber liebenswerten Illusion? Dieses Mal antworteten die Frau und die Künstlerin in ihr auf die gleiche Weise: Ja!

Sie dachte an ein junges Paar, das sie gekannt hatte – der Mann war Sekretär an der Pariser Botschaft, beide sehr jung –, das sie, wenn sie zu ihnen zu Besuch kam, mit geziemender Ehrerbietung empfing, da sie ja die Frau des Botschafters war. Sie wußte, daß beide sie gern hatten, aber gleichzeitig fühlte sie sich immer als Eindringling, wenn sie bei ihnen war. Sie waren, wie sie ahnte, so verliebt, daß ihnen jede halbe Stunde leid tat, die ihnen von der ihnen zugemessenen Anzahl Jahre ihres Zusammenseins genommen wurde. Und sie ihrerseits empfand ihre Besuche bei ihnen als Qual, doch wurde sie teils aus Anhänglichkeit zu ihnen gezogen, teils durch den Wunsch, sich durch den Anblick ihrer innigen Vereinigung martervoll zu läutern. »Als Mann und Frau erschuf er sie«, sagte sie zu sich, wenn sie von ihnen fortging. Manchmal, wenn sie von ihnen kam, fühlte sie, daß sie in so falscher Beziehung zu Henry stand, daß die Bürde des Lebens zu schwer wurde. Dann wünschte sie sich den Tod. Es war keine Phrase, sie begehrte aufrichtig, zu sterben. Sie war zu ehrlich, um nicht unter der Last eines so falschen Verhältnisses zu leiden. Sie sehnte sich manchmal nach einer so einfachen, so natürlichen und so richtigen Beziehung, wie sie zwischen diesen sehr uninteressanten, aber sehr einnehmenden jungen Menschen bestand. Sie beneidete Alec, wie er vor dem Feuer stand, mit den Münzen in seiner Tasche klimperte und nach seiner Frau blickte, die sich in eine Sofaecke gekuschelt hatte. Sie beneidete Madge, weil sie so selbstverständlich alles für richtig hielt, was Alec sagte oder tat. Doch mitten in ihrem Neid wurde sie von etwas abgestoßen: von diesem unerträglichen männlichen Herrentum, dieser scheußlichen weiblichen Unterwerfung.

Wo also lag die Wahrheit? Henry hatte sie durch den Zwang der Liebe um ihren erwählten Beruf gebracht, ihr jedoch dafür ein anderes Leben gegeben, ein weiträumiges Leben, ein Leben, das sie in Berührung mit der großen Welt brachte, wenn sie daran Geschmack fand, oder, wenn nicht, ein Leben, das sich ganz auf die Erziehung ihrer Kinder beschränkte. An die Stelle ihres eigenen Lebens hatte er sein Leben mit seinen Interessen gesetzt oder das Leben ihrer Kinder mit den in ihnen steckenden Möglichkeiten. Er nahm an, daß sie sich in eines von beiden, wenn nicht in beide, mit Freuden versenkte. Es war ihm niemals eingefallen, daß sie lieber einfach sie selbst gewesen wäre.

Ein Teil ihres Selbst hatte sich zufrieden gegeben. Sie erinnerte sich, daß sie sich mit der Vorstellung beruhigt hatte, sie würde an dem Leben ihrer Kinder, besonders ihrer Söhne, teilnehmen, als ob deren Wesen von weit größerer Wichtigkeit wäre als ihr eigenes und sie selbst nur das Mittel ihrer Menschwerdung und der Schutz für die Jahre, in denen sie sich noch nicht selbst helfen konnten. Sie erinnerte sich an Kays Geburt. Sie hatte sich gewünscht, er möge Kay heißen, weil sie gerade vor seiner Geburt Malory gelesen hatte. Bis dahin hatten ihre Söhne automatisch die in der Familie üblichen Namen erhalten – Herbert, Charles, Robert, William –; aber bei dem fünften Sohn wurden ihre Wünsche aus irgendeinem Grunde berücksichtigt, und als sie den Namen Kay vorschlug, erhob Henry keinen Widerspruch. Er war in guter Laune und hatte gesagt: »Mach das, wie du willst.« Sie erinnerte sich, daß sie in ihrem schwachen Zustande Henry deswegen sogar für edelmütig gehalten hatte. Als sie in das zerknitterte rote Gesicht ihres jüngsten Kindes sah – obwohl ihr zerknitterte rote Gesichter bei der sechsten Wiederholung gar nichts Neues mehr waren –, hatte sie die Verantwortlichkeit empfunden, das kleine Wesen mit einem Namen in die Welt zu schicken, den es nicht selbst gewählt hatte, so wie man ein Schlachtschiff vom Stapel läßt; nur daß sie es anstatt mit Türmen, Decks und Kanonen mit dem wunderbaren Gewebe aus Fleisch und Gehirn zu tun hatte. War es recht, ein Kind Kay zu nennen? Ein Name, ein Kennzeichen, übte einen unsichtbaren, doch unaufhörlichen Druck aus. Man sagt, Menschen wüchsen in Übereinstimmung mit ihrem Namen auf. Aber Kay war nicht ungebührlich romantisch geworden, obgleich er sicher nicht seinen Brüdern oder seiner älteren Schwester ähnelte.

Doch von allen ihren Kindern hatten allein Kay und Edith etwas von ihrer Mutter geerbt – Kay mit seinen Astrolabien, Edith mit ihrer Unbeholfenheit. Carrie hatte ihr bezeichnenderweise die geringste Mühe gemacht, Carrie hatte leicht ihren eigenen Weg in die Welt gefunden. Herbert als der älteste Sohn war unter feierlicher Erwartung und unter Schwierigkeiten erschienen. William war ein unauffälliges schweigsames Kind mit kleinen Augen gewesen, hatte dazu einen guten Appetit gehabt, als wäre er entschlossen gewesen, allen Nahrungsvorrat aus ihrer Brust zu quetschen, geradeso wie er und Lavinia, seine passende Genossin, noch heute entschlossen waren, einen möglichst großen Vorrat aus der Molkerei ihres Wohnortes herauszuquetschen. Charles war unter Protest angekommen, wie er noch heute protestierte, nur daß er damals noch nichts von Kriegsministerien wußte. Edith mußte ihr erster Atemzug in den Rücken geklopft werden, sie hatte mit dem Leben gleich im Anfang nicht besser fertig werden können als am Ende. Die Tatsache blieb, daß sie allein in Kay und Edith eine verborgene Sympathie spürte. Alle übrigen waren Henrys Kinder, nur daß seine Energie bei ihnen nach der falschen Seite ausgeschlagen war. Doch als ihre Kinder kleine schwache Wesen waren, so klein und schwach, daß man sie nur sicher aufrecht hinsetzen konnte, wenn man ihren wackelnden Kopf hielt, hatte sie in dem Bestreben, sich für ihre verlorene Unabhängigkeit zu entschädigen, sich bemüht, ein wenig weiter zu schauen, über die Zeit hinweg, wenn der Schädel über dem so erschreckend und offen schlagenden Puls sich geschlossen hatte, wenn das Band, das sie ans Leben knüpfte, nicht mehr so beunruhigend schwach war, wenn sie nicht mehr Angst hatte, sobald sie sich in Abwesenheit der Säuglingsschwester über die Wiege bückte, sie könnten ihren letzten Atemzug tun. Sie hatte versucht, die Zeit ins Auge zu fassen, wo sich ihr eigener Charakter entwickeln würde, wo sie andere Meinungen haben würden als ihre Eltern, wo sie ihre eigenen Pläne machen und ihre eigenen Vorbereitungen treffen würden. Selbst hierin war sie enttäuscht worden. »Wie werden wir uns freuen«, hatte sie zu Henry gesagt, als sie zusammen auf den in der Wiege liegenden Herbert niedersahen, »wenn er erst auf der Schule ist und uns von dort Briefe schreibt.« Henry hatte diese Bemerkung nicht gefallen, sie merkte sofort, was er an ihr auszusetzen hatte. Er dachte, daß alle echten Frauen ihre Kinder lieber im hilflosen Zustande sehen und die Zeit beklagen sollten, wo sie anfingen zu wachsen. Lange Kleidchen waren Kitteln vorzuziehen, Kittel kurzen Hosen, kurze Hosen langen Hosen. Henry hatte bestimmte männliche Vorstellungen über Frauen und Mutterschaft. Obwohl er im geheimen stolz auf seine heranwachsenden kleinen Söhne war, so tat er doch auch sich selbst gegenüber so, als gingen sie bis jetzt nur ihre Mutter an. Sie hatte sich deshalb natürlicherweise bestrebt, diese Ansichten zu ihren eigenen zu machen. Herbert war mit zwei Jahren zugunsten Carries entthront worden, Carrie mit einem Jahr zugunsten Charles'. Weil es von ihr erwartet wurde, war das Jüngste immer offiziell ihr Liebling gewesen. Aber alle diese Dinge stimmten nicht. Es war ihr immer bewußt gewesen, daß das Selbst ihrer Kinder ebenso weit von ihr entfernt war wie das Henrys oder sogar ihr eigenes.

Unnatürliche Gedanken, die sie entsetzt hatten, waren ihr durch den Kopf gezogen. »Wenn ich nur nie geheiratet hätte... Wenn ich nur keine Kinder gehabt hätte...« Und doch liebte sie Henry, liebte ihn so, daß es ihr weh tat, und ihre Kinder liebte sie bis zur Rührseligkeit. Sie dachte sich allerlei über sie aus, was sie dann Henry in Stunden, da sie ganz für sich waren und in denen ihr Herz überfloß, anvertraute. Herbert werde Staatsmann werden, sagte sie, denn hatte er sie nicht (im Alter von zwölf Jahren) über Probleme befragt, die die Regierung Indiens betrafen? Und Kay hatte sie schon im Alter von vier Jahren gebeten, sie möchte ihm einmal den Tadsch Mahal zeigen. Henry hörte sich diese Träumereien gern an, ohne zu merken, daß sie diese erzählte, um ihm eine Freude zu machen.

Aber alles dies war nichts im Vergleich zu Henrys Ehrgeiz, der sie auf einem von Dornen umgebenen Weg hintrieb. Henrys Auffassung der Welt widersprach in jedem Punkt dem Kern ihres Wesens. Er mit seiner realistischen und sie mit ihrer idealistischen Auffassung hatten einander schroff gegenüberstehende Ansichten, mit dem Unterschied, daß, während Henry in der Entwicklung seiner Ansichten kein Blatt vor den Mund nahm, sie die ihrigen verbergen mußte, um sich nicht beschämen zu lassen und lächerlich zu machen. Doch hier war ihr Gefühl nicht immer klar. Es gab Augenblicke, wo sie die Aufregung des großen Spiels, das Henry immer spielte, mitgenießen konnte, Augenblicke, wo das private, intensiv in die Einzelheiten gehende und liebliche Dasein des Künstlers – dessen Betätigung ihr untersagt war, dessen Lebensideal sie noch immer sehnsüchtig nachhing – als ein ärmliches, selbstisches und überzartes Etwas erschien im Vergleich zu der männlichen Tätigkeit, die sich mit Fragen des Reiches, der Politik und des Kampfes der Menschen untereinander beschäftigte. Es gab Augenblicke, wo sie nicht nur mit dem Gehirn, sondern mit ihrem ganzen Gefühl verstehen konnte, daß Henry sich ebenso nach einem Leben der Tat sehnte wie sie nach einem Leben der Beschaulichkeit. Sie waren wirklich zwei Hälften einer auseinandergerissenen Welt.

Dritter Teil

> Das Leben, das wir leben, ist tot, obgleich es atmet.
> Es ist der Tod, der sich auf Wanderschaft begibt
> Und torkelnd wankt die erste kurze Strecke seines Weges.
>
> *Christina Rossetti*

Der Sommer war vorüber, und die Oktobertage waren nicht mehr warm genug, als daß Lady Slane hätte im Garten sitzen können. Um Luft zu schöpfen, mußte sie kleine Spaziergänge unternehmen und wurde von Genoux in Mäntel und Pelze gewickelt, und Genoux ging sogar mit bis an die Haustür, um sich zu überzeugen, daß sie keine ihrer Hüllen in der Halle zurückließ. Lady Slane protestierte manchmal, wenn Genoux ein Gewand nach dem anderen aus dem Schrank zog. »Aber Genoux, ich sehe ja aus wie ein altes Bündel.« Genoux hängte den letzten Mantel energisch um Lady Slanes Schultern und erwiderte: »Miladi est bien trop distinguée pour avoir jamais l'air d'un vieux Bündel.« »Wissen Sie noch, Genoux«, sagte Lady Slane beim Anziehen ihrer Handschuhe, »wie Sie immer wollten, daß ich zu einer Einladung Wollstrümpfe anziehen sollte?« Es war tatsächlich so, bei kaltem Wetter hatte Genoux, wenn sie das Abendkleid für ihre Herrin herauslegte, nie seidene Strümpfe dazu geben wollen, oder wenn sie diese nach wiederholten Vorstellungen doch hervorzog, so legte sie hoffnungsvoll ein paar wollene zum Unterziehen dazu. »Mais pourquoi pas, miladi?« sagte Genoux gereizt, »dans ce temps-là les dames, même les jeunes dames, portaient les jupes convenablement longues, et un jupon pardessus le marché. Pourquoi s'enrhumer pour des chevilles qui n'y paraissent pas? C'était la même histoire pour les combinaisons que miladi voulait à tout prix ôter pour le dîner, précisément au soir lorsqu'il fait plus froid.« Mit solchen Worten begleitete sie Lady Slane die Treppe hinab; denn ihre Redseligkeit hatte die Dämme durchbrochen, seitdem sie Elm Park Gardens und den Haushalt mit der kalten und verschlossenen englischen Dienerschaft verlassen hatte. So bemutterte sie Lady Slane wie eine gackernde Henne, halb schimpfend, halb schäkernd. »Miladi n'a jamais su se soigner. Elle ferait beaucoup mieux d'écouter sa vieille Genoux. Les premiers jours d'octobre, c'est tout ce qu'il y a de plus malin. Ça vous attrape sans crier gare. A l'âge de miladi on ne doit pas prendre de libertés.« »Begraben Sie mich nicht eher, als bis es nötig ist, Genoux«, sagte Lady Slane, indem sie Genoux' Anglizismen und Pessimismus entschlüpfte.

Sie ging die Stufen vorsichtig hinunter; denn diese konnten glitschig sein, weil es gefroren hatte. Genoux würde ihr nachsehen, wie sie wußte, darum mußte sie sich an der Ecke umdrehen und winken. Genoux würde verletzt sein, wenn sie vergäße, sich umzuwenden. Doch sie würde sich durch dieses Winken nicht in Sicherheit wiegen lassen, sie würde erst wieder glücklich sein, wenn sie die vermummelte Gestalt der alten Dame wieder ins Haus eingelassen, sie hereingeführt, ihr die Stiefel ausgezogen, ihr die Pantoffeln und vielleicht eine Tasse heißer Suppe gebracht, die winterlichen Hüllen verstaut und ihre Herrin mit einem Buch am Kamin untergebracht hatte. Aber Genoux war bei allen ihren Sprüchen und Unkenrufen eine heitere und philosophische alte Seele, voll harter Bauernschlauheit. (Sie winkte zurück, als Lady Slane sich pflichtgemäß umwandte und dann langsam um die Ecke zum Park ging.) Genoux ging wieder in die Küche und unterhielt sich mit der Katze, während sie sich mit ihren Töpfen und Pfannen beschäftigte. Lady Slane hörte häufig, wie sie zu der Katze sagte: »Viens, mon bobo, schau, lecker, lecker, alles für dich«, denn sie glaubte, daß englische Tiere nur Englisch verstünden und einmal, als die Schakale um Gul-a-hek kläfften, sagte sie zu Lady Slane: »C'est drôle tout de même, miladi, comme on entend tout de suite que ce ne sont pas des Anglais.« Jetzt aber führten sie beide, sie und Genoux, ein ruhiges Leben, dachte Lady Slane, als sie zum Park hinaufging. Niemand störte sie mehr, sie waren beide durch die Bande der Dankbarkeit und Anhänglichkeit aneinander gefesselt, auch durch das Band einer nie ausgesprochenen Überlegung, wer wohl als erster von dem anderen scheiden müßte. Wenn sich die Haustür hinter einem ihrer seltenen Gäste schloß, atmete jede erleichtert auf, weil der Eindringling wieder fort war. Sie wollten nichts mehr als den Tag möglichst ruhig zubringen, schon deshalb, weil sie für eine andere Lebensweise nicht mehr die Kraft hatten. Jede Anstrengung ermüdete sie beide bald, obwohl sie das einander noch nie gestanden hatten.

Glücklicherweise störte nur selten jemand ihren Frieden. Lady

Slanes Kinder waren zuerst pflichtschuldig eines nach dem anderen gekommen, aber die meisten hatten so deutlich über den weiten und unbequemen Weg nach Hampstead gejammert, daß Lady Slane sie ruhigen Gewissens bitten konnte, sich die Mühe zu sparen, und sie kamen auch jetzt nur in langen Zwischenräumen. Lady Slane war klug genug, um sich vorstellen zu können, was sie zueinander sagten, um ihr eigenes Gewissen zu beruhigen: »Nun, wir haben ja Mutter gebeten, ihr Heim bei uns aufzuschlagen...« Edith allein hatte die Neigung gezeigt, häufiger zu kommen und, wie sie es nannte, zu helfen, aber sie lebte jetzt in ihrer neuen Wohnung in einem solchen Zustand der Glückseligkeit, daß sie sich leicht einredete, ihre Mutter brauche sie im Grunde gar nicht. Kay hatte sie seit einiger Zeit nicht gesehen. Als er das letztemal da war, hatte er nach vielem Herumdrücken in großer Verlegenheit gesagt, ein Freund von ihm, der alte FitzGeorge, möchte gern einmal mitkommen, um Lady Slane einen Besuch abzustatten. »Ich glaube«, meinte Kay und stocherte dabei im Feuer, »er sagte, er habe dich einmal in Indien kennengelernt.« »In Indien?« sagte Lady Slane, ohne diese Mitteilung sehr zu beachten. »Das ist leicht möglich, mein Lieber, aber ich erinnere mich nicht mehr an den Namen. Da wurden einem immer so viele Leute vorgestellt. Wir waren oft zwanzig beim Frühstück. Kannst du ihm nicht beibringen, daß ich nicht gern Besuche empfange? Ich will nicht unhöflich sein, aber ich habe gar keine Lust mehr, fremde Leute zu empfangen.«

Kay hätte seine Mutter gern gefragt, was Fitz damit gemeint habe, als er sagte, er habe ihn in der Wiege gesehen. Er war sogar in der Absicht nach Hampstead gekommen, dieses Geheimnis aufzuklären. Aber er ging natürlich fort, ohne gefragt zu haben.

Die Urenkel durften nicht kommen. Die Enkel zählten nicht. Sie waren bedeutungslos, da sie zwischen den Kindern und der jüngsten Generation in der Mitte standen. Aber die Urenkel, die nicht bedeutungslos waren, konnten ihr Herz zum Klopfen bringen, und darum durften sie nicht kommen. Lady Slane hatte an diesem Entschluß mit der sonderbaren und plötzlichen Festigkeit, wie sie manchmal selbst ganz folgsame Menschen zeigen, festgehalten. Herr Bucktrout war der einzige regelmäßige Besucher. Er kam wöchentlich einmal, jeden Dienstag, zum Tee. Aber Herr Bucktrout ermüdete sie nicht. Sie saßen in der Dämmerung am Kamin, während Herrn Bucktrouts Worte wie ein Bach dahinplätscherten und Lady Slane zuhörte oder nicht, je nachdem wie sie aufgelegt war.

Mittlerweile war es sehr schön oben im Park. Die Bäume waren braun, und blau die Ferne. Lady Slane setzte sich auf eine Bank und ruhte aus. Kleine Jungen ließen Drachen steigen; sie liefen mit der Schnur über den Rasen, bis der Drachen sich wie ein schwerfälliger Vogel erhob und seinen aus Papierfetzen bestehenden Schwanz durch die Luft zog. Lady Slane dachte an andere kleine Jungen, die in China hatten Drachen steigen lassen. Ihre Erinnerungen an ferne Länder und ihr gegenwärtiges Leben in England spielten jetzt in ihrem Geist arg durcheinander, so daß sie sich manchmal fragte, ob ihr Gedächtnis nicht schon ein bißchen schwach werde, so plötzlich und gleichzeitig erschienen Bilder aus beiden Zeiträumen vor ihr. Stand sie auf einem Berge bei Peking mit Henry, während ein Reitknecht in geziemender Entfernung die Pferde hin- und herführte, oder war sie allein, alt, in Schwarz gekleidet und saß auf einer Bank im Park von Hampstead? Aber da waren ja die Schornsteine Londons, um sie zu beruhigen. Zweifellos waren diese Jungen kleine Londoner Vorstadtkinder in abgerissenen Anzügen und nicht Knirpse aus dem Reich des Himmels in blauer Baumwolle; und als sie sich auf der harten Bank ein wenig bequemer zurechtsetzte, spürte sie ein rheumatisches Reißen, das in keiner Beziehung zu ihrem jugendlichen Wohlbefinden stand, als sie mit Henry den ausgedörrten Berg hinaufgetrabt war. Sie versuchte, obwohl es ihr sehr schlecht gelang, das Gefühl körperlichen Wohlbefindens wiederzuerwecken. Es gelang ihr nicht. Eine innere, in weiter Vergangenheit aufgeweckte Stimme zog wie eine alte Melodie unfaßbar durch die Außenbezirke ihres Erinnerungsvermögens und brachte ihr in Worten zwar jenes Gefühl nahe, ohne aber in ihrem müden alten Körper eine Antwort hervorzurufen. Vergeblich erzählte sie sich jetzt, daß sie einmal an einem Sommermorgen mit der Sehnsucht aufgewacht war, aus dem Bett zu springen und vor lauter Lebenslust nach draußen an die Luft zu laufen. Vergeblich und mit voller Überlegung versuchte sie sich daran zu erinnern, wie sehnsüchtig sie auf den Augenblick gewartet hatte, wo sie, nachdem der Tag ihres offiziellen Lebens mit seinen Feierlichkeiten beendet war, in der Dunkelheit in Henrys Arme sinken würde. Das waren jetzt alles nur

Worte, hinter denen keine Wirklichkeit mehr stand. Das einzige, was noch Wirklichkeit war, war der stille und regelmäßige Ablauf des Lebens mit Genoux, das Läuten eines Lieferanten an der Hintertür, die Ankunft einer Büchersendung aus Mudies Leihbibliothek oder die Unterhaltung mit Genoux über Herrn Bucktrouts Besuch – sollten sie am Dienstag Semmel oder Teekuchen kaufen? –, die Aufregung über einen angekündigten Besuch Carries und dann die Zunahme ihrer körperlichen Beschwerden, für die sie allmählich beinahe eine Zuneigung fühlte. Ihr Körper war in der Tat ihr Gefährte geworden, eine beständige Quelle der Unterhaltung und der Beschäftigung. Alle die kleinen Dumpfheiten des Körpers, die einem nur selbst bekannt, in der Jugend unbedeutend und leicht abgetan sind, wurden nun immer herrschsüchtiger und schickten sich an, die Tyrannei zu vollenden, mit der sie immer gedroht hatten. Aber es war eigentlich eine angenehme und interessante Tyrannei. Bei einer Andeutung von Hexenschuß mußte sie sich vorsichtig erheben und an den Tag denken, an dem sie in Nervi eine Rückenlähmung bekommen hatte; denn seit jenem Tage war ihr Rücken nie mehr ganz zuverlässig gewesen. Sie kannte alle die kleinen Gebrechlichkeiten ihrer Zähne, über die man mit niemandem spricht, so daß man vorsichtig essen muß und lieber auf der einen Seite kaut als auf der anderen. Sie hielt instinktiv einen Finger krumm – den Mittelfinger der linken Hand –, um sich vor dem schmerzlichen Zucken der Nervenentzündung zu schützen. Ein eingewachsener Zehennagel zwang Genoux, den Schuhlöffel mit der größten Sorgsamkeit zu benützen. Und alle diese Körperteile bekamen etwas stark Persönliches: mein Rücken, meine Zähne, mein Finger, meine Zehen. Und nur Genoux wußte, was ein plötzlicher Aufschrei bedeutete, wenn sie in den Sessel zurückfiel; dadurch verstärkte sich das Band zwischen ihr und Genoux zu einer Verbindung, wie sie nur zwischen Liebenden besteht, zu dem Band einer ausschließlich körperlichen Intimität. Aus solchen kleinen Dingen setzte sich nun ihr Leben zusammen: aus der Gemeinschaft mit Genoux, aus dem Interesse an ihrem verfallenden Körper, aus Herrn Bucktrouts Galanterie und seinen wöchentlichen Besuchen, aus ihrer Freude über einen frostigen Morgen und über die kleinen Jungen, die im Park von Hampstead Drachen steigen ließen. Selbst die Ängstlichkeit gehörte dazu, mit der sie die glatten Treppenstufen betrat, denn die Knochen alter Leute waren, wie sie wußte, brüchig. Alles winzige Dinge, verächtlich winzig, die nur geadelt wurden durch ihren weiten Hintergrund, den Hintergrund des Todes. Auf manchen italienischen Bildern waren Bäume dargestellt – Pappeln, Weiden, Erlen –, jedes Blatt deutlich und scharf mit seinen winzigen Adern gegen einen grünen durchsichtigen Himmel schimmernd. Von solcher Beschaffenheit waren diese winzigen Dinge, die wohlgeformten Blätter ihres jetzigen Lebens – deren Bedeutungslosigkeit dadurch wettgemacht wurde, daß sie vor einer leuchtenden Ewigkeit standen.

Sie fühlte sich emporgehoben, sie entrann der Kleinheit, einem in Nichtigkeiten aufgehenden Leben, wenn sie daran dachte, daß jetzt kein Abenteuer sie mehr erwarten konnte, außer dem letzten und höchsten, auf das alle anderen nur eine Vorbereitung sind.

Sie verrechnete sich jedoch hierin, da sie vergaß, daß die Überraschungen des Lebens bis zum letzten Ende unerschöpflich sind. Als sie an diesem Nachmittag nach Hause zurückkehrte, sah sie den sonderbar quadratisch geformten Hut eines Mannes auf dem Tisch in der Halle liegen, und die aufgeregte Genoux begrüßte sie, indem sie flüsterte: »Miladi! il y a un monsieur... je lui ai dit que miladi était sortie, mais c'est un monsieur qui n'écoute pas... il attend miladi au salon. Faut-il servir le thé? – Miladi ôtera bien ses souliers, de peur qu'ils ne soient humides?«

*

Lady Slane sah zurück auf ihre Begegnung mit Herrn FitzGeorge, und ebenso sah Herr FitzGeorge auf seine Begegnung mit Lady Slane zurück. Nachdem er lange genug und vergeblich darauf gewartet hatte, daß Kay ihn mitnehmen würde, hatte er das Schicksal in seine eigene Hand genommen und war allein gekommen. Knauserig trotz seiner Millionen, war er mit der Untergrundbahn nach Hampstead gefahren, war vom Bahnhof zu Fuß gegangen und hatte sich zuerst Lady Slanes Haus einmal angeschaut und dabei mit den Augen des Kenners das würdevolle Aussehen dieses aus der georgischen Zeit stammenden Hauses genossen. »Aha, das Haus einer Frau von Geschmack«, hatte er befriedigt festgestellt. Er entdeckte bald seinen Irrtum, denn nachdem er Genoux' Einwände beiseitegeschoben hatte und in die Halle gelangt war, fand er, daß Lady Slane überhaupt keinen Geschmack besaß. Merkwürdigerweise bereitete ihm das um so mehr Vergnügen. Das Zimmer, in das ihn Genoux widerstrebend geführt hatte, war einfach und behaglich. »Armstühle und Chintz und das Licht am richtigen Platz«, murmelte er, indem er das Zimmer durchwanderte. Er war durch die Aussicht, Lady Slane wiederzusehen, außerordentlich bewegt. Aber als sie kam, war es klar, daß sie sich nicht mehr im geringsten an ihn erinnerte. Sie begrüßte ihn höflich mit einem Rückfall in die formelle Art, mit der sie früher als Frau des Vizekönigs Gäste empfangen hatte, entschuldigte sich, daß er auf sie hatte warten müssen, bat ihn, sich zu setzen, und sagte, daß Kay seinen Namen erwähnt habe. Der Tee werde nicht lange auf sich warten lassen. Aber sie war sich offenbar über den Zweck seines Besuches im unklaren. Vielleicht, fragte sie ihn, wolle er die Biographie ihres Mannes schreiben? Herr FitzGeorge sah sie verwundert an und kicherte dann plötzlich auf eine Art, die Lady Slane unerklärlich war. Er konnte schwerlich sofort mit der Mitteilung herausrücken, daß die Vizekönigin und nicht der Vizekönig vor einem halben Jahrhundert in Kalkutta seine Aufmerksamkeit erregt habe.

So mußte er schließlich auseinandersetzen, daß er als junger Mann mit einem Empfehlungsschreiben zum Regierungsgebäude gekommen und in üblicher Weise zum Essen eingeladen worden war. Herr FitzGeorge war jedoch dabei nicht verlegen, über solche gesellschaftliche Konventionen war er erhaben. Er gab seinen Bericht ganz einfach und ohne große Umschweife. »Sehen Sie«, sagte er, »ich war ein namenloser junger Mann, dem ein unbekannter Vater ein großes Vermögen hinterlassen hatte mit dem Wunsch, ich solle eine Reise um die Welt antreten. Ich war natürlich entzückt, eine solche Gelegenheit ergreifen zu können. Es ist immer angenehm, Wünsche zu befriedigen, die mit unseren eigenen zusammenfallen. Die Anwälte, die auch meine Vormünder waren«, setzte er trocken hinzu, »lobten meine Bereitwilligkeit, dem im Testament ausgedrückten Wunsch zu willfahren. Diese alten in Lincoln's Inn vermodernden Zittergreise glaubten, ein junger Mann, der London verließ, um sich auf den Wunsch seines Vaters nach dem Fernen Osten zu begeben, müsse in der Tat eine große kindliche Pietät besitzen. Sie dachten wohl, die Bühnenausgänge in der Shaftesbury Avenue übten eine größere Anziehungskraft aus als die Bazare

Kantons. Darin irrten sie sich. Die Hälfte der Schätze meiner heutigen Sammlung, Lady Slane, verdanke ich jener sechzig Jahre zurückliegenden Weltreise.«

Natürlich hatte Lady Slane noch nie von dieser Sammlung gehört. Sie sagte das auch. Er war entzückt, genau wie er bei der Entdeckung entzückt gewesen war, daß sie keinen Geschmack besaß.

»Köstlich, Lady Slane! Meine Sammlung ist wohl doppelt soviel wert wie die des Eumorphopoulos und doppelt so berühmt, obgleich, wie ich bemerken darf, ich nur den hundertsten Teil ihres gegenwärtigen Wertes für sie ausgegeben habe. Und im Gegensatz zu vielen anderen Kunstsammlern habe ich nie die Schönheit aus dem Auge verloren. Seltenheit, Sonderbarkeit, Altertumswert genügen mir nicht. Ich brauche noch Schönheit oder auf jeden Fall vollendete handwerkliche Meisterschaft. Und ich habe recht damit gehabt. Es gibt heute kein Stück in meiner Sammlung, für das nicht jedes Museum gern seine beste Vitrine ausräumen würde, um es zu besitzen.«

Lady Slane, die von solchen Dingen nichts verstand, amüsierte sich über solch unschuldige kindliche Prahlerei. Sie stachelte ihn zu weiteren Ergüssen an, diesen naiven alten Schwätzer, diesen Sammler schöner Gegenstände, der plötzlich in ihr Haus eingedrungen war und nun prahlend an ihrem Kaminfeuer saß und nichts mehr von der Tischgesellschaft in Kalkutta und seiner Freundschaft mit Kay, die einzig sein Eindringen rechtfertigen konnte, erwähnte. Er hatte für sie vom ersten Augenblick an den Reiz einer von allen Hintergründen losgelösten und isolierten Gestalt. Schon die Tatsache, daß seine Eltern unbekannt waren und er keinen legitimen Namen hatte, sondern rein und einfach er selbst war, umgab ihn in ihren Augen mit einem gewissen legendären Schimmer. Sie hatte in ihrem Leben genug Leute kennengelernt, deren Eintrittsrecht sich allein auf ihre gesellschaftliche Stellung gründete. Herr FitzGeorge hatte keine solche Eintrittskarte, selbst sein Reichtum konnte kaum als eine solche betrachtet werden, denn sein Ruf als Geizhals zerstörte auch die zuversichtlichsten Hoffnungen, daß man von ihm Vorteile haben könnte. Merkwürdigerweise wurde Lady Slane von seinem Geiz nicht abgestoßen wie etwa bei ihrem Sohn William. William und Lavinia waren verstohlen geizig, sie konnten nicht anders als knauserig sein, da ihnen die Knauserigkeit im Blut lag – sie erinnerte sich, wie sie bei ihrer Verlobung gedacht hatte, daß das das einzige Band zwischen ihnen sei –, aber sie zeigten sie nicht offen, sie versuchten, sie zu verstecken. Herr FitzGeorge gab seiner Schwäche in weit größerem Maße nach und verheimlichte sie nicht. Lady Slane liebte Menschen, die sich der Laster, die sie hatten, nicht schämten. Sie verachtete alle heuchlerischen Verkleidungen. Als ihr daher Herr FitzGeorge erzählte, daß er sich sehr ungern von Geld trenne und zu einer Ausgabe nur dann gebracht werden könne, wenn er durch einen schönen Gegenstand unwiderstehlich in Versuchung gerate, und sich nur durch das Bewußtsein trösten könne, daß er mit seiner Erwerbung zugleich ein gutes Geschäft gemacht habe, lachte sie unbekümmert und bezeigte ihm auch offen ihre Achtung. Er saß an der anderen Seite des Kamins. Sein Anzug war abgetragen, wie sie bemerkte. »Ich weiß noch«, sagte er, »daß Sie damals in Kalkutta über mich lachten.«

Er schien sich an viele Vorkommnisse der damaligen Zeit zu erinnern. »Lady Slane«, sagte er, indem er ihre Feststellung über sein ausgezeichnetes Gedächtnis parierte, »haben Sie noch nicht bemerkt, daß Erinnerungen aus der Jugend mit vorrückenden Jahren schärfer werden?« Dieses kleine »noch« brachte sie wieder zum Lachen. Er spielte die Rolle eines Mannes, der einer Frau vormachen will, daß sie ihre Jugend noch bewahrt hat. Sie war achtundachtzig, aber die Sprungfeder der Mann-Weib-Beziehung lag noch wie eine Kobraschlange zwischen ihnen eingerollt. Unzählige Jahre waren verflossen, seitdem sie diesen Reiz gespürt hatte. Er kam jetzt wie ein unerwartetes Wiederaufleben, ein letztes Aufflackern, das sie sonderbar erregte und ein Echo erweckte, dessen Melodie sie nicht ganz wieder erfassen konnte. Hatte sie wirklich Herrn FitzGeorge früher gesehen, oder erweckte seine leichte und altmodische Galanterie nur die allgemeine Erinnerung an die Jahre, als alle Männer sie mit bewundernden Augen angesehen hatten? Was es auch war, seine Gegenwart beunruhigte sie, obwohl sie nicht behaupten konnte, daß ihre schwache Erregung unangenehm war, und er hatte sie auch so angeblickt, als ob er sagen wollte, er könne ihr schon die Erklärung dafür geben, wenn er wolle. Als er fort war, starrte sie den ganzen Abend ins Feuer, ihr Buch lag ungelesen auf ihrem Schoß, sie versuchte, sich zu erinnern, versuchte ihre Hand nach etwas auszustrecken, das sie aber nicht erreichen konnte und das sich ihrem

Zugriff entzog. Etwas hatte in ihr angeschlagen, wie der Klöppel gegen eine alte zerbrochene Glocke in einem zerfallenen Kirchturm schlägt. Kein Klang zog über die Täler, aber in dem Turm selbst entstand ein vibrierendes Zittern, das die Stare in ihren Nestern aufschreckte und die Spinngewebe erbeben ließ.

Am nächsten Morgen spottete sie natürlich über die Stimmung, die sie am Abend vorher befallen hatte. Was für einem sonderbaren Anfall von Sentimentalität war sie doch ausgesetzt gewesen! Zwei Stunden lang hatte sie geträumt wie ein Mädchen. Daran war Herr FitzGeorge schuld, weil er auf diese Weise in ihr Haus gedrungen war, am Kamin Platz genommen hatte, als wenn er ein Recht darauf hätte, dort zu sitzen, weil er über die Vergangenheit gesprochen hatte, sie wegen ihrer Würde als Vizekönigin sanft geneckt, sie angesehen hatte, als sagte er nur die Hälfte von dem, was er später offenbaren würde, weil er seine Galanterie mit leichtem Spott vermischt, weil er sie offen bewundert hatte und insgeheim bewegt gewesen war. Obgleich er die Oberfläche gesellschaftlicher Konvention nicht verlassen hatte, wußte sie doch, daß sein Besuch für ihn nicht ohne Bedeutung gewesen war. Sie war gespannt, ob er wiederkommen würde.

Wenn der Herr noch einmal komme, fragte Genoux, solle sie ihn dann hereinlassen? Beim nächsten Mal werde sie auf ihn vorbereitet sein, er solle sie nicht wieder beiseiteschieben, als ob sie eine alte Zeitung wäre, stracks in die Halle marschieren und seinen komischen kleinen Hut auf den Tisch legen. »Ah, mon Dieu, miladi, quel drôle de chapeau!« Sie bückte sich vor Lachen und strich dabei mit den Händen an ihren Beinen herunter. Lady Slane freute sich immer, wenn Genoux über etwas, was ihr komisch erschien, so herzlich lachen konnte. Darum erlaubte sie sich auch ein Lächeln über Herrn FitzGeorges Hut. Woher hatte er nur einen solchen Hut? fragte Genoux, »car jamais je n'ai vu un pareil chapeau en devanture«. Hatte er ihn eigens für sich anfertigen lassen? Und erst sein Schal – hatte Lady Slane ihn gesehen? Ganz kariert wie der eines Reitknechtes. »C'est un original«, schloß Genoux weise. Aber zum Unterschied von einem englischen Bediensteten begnügte sich Genoux nicht damit, sich nur über Herrn FitzGeorge lustig zu machen, sie wollte mehr über ihn wissen. Es sei rührend, sagte sie, so zu sein – un vieux monsieur, und ganz allein. War er nie verheiratet gewesen? Er sah nicht aus, als ob er jemals eine Frau gehabt hatte. Sie plagte Lady Slane mit Fragen, die diese nicht beantworten konnte. »Er versteht, Tee zu bereiten«, sagte Genoux. Sie hatte seinen abgetragenen Anzug bemerkt und daraus gefolgert, er müsse bedauernswert arm sein. »J'ai vite couru au coin de la rue, attraper l'homme aux muffins.« Sie war sichtlich enttäuscht, als Lady Slane ihr trocken erzählte, daß Herr FitzGeorge, soviel sie wisse, Millionär sei. »Un millionnaire! et s'affubler comme ça!« Genoux konnte nicht darüber hinwegkommen. Aber was solle sie nun schließlich tun? fragte sie. Solle sie ihn das nächstemal hereinlassen oder nicht?

Lady Slane sagte, sie glaube nicht, daß Herr FitzGeorge wiederkommen werde, aber während sie das sagte, ertappte sie sich bei einer Lüge, denn als er sich verabschiedete, hatte ihr Herr FitzGeorge die Hand hingestreckt und um die Erlaubnis gebeten, wiederkommen zu dürfen. Warum sollte sie Genoux anlügen? »Ja, laß ihn herein«, sagte sie und ging schnell in ihr Zimmer.

Es waren jetzt ihrer drei, drei alte Herren – Herr Bucktrout, Herr Gosheron und Herr FitzGeorge. Ein sonderbares Kleeblatt – ein Häusermakler, ein Handwerker und ein Kunstsammler, alle alt, verschroben und nicht in diese Welt passend. Wie sonderbar war es doch gekommen, daß ihr ganzes Leben – ihre Tätigkeit, ihre Kinder und Henry – von ihr abgefallen und in diesem kleinen Zwischenspiel vor dem Ende durch ein neues genügend ausgefülltes Dasein ersetzt worden war! Sie nahm an, daß es von ihr selbst geschaffen worden war, konnte sich aber nicht denken, wie sie das zuwege gebracht hatte. »Vielleicht«, sagte sie laut, »bekommt man am Ende immer das, was man sich wünscht.« Sie nahm ein altes Buch vom Regal, öffnete es aufs Geratewohl und las:

»Hör auf mit Eiden und mit Schwüren,
Hör auf mit Pomp und aller Eitelkeit,
Hör auf mit Haß und Lästerungen,
Hör auf mit Bosheit und mit Neid,
Hör auf mit Zorn und höre auf mit Unzucht,
Hör auf mit List und mit Betrug,
Hör auf mit böser Worte Lug.«

Es war sicher bemerkenswert, daß jemand ihr Sehnen – sie sah nach dem Datum – im Jahre 1493 zum Ausdruck gebracht hatte. Sie las die nächsten Zeilen:

»Flieh Falschheit, die so unbeständig, morsch und
grausam ist,
Flieh eitle Schmeichler, die dich umgarnen,
Flieh schöne Gaukelei, Gesang von Abenteuern und
von Liebe,
Flieh die Gesellschaft anderer, die nur zur Falschheit
führt,
Flieh Mienen voll von Frechheit, Trotz und Tücke,
Flieh wilde Phantasien, Reden eitler Narren,
Flieh frecher Schwätzer schöne Schmeichelreden.«

Sie hatte sie alle geflohen, außer den wilden Phantasien. Ihre drei alten Herren waren wilde Phantasien – wilde Phantastiker, verbesserte sie lächelnd. Pomp, Eitelkeit und böser Worte Lug überschritten nicht mehr ihre Schwelle, außer wenn Carrie sie mit einem eisigen Luftzug hereinbrachte. Dann ertappte sie sich dabei, daß sie ohne weiteres Herrn FitzGeorge schon zu ihren Intimen rechnete. Was für einen Grund hatte sie zu der Annahme, daß er wiederkommen werde, außer einem beim höflichen Abschied hingeworfenen Satz?

Er kam wieder, und sie hörte, wie Genoux ihn in der Halle als alten Freund willkommen hieß. Ja, die gnädige Frau war daheim, ja, sie hatte gesagt, sie würde den Herrn mit Freuden jederzeit empfangen. Lady Slane hörte zu und wünschte, Genoux möchte die Herzlichkeit des Empfanges in ihrem Namen nicht gar so übertreiben. Sie war sich jetzt nicht ganz sicher, ob sie es ertragen würde, den stillen Frieden ihres Hauses durch den Einbruch Herrn FitzGeorges gestört zu sehen. Sie mußte Kay bitten, ihm einen Wink zu geben.

Indessen empfing sie ihn, erhob sich in ihrem weichen, schwarzen, fließenden Gewand und gab ihm mit dem Lächeln, das in seiner Erinnerung haftengeblieben war, die Hand. Warum sollte sie nicht? Schließlich waren sie zwei alte Leute, sehr alte Leute, so alt, daß sie die ganze Zeit über an ihr Alter dachten, und in einem solchen Zustand war es angenehm, wie zwei Katzen an beiden Seiten des Feuers zu sitzen, die Hände auszustrecken, die so durchsichtig waren, daß sie das rote Licht der Flamme durchließen, während ihre zwanglose

Unterhaltung sich belebte oder verebbte. Lady Slane hatte ihr ganzes Leben lang den anderen immer das Gefühl gegeben, daß man bei ihr sprechen konnte, wie man mochte, aber nicht zu sprechen brauchte, wenn man nicht dazu aufgelegt war – einer der Gründe, weshalb Henry sich zuerst entschlossen hatte, sie zu heiraten. Da sie große Ruhe in sich selbst hatte, konnte sie verstehen, daß andere Leute manchmal die Ruhe liebten. Wenige Frauen, sagte Henry Holland, könnten still sein, ohne langweilig zu wirken, und noch weniger Frauen könnten sprechen, ohne einem auf die Nerven zu gehen. Aber Henry Holland hatte eine niedrige Meinung von Frauen, wenn er sie auch gern hatte, und war nur mit seiner eigenen Frau zufrieden. FitzGeorge hatte das mit bemerkenswertem Scharfsinn in Kalkutta gesehen, wo der Vizekönig, weiß der Himmel, von einem großen Schwarm hübscher und lebhafter Frauen umgeben gewesen war, die sich alle durch die anscheinend große und ausschließliche Aufmerksamkeit, die er ihnen widmete, geschmeichelt fühlten.

Gott sei Dank, dachte Herr FitzGeorge, sie hat keinen Geschmack. Ihm grauste vor Frauen, die sich ihres Geschmackes rühmten und sich mit einem Kunstkenner wie ihm auf gleiche Stufe stellten. Es gab keine Beziehung zwischen den beiden Dingen – zwischen Dekoration und wirklicher Schönheit. Seine Kunstgegenstände waren anderer Art als die gefälligen Inneneinrichtungen geschmäcklerischer Frauen. Er betrachtete fast zärtlich Lady Slanes Lampe mit dem roten Schirm und ihren türkischen Teppich. Wenn jemand Schönheit suchte, so brauchte er bloß seine Augen auf sie zu richten, sie, die so schön, so alt und lieblich war wie eine Elfenbeinschnitzerei, die wie Wasser in ihren Sessel floß, so leicht und weich waren ihre Glieder, während das Kaminfeuer einen rosigen Schimmer über ihre Gesichtszüge und ihr schneeweißes Haar warf. Jugend konnte es nicht mit der Schönheit eines alten Gesichtes aufnehmen, das Gesicht junger Menschen war eine unbeschriebene Seite. Ein junger Mensch konnte nie so still dasitzen, in absoluter Ruhe, als wäre alle Hast, alle Bewegung für immer vorüber und nichts übriggeblieben als Ruhe und Frieden. Er war froh, daß er sie nicht während ihrer mittleren Jahre gesehen hatte, so daß er die Erinnerung an sie und die Zeit, als sie jung, lebhaft und voll Feuer war, jetzt, wo er an das Ende der Geschichte gekommen war, unverwischt bewahren und mit dem gegenwärtigen Eindruck von ihr ergänzen konnte. Es war dieselbe Frau, aber was sich inzwischen ereignet hatte, wußte er nicht.

Er wurde gewahr, daß er mindestens fünf Minuten lang nicht gesprochen hatte. Lady Slane schien ihn vergessen zu haben. Aber sie schlief nicht, denn sie sah still ins Feuer, ihre Hände lagen lose in ihrer üblichen Haltung im Schoß, ihre Füße ruhten auf dem Kamingitter. Er war überrascht, daß sie ihn so natürlich hinnahm. Aber wir sind alt, dachte er, und unsere Empfindungen sind abgestumpft. Sie nimmt es als selbstverständlich an, daß ich hier so dasitze, als hätte ich sie mein ganzes Leben lang gekannt. »Lady Slane«, sagte er laut, »ich glaube, Sie haben sich als Vizekönigin nie recht wohl gefühlt.«

Seine Stimme war immer ziemlich hart und sarkastisch, und selbst in ihrer Gesellschaft machte er keinen Versuch, einen milderen und sanfteren Ton anzuschlagen. Er verachtete die Menschen so oder beachtete sie so wenig, daß er selten ohne Ironie sprach. Kay war sein einziger Freund, aber selbst Kay bekam die rauhe Seite seiner Zunge öfter zu fühlen als die glatte.

Lady Slane wurde förmlich, und zwar aus alter und jetzt neu auflebender Anhänglichkeit an Henry. »Selbst ein Vizekönigtum hat seine Vorteile, Herr FitzGeorge.«

»Aber nicht für Menschen wie Sie«, sagte FitzGeorge, ohne sich im geringsten beirren zu lassen. »Wissen Sie« – er beugte sich vor –, »es ging mir nahe, als ich Sie in diesem Mummenschanz gefangen sah. Sie paßten sich ihm an und spielten Ihre Rolle wunderbar, aber die ganze Zeit verleugneten sie Ihre wahre Natur. Ich weiß noch, wie wir vor dem Essen auf Sie und Lord Slane warteten. Wir waren, etwa dreißig Personen, in einem großen Saal versammelt, die meisten trugen Juwelen und Uniformen, alle standen mehr oder weniger verlegen auf einem riesigen Teppich. In einem großen Lüster brannte eine Unzahl Kerzen, er klirrte, wenn jemand durch das darüberliegende Zimmer ging. Ich dachte mir, ob es wohl Ihr Tritt sei, der ihn zum Klirren brachte. Und dann wurde eine große Flügeltür aufgerissen. Sie kamen mit dem Vizekönig herein, und alle Damen machten einen Knicks. Nach dem Essen hielten Sie beide Cercle und sagten zu jedem Gast ein paar Worte. Sie waren in Weiß, hatten Diamanten im Haar und fragten mich, ob ich mich auf einige gute Tigerjagden freue. Sie dachten wohl, das sei das Richtige, was man zu einem reichen jungen Mann sagen könne. Sie wußten nicht, daß mir der

Gedanke, Tiere zu töten, zuwider ist. Ich sagte, nein, ich sei nur auf einer Reise begriffen, aber obgleich Sie aufmerksam lächelten, glaube ich nicht, daß Sie auf meine Antwort achteten. Sie dachten daran, was Sie dem nächsten sagen sollten, und zweifellos sagten Sie etwas genau so gut Ausgedachtes, das genau so wenig zu der betreffenden Person paßte. Der Vizekönig, nicht Sie, machte den Vorschlag, ich solle Sie auf Ihrem Ausflug begleiten.«

»Auf unserem Ausflug?« fragte Lady Slane erstaunt.

»Sie kannten ja diese seine leichte liebenswürdige Art, Anregungen zu geben und Vorschläge zu machen. In der Hälfte der Fälle wußte man, daß es ihm gar nicht ernst mit seinen Worten war und daß er nie erwartete, man werde sich danach richten. Er erwartete, daß man mit einer Verbeugung ›Danke schön, das wäre reizend‹ sagte und dann nie mehr darauf zurückkam. Er konnte fragen: ›China? Ja, nach China reise ich nächste Woche, sehr interessantes Land, China, Sie sollten mitkommen.‹ Aber er wäre sehr überrascht gewesen, wenn ihn jemand beim Wort genommen hätte, obwohl er sicher bei seiner vollendeten Höflichkeit seine Überraschung verborgen hätte. Stimmt das nicht, Lady Slane?«

Ohne auf eine Antwort zu warten, fuhr er fort: »Aber bei dieser Gelegenheit nahm ihn jemand beim Wort, nämlich ich. Er sagte: ›Sie sind ein Altertumssammler, FitzGeorge‹ – für ihn war das ein Ausdruck, bei dem er sich nichts Rechtes vorstellen konnte –, ›Sie sind Sammler und haben keine Eile. Warum kommen Sie nicht mit uns nach Fatihpur Sikhri?‹«

Das fehlende Glied in Lady Slanes Erinnerungskette war plötzlich gefunden. Die nur undeutlich gehörten Töne vereinigten sich zu einer Melodie. Sie stand wieder auf der Terrasse der verlassenen indischen Stadt und blickte über die braune Landschaft, wo vereinzelt aufwallende Staubwölkchen die Straße nach Agra anzeigten. Sie stützte ihre Arme auf die warme Brustwehr und drehte langsam ihren Sonnenschirm. Sie drehte ihn, weil sie sich nicht ganz behaglich fühlte. Sie und der junge Mann neben ihr waren von der übrigen Welt isoliert. Der Vizekönig hatte sie verlassen und besichtigte, begleitet von einer Gruppe Beamter in weißen Uniformen und Tropenhelmen, die Perlmuttermoschee. Er hob seinen Stock und sagte, die Ringeltauben unter den Dächern müßten vertrieben werden. Der junge Mann neben Lady Slane bemerkte sanft, es wäre ein Jammer, wenn man die Ringeltauben abschießen würde, denn warum sollte eine von Menschen verlassene Stadt nicht von Tauben bewohnt werden? Von Tauben, Affen und Papageien, fuhr er fort, als ein Schwarm jadegrüner Langschwanzpapageien kreischend an ihnen vorüberflog. »Sehen Sie nur ihr grünes Gefieder gegen diese rosenroten Mauern«, fügte er, den Kopf hebend, hinzu, als der Schwarm wieder herumwirbelte und aussah wie eine Handvoll Smaragde, die man über das Haus eines Dichters warf. Eine aus Moscheen, Palästen und Amtsgebäuden bestehende Stadt habe etwas Ungewöhnliches an sich, sagte er, besonders wenn sie nur von Vögeln und anderen Tieren bewohnt werde. Er möchte einmal einen Tiger die Stufen der Akbarmoschee hinaufschreiten und eine Kobra sich elegant im Ratssaal zusammenschlängeln sehen. Sie würden besser zu der roten Stadt passen als Männer in Stiefeln und Tropenhelmen. Lady Slane, die währenddessen die Bewegungen des Vizekönigs und seiner Gruppe beobachtete, hatte über diese Phantasie gelächelt und gesagt, Herr FitzGeorge sei ein Romantiker.

Herr FitzGeorge. Jetzt fiel ihr der Name wieder ein. Es war nicht erstaunlich, daß sie ihn unter so vielen Tausenden Namen vergessen hatte, aber sie erinnerte sich jetzt an ihn, wie sie sich an den Blick erinnerte, den er ihr zugeworfen hatte, als sie ihn neckte. Es war mehr als ein Blick, es war eine kurze Zeitspanne, die er erschuf, während er ihre Augen in die seinen zwang und sie mit all dem tieferen Sinn erfüllte, den er nicht auszusprechen wagte oder nicht aussprechen wollte. Sie hatte ein Gefühl gehabt, als stände sie nackt vor ihm.

»Ja«, sagte er, indem er sie jetzt an dem Kaminfeuer in Hampstead ansah, »Sie hatten recht, ich war wirklich ein Romantiker.«

Sie war erstaunt, daß er mit diesen laut gesprochenen Worten so nahe mit ihren Erinnerungen zusammentraf. Hatte also dieser Augenblick für ihn die gleiche Bedeutung und die gleiche Intensität gehabt wie für sie? Seine Bedeutung hatte sie in der Tat verwirrt und sie für eine Weile mehr aus der Fassung gebracht, als sie zugeben wollte. Ihre Anhänglichkeit an Henry war unantastbar, aber nach der Abreise FitzGeorges, dieses zufällig erschienenen jungen Reisenden, dessen Namen ihr Bewußtsein kaum verzeichnet hatte, war ihr zumute gewesen, als habe jemand eine Ladung Dynamit in ihrem geheimsten Seelengemach zur Explosion gebracht. Jemand hatte mit einem Blick den Weg in eine Kammer entdeckt, die sie vor sich selbst verborgen hielt. Er hatte die äußerste Kühnheit gehabt, einen Blick in ihre Seele zu werfen.

»Es war sonderbar, nicht wahr?« sagte er, sie noch immer anblickend.

»Und was taten Sie«, fragte Lady Slane im Unterhaltungston, da sie nicht zugeben wollte, daß er sie erschüttert hatte, »als Sie uns in Agra verließen?«

»Ich ging nach Kaschmir«, sagte Herr FitzGeorge, indem er sich in seinen Sessel zurücklehnte und seine Fingerspitzen aneinanderlegte. »Ich fuhr vierzehn Tage in einem Hausboot den Fluß hinauf. Ich hatte genügend Zeit zum Nachdenken, und während ich über Seen mit rosarotem Lotus blickte, dachte ich an eine junge Frau in einem weißen Kleid, die so pflichtgetreu, so wunderbar auf ihre Rolle eingespielt und im Herzen so wild war. Ich schmeichelte mir, daß ich ihr eine Minute lang nahe gekommen war, und dann erinnerte ich mich, wie sie sich nach einem Blick abgewendet und auf ihren Mann zugegangen war. Aber ob sie das tat, weil sie sich fürchtete oder weil sie mir einen Verweis erteilen wollte, darüber konnte ich mir nie klar werden. Vielleicht trifft beides zu.«

»Wenn sie sich fürchtete«, sagte Lady Slane zu ihrer eigenen und zu Herrn FitzGeorges Überraschung, »so hatte sie Furcht vor sich selbst, nicht vor Ihnen.«

»Ich schmeichelte mir nicht, daß es vor mir war«, sagte Herr FitzGeorge, »ich wußte schon damals, daß ich keinen Reiz für Frauen besaß, besonders für so liebliche, erstaunlich junge Frauen wie Sie. Ich wünschte das auch nicht«, sagte er, indem er sie so trotzig anblickte, wie es sein lächerlich altjüngferliches Gesicht nur zuließ.

»Natürlich nicht«, sagte Lady Slane, indem sie dieses Aufflackern eines verletzten Stolzes respektierte.

»Nein«, sagte Herr FitzGeorge, indem er beruhigt zurücksank, »ich wünschte es nicht. Und doch«, setzte er, durch irgendeine Erinnerung zu einer neuen Offenheit angestachelt hinzu, »obwohl ich mich nie zuvor in eine Frau verliebt hatte und mich auch später nie in eine verliebt habe, in Fatihpur Sikhri habe ich mich in Sie verliebt. Ich glaube, ich verliebte mich wirklich in Sie auf jener lächerlichen Abendgesellschaft in Kalkutta. Sonst wäre ich ja nicht mit nach Fatihpur Sikhri gegangen. Das lenkte mich von meinem Wege ab, und kein Mann, keine Frau und kein Kind hat das je fertiggebracht.

Ich bin der vollendete Egoist, Lady Slane, es ist besser, wenn Sie das wissen. Nur ein Kunstwerk könnte mich von meinem Wege abbringen. In China, wohin ich mich von Kaschmir begab, machten mich die Werke der Kunst so trunken, daß ich Sie bald vergaß.«

Diese seltsame, unhöfliche und verspätete Liebeserklärung rief in Lady Slane die einander widersprechendsten Gefühle hervor. Sie beleidigte die eheliche Treue, die sie mit Henry verband. Sie störte den Frieden ihrer alten Tage. Sie ließ die Wirrnisse ihrer Jugend von neuem aufleben. Sie empörte sie etwas, und doch war der Gefallen, den sie an ihr fand, größer als die Empörung. Nichts hatte sie weniger erwartet als dies – sie, deren Tage jetzt aus lauter Rückerinnerungen und nur aus einer einzigen Erwartung für die Zukunft bestanden. Es war, als wäre Herr FitzGeorge mit der ausgesprochenen und boshaften Absicht gekommen, mit Gewalt ihre friedliche Stimmung zu erschüttern.

»Aber selbst in China«, fuhr Herr FitzGeorge fort, »fand ich noch Muße genug, an Sie und Lord Slane zu denken. Sie schienen mir schlecht zusammenzupassen, aber damit will ich nicht sagen, daß Sie Ihre Rolle nicht bewundernswert gut spielten. Sie spielten sie so vortrefflich, daß es meinen Argwohn erregte. Was hätten Sie mit Ihrem Leben angefangen, Lady Slane, wenn Sie nicht diesen äußerst liebenswürdigen und verwirrenden Scharlatan geheiratet hätten?«

»Scharlatan, Herr FitzGeorge?«

»Nein, nein, natürlich war er durchaus kein Scharlatan«, sagte Herr FitzGeorge, »im Gegenteil, er hat es fertiggebracht, während angeblich fünf schwieriger Jahre als Premierminister England nicht ins Verderben zu steuern. Beiläufig, fast alle Jahre sind schwierig. Vielleicht beurteile ich ihn falsch. Aber Sie werden zugeben, daß er mit gewissen Schwierigkeiten zu kämpfen hatte. Er hatte mehr Scharm als irgendein Mann, den ich gekannt habe, aber wenn auch Scharm bis zu einem gewissen Punkte seine Vorteile hat, so kommt doch ein Punkt, über den kein verständiger Mann hinausgehen kann. Er ist darüber hinausgegangen – weit hinaus. Er war zu vortrefflich, um wahr zu sein. Müssen Sie nicht selbst, Lady Slane, unter seinem Scharm gelitten haben?«

Die Frage war so gestellt, daß Lady Slane beinahe unachtsam und wahrheitsgemäß darauf geantwortet hätte. Herr FitzGeorge schien wirklich Anteil daran zu nehmen. Und doch hatte sie, wie sie sich erinnerte, oft Henry beobachtet, wie er anteilnehmend über menschliche Fragen nachsann, an denen er gar nicht wirklichen Anteil nehmen konnte, da er in eine Welt eingeschlossen war, in der menschliches Anteilnehmen zur Bedeutungslosigkeit herabsank, und im Kern seines Wesens war nichts als ein kalter, krampfhafter Ehrgeiz, und wenn Henry so war, warum nicht auch Herr FitzGeorge? Der eine war Staatsmann, der andere Kunstsammler. Sie wollte nicht geprüft werden, als wäre sie eine Figur aus der Tangzeit, die sich womöglich als falsch herausstellen konnte. Aus der Beobachtung Henrys hatte sie eine Lehre gezogen, die sie nicht so leicht vergessen würde. Es war schrecklich gewesen, mit einem so scharmanten, so trügerischen und so eiskalten Menschen zu leben und ihn zu lieben. Henry war, wie sie plötzlich entdeckte, ein sehr männlicher Mann gewesen. Bare Männlichkeit war trotz seines Scharmes und seiner Kultur der Schlüssel seines Charakters. Er gehörte ganz dieser Welt an, obwohl er sie verachtete.

»Ich wäre gern Malerin geworden«, sagte Lady Slane und beantwortete damit die vorletzte Frage.

»Aha!« sagte Herr FitzGeorge mit der Erleichterung eines Menschen, der endlich das bekommen hat, was er wünscht. »Danke. Das gibt mir die Erklärung. Sie besaßen also künstlerische Begabung, wenn Sie sie auch noch nicht erprobt hatten? Aber weil Sie eine Frau waren, mußte die natürlich über Bord gehen. Verstehe. Jetzt begreife ich auch, warum Sie manchmal so tragisch aussahen, wenn Ihr Gesicht ganz ruhig war. Ich erinnere mich, daß ich mir dachte, wenn ich Sie ansah: Das ist eine Frau, deren Herz gebrochen ist.«

»Lieber Herr FitzGeorge!« rief Lady Slane. »Sie dürfen aber wirklich nicht so reden, als ob mein Leben eine Tragödie gewesen wäre. Ich hatte alles, was die meisten Frauen begehren würden: eine Stellung, Luxus, Kinder und einen Mann, den ich liebte. Ich konnte mich über nichts beklagen – über nichts.«

»Außer daß Sie um das einzige betrogen waren, das wirklich zählte. Für einen Künstler ist nur die Erfüllung seiner Begabung von Bedeutung. Das wissen Sie ebensogut wie ich. Wenn er daran gehindert wird, so wird er krumm wie ein Baum, der zu einer unnatürlichen Form verbogen wird. Das Leben verliert alle Bedeutung und wird zur bloßen Existenz – ein reiner Notbehelf. Sehen Sie der Sache ins Auge, Lady Slane. Ihre Kinder, Ihr Mann, die blendenden Umstände, in denen Sie gelebt haben, waren nur Hindernisse, die Sie von sich selbst ferngehalten haben. Sie waren nur Ersatz und nicht Ihr eigentlicher Beruf. Sie waren zu jung, nehme ich an, um es besser zu wissen, aber als Sie jenes Leben wählten, sündigten Sie gegen den Geist.«

Lady Slane legte die Hand vor die Augen. Sie war nicht mehr stark genug, um die Wucht einer solchen Anklage auszuhalten. Herr FitzGeorge, der wie ein Prediger von einer plötzlichen Inspiration beseelt war, hatte ihre genügsame Ruhe ohne Erbarmen zerstört.

»Ja«, sagte sie schwach, »ich weiß, Sie haben recht.«

»Natürlich habe ich recht. Der alte Fitz mag eine komische Gestalt sein, aber er hat noch ein Gefühl für Werte, und ich sehe, daß Sie einen der ersten Sätze meines Glaubens verletzt haben. Kein Wunder, daß ich schelte.«

»Schelten Sie nicht mehr auf mich«, sagte Lady Slane lächelnd aufblickend, »ich versichere Ihnen, daß ich, wenn ich unrecht tat, dafür gebüßt habe. Aber Sie dürfen nicht meinen Mann tadeln.«

»Das tue ich auch nicht. So gut wie er es verstand, hat er Ihnen alles gegeben, was Sie wünschen konnten. Er hat Sie nur umgebracht, weiter nichts. Die Männer bringen die Frauen um. Die meisten Frauen lassen sich gern umbringen, habe ich gehört. Da Sie eine Frau sind, darf ich wohl annehmen, daß Sie bei dem Verfahren ein gewisses Vergnügen gehabt haben. Sind Sie nun böse auf mich?«

»Nein«, sagte Lady Slane, »ich glaube, es ist eher eine Erleichterung, wenn man durchschaut wird.«

»Sie sind sich natürlich klar darüber, daß ich Sie schon in Fatihpur Sikhri durchschaut habe? Nicht im einzelnen, gewiß nicht, aber im großen und ganzen. Diese Unterhaltung, die wir heute führen, ist nur eine Fortsetzung von jener, die wir damals nicht hatten.«

Obschon sie erschüttert war, lachte Lady Slane hell auf. Sie fühlte sich dem angriffslustigen Herrn FitzGeorge zu unendlichem Dank verpflichtet, daß er sie jetzt, wo er sie tüchtig ausgescholten hatte, humorvoll und liebevoll ansah.

»Eine Unterhaltung, die fünfzig Jahre hindurch unterbrochen war«, sagte sie.

»Und nun nie wieder aufgenommen werden wird«, sagte er mit überraschendem Takt, im Gefühl, daß sie Angst hatte, er würde noch einmal mit der Sonde in der entdeckten Wunde herumstochern, »aber es gibt einige Dinge, die gesagt werden müssen – dieses war eines von ihnen. Nun können wir Freunde sein.«

*

Nachdem Herr FitzGeorge ihre Freundschaft auf diese Weise hergestellt hatte, nahm er es als selbstverständlich an, daß sie seine Gesellschaft willkommen hieß. Er kam ohne vorherige Ankündigung, machte sich in dem Sessel breit, den er nun schon als seinen altgewohnten Platz betrachtete, neckte Genoux, die ihn anbetete, führte ausgedehnte Diskussionen mit Herrn Bucktrout, zwang dem Hause seine Gewohnheiten auf, paßte sich jedoch trotzdem Lady Slanes Art so weit wie möglich an. Er begleitete sie auf ihren langsamen und zitterigen Spaziergängen in den Park. Ihre Capes und sein viereckiger Hut waren den Leuten schon vertraut, die unter den winterlichen Bäumen wandelten. Sie gingen langsam, Fuß vor Fuß, setzten sich oft auf eine Bank, ohne sich zu gestehen, daß sie ermüdet waren, sondern taten so, als setzten sie sich, um die Aussicht zu bewundern. Wenn sie sie lange genug bewundert hatten, um sich ausgeruht zu fühlen, erhoben sie sich wieder in beiderseitigem Einverständnis und gingen ein wenig weiter. So schwärmten sie in Erinnerungen an Constable und besuchten sogar Keats' Haus, diese kleine weiße unter den Bäumen zurückgelassene Schachtel, die so viel Mühsal und Leid gesehen hatte. Selbst geistergleich, sprachen sie leise von dem Geist der Fanny Brawnes und von der Leidenschaft, die Keats zugrunde gerichtet hatte, und dabei lauerte ganz nebenbei, gleich hinter der nächsten Ecke, die Leidenschaft für Lady Slane, die Herrn FitzGeorge hätte zugrunde richten können, wäre er nicht (anders als der arme Keats) ein so schlauer Egoist gewesen, klug genug, sich nicht von einer hoffnungslosen Liebe zu der jungen Vizekönigin wegschwemmen zu lassen, gerade unklug genug, ihr in der Ferne fünfzig Jahre lang treu zu bleiben.

*

Dort im Park von Hampstead erinnerte er sie eines Tages an ein Geschehnis, das sie vergessen hatte.

»Erinnern Sie sich«, diese drei Eröffnungsworte waren ihnen so vertraut geworden, daß sie jedesmal lächelten, wenn einer sie gebrauchte –, »daß ich an dem auf das Abendessen folgenden Tage zum Gabelfrühstück erschien?«

»Abendessen?« fragte Lady Slane verwundert, denn ihr Geist arbeitete nicht mehr so schnell. »Was für ein Abendessen?«

»In Kalkutta«, sagte er sanft erklärend, denn er wurde nie ungeduldig, wenn er ihr auf die Sprünge helfen mußte. »Der Vizekönig lud mich zum Frühstück ein, als ich seine Einladung, mit nach Fatihpur Sikhri zu kommen, angenommen hatte. Er sagte, wir müßten noch über die Einzelheiten sprechen. Ich kam ziemlich früh und traf Sie allein. Nicht ganz allein zwar. Kay war bei Ihnen.«

»Kay?« sagte Lady Slane. »Aber Kay war doch damals noch gar nicht geboren.«

»Er war zwei Monate alt. Sie hatten ihn in seiner Wiege in Ihrem Zimmer. Erinnern Sie sich nicht? Sie waren ziemlich verlegen, daß ein fremder junger Mann Sie bei Ihrem Kleinen vorfand. Aber Sie überwanden Ihre Verlegenheit sofort – ich weiß noch, daß ich die Natürlichkeit Ihres Wesens bewunderte – und baten mich, ihn anzuschauen. Sie hielten den Vorhang der Wiege zurück, und Ihretwegen warf ich einen Blick auf das schauderhafte kleine Wesen, aber in Wirklichkeit betrachtete ich Ihre Hand, die den Vorhang zurückhielt. Sie war so weiß wie der Musselin, und was sie an Farbe hatte, kam nur von den Ringen, die Sie trugen.«

»Diese Ringe hier«, sagte Lady Slane und berührte die Höcker unter ihren schwarzen Handschuhen.

»Was Sie sagen! Ich erzählte Kay einmal, ich hätte ihn in der Wiege gesehen«, sagte Herr FitzGeorge kichernd. »Ich hatte mir diesen Spaß viele Jahre lang für ihn aufgehoben. Er war nicht schlecht verdutzt, kann ich Ihnen sagen. Aber ich gab ihm keine Erklärung. Bis heute tappt er noch im Dunkeln. Oder vielleicht hat er Sie um Aufklärung gebeten?«

»Nein«, sagte Lady Slane, »er hat mich nie gefragt, und wenn er gefragt hätte, hätte ich ihm nichts sagen können.«

»Nein. Man vergißt, man vergißt allerlei«, sagte Herr FitzGeorge, über die weite Rasenfläche blickend. »Aber einige Dinge gibt es, die man nicht vergißt. Ich erinnere mich an Ihre Hand, die den Vorhang faßte, ich erinnere mich an den Ausdruck Ihres Gesichts, wie Sie das häßliche kleine Lebewesen betrachteten, das sich zu Kay ausgewachsen hat. Ich erinnere mich an das widerspruchsvolle Gefühl, das ich hatte, weil ich Sie so unversehens bei einer privaten Beschäftigung überrascht hatte. Es dauerte nicht lange. Sie läuteten, eine Säuglingsschwester kam herein und entfernte Kay mitsamt seinem ersten Möbelstück.«

»Haben Sie Kay gern?« fragte Lady Slane.

»Gern?« sagte Herr FitzGeorge erstaunt. »Nun – ich bin an ihn gewöhnt. Ja doch, ich glaube, Sie können ruhig sagen, daß ich ihn gern habe. Wir verstehen uns gut genug, um uns in Ruhe zu lassen. Wir sind aneinander gewöhnt – das ist wohl der beste Ausdruck. In unserem Alter würde alles andere vom Übel sein.«

Selbst für Lady Slane war das Gernhaben keine nahe und selbstverständliche Angelegenheit mehr. Sie hatte, so nahm sie an, Herrn FitzGeorge gern und ebenso Genoux und Herrn Bucktrout und in geringerem Grade Herrn Gosheron, aber das war eine Zuneigung, aus der alle Verwirrung und alle Erregung verschwunden waren, so wie die Vitalität aus ihrem alten Körper geschwunden war. Alle Empfindungen lagen jetzt im Zwielicht. Sie konnte nicht mehr sagen, als daß es angenehm war, mit Herrn FitzGeorge durch den Park zu wandeln und sich von Zeit zu Zeit auf eine Bank zu setzen, während er Erinnerungen an einen Tag weckte, dessen Licht, selbst durch den Schleier so vieler Jahre, zu stark für ihre schwachen Augen aufflammte.

Und dabei hatte Herr FitzGeorge Lady Slane nicht einmal die ganze Wahrheit gesagt. Er hatte ihr nicht geschildert, daß er, als er an jenem Tage kam und sie mit dem in der Wiege liegenden Kay allein in einer Ecke des Zimmers sah, sie außerdem von einer Menge Blumen umgeben auf dem Boden kniend angetroffen hatte. In seiner Vorstellung war es Winter, da er gerade aus England kam, aber da lagen, frisch aus einem indischen Garten geschnitten, Rosen, Rittersporn und Duftwicken in Haufen um sie herum. Durchsichtige, mit Wasser gefüllte Vasen, die auf dem Teppich umherstanden, warfen leuchtende Flecken. Sie hatte zu ihm, dem unerwarteten Besucher, der sie bei einer für eine Vizekönigin ungewöhnlichen Beschäftigung ertappte, emporgeblickt. Sekretärinnen oder Gärtner hätten diese Arbeit tun sollen, die sie aber lieber selbst ausführte. Tropfen hingen an ihren Fingern, mit denen sie ihr Haar aus den Augen strich, als sie zu ihm aufblickte. Aber sie hatte mit derselben Bewegung etwas anderes aus ihren Augen geschüttelt, ihr ganzes privates Leben, und es durch die konventionelle Höflichkeit ersetzt, mit der sie sich erhob und ihm die Hand reichte, nachdem sie sie an einem Staubtuch abgewischt hatte. »Oh, Herr FitzGeorge« – damals hatte sie also für kurze Zeit seinen Namen gekannt –, »verzeihen Sie, ich hatte keine Ahnung, daß es schon so spät ist.«

*

In St. James Street fiel Herrn FitzGeorges häufige Abwesenheit auf. Auch Kay Holland beobachtete, daß Fitz nicht mehr so leicht zu gemeinsamen Mahlzeiten verfügbar war wie früher, obwohl er mit seiner wildesten Phantasie nicht auf die Erklärung gekommen wäre. Weit davon entfernt, der Wahrheit nahezukommen, war er voll Besorgnis für seinen alten Freund und fragte sich, ob ihn vielleicht Müdigkeit oder schlechte Gesundheit zwänge, sich so früh zu Bett zu begeben, aber ihr Verhältnis hatte immer auf einer so zeremoniösen Grundlage geruht, daß Kay keine Nachforschungen anzustellen wagte. Er kannte Herrn FitzGeorges Wohnung und konnte sich vorstellen, wie der alte Herr lebte, er sah ihn in der Tat in Morgenmantel und Pantoffeln in der Unordnung seiner unvergleichlichen Kunstwerke herumwandern, oder wie er sich über der Gasflamme einen Suppenwürfel für sein Abendbrot anrührte, wobei er das elektrische Licht sparte, so daß nur eine Birne die in Jäger-Reformkleidung gehüllte Gestalt beleuchtete und mit ihrem Schein die vergoldeten aufgestapelten Rahmen berührte – oder griff er gar zu einem in einen Flaschenhals gesteckten Kerzenstumpf? Kay war überzeugt, daß Herr FitzGeorge sich nicht genug zu essen gönnte, auch konnte es nicht gesund sein, unter so viel Staub in den niedrigen vollgestopften Zimmern zu leben, wo eine Putzfrau nur die dringendsten Aufräumungsarbeiten verrichten durfte. Wie Fitz es fertigbrachte, einigermaßen elegant und zurechtgemacht aus dieser schmutzigen Unordnung aufzutauchen, war Kay ein Rätsel; denn er brachte einen großen Teil seiner Zeit damit zu, seine Umgebung blitzsauber zu halten. Keine alte Jungfer konnte in der Tat mehr auf ihre Sachen Obacht geben als Kay, wenn er die alljährliche Frühjahrsreinigung überwachte, wobei er mit aufgekrempelten Hemdsärmeln die empfindlicheren Stücke seiner Sammlung mit eigenen Händen in einer Wasserwanne abwusch. Wie anders war das beim alten Fitz! Kay nahm an, daß die zwei Zimmer, die dieser bewohnte, noch nie gründlich gereinigt und aufgeräumt worden waren, seitdem er vor ungezählten Jahren dort eingezogen war. Es war das reinste Dohlennest unter den Dachbalken von Bernard Street, in das Jahr für Jahr stückweise immer mehr Material hineingetragen worden war, auf einen Stuhl oder auf den Boden geworfen, wenn kein Stuhl mehr vorhanden war, in eine Schublade gestopft, in einen Schrank gepreßt, der nicht mehr zuging, nie angefaßt, nie abgestaubt, außer wenn FitzGeorge einmal seine Meisterwerke einem Besucher vorführte, wo er die Schmutzhülle abrieb, ehe er das Bild, die Bronze oder die Schnitzerei ans Licht hielt.

Und nun war Fitz selten zu sehen. Wenn er einmal in den Klub kam, schien er derselbe wie einst zu sein, und Kays Befürchtungen schwanden. Wenn eine Veränderung festzustellen war, so nur die, daß er etwas lebhafter geworden zu sein schien, Kay mit noch größerer Lust als früher aufzog, wobei er mit den Augen zwinkerte, als genösse er einen geheimen Spaß. Und das war ja auch wirklich so. Kay saß dann innerlich erwärmt und glücklich da. Niemand hatte sich je so über ihn lustig gemacht wie FitzGeorge. Aber obgleich Kay gern auf jene Unterhaltung zurückgekommen wäre, in der Fitz gesagt hatte, er habe ihn in der Wiege gesehen, verboten ihm das Scheu und Zurückhaltung.

Fitz jedoch bat ihn nicht mehr darum, ihn Lady Slane vorzustellen, zu Kays großer Erleichterung. Er war überzeugt, daß seine Mutter in ihrer Zurückgezogenheit in Hampstead die Ankunft eines Fremden durchaus nicht begrüßen würde. Er schmeichelte sich in der Tat wegen seines Scharfsinns und wegen der Geschicklichkeit, mit der er den alten Fitz hingehalten hatte. Doch von Zeit zu Zeit fühlte er eine Bedrückung. War er vielleicht zu lieblos fest gewesen, daß er Fitzens einzigen Versuch, eine neue Freundschaft zu schließen, abgewiesen hatte? Es mußte den alten Fitz eine große Anstrengung gekostet haben, die Bitte an ihn zu richten, und eine noch größere mußte es für ihn sein, sie zu erneuern. Aber schließlich kam seine Mutter an erster Stelle. Weder Carrie noch Herbert noch Charles konnten den Wunsch ihrer Mutter, ein ganz zurückgezogenes Leben zu führen, verstehen, aber er, Kay, hatte Verständnis dafür. Es war daher seine Pflicht, seine Mutter in ihrem Bestreben zu unterstützen. Er hatte sie beschützt, obwohl er Fitz gewöhnlich keinen Wunsch abschlagen konnte, und dank seiner aufschiebenden Haltung hatte sich Fitz diese

Laune vollständig aus dem Kopf geschlagen. Kay nahm sich vor, in der nächsten Zeit seine Mutter zu besuchen und ihr zu sagen, wie schlau er gewesen war.

Er schob diesen Ausflug jedoch hinaus, denn der Januar war bitter kalt, und Kay, der Wärme und Behaglichkeit genau so liebte wie eine Katze, überredete sich leicht, daß zugige Untergrundbahnhöfe kein richtiger Aufenthaltsort für einen Menschen in seinen vorgerückten Jahren seien. Gut in Mantel und Schal eingemummelt, konnte er gerade seinen üblichen Spaziergang von seiner Wohnung im Temple über Fountain Court durch Tauben, die zu fett waren, um aus dem Wege zu gehen, die Stufen zum Embankment hinunter, durch die Northumberland Avenue und dann durch den Park in die St. James Street unternehmen. Das war sein täglicher Spaziergang, aber weiter hinaus wagte er sich nicht. Er ging zu Fuß, nicht nur weil er sich Bewegung machen wollte, sondern weil er überall in öffentlichen Verkehrsmitteln Mikroben witterte. Vor einer Mikrobe empfand er ein größeres Entsetzen als vor einem Reptil. Er kam selten durch einen Tag, ohne sich einzubilden, das Opfer mindestens einer tödlichen Krankheit zu sein. Nie trank er eine Tasse Tee, ohne sich dankbar daran zu erinnern, daß gekochtes Wasser keine schädlichen Keime mehr enthalte. Unter diesen Umständen hieß er einen Tag mit Regen oder nassem Schnee willkommen, weil er ihm den Vorwand bot, daheim zu bleiben. Er beruhigte sein Gewissen, indem er freundliche Briefchen an seine Mutter schrieb, in denen er ihr mitteilte, er sei erkältet, er habe gehört, daß viele Leute an Influenza erkrankt seien, und er hoffe, Genoux werde ordentlich auf sie aufpassen. Trotzdem dachte er, er müsse an dem ersten schönen Tage nach Hampstead fahren und seiner Mutter von FitzGeorge erzählen. Sie würde sich freuen und ihm dankbar sein.

Aber Kay schob seinen Plan wie schon mancher weisere Mann ein bißchen zu lange hinaus. Er hatte vergessen, daß FitzGeorge fünfundzwanzig Jahre älter war als er selbst. Mit einundachtzig Jahren konnte man der Zeit kein Schnippchen mehr schlagen. Mit zwanzig, dreißig, vierzig, fünfzig, sechzig Jahren konnte man ruhig sagen: ich will das bis nächsten Sommer aufschieben – obwohl auch mit zwanzig die unerwarteten Lebensgefahren immer gegenwärtig sind –; aber mit einundachtzig Jahren wurde eine solche Verschiebung eine reine Herausforderung des Schicksals. Was in früheren

Jahren eine unerwartete und unwahrscheinliche Gefahr war, schwoll nach achtzig zu einem sicher eintretenden Ereignis an. Kays Maßstäbe waren vielleicht durch die Langlebigkeit seiner eigenen Familie verzerrt. Sicher traf ihn FitzGeorges Tod wie ein Schlag, der in ihm ungläubiges Staunen und so etwas wie Groll auslöste.

Das erste Anzeichen, das er davon erhielt, erschien in großen Schlagzeilen an den Zeitungsständen. *Bekannter Westend-Klubmann gestorben.* Er vermerkte diese Neuigkeit unbewußt auf seinem Wege zum Mittagessen. Er beachtete sie so wenig wie etwa die Mitteilung, daß ein Omnibus in Brixton auf den Bürgersteig gefahren war. Ein wenig weiter sah er neue Schlagzeilen der Mittagsausgaben: *Einsamer Millionär im Westend gestorben.* Wenn ihm der Gedanke an FitzGeorge durch den Kopf ging, ließ er ihn gleich wieder fallen; denn selbst ein Journalist konnte kaum Bernard Street als Westend bezeichnen. Kay hatte von den Gewohnheiten der Fleet Street keine Ahnung. Doch kaufte er eine Zeitung. Er ging durch den Park und stellte fest, daß die Krokusse grüne Nasen über den Boden streckten. So war er schon tausendmal gegangen. In guter Laune kehrte er bei Boodle ein und bestellte seine Flasche Vichy-Wasser, faltete seine Serviette auseinander, stellte den *Evening Standard* vor sich auf und begann sein Mahl – ein Lendenstück mit Essigfrüchten. Er brauchte dem Kellner nicht zu sagen, was er wünschte, so regelmäßig und gleichbleibend war das tägliche Leben. Dort stand es, in der zweiten Spalte auf der ersten Seite: *Westend-Klubmann tot aufgefunden: Seltsame Lebensgeschichte eines reichen Einsiedlers.* (Auch bei dieser Überschrift wunderte sich Kay ein wenig, wie man zugleich Klubmann und Einsiedler sein konnte.) Dann fiel ihm der Name in die Augen: Herr FitzGeorge...

Er legte Messer und Gabel klappernd auf seinen Teller, so daß die anderen Gäste, die sich über Kays Teilnahmslosigkeit gewundert hatten, aufsahen und flüsterten: »Aha, jetzt hat er's gehört!« Sie meinten: gelesen. Aber sie konnten ruhig sagen: gehört; denn der Name hatte Kay laut genug angeschrien, daß er taub davon wurde. Er hatte das Gefühl, als habe jemand ihm eine heftige Ohrfeige versetzt. »Fitz tot?« sagte er zu seinem Nachbarn am Nebentisch, einem Mann, den er seit zwanzig Jahren nur von Ansehen kannte und den er gewöhnlich mit einem Nicken begrüßte.

Dann befand er sich plötzlich, ohne zu wissen, wie er dorthin gekommen war – er erinnerte sich nur, daß er in seinen Taschen gesucht hatte, um das Taxi zu bezahlen –, in Bernard Street und erklomm die Treppe zu Fitzens Wohnung. Die Tür war aufgebrochen, eingeschlagen, zersplittert, die Polizei war dort, zwei große junge Leute, feierlich abwehrend, aber sehr höflich und entgegenkommend, als sie Kays Namen hörten. Auch Fitz war dort, er lag auf dem Bett in seinem Morgenmantel, sonderbar steif. Auf dem Tisch lagen anderthalb Sardinen, ein halb gegessenes Stück Röstbrot und die Überreste eines gekochten Eis, so unappetitlich, wie nur die kalten Überreste eines gekochten Eis sein können. Fitz trug eine Nachtmütze, was Kay überraschte, eine Nachtmütze mit einer seitwärts herunterhängenden Quaste. Er sah ziemlich so aus, wie er im Leben ausgesehen hatte, und doch sah er gänzlich anders aus. Es war schwer zu sagen, worin der Unterschied bestand, die Starrheit konnte kaum der Grund sein, vielleicht kam es von dem unangenehmen Schuldgefühl, den alten Fitz in einer intimen Stunde überrascht zu haben, ihn in einem Augenblick festgehalten zu haben, in dem ihn bis jetzt noch niemand erblickt hatte, dem peinlichen Augenblick, wo er die Nachtmütze überzog, wo er drei letzte Sardinen aus dem Schrank nahm. »Wir dürfen ihn nicht entfernen«, sagte einer der jungen Polizisten, der aufpaßte, daß Kay nicht zu nahe heranging und seinen Freund berührte, »bevor der Arzt gänzlich zufriedengestellt ist.«

Kay wich zum Fenster zurück und verglich unwillkürlich diesen Tod mit dem seines Vaters. Sie hatten in der Tat sehr verschiedene Lebenswege gewählt. Fitz hatte die Welt verachtet, er hatte im Verborgenen ein privates Leben geführt, seine Freude in sich selbst gefunden, sich niemandem offenbart. Nur einmal hatte Kay ihn erregt gesehen, als eine Zeitung einen Artikel über sonderbare Londoner Käuze veröffentlicht hatte. Er war wütend, weil man auch seinen Namen darin erwähnt hatte. »Du lieber Gott«, hatte er gesagt, »ist man schon ein Kauz, wenn man sich abseits hält?« Er konnte nicht verstehen, warum gewöhnlich die Leute so neugierig auf andere waren, das schien ihm vulgär, langweilig und unnötig, er verlangte nichts als in Ruhe gelassen zu werden. Er hatte kein Verlangen, sich in die Angelegenheiten der Welt zu mischen. Er wollte in Zurückgezogenheit in seiner Welt leben, sich seiner Schätze und ihrer Schönheit erfreuen. Das war seine Form der Geistigkeit, seine Form geistiger Versenkung. Deshalb erweckte sein einsamer

Tod keine rührseligen Gefühle, da er in Übereinstimmung mit seinem Leben stand.

Aber er ärgerte die Vertreter des Gesetzes und des Staates. Sie drangen in sein Zimmer ein, während Kay kläglich am Fenster stand und die schmutzigen Vorhänge durch seine Finger gleiten ließ. Dieser Herr da, sagten sie, indem sie die steife und schweigende Gestalt betrachteten, sei sehr reich gewesen, sein Vermögen solle sogar eine siebenstellige Ziffer erreichen. Wenn sie auch an den einsamen Tod armer Leute gewöhnt waren, so hatten sie doch keine Erfahrung, wie sie sich bei dem einsamen Tod eines Millionärs zu verhalten hatten. Irgendwelche Verwandten mußte er doch haben, meinten sie, indem sie Kay anblickten, als sei dieser dafür verantwortlich. Aber Kay sagte, nein, soweit er wisse, habe Herr FitzGeorge keine Verwandten gehabt, keine verwandtschaftliche Beziehung zu irgendeinem Menschen auf der Erde. »Warten Sie mal«, setzte er hinzu, »das South-Kensington-Museum könnte Ihnen vielleicht etwas über ihn mitteilen.«

Der Inspektor riß den Mund auf und legte dann die Hand vor, da er sich erinnerte, in einem Sterbezimmer zu sein. Ein Museum! Nun, das sei doch eine ziemlich dürftige Informationsquelle, wenn man über jemanden nach seinem Tode Auskunft haben wolle. Der Inspektor besaß zweifellos eine tüchtige Hausfrau, eine Schar lärmender Kinder und blühende Geranientöpfe auf dem Fensterbrett. Aber Herr Holland habe, sagte er, gar nicht so weit danebengeschossen, als er das Museum erwähnte. Wenn das Museum nicht eingegriffen hätte, wären er, der Inspektor, und seine Untergebenen gar nicht hier. Die Anwesenheit der Polizei sei sehr ungewöhnlich, da kein Grund für die Annahme eines Mordes oder Selbstmordes vorlag. Nur weil das Museum Scotland Yard »in heller Aufregung«, wie der Inspektor sich ausdrückte, angerufen habe, habe Scotland Yard Polizei nach Bernard Street geschickt, um die wertvollen Gegenstände zu bewachen, die vielleicht dem Staat testamentarisch vermacht worden seien. So sehr der Inspektor offenbar die Gegenstände verachtete, so bezeugte er doch dem Wort »wertvoll« unmittelbare Achtung. Aber könnte Herr Holland nicht etwas Persönlicheres angeben als ein Museum? Das konnte Herr Holland nicht. Er machte statt dessen den Vorschlag, man könnte FitzGeorges Personalien in *Who's Who* nachschlagen.

Der Inspektor zog ein Notizbuch hervor und fragte mit geschäftsmäßiger Miene: »Sie wissen doch sicher, wer sein Vater war? – Halten Sie diese Reporter fern«, sagte er ärgerlich zu seinen beiden Untergebenen. Er habe keinen Vater gehabt, sagte Kay, der sich wie ein im Netz gefangenes Kaninchen fühlte und wünschte, er wäre nicht nach Bernard Street gekommen, wo er sich nun von den Männern des Gesetzes törichte Fragen stellen lassen mußte. Er hatte überdies den Verdacht, daß der Inspektor seine Amtspflichten bei der Feststellung der Personalien des toten Millionärs überschritt, um seine Neugier zu befriedigen.

Der Inspektor sah ihn erstaunt an, und man konnte seinen Augen ansehen, daß er gerne einen Witz gemacht hätte, aber weil er sich so wichtig nahm, unterdrückte er ihn. »Seine Mutter dann?« fragte er und gab zu verstehen, daß man zwar schließlich ohne Vater fertig werden könne, ohne Mutter aber entschieden nicht. Doch Kay weilte nicht mehr in der Sphäre solcher Überlegungen. Er konnte FitzGeorge nur als einzelne isolierte Gestalt sehen, die um ihre Unabhängigkeit kämpfte.

»Auch eine Mutter hatte er nicht«, erwiderte er.

»Aber was h a t t e er denn?« fragte der Inspektor, indem er seine Untergebenen mit einem Ausdruck ansah, den Kay nur entgeistert nennen konnte.

Kay war versucht, zu erwidern: Ein Privatleben, denn er fühlte sich ein bißchen wirbelig im Kopf, und der Gegensatz zwischen FitzGeorge und dem Inspektor und der Welt, die der Inspektor vertrat, war fast zuviel für ihn, aber er machte einen Kompromiß und zeigte auf die das Zimmer füllenden Kunstwerke und sagte: »Diese hier.«

»Das genügt nicht«, sagte der Inspektor.

»Ihm genügte es schon«, sagte Kay.

»Dieses Zeug da?« fragte der Inspektor. Kay schwieg.

Einer der Polizisten trat heran und flüsterte dem Inspektor etwas zu, indem er ihm eine Karte überreichte. »Gut«, sagte der Inspektor, nachdem er einen Blick auf die Karte geworfen hatte. »Lassen Sie ihn herein.«

»Es stehen auch viele Zeitungsberichterstatter draußen.«

»Ich habe Ihnen schon gesagt, daß sie draußen bleiben müssen.«

»Sie sagen, sie möchten nur einmal das Zimmer anschauen.«

»Nein, das ist unmöglich. Sagen Sie ihnen, es gibt hier nichts zu sehen.«

»Sehr wohl.«

»Nur einen Haufen Gerümpel.«

»Sehr wohl.«

»Führen Sie den Herrn vom Museum herein. Sonst niemanden. Es scheint«, sagte der Inspektor, indem er sich an Kay wandte, »daß wir mit diesem Museum recht hatten. Da kommt es in höchsteigener Person, als wenn es ein Onkel des Toten wäre. Die haben es eilig.« Er überreichte Kay die Karte. »Christopher Foljambe, Viktoria-und-Albert-Museum.«

Ein junger Mann mit steifem Hut, blauem Mantel, mit Waschlederhandschuhen und Hornbrille trat ein. Er warf einen raschen Blick auf Herrn FitzGeorge und wandte sich dann an den Inspektor, wobei er mit seinen Blicken abschätzend das »Gerümpel« überflog. Seine Haltung unterschied sich jedoch von der des Inspektors, denn dann und wann leuchteten seine Augen auf, und er machte mit der Hand unwillkürlich eine greifende Gebärde auf einen verstaubten, aber unerhört wertvollen Stapel zu, den er auf einem Stuhl oder auf einem Tisch sah. Er hatte überdies Kay Holland mit Ehrerbietung begrüßt, wodurch er Kays Ansehen bei dem Inspektor vermehrte. Ein Museum war schließlich eine öffentliche Einrichtung, durch materielle, wenn auch magere Unterstützung von der Regierung autorisiert, und so etwas erzwang, man konnte fast sagen, kaufte den Respekt des Inspektors. Er behandelte Herrn Foljambe mit größerer Ehrerbietung, als er sie Kay Holland bezeigt hatte; denn er wußte nicht, daß Kay Holland der Sohn eines ehemaligen Premierministers war, wogegen Herr Foljambe ihm eine Visitenkarte hatte überreichen lassen, auf der deutlich die Worte »Viktoria-und-Albert-Museum« standen.

Um Herrn Foljambe Gerechtigkeit widerfahren zu lassen, muß man feststellen, daß es ihm nicht behaglich zumute war. Er war in aller Eile von seinem Vorgesetzten hergeschickt worden, um darauf zu achten, daß die Sachen des alten Fitz sichergestellt würden. Das Museum schmeichelte sich wegen der Andeutungen, die ihm vierzig Jahre hindurch von dem alten Fitz gemacht worden waren, mit der Hoffnung, von ihm mit einem reichlichen Vermächtnis bedacht zu werden. Kay Holland zog sich wieder in die Fensternische zurück, fingerte wieder an dem schmutzigen Vorhang herum und begegnete sowohl dem Inspektor als auch Herrn Foljambe mit der Achtung, die ihnen zukam. Der Inspektor hatte eine Pflicht, und Herr Foljambe hatte im Auftrage seines Museums eine undankbare Aufgabe zu erfüllen. Das Entzücken, das der alte Fitz bei einer neuen Entdeckung empfand, seine verdrießlich und zurückhaltend geäußerte Freude über einen Kunstgegenstand gehörten einer anderen Welt an als diese praktische Behütung eines Toten, als dieses Interesse an den testamentarischen Verfügungen eines Toten. Kay kannte gerade genug von der Welt, um sich darüber klar zu sein, daß dies so sein mußte. Selbst hinsichtlich seines Freundes konnte er keine wirkliche Ironie fühlen. Der Inspektor und Herr Foljambe handelten beide so, wie sie es verstanden, und besonders Herr Foljambe ging sehr diskret dabei zu Werke.

»Ich weiß natürlich, daß wir kein Recht zur Einmischung haben«, sagte er. »Aber in Anbetracht des ungeheuren Wertes der Sammlung und angesichts der Tatsache, daß Herr FitzGeorge uns immer zu verstehen gab, daß er den größten Teil seines Besitzes der Nation vermachen werde, war unsere Museumsleitung der Ansicht, man solle zur Sicherstellung seines Eigentums geeignete Schritte unternehmen. Ich wurde beauftragt, Ihnen mitzuteilen, daß einer unserer Leute Ihnen zur Verfügung stehen werde, wenn Sie sich seiner Kenntnisse bedienen wollen.«

»Sagten Sie nicht, wenn ich Sie recht verstanden habe, daß die Sammlung einen ungeheuren Wert darstellt?«

»Er geht in die Millionen«, erwiderte Herr Foljambe mit sichtlichem Behagen.

»Was Sie sagen!« entgegnete der Inspektor. »Ich verstehe selbst von solchen Dingen nichts. Das Zimmer sieht aus wie ein Trödlerladen. Aber wenn Sie das sagen, so muß es wohl so sein. Der Herr« – er zeigte mit dem Daumen auf Herrn FitzGeorge – »scheint keine Familie gehabt zu haben?«

»Habe nie von einer solchen gehört.«

»Sehr ungewöhnlich, sehr ungewöhnlich für einen so reichen Mann.«

»Vielleicht könnte sein Anwalt Auskunft geben?« schlug Herr Foljambe vor.

»Bis jetzt hat sich keine Anwaltsfirma gemeldet. Aber die

Nachricht stand bereits in den Mittagszeitungen. Es gibt hier nicht einmal ein Telephon«, sagte der Inspektor, indem er sich kopfschüttelnd im Zimmer umsah. »Der Anwalt muß also persönlich erscheinen.«

»Herr FitzGeorge lebte sehr zurückgezogen.«

»Das habe ich gehört – ein richtiger Einsiedler, könnte man sagen. Mir unverständlich. Ich kann ohne Gesellschaft nicht auskommen. War er hier oben ganz richtig?« Dabei tippte sich der Inspektor auf die Stirn.

»Ein bißchen exzentrisch, weiter nichts.«

»Man sollte erwarten, daß ein Mann in diesen Verhältnissen Friedensrichter oder etwas Ähnliches wäre, nicht wahr? Vorstandsmitglied von Krankenhäusern oder so was.«

»Ich glaube nicht, daß Herr FitzGeorge viel Geschmack am öffentlichen Leben fand«, sagte Herr Foljambe in solchem Ton, daß Kay nicht entscheiden konnte, ob er das in mitfühlender oder tadelnder Weise sagte. »Aber das sollte ich eigentlich nicht von einem Mann behaupten, der eine so unschätzbare Sammlung der Nation hinterlassen kann.«

»Sie wissen noch nicht bestimmt, ob er das getan hat«, sagte der Inspektor.

Herr Foljambe zuckte die Schultern. »Seine Andeutungen waren ziemlich klar. Und wenn er sie nicht der Nation hinterlassen hat, wem sonst könnte er sie vermachen? Wenn er sie nicht ganz Ihnen hinterlassen hat, Herr Holland«, sagte er zu Kay gewandt, wobei ihm offenbar sein eigener Witz viel Spaß machte.

*

Herr FitzGeorge hatte jedoch seine Sammlung weder der Nation noch Kay Holland vermacht. Er hatte alles mitsamt seinem großen Vermögen Lady Slane hinterlassen. Das Testament war auf ein halbiertes Blatt niedergeschrieben, aber es war vollkommen klar, vollkommen in Ordnung, von Zeugen bestätigt und enthielt kein Schlupfloch für eine andere Auslegung. Es widerrief ein früheres Testament, in dem das Vermögen für wohltätige Zwecke bestimmt war und die Sammlung zwischen verschiedenen anderen Museen und der National-und-Tate-Galerie geteilt werden sollte. Es bestimmte ausdrücklich, daß Lady Slane den gesamten Besitz zu persönlicher Verwendung erhalten sollte und daß ihr keine Verpflichtung über seine endgültige Verfügung auferlegt würde.

Diese Nachricht erregte allgemeine Überraschung. Die Museen waren ebenso wütend und enttäuscht, wie Lady Slanes eigene Familie erstaunt und entzückt war. Sie versammelte sich sofort in starkem Aufgebot um Carries Teetisch. Carrie war in der glücklichen und beneidenswerten Lage, ihre Mutter an demselben Nachmittag gesprochen zu haben. Sie war in der Tat gleich, als sie die Nachricht hörte, nach Hampstead gefahren. »Die liebe Mutter«, sagte sie, »ich konnte sie mit dieser großen Verantwortung, die sie plötzlich zu tragen hat, nicht allein lassen. Ihr wißt, wie wenig sie mit solchen Dingen fertig werden kann.«

»Aber wie in aller Welt«, sagte Herbert, der an diesem Tage besonders geladen war, »wie in aller Welt ist denn das zustande gekommen? Wie hat sie diesen FitzGeorge kennengelernt? Und was hatte Kay damit zu tun? Wir wissen, daß Kay und FitzGeorge Freunde waren, aber wir hatten keine Ahnung, daß Mutter ihn auch nur von Ansehen kannte. Ich habe sie nie seinen Namen erwähnen hören.« Herberts Erregung prasselte wie ein Heidefeuer. »Es war ein Komplott, sage ich euch, und Kay steckte dahinter. Kay wollte die Hinterlassenschaft des alten Mannes für sich haben. Nun, Kay ist jedenfalls schön hereingefallen.«

»Meinst du wirklich?« sagte Charles. »Wissen wir, ob Kay nicht eine private Verabredung mit Mutter getroffen hat? Kay hielt sich immer von uns fern. Ich hatte stets das Gefühl, daß Kay leicht ein bißchen rücksichtslos sein könnte.«

»Gewiß...« begann Mabel.

»Sei still«, sagte Herbert. »Ich stimme mit Charles überein. Zweifellos, Kay war immer so etwas wie ein schwarzes Schaf. Und Mutter hat zu keinem von uns etwas über ihr Testament verlauten lassen.«

»Bis jetzt«, sagte Edith, die sich ebenfalls eingefunden hatte, obwohl sie sich selbst verachtete, weil sie hingegangen war, »bis jetzt hat sie nie etwas zu hinterlassen gehabt.«

Ediths Bemerkung blieb wie immer unbeachtet.

»Ich bin ganz anderer Meinung«, sagte William, der in seiner Familie den Ruf hatte, mit praktischen Dingen am besten fertig werden zu können. »Wenn Kay und Mutter im Einverständnis gehandelt hätten, so würden sie nicht vereinbart haben, daß das Vermögen dieses FitzGeorge zuerst an Mutter fallen solle. Man denke doch an die Steuern.«

»Die Erbschaftssteuer?« sagte Edith, die sich in ihrer gewohnten Taktlosigkeit nicht scheute, das anrüchige Wort auszusprechen.

»Mindestens eine halbe Million«, sagte William.

»Nein, da wäre es doch viel besser gewesen, wenn es direkt an Kay gefallen wäre.«

»Aber Mutter ist so unpraktisch«, seufzte Carrie.

»Geradezu tragisch unpraktisch«, bemerkte William. »Warum zog sie nicht einen von uns zu Rate? Aber jetzt ist es geschehen«, fuhr er philosophischer fort, »und was um Himmels willen will sie mit allem anfangen?«

»Sie schien gar kein Interesse daran zu nehmen«, sagte Carrie. »Als ich kam, las sie gerade ein Buch, während Genoux in der Ecke die Katze fütterte. Ich glaube nicht, daß sie las; denn als ich sie nach dem Titel fragte – nur um eine Unterhaltung in Gang zu bringen, wißt ihr –, konnte sie ihn mir nicht nennen. Sie sagte, es sei ein Buch, das Mudie mitgeschickt habe, aber wie ihr wißt, stellt Mutter ihre Bücherliste immer sehr sorgfältig auf und überläßt das niemals Mudie. Es war gar nicht so einfach, ins Haus zu kommen, weil das Haus von Zeitungsleuten direkt belagert war und Mutter Genoux verboten hatte, auf das Klingeln zu öffnen. Ich mußte um das Haus herum in den Garten gehen und unter dem Fenster ›Mutter!‹ rufen.«

»Und als du drinnen warst«, sagte Herbert, »was gab sie dir da für eine Erklärung?«

»Überhaupt keine. Sie kannte, so schien es, diesen FitzGeorge von Indien her; er hatte sie jüngst ein- oder zweimal besucht, wie sie mir sagte. Aber ich bin überzeugt, daß sie mit etwas hinter dem Berge hielt. Als sie sagte, FitzGeorge habe sie besucht, begann Genoux, die sich im Zimmer zu schaffen machte, zu weinen und ging hinaus. Sie nahm ihre Schürze auf und schluchzte hinein. Als sie ging, sagte sie so etwas wie »Un si gentil monsieur!«. Ich entnehme daraus, daß er ihr immer ein Trinkgeld gegeben hat.«

»Und in welchem Zustand befand sich Mutter? War sie aufgeregt?«

»Sie war ruhig«, sagte Carrie nach einer Pause in kritischem Ton. »Ja, ich bin überzeugt, daß sie etwas vor mir verbarg. Sie versuchte immer wieder, das Gesprächsthema zu wechseln. Als wenn man von etwas anderem hätte sprechen können! Sie hatte offenbar die großen Schlagzeilen der Zeitungen nicht gesehen. Die liebe Mutter! Ich versuchte ja nur, ihr zu helfen. Es war mir sehr peinlich, so mißverstanden zu werden. Sie schien den Wunsch zu haben, mich aus der Sache herauszuhalten – in gebührender Entfernung.«

»Aber«, sagte Lavinia, »was könnte denn eure Mutter in ihrem Alter für ein Geheimnis haben? Wäre es möglich...«

»Nun«, meinte Carrie, »man kann niemals wissen, nicht wahr?«

»Nein«, sagte Herbert, »nein, das kann ich nicht glauben.« Er sprach, als wenn er ein Urteil fällte, als Haupt der Familie.

»Vielleicht nicht«, sagte Carrie nachgebend. »Ich bin überzeugt, daß du das reifste Urteil hast. Und doch – ein sehr sonderbarer Gedanke zog mir durch den Kopf.« Sie beugten sich alle zu ihr hin, um Carries sehr sonderbaren Gedanken zu hören.

»Nein, ich kann es wirklich nicht sagen«, sträubte sich Carrie, entzückt, so viel Interesse erregt zu haben. »Ich kann es wirklich nicht, selbst hier nicht, wo ich weiß, daß meine Worte nicht weitergetragen werden.«

»Carrie«, sagte Herbert, »wir haben immer einen Pakt gehabt, niemals einen Satz anzufangen, ohne ihn zu beenden.«

»Als wir Kinder waren«, sagte Carrie, die sich noch immer sträubte.

»Natürlich, wenn du nicht willst...« sagte Herbert.

»Nun, wenn du darauf bestehst. Folgendes ging mir durch den Kopf: Keiner von uns hat jemals von Mutters Freundschaft mit diesem alten Mann – diesem FitzGeorge etwas erfahren. Sie hat ihn uns gegenüber nie erwähnt. Jetzt stellt es sich heraus, daß sie ihn schon in Indien kannte – gerade um die Zeit, als Kay geboren wurde – vielleicht schon vorher. Und er nahm immer großes Interesse an Kay. Nun stirbt er und hinterläßt Mutter – allerdings nicht Kay – sein ganzes Vermögen. Aber das ist kein Grund, warum Mutter es später nicht Kay überlassen sollte. Und vielleicht sollte es ja Kay haben. Er umging nur Kay. Wer weiß, ob das nicht eine Art Bluff gewesen ist? Solche exzentrischen alten Männer, wißt ihr, haben immer Angst vor einem Skandal.«

»Weil...« sagte Herbert.

»Eben deswegen.«

»O nein, o nein«, rief Edith. »Das ist ja entsetzlich, Carrie, es ist ungeheuerlich. Mutter liebte Vater, sie hätte ihn nie betrogen.«

»Die liebe Edith!« sagte Carrie. »So naiv! Sie sieht immer alles in Schwarz und Weiß.« Aber schon bedauerte sie, dies in Gegenwart Ediths gesagt zu haben, die es ihrer Mutter hinterbringen konnte. Sie hatte die besten Gründe, zu wünschen, gegenwärtig mit ihrer Mutter in guten Beziehungen zu stehen.

Edith zog entrüstet ab und ließ eine einträchtig versammelte Familie zurück. Sie rückten die Stühle ein bißchen näher zusammen.

»Dann«, setzte Carrie ihre Geschichte fort, »kam ein junger Mann, ein sehr unangenehmer junger Mann, Foljambe mit Namen, von irgendeinem Museum. Genoux benahm sich höchst unpassend. Ich nehme an, er hatte ihr seine Karte gegeben, anstatt nur seinen Namen zu nennen. Jedenfalls meldete sie ihn als Monsieur Folljambe. Ich habe den Verdacht, daß sie das absichtlich tat. Aber ich sah bald, daß er sich in die Nesseln gesetzt hatte. Er gab vor, er komme im Auftrag seines Museums, das Mutter das Angebot mache, die Sammlung zu beherbergen, wenn Mutter keinen Platz dafür hätte. In diesem Fall war Mutter einmal vernünftig, muß ich sagen. Sie könne nichts versprechen, sie habe sich noch nicht entschieden, was sie tun werde. Sie sah über Foljambe hinweg, als wäre er gar nicht da. Und dann polterte natürlich wie immer Genoux herein und fragte, ob Mutter lieber Koteletts oder ein Hühnchen zum Essen haben wolle. Ein Huhn wäre natürlich teurer, aber man könne am nächsten Tage noch mal davon essen. Und dabei hat Mutter jetzt jährlich mindestens achtzigtausend Pfund zu verzehren!«

Lavinia ächzte.

»Aber Mutter war zu mir ebenso zurückhaltend wie zu dem jungen Mann«, fuhr Carrie fort. »Ich versicherte ihr immer wieder, daß ich nur helfen wollte – ihr kennt mich alle gut genug, um zu wissen, daß das die reine Wahrheit ist –; aber sie übersah mich genau so wie diesen Foljambe. Sie schien die ganze Zeit an etwas anderes zu denken. Gefühlvolle Erinnerungen vielleicht«, sagte Carrie giftig. »Sie lud mich nicht einmal zum Essen ein, als Genoux wieder hereinkam und sagte, das Huhn sei gleich fertig und werde nicht besser werden, wenn sie noch länger mit dem Essen warte. Ich mußte schließlich mit Foljambe abziehen und ihm dazu noch einen Platz in meinem Wagen anbieten. Er erzählte mir, daß die Sammlung – ganz abgesehen von dem Barvermögen – etliche Millionen wert ist.«

»Armer Vater!« sagte Herbert. »Zum ersten Male bin ich froh, daß er nicht mehr lebt.«

»Ja, das ist ein großer Trost«, stimmte Carrie bei. »Der arme Vater, er hat keine Ahnung gehabt.«

Sie verdauten schweigend diese tröstliche Tatsache.

»Aber«, sagte William praktisch wie immer, indem er die Unterhaltung wieder in Gang brachte, »was will Mutter mit all diesem Zeug tun – mit all dem Geld? Achtzigtausend jährlich! Und zwei Millionen und womöglich sogar noch mehr, die in diesen Kunstwerken eingefroren sind. Stellt euch vor, wenn sie diese verkauft, hätte sie hundertsechzigtausend Pfund jährlich, ja noch mehr, wenn sie das Geld mit fünf Prozent anlegte, was sie leicht könnte.« Seine Stimme wurde schrill wie immer, wenn er über Geldfragen sprach. »Man weiß nie, wie man mit Mutter dran ist. Denkt doch nur an die beiläufige Art, mit der sie sich ihrer Juwelen entledigte. Sie scheint gar keinen Sinn für Werte zu haben, keinen Begriff von Verantwortlichkeit. Es würde mich nach dem, was wir von Carrie gehört haben, gar nicht wundern, wenn sie die ganze Sammlung dem Staat vermachte.«

Lady Slanes Familie wurde von Entsetzen gepackt.

»Das glaubst du doch nicht im Ernst, William? Etwas Gefühl wird sie doch für ihre Kinder aufbringen.«

»Ich glaube es tatsächlich«, sagte William, der jetzt in Fahrt kam. »Mutter ist wie ein Kind, das mit Rubinen umgeht, als wären sie Kieselsteine. Sie hat durch keine Erfahrung etwas gelernt, sie ist blind durchs Leben gewandert. Wir haben immer schweigend gefühlt, daß Mutter nicht ganz wie andere Leute war. Man sagt nicht gern so etwas von seiner Mutter, aber in solchen Augenblicken kann man es sich nicht leisten, überempfindlich zu sein. In jedem Augenblick kann sie etwas völlig Unvernünftiges tun, etwas, worüber man in Verzweiflung die Hände zusammenschlägt. Und wir sind machtlos dagegen. Machtlos!«

»Unsinn, William«, sagte Carrie, die fühlte, daß William die Situation dramatisierte. »Mutter ist vernünftigen Gründen immer zugänglich gewesen.«

»Selbst als sie nach Hampstead zog?« sagte William düster. »Ich bin nicht der Ansicht, daß Menschen, die in Mutters Alter für sich einen völlig neuen Weg einschlagen, für Vernunftgründe empfänglich sind. Selbst damals als sie auf diese lächerliche Weise ihre Juwelen weggab?« Er sah dabei Mabel an, die nervös die Perlen unter einem länglichen Spitzenbesatz zu verbergen suchte. »Nein, Carrie, Mutter hat nie mit festen Füßen auf der Erde gestanden. Das Wolkenkukkucksheim – das ist Mutters natürliche Heimat. Und unglücklicherweise hat sie einen anderen Bewohner desselben Landes getroffen: Herrn FitzGeorge.«

»Und was ist mit Herrn Bucktrout?« fragte Carrie.

»Ja, was ist mit ihm?« sagte William. »Bucktrout kann sie veranlassen, das ganze Vermögen ihm zu vermachen. Arme Mutter – so einfältig, so unklug, eine leichte Beute für jeden Spitzbuben. Was kann man da tun?«

Inzwischen hatte Herr Bucktrout Lady Slane besucht, um mit ihr gemeinsam die Verantwortung, die man ihr aufgeladen hatte, zu beklagen.

»Sehen Sie, Herr Bucktrout«, sagte Lady Slane, die krank und verstört aussah, »Herr FitzGeorge konnte nicht wissen, was er tat. Er wollte mir den Genuß seiner schönen Kunstgegenstände verschaffen – das sehe ich ein. Aber was dachte er sich wohl dabei, mir so viel Geld zu hinterlassen? Ich habe für meine Bedürfnisse genug. Ich habe einmal einen Millionär gekannt, Herr Bucktrout, und er war der unglücklichste Mensch. Er hatte eine so große Angst, ermordet zu werden, daß er sich dauernd mit Detektiven umgab. Sie waren wie Mäuse in den Wänden. Er wollte keine Freundschaft schließen, weil er bei anderen immer selbstsüchtige Motive vermutete. Wenn man neben ihm beim Essen saß, so fürchtete er die ganze Zeit, daß man ihn schließlich um einen Beitrag für einen Wohltätigkeitsverein bitten würde. Die meisten Menschen mochten ihn nicht. Ich hatte ihn sehr gern. Ich habe sehr viele Leute gesehen, die anderen mißtrauten, weil sie bei ihnen eigennützige Motive vermuteten, und ich möchte nicht in dieselbe Lage kommen. Es ist doch absurd, daß ausgerechnet Herr FitzGeorge mich in eine solche Lage gebracht hat. Er kann doch unmöglich gewußt haben, was er tat.«

»In den Augen der Welt, Lady Slane«, sagte Herr Bucktrout, »hat Herr FitzGeorge Ihnen eine gewaltige Wohltat erwiesen.«

»Ich weiß, ich weiß«, sagte Lady Slane, tief beunruhigt und

betrübt, wollte aber doch nicht undankbar erscheinen. Ihr ganzes Leben, dachte sie, hatten ihr Leute Wohltaten erwiesen, Wohltaten, die sie gar nicht begehrte. Henry zum Beispiel, indem er sie zuerst zu einer Vizekönigin machte und dann zum Mittelpunkt eines Kreises von Politikern, und jetzt FitzGeorge, indem er ihr geruhsames Leben mit einem Haufen Gold und Kostbarkeiten überschüttete.

»Ich wünschte mir nie etwas anderes, Herr Bucktrout«, sagte sie, »als ruhig beiseitezustehen. Das scheint eines von den Dingen zu sein, die man einem nicht erlaubt, selbst im Alter von achtundachtzig Jahren nicht!«

»Auch der kleinste Planet«, sagte Herr Bucktrout salbungsvoll, »muß seinen Kreis um die Sonne ziehen.«

»Aber soll das heißen, daß wir alle, ob wir wollen oder nicht, um Reichtum, Stellung und Besitz kreisen müssen? Ich habe mir gedacht, Herr FitzGeorge wüßte das besser. Verstehen denn auch Sie das nicht?« rief sie flehend und verzweifelt Herrn Bucktrout zu. »Ich dachte mir, ich wäre endlich allen diesen Dingen entronnen, und nun stößt mich ausgerechnet Herr FitzGeorge wieder mitten hinein. Was soll ich tun, Herr Bucktrout, was soll ich tun? Ich glaube, Herr FitzGeorge hat sehr schöne Sachen gesammelt, aber ich verstehe nichts davon. Ich habe immer die Werke Gottes den Werken der Menschen vorgezogen. Die Werke Gottes werden allen, die sie würdigen können, frei gegeben, ob es nun ein Millionär oder ein armer Schlucker ist, wogegen die Werke der Menschen für die Millionäre reserviert sind. Nur wenn diese Werke dem Menschen, der sie schuf, genügten, macht es nichts aus, welcher Millionär sie in späteren Jahren kauft. Nicht daß Herr FitzGeorge die Werke der Menschen wegen ihres Wertes kaufte«, fügte sie hinzu. »Er konnte ihren künstlerischen Wert beurteilen. Übrigens war er ein Geizhals. Weit davon entfernt, den Marktwert eines Kunstwerkes zu bezahlen, machte es ihm Spaß, ein Kunstwerk zu entdecken, das er unter dem Marktpreis erstehen konnte. Dann hatte er das Gefühl, daß er ein Werk Gottes erwarb und nicht das Werk eines Menschen, wenn Sie verstehen, was ich meine.«

»Ich verstehe Sie durchaus«, sagte Herr Bucktrout.

»Nur wenigen war das möglich«, sagte Lady Slane. »Sie ermutigen mich, mich der Hoffnung hinzugeben, daß Sie Verständnis für meine Lage haben wie nur wenige Menschen. Ich will diese wertvollen Sachen nicht haben, wenn sie auch schön sind. Es wäre mir ein unangenehmer Gedanke, auf meinem Kaminsims eine Terrakottafigur von Cellini zu haben, die Genoux sicher zerbrechen würde, wenn sie morgens vor dem Frühstück abstaubt. Nein, Herr Bucktrout, ich möchte lieber in den Park gehen, wenn ich etwas Schönes sehen will, und mir dort Constables Bäume betrachten.«

»Lieber als einen Constable besitzen?« fragte Herr Bucktrout verschmitzt. »Ich glaube, Herrn FitzGeorges Sammlung enthält einen sehr schönen Constable, ein Motiv aus dem Hampsteader Park.«

»Nun«, sagte Lady Slane nachgebend, »den könnte ich vielleicht behalten.«

»Aber was wollen Sie mit den übrigen anstellen, mit Ausnahme von ein paar Stücken, die Sie vielleicht aus persönlichen Gründen behalten möchten?«

»Sie verschenken«, sagte Lady Slane müde und ohne Nachdruck. »Mag der Staat sie übernehmen. Das Geld sollen die Krankenhäuser bekommen, wie es zuerst Herrn FitzGeorges Absicht war. Nur will ich es los sein. Denken Sie übrigens daran«, fügte sie mit dem Gesichtsausdruck hinzu, an den Herr Bucktrout bereits gewöhnt war, »wie sich meine Kinder ärgern werden!«

Er verstand die Feinheit des Streiches, den Lady Slane ihren Kindern spielte, voll zu würdigen. Im Prinzip gefielen solche Streiche Herrn Bucktrout nicht, er verurteilte sie als kindisch und dumm, aber dieser besondere Streich kitzelte seinen Sinn für Humor. Er hatte sich ein richtiges Bild von Lady Slanes Kindern gemacht, obwohl er sie nie gesehen hatte.

»Aber wenn Sie sterben«, sagte Herr Bucktrout mit seiner üblichen Offenheit, »werden die Nachrufe Sie als Wohltäter der Menschheit schildern.«

»Ich werde sie nicht mehr lesen können«, sagte Lady Slane, die genug von Nachrufen über Lord Slane gelesen hatte, um die Möglichkeiten falscher Auslegungen beurteilen zu können.

Herr Bucktrout machte sich, als er fortging, über die Schwierigkeit, in der seine alte Freundin steckte, ernste Gedanken. Es ging ihm nicht auf, daß die meisten Leute Lady Slanes Sorgen als sonderbar und lächerlich ansehen würden. Er nahm einfach die Tatsache hin, daß Lady Slane die üblichen Wertungen der Welt nicht anerkannte, und darum erschien es ihm natürlich, daß sie sich dagegen sträubte, sie sich dauernd aufdrängen zu lassen. Überdies kannte er jetzt den Ehrgeiz ihrer Jugend und wußte, daß sie mit dem Leben, das sie geführt hatte, nicht einverstanden gewesen war. Herr Bucktrout besaß auch, obgleich er in vieler Hinsicht einfältig war – die meisten hielten ihn für leicht verrückt –, eine von Vorurteilen unbeeinflußte Weisheit eigener Art. Er wußte, daß feste Vorstellungen geändert werden müssen, um sich den Umständen anzupassen, und daß es töricht, wenn auch üblich war, zu erwarten, daß sich die Umstände fertig gelieferten Vorstellungen anpassen würden. Lady Slane verdiente daher seiner Meinung nach ebensoviel Sympathie wegen des Fehlschlagens ihrer Lebenshoffnungen wie ein von Lähmung befallener Athlet. Das war zweifellos eine gar nicht konventionelle Ansicht, aber Herr Bucktrout zog ihre Richtigkeit nicht in Zweifel.

*

Genoux jedoch war entsetzt, als sie hörte, was Lady Slane beabsichtigte. Ihre französische Seele wurde in den Grundfesten erschüttert. Ein paar Tage lang war sie sozusagen geschwebt und hatte, um diesen plötzlichen, diesen unerwarteten Zuwachs an Reichtum zu feiern, ein paar Extrastücke Fisch für die Katze gekauft. Ihre Vorstellungen von dem Lady Slane vermachten Vermögen – sie hatte den Betrag in den Zeitungen gelesen und die Nullen an den Fingern gezählt und dies ungläubig verschiedene Male getan – waren sonderbar gemischt. Sie wußte sehr wohl, was eine Million war, was zwei Millionen waren, aber was die praktische Anwendung betraf, verstand sie nur so viel, daß sie jetzt Lady Slane bitten konnte, die Putzfrau dreimal in der Woche anstatt zweimal kommen zu lassen. Bis jetzt hatte sie aus Sparsamkeitsgründen sich auch dann nicht geschont, wenn ihr Rheumatismus sie steifer als sonst machte. Sie hatte nur ihren Panzer von braunem Packpapier verdoppelt, hatte noch einen Unterrock angezogen, in der Hoffnung, dadurch Erleichterung zu finden, und war unverdrossen an ihre Arbeit gegangen. Sie wußte, daß miladi nicht reich war, und wollte lieber selbst leiden als miladis Ausgaben vermehren. Aber durch den Entschluß Lady Slanes, der ihr eines Abends, als sie den Tisch abräumte, so nebenbei mitgeteilt wurde, schwanden alle Vorstellungen von künftigem Luxus dahin. »C'est pas possible, miladi!« rief sie aus. »Et moi qui pensais voir revenir nos plus beaux jours!« Genoux war verzweifelt. Überdies hatte es ihr gefallen, daß Lady Slane wieder im Scheinwerferlicht des öffentlichen Interesses stand. Sowohl die Tageszeitungen als auch die illustrierten Blätter hatten Lady Slanes Photographie gebracht. Die Bilder waren zwar alt, da keine jüngeren Aufnahmen zur Verfügung standen. Sie zeigten Lady Slane als Vizekönigin, als Gattin des Botschafters, jung, mit Juwelen bedeckt, im Abendkleid, eine Tiara über der kunstvoll hergerichteten Frisur, unter einer Palme sitzend, sonderbar altmodisch gekleidet, ein offenes Buch haltend, in dem sie nicht las, umgeben von ihren Kindern, Herbert im Matrosenanzug, Carrie in ihrem ersten langen Kleid – wie gut sich Genoux daran erinnerte! –, wie sie sich liebevoll über ihrer Mutter Schulter beugten und auf das Baby blickten – war es Charles? war es William? –, das sie auf dem Knie hielt. Eine Zeitung, die die Unmöglichkeit einsah, ein neueres Bild von Lady Slane zu bringen, hatte diesen Mangel so gut wie es ging ausgenutzt und eine siebzig Jahre alte Aufnahme reproduziert, die sie in ihrem Hochzeitskleid zeigte. Daneben hatte sie Lord Slane im Jagdkostüm gebracht, mit dem Gewehr in der Hand, einen Fuß auf einen Tiger gestützt. Diese Dinge, die Lady Slane so unerklärlicherweise gar nicht leiden mochte, befriedigten Genoux' Gefühl für das, was sich gehört. Es stehe ihr nicht an, miladi Vorschriften zu machen, sagte sie, aber hatte miladi ihre Stellung in Betracht gezogen und das, was sie dieser schuldete? Miladi, die an all diese Adjutanten gewöhnt gewesen war, an all diese Diener – bien que ce n'étaient que des nègres –, an all diese Ordonnanzen, die ständig sprungbereit standen, um einen Brief oder eine Botschaft zu überbringen? »Dans ce temps-là miladi était au moins bien servie.« Dann fiel Genoux mitten in ihrer Verzweiflung ein Gedanke ein, der sie so kitzelte, daß sie sich bückte und sich mit den Händen an den Beinen herunterstrich. »Ah, mon Dieu, miladi, c'est Lady Charlotte qui va être contente! Et Monsieur William, donc! Ah, la belle plaisanterie!«

*

Jetzt, wo Herr FitzGeorge nicht mehr da war, fühlte sich Lady Slane einsam. Die Aufregung, die die Übereignung ihrer Erbschaft an den Staat zur Folge gehabt hatte, und die Wut, die ihre eigenen Kinder deswegen auf sie gehabt hatten, gingen an ihr vorüber, ohne großen

Eindruck zu machen. Sie gebot Genoux, erst dann wieder eine Zeitung ins Haus zu bringen, wenn die Schlagzeilen zu einer kleinen Notiz zusammengeschrumpft wären, und weigerte sich, eines von ihren Kindern zu empfangen, bis sie sich damit einverstanden erklärt hätten, die Sache so zu behandeln, als wäre sie gar nicht geschehen. Carrie schrieb einen sorgfältig abgefaßten und reservierten Brief. Ein paar Wochen, wenn nicht ein paar Monate, müßten verstreichen, sagte sie, bevor diese schreckliche Wunde genügend verheilt sei, bis sie die von ihrer Mutter gestellte Bedingung, nie mehr auf diese Geschichte zurückzukommen, erfüllen könne. Eher könne sie sich nicht dazu verstehen. Wenn sie sich ein wenig erholt habe, werde sie wieder schreiben. Inzwischen, so stand zwischen den Zeilen zu lesen, müsse sich ihre Mutter als in tiefste Ungnade gefallen betrachten.

Aber obwohl sie dies nicht berührte und obwohl sie dank Kay und Herrn Bucktrout nur wenig Scherereien mit den Behörden hatte, außer daß sie ihre Unterschrift unter ein paar Dokumente setzen mußte, fühlte sie sich jetzt müde und geistig erschöpft. Ihre Freundschaft mit FitzGeorge war seltsam und schön gewesen – das letzte seltsame und schöne Erlebnis, das ihr wohl beschieden war. Sie wünschte nichts mehr. Sie wünschte nur Frieden und Ruhe.

Von Zeit zu Zeit las sie kleine Notizen über ihre Familie in den Zeitungen. Carrie hatte einen Bazar eröffnet. Carries Enkeltochter nahm an einer Wohlfahrtsveranstaltung teil. Charles war es gelungen, einen seiner Briefe in die *Times* zu bringen. Richard – Herberts ältester Enkel – hatte ein Rennen gewonnen. Deborah, seine Schwester, hatte sich mit dem ältesten Sohn eines Herzogs verlobt, also eine sogenannte gute Partie gemacht. Herbert selbst hatte eine Rede im Oberhaus gehalten. Es ging das Gerücht, daß er die erste freie Generalgouverneursstelle bekommen sollte. Vorläufig war er zu Neujahr Komtur des Ordens vom Heiligen Michael und Georg geworden... Aus der gewaltigen Entfernung ihrer Jahre betrachtete Lady Slane diese winzigen und fernen Geschehnisse, sie brachten ein Echo jener Ereignisse mit sich, die in ihrem eigenen Leben eine Rolle gespielt hatten. »Wie lästig, gewöhnlich, abgestanden und sinnlos!« sagte sie zu sich selbst, als sie auf einen Stock gestützt und sich am Geländer festhaltend die Treppe hinabstieg und sich fragte, ob man am Ende des Lebens überhaupt noch etwas anderes als Shakespeare lesen solle oder auch am Anfang des Lebens, wenn sie schon bei

Shakespeare war, da er sowohl den Überschwang der Jugend als auch die Reife des Alters verstanden zu haben schien. Aber vielleicht konnte man ihn nur in reiferen Jahren voll würdigen.

Sie betrachtete die Gruppe Menschen, die aus ihrem eigenen Schoß entsprungen waren, und sah sie mitten in ihrer Lebenslaufbahn oder auch erst am Beginn derselben. Die junge Deborah war wohl eine glückliche Braut, und der junge Richard floß sicher von Leben über, wenn er stolz querfeldein sprengte. Ein zärtliches Lächeln überflog ihr Gesicht, als sie an die beiden jungen Geschöpfe dachte. Aber sie würden hart werden, dachte sie, sie würden hart werden, wenn ihr warmes junges Blut kühl wurde, sie würden weltklug und selbstsüchtig werden. An die Stelle der ungestümen Weitherzigkeit der Jugend würde die Klugheit des mittleren Alters treten. Für sie würde es keinen Kampf geben, weder äußerlich noch innerlich. Sie würden in den für sie bereiteten Formen einfach hart werden. Lady Slane seufzte, wenn sie daran dachte, daß sie, wenn auch nur indirekt, für ihre Existenz verantwortlich war. Die lange träge Schlange der Nachkommenschaft glitt von ihr fort in die ferne Zukunft hinein. Sie fühlte sich matt und schwach und sehnte sich nach Erlösung.

Und doch tat sie etwas Unerklärliches. Nachdem es geschehen war – nachdem sie den Brief geschrieben und Genoux ihn zur Post gebracht hatte –, sah sie auf ihr Tun zurück und kam zu der Überzeugung, daß sie in einem Trancezustand gehandelt hatte. Sie konnte nicht sagen, was für ein Impuls sie bewegt, welches seltsame Verlangen sie ergriffen hatte, wieder ein Band mit dem Leben anzuknüpfen, das sie längst durchschnitten hatte. Vielleicht war ihre Einsamkeit größer, als menschlicher Mut ertragen konnte, vielleicht hatte sie ihre Tapferkeit überschätzt. Nur eine sehr starke Seele konnte ganz allein mit sich fertig werden. Mochte das sein, wie es wollte, sie hatte an ein Zeitungsausschnittbüro geschrieben und um Zusendung aller Zeitungsnotizen gebeten, die sich auf ihre Familie bezogen. Sie selbst wußte, daß sie nur Nachrichten über ihre Urenkelkinder haben wollte. Es lag ihr wenig daran, zu erfahren, was Carrie, Herbert, Charles und William passierte. Der Weg, dem sie folgten und weiter folgen würden, war klar abgezeichnet und bot keine Überraschungen, keine freudigen Ausblicke. Aber selbst in ihrem Trancezustand schrak sie davor zurück, sich vor einer Holborner Zeitungsagentur zu verraten. Sie verhüllte ihre eigentliche Sehnsucht unter einem die ganze Familie umfassenden Auftrag. Als die kleinen grünen Päckchen jedoch eintrafen, wanderten alle Notizen, die sich auf ihre eigenen Kinder bezogen, in den Papierkorb, und nur die über ihre Urenkel wurden sorgfältig in ein Album geklebt, das Lady Slane in dem Papiergeschäft an der Ecke gekauft hatte.

Diese Beschäftigung, der sie sich Abend für Abend unter dem roten Lampenschirm unterzog, bereitete ihr ein außerordentliches Vergnügen. Sie ging sparsam mit ihrem kleinen Vorrat um, denn da sie wußte, daß nur zwei- oder dreimal wöchentlich eine frische Sendung eintraf, leistete sie sich den Luxus, jeden Tag nur einen Teil der Ausschnitte einzukleben, so daß immer einige für den nächsten Tag übrigblieben. Glücklicherweise waren von Lady Slanes Urenkeln zwei erwachsen, die sich mannigfach betätigten. Sie gehörten sogar zu den führenden jungen Leuten des Tages und hatten in den Zeitungsspalten »Mitteilungen aus der Gesellschaft« ihren Neuigkeitswert. Lady Slane verbrachte viele angenehme Stunden damit, aus diesen Ausschnitten ihren Charakter und ihre Persönlichkeit zu konstruieren, von denen sie ja bereits einige Kenntnis hatte. Von diesem Zeitvertreib ihrer Urgroßmutter hatten die Kinder selbst keine Ahnung, und das vermehrte Lady Slanes halb spitzbübisches, halb rührseliges Vergnügen, denn wirkliches Vergnügen war für sie eine ganz private Angelegenheit, ein geheimer Spaß, der wie eine Blume starken Duft ausströmte, aber auch ebenso leicht zu Schaden kam wie die Blütenblätter einer Gardenie. Genoux allein wußte von ihrer abendlichen Beschäftigung, aber Genoux war keine Fremde für sie, sie gehörte ebenso zu Lady Slane wie deren Schuhe oder Wärmflasche oder wie der Kater John, der mit unvergleichlicher Anmut und Würde vor dem Feuer saß. Genoux teilte sogar Lady Slanes Interesse an den jungen Hollands, wenn auch von einem anderen Standpunkt aus. Sie hatte sofort Lady Slanes wiederauflebendes Interesse erkannt und begrüßte es und brachte das grüne Päckchen sofort herein, sobald es durch den Briefschlitz gefallen war. »Voilà, miladi! c'est arrivé!« Sie blieb erwartungsvoll neben Lady Slane stehen, während diese den Umschlag aufriß und die Ausschnitte herausnahm. Weiß der Himmel, sie waren nichtig genug. Berichte über Schatzsuche einer fröhlichen jungen Gesellschaft auf Untergrundbahnhöfen, ein Ball, eine Abendgesellschaft, manchmal eine Photographie, Richard in Reithosen, Deborah auf einem Maskenball als Maria Stuart. Unbedeutende Notizen, harmlose Berichte über den Zeitvertreib junger Leute. Lady Slane sah sie durch, und wer wollte es unternehmen, ihre Gefühle zu schildern? Aber Genoux klatschte begeistert in die Hände. »Ah, miladi, qu'elle est donc jolie!« Das war Deborah. Lady Slane, erfreut über Genoux' Bewunderung, lächelte dazu. Sie war immerhin eine alte Frau, und kleine Dinge gefielen ihr jetzt. »Ja«, sagte sie, indem sie ein verwischtes Bild Richards betrachtete, der einen Silberpokal unter dem einen und eine Reitpeitsche unter dem anderen Arm hielt, »er ist ein wohlgestalteter junger Mann – pas si mal.« »Pas si mal!« rief Genoux entrüstet, »er ist ein Prachtkerl, ein junger Gott, solche Eleganz, solcher Chic! Alle Mädchen müssen versessen auf ihn sein. Und er wird in die Fußstapfen seines Urgroßvaters treten«, setzte Genoux hinzu, die äußeren Erfolg wohl zu würdigen wußte. »Er wird Vizekönig werden, Premierminister, weiß Gott, was noch, miladi wird sehen.« Denn Genoux hatte die Verachtung, die Lady Slane für solche Dinge hegte, nie geteilt. »Nein, Genoux«, sagte Lady Slane, »ich werde das nicht mehr erleben.«

Sie würde nur, und zwar aus seltsamer Ferne, ihre liebliche, törichte Jugend erleben. Gott sei Dank würde sie nicht mehr miterleben müssen, wie sie zu noch törichteren Erwachsenen heranwuchsen, die dann nichts mehr von diesen wilden, zwar albernen, aber bezaubernden Eigenschaften der Jugend an sich hatten. »Schmucke Schäfer, schöne Nymphen, ach, die Jugend geht vorüber«, murmelte sie und betrachtete dabei das volle dicke Haar, die schlanken elastischen Glieder der Kinder. »Ach Genoux«, sagte sie, »es war doch schön, jung zu sein.«

»Das hängt ganz von der Jugend ab, die man hat«, sagte Genoux weise. Es war nicht schön, das zwölfte Kind armer Eltern zu sein und in die Gegend von Poitiers zu Bauern geschickt zu werden, in einer Scheune auf Stroh zu schlafen, nie seine Eltern zu sehen, Winter und Sommer jeden Morgen um fünf Uhr aufzustehen, geschlagen zu werden, wenn man seine Arbeit nicht richtig machte, zu wissen, daß die Geschwister einen bald nicht mehr kennen würden, weil man fern von ihnen lebte. Genoux war jetzt fast siebzig Jahre bei Lady Slane, aber Lady Slane hörte jetzt von diesen Dingen zum erstenmal. Sie betrachtete Genoux mit neugierigem Interesse. »Und wann sahen

Sie Ihre Geschwister wieder, Genoux? Das muß doch ein merkwürdiges Gefühl gewesen sein.«

»Keineswegs«, sagte Genoux. Man fühle sogleich, daß man zusammengehöre, das komme vom selben Blut. Die eigene Familie sei eben die eigene Familie. Sie sei mit sechzehn Jahren in die kleine Pariser Wohnung gekommen, als wenn sie dorthin gehöre. Den Bauernhof bei Poitiers habe sie bald vergessen und nie wieder daran gedacht, obwohl sie besser als irgendein anderer wußte, wohin die streunenden Hennen ihre Eier legten. Sie habe sich gleich unter ihren Geschwistern wohl gefühlt und ihren Platz unter ihnen eingenommen, als wäre sie niemals fort gewesen. Sie habe eine kleine Aufregung mit einer ihrer Schwestern gehabt, die gerade mit Zwillingen niedergekommen war, als ihr älteres Kind an Diphtherie starb. Sie hätten versucht, den Tod des Kindes vor der Schwester zu verbergen, aber diese habe es doch irgendwie gemerkt, sei im Hemd aus dem Bett gesprungen, so wie sie war zum Friedhof gelaufen und habe sich auf das Grab geworfen. Genoux hatte sie zurückholen müssen, und es war ihr gar nicht sonderbar vorgekommen, daß ein Mädchen ihres Alters mit einer solchen Mission betraut wurde. In einer armen Familie herrsche die harte Notwendigkeit, und ihre Mutter habe zu Hause bleiben müssen, um die Zwillinge zu versorgen. Aber ihr Aufenthalt daheim war nur ein kurzes Zwischenspiel gewesen. Ihr Vater hatte sie schon für eine Stelle vormerken lassen, und auf einmal habe sie sich auf dem Kanal befunden und sei nach England gekommen, um ihre Stelle bei miladi anzutreten.

Lady Slane hörte sich diese einfache und philosophische Erzählung nicht ohne Bewegung an. Sie machte sich einen Vorwurf, daß sie Genoux nie vorher gefragt hatte. Sie hatte die ganzen Jahre hindurch Genoux als gegeben hingenommen, doch in dieser tapferen Brust war eine Welt von Erfahrung eingeschlossen. Es mußte eine sonderbare Veränderung gewesen sein, von dem Bauernhof bei Poitiers, wo sie auf Stroh schlafen mußte und geschlagen wurde, plötzlich in die Pracht des Regierungsgebäudes und des vizeköniglichen Palastes zu kommen. Im Vergleich dazu erschienen die Erlebnisse ihrer Urenkel schal, ihre eigenen belanglos und überzivilisiert, es fehlte ihnen jede Berührung mit dem realen Leben. Sie, die sich insgeheim gehärmt hatte, weil sie sich ihrem Beruf nicht hatte widmen können, hatte nie eine unglückliche Schwester von einem neuen Grabhügel wegholen müssen. Sie betrachtete Genoux, die unerschütterlich diese Kümmernisse aus ferner Vergangenheit berichtete, und fragte sich, welche Wunden wohl tiefere Spuren hinterließen: die häßlichen Wunden, die das wirkliche Leben zufügte, oder die tiefen unsichtbaren Verletzungen, die die Gedanken hinterließen?

Seit jenen Tagen hatte Genoux kein persönliches Leben mehr gehabt, wie Lady Slane annahm. Ihr Leben erschöpfte sich in ihrem Dienst, wobei ihr Selbst unter der Oberfläche blieb. Lady Slane verdammte sich plötzlich als eine egoistische alte Frau. Doch auch sie hatte, wie sie näher überlegte, ihr Leben Henry gewidmet. Sie brauchte sich nicht allzu sehr zu tadeln, wenn sie sich zuletzt noch einmal ihrer Melancholie überließ.

Sie kehrte zu Genoux zurück. Die Familie Holland hatte Genoux' eigene Familie ersetzt und alles, was Genoux an Stolz, Ehrgeiz und selbständiger geistiger Haltung besaß, aufgesogen. Sie erinnerte sich an Genoux' Freudenausbrüche, als Henry geadelt worden war. Über jedes Kind hatte sie gewacht, als wäre es ihr eigenes, und ein kritisches Wort über die Kinder hörte man von ihr höchstens dann, wenn sie glaubte, Lady Slane gegen eine Ungerechtigkeit schützen zu müssen. Nun übertrug sie ihr Interesse auf die Urenkel, und das wurde auch nicht geringer, seitdem sie aufgehört hatten, zu Besuch zu kommen. Ihre anhängliche Seele war in zwei Hälften zerrissen worden, als Lady Slane sich weigerte, Deborah und Richard zu empfangen. Aber als Lady Slane ihr erklärte, daß jugendliche Lebhaftigkeit für eine alte Frau zu ermüdend sei, hatte sie sich sofort umgestellt. »Bien sûr, miladi; la jeunesse, c'est très fatigant.«

Sie hieß jedoch dieses zum rechten Zeitpunkt eintretende Wiederaufleben des Familienstolzes willkommen, das sich in den grünen Päckchen und dem Album offenbarte. In der Tiefe ihrer Bauernweisheit erkannte sie den gesunden Instinkt des Weiterlebens in der Nachkommenschaft. Da ihre eigene weibliche Sehnsucht unerfüllt geblieben war, klammerte sie sich in rührender Weise an eine stellvertretende Befriedigung durch das Medium ihrer angebeteten Lady Slane. »Ça me fait du bien«, sagte sie mit Tränen in den Augen, »de voir miladi s'occuper avec son petit pot mit Klebstoff.« Und einmal hob sie den Kater John auf, um ihm eine ganzseitige

Photographie Richards im *Tatler* zu zeigen. »Regarde, mon bobo, le beau gars.« John wehrte sich und wollte nicht hinschauen. Sie setzte ihn enttäuscht nieder. »C'est drôle, miladi; les animaux, c'est si intelligent, mais ça ne reconnaît jamais les images.«

Lady Slanes Gedanken beschäftigten sich in dieser Zeit selten mit bürgerlichen Erwägungen. Immerhin kam es ihr in den Sinn, zu überlegen, was wohl das junge Volk gedacht habe, als sie FitzGeorges Vermögen ausschlug. Sie waren wahrscheinlich empört gewesen, sie hatten ihre Urgroßmutter gründlich verflucht, weil sie sie eines Vorteils beraubt hatte, den sie später einmal selbst genießen konnten. Romantische Beweggründe würden sie sicher bei ihr nicht anerkennen. Vielleicht schuldete sie ihnen eine Erklärung, wenn auch nicht gerade eine Entschuldigung? Aber wie sollte sie jetzt mit ihnen in Berührung treten? Der Stolz faßte sie am Handgelenk, wenn sie die Feder ins Tintenfaß stecken wollte. Ihr Verhalten gegen sie mußte schließlich jedem vernünftigen Menschen höchst unnatürlich vorkommen. Erst hatte sie sich geweigert, sie zu sehen, und dann hatte sie ihnen einen großen und leicht zugänglichen Reichtum genommen, der für ihre Zukunft von Bedeutung gewesen wäre. Sie mußte ihnen als die Verkörperung von Egoismus und Unüberlegtheit erscheinen. Lady Slane war betrübt, doch sie wußte, daß sie nach ihrer Überzeugung gehandelt hatte. Hatte nicht FitzGeorge selbst ihr einmal vorgeworfen, gegen den Geist gesündigt zu haben? Und plötzlich verstand sie in einem Augenblick der Erleuchtung, warum FitzGeorge sie mit seinem Vermögen in Versuchung geführt hatte: er hatte sie nur in Versuchung geführt, damit sie die Kraft finden sollte, es zurückzuweisen. Nicht so sehr ein Vermögen hatte er ihr angeboten als die Gelegenheit zur Wahrheit gegenüber sich selbst. Lady Slane beugte sich nieder und streichelte den Kater, den sie im allgemeinen nicht besonders leiden mochte. »John«, sagte sie, »John, wie gut, daß ich getan habe, was er wünschte, bevor ich seinen Wunsch erkannt hatte!«

Danach fühlte sie sich erleichtert, obwohl ihre Zweifel wegen der jungen Nachkommenschaft sie weiterhin quälten. Seltsamerweise nahmen die Gewissensbisse ihretwegen jetzt zu, wo sie sich ihre eigene Handlungsweise zufriedenstellend erklärt hatte, als ob sie sich für eine überspannte und selbstgefällige Geste zu tadeln habe. Vielleicht hatte sie ihren Entschluß zu schnell gefaßt? Vielleicht hatte sie die Kinder unfair behandelt? Vielleicht sollte man von anderen keine Opfer verlangen, die nur das eigene Gewissen forderte? Sie hatte ihr Gewissen ernst befragt, hatte dabei allerdings, wie sie zugeben mußte, auch eine gewisse Schadenfreude empfunden, weil sie Carrie, Herbert, Charles und William ärgern konnte. Es war ihr unrecht erschienen, daß Privatpersonen ein so großes Vermögen, einen so übertriebenen Reichtum besitzen sollten. Deshalb hatte sie es eilig gehabt, diesen Besitz loszuwerden, die Kunstgegenstände an den Staat und das Geld an die leidenden Armen. Eine einfache, wenn auch schneidende Logik. Wenn sie die Sache in diesem Licht betrachtete, konnte sie nicht glauben, unrecht gehandelt zu haben. Aber hätte sie andererseits nicht an ihre Urenkel denken sollen? Es war ein schwieriges Problem, mit dem sie nicht allein fertig werden konnte. Sie vertraute es Herrn Bucktrout an, aber von ihm erhielt sie keine Hilfe. Er billigte nicht nur völlig ihren ersten instinktiven Entschluß, sondern hielt es angesichts des bevorstehenden Weltuntergangs für bedeutungslos, ob sie das eine oder das andere getan hatte. »Meine liebe Lady Slane«, sagte er, »wenn Ihre Cellinis, Ihre Poussins, Ihre Enkel und Ihre Urenkel alle sich in planetarischen Staub aufgelöst haben, wird Ihr Gewissenskonflikt von keiner großen Bedeutung mehr sein.« Das war zwar richtig, aber es half nicht viel. Astronomische Wahrheiten mögen zwar der Phantasie einen großen Aufschwung geben, tragen aber zur Lösung dringender Probleme wenig bei. Sie sah ihn weiter betrübt an, und diese Betrübnis wurde durch den plötzlichen Gedanken vermehrt, wie wohl Henry die Augenbrauen hochgezogen und was er wohl gesagt hätte.

»Miß Deborah Holland«, meldete Genoux, indem sie die Tür weit aufwarf. Sie öffnete sie so, als wenn sie nachträglich die Sitte des Zeremonienmeisters der Pariser Botschaft nachahmen wollte.

Lady Slane erhob sich verwirrt, wobei wie gewöhnlich ihr seidenes Gewand und ihre Spitzen leise knisterten. Ihr Strickzeug fiel auf den Boden. Sie bückte sich unbeholfen, um es wieder aufzunehmen. Ihre Gedanken suchten sprunghaft nach einem Ausweg, wie sie sich bei dieser unwahrscheinlichen Begegnung mit ihrer Urenkelin, bei der ja auch noch Herr Bucktrout zu berücksichtigen war, verhalten sollte. Die Umstände waren zu kompliziert, als daß sie sofort die Situation hätte meistern können. Es war ihr nie gut gelungen, mit einer Situation fertig zu werden, die Geistesgegenwart erforderte, und angesichts der Unterhaltung, die sie gerade mit Herrn Bucktrout über ihre Urenkelkinder geführt hatte, von denen nun plötzlich Herberts Enkelin als Muster erschien, war die Situation in der Tat nur mit großer geistiger Behendigkeit zu meistern. »Meine liebe Deborah«, sagte Lady Slane in großer Verwirrung, ließ ihr Strickzeug fallen, versuchte, es wieder aufzuheben, gab den Versuch halbwegs auf und küßte Deborah schließlich auf die Wange.

Ihre Verwirrung war um so größer, weil Deborah die erste junge Person war, die das Haus in Hampstead betrat, seitdem Lady Slane Elm Park Gardens verlassen hatte. Das Haus in Hampstead hatte seine Türen nur Herrn FitzGeorge, Herrn Bucktrout und Herrn Gosheron geöffnet – und gelegentlich natürlich Lady Slanes Kindern, die, wenn auch unwillkommen, jedenfalls in vorgerückten Jahren waren. Mit Deborah klopfte die Jugend an die Tür. Sie sah unter ihrer Pelzkappe hübsch aus, hübsch und elegant, geradeso, wie Lady Slane sie sich nach den in den illustrierten Zeitungen veröffentlichten Bildern vorgestellt hatte. In dem Jahr, in dem Lady Slane sie nicht gesehen hatte, hatte sie sich aus einem Schulmädchen in eine junge Dame verwandelt. Von ihrem Auftreten in der eleganten Welt hatte Lady Slane ja durch die Zeitungen genug erfahren. Diese Überlegung erinnerte Lady Slane an ihr Album mit den Zeitungsausschnitten, das auf dem Tisch unter der Lampe lag. Sie ließ Deborahs Hand los und brachte das Album schnell in einer dunklen Ecke unter, als wäre es eine benutzte Teetasse. Sie legte den Löschblock darauf. Das war ein knappes Entrinnen, knapp und überraschend, aber nun fühlte sie sich sicher. Sie kam zurück und stellte Deborah Herrn Bucktrout offiziell vor.

Herr Bucktrout besaß den Takt, sich fast gleich darauf zu verabschieden. Da Lady Slane ihn kannte, hatte sie gefürchtet, er könne sofort ein heikles Gesprächsthema anschlagen, dabei ihr exzentrisches Verhalten in bezug auf die jüngsten Ereignisse berühren und dadurch das Mädchen und sie selbst in Verlegenheit bringen. Herr Bucktrout benahm sich jedoch unerwarteterweise als Weltmann. Er machte ein paar Bemerkungen über den Beginn des Frühlings – wie schön es doch sei, daß man auf den Schutthaufen in den Londoner Straßen wieder Blumen erscheinen sehe – wie erstaunlich lange sich Anemonen in Wasser hielten, besonders wenn man die Stengel abschneide – daß schon Mengen von Schneeglöckchen vom Lande hereinkämen und daß es nicht mehr lange dauern werde, bis sie durch Schlüsselblumensträuße ersetzt würden – und daß man bald auf dem Blumenmarkt in Covent Garden sich reichlich versorgen könne. Aber von kosmischen Katastrophen oder von der richtigen Entscheidung der Urgroßmutter Deborah Hollands sagte er nichts. Nur einmal streifte er hart an eine Indiskretion, als er sich vorbeugte, den Finger an die Nase legte und sagte: »Fräulein Deborah, Sie haben eine gewisse Ähnlichkeit mit Lady Slane, die ich die Ehre habe meine Freundin zu nennen.« Glücklicherweise machte er zu dieser Bemerkung keine weiteren Ausführungen, sondern wartete nur noch eine Weile, erhob sich dann und verabschiedete sich. Lady Slane war ihm dankbar, obgleich sie ihn mit Schrecken gehen sah, denn jetzt befand sie sich allein einer jungen Dame gegenüber, die denselben Namen trug, der einst ihr eigener gewesen war.

Sie erwartete, die Unterhaltung werde mit einigen ausweichenden und bedeutungslosen Worten beginnen, fürchtete aber die Möglichkeit, daß ein Satz auf den Boden der Wirklichkeit springen und dort gleich der Zauberbohne zu einem Rankengewirr von Vorwürfen anwachsen würde. Sie erwartete alles mögliche, nur nicht, daß Deborah sich ihr zu Füßen setzen und ihr ohne Umschweife und ganz einfach für das danken würde, was sie getan hatte. Lady Slane antwortete darauf gar nichts, sie legte nur dem Mädchen die Hand auf den Kopf, den sie an ihr Knie geschmiegt hatte. Sie war zu sehr bewegt, um antworten zu können, sie ließ lieber die junge Stimme weitersprechen und dachte sich, daß sie selbst dort säße und spräche, sie träumte sich in ihre Jungendjahre zurück und berauschte sich an der Vorstellung, daß sie endlich eine Vertraute gefunden hatte, der sie ihre Gedanken anvertauen konnte. Sie war alt, sie war müde, sie verlor sich gern in die süße Illusion. War es ein Echo, das an ihre Ohren klang? Oder hatte ein Wunder die Jahre weggewischt? Spielte sich die Zeit noch einmal mit einer kleinen Veränderung ab? Sie strich über Deborahs Haar, und da es kurz geschnitten war und sie keine langen Locken fühlte, war es ihr, als habe sie den Plan ihrer Jugendzeit, auf und davon zu laufen, in die Wirklichkeit umgesetzt. War sie also wirklich von zu Hause fortgelaufen, hatte sie ihre eigene Laufbahn gewählt, anstatt der Henrys zu folgen? Saß sie jetzt am

Boden bei einer vertauenswürdigen Freundin und erklärte ihr ihre Gründe, ihre Bestrebungen und ihre Ansichten mit einer Festigkeit und Sicherheit, die wie von einer inneren Flamme erleuchtet waren? Glückliche Deborah! dachte sie, die so fest, so vertrauensvoll war und wenigstens von einem Menschen so gut verstanden wurde, aber welche Deborah sie dabei im Auge hatte, wußte sie kaum.

Sie hatte sich nach FitzGeorges Tode gesagt, daß von nun an keine seltsamen und angenehmen Dinge mehr in ihr Leben treten könnten, eine törichte Prophezeiung. Diese unerwartete Verschmelzung ihres eigenen Lebens mit dem ihrer Urenkelin war eines dieser seltsamen und angenehmen Dinge. FitzGeorges Tod hatte sie alt gemacht. In ihren Jahren wurde man schnell und beängstigend alt. Ihr Geist war vielleicht nicht mehr ganz klar, aber er war jedenfalls noch klar genug, um seine Schwäche zu erkennen und zu sagen: »Fahr fort, mein liebes Kind, ich meine, ich höre mich selbst sprechen.« In ihrem jugendlichen Egoismus übersah Deborah die Bedeutung dieser Bemerkung, die Lady Slane in einem unbewachten Augenblick entschlüpft war. Diese hatte nicht die Absicht, sich ihrer Urenkelin zu offenbaren. Sie hatte schon die Hand auf die Klinke der Pforte des Todes gelegt und wollte die Jugend nicht mit einer Wiedergabe ihrer eigenen vergangenen Probleme belästigen. Es genügte ihr, ruhig zuzuhören, ganz Ohr zu sein, wobei sie ja ihre Geheimnisse nach Laune ein- und ausgehen lassen konnte; denn wie wir uns erinnern werden, hatte Lady Slane ihre Freuden immer gern still für sich genossen. Dieser Genuß war jetzt besonders persönlicher Natur, wenn auch nicht sehr deutlich, er war wie in Dunst gehüllt, ihre Sinne waren geschärft, aber die Vorstellungsbilder waren verschwommen, so daß ihr Gefühl stark und lebhaft war, ohne daß sie sich genaue verstandesmäßige Rechenschaft darüber geben konnte oder zu geben brauchte. In dem sich vertiefenden Zwielicht ihres Lebensendes, in der Reife ihrer Jahre empfand sie wieder die Gefühlsschwankungen der Jugend. Sie wurde wieder das im Fluß zitternde Schilf, das Boot, das auf die hohe See lossteuert, doch vom Winde immer wieder in die sicheren Gewässer der Küste zurückgetrieben wird. Jugend! Jugend! rief es in ihr, und sie, die dem Tode so nahe war, stellte sich vor, daß alle Gefahren sie wieder erwarteten, aber dieses Mal würde sie ihnen tapferer entgegentreten, sie würde keine Konzessionen mehr machen, sie würde fest und sicher bleiben. Dieses Kind, diese

Deborah, dieses Selbst, dieses andere Selbst, diese Widerspiegelung ihres eigenen Selbst war fest und sicher. Ihre Verlobung, sagte sie, sei ein Fehler gewesen, sie habe sich dazu verleiten lassen, um ihrem Großvater einen Gefallen zu erweisen (Mutter zähle nicht, sagte sie, auch Großmutter nicht – die arme Mabel). Ihr Großvater habe ehrgeizige Pläne für sie, er schmeichle sich mit der Vorstellung, sie eines Tages als Herzogin zu sehen, aber was wäre das schon, verglichen mit dem, was sie selbst gern sein möchte: eine Musikerin.

Das Wort Musikerin gab Lady Slane einen kleinen Stoß, so zuversichtlich hatte sie erwartet, daß Deborah »Malerin« sagen würde. Aber es lief auf dasselbe hinaus, und ihre Enttäuschung verschwand schnell. Das Mädchen sprach, wie sie selbst gesprochen haben würde. Sie hatte nichts gegen eine Heirat mit jemandem einzuwenden, der an seine Überzeugungen denselben Maßstab legte wie sie selbst. Zwischen Menschen, die verschiedene Maßstäbe gebrauchten, sei eine Verständigung unmöglich. Für ihren Großvater und ihren verflossenen Verlobten mäßen Reichtum und ein so großer Titel einen Meter – zwei Meter – hundert Meter – eine Meile. Für sie mäßen sie einen Zoll – einen halben Zoll. Die Musik andererseits und alles, was sie für sie bedeute, könnten mit keinem irdischen Maßstabe gemessen werden. Deshalb sei sie ihrer Urgroßmutter dankbar, weil diese ihren – Deborahs – Wert auf dem irdischen Markt vermindert habe. »Schau«, sagte sie lachend, »eine Woche lang galt ich für eine reiche Erbin, und als es sich herausstellte, daß ich überhaupt keine Erbin war, wurde es mir viel leichter, von meiner Verlobung zurückzutreten.«

»Wann hast du das getan?« fragte Lady Slane, die sich wunderte, daß ihre Zeitungsausschnitte hiervon nichts berichtet hatten.

»Vorgestern.«

Genoux kam mit der Abendpost herein, froh, einen Vorwand gefunden zu haben. Deborah noch einmal anzuschauen. Lady Slane schob das grüne Päckchen unter ihr Strickzeug. »Es war mir nicht bekannt«, sagte sie, »daß du deine Verlobung rückgängig gemacht hattest.«

Sie fühle sich so erleichtert, sagte Deborah, indem sie ihre Schultern hochzog und wieder fallen ließ. Sie wolle nichts mehr mit dieser verrückten Welt zu tun haben. »Ist sie nicht verrückt,

Urgroßmutter«, fragte sie, »oder bin ich es? Oder gehöre ich nur zu den Menschen, die sich nicht hineinfinden können? Gehöre ich nur zu denjenigen, die die üblichen Wertungen nicht anerkennen können? Warum sollte ich auch die Ideen anderer Leute annehmen? Meine eigenen sind wahrscheinlich ebenso richtig – wenigstens für mich. Ich kenne einige Menschen, die mit mir übereinstimmen, aber sie können sich weder mit Großvater noch mit Großtante Carrie vertragen. Und noch etwas anderes –« Sie hielt inne.

»Sprich weiter«, sagte Lady Slane, der diese tastende und verwirrte Erklärung zu Herzen ging.

»Nun«, sagte Deborah, »Großvater und Großtante Carrie und die Menschen, die sie schätzen, scheinen wie ein Klumpen zusammenzuhängen, als wären sie alle mit Zement übergossen. Aber die Menschen, die ich mag, scheinen immer verstreut und einsam zu sein – nur erkennen sie einander sofort, sobald sie sich treffen. Sie scheinen sich mit etwas Wichtigerem zu beschäftigen als mit solchen Dingen, die Großvater und Großtante Carrie für wichtig halten. Ich weiß noch nicht genau, was dieses Etwas ist. Wenn es Religion wäre, wenn ich eine Nonne werden wollte, anstatt mich der Musik zu widmen, würde, glaube ich, selbst Großvater dunkel verstehen, was ich sagen wollte. Aber Religion ist es nicht, und doch scheint es etwas von der Natur der Religion an sich zu haben. Ein Musikakkord zum Beispiel macht mich glücklicher als ein Gebet.«

»Weiter«, sagte Lady Slane.

»Und dann«, fuhr Deborah fort, »finde ich bei den Menschen, die ich mag, und in ihrem Wesen etwas Hartes, Rauhes, fast Grausames, sozusagen eine steinerne Ehrlichkeit, als wären sie um jeden Preis entschlossen, den Dingen, die für sie von Bedeutung sind, treu zu bleiben. Natürlich«, fügte sie pflichtschuldigst hinzu, da sie sich an die Bemerkungen ihres Großvaters und ihrer Großtante Carrie erinnerte, »weiß ich, daß sie sozusagen sehr nutzlose Glieder der menschlichen Gesellschaft sind.« Sie sagte das mit einem kindlichen Ernst.

»Sie haben ihren Zweck«, sagte Lady Slane, »sie wirken als Sauerteig.«

»Du wirst wohl recht haben, Urgroßmutter. Aber der Sauerteig braucht lange, ehe er wirkt, und dann wirkt er nur bei solchen Menschen, die mehr oder minder desselben Sinnes sind.«

»Ja«, sagte Lady Slane, »aber es gibt viel mehr Leute, die desselben Sinnes sind, als du glauben magst. Sie geben sich viel Mühe, das zu verbergen, und nur eine Krise bringt das zum Vorschein. Wenn du zum Beispiel stürbest« – in Wirklichkeit meinte sie aber: wenn ich stürbe –, »so würdest du entdecken, daß dein Großvater dich (mich) besser verstanden hat, als du denkst (ich denke).«

»Das ist reine Gefühlsduselei«, sagte Deborah fest. »Der Tod bewegt natürlich jeden, selbst Großvater und Großtante Carrie – er erinnert sie an die Dinge, die sie lieber übersehen haben. Die Leute, die ich gern habe, beschäftigen sich nicht krankhafterweise mit Todesgedanken, sondern haben immer ein waches Gefühl für die Dinge, die im Leben etwas für sie bedeuten. Der Tod ist schließlich etwas Nebensächliches. Auch das Leben ist etwas Nebensächliches. Was ich meine, liegt außerhalb von beiden. Und das verträgt sich nicht mit der Lebensweise, die ich nach Großvaters und Großtante Carries Meinung führen sollte. Wer hat nun unrecht, ich oder sie?«

Lady Slane sah eine letzte Gelegenheit, Herbert und Carrie zu ärgern. Sie mochten sie ruhig ein böses altes Weib nennen, sie wußte, daß sie es nicht war. Das Kind war eine Künstlerin und mußte ihren Willen haben. Es waren genug andere Leute da, die die Arbeit der Welt weiterführen konnten, die ihre Belohnungen verdienen und genießen, ihre Bosheit erleiden und das erlittene Unrecht in gleicher Münze zurückzahlen konnten. Die kleine und seltene Bruderschaft, zu der Deborah gehörte, die den Lockungen des Geldes nicht erlag, sollte die Möglichkeit haben, abseits der großen Masse, aber mit vollem Eifer ihrer Arbeit nachzugehen. Auf lange Sicht gesehen, bedeuteten, wenn so, wie die Gegenwart langsam Geschichte wurde, sich ganz von selbst die Spreu von dem Weizen sonderte, die Dichter und Seher mehr als die Eroberer. Christus war einer von ihnen.

Sie wußte nicht, wie groß Deborahs Talent war, aber darum handelte es sich auch nicht. Es kam zwar viel auf die Leistung an, aber der Geist war besser. Wenn man sich allein an die Leistung hielt, so machte man eine Konzession an das jetzt in der Welt herrschende System, es war ein Abweichen von den strengen, selbstlosen und außerordentlichen Wertmaßstäben, die Lady Slane und ihresgleichen anerkannten. Aber was sie jetzt sagte, stand durchaus nicht im Einklang mit ihren Gedanken. »Ach, Kind«, sagte sie, »wenn ich dieses Vermögen nicht weggegeben hätte, hätte ich dich unabhängig machen können.«

Deborah lachte. Sie sei nicht wegen Geldes gekommen, sagte sie, sondern um sich einen Rat zu holen. Aber Lady Slane wußte wohl, daß sie auch keinen Rat wollte, sie wollte sich nur stärken und in ihrem Entschluß bestätigen lassen. Gut, wenn sie Zustimmung wollte, so sollte sie diese haben. »Natürlich hast du recht, mein Kind«, sagte sie ruhig.

Sie sprachen noch ein wenig weiter, aber Deborah, die sich von Frieden und Sympathie umgeben fühlte, merkte, daß der Geist ihrer Urgroßmutter in Gedankengebiete wanderte, in die sie nicht folgen konnte. Das war bei Lady Slanes Alter natürlich. Dann und wann sprach sie auf einmal von sich selbst, besann sich aber sofort und versuchte mit rührender Unbeholfenheit ihre Entgleisung wieder gutzumachen, indem sie eifrig anfing, von der Zukunft ihrer Enkelin zu sprechen und nicht mehr von einem mißlichen Ereignis in ferner Vergangenheit. Deborah war zu tief befriedigt und glücklich, um diesem Ereignis auf den Grund zu gehen und sich zu fragen, welcher Art es wohl sein mochte. Diese Stunde des Einverständnisses mit der alten Frau besänftigte sie wie Musik, wie Akkorde, die leicht in der Dämmerung angeschlagen werden, wenn die Schatten sich niedersenken und die Mücken vor dem offenen Fenster tanzen. Sie lehnte sich wie gegen eine Stütze an die Knie der alten Frau, überströmt, eingelullt in Wärme und Dämmerung und weiche harmonische Klänge. Der Lärm und das Getöse des Lebens wichen zurück und verstummten, ihr Großvater und ihre Großtante Carrie schrumpften von Riesengestalten, die den Weg versperrten, zu kleinen Marionetten mit Pappgesichtern und komischen zitternden Händchen zusammen, andere Werte wuchsen wie große Erzengel im Zimmer auf und erfüllten mit ausgebreiteten Flügeln den Raum. Unerklärliche Gedankenverbindungen fluteten durch Deborahs Geist, sie erinnerte sich, wie sie einmal eine junge Frau in einem weißen Kleide gesehen hatte, die einen weißen Borzoi durch die Dunkelheit eines südlichen Hafens führte. Diese körperliche und geistige Berührung mit ihrer Urgroßmutter – dem Alter nach so weit entrückt, im Geist so nahe auf den ihren abgestimmt – streifte die Hüllen von dem kleinen Schatz kurzer Erfahrung, den sie eifersüchtig verborgen hatte. Sie überlegte – und wunderte sich selbst darüber, daß sie es tat –, ob sie späterhin den Zauber dieser Stunde wieder so einfangen könne, um ihn in Musik umzusetzen. Ihr Verlangen, ein Erlebnis in Musik umzusetzen, war sogar noch größer als das menschliche Interesse, das sie an ihrer Urgroßmutter nahm, eine Form des Egoismus, die, wie sie wußte, ihre Urgroßmutter weder übelnehmen noch mißverstehen würde. Der Impuls, der sie zu ihrer Urgroßmutter geführt hatte, war richtig gewesen. Das Gefühl, daß sie in Musik eingehüllt war, bewies das. Auf irgendeinem fernen Klavier wurden die Akkorde angeschlagen, es waren Akkorde, die keine Bedeutung und keine Existenz in der Welt ihres Großvaters und ihrer Großtante Carrie hatten, doch in der Welt ihrer Urgroßmutter hatten sie ihren Wert und ihren Sinn. Aber sie durfte ihre Urgroßmutter nicht ermüden, dachte Deborah, denn es kam ihr plötzlich zum Bewußtsein, daß die müde alte Stimme mit ihren wirren Reden aufgehört hatte und daß der Zauber einer Stunde gebrochen war. Ihre Urgroßmutter schlief. Ihr Kinn war auf die Spitzen ihrer Brust gefallen. Ihre feinen Hände lagen schlaff im Schoß. Deborah erhob sich schweigend, und still schlich sie auf die Straße hinaus, wobei sie darauf achtete, ja leise die Tür zu schließen. Als sie draußen war, verstummten die Klänge, die sie im Geist gehört hatte.

Als Genoux eine Stunde später mit den Worten »Miladi est servie« das Tablett hereinbrachte, rief sie plötzlich, kaum daß sie die altgewohnte Formel ausgesprochen hatte, aus: »Mon Dieu, mais qu'est-ce que c'est ça – miladi est morte.«

*

»Es war zu erwarten«, sagte Carrie und wischte sich die Augen aus, die weit feuchter waren als beim Tode ihres Vaters, »es war zu erwarten, Herr Bucktrout. Und doch kommt es zu plötzlich. Meine arme Mutter war eine so außerordentliche Frau, wie Sie ja wissen – obwohl es mir nicht klar ist, wie Sie das eigentlich wissen sollten, denn sie war ja nur Ihre Mieterin. Eine Zuschrift in der heutigen Nummer der *Times* bezeichnete sie als einen seltenen Geist. Das habe ich immer gesagt: ein seltener Geist.« Carrie hatte die vielen anderen Dinge, die sie gesagt hatte, vergessen. »Manchmal etwas schwierig im Umgang«, setzte sie hinzu, da sie plötzlich an FitzGeorges Vermögen dachte. »Etwas unpraktisch aber die praktischen Dinge sind ja nicht die einzigen, die zählen, nicht wahr, Herr Bucktrout?«

Auch die *Times* hatte das gesagt. »Meine arme Mutter hatte einen wundervollen Charakter. Ich sage nicht, daß ich immer so gehandelt haben würde, wie sie es manchmal tat. Ihre Motive waren manchmal etwas schwierig zu verstehen. Etwas abenteuerlich, wissen Sie, und – wie soll ich sagen? – unüberlegt. Außerdem konnte sie sehr starrköpfig sein. Es gab Zeiten, wo sie sich einfach nichts sagen ließ, und das war angesichts ihrer unpraktischen Veranlagung ein Unglück. Wir wären jetzt alle in einer ganz anderen Lage, wenn sie auf uns hätte hören wollen. Es hat jedoch keinen Zweck, sich über einmal geschehene Dinge aufzuregen, nicht wahr?« schloß Carrie und bemühte sich, Herrn Bucktrout dabei tapfer zuzulächeln.

Herr Bucktrout gab ihr keine Antwort. Er mochte Carrie nicht. Er fragte sich, wie ein so harter und heuchlerischer Mensch die Tochter einer so feinfühligen und ehrlichen Frau sein konnte, wie es seine alte Freundin gewesen war. Er war entschlossen, Carrie durch keinen Blick und kein Wort zu verraten, wie tief ihn der Tod Lady Slanes berührte.

»Unten ist ein Mann, der das Maß für den Sarg nehmen kann, wenn Sie wollen«, sagte er.

Carrie blickte ihn groß an. Sie hatte also recht gehabt: dieser Herr Bucktrout war ein herzloser alter Mann, der nicht einmal so viel Anstand hatte, ein paar passende Beileidsworte über ihre arme Mutter zu sagen. Carrie selbst war edelmütig genug gewesen, jene Bemerkung über den seltenen Geist zu wiederholen. Wirklich, im ganzen genommen betrachtete sie ihre kleine Rede über ihre Mutter als eine wahrhaft großmütige Handlung, wenn man an die üblen Streiche dachte, die ihre Mutter ihnen allen gespielt hatte. Sie war sich äußerst rechtschaffen vorgekommen, als sie diese Ansprache hielt, und ihrer Auffassung nach hätte Herr Bucktrout hierauf etwas Passendes erwidern sollen. Zweifellos hatte er erwartet, daß auch für ihn einige Rosinen aus dem Kuchen abfallen würden, und war erbittert, weil er sich hierin getäuscht sah. Der Gedanke an die Enttäuschung dieses alten Haifisches war für Carrie ein großer Trost. Herr Bucktrout gehörte zweifellos zu jener Sorte Menschen, die gern einer arglosen alten Dame ein Schnippchen geschlagen hätten. Und nun war ihm in seiner Wut nichts anderes eingefallen, als einen Sargschreiner ausfindig zu machen.

»Mein Bruder, Lord Slane, wird bald hier sein, um die nötigen Anordnungen zu treffen«, antwortete sie von oben herab.

Herr Gosheron war jedoch bereits an der Tür. Als er hereinkam, schob er seinen steifen Hut in die Stirn, aber ob er damit die stille Gestalt auf dem Bett oder die am Fußende des Bettes stehende Carrie grüßen wollte, war nicht recht ersichtlich. Herr Gosheron war in seiner Eigenschaft als Sargschreiner an den Tod gewöhnt, doch war er Lady Slane immer mit wärmerem Gefühl begegnet, als er es einer bloßen Kundin gegenüber aufbrachte. Er hatte bereits versucht, seiner Bewegung einen persönlichen Ausdruck zu geben, indem er sich entschloß, sein wertvollstes Stück Holz als Deckel für Lady Slanes Sarg zu opfern.

»Die gnädige Frau ist eine schöne Leiche«, sagte er zu Herrn Bucktrout.

Beide nahmen von Carrie keine Notiz.

»Schön im Leben, schön im Tode, sage ich immer«, fuhr Herr Gosheron fort. »Erstaunlich, wie der Tod die Schönheit herausbringt. Mein alter Großvater, der in demselben Geschäftszweig arbeitete wie ich, machte mich darauf aufmerksam, und fünfzig Jahre lang habe ich aufgepaßt, ob seine Worte stimmten. ›Schönheit im Leben‹, pflegte er zu sagen, ›kann von guter Kleidung und anderen Dingen kommen, aber bei Schönheit im Tode kann man sich nur auf den Charakter verlassen.‹ Nun schauen Sie die gnädige Frau an, Herr Bucktrout. Ist es wahr oder nicht? Um Ihnen die Wahrheit zu sagen«, setzte er vertraulich hinzu, »wenn ich mir von jemandem ein Bild machen will, so schaue ich ihn mir an und stelle ihn mir als Toten vor. Das verrät mir immer alles, und das Schöne dabei ist, daß der andere gar nichts davon weiß, daß er gemessen wird. Als ich die gnädige Frau zum erstenmal sah, sagte ich mir, ja, sie wird standhalten, und jetzt, wo ich sie sehe, wie ich sie mir vorgestellt habe, sage ich mir, daß das eingetroffen ist. Sie war allerdings immer nur halb auf dieser Welt.«

»Ja, das war sie«, sagte Herr Bucktrout, der jetzt, wo Herr Gosheron eingetroffen war, kein Bedenken mehr hatte, von Lady Slane zu sprechen, »und sie kam nie mit ihr ins reine. Sie besaß das Beste, was die Welt ihr geben konnte – alles Dinge, die sie nicht haben wollte. Sie betrachtete die Lilien auf dem Feld, Herr Gosheron.«

»Jawohl, Herr Bucktrout. Manchen Satz aus der Bibel habe ich auf sie angewandt. Aber die Menschen nehmen Dinge in der Bibel hin, die sie im gewöhnlichen Leben verabscheuen. Sie scheinen sie nicht mehr zu verstehen, wenn sie ihnen zu Hause begegnen, obwohl sie ein frommes Gesicht machen, wenn sie ihnen von der Kanzel vorgelesen werden.«

Du meine Güte, dachte Carrie, wann werden diese beiden alten Männer aufhören, wie ein griechischer Chor hier an Mutters Totenbett zu sprechen? Sie war mit dem Vorsatz nach Hampstead gefahren, edelmütig zu sein und alles zu verzeihen, und ein aufrichtiges Mitgefühl war ihr zu Hilfe gekommen, aber jetzt brach ihre Selbstbeherrschung zusammen, und ihre Bosheit und ihr Groll kamen an die Oberfläche. Was konnten denn dieser Häusermakler und dieser Leichenbestatter, die so überlegen und so weise sprachen, von ihrer Mutter wissen?

»Vielleicht«, sagte sie giftig, »täten Sie besser, die Grabrede einem Mitglied unserer Familie zu überlassen.«

Ernst wandten sich Herr Bucktrout und Herr Gosheron ihr zu. Sie empfand sie plötzlich als zwei fremde Gestalten, die zwar komisch wirkten, aber auch wie zwei Richter erschienen. Beide sahen durch die Schutzhülle ihrer ehrbaren Heuchelei hindurch. Sie fühlte, daß sie von ihnen gerichtet wurde, daß Herr Gosheron sie sich nach seiner Gewohnheit und seinem Prinzip als Leiche vorstellte, seine Augen zusammenzog, um seiner Phantasie nachzuhelfen, sie auf einem Bett aufbahrte und sie prüfte, ohne daß sie sich mit ihren alten Verteidigungswaffen dagegen wehren konnte. Ihre Bemerkung über den seltenen Geist schrumpfte zu einem Stück Schlacke zusammen. Herr Bucktrout und Herr Gosheron standen mit ihrer Mutter im Bunde, und keine Phrasen konnten die Wahrheit vor solchen Bundesgenossen verbergen.

Sie flüchtete sich in eine letzte Konvention und sagte zu Herrn Gosheron: »In Gegenwart einer Toten könnten Sie wenigstens den Hut abnehmen.«

Nachwort

Das bekannteste Porträt der Victoria Sackville-West zeigt sie, sechsundzwanzigjährig, seitlich zum Betrachter auf einem Stuhl sitzend, hoch aufgerichtet, eine Hand in die Hüfte gestützt. Die Augen, die im Schatten eines großen roten Hutes liegen, sind kühl und herrisch. Abgebildet ist eine Dame, die auf Distanz achtet. Doch in der linken Hand hält sie, vom unteren Bildrand zwar beschnitten und ohnehin so lässig, als könne es ihr jeden Augenblick entgleiten, ein kleines Buch. Von seinem roten Einband geht der Blick wieder hinauf zum Hut, der das Gesicht beschattet, und plötzlich entdeckt man in diesen Zügen Nachdenklichkeit, Verletzlichkeit, Melancholie. William Strang, ein Maler der Londoner Königlichen Akademie, hat in seinem Bild, das heute im Museum von Glasgow hängt, die Doppelnatur der Victoria Sackville-West überzeugend dargestellt.

Sie war auf den ersten Blick vor allem Aristokratin. Leonard Woolf, ihr Verleger und Mann der Freundin Virginia, erinnerte sich in seiner Autobiographie: »Wenn man zuhörte, wie sie einen aggressiven Taxifahrer zurechtwies, selbst wenn sie im Unrecht war, dann erkannte man in ihrer Stimme einen Unterton, den die Sackvilles und Buckhursts gegenüber Leibeigenen anschlugen, vor sechshundert Jahren in Kent oder gar noch dreihundert Jahre früher in der Normandie.«

Victoria Mary Sackville-West war am 9. März 1892 auf Schloß Knole in Kent geboren. Das Haus, wie es nach englischem Brauch stets genannt wird, war einst der Sitz der Erzbischöfe von Canterbury gewesen. Königin Elisabeth I. hatte es 1556 ihrem Cousin und späteren Schatzkanzler Thomas Sackville geschenkt. Er war ein begabter Poet – seine Gedichte stehen in den englischen Anthologien –, widmete sich aber, als er älter wurde, ganz der Politik. Maria Stuart gab ihm aus Dank für die Delikatesse, mit der er ihr das Todesurteil überbrachte, ein Triptychon, das heute noch in der Kapelle von Knole hängt.

Doch Victoria Sackville-West brauchte keine dreihundert Jahre zurückzugehen, um in farbigen Familienerinnerungen zu schwelgen. Die drei adeligen Bewohner des Schlosses, die das heranwachsende Kind umgaben, boten genug Stoff.

Da war der Großvater, Lord Sackville, der 1851 bei einer Reise von seinem Diplomatenposten in Stuttgart eine von Zigeunern abstammende spanische Tänzerin kennengelernt hatte. Bis zu ihrem Tod 1871 lebte er mit dieser von ihrem Mann verlassenen Frau, die sich als ›Pepita, Stern von Andalusien‹ in Dänemark, Frankreich und besonders Deutschland einen Namen gemacht hatte. Sie gebar ihm sieben Kinder.

Die älteste Tochter Victoria, die in einem Pariser Konvent aufwuchs, holte sich der Junggeselle 1880 nach Washington, wo er Britischer Gesandter geworden war. Das illegitime Klosterkind, das man dazu erzogen hatte, eines Tages einen Gouvernantenposten anzutreten, fand sich über Nacht als Vorsteherin eines Diplomatenhaushaltes. Die Achtzehnjährige nahm die Gesellschaft der amerikanischen Hauptstadt im Sturm. Der Präsident der Vereinigten Staaten – es war der alte verwitwete Chester A. Arthur – bot ihr seine Hand. Doch Victoria heiratete ihren Vetter, den Erben von Schloß Knole, Lionel Sackville-West. Victoria Mary, von früh an Vita genannt, war das einzige Kind, das aus der Ehe hervorging.

Ihre Kindheit war nicht glücklich. Vita fühlte die Enttäuschung der Eltern, daß sie kein Sohn war, der Knole erben konnte. Vom Vater, einem typischen englischen Landedelmann, wenig beachtet, von der kapriziösen Mutter vernachlässigt, blieb als exzentrischer Gefährte der alte, schweigsame Großvater und die Kinder der Nachbarn.

»Ich war immer schmutzig und zerzaust«, heißt es in ihrer Autobiographie, »meine Hunde, übermäßig geliebt; meine Kaninchen, die ich heimlich mit meinen Hunden um die Wette laufen ließ und deren Junge ich, wenn es zuviele wurden, über die Gartenmauer warf; die Gräben, die ich während des Kriegs im Garten grub; die Armee, die ich unter den terrorisierten Kindern der Nachbarschaft aushub und kommandierte; mein Kakianzug und die Zornestränen, die ich vergoß, weil ich ihn mir nicht mit Hosen machen lassen durfte, nicht einmal mit einem Kilt – und ich selbst häßlich, dürr, dunkel, ungesellig, reizlos – schrecklich reizlos – rauh und geheimnisvoll.«

Die Minderwertigkeitsgefühle, die sie erfüllten, wurden von der Mutter genährt. Diese Mutter, die Vita vorhielt, sie sei so häßlich, daß man sie nicht ansehen könne, war ein strahlender Mittelpunkt der Gesellschaft. Berühmte Männer lagen ihr zu Füßen, Künstler wie Rodin und der geniale Architekt Luytens, Generäle wie Lord Kitchener, amerikanische Millionäre wie Pierpont Morgan, Waldorf Astor. Ihr Tatendrang war nicht zu zähmen. Sie baute das Schloß um, sie spekulierte an der Börse, sie eröffnete, als man Bargeld benötigte, in London einen Laden für Papierwaren und Lampenschirme.

Bei zwei Gerichtsaffären, die am Vorabend des Ersten Weltkriegs Schlagzeilen machten, imponierte sie den Geschworenen und Richtern durch Charme, Geistesgegenwart und schneidende Arroganz. Durch die beiden Prozesse, die, bei Licht betrachtet, Skandale waren, rettete sie Knole für die Familie. Beim ersten Verfahren mußte Lady Sackville ihre illegitime Geburt nachweisen, da sonst der älteste Pepita-Sohn das Schloß geerbt hätte; beim zweiten mußte sie darlegen, die Millionen eines ihrer verblichenen Liebhaber zu Recht einkassiert zu haben.

Vor einer derart die Szene beherrschenden Mutter zog sich die heranwachsende Vita zurück. Zwei Arten von Trost boten sich an: das Schloß und die Literatur. Knole war für das sich selbst überlassene Kind mehr als ein Haus, es war ein Wesen, das es liebte und von dem es sich geliebt fühlte. Der riesige Bau – der größte private Landsitz Englands – mit seinen sieben Höfen, zweiundfünfzig Treppenhäusern, dreihundertfünfundsechzig Räumen wurde für Vita zu einem Inbegriff der Zuflucht und des Vertrauens. Der Verlust des Schlosses, das nach dem Tod ihres Vaters an einen Onkel überging, traf sie so tief, daß sie es über dreißig Jahre lang mied. Erst kurz vor ihrem Tod suchte sie es noch einmal auf.

Es verwundert deshalb nicht, daß der erste Roman, den Victoria Sackville-West mit vierzehn Jahren schrieb, auf Knole spielt und daß einer ihrer Vorfahren im Mittelpunkt steht. »Es war Cyrano de Bergerac«, erinnerte sie sich, »der mich als erster in die Möglichkeiten der Literatur einführte, und ich hörte danach überhaupt nicht mehr auf zu schreiben.« Sie verfaßte Theaterstücke, Verse, Romane: »Sobald ich einen fertig hatte, begann ich am Tag darauf mit dem nächsten.« Diese Geschwindigkeit behielt sie bei. Virginia Woolf notierte, nachdem sie Victoria Sackville-West zum erstenmal getroffen hatte, abwertend und ein wenig neidisch in ihr Tagebuch: »Sie schreibt fünfzehn Seiten am Tag.«

Dennoch hätte es mit den Schreibversuchen des Teenagers sein

Bewenden haben können. Vita schrieb, wie andere junge Mädchen malten, stickten oder musizierten; sie hatte ihre französischen Erzieherinnen; sie reiste mit der Mutter, im Frühling nach Florenz, im Sommer nach Paris, zwischendurch nach Polen, Rußland, Österreich – alles blieb im Rahmen ihrer Gesellschaftsschicht. Selbst die Verehelichung mit dem jungen Diplomaten Harold Nicolson 1913 fiel daraus nicht heraus, wenn diese Heirat auch ein wenig unter ihrem Range war. Die junge Frau ging, wie es erwartet wurde, mit ihrem Mann an die englische Botschaft nach Konstantinopel.

In der Autobiographie hielt sie jene Zeit fest: »An reiner Freude des Beieinanderseins hatten die Jahre, die folgten, keine Parallele, sie waren unübertroffen. Ich war wirklich sanft, opferbereit, keusch; es war, wenn es daran überhaupt etwas zu kritisieren gibt, einfach zu gut. Wir wurden ein Synonym für Glück und Ehe. Wir wurden nie müde, beieinander zu sein. Gott, wie wir uns mochten! Harold war wie ein sonniger Hafen für mich. Alles war offen, frei, sicher.«

Doch dann muß sich ihre Doppelnatur geregt haben. Victoria Sackville-West empfand den Zwiespalt ihres Wesens in mehrfachem Sinn. Sie war die englische Aristokratin mit dem spanischen Zigeunerblut; sie war die Tochter, die ein Sohn hätte sein sollen; sie war die Frau, die physisch von Frauen, nicht von Männern angezogen wurde.

Sie schrieb die Autobiographie, die erst nach ihrem Tod unter den hinterlassenen Papieren gefunden wurde, 1920 nieder, um sich Rechenschaft über ihre leidenschaftliche Liebe zu Violet Keppel, einer begehrten Schönheit der Londoner Gesellschaft, zu geben. Darin zitierte sie einen Ausspruch der Geliebten, mit der sie von Mann und Kindern weggelaufen war und eine Zeitlang, als Mann verkleidet, in Paris gelebt hatte: »Die obere Hälfte deines Gesichts ist so rein und ernst – fast kindlich. Und die untere Hälfte so dominierend, sinnlich, fast brutal – es ist der absurdeste Gegensatz und außerordentlich symbolisch für deine Dr. Jekyll-und-Mr. Hyde-Person.« Vita kommentierte: »Mein ganzer Fluch war diese Dualität.«

Sie widmete dem Thema später einen Roman (›Devil at Westease‹, 1947); zunächst aber war es gelebte und erlittene Wirklichkeit. Sie glaubte, das spanische Blut, in dem sie die Quelle ihrer künstlerischen

Begabung sah, sei in ihr noch mächtiger als in der Mutter. Und so wie diese Mutter wollte sie sein: nur sie selbst. Also nicht ›Mrs. Harold Nicolson, authoress‹, sondern ›Miss Sackville-West, author‹. Als ihr Mann Mitte der zwanziger Jahre nach Teheran versetzt wurde, blieb sie in London zurück. Vita lehnte es ab, Gattin zu sein, als seine ›légitime‹ an der Botschaft Honneurs zu machen.

Ihre erstaunliche Verbindung, die trotz homosexueller Affären beider Partner nicht nur alle Stürme der Zeit überdauerte, sondern immer fester und inniger wurde, hat der jüngere Sohn, Nigel Nicolson, in seinem Buch ›Porträt einer Ehe‹ beschrieben. Das Ethos, auf das sie sich gründete, war ein »Amalgam christlicher Tugenden und des im 18. Jahrhundert entwickelten Konzepts des zivilisierten Lebens«. Die »feste, elastische Formel«, die es ihnen ermöglichte, »die Freuden der Liebe und des Lebens zu verdoppeln und ihr Elend zu halbieren«, hieß »caring without interfering«, also: Sympathie, ohne sich einzumischen. Die Voraussetzung dafür war auf beiden Seiten Vertrauen, Respekt, Toleranz, ein Sinn für die gleichen Werte.

Die Ehe mit Harold Nicolson war das zentrale Ereignis in Vitas Leben. Daneben aber gab es andere menschliche Beziehungen. Die wichtigste war die Freundschaft mit Virginia Woolf, deren Äußerungen zu den interessantesten Zeugnissen über Victoria Sackville-West gehören. Als sich die beiden Frauen im Dezember 1922 zum erstenmal begegneten, war Virginia vierzig, Vita dreißig Jahre alt. Sie schrieb sofort an Harold: »Ich bin von Virginia Woolf entzückt, und Du wärst es auch. Du wärst einfach hingerissen von ihrem Charme und ihrer Persönlichkeit.« Zwar bemerkt sie, wie schrecklich sich Virginia anzieht, wollene orangefarbene Strümpfe, aber das zählt nicht vor ihrer »spirituellen Schönheit«, ihrer Unaffektiertheit, ihrer Menschlichkeit. »Darling«, endet sie, »ich habe einfach mein Herz verloren.«

Weitaus kritischer reagierte Virginia. Zwar bewunderte sie die Schönheit Vitas (»bunt wie ein Wellensittich . . ., sie ist ein Grenadier, hart, hübsch, männlich«), die Lebensart der Aristokratin, aber sie vermißte den Witz des Künstlers. »Nicht viel für meinen strengeren Geschmack« schrieb sie in ihr Tagebuch. Noch eineinhalb Jahre später liest man es ähnlich: »All diese Vorfahren und Jahrhunderte, das Silber und Gold haben einen vollkommenen Leib hervorgebracht. Sie ist wie ein Hirsch oder ein Rennpferd, bis auf das Gesicht, dessen Lippen etwas vorstehen, und sie hat keinen sehr scharfen Verstand.« »Mehr Geist, mein Gott!« rief sie aus, nachdem sie Knole zum erstenmal besucht hatte. Doch schon einen Monat später hieß es: »Oh ja, sie gefällt mir; ich könnte sie für alle Zeiten an meine Equipage spannen.« Während der Zeit der Freundschaft, die nun folgte, entdeckte sie in Vitas Geist einen »reichen, dämmrigen Speicher«.

Doch die Schätze dieses Speichers interessierten sie im Grunde wenig. Was sie faszinierte, war das Temperament, die Vitalität der Freundin. Sie notierte: »Da ist ihre Reife, ihre Vollbusigkeit, ihr Dahingleiten unter vollen Segeln auf der Flut, während ich an den Küstengewässern entlangschippere; ihre Fähigkeit, der Mittelpunkt jeder Gesellschaft zu sein, ihr Land zu repräsentieren, Chatsworth zu besuchen, Silber, Dienerschaft, Chow-Hunde zu überwachen; ihre Mutterschaft . . . kurz, das zu sein (was ich niemals war), eine wirkliche Frau.« Im ›Orlando‹ (1928), ihrem spielerischsten Werk, setzte sie der Freundin ein dauerndes Denkmal. Orlando trägt Züge von Victoria Sackville-West. Ihr ist das Buch gewidmet. Vita gab sie damit das Gefühl, von einer überlegenen Kollegin anerkannt und geschätzt zu sein.

Ehe, Mutterschaft, Liebesaffären, in den dreißiger Jahren die Renovierung des halbverfallenen Schlößchens Sissinghurst Castle in Kent, das sich die Nicolsons als Familiensitz gekauft hatten (zumal es historische Verbindungen zu Knole hatte – Thomas Sackvilles Gattin Cicely, die er 1554 geheiratet hatte, stammte von dort), die Anlage eines heute in England berühmten Gartens – vor diesem Hintergrund ist Victoria Sackville-Wests literarisches Schaffen zu sehen. Das Literaturlexikon der Oxford University Press führt unter ihrem Namen elf Romane auf, zehn Gedichtbände, acht Bücher mit historischen und biographischen Studien, vier Sammlungen mit Kurzgeschichten, zwei Bände Reiseliteratur und sieben Gartenbücher.

Leonard Woolf schrieb in seiner Autobiographie: »In Vita steckte eine ehrliche, einfache, sentimentale, romantische, naive, kompetente Schriftstellerin.« Dieses gemischte Lob charakterisiert die Literatin Victoria Sackville-West zutreffend. Von den literarischen Strömungen ihrer Zeit war sie kaum beeinflußt; sie interessierte sich nicht dafür. In der ›Kritischen Biographie‹ von Michael Stevens liest man, sie habe die Augen nicht auf die literarischen Moden gerichtet, sondern auf die »ewigen Werte«. Was sich im besten Sinn dahinter verbirgt, zeigt ihr schönster, 1927 mit einem bedeutenden Literaturpreis ausgezeichneter Gedichtband ›The Land‹. In diesem bukolischen, Virgilschen Geist atmenden Epos feiert und verklärt Victoria Sackville-West das Landleben, seine Traditionen und alten handwerklichen Künste.

Sie war eine Landadelige, die mit zunehmenden Jahren Partys, Klatsch, Geselligkeit verabscheute, die lieber den letzten, unbequemen Zug nahm und nach Hause fuhr, um nicht im ungeliebten London übernachten zu müssen. (Dies unterschied sie grundsätzlich von der urbanen, geradezu partysüchtigen Virginia Woolf.) Nach ihrem Tod – sie starb am 2. Juni 1962 – entdeckte man ein einziges Abendkleid in ihrem Schrank, und dieses, schreibt Nigel Nicolson, habe aus dem Jahr 1927 gestammt.

Victoria Sackville-West kultivierte die Einfachheit einer Person, die, umgeben von sechzig Dienern, in den dreihundertfünfundsechzig Räumen des Schlosses Knole aufgewachsen war. Gewiß, sie hatte gegen diese Welt rebelliert, sich jedoch niemals völlig von ihrer Herkunft losgesagt. Vitas Grenzen waren die ihrer Gesellschaftsschicht. Es war eine Welt, die sich äußerlich großzügig gab, deren geistiger Horizont jedoch erstaunlich eng war. Die Diplomatengattin hatte keine Ahnung von auswärtiger Politik, sie wußte nicht, was der Völkerbund war, sie besuchte nie das Unterhaus, sie haßte die Demokratie, die Masse. In einem Manifest schrieb sie: »Die Leute sollen so gut gefüttert und untergebracht sein wie Rassekühe, doch sie sollen sich nicht deutlicher äußern können als jene.« Nimmt man noch ihre Verachtung von Juden, Farbigen und der gesamten Middle Class hinzu, so ergibt sich ein Bild, das an reaktionärer Deutlichkeit nichts zu wünschen übrig läßt.

Es gibt jedoch mildernde Umstände für Victoria Sackville-West. Vergessen wir nicht: es bedeutete etwas anderes, in den zwanziger und dreißiger Jahren in England antidemokratische Gefühle zu haben und auf Juden herabzusehen, als dies in der gleichen Zeit in Deutschland zu tun. Hinter der Abwehr neuer Gedanken stand die immerwährende Angst, vom unberechenbaren Zigeunerblut in ihren Adern überwältigt zu werden. Schließlich – und das ist das wichtigste – litt sie lebenslang unter einem Mangel an Erziehung und Bildung. Wäre sie ein Sohn gewesen, so hätte sie nicht nur Knole geerbt; sie wäre auf Schulen geschickt worden, zur Universität, sie hätte die Welt der Männer kennengelernt, das Foreign Office, Fleet Street, die Börse.

Es war ein Glaubenssatz des englischen Adels und des gehobenen Bürgertums, daß Frauen, wenn es um die Ausbildung ihrer geistigen Fähigkeiten ging, zurückzustehen hatten. Virginia Woolf, die ebenso wie Victoria Sackville-West die Erfahrung selbst gemacht hatte, widmete dem Thema zwei kämpferische Essays (›A Room of One's Own‹, 1928; ›Three Guineas‹, 1938). Vita, der die Kraft des Argumentierens abging, behandelte es, auf ihre diskrete, leisere Art, in dem Roman ›Erloschenes Feuer‹.

Lady Slane, die Heldin des Romans, ist – wie Virginia Woolf und ihre Demonstrationsfiguren – die jüngere Schwester eines Bruders, dessen Erziehung und Ausbildung Vorrang hat. Nur der Mann genießt das Recht, sein Leben selbst zu wählen; das junge Mädchen unterwirft sich schweigend. Victoria Sackville-West gibt auf die Frage nach dem Sinn und Wert dieses Opfers eine gedämpfte Antwort. Gewiß, sie verteidigt die Emanzipation, doch das Banner der Frauenrechtlerin wagt sie nur zögernd zu schwingen. Die Zurückhaltung hat autobiographische Gründe. Die Konservative eigente sich schlecht zur Kämpferin auf den Barrikaden des Fortschritts, zumal sie sich, wenn auch erst als verheiratete Frau, das Leben gewählt hatte, das sie haben wollte.

Der Roman enthält manches autobiographische Element. Da ist die Anhänglichkeit an ein Haus, das als »Wesen mit selbständigem Leben« begriffen wird; die distanzierte Einstellung zu den eigenen Kindern (im Roman, wo ihnen jegliche Anmut, Güte, Selbständigkeit abgesprochen wird, fast schon karikiert); die plötzliche Erbschaft. Schließlich findet man deutliche Anklänge, ja Gedanken, die direkt aus Virginia Woolfs ›A Room of One's Own‹ und dem ›Orlando‹ übernommen wurden.

Was den Roman heute interessant macht, ist jedoch nicht nur das feministische Sujet, sondern das Thema des Alterns. Das Buch, das mit dem Tod von zwei uralten Menschen beginnt und endet, spielt fast ausschließlich unter alten Leuten, vor dem Hintergrund und in Erwartung des Todes. Es ist geradezu verblüffend zu sehen, mit welchem Feingefühl sich Victoria Sackville-West in jene Welt des Alters hineinfindet, in der »alle Empfindungen im Zwielicht« liegen. Sie selbst war, als sie das Buch 1931 in ein paar Monaten niederschrieb, noch keine vierzig Jahre alt.

Das Alter wird als ein Lebensstadium von eigenem Wert begriffen, als eine Zeit, die nicht nur, wie es oft banal heißt, seine eigene Schönheit hat, sondern in der gerade die Gebrechlichkeit des Körpers eine besondere Verfeinerung der Empfindungen mit sich bringt. Ja, Victoria Sackville-West geht so weit, ihre Heldin erst im hohen Alter zur Verwirklichung ihrer selbst gelangen zu lassen. Denn nur alte Leute, so heißt ihr pessimistisch-melancholisches Resümee, können sich über den »grauenhaften Zustand der Welt« erheben und Tugenden leben, die sonst nichts gelten: Bescheidenheit, Mäßigung, Rücksichtnahme, Freundlichkeit.

›Erloschenes Feuer‹ war nach dem Roman ›The Edwardians‹ Victoria Sackville-Wests populärstes und erfolgreichstes Buch. Leonard Woolf würdigte es nicht nur als Verleger (»es ging sehr gut . . . 15 000 Exemplare wurden im ersten Jahr verkauft; es geht immer noch, fünfunddreißig Jahre nach dem ersten Erscheinen«), er hielt es für ihr bestes Werk. – Ins Deutsche übertrug es Hans B. Wagenseil 1948. Die vorliegende Ausgabe benutzt seine Übersetzung, die in ihrer leichten Altertümlichkeit den Ton des Originals treffend wiedergibt.

Renate Schostack

Vita Sackville-West

Eine Frau von vierzig Jahren

Erster Teil

Porträt der Jarrolds

»M–m–m, meine Liebe«, sagte der alte Herr Jarrold, als er seine Schwiegertochter zum hundertundzwanzigsten Male in seinem Museum herumführte, »dies ist das erste Stück Kohle aus den Bergwerken in Orlestone. Sieh's dir an! Davon habe ich Dan nach Eton geschickt. Das hat einen Herrn aus Dan gemacht. Ein schmutziger Klumpen nur, aber mehr wert als all die Kaurimuscheln, die ich von Java mitgebracht habe. M–m–m.«

Herr Jarrold war so ein lieber alter Mensch, daß Evelyn Jarrold, seine Schwiegertochter, bereitwillig zum hundertundzwanzigsten Male das erste Stück Kohle aus Orlestone und all die anderen verschiedenen Ausstellungsstücke des Museums anschaute.

Herr Jarrold vergaß anscheinend immer wieder, daß sie die Runde durch das Museum schon gemacht hatte, und hielt sie jedesmal fest, wenn sie zum Lunch in das Haus in der Park Lane kam, um sie hinterher durch das Museum zu führen. Obwohl er seinen Enkel Dan dauernd erwähnte, gestattete sein hohes Alter ihm offenbar, die Tatsache zu übersehen, daß ihr, Dans Mutter, das Haus, die Familie und das Museum nicht fremd waren. Er konnte sie immer noch als Besuch und als eine anziehende Frau und immer noch mit seiner ein wenig senilen Galanterie behandeln. »M–m–m, meine Liebe«, sagte er, nahm ihren Arm und führte sie von Schaukasten zu Schaukasten.

Pflichtschuldig betrachtete sie seine Sammlung und verbarg die Langeweile, da sie von Natur aus gutherzig war und dem alten Manne gern die Freude machte. Ziemlich verstaubt, dachte sie, nicht lebendig; doch solange Herr Jarrold lebte und ihre Sage erzählte, hatten sie noch eine gewisse Existenz, jene Kohlenstücke, Kaurimuscheln, das

Praktische und Romantische. Sie wußte, wie er ihren Wert bemaß. Doch immerhin war er einmal in seiner Jacht nach Java gereist; aber diese Jacht war nur der Ertrag seiner schmutzigen Kohlenstücke; er hatte eine Jacht, weil andere reiche Männer auch eine hatten, und der unerwartete Kummer seines Lebens – größer noch als der Kummer über den Tod seines ältesten Sohnes im Jahre 1916 – war seine Ablehnung durch den Königlichen Jachtklub. So war er gezwungen, die Welt unter dem blauen statt unter dem weißen Wimpel zu umsegeln. Evelyn empfand um seinetwillen jedesmal ein Unbehagen, wenn sie sich dieser Demütigung erinnerte.

»M–m–m, meine Liebe«, brummelte er wie eine alte, schläfrige Hummel.

Doch er und seine Familie hatten es zu etwas gebracht in der Welt. Deshalb erwarteten sie zuversichtlich die Erhebung in den Adel, ehe das Jahr verging. Unter den Industriemagnaten zeichnete er sich aus, und seine Wohltätigkeit war verschwenderisch, jedoch nicht ohne Unterschiede. Herr Jarrold tat nur so, als ob er sich nichts aus einer Nobilitierung mache. Von Anfang an hatten die Jarrolds Ehre und Erfolg gefunden. Evelyn Wilson, der Tochter eines ländlichen Anwalts, hatte man allenthalben zu dem großen Glück gratuliert, als sie sich mit dem ältesten Jarrold-Sohn verlobte; das war schon im Jahre 1913. Natürlich war es ein Unglück, daß ihr Mann im Kriege fallen mußte, aber auf jeden Fall blieb ihr Sohn der Erbe. Weder ihre Bekannten noch ihr Vater sahen irgendeinen Grund dafür, ihre Glückwünsche zurückzunehmen.

Das Museum war dunkel und staubig und auf eine recht seltsame Weise in dem herrschaftlichen Familienhaus in der Park Lane untergebracht. Die Schaukästen standen um den düsteren Treppenschacht bei der Halle herum, und auf den oberen Galerien dieser Halle gegen die Treppe hin waren sie durch Balustraden aus orientalischen Fenstergittern abgegrenzt. Herr Jarrold war stolz auf den östlichen Eindruck, den diese durchbrochenen, geschnitzten Balustraden machten. Sie bewiesen, daß auch er mit dem Orient bekannt war. Sie bewiesen, daß auch er ein Mann von Geschmack, ein weitgereister Mann mit Kultur war. Jeder, der Herrn Jarrold kannte, wußte natürlich, daß er sich nicht die Bohne aus Kultur machte, es sei denn, er konnte sie sich mit seinem Vermögen als eine Beigabe, einen Zusatz leisten, als eine Sache, mit der man sich einmal brüstete und über die man sich das andere Mal lustig machte, je nachdem, ob sie sich in den eigenen Reisen oder in der klassischen Erziehung seines Enkels in Eton darstellte. Beide Dinge gehörten für Herrn Jarrold in dieselbe Kategorie: zum Luxus eines Ehrenmannes, der jedoch nicht das mindeste mit dem eigentlichen Leben zu tun hatte. Er machte sich ein Vergnügen daraus, seinen Enkel dazu anzuhalten, nach Tisch ein Dutzend Zeilen aus der Äneis aufzusagen; diese Begleitung verbesserte anscheinend die Qualität seines Portweines. »Fang mal an, Dan«, pflegte er zu sagen. »*Tu regere imperio populos Romane memento* – wie geht das doch?« Und dann schlug er mit der Gabel den Takt zu diesem herrlichen Rhythmus und empfand Befriedigung dabei, einen Enkel zu haben, der – dank ihm – Vergil zitieren konnte. Doch sein elektrischer Plattenspieler, der sich selber aufzog, selbsttätig die Platten wechselte und gleichzeitig einen Radioapparat enthielt, machte ihm ebensoviel Vergnügen. Kultur war für ihn etwas recht Teures und ohne jeden praktischen Nutzen.

Und doch war er ein lieber alter Mann, und Evelyn folgte ihm bereitwillig, als er durch sein Museum brummelte.

Alles hatte er persönlich gesammelt; kein Ausstellungsstück reichte weiter zurück als seine Generation oder – wie man sagen könnte – weiter zurück als die Familie Jarrold selber. Herr Jarrold war praktisch der Begründer der Familie. Erst in seiner Generation waren die Jarrolds eigentlich aus dem Staube geklettert. Herr Jarrold konnte das Kohlestück vorzeigen, das der Grund dafür war, daß seine Söhne auf die St.-Pauls-Lateinschule und sein Enkel nach Eton geschickt werden konnten; er war in der Lage, das Modell des ersten

Güterbahnhofes auf dem Bergwerksgelände vorzuführen. Wenn er Besucher an diesen Schaukästen entlangführte, war er ganz Gründer einer Dynastie. Nur wenn er zu den Beweisstücken seiner Reisen kam, wurde er ein wenig verwirrt, fast beschämt. Hier fühlte er offensichtlich, daß das Überflüssige gegen das Vernünftige verstieß. Dieses Überflüssige aber konnte man nur damit beschönigen, daß sich Männer mit einem Vermögen, wie William Jarrold es besaß, eben eine Jacht leisten konnten. Jachten trugen solche Männer in ihren seltenen Urlauben zu fremden, unenglischen Gegenden, von denen man fast zwangsweise merkwürdige, unenglische Gegenstände mitbrachte, wenn auch nur, um zu zeigen, wie groß der Unterschied zwischen England und Eingeborenen ist. Herr Jarrold warf das alles mit Kultur durcheinander. So unklar war es ihm, daß er es nicht auseinanderhalten konnte. Der Stolz wurde von Entschuldigungsgründen getrübt, die Entschuldigungen vom Stolz überdeckt. Es war prachtvoll, einen Enkel zu haben, der Vergil zitieren konnte, obwohl man sich der Vergilzitate auch ein bißchen schämen mußte; sie waren etwas, was man mit einer Mischung aus Spott und Stolz behandelte. Es war prachtvoll, auf einer eigenen Jacht nach dem Osten gesegelt zu sein, wenn auch ein bißchen beschämend, sich die Mühe gemacht zu haben, Kunstwerke des Ostens zu sammeln – wofür Herr Jarrold seine Fenstergitter-Balustraden hielt. Kunstwerke waren ganz gut, solange sie genug kosteten. Doch Herr Jarrold konnte diese Rechtfertigung nie so ganz für seine Sammlung von Merkwürdigkeiten in Anspruch nehmen.

Es war eine Schwäche; er liebte sie. Er trug den Hauptschlüssel der Schaukästen an der Uhrkette.

Seine Uhrkette war beinahe ein Sinnbild bürgerlicher Würde. Sie spannte sich in schweren goldenen Gliedern über seinen Bauch und verschwand auf beiden Seiten in einer Westentasche. Herrn Jarrolds Kleidung war ein bißchen altmodisch, er hatte nämlich seinem Schneider vor vierzig

Jahren verboten, den Schnitt zu ändern. Schwarze Anzüge in London (ein einreihiger Gehrock mit grauen Streifen in der Hose); dunkelgrauer Tweed von besonders steifer Dicke auf dem Lande. Wenn er ausging, trug er – ob es in London oder auf dem Lande war – einen biederen schwarzen Hut, ein Mittelding zwischen Zylinder und Melone. Evelyn sagte, in London sehe er aus wie ein Staatsmann und auf dem Lande wie ein Edelmann des 19. Jahrhunderts. Die Bartkoteletten, die sein rotes Gesicht umrahmten, und das Plastron, das festgenäht und durch einen Ring gezogen war, riefen diese Wirkung hervor. Seine kurzen, derben Hände waren von Sommersprossen und feinen roten Härchen bedeckt: Hände eines Mannes, den das praktische Leben geformt hatte und der an Macht und Ansehen gewöhnt war. In seinem ganzen Leben war er nicht einen einzigen Tag krank gewesen, und jetzt noch, im fünfundsiebzigsten Lebensjahr, dauerte seine Rüstigkeit unvermindert fort. Sein dauerndes Brummen, das man für ein Zeichen seines hohen Alters ansehen konnte, war in Wirklichkeit nichts anderes als eine nervöse Angewohnheit, deren er sich selbst kaum bewußt war und die von dem durchdringenden Blick seines kleinen grauen Auges ständig widerlegt wurde. Dieses Auge des Berg- und Hüttenwerkbesitzers William Jarrold durchschaute alle Albernheiten und duldete sie weder bei seiner Familie noch bei seinen Angestellten. Seine Söhne waren vor diesem Blick zurückgefahren, seine Untergebenen hatten gezittert, und seine Frau hatte immer genau gewußt, wie weit sie gehen durfte. Es war einer seiner Lieblingsaussprüche, daß der Mann Herr im Hause sein müsse.

Doch keineswegs war er abstoßend, und hübsche Frauen hatte er immer gern gemocht, obwohl er klug genug gewesen war, keine davon zu heiraten. Er hatte seine Schwiegertochter Evelyn gern. Seine Heiterkeit stieg beachtlich, wenn sie ins Haus kam. Evelyn mochte ihn auch; sie liebte ihn fast. Sie waren die besten Freunde. Sie gab sich Mühe, ihm zu gefallen, indem sie ihn herzlich neckte, kleine vertrauliche

Scherze zwischen ihm und ihr erfand, so daß er schnurrte wie ein alter Kater und sie wiederum hänselte. »Ach, meine Liebe, du verschwendest deine Zeit an einen alten Burschen wie mich.« Trotz all seiner Neckerei wußte sie, daß seine Ansichten über das Leben sehr streng waren. Seine Moral, die der oberen Mittelklasse entsprach, war ausgesprochen starr. Eine zweite Ehe hätte er geduldet, da man vernünftigerweise nicht erwarten konnte, daß ihr Leben an dem Tage zu Ende war, als Thomas in Flandern fiel, doch jedes weniger achtbare Verhältnis würde er von vornherein verdammen. Er hielt es für selbstverständlich, daß Evelyn wie alle anderen Mitglieder seiner Familie genau wußte, wie weit sie zu gehen hatte. Er zweifelte nicht daran, daß sie seit ihrem vierundzwanzigsten Jahre, als Thomas fiel, bis zu ihrem neununddreißigsten, ihrem jetzigen Alter, bis zu einem gewissen Grade verehrt worden war. Das war nur natürlich. Er hatte ihr selber eine Menge Komplimente gemacht, und jüngere Männer mußten ihr noch viel mehr gesagt haben. Aber von ihrer Tugend war er unbedingt überzeugt. Und wenn in seiner Gegenwart irgend jemand seiner Verwunderung über ihre dauernde Ehelosigkeit Ausdruck verlieh, erklärte er das damit, daß sie für den Jungen lebe.

»Wann kommt Dan zurück, meine Liebe?«

»Am Zwanzigsten, Papa.«

All seine Kinder nannten ihn Papa. Evelyn hatte sich mit Mühe daran gewöhnt.

»Und ihr kommt beide zu Weihnachten nach Newlands?«

»Aber natürlich. Wenn du uns haben willst.«

»Kommt ihr denn nicht immer zu Weihnachten? Na also. Was sollte ich außerdem ohne euch anfangen? Und dann möchte ich, daß du mal mit Evan sprächest.«

»Was ist mit Evan, Papa?«

»Trinkt zuviel«, sagte Herr Jarrold kurz.

»Evan?«

»Evan. Er meint wohl, ich könnt's nicht sehen. Aber ich seh's. Ich seh's, wenn eine Flasche Kognak, die am Ende des Dinners halb voll ist, zum Frühstück leer dasteht. Auch noch verflucht guter Kognak – viel zu schade, sich daran zu betrinken.«

»Du meinst?«

»Ich meine, daß er sich heimlich ins Speisezimmer schleicht und ihn austrinkt, wenn ich ins Bett gegangen bin. Das meine ich. M–m–m.«

»Weshalb sagst du Paterson nicht, er soll die Getränke wegstellen, wenn du das Speisezimmer verlassen hast?«

»Vernünftig wie gewöhnlich, meine Liebe – deine Vernunft gefällt mir –, aber Paterson würde den Grund verstehen. Ich kann meinen eigenen Sohn nicht vor Paterson bloßstellen. Schwer genug, ihn vor dir bloßzustellen.«

Evelyn wußte seit Jahren, daß Evan trank.

»Gut, Papa, ich werde mit ihm reden.«

»Ich habe es seiner Mutter nicht erzählt«, sagte Herr Jarrold und warf ihr plötzlich einen Blick zu.

»Natürlich nicht, Papa, das ist auch viel besser.«

»Das meinst du also auch«, sagte Herr Jarrold erfreut und erleichtert durch diese Bestätigung. »Würde sie nur unglücklich machen – was? – und Evan nicht gut tun. Thomas hat nie getrunken, nicht wahr?«

»Nein!« sagte Evelyn, wobei sie plötzlich lachte, und aus irgendeinem Grunde drückte sie den Arm des alten Mannes zärtlich an sich. »Thomas hatte alle Tugenden und keine Laster.« Herr Jarrold sollte nie etwas von Thomas' gemeinen kleinen Lastern erfahren. Thomas war in den Augen seines Vaters ein »guter Kerl«.

»Langweiliger Hund, der Thomas«, drängte es sich Herrn Jarrold auf die Zunge, aber er unterdrückte es, als er sich daran erinnerte, daß Thomas tot und Evelyns Mann gewesen war. »Ich kann mir nicht vorstellen, woher Evan das hat«, murrte er. »Ich habe als junger Mann niemals getrunken; wenigstens nie mehr als vernünftig. Ein Gläschen dann und wann; aber nie gesoffen. Evan säuft.«

»Hast du selber schon mit ihm gesprochen, Papa?«

»Keine Angst!« sagte Herr Jarrold mit Nachdruck. »Wenn ein Mann in meinem Alter einem Mann in seinem Alter so etwas sagte, würde er zwei Flaschen Kognak trinken statt einer. Ich bin alt genug geworden, um das zu wissen. Nein, ich will ihm noch eine Gelegenheit geben. M–m–m. Sprich du mit ihm, meine Liebe, und wenn er keine Notiz von dem nimmt, was du ihm sagst, will ich ihn hochnehmen. Dann will ich schweres Geschütz auffahren. – Sag ihm, ich würde ihn mit einem Taler abspeisen. Sag ihm, ich würde ihn nicht mehr als Sohn ansehen. Ich will nicht, daß Säufer meine Unternehmen leiten, wenn ich nicht mehr da bin. Ich will nicht, daß Säufer Dans Interessen vertreten. Ist nicht sicher genug. Ist ebenso, als wenn ich den Rolls-Royce einem betrunkenen Chauffeur anvertrauen wollte. Aber ich will nicht selber mit ihm reden, ehe nicht alles andere fehlgeschlagen ist.«

»Wahrscheinlich wird es fehlschlagen, Papa.«

»Ziemlich sicher. Aussichtslose Aufgabe, die ich dir da stelle. Werde dich nicht tadeln, wenn's nicht gelingt. Die Hand, die die Wiege schaukelt, kann die Flasche nicht zukorken. M–m–m. Trotzdem, Evan mag dich gern. Zu gern, meine ich manchmal. Es wäre vielleicht eine Möglichkeit, daß er auf dich hört. Versuch's!«

»Ich will's versuchen, Papa«, sagte Evelyn, die es schon versucht hatte.

»Das ist recht. Wenn man aussichtslose Dinge richtig anpackt, kann man sie zu Ende bringen. Manchmal hab ich's getan. Aussichtslose Dinge angepackt. Nicht oft. Nur bei großen Sachen. Evan ist keine große Sache.«

»Der arme Evan, Papa!«

»Unsinn! Werde nicht sentimental! Er soll sich mehr zusammennehmen. Jeder hat Versuchungen. Hab auch welche gehabt. Hab nicht nachgegeben. Freilich, er ist nicht von der Sorte. Der arme Evan – albern. Sag ihm, er soll sich zusammenreißen! Sag ihm, er soll ans Geschäft denken! Er will doch Teilhaber werden. Er wird's nicht, ehe er sich nicht zusammenreißt. Kein Zug aus der Flasche mehr! 'nen andern Zug! M–m–m. Am Riemen!«

Evelyn fand das Thema peinlich; es kam ihr unehrlich vor, bei Herrn Jarrolds vertraulichen Mitteilungen Überraschung zu heucheln, während sie selber ihm weit mehr über Evan erzählen könnte, als er wahrscheinlich jemals erfahren würde.

»Wir wollen nicht mehr daran denken«, sagte sie, »ich verspreche dir, daß ich zusehen will, was ich Weihnachten tun kann. Zeig mir noch etwas von deinen Schätzen! Ich glaube, ich habe noch gar nicht alles aus deinem Museum gesehen. Und in ein paar Minuten muß ich gehen.«

»Verabredung?«

»Nur mit meinem Schneider«, sagte Evelyn lächelnd.

»Ach, das ist gut«, sagte Herr Jarrold, der von dieser Andeutung weiblicher Geheimnisse leicht angeregt wurde, »laß dir eine Menge hübsche Kleider zu Weihnachten machen! Du siehst immer nett aus, meine Liebe. Dieser Pelz – steht dir sehr gut. Und auch ein hübscher Duft. Ich hab's gern, wenn Frauen Parfüm gebrauchen. Paßt zu ihnen. Ich sage immer, Frauen sind die Blumen des Lebens, und Blumen müssen gut riechen. Freilich, die meisten von den neuen tun's nicht.«

»Hat Mama dir das erzählt, Papa?«

»Ich habe selber eine Nase, oder meinst du nicht? Veredelte Spielarten – brrr. Den ganzen Duft haben sie herausveredelt. Gebt mir lieber Zentifolien und nette zarte Kleider für Frauen! Musselin gefällt mir und hübsche Farben.«

»Ich fürchte, Papa, im Dezember kann ich kein Musselin tragen.«

»Ach, du bist schon recht«, sagte Herr Jarrold und schaute sie anerkennend an, »du siehst weich und warm aus – so, wie Frauen aussehen sollten, und als ob du keinen Knochen im Leibe hättest. Und trotzdem gesund. Heutzutage sehen die meisten Frauen aus, als hätten sie keinen Platz für ihre Lungen.«

»Du wirst mir noch erzählen, ich sei dick«, sagte Evelyn.

»Nein, nein, schlank«, sagte Herr Jarrold, »nicht kränklich, meine ich, und nicht hart wie ein Brett. Gerade richtig. Vielleicht können wir Weihnachten Schlittschuh laufen.«

Sie war daran gewöhnt, daß er plötzlich das Thema wechselte.

»Hoffentlich«, erwiderte sie errötend, »ich liebe Schlittschuhlaufen, und Dan auch.«

»Wird ihm freilich das Jagdreiten verderben«, sagte Herr Jarrold.

»Ich glaube nicht, daß es ihm das Herz brechen würde«, sagte Evelyn vorsichtig. Sie spürte, daß ihr eigenes Herz anfing, schneller zu schlagen. Hier war die Möglichkeit, auf die sie gewartet hatte, und so stark ihre Abneigung dagegen auch war, sie mußte sie ausnutzen. Sie hatte es Dan versprochen. Dan, der sich vor seinem Großvater fürchtete, war davon überzeugt, daß seine Mutter alles in Ordnung bringen würde, und obwohl Evelyn über seine Schwäche geseufzt hatte, als sie erkannte, wie leicht er seine Schwierigkeiten auf sie abschob, hatte sie sich entschlossen, ihn nicht im Stich zu lassen.

»Unsinn«, sagte Herr Jarrold, »jedem ordentlichen Jungen bräche es das Herz, wenn ihm in den Weihnachtsferien das Jagdreiten verdorben würde. Verflucht noch mal, nicht jeder Junge hat Jagdpferde wie Dan. Die meisten Jungen müssen's auf einer alten Krücke von Pony lernen, die für zwei Tage in der Woche gemietet wird. Aber niemand kann sagen, daß ich meinen Enkel nicht mit ordentlichen Pferden versorgt habe.«

Er war ganz ärgerlich, ganz unwillig. Er nahm die Hand von Evelyns Arm, ging allein weiter und starrte in einen Schaukasten voll grinsender javanischer Masken. Er legte die Hände auf dem Rücken zusammen und brummelte vor sich hin.

»Natürlich kann niemand so etwas sagen«, entgegnete Evelyn, die am liebsten gelacht hätte, obwohl sie wußte, daß sie einer unangenehmen Viertelstunde entgegenging. »Du hast Dan stets die besten Jagdpferde gegeben, die ein Junge in

England nur haben kann. Er hat neulich erst nach ihnen gefragt, am Andreastage. Ich war nach Eton gefahren, und fast das erste, was er sagte, war: ›Was macht Silberstern?‹«

»Freut mich zu hören«, sagte Herr Jarrold grimmig, ohne sich umzuwenden.

Er war keineswegs besänftigt. Sie konnte das an der nervösen, ärgerlichen Art erkennen, in der er dauernd die Finger krümmte und öffnete. Kindisches altes Geschöpf! dachte sie. Eigensinnig bestand er darauf, in seinem Stolz gekränkt zu sein, nur um einen Vorwand zu haben, seine gute Laune zu verlieren. Einen Augenblick lang wollte sie ihm etwas sagen, worüber er in allem Ernst die gute Laune verlieren könnte. Vielleicht würde er ihr dann sogar verbieten, Weihnachten mit Dan nach Newlands zu kommen. Das wäre eine Erleichterung. Diese Familienversammlungen, die für eine unbedingte Selbstverständlichkeit gehalten wurden, waren etwas, was sie kaum noch ertragen konnte. Sie würde mit Dan nach Südfrankreich gehen...

»Papa, ärgere dich nicht so! Der Junge reitet wirklich gern, weißt du, er könnte immer noch reiten, wenn er auch nicht gerade Jagden reiten kann.«

»Ist das alles, was er mag?« fragte Herr Jarrold und fuhr herum. Er sah so wütend aus, daß sie richtig zurückwich. »Durch den Park trotten, statt quer übers Land zu reiten? Vielleicht möchte er, daß Wilkins ihn an die Longe nimmt? Vielleicht möchte er, daß ich ihm einen Esel kaufe? Der Junge ist ein Feigling, Evelyn. Ich habe es immer gewußt, aber ich wollt's mir nicht eingestehen. Mein Enkel, ein Feigling! Aber bei Gott, ich will das nicht. Er *soll* Jagden reiten! Alle Herren reiten Jagden, oder nicht? Wenn sie sich's leisten können, was die meisten nicht können. Niemand soll sagen, daß Jarrolds Enkel kein Herr ist oder daß sein Großvater sich's nicht leisten kann, ihm Pferde zu halten. Jagen soll er, und mir ist's ganz egal, ob er sich den Hals dabei bricht.«

»Er ist kein Feigling«, sagte Evelyn leise. Sie versuchte, das Zittern zu überwinden, das sie überfallen hatte. Sie war entschlossen, mit dieser Feuerprobe zu Ende zu kommen, nun sie einmal begonnen hatte. »Er ist ein feinfühliger Junge, er liebt Tiere und mag keine Grausamkeiten. Das ist alles. Du mußtest es früher oder später doch erfahren. Ich habe ihm versprochen, dir zu sagen, daß er die Absicht hat, das Jagdreiten aufzugeben.«

»Wagt nicht, mir's selber zu sagen, was? Braucht seine Mutter dazu! Ein moralischer Feigling und ein physischer Feigling. Sehr hübsch! Und was soll all der Unsinn von wegen Grausamkeiten? Der arme Fuchs, nehme ich an? Will er etwa auch nicht mehr schießen, wenn ich fragen darf?«

»Nein, Papa, da du danach fragst; das will er auch nicht mehr.«

»Aha. Das kommt davon, wenn man versucht, einen Herrn aus seinem Enkel zu machen – aus meinem ältesten Enkel, merk dir das, meinem Erben! Ich biete ihm die besten Pferde und die beste Jagd in England an, und er steckt lieber die Nase ins Buch. Na, meine Söhne sind bessere Herren als er. Thomas war ein Sportsmann, was du auch sonst sagen magst. Er hatte keinen Gedanken im Kopf, aber er konnte sein Pferd so sauber über einen Zaun bringen wie sonstwer. Gottfried auch, obwohl er ein fauler Bursche ist. Und der junge Robin auch – ja, das ist ein guter Junge, ein richtiger Junge. Dan und Evan sind die Versager. Nette Geschichten, die du mir da erzählst, Evelyn!«

»Du bist sehr hart mit Dan«, sagte Evelyn, ärgerlich darüber, daß man ihren Sohn einen Versager nannte. »Es können nicht alle nach demselben Muster geformt sein. Du gibst selber zu, daß Thomas keinen Gedanken im Kopf hatte.« (»Thomas war ein verdammt guter Bursche«, warf Herr Jarrold ein.) »Dan hat den Kopf voller Ideen, er ist ein intelligenter Junge und hat sein eigenes Urteil. Ist das nicht auch etwas?«

»Etwas, aber nicht viel«, sagte Herr Jarrold, der sich ein wenig beruhigte. »Es ist nicht natürlich für einen Jungen in seinem Alter, ein eigenes Urteil zu haben. Gefährlich. Nicht natürlich bei einem englischen Jungen, meine ich. Verstehe nichts von Ausländern. Jedenfalls tragen sie Wadenstrümpfe, bis sie vierzehn sind. Französische Jungen tun das. Ich hab's gesehen. Und spielen mit Reifen.«

Evelyn lachte; sie konnte es nicht unterdrücken.

»Ja, du lachst. Du sagst, es können nicht alle nach demselben Muster geformt sein. Warum denn nicht? Wir haben das beste Muster der Welt entwickelt, warum sollen wir also nicht dabei bleiben? Außerdem haben wir mehr als ein Muster. Ich selber bin kein Herr – niemals behauptet. Ich bin ein erfolgreicher Geschäftsmann. Ich hab mir auch so meinen Platz in der Welt verschafft. Aber wo ich nun einmal die Arbeit gemacht habe, sehe ich nicht ein, weshalb meine Söhne und Enkel nicht den Nutzen davon haben sollen. Man sagt, es braucht drei Generationen, einen Herrn zu schaffen. Nun, Dan hat seine drei Generationen hinter sich.«

»Ich sehe nicht ein, weshalb du erwartest, daß er ein harmloser Dämelack wird«, sagte Evelyn. Sie war jetzt weniger ängstlich, da sie sich ärgerte und da Herrn Jarrolds erste Wut verflogen war.

»Dickköpfig, ja? M–m–m. Verteidige dein Küken nur! Ganz richtig. Aber sieh mal, Evelyn, was ist nur über Dan gekommen? Du hast darauf bestanden, ihn diesen Sommer mit nach Italien oder sonstwohin zu nehmen, so daß ich ihn seit Ostern nicht gesehen habe. Damals war er noch ganz vernünftig. Ist er in Eton in schlechte Gesellschaft geraten?«

»Soweit ich es herausbekommen kann, hat er überhaupt keine Freunde in Eton.«

»Ganz falsch, ganz falsch«, brummelte Herr Jarrold. Er war jetzt nicht ärgerlich, nur verwirrt und bekümmert. Evelyn fragte sich, wie weit sie gehen dürfe. Vielleicht wäre es klüger, den alten Mann schon vor den Weihnachtsferien vorzubereiten.

»Sieh, Papa, Dan wächst allmählich heran. Ein Jahr macht in dem Alter einen großen Unterschied. Denk daran, daß Dan schon siebzehn ist.«

»Also vermutlich ein Übergang«, sagte Herr Jarrold hoffnungsvoller. Er sah müde aus; die Anwandlung von Zorn hatte ihn erschöpft.

»Vielleicht, Papa. Deshalb darfst du nicht allzu ärgerlich werden, wenn er etwas sagen sollte, was deiner Ansicht nicht entspricht.«

»Er ist doch kein Sozialist?« bellte Herr Jarrold und war schon wieder nahe daran, heftig zu werden.

»Ich glaube, für Politik hat er nicht viel Interesse«, wich Evelyn aus. Sie fand, daß sie dem alten Mann für den Augenblick genug Schrecken eingejagt hatte.

»Oder Pazifist? Doch nicht so was? Das könnte ich nicht dulden. Ist er denn religiös?«

»Nicht sehr«, sagte Evelyn mit einem Lächeln.

»Kümmere mich nicht darum, wenn er nur in Newlands zur Kirche geht. Er muß am ersten Feiertag und jeden Sonntag gehen. Muß den Schein wahren um des Dorfes willen.«

»Das wird er sicher tun, Papa«, sagte Evelyn, die sich keineswegs sicher fühlte.

»Schön, schön ...«, brummelte Herr Jarrold. »Die Sache mit dem Jagdreiten ärgert mich freilich. Ganz sicher, daß er kein Feigling ist? Wie ist er im Sport?«

»Es tut mir leid, ich habe nicht gefragt.«

»Er hätt's dir erzählen sollen. Wenn er eifrig wäre, hätte er's dir erzählt, ohne gefragt zu werden. Schlechtes Zeichen. Schlechtes Zeichen.«

»Er hat bei den Prüfungen im vorigen Halbjahr einen Preis bekommen, das weißt du ja. Und er ist unter den ersten Hundert.«

»Das ist mir gleich. Wer geht denn nach Eton, um Bildung zu lernen? Manieren und Charakter – dafür geht man nach Eton. Um zu lernen, ein Mann von Welt zu werden. Lerne dich selbst zu beherrschen, dann kannst du andere beherrschen.«

Sie hätte treffend erwidern können, daß Herr Jarrold

niemals gelernt hatte, sich selbst zu beherrschen, und dennoch andere mit auffallendem Erfolg beherrschte. Wie mancher bedeutende Mann hatte er seinen Gefühlen und Anfällen von Heftigkeit stets nachgegeben, wenn er den Hang dazu spürte. Niemals hatte er das englische Evangelium der Gefühlsverdrängung angenommen, so brennend er es jetzt auch zum Besten seiner Söhne und seines Enkels predigte. Aber schließlich war er auch nie auf einer englischen Internatsschule gewesen. Er hatte sich den Weg durch das Leben nach oben erzwungen, mit Grobheit war er auf den Gipfel gelangt und hatte sich mit seinen Mitmenschen im Konkurrenzkampf gemessen, bei dem es gewöhnlich und keineswegs fein zuging. Er war ohne Manieren und ohne klassische Bildung zurechtgekommen. Auch der Sport hatte in seinem Leben kaum eine Rolle gespielt. Dazu hatte er niemals Zeit gehabt. Er stammte aus einer anderen Klasse und aus einem anderen Jahrhundert. Evelyn konnte nicht einsehen, daß er deshalb schlechter sei.

»Hängt nicht alles davon ab, was Dan werden soll, wenn er erwachsen ist?« fragte sie.

»Dan braucht gar nichts zu werden«, sagte Herr Jarrold stolz. »Er kann zur Garde gehen.« Das sagte er ohne jede Ironie. »Er wird Lord sein, ehe er fünfundzwanzig ist. Er kann seine Zeit im Oberhaus ausfüllen.«

»Was meinst du damit, Papa?«

»Da habe ich anscheinend die Katze aus dem Sack gelassen«, sagte Herr Jarrold und zwinkerte ihr zu. Er hatte seine gute Laune völlig wiedergefunden. In diesem Augenblick war er entzückend naiv, und Evelyn vergab ihm all seine Sünden.

»Wirklich, Papa? Hohe Ehren zu Neujahr?«

Herr Jarrold nickte.

»Weiß Mama es schon?«

»Hab's ihr nicht erzählt. Hab's auch Evan, Gottfried und Katharina nicht erzählt. Hatte auch nicht vor, es *dir* zu erzählen. Dachte, ihr solltet's alle in der *Times* lesen. Überraschung.«

»Ich werde es nicht verraten, Papa.« Sie umarmte und küßte ihn. Sie war sicher, daß er sie in sein Geheimnis eingeweiht hatte, um es wiedergutzumachen, daß er über Dan so ärgerlich geworden war. Der liebe alte Mann! Während des kurzen Augenblicks des Kusses genoß er den leichten warmen Duft, der sich in ihrem Pelz verbarg.

»Ich vertraue dir, Evelyn.«

»Das kannst du. Ich freue mich so. Du weißt nicht, wie ich mich freue. Für dich.«

Sie sprach die Wahrheit. Sie freute sich um des alten Mannes willen und, weil sie selber aus der Mittelklasse stammte, um ihres Sohnes willen. Der Adel hatte einen Zauber für sie. Sie freute sich, daß Herr Jarrold belohnt werden sollte, weil ihm diese Belohnung Freude machen würde; und sie war froh, daran zu denken, daß ihr Sohn am Ende seinen Platz im Oberhaus einnehmen würde. Ihr Vater würde sich auch freuen, der in Biggleswade zwischen seinen Aquarellen herumpusselte. »Mein Enkel«, würde er sagen, »Lord...«

»Zu welchem Namen hast du dich entschlossen?« fragte sie.

»Kann mich nicht entscheiden. Dachte, du könntest helfen. Newlands klingt irgendwie ein bißchen zu neu. Närrische Sache. Würd's nicht annehmen, wenn Dan nicht wäre. Und nun erzählst du mir, Dan will keine Jagden reiten, nicht schießen – zum Henker! Nächstens wird er noch Vegetarier oder Abstinenzler. Schrulle! Hasse Schrullen.«

»Wie findest du Orlestone als Namen?« fragte sie und lenkte ihn von dem gefährlichen Thema ab. Orlestone lag im Bezirk der Jarroldschen Bergwerke.

»Orlestone. Nicht schlecht. Schon selber daran gedacht.«

»Na, du kannst's uns ja Neujahr endgültig sagen, Papa.«

»Denk dran, ein überraschtes Gesicht zu machen!« sagte Herr Jarrold.

»Aber natürlich! Mama würde es nicht gern sehen, daß ich es vorher gewußt habe.«

»Dummes Zeug – sie kümmert sich um nichts anderes als darum, ob die Schnecken die Esquilogias fressen.«

»Was für Dinger, Papa?«

»Esquilogias. Eine von diesen Blumen, mit denen sie sich dauernd zu schaffen macht.«

»Ach, Aquilegias meinst du, Papa, – oder Eschscholzias.«

»Kreuzung zwischen den beiden. Jedenfalls irgendwas, bei dem ich mir vorkomme, als ließe man mich draußen in der Kälte stehen, wenn sie mit einem von ihren Gartenfreunden darüber schwatzt. Neulich hatte sie sogar einen da, der siebzig neue Lilienarten in der Mandschurei entdeckt hatte.«

»Du meine Güte, Papa.«

»Na ja, vielleicht hab ich's falsch mitgekriegt. Irgendwas hatte er irgendwo entdeckt, und siebzig Arten gab's davon. Sie haben jede Art bis ins einzelne besprochen. Ich bin schlafen gegangen.«

Er war jetzt guter Stimmung und zufrieden, daß Evelyn sein Geheimnis kannte, und dankbar, daß sie es mit gebührender Begeisterung aufgenommen hatte. Weil ihn die Mitteilung verlegen gemacht hatte, lenkte er mit einem Scherz ab. Es war gerade genug Gefühl zur Schau gestellt worden, als sie ihn küßte. Sie verstanden sich vorzüglich.

»Lieber Papa, nun muß ich leider gehen.«

»Hast du deinen Wagen da? Willst du eine Taxe?«

»Weder noch. Ich gehe zu Fuß.«

»Kalter Tag«, sagte Herr Jarrold mahnend.

»Ich hab ja einen Pelzmantel.«

»Ganz richtig, zu Fuß zu gehen, wenn man kann«, sagte Herr Jarrold und begleitete sie die polierte Galerie des Museums entlang, »hält den Teint frisch.« Er ging schwerfällig neben ihr her. »Du wirst niemand etwas sagen, Evelyn, wie?«

»Ehrenwort, Papa.«

»M–m–m. Ich nehme es an.«

Oben an der Treppe begegneten sie Gottfried Jarrold, der mit einem unbekannten jungen Mann heraufkam.

»Tag, Papa. Ich hab dich gesucht. Tag, Evelyn. Papa, darf ich dir Herrn Miles Vane-Merrick vorstellen? Er möchte mit dir über die Verhältnisse bei den Industriearbeitern sprechen. Ich sagte ihm, es würde dich bestimmt nicht belästigen.«

»M–m–m«, sagte Herr Jarrold. Vane-Merricks Name war ihm gut bekannt als der eines vielversprechenden jungen Unterhausmitgliedes – eines Aristokraten in den Reihen der Arbeiterpartei. Mit Vane-Merrick zu sprechen mochte wohl lohnen. »Kommen Sie!« sagte Herr Jarrold. »Evelyn geht gerade – hat eine Verabredung mit ihrem Schneider. Meine Schwiegertochter, Herr Vane-Merrick.«

Sie lächelten konventionell und nickten einander zu. Evelyn sah einen blonden jungen Mann mit einem außergewöhnlich heiteren, offenen und wachen Gesicht. Vane-Merrick sah eine dunkle, schlanke Frau in grünem Samt und Zobelpelz, an dem sie einen Veilchenstrauß trug. Sofort war er von dem Ausdruck zurückgehaltener Leidenschaft betroffen. Es war nicht so sehr ihre unverkennbare Liebenswürdigkeit und Eleganz, die ihn anzog, als das Geheimnisvolle, das ihr ganzes Wesen verbarg. Einen Augenblick lang begegneten sich ihre Augen. Sie setzte elastisch ihren Weg die gebohnerte Treppe hinab fort, wobei sie Bemerkungen mit ihrem Schwiegervater austauschte, der darauf bestand, sie zu begleiten.

Ein schneidender Wind packte Evelyn, als sie aus der Sicherheit des Jarroldschen Hauses in den Londoner Lärm hinaustrat. Es schauerte sie, sie stellte den Kragen ihres Pelzmantels hoch und senkte das Gesicht vor dem Wind. Die roten Omnibusse donnerten an ihr vorüber, als sie die Park Lane entlangging. Sie dachte an die Tage, als sie noch im Bus fahren mußte, als sie selbst unter der Menge war, die auf dem Bürgersteig wartete, den Vorüberhastenden im Wege stand und von den andern, die auch mit dem Bus fahren wollten, zur Seite gestoßen wurde. Sie dachte an jene Tage, als der heisere Ruf des Schaffners erklang, der von einem ausgestreckten, abwehrenden Arm begleitet wurde: »Nur noch auf dem Verdeck!« wie der Ruf des Schicksals, das einen für ewig auf die Sitze im Freien, im Regen, in der Kälte verbannte, obwohl der Bus angeblich das demokratischste Beförderungsmittel war. Heute waren selbst die Autobusse verändert. Das Verdeck bot ebensoviel Schutz wie das Innere. Außerdem konnte man oben rauchen. Das Leben nivellierte sich für alle immer mehr. Evelyn Jarrold empfand weniger Sympathie für die Bus-Fahrgäste als die Evelyn Wilson vor zwanzig Jahren. Vielleicht deshalb, weil Evelyn Jarrold in den Bereich der Kapitalisten eingetreten war. Jetzt verspürte sie entschieden Ärger, wenn ihr Wagen im Hydepark von Taxen aufgehalten wurde, und erinnerte sich der Zeiten, als der Park für alle Mietfahrzeuge gesperrt war. Ihre Abneigung gegen Omnibusse und Schaffner mit schneidenden Stimmen hatte sich beträchtlich gemildert, seit sie selber ihren eigenen Wagen besaß und in der Lage war, immer eine Taxe anzurufen, wenn sie eine brauchte.

Eigenartigerweise zog sie es trotz dem Wind und der allgemeinen Unfreundlichkeit des Dezemberwetters vor, zu Fuß zu gehen. Man konnte sich's leisten, zu Fuß zu gehen, wenn man in Zobel gehüllt war und die Möglichkeit hatte, einer Taxe zu winken, sowie das Wetter unerträglich wurde. Der eisig peitschende, beißende Wind machte sie fast heiter. Unbequemlichkeiten, die man nicht unbedingt aushalten muß, erzeugen stets eine gewisse Heiterkeit. Daher auch der nie versiegende Reiz von Picknicks.

Evelyn kämpfte sich gegen den Wind die Park Lane hinan. Das Leben war leicht und angenehm für sie – zu leicht, zu angenehm –, und sie begrüßte den Wind als etwas, was sich von außen gegen sie stemmte. Sie war zu gern geneigt, es als Regel anzusehen, daß man ihre Wünsche berücksichtigte, sie verwöhnte, sie überall zum Mittelpunkt machte; die Jarrolds verehrten sie, und ihre vielen Bekannten brachten ihr viel mehr Sympathie entgegen als sie ihnen. Es war alles gar zu bequem und behaglich. Das machte sie bisweilen ein wenig ungeduldig und unleidlich. Auch in materieller Hinsicht war sie in einer glücklichen Lage; bei dem Schneider, zu dem sie gerade ging, würde sie alles bestellen, was sie wollte, und sie wußte, daß sie eine ganze Menge wollte, da sie von den femininen Dingen leicht in Versuchung geführt wurde. Sie würde unfähig sein, den hübschen Stoffen, den Pelzen und Blumen zu widerstehen; es gab auch wirklich keinen Grund, weshalb sie ihnen hätte widerstehen sollen. Sie würde sich eine Menge Sachen zur Auswahl nach Hause schicken lassen, würde sie über ihr ganzes Zimmer verstreuen und zwischen ihnen umherwandern, während Privett, ihr halsstarriges Mädchen, das seit der Hochzeit bei ihr war, mißbilligend zuschaute und, wenn Evelyn um Rat fragte, nur sagte, sie habe doch schon genug Kleider. Doch schließlich würde sie sogar aus Privett ein Lächeln herauslocken.

Madame Louise, die Verkaufsdirektrice bei Rivers & Roberts, kam mit einem erfreuten Schmunzeln nach vorn, um Frau Jarrold willkommen zu heißen. Dies Schmunzeln reservierte sie für Kunden, mit denen die Firma nur Ehre einlegte. Kunden der anderen Art begrüßte sie lediglich mit einem harten und hochmütigen Anstarren, das der Frage gleichkam, was sie wohl bei Rivers & Roberts zu suchen hätten. Doch Frau Thomas Jarrold war eine Favoritin, daran gab's keinen Zweifel. Sogar die Mannequins lächelten, und der berühmte Herr Rivers selber kam hinter einem Vorhang hervor, als er hörte, daß Frau Jarrold im Geschäft sei. Er war sehr klein und geziert, hatte lange, ausdrucksvolle Hände und winzige Füßchen in Lackschuhen; er flatterte neben Madame Louise einher, die groß, üppig und in schwarze Seide gehüllt war und das kurzgeschnittene graue Haar glatt zurückgebürstet trug, so daß sie fast aussah wie ein Herr aus dem achtzehnten Jahrhundert; man konnte sich gut vorstellen, daß sie Herrn Rivers überlegen war und ihm ein paar Klapse hintenvor geben würde. Evelyn dachte oft amüsiert darüber nach, in welchem Verhältnis die beiden wohl wirklich zueinander stehen mochten. Sie waren Kollegen, von denen einer auf des andern Urteil angewiesen war; aber ob sie sich im geheimen verabscheuten? Fanden vielleicht hinter jenem Vorhang, in Herrn Rivers' Allerheiligstem, entsetzliche Szenen statt, Szenen, nach denen die beiden sanft und lächelnd wieder auftauchten, wenn ihnen eine erschreckte Gehilfin die Ankunft einer amerikanischen Herzogin meldete? Doch wie sie sich im Privatleben auch betragen mochten, in der Öffentlichkeit waren sie eine furchtbare Verbindung. Ein Blick von ihnen genügte, eine kräftige Millionärin davon zu überzeugen, daß sie ein Geschöpf sei, dessen sich die Welt schämen müsse.

Durch ihr Benehmen deuteten sie an, daß es ihnen vollkommen gleichgültig sei, ob sie ihre Waren verkauften oder nicht. Ihr Benehmen ließ tatsächlich eher darauf schließen, daß sie lieber überhaupt nichts verkauften, daß solche Geschäfte weit unter ihrer Würde seien. Sie seien Künstler, Schöpfer, die, falls sie einen Scheck bekämen, kaum wüßten, was sie damit anfangen sollten. Wenn eine Kundin den argen Verstoß beging, nach einem Preise zu fragen, hoben sie die Brauen und riefen ein untergeordnetes Wesen, das die Antwort geben mußte; währenddessen wandten sie sich diskret beiseite, um sich die Qual zu ersparen, eine solch schmutzige Unterhaltung mit anhören zu müssen. Stets wurde vorausgesetzt, daß jeder, der bei Rivers & Roberts eintrat, über solch kleinlichen Erwägungen stand. Diese Voraussetzung spürte man in der ganzen Atmosphäre des Unternehmens.

Für die Vorführung ihrer Schöpfungen hatten Rivers & Roberts eine Anzahl junger Frauen von unübertroffener Schönheit angestellt, die Madame Louise mit gleichsam mütterlichem Wohlwollen und Herr Rivers mit geschäftiger Nervosität behandelte. Doch obwohl Madame Louise sie »Liebste« nennen und Herr Rivers auf sie zutänzeln konnte, um eine Falte zurechtzuzupfen, oder zurücktrat, um den Effekt einer Orchidee, die zwischen Zeigefinger und Daumen an die Schulter gehalten wurde, zu bewundern, ahmten diese jungen Damen mit bemerkenswertem Erfolg das süperbe, gleichgültige Benehmen ihrer Arbeitgeber nach. Sie waren gelangweilt, sie waren schön, sie waren herablassend. Sie schlenderten über die Bahnen grauer Haarteppiche, als ob die Kleider, die sie trugen, ihnen gehörten. Und tatsächlich trugen sie Kleider, die zu jeder der vielfältigen Stunden im Leben einer jungen vornehmen Dame gehörten, zum Leben einer Debütantin in jenem üppigen und ausgefüllten Jahr, in dem sie in die Gesellschaft eingeführt wird. Sie spielte Tennis, sie tanzte, sie speiste, sie fuhr im Tweedkostüm nach Schottland und in handbemaltem Chiffon nach Ascot zum Rennen; sie badete, sie segelte; sie war kühl oder warm angezogen. Doch was sie auch tat, sie benahm sich exquisit, voller Verachtung und gelangweilt.

Evelyn betrachtete diese Prozession, wie sie sie hundertmal vorher betrachtet hatte. Madam Louise und Herr Rivers schwebten um sie herum und sagten: »Nun ein hübsches kleines Kostüm, Frau Jarrold – gerade das rechte für Luxor.« Evelyn zögerte, da sie mit einem Gedanken spielte. Sollte sie nach Luxor fahren, wenn Dan nach Eton zurückgekehrt war? Nichts hätte sie davon zurückhalten können. Doch dann schritt eine andere junge Frau durch ihr Blickfeld, in scharlachrote Wolljacke und scharlachrote Hosen gekleidet, die ein Paar Skier über der Schulter trug, und sie meinte, sie würde gern nach Caux fahren. Sonne oder Schnee – was sollte es sein? Doch eine vorübergleitende Erscheinung in Weiß schlenderte über den Teppich, und Evelyn dachte an Monte Carlo.

Sie war wirklich schrecklich ungebunden.

Andere Frauen, die sie kannte, kamen lachend herein und schüttelten die ersten Schneeflocken aus ihren Pelzen, stießen kleine Ausrufe über das Wetter aus – obwohl sie gewiß nur vom Wagen über den Bürgersteig zur Tür gelaufen waren. Herr Rivers und Madame Louise waren so gütig, sie erfreut willkommen zu heißen, Stühle wurden gebracht. Eine der Frauen, eine russische Fürstin Tscharskaja, unvergleichlich schön und schick, war offenbar mit den anderen zusammen in der Hoffnung gekommen, daß für sie kleine Nebeneinkünfte abfallen möchten. Das war der einzige Weg, der es ihr möglich machte, sich durchzubringen. Sie hatte sich einer reichen unangenehmen Witwe besonders attachiert, die plump wirkte wie eine Kröte; ihre persönliche Eitelkeit war ebenso überraschend wie maßlos und ihre Aufnahmefähigkeit für Schmeicheleien ebenso riesig wie die eines Elefanten für Korinthenbrötchen. Herr Rivers war der Fürstin Tscharskaja dankbar dafür, daß sie Frau Denman in sein Geschäft eingeführt hatte, da sie teure, wenn auch jugendliche Kleider sehr liebte. Er drückte seine Dankbarkeit ebenso handgreiflich wie diskret aus; er und die Fürstin tauschten einen geheimen Wink hinter Frau Denmans Rücken.

Evelyn sah sich die Komödie an. Das waren alles nur Karikaturen von Menschen: Martha Denman, Elisabeth Tscharskaja, Herr Rivers und Madame Louise. Sie fragte sich, ob sie selber wohl auch solch eine Karikatur sei. Da war noch Julia Levison, ein gefühlloses, lockenköpfiges Überbleibsel aus der Gesellschaft zur Zeit Eduards VII., die sich ebenfalls an Frau Denman hängte, um zu sehen, ob nicht auch für sie etwas abfiele. Sie und Elisabeth Tscharskaja haßten sich, obwohl sie sehr befreundet taten; trotzdem genossen sie das Zusammensein, wenn sie merkten, wie weit sie es mit Frau Denman treiben konnten und welche Komplimente sie arglos schluckte. Es war nicht sehr schön. Gerade versuchten sie, Frau Denman zu überreden, ein zartfarbiges, hauchdünnes Abendkleid zu bestellen, in dem ein schlankes Mädchen vor ihnen paradierte. Es passe genau zur Farbe ihrer Augen ... Nach einer Weile stand Evelyn auf und ging. Herr Rivers begleitete sie zur Tür. Als sie an der Gruppe vorübergingen, blinzelte er Evelyn zu.

Fünf Uhr. Sie wollte am Abend zu einer Gesellschaft; sie mußte heimgehen und sich ausruhen. (Wovon ausruhen?) Sie hatte wirklich keine Lust mehr, noch irgend jemand zu sehen. Wenn sie Langeweile hatte in der Zeit zwischen Tee und Dinner und ihre Aufmerksamkeit nicht auf einen Roman konzentrieren konnte, war es immer noch möglich, mit irgendwem zu telefonieren und ihn zu bitten, sie in ihrer Wohnung zu besuchen. Doch im Augenblick hatte sie das Bedürfnis, allein zu sein. Es gab niemand, den sie hätte sehen wollen, außer vielleicht ihre Nichte Ruth, die jung und ausgelassen war und sie vergötterte. Sie verspürte nicht einmal viel Lust, Ruth zu sich zu bitten. Sie wollte lesen – wenn sie konnte.

Evelyn wohnte am Anfang eines Blocks neuer Etagenwohnungen am Portman Square. Als sie nach Hause kam und die Tür mit ihrem Drücker öffnete, begegnete ihr Privett auf dem Flur. Wie gewöhnlich machte Privett ein vorwurfsvolles Gesicht.

»Fräulein Ruth ist da, gnädige Frau.« Ebensogut hätte sie sagen können: »Wie spät Sie wieder kommen! Und wo haben Sie gesteckt? Das möchte ich wirklich wissen.«

»Ach? Das ist schön... Sagen Sie Mason, bitte, er möchte Tee bringen, Privett!«

»Mason ist ausgegangen. Es ist sein freier Donnerstag.«

»Dann sagen Sie's Alice! Oder bringen Sie ihn selber!« – Lieber Gott, dachte Evelyn, während sie zum Wohnzimmer ging, habe ich denn nicht genug Dienstboten? – »Ruth!« sagte sie, als sie die Tür öffnete.

»Evelyn, Liebste!« Ruth kam ihr entgegen und starrte sie an mit der ganzen Bewunderung des jungen Mädchens für die ältere Frau. »Wie reizend du aussiehst – wie immer! Und dabei kommst du gerade aus einem Schneesturm. Wie machst du das nur? Ich habe dich in der Park Lane verpaßt. Ich war mit Vati nach dem Frühstück dort.«

»Ja, ich hab ihn getroffen. Er kam mit einem Herrn, der Papa sprechen wollte, deshalb bin ich gegangen.«

»Ich weiß. Miles Vane-Merrick.«

»Ja, Miles Vane-Merrick.«

Evelyn merkte sofort, daß Ruth sich für Miles Vane-Merrick interessierte. Aber natürlich sagte sie nichts. Sie zog den Mantel aus und warf ihn auf das Sofa, nahm die Pelzkappe ab und glättete ihr dichtes Haar. Dann lächelte sie Ruth zu.

»Komm, setz dich und erzähle, wie du das Leben genossen hast!«

Ruth genoß das Leben in vollen Zügen und machte kein Hehl daraus. Allgemein war sie wegen ihrer unschuldigen Meinung beliebt, daß jeder diese angenehme Sache genauso genösse wie sie. Manche fanden ihr unschuldiges Vergnügen einigermaßen zum Verzweifeln – Evelyn selber mußte gelegentlich ein Gefühl der Gereiztheit unterdrücken –, doch da ihre Altersgenossen auf ihren Frohsinn eingingen und die Älteren wohlwollend lächelten, amüsierte Ruth sich immer prachtvoll. Besonders ihr Großvater hörte gern, daß sie sich gut unterhielt. Wie andere Männer aus einfachen Verhältnissen, die es zu etwas gebracht haben, war William Jarrold ganz einverstanden damit, daß seine Nachkommen es sich leisten konnten, müßigzugehen; es schmeichelte seiner Eitelkeit. Und Ruth war durchaus nicht abgeneigt, alle nur möglichen Vorteile aus dem Jarroldschen Vermögen zu ziehen; von ihrer Mutter, die eine richtige Spießerin war, ermutigt, benutzte sie dieses Vermögen, um in einer Gesellschaftsschicht zu verkehren, die eigentlich nicht die ihre war. Sie konnte natürlich nicht über das Vermögen verfügen; aber es war bequem, Autos zu haben, die man seinen Freunden leihen, und ein Landhaus, in dem man sie gastlich bewirten konnte. Ruth Jarrold war durchaus damit einverstanden, wie sie sich ihr Leben eingerichtet hatte. Alle Jarrolds waren auf diese oder jene Weise ehrgeizig, und Ruths Ehrgeiz nahm die Form einer sanften und harmlosen, freilich törichten Genußsucht an.

Ihre Verehrung für Evelyn war echt, und als besonders günstig erwies es sich, daß die beliebte Frau Thomas Jarrold nicht nur ihre Tante, sondern auch ein entschiedener gesellschaftlicher Aktivposten war.

Sie plauderte. Evelyn gab sich diesem Geplauder freundlich hin; sie hatte das Gefühl, als widme sie sich ständig voller

Freundlichkeit irgendeinem Menschen oder irgendeiner Sache, bis sie überhaupt kein eigenes Dasein mehr führen könne. Ob sie sich jemals von der ganzen Menge ihrer Bekannten abwenden und sie eines Tages alle fortjagen würde? Sie wußte, irgendwo versteckt in ihrem Innern lauerte die notwendige Härte; tatsächlich fürchtete sie sich sogar davor. In früheren Zeiten hatte diese Härte ein- oder zweimal Gewalt über sie gewonnen; das konnte wiederkommen. Sie verachtete diese Härte, weil sie sie häßlich fand. Doch manchmal hatte sie das Gefühl, als könne sie die Leere ihrer Bekannten und das Schablonenhafte der Jarrolds nicht länger ertragen. Die beiden alten Jarrolds waren jeder in seiner Art durchaus echt, aber alle anderen waren Puppen, Marionetten, und die Konventionen, die sie angenommen hatten, bedeuteten nicht mehr als das Papier im Papierkorb.

Bruchstücke von Ruths Geplauder erreichten Evelyn wie von weit her. »Und erzähl mir doch von Eton... da war wohl alle Welt gekommen?... hast du dir die internen Spiele angesehen?... und was macht Dan?... nächstes Jahr muß ich wirklich mit dir zum Quartalsschluß hinfahren... das ist dann Dans letztes Halbjahr, nicht wahr?... ich denk mir immer, bei so einem Quartalsschluß gibt es viel Spaß... das sagt jeder, den man kennt... ebenso nett wie Ascot... und dann das Feuerwerk... wie schön das wäre, wenn ich noch einen Vetter hätte, der nach Eton geht!... oder einen Bruder... aber es macht ja nichts, lustig wird's werden, wenn Dan erst in Oxford ist. Ich finde das so merkwürdig, was man manchmal von Jungen hört, die nicht gern in Eton sind, du nicht auch? Neulich hab ich von jemand gehört, der doch tatsächlich einmal darum gebeten hat, man solle ihn dort fortnehmen. Und dabei hatte er in der Mannschaft seines Hauses gespielt und sollte gerade in die Schulmannschaft gewählt werden.«

»Und ist's geschehen?« fragte Evelyn unbeteiligt.

»Daß er in die Schulmannschaft gewählt wurde? Natürlich nicht. Ach so, von der Schule genommen, meinst du? Ja, das ist geschehen. Er hat so ein Getue darum gemacht und gesagt, er liefe sonst weg. Sein Vater mußte noch ein ganzes Jahr bezahlen, und weil er keineswegs reich war, hat ihm das viel mehr ausgemacht, als den Sohn von der Schule zu nehmen.«

»Und wer war das?« fragte Evelyn, die mit dem Tee beschäftigt war.

»Stell dir vor, es ist Miles Van-Merrick gewesen.« Ruth schwieg eine Weile. »Es ist ja wirklich sonderbar. Er hat alle möglichen seltsamen Ansichten. Er will nicht mehr Kricket spielen und nicht mehr auf Gesellschaften gehen...«

»Geht er nicht heute abend zum Ball?« fragte Evelyn und sah ihre junge Nichte rasch und freundlich an.

»Doch, ja, das will er; ich hab ihn dazu gebracht, daß er's mir versprach. Ich halte es nicht für richtig, daß ein junger Mann sich ständig in einer alten Burg einsperrt, wenn er sich nicht gerade in den Elendsvierteln seines Wahlkreises aufhält, nicht wahr, Evelyn? Bloß mit dummen Bauern und sonst niemand?«

»Tut er das?«

»Ja – aber wir wollen nicht von ihm sprechen, er ist wirklich nicht sehr interessant. Sprechen wir lieber von dir!«

»Ich meine, er sieht sehr gut aus«, sagte Evelyn vorsichtig.

»Gut aussehen – ja, ich glaube wohl; wie Sir Philip Sidney, meine ich immer. Irgend jemand hat mal gesagt, er sehe ganz so aus, als sei er aus der Zeit der Königin Elisabeth. Weißt du, er ist sehr gescheit«, sagte Ruth, »er liebt Poesie; ich glaube, er schreibt sogar selber Gedichte.«

»Wie schade!« sagte Evelyn, »es wäre doch viel besser, wenn er Kricket spielen würde.«

»Ja, das meinen Vati und ich auch, aber ich hätte nicht geglaubt, daß du so denkst, Evelyn. Ich habe dich immer im Verdacht gehabt, du seist ein bißchen intellektuell veranlagt.« Ruth lachte herzlich. »Aber ist es nicht wirklich sonderbar bei einem Menschen wie Miles Vane-Merrick? Ich meine, er ist in allem so tüchtig, oder er könnte es wenigstens sein, wenn er sich die Mühe machen wollte; doch anscheinend kümmert er sich nicht darum. Natürlich macht es nicht soviel aus, weil er nicht der älteste Sohn ist; er wird wohl tun können, was er will, aber wenn er der älteste wäre, dann wäre es wirklich sehr schade.«

»Zucker?«

»Ja, bitte, viel! Und wie steht's mit dir, Evelyn? Hast du dich amüsiert? Weißt du, daß wir uns eine Woche lang nicht gesehen haben?«

»So lange!« sagte Evelyn.

»Du fehlst mir wirklich, wenn ich dich nicht sehe«, sagte Ruth ernsthaft. »Natürlich bilde ich mir nicht ein, du würdest es merken, wenn du mich einen Monat lang nicht sähest. Als du im Sommer mit Dan in Italien warst, habe ich dich schrecklich vermißt, und du hast mir nur eine Ansichtskarte geschickt. Ich habe immer entsetzliche Angst, daß etwas schiefgeht, wenn du nicht da bist.«

»Aber liebes Kind, was sollte denn schiefgehen? Mit euch Jarrolds geht niemals etwas schief. Ihr schreitet von Erfolg zu Erfolg; ihr seid eine glückliche, aufblühende Familie.«

Trotz ihrer schulmädchenhaften Schwärmerei für Evelyn fand Ruth es ziemlich herzlos, daß Evelyn so redete, wo doch der arme Onkel Thomas im Kriege gefallen war.

»Manchmal geht doch etwas schief, findest du nicht?« sagte sie. »Und immer habe ich das Gefühl«, fügte sie hinzu, um ihre im Innersten ungetreue Kritik wiedergutzumachen, »daß du der einzige Mensch bist, der alles wieder geraderichten kann. Immer kannst du Großpapa herumkriegen. Ich weiß genau«, fuhr sie fort, und die Begeisterung ging mit ihr durch, »daß du jeden herumkriegen könntest. Du bist fabelhaft, Evelyn; du bist so ruhig und selbständig und ziemlich spöttisch und doch wirklich menschlich. Ich möchte wohl wissen, woran du eigentlich denkst, wenn du allein bist.«

»Meistens an Kleider«, sagte Evelyn, die es nicht mochte, wenn Ruth gefühlvoll wurde, obwohl sie in ihrer Eitelkeit eifersüchtig über die Ergebenheit selbst dieses alltäglichen Mädchens wachte, »und an die nächste Gesellschaft.«

»Das sagst du nur so; ich glaube dir nicht ein Wort. Manchmal fühle ich mich ganz unbehaglich bei dir, Evelyn, so sehr ich dich auch liebe.«

»Aber du liebst mich trotzdem, nicht wahr?«

»Ach, Evelyn, das weißt du doch. Mehr als sonst jemand, außer Mutti und Vati natürlich.«

»Bestimmt?« fragte Evelyn. Sie nahm die Einschränkung wegen Mutti und Vati übel.

»Ganz bestimmt. Aber weshalb willst du das denn wissen? In Wirklichkeit ist es dir doch ganz gleich, ob ich dich liebe oder nicht.«

»Möchte nicht jeder gern geliebt werden?« sagte Evelyn. Eigentlich ist es nicht recht von mir, daß ich so mit dem Mädchen spiele, dachte sie. Aber sie mußte unbedingt alle Jarrolds zu ihren Füßen sehen, wenn sie sich deswegen auch verachtete. Es war ein Spiel, mit dem sie sich beschäftigte, wenn sie nichts Besseres vorhatte.

»Natürlich möchte jeder gern geliebt werden, aber ich dachte, du hättest auch ohne mich genug Menschen, die dich lieben.«

»Man hat niemals genug«, sagte Evelyn und stand unvermittelt auf. Sie hatte das Geständnis von dem Mädchen erpreßt, das sie hören wollte, wie sie es von jedem andern erpreßt haben könnte, und plötzlich langweilte es sie. »Du mußt nun laufen, Liebste; ich möchte noch ein bißchen ruhen, ehe ich mich zum Essen umziehe.«

»O Evelyn, du bist gar nicht nett. Darf ich nicht bleiben?«

»Nein, das darfst du nicht. Wenn du bliebest, würdest du mich vielleicht weniger lieben.«

»Du weißt doch, daß ich das nie tun würde; und wenn's so wäre, machtest du dir nichts daraus.«

»O doch«, sagte Evelyn, nahm den Kopf des Mädchens zwischen die Hände und lachte ihr in die Augen. Als sie das tat, war ihr Gesichtsausdruck so spöttisch und doch gleichzeitig so zärtlich, daß Ruth ihr alle Herzlosigkeit vergab und sie nur noch mehr liebte. Man konnte Evelyn alles verzeihen, wenn sie einen so anschaute. »Gut, Grausame«, sagte sie, »ich gehe und überlasse dich deiner Ruhe. Wir treffen uns heut abend.«

»Wenn du das treffen nennst! Ich werde dich von weitem sehen, wenn du mit Miles Vane-Merrick tanzt. Mit deinem jungen Mann aus der Zeit der Königin Elisabeth.«

»Zieh mich nicht auf, Evelyn!«

»Darf ich nicht? Gut, ich tu's nicht mehr.«

Ruth war immer seltsam froh erregt, wenn sie mit Evelyn zusammengewesen war. Sie ging jedesmal von ihr mit einem Kopf, in dem ungewöhnliche, inhaltsschwere, gefährliche Ansichten schwammen. Wie verlief Evelyns Leben dann, wenn es nicht jeder sehen konnte? Äußerlich führte sie das gewöhnliche, halb sittsame, halb leichtfertige Leben einer Frau, die ihre Zeit zwischen den familiären Bindungen und dem persönlichen Vergnügen aufteilte, sie war eine zärtliche Mutter, eine ideale Schwiegertochter, Schwägerin und Tante; wenigstens einmal in der Woche frühstückte sie in der Park Lane und verließ die alten Leute stets in bester Stimmung; wenigstens alle vierzehn Tage speiste sie bei Ruths Eltern, brachte Ruths steife und vorsichtige Mutter dazu, sich zu entspannen, und Ruths Vater dazu, eine Menge Dinge zu sagen, die er nie sagen würde, wenn Evelyn nicht da war – sogar gewagte Dinge, die seiner Frau stets ein im geheimen entzücktes »Aber Gottfried! Ich kenne dich gar nicht wieder!« entlockten; wenigstens einmal im Monat ließ sie sich von Onkel Evan ins Theater führen, was für eine begehrte Frau wie Evelyn nicht sehr erfreulich sein konnte, da Onkel Evan für gewöhnlich mürrisch, gelegentlich unvermutet und beunruhigend geräuschvoll, immer jedoch dumm war. Diese Dummheit überstieg selbst die Jarroldsche Duldung von Hohlköpfigkeit. Ruth vermochte diese vorbildlich häusliche Evelyn nicht mit der verwöhnten luxusbedürftigen Evelyn in Einklang zu bringen, die fünfzigmal am Tage nach der geduldigen, aber unangenehmen Privett klingelte, die alle

Oberkellner von London, Paris und Berlin dazu bewegen konnte, zuerst ihr zu servieren, die jede Bewunderung wie einen Scherz entgegennahm und einem doch das Gefühl einflößte, daß sie auf Bewunderung Wert lege; die den Eindruck erweckte, daß sie ein Leben hinter ihrem Leben führe, die – kurz gesagt – offenbar ein Muster häuslicher Tugenden war und einen doch an den Schick des Modehauses Vogue und die ganze Leidenschaft Shakespeares erinnerte.

Die Eltern saßen allein beieinander, als Ruth nach Hause kam. Weil sie sich nach zwanzig Ehejahren nichts mehr zu sagen hatten, löste die Mutter ein Kreuzworträtsel, und der Vater rauchte bei der Abendzeitung seine Pfeife. Der Anblick ihrer Tochter heiterte sie ein wenig auf.

»Na, Ruth, wo bist du gewesen?«

»Du solltest dich vor dem Essen noch ein wenig ausruhen, liebes Kind.«

Ruth hatte genau gewußt, was beide sagen würden. Die erwarteten Sätze zu hören reizte sie keineswegs, es beruhigte sie vielmehr. Es besänftigte ihre unerklärliche Erregung über Evelyn. »Ich habe Evelyn besucht«, antwortete sie und war gewiß, daß die Antwort volle Billigung finden würde. »Ja, Mutti, ich glaube, ich ruhe mich ein Weilchen aus«, fuhr sie fort, froh über die Entschuldigung, gleich entwischen zu können, da sie den Eltern nicht mehr zu sagen wußte, als die einander zu sagen hatten – außer den Dingen, die man nicht sagen konnte und deshalb nicht sagte –; und in der Abgeschlossenheit ihres Zimmers konnte sie wenigstens mit einer ihrer Freundinnen telefonieren, sogar mit Evelyn, die sie gerade verlassen hatte.

»Du siehst müde aus, Liebling.«

Noch eine erwartete Phrase. Wie tröstlich das war! Wenn vielleicht auch langweilig.

»Ach nein, Mutti, ich bin kein bißchen müde.«

»Was willst du heut abend anziehen? Ich würde an deiner Stelle das Blaue nehmen.«

»Ich dachte eigentlich an mein neues Rotes, Mutti.«

»Schön, Liebling, wie du willst. – Gottfried, welches Fremdwort mit fünf Buchstaben fängt mit P an und hört mit T auf und bedeutet reizend?«

»Pikant vielleicht?« sagte Gottfried, der die Nachrichten von der Scheidungskammer las.

»P–i–k–a–n–t, nein, das geht nicht, das hat sechs Buchstaben. Ach, Gottfried, du enttäuschst mich. Denk dir etwas anderes aus!«

»Petit!« sagte Ruth, die eine Eingebung hatte.

»Petit! Ich glaube wirklich, du hast's getroffen: p–e–t–i–t. Heutzutage haben die Leute so komische Ansichten von reizend«, sagte Ruths Mutter, die einen Meter achtzig in Strümpfen maß. »Immerhin, da könnte ein T in der Mitte sein, das zu Karotte paßt – eine Karotte ist doch etwas, was man einem Esel unter der Nase baumeln läßt, nicht? Ich will's mit Bleistift einsetzen, damit ich's ausradieren kann, wenn ich etwas Besseres finden sollte. Liebling, du hast mir so schön geholfen, aber nun geh und ruh dich aus! Du siehst erschöpft aus.«

Es klang interessant, wenn einem jemand sagte, man sehe erschöpft aus, obwohl die Wirkung sicher nicht sehr kleidsam war. Es war angenehm, zu seiner Familie nach Hause zu kommen und genau die Sätze zu hören, die man erwartete. Ruth küßte ihre Mutter und ging nach oben. Das Haus war warm, da es Zentralheizung besaß, die sich Leute, denen es nicht so gut ging, nicht leisten konnten – oder die sie verachteten, da die Engländer von allen nördlichen Völkern das Klima am wenigsten beachten, obwohl sie unablässig und ausschließlich einzigartige Bemerkungen darüber machen. Das Haus war warm und voller Treibhausblumen, die ein Gärtner wöchentlich brachte, Blumen, die außerhalb der Jahreszeit blühten, Tulpen zu Weihnachten, Rosen zu Neujahr, Pfirsichblüten im Januar, Blumen, welche die Freude an all diesen wildwachsenden und reizenden Blumen verdarben, wenn sie in der Natur erschienen. Doch für Frau Gottfried Jarrold und ihre Tochter Ruth stellten sie nicht mehr dar als das notwendige Zubehör zum Luxus, nicht mehr als die geheizten Räume, die illustrierten Zeitschriften und der Fahrstuhl, der einem die Anstrengung ersparte, zwei oder drei Treppen zu steigen, wenn man auf einen kleinen Knopf drückte. Ruth empfand aufrichtige Dankbarkeit für ihren Großvater, der allein durch eigene Anstrengungen seinen Nachkommen solch bequeme Lebensbedingungen gesichert hatte. Natürlich würde sie lieber aus einer vornehmen Familie stammen oder noch besser aus altem Adel, doch heutzutage vergaßen die Leute schnell, daß der Großvater aus eigener Kraft etwas geworden, ja sogar, daß er ein Mann aus dem Volke war: Die neuen Familien verschmolzen rasch mit den alten. Heute würde niemand sagen, ihr Vater sei der Sohn eines solchen Mannes. Damit beruhigte sie sich selber. – Aber sie brauchte deshalb wirklich nicht befangen und unsicher zu sein, dachte sie, als sie sich genießerisch auf dem Sofa vor dem Kamin ihres Wohnzimmers ausstreckte; das würde nur bedeuten, sich eine Blöße zu geben.

Sie fragte sich, ob Evelyn sich jemals über solche Dinge den Kopf zerbräche.

Herrlich unbestimmte Wachträume begannen ihr durch den Geist zu fließen, so daß sie eine Hand ausstreckte und die Lampe ausknipste, damit allein der Schein des Feuers durch den Raum spielte. Sie würde Evelyn heute abend wiedersehen und auch Miles Vane-Merrick; er würde mit ihr tanzen, und sie wollte ihn damit necken, daß er zu dieser Gesellschaft gekommen sei. Insgeheim hoffte sie, daß er sie auf seine alte Burg einladen würde; wenn sie diese Einladung erreichen könnte, wäre sie mit dem Erfolg des Abends völlig zufrieden. Das mußte sie sich zum Ziel setzen. Doch sie glaubte, ihr größter Wunsch sei der, Evelyn zu sehen; das Herz würde sich ihr im Leibe umdrehen, wenn sie Evelyn zum ersten Male im Saale erblickte. Sie würde zufrieden damit sein, nur im selben Raum mit ihr zu weilen. Evelyn brachte es fertig, daß einem das Leben gefährlicher und erregender erschien und doch gleichzeitig sicherer; sie schien tiefe, starke Hilfsquellen in sich selber zu haben, die man benutzen und auf die man sich verlassen konnte. Man brauchte sich nicht vor dem Leben zu fürchten, nicht besorgt zu sein wegen der Gefahren, die hinter der nächsten Ecke lauern konnten; es war feige, Gefahren auszuweichen und wegzulaufen, selbst wenn man sonst leiden mußte. Evelyn, das ahnte sie, würde leiden, wenn es sein mußte, aber tapfer sein; sie würde es als Teil des Lebens nehmen, das Schwere wie das Bequeme – obwohl Evelyn das Bequeme lieber hatte, ebenso wie jeder andere; sie liebte es, eine anziehende Frau zu sein, sie liebte es, die Leute auf ihre bezaubernde, halb freundliche, halb grausame Weise zu tyrannisieren; sie liebte die Macht, und da sie ganz Frau war, benutzte sie ihre ganze Weiblichkeit dazu, sie zu gewinnen; doch würde sie auch die Folgen tapfer auf sich nehmen, selbst wenn sie andern einen Teil davon aufbürden würde. Sie hatte gewisse Maßstäbe und war ebenso bereit, selber danach zu leben, wie sie es von andern forderte.

Ruth würde Evelyn heut abend beim Ball sehen. Die Gefahr, die Unruhe, alles würde wieder in ihr Leben einbrechen. Und Miles Vane-Merrick würde dasein; er hatte es gesagt. Ihre Gedanken verschwammen; sie strömten von ihr fort; nach einem Weilchen schlief sie ein.

Was für ein rauher, kalter Abend das war! So rauh und kalt, daß sich nicht die übliche Menge von Leuten auf dem Bürgersteig angesammelt hatte, um zu sehen, wie die vornehme Welt aus den Autos stieg und zum Ball ins Chevron-Haus ging. Der Grosvenor Square lag verlassen da, nur die Prozession der Wagen fuhr vor; einer nach dem andern setzten sie ihre Fracht ab und glitten wieder in die Dunkelheit hinter dem Gitter, um dort zu warten, bis der Diener um zwei oder drei Uhr morgens die Namen aufrief. Nur eine zitternde alte Frau stand an der Treppe vor dem Chevron-Haus und versuchte, Streichhölzer zu verkaufen. Sogar die Türen des Hauses mußten geschlossen gehalten werden; sie öffneten sich wie durch Zauberei, um jeden neu Angekommenen einzulassen, und schlossen sich sofort wieder, um den eisigen Wind auszusperren, der sonst die Treppen hinauf blasen, die Wärme der Heizkörper auslöschen, den Damen das Haar zerraufen und die weißen Lilien knicken würde, die so prächtig in großen goldenen Weinkühlern am Rande jedes Treppenabsatzes standen. Herrengarderobe zur Rechten, Damengarderobe zur Linken; Mengen von gepuderten Dienern wiesen den Weg und brachten es fertig, gleichzeitig majestätisch und ehrerbietig auszusehen; es sah alles sehr prächtig aus, ganz so, wie man nach Ruth Jarrolds Meinung so etwas aufziehen mußte. Schade, daß der exzentrische Herzog, der Hausherr, auf einer seiner geheimnisvollen und überflüssigen Reisen war; aber es machte eigentlich kaum einen Unterschied, da er noch nicht verheiratet war und seine Mutter die Gesellschaft in seiner Abwesenheit gab – eine Gesellschaft, die er wahrscheinlich verhindert hätte, wenn er in England gewesen wäre, denn seine Einstellung gegen solche Extravaganzen war wohlbekannt und wurde von seinesgleichen viel belacht. Es war vielleicht gar kein Jammer, sondern recht gut, daß der Herzog irgendwo in Asien und nicht in London war.

Seine Mutter stand oben an der Treppe und empfing ihre Gäste. Sie war schon ein wenig runzlig und verwelkt, obwohl man noch deutlich sehen konnte, daß sie einmal hübsch gewesen war – Ruth fielen die Worte »pikant« und »petit« aus dem Kreuzworträtsel ihrer Mutter wieder ein –, und setzte tapfer die Traditionen ihrer Zeit in dieser veränderten Welt fort. Sie zeigte sich noch lebhaft und gewandt, hatte ein Wort, ein Dutzend Worte, hundert Worte für jeden, den sie begrüßte, bereit. Dennoch gestattete ihr Benehmen viele Abstufungen, die so fein waren, daß man sie kaum bemerkte, wenn man nicht sehr empfindlich aufpaßte, wie Ruth Jarrold zum Beispiel, die sich einbildete, bei der Begrüßung ein leichtes Absinken im vertraulichen Ton zu entdecken im Vergleich zum Empfang der Herzogin für Lord und Lady Roehampton, die unmittelbar vor den Jarrolds gekommen waren. »Sylvia, Liebste!« hatte sie ausgerufen, »Lieber Georg!« Doch zu Ruths Mutter und Vater sagte sie nur: »O Hester, wie nett, daß Sie kommen – und auch Herr Jarrold und die liebe kleine Ruth – Sie werden alle Ihre Freunde dort treffen.« Dabei wies sie auf den Ballsaal. Wie höflich, ja herzlich ihr Stil auch sein konnte, er hatte einen Unterton der Verabschiedung enthalten, während ihr Verhalten den Roehamptons gegenüber darauf hindeutete, daß sie sie nur allzugern bei sich behalten hätte, um mit ihnen zu plaudern, wenn ihre Pflichten als Gastgeberin und der Andrang der andern Gäste auf der Treppe sie nicht daran gehindert hätten. Aber vielleicht war Ruth überempfindlich.

Als sie jedoch erst einmal im Ballsaal war, brauchte sie sich nicht mehr zu beklagen. Junge Männer kamen zu Dutzenden auf sie zu und baten um einen Tanz. Sie hatte das Vergnügen, mehrere abweisen zu können, entweder weil sie wirklich vergeben war oder weil sie glaubte, daß verständiges Zögern ihr erlauben würde, später eine bessere Wahl zu treffen. Ruth verlor nie den Kopf, selbst dann nicht, wenn sie sich am besten amüsierte.

Als sie tanzte und sich rhythmisch unter den großen Kronleuchtern drehte, fragte sie sich, wie einem wohl als Herrin dieser prachtvollen Räume zumute sein würde. Doch es hatte keinen Sinn, darüber nachzudenken, denn der Herzog war zwar Junggeselle, aber von sprichwörtlicher Unnahbarkeit.

Der Becher ihres Vergnügens war noch nicht voll: Sie hatte Evelyn noch nicht entdeckt. Evelyn würde nicht viel Zeit für sie haben. Das war immer so auf Gesellschaften. Vermutlich hatte sie Amüsanteres zu tun. Sie pflegte Ruth nur zuzulächeln, ein Wort zu sagen und schon weiterzugehen. Doch das Lächeln und das Wort waren stets so vertraut, so zärtlich, daß Ruth nur immer noch stärker zu ihrer Sklavin wurde.

In solchen Augenblicken hatte Ruth das Gefühl, das Leben sei zu schön, um wirklich zu sein. Sie genoß das Licht und die Musik und die bevorzugte Menge, zu der sie gehörte. Ganz bestimmt – so dachte sie – war die englische Oberschicht (ein scheußlicher Ausdruck, aber irgendwie mußte man sie ja bezeichnen) die dekorativste der Welt. Die ihr angehörten, sahen aus, als seien sie seit Generationen gut genährt, gewärmt, trainiert und in der Überzeugung aufgezogen worden, daß die ganze Erde nicht ihresgleichen hervorbringen könne. Die Übereinstimmung im Aussehen war erstaunlich: Sie alle besaßen die Würde und Schönheit durchgezüchteter Vollbluttiere. Die jungen Männer waren so elegant wie Windhunde, die jungen Frauen farbig wie ein blühender Feldrain. Was machte es schon aus, würde Ruth bei einigem Nachdenken hinzugefügt haben, daß diese glatten Köpfe nicht mehr Verstand besaßen als Windhunde, da ja die schlanken Körper deren Anmut aufwiesen? Was machte es aus, daß in ihrem Kodex seltsamerweise die Verachtung für den geistigen Fortschritt geschrieben stand, der ihnen doch hätte eigen sein können? Was machte es aus, daß sie sich selber in die doppelten Schranken ihrer Klasse und ihres Nationalbewußtseins einkerkerten? Aber Ruth hatte keinen solchen Gedanken, da sie selber eine von ihnen oder doch eine Nachahmung war, die ihnen in fast allen Einzelheiten glich.

Ruth besaß ein noch ausgeprägteres Klassenbewußtsein als jene, das war alles. Sie konnte das Ganze nicht für selbstverständlich halten. Bewußt genoß sie es, Ruth Jarrold zu sein und im Chevron-Haus zu tanzen.

All die Tanzmelodien klangen gleich, und das war an sich schon eine Beruhigung. Sie klangen leicht lüstern und leicht mißtönend. Man spürte den Arm eines jungen Mannes im Rücken, den Körper eines jungen Mannes überraschend nahe, seinen Atem im Haar und doch eine Fremdheit zwischen sich und ihm oder mindestens eine eigentlich gar nicht bestehende, nur zeitweilige Nähe, die zerbrach, sobald die Musik aufhörte. Nur durch die ähnlichen Lebensbedingungen und die vergnügungssüchtige Leichtfertigkeit wurden sie und der junge Mann zusammengehalten. Es gab auch andere Dinge, zum Beispiel jene, die man hinter Evelyns Persönlichkeit vermutete.

Sie schaute über die Schulter ihres Partners durch den Saal; im Glanz der Lichter sah sie zwischen den Bewegungen der sich umschlungen haltenden Paare Evelyn mit Miles Vane-Merrick tanzen.

Sie freute sich darüber, denn jede Verbindung, die Vane-Merricks Freundschaft mit ihrer Familie verstärkte, war ihr willkommen. Es kam ihr sogar in den Sinn, Evelyn tanze vielleicht um ihret-, um Ruths willen mit ihm und prüfe den jungen Mann, für den ihre Nichte Interesse verriet. Liebe Evelyn! So etwas konnte sie tun, und wenn's nur deshalb war, um ihrer Schwäche zu frönen, sich in alles einzumischen, was die Jarrolds betraf. Ruth tanzte weiter und wartete auf die nächste Drehung, die es ihr möglich machte, noch einmal den dunklen und den blonden Kopf zu sehen, die so gut zueinander paßten. Eine verwirrende Zärtlichkeit überwältigte sie, als sie diese beiden so unerwartet zusammen sah, die beiden, die sie sich bisher ohne jede Verbindung miteinander vorgestellt hatte: Evelyn, die sie offen liebte, und Miles, von dem sie wußte, daß sie ihn jeden Augenblick ebenso lieben könnte, wie durch eine Explosion, die durch die Berührung einer vorbereiteten Sprengleitung ausgelöst wird; sie war sich nicht einmal ganz klar darüber, ob diese Explosion nicht schon von dem bloßen Anblick Evelyns in Miles Vane-Merricks Armen ausgelöst worden war. Waren ihr diese beiden wirklich teurer als sonst irgend etwas auf der Welt, daß schon ihr vereinter Anblick sie zu solch starker Erregung bewegte? – Es war eine Überraschung, sie zusammen zu sehen, so innig und körperlich nahe beieinander, wie der Tanz es erforderte. Es war beinahe peinlich. Fast war es peinlich, daß Evelyns Kopf so nahe an Miles Vane-Merricks Schulter rührte. Sie hatte sich die beiden früher niemals als solch lebendige, körperliche Wesen vorgestellt.

Die Musik hörte auf, und die Illusion schwand; Ruth wurde wieder ein Mädchen, das sich dem Problem gegenübersah, mit einem jungen Mann zu plaudern, den sie kaum kannte. Glücklicherweise war die Pause zwischen zwei Tänzen nur kurz; diejenigen, die sich nichts zu sagen wußten, konnten nun andere Partner finden, und diejenigen, die sich alles zu sagen hatten, konnten aussetzen. Ruth war eine von denen, die einen anderen Partner fanden. Sie spürte im Innern eine geheime Befriedigung, weil sie sicher war, daß Miles Vane-Merrick sie nun suchen würde und daß sie in der köstlichen Vertraulichkeit zwischen zwei Tänzen über Evelyn sprechen und einer Meinung sein würden.

Jeder Augenblick, der verging, fügte etwas zu ihrer glücklichen Vorfreude hinzu. Das war ein herrlicher Zustand, den sie verspürte, ein Zustand, der noch herrlicher war, weil sie sich eingestanden hatte, daß sie Miles Vane-Merrick lieben könnte. Wenn sie zugab, daß sie ihn lieben könnte, so hieß das, daß sie ihn wirklich schon liebte. Im Geiste tat sie den entscheidenden Schritt, und dann schaute sie wieder zu ihm hinüber, wobei ein neuer und leidenschaftlicher Schrecken sie erfaßte, der eine körperliche Unruhe in ihr auslöste; das Herz schlug unregelmäßig, ihr wurde schwindlig, ein Würgen stieg ihr in die Kehle, das Haupt sank ein wenig zurück, und die Augen schlossen sich sogar, während sich die Lippen öffneten. Es dauerte nur eine Sekunde, sie kam gleich wieder zu sich und fand, daß sie immer noch mit einem jungen Mann tanzte, dessen Arm sie umfaßt hielt und der nichts bemerkt hatte. Das schwarze Tuch seines Frackes war ganz nahe vor ihren Augen, sie konnte die Fäden des Gewebes erkennen. Sie tanzte weiter, doch sie war ein anderer Mensch geworden: Etwas von ungeheurer Wichtigkeit war geschehen.

Als Miles zu ihr kam, konnte sie sich nur mit Mühe klarmachen, daß er ja nichts von dem wußte, was geschehen war. Sein Benehmen war ganz alltäglich, als er sie um einen Tanz bat. »Den übernächsten«, antwortete sie und wußte nicht, wie sie bis dahin am Leben bleiben sollte, wußte nicht, wie sie es ertragen sollte, wenn der Tanz kam. Und sich vorzustellen, daß es für ihn gar nichts bedeutete! Denn er dankte nur und wandte sich ohne den kleinsten Blick ab. Ein solches Nichtverstehen von seiner Seite war unglaublich.

Die Musik begann wieder, doch Ruth fühlte, daß sie allein sein mußte, schlüpfte aus dem Ballsaal und stieß mit der Menge zusammen, die wieder hereinkam. Lärm und Lachen und Musik, Lichter, blankes Parkett und ein Überfluß von Blumen. Ein Ball im Chevron-Haus mit solch geheimen Dingen, die da ganz tief in einem geschahen! Männerstimmen sagten: »Weshalb laufen Sie weg, Ruth? Kommen Sie, wir tanzen zusammen.« Aber sie löste sich von ihnen allen und sagte, sie habe sich das Kleid zerrissen und müsse es in der Garderobe wieder heften; irgend etwas sagte sie, nur um wegzukommen.

Auf der Treppe traf sie Evelyn, die gerade heraufkam. Evelyn lachte mit dem Mann, mit dem sie ging. Sie sah außergewöhnlich froh und ausgelassen aus, so als ob sie über und über aus einer inneren Quelle von Erregung und Glück glühte. Mit einer Hand hob sie ihr Kleid an; die andere ruhte leicht auf dem Geländer; ein großer Fächer aus Schildpatt und Adlerfedern hing an einem Band von ihrem Handgelenk herab. Ein kleines Diamantmonogramm blitzte auf, als das Licht darauffiel. In ihrer Schlankheit glich sie heute abend einer Statue, in dem elfenbeinfarbigen Gewand aus Crêpe Satin, das sie eng umhüllte und das bis zur Erde reichte; nichts Buntes war an ihrer Kleidung; das zarte Gelb ließ ihren runden Hals weißer erscheinen und betonte das Netz blauer Adern auf ihrer Brust. Ihre Haut schien kühl wie Marmor und warm wie Elfenbein. Die einzigen Farben waren Mund und Wangen, die rosig leuchteten, die dunkelblauen Augen und das kurze lockige Haar. Ruth bemerkte, wie gerade und doch elastisch sie sich hielt, wie schmal der Kopf und wie fein der Schulteransatz war.

»Willst du weglaufen, Ruth?« fragte sie, wie die andern gefragt hatten.

Ruth brachte die Ausrede vor, die sie sich ausgedacht hatte, und fühlte dabei, wie kritisch Evelyn sie prüfte. Sie schaute sie mit einem forschenden, spöttischen Blick an – mit jenem Ausdruck, den ihr Gesicht annahm, wenn sie sich über jemand lustig machte. Der Mann, den diese Begegnung langweilte, war ein paar Stufen weitergegangen und wartete dort auf Evelyn, während er mit den Fingern ziemlich ungeduldig auf das Geländer trommelte. Ruth spürte den Drang, etwas zu sagen, etwas von dem Aufruhr zu zeigen, der in ihrem Innern tobte. »Evelyn«, sagte sie und brach ab.

»Was ist denn? Nun sag! Was ist denn?« Evelyn schaute sie an, Ausgelassenheit im fragenden Blick. Sie strahlte, sie wirkte rätselhaft und erregt. Aber sie war unsicher. »Komm, Ruth, was hast du auf dem Herzen?«

»Nichts«, sagte Ruth. »Gefällt's dir?«

»Ja! – Und dir? Ein reizender Abend. Nun lauf und laß dir das Kleid in Ordnung bringen, wenn du schon nicht sagen willst, was du sagen wolltest!«

Sie weiß nicht, was ich sagen wollte, dachte Ruth; sie möchte, daß ich ihr ein Kompliment mache, daß ich ihr sage, wie entzückend sie heut abend aussieht, daß ich ihr sage, wie glücklich ich bin, sie zu sehen; das ist alles, was sie wollte, und alles, was sie erwartete. Was wollte ich denn überhaupt sagen? Nichts. Da ist nichts zu sagen.

Als sie später die Treppe hinaufging, traf sie Evelyn wieder, die herabkam und diesmal von Miles Vane-Merrick begleitet war. Die Klänge der Musik strömten oben aus dem Saal in die Halle. Die beiden lächelten ihr gleichgültig zu, blieben aber nicht stehen.

Ruth kehrte in den Ballsaal zurück und hatte das Gefühl, als sei etwas geschehen, das die Lichter trübe machte. Als Vane-Merricks Tanz kam, wich sie ihm aus.

Das Weihnachtsfest war bei den Jarrolds immer eine sehr wohlüberlegte Sache. William Jarrold fand es richtig, die alten englischen Traditionen aufrechtzuerhalten, und da es eine alte englische Überlieferung war, daß der Hausherr Weihnachten im Kreise seiner Familie feierte, hatte die Familie nach Newlands zu kommen, ganz gleich, ob sie lieber woanders gewesen wäre oder nicht. So wurde der

Gedanke, der dem Fest zugrunde lag, jeder solle fröhlich sein, zu einem strengen Befehl. Es war schwer einzusehen, weshalb eine Gruppe von erwachsenen Menschen sich wie eine Horde von Kindern benehmen sollte, weil der Kalender den fünfundzwanzigsten Dezember anzeigte; aber darauf lief es hinaus. Vom frühesten Morgen des ersten Feiertages an hallte das Haus wider von Ausrufen freudiger Überraschung und Dankbarkeitsbeteuerungen, jedes Zimmer sah aus, als habe man einen Papierkorb darin umgekippt. Dann kam die Kirche, dann das Gabelfrühstück mit dem jedes Jahr wiederkehrenden Streit darüber, ob man den brennenden Rum auf dem Plumpudding ausblasen müsse oder nicht. Am Nachmittag ließ die Erregung ein wenig nach, und man verließ das Haus zu einem Spaziergang. Nach dem Dinner gab es Knallbonbons, und jeder, angefangen bei William Jarrold bis hinunter zu Minnie, Ruths kleiner Schwester, schmückte sich das Haupt mit Papierkappen und blies ohrenbetäubend auf hölzernen Pfeifchen. Minnie ging rund um den Eßtisch und sammelte das bunte wellige Papier von den Knallbonbons, das überall verstreut lag, die Sprüche und die Bilder der schwarzen Katzen, die außen angeklebt waren. Dann gingen sie ins Wohnzimmer und stellten den Radioapparat an, und es gab die üblichen Schwierigkeiten, Minnie ins Bett zu bringen. Am nächsten Tag waren alle Schreibtische im Hause von Leuten besetzt, die Dankbriefe schrieben. Das war Weihnachten in Newlands, und nichts deutete darauf hin, daß es dies Jahr anders sein würde als in den vergangenen Jahren.

Evelyn freute sich nicht über diese Aussicht, dies Jahr sogar noch weniger als sonst.

Zwei oder drei Tage hatte sie Dan in London für sich allein. Er mußte in dem kleinen Fremdenzimmer ihrer Wohnung untergebracht werden. Als er ankam, lag sie im Bett, öffnete ihre Post und blätterte in den Zeitungen; sie hatte ihn nicht so früh erwartet. Auf dem Flur hörte sie eine Stimme, tief wie die eines Mannes, »Tag, Privett!« sagen; sie konnte es kaum glauben, daß es Dans Stimme sei; aber im nächsten Augenblick kam er zu ihr ins Zimmer. »Dan!« rief sie und breitete die Arme nach ihm aus. Er beugte sich herab und küßte sie, dabei sagte er mit seiner tiefen Stimme: »Tag, Mutti!«, wie er es eben zu Privett gesagt hatte. Sie zog ihn an sich. Er küßte sie noch einmal.

Gleich darauf saß er mit dem Frühstückstablett neben ihrem Bett und aß, während sie, auf einen Ellbogen gestützt, ihn voller Stolz betrachtete. Für siebzehneinhalb war er sehr groß, ebenmäßig gewachsen und sah gut aus. Nicht sommersprossig; sie war dankbar, daß er keine Sommersprossen hatte. Trotz seiner Größe – sein Wuchs war wirklich prachtvoll – war das Gesicht fast zu hübsch für einen Jungen. Mund und Kinn verrieten vielleicht zuviel Empfindsamkeit. Aber er hatte schöne Augen, braun wie die eines Rehes, und eine prachtvolle Stirn, über der dicht und tief das dunkle Haar wuchs. Er schien recht ernst und brauchte einige Zeit, um sich aus der besonnenen und höflichen Zurückhaltung zu lösen, die sein Wesen kennzeichnete. Er zog sich tadellos und unauffällig an, da er den Geschmack seiner Mutter für Kleidung geerbt hatte. Seine Hände waren lang und durchgeistigt, aber überraschend schmutzig; das paßte eigentlich gar nicht zu allem andern. Eine Andeutung von unterdrückter Kompliziertheit, die verborgen hinter seiner Schweigsamkeit lag, veranlaßte die Erwachsenen je nach dem Maß ihrer eigenen Intelligenz entweder zu sagen, Dan Jarrold sei ein interessanter Junge, oder aber, irgend etwas stimmte nicht bei ihm. Doch was sie auch sagen mochten, Dan Jarrold ging ruhig seine eigenen Wege und nahm von niemand viel Notiz.

Jetzt war er glücklich, im Zimmer seiner Mutter zu sitzen und die Augen auf den hübschen und luxuriösen Dingen und auf seiner Mutter selber ruhen zu lassen, die in zarter weiblicher Eleganz in ihrem Bett lag. Er liebte den dicken Teppich, das Feuer im Kamin, die Bürsten und Kästchen mit ihren Chagrinlederüberzügen auf dem Frisiertisch, die Ruhe, die blassen Farben, das Silber auf dem Frühstücksbrett und Privett, die mit Kleidungsstücken auf dem Arm hin und her ging; er war befangen, sie auch nur anzusehen. Er war dankbar, seinem kleinen kahlen Zimmer in Eton, dem ewigen Lärm der Schuhe auf den steinernen Korridoren und den ständigen Einbrüchen anderer Jungen entronnen zu sein, die einem die Tinte umkippten oder den Hut aus dem Fenster warfen, wenn man lesen wollte.

»Wie war's in Eton, Dan?«

»Ach, ganz nett, Mutti.«

Er sagte, er habe eine Menge in London zu tun, und sie ließ ihn lächelnd gehen, da sie wußte, »eine Menge zu tun« bedeutete, ein Weihnachtsgeschenk für sie zu kaufen. Wegen der anderen Geschenke würde er sie um Rat fragen und dabei schmutzige kleine Listen aus der Tasche holen, die er auf die Rückseite von Lateinarbeiten geschrieben hatte, aber wegen des Geschenkes für sie konnte er sich mit niemand beraten. Es würde eine einsame und mühevolle Expedition sein; sie stellte sich ihn vor, wie er in die Schaufenster starrte, dann groß und linkisch in den Laden trat, mit anderen Käufern zusammenstieß und von den Verkäuferinnen in Verwirrung gestürzt wurde, wenn sie ihn fragten, was sie ihm zeigen dürften, und wie er schließlich wieder aus dem Laden ging, ohne etwas gekauft zu haben. Sie dachte mit tiefer Zärtlichkeit an die rührende Verwirrung der Jungen – nicht nur in den Läden, sondern bei allen Problemen, denen zu begegnen sie so schlecht gerüstet waren. Doch abgesehen von diesem Einkauf wollte sie ihm die Zeit schön machen; sie wollte sich ausschließlich ihm widmen; er sollte sie ins Theater führen, sie wollte ihn die Eintrittskarten besorgen lassen, er sollte sich nach Schluß der Vorstellung um den Wagen kümmern, alles, damit er einen Sinn für Verantwortungen und Befugnisse bekäme – etwas, wovor er zurückschreckte –, und sie selber wollte es genießen, mit ihrem großen Sohn auszugehen, denn sie war mehr als nur ein bißchen in ihn verliebt, besonders wenn er den Smoking anhatte. Aber sie mußte dafür sorgen, daß er sich die Hände wusch; und sie hatte vergessen, seine Ohren nachzusehen.

Das Problem Dan machte ihr viel Sorgen. Nicht, daß er kein guter Junge war; manchmal hielt sie ihn fast für zu gut und überlegte voller Unruhe, ob er ihr nicht mehr Sorgen machen müsse; aber sie fühlte sich nicht recht gerüstet, sich mit seinen ständigen Zweifeln und unlösbaren Fragen zu beschäftigen. Da er zu loyal war, sie zu kritisieren, und zu unreif, ihre Unzulänglichkeiten zu erkennen, kam er mit all seinen Schwierigkeiten zu ihr und erwartete von ihr eine befriedigende Antwort. Da er es für selbstverständlich hielt, daß auch sie sich um diese Dinge mühte, hatte er das unbedingte Vertrauen, daß sie ihn über lebenswichtige Dinge aufklären könne, über die sie in Wirklichkeit überhaupt noch nicht nachgedacht hatte. Denn Evelyn Jarrold war keine Frau, welche die bestehende Ordnung der zivilisierten Welt in Frage stellte. Sie war nicht dumm, aber in solchen Dingen fügte sie sich einfach. Ihr waren persönliche Beziehungen wichtiger als soziale oder allgemeine Streitfragen. Woher mochte Dan diese Heftigkeit haben, fragte sie sich. Gewiß nicht von seinem Vater, der sich nie über irgend etwas im Leben, das über den Schnitt seiner Reithosen hinausging, Sorgen gemacht hatte, auch nicht von dem robusten alten William Jarrold; nein, entschied sie mit einem Seufzer, das verdankte er teilweise seinem Temperament, aber hauptsächlich der Generation, in der er lebte.

Sie fürchtete den ersten offenen Streit zwischen Dan und seinem Großvater oder zwischen Dan und den übrigen Jarrolds. Dans Ideen – soweit sie etwas davon verstand – gehörten sich nicht. Das bekümmerte sie. Und doch hatte sie, obwohl ihre ganze Erziehung für die Einstellung der Jarrolds sprach, das verwirrende Gefühl, Dan folge auf seine täppische Weise dem besseren, wenn freilich auch nicht dem klareren Wege.

Sie war vernünftig genug, einzusehen, daß das einzige,

was sie bei Dan wirklich befürchten mußte, eine mögliche Schwäche seines Charakters war. Es war mehr als nutzlos, für solch starke Sonderbarkeiten zu leiden, ohne den Mut oder die Entschlossenheit aufzubringen, ihre Folgen auf sich zu nehmen. Sie wollte nicht, daß Dan zu einem Schwächling heranwüchse, der sich seiner Ideale nur unklar bewußt war.

Ein Schatz von Redensarten war natürlich und tröstlich für sie; eine davon wendete sie auf ihre verwirrte Sorge um Dan und auf ihr Verständnis für ihn an: »Man muß von seinen eigenen Ansichten überzeugt sein«, dachte sie.

Ihr tyrannischer Trieb richtete sich nicht auf Dan. Ihm gegenüber war sie von wirklicher Selbstlosigkeit. Der mütterliche Instinkt in ihr nahm – das war merkwürdig genug – keine tyrannische Form an. Sie war durchaus bereit, zuzulassen, daß der Junge sich nach seiner eigenen Veranlagung entwickelte; sie wünschte sich nur die Fähigkeit, ihm zu folgen und zu helfen. Sie müßte dafür sorgen, daß er sich mit ihr aussprach, dachte sie, obwohl sie sich vor den Tiefen, in die sein Reden sie stürzen würde, fürchtete wie ein Mensch, der nicht schwimmen kann.

Es war nicht leicht, ihn zum Sprechen zu bewegen, obwohl er ihr von der Schule häufig acht Seiten lange Briefe schrieb, wenn er mit seinen Empfindungen nicht fertig wurde. Sie nahm die Briefe aus der Mappe, in der sie sie aufbewahrte.

Eton College, Windsor, 10. Oktober 1931

Meine einzig geliebte Mutti!

Du bist so gut und mitfühlend, daß ich es nicht lassen kann, Feder und Papier zu nehmen und zu schreiben: »Meine einzig geliebte Mutti!« Aber ich will keinen traurigen Brief schreiben (obwohl ich, lieber Gott! Grund genug dazu hätte!), weil ich glaube, es bedrückt Dich. Aber ich liebe es, abends aus dem verdammten Gedränge loszukommen, zu dem ich dauernd und unrettbar verurteilt bin. Es ist hier wirklich wie in einem Gefängnis; ich möchte in den Park von Windsor hinausreiten (oder sogar hinausradeln) und die klare, kalte Luft mit ihrem Gefühl von Freiheit und Ruhe atmen. Irgendwas, nur um hier wegzukommen! Aber ich habe anders begonnen, als ich eigentlich wollte. Ich wollte eigentlich mit einem glücklichen Satz anfangen: »Wie lieblich steht das gelbe Herbstlaub der Bäume vor dem matten Rot der Oberen Schule!« (Ich würde nur die nackte Wahrheit sagen, wenn ich das schriebe – es ist phantastisch schön, und ich sehne mich danach, aus dem Haus zu kommen – verfluchte Sperrstunde! – und zu sehen, wie es im Halbdunkel aussieht.) Komm bitte mal einen Sonntag herüber und besuch mich! Es treibt mir die Tränen in die Augen, wenn ich an Dich und die Freuden der Freiheit denke, statt in einem Gefängnis eingemauert [sic!] zu sein. Mutti, *bitte* hör auf, all dies Zeug zu lesen! Weißt Du, eigentlich ist es ganz natürlich, daß ich gerne schreibe, da ich es hasse, mit den Leuten hier zu reden, aber wenn es Dich zu sehr langweilt, meine Briefe zu lesen, sag es wirklich, wenn ich lieber aufhören soll, und ich werde aufhören, selbst dann, wenn ich damit die einzige mir verbleibende Beschäftigung, die ich gern mag, verlieren sollte. Ach, wenn ich doch nur die Masern kriegen könnte! Bitte, schreib mir, Liebste! Was sollte ich ohne Dich anfangen? Ich kann es kaum glauben, daß Du meinst, ich sei es wert, daß Du Dir Mühe mit mir gibst, wo ich doch nicht richtig arbeite und im Sport nichts tauge, mit keines Menschen Ideen übereinstimme, so schwer zu befriedigen, unpünktlich, nicht tüchtig bin und alle Fehler habe. Es ist mir wirklich ein Rätsel. Ach Gott, was mußt Du von mir denken!

Dein Dich liebender Daniel.

PS: Irgend etwas zwingt mich weiterzuschreiben. Ich weiß, daß es Dir nichts ausmacht, wenn ich weiterschreibe. Vielleicht schicke ich den Brief gar nicht ab. Neulich habe ich Dir einen Brief geschrieben, aber die Jungen haben den Schlüssel von meiner Schreibmappe weggeworfen, könntest Du mir deshalb bitte den zweiten Schlüssel schicken, den ich bei Dir gelassen habe, damit ich die Mappe aufschließen kann. Das ist das Schlimmste, so unbeliebt zu sein wie ich. Wenn ich doch nur erst 19 Jahre alt wäre! Kann ich nicht zwei Jahre verreisen?

Dan.

Eton College, Windsor, 1. November 1931

Meine liebste Mutti!

Heute hatten wir Felddienstübung vom Offiziersausbildungskorps; wir sind einfach Meilen und Meilen gelaufen und dann mit Lärm und Holzgewehren auf den Feind, als wir ihn trafen. Das war alles so töricht und unwirklich wie alle Felddienstübungen, und jeder fühlte sich so wichtig und ernst dabei. Ich war auch ernst, ich wollte nicht wieder wegen einer so unbedeutenden Sache Schelte bekommen. Ich wünschte, die Leute, die den Krieg für unzivilisiert halten, würden sich beeilen und jene überstimmen, die da behaupten, er gehöre zur »menschlichen Natur«! Oder rede ich Blödsinn? Ich habe mit siebzehn kein Recht, so zu reden, wenn gelehrte Männer, die nicht gerade unter Polizeiaufsicht stehen, völlig anders denken. Anscheinend weiß ich absolut nichts, was es auch sei. Ich glaube das wirklich, weil ich immer, wenn ich bei Dir bin, die ganze Zeit Belehrungen bekomme und dabei niemals etwas höre, was ich schon wußte, ganz abgesehen davon, daß ich Dir nie etwas erzählen kann, was Du nicht schon wüßtest! Am Sonnabend hab ich beinah Prügel gekriegt, hab ich's Dir in meinem letzten Brief erzählt? Wir haben zehn Minuten gestritten, dann ließ er mich gehen. Wir hatten Streit, weil ich nachlässig beim Fußballspiel bin. Dasselbe idiotische Vergehen! Im Unterricht bin ich aber nicht besonders schlecht in diesem Halbjahr. Ich hoffe sehr, daß Du nicht enttäuscht über mich bist.

Dein Dich liebender Sohn Daniel.

PS: Anscheinend wollen sie nichts, als daß einer genauso ist wie der andere.

Evelyn legte die Briefe mit einem Seufzer weg. Voller Flecken und Radierungen, holprig, wirr, unglücklich wie sie waren, brachen sie ihr jedesmal das Herz, wenn sie ankamen. Armer kleiner Dan! Scheinbar so selbstbewußt, offenbarte er sich doch in diesen mitleiderregenden Briefen. Oft hatte sie ihm Freunde gewünscht, die ihn verstünden und interessierten und auf die er sich verlassen könnte, fester als auf sie selber – es war nicht gut für einen Jungen, wenn er die einzige Zuflucht bei der Mutter fand, besonders wenn die Mutter so viele Mängel besaß –, aber ihre Freunde waren alle von konventionellem Typ und würden niemals mit seinen Schwierigkeiten oder Idealen sympathisieren. Hinter ihrem Rücken würden sie sagen, Evelyns Junge sei ein Poseur oder ein verdorbener Bursche. Sein Vater hätte keine Geduld mit ihm gehabt; seine Onkel, das wußte sie, verachteten ihn schon. Doch nun konnte sie ihn Gott sei Dank Miles vorstellen, Miles mit seinem Einfluß.

Miles war nicht in London – sie hatte ihn davon überzeugt, daß sie diese wenigen Tage völlig frei für Dan bleiben müsse –, doch am Tage vor Heiligabend rief er sie überraschend an, sagte, daß er zurückgekommen sei und hoffe, sie und Dan würden am Abend mit ihm in ein Theater gehen. Dan war im Zimmer, als das Telefon läutete, und kopierte an einer Ecke des Tisches, den er zu diesem Zwecke abgeräumt hatte, sehr sorgfältig das Aquarell einer Brücke. Er hob den Kopf, um seiner Mutter zuzuhören.

»Wer ist das, Mutti?«

»Herr Vane-Merrick«, sagte Evelyn langsam. »Du kennst ihn nicht. – Augenblick, Miles; Dan möchte wissen, mit wem ich spreche. – Herr Vane-Merrick möchte gern, daß wir heut abend mit ihm ins Theater gehen, Dan. Wollen wir?«

»Ich möchte *›Erde‹* sehen«, sagte Dan. »Da wird er nicht hin wollen.«

»Liebling, was im Himmel ist *›Erde‹*?«

»Das ist ein russischer Film«, sagte Dan verdrießlich. »Er läuft in Stratford – nicht Stratford-upon-Avon, sondern Stratford-atte-Bowe. Keine schöne Gegend. Geh du mit Herrn Vane-Merrick ins Theater, Mutti, und ich gehe allein nach Stratford.«

Evelyn war in Versuchung; sie hatte Miles über acht Tage nicht gesehen.

»Nein, nein«, sagte sie, »ich möchte, daß du Herrn Vane-Merrick kennenlernst. Sicher kommt er mit nach Stratford. – Miles«, sprach sie ins Telefon, »Dan und ich kommen, wenn es Ihnen möglich ist, einen russischen Film anzusehen, der *›Erde‹* heißt und in Stratford-atte-Bowe läuft.«

»Man braucht sich nicht umzuziehen«, sagte Dan hastig.

»Man braucht sich nicht umzuziehen«, sprach Evelyn ins Telefon. »Er sagt«, erklärte sie Dan, »das sei genau das, was er auch sehen möchte, aber er habe geglaubt, du gingest lieber ins Coliseum. – Wollen wir vorher hier zusammen essen?« fragte sie. »Sieben Uhr dreißig. Ja, sehr schön, auf Wiedersehen.«

»Mutti«, sagte Dan, »das ist doch nicht *Miles* Vane-Merrick, oder doch?«

»Was weißt denn du von Miles Vane-Merrick? Ja, er ist's.«

»Wahrhaftig?« rief Dan. Er sprang in großer Erregung auf. »Mutti, du willst doch nicht sagen, daß du Miles Vane-Merrick kennst? Du hast ihn niemals erwähnt. Ich dachte, es sei ein Bruder oder sonst jemand. Ich glaubte, Miles Vane-Merrick wäre ganz – nun, ganz außerhalb deines Kreises«, sagte er lahm.

»Aber Dan, woher weißt du denn etwas von ihm?«

»Oh, er kam zu einem Vortrag zur Politischen Gesellschaft in Eton. Er war eine richtige Überraschung für mich. Er sprach all die Dinge aus, die ich immer gedacht hatte – nur viel besser natürlich. Die Politische Gesellschaft hat ihn einfach gehaßt, seine Ansichten gehaßt, meine ich; *ihn* können sie nicht gehaßt haben, er war so lustig. Bestimmt hab ich dir geschrieben und von ihm erzählt.«

»Ich kann mich nicht erinnern, Dan – wann war das?«

»Vor sechs Monaten, glaube ich – im Sommerhalbjahr.«

Vor sechs Monaten hätte sie sich Miles Vane-Merricks Namen nicht gemerkt, wenn er sie in Dans Handschrift erreichte. Sie mußte den Brief heraussuchen. Sonderbar!

»Nein, ich kann mich nicht erinnern. Ich hoffe, du magst ihn«, fügte sie hinzu, und plötzlich überkam sie eine Furcht. Sie hatte so sehr auf Miles' Hilfe bei Dan gerechnet.

»Aber Mutti, er ist der einzige Mensch, den ich kennenlernen möchte. Aber hör mal, Mutti, du mußt taktvoll sein. Du darfst nicht sagen, daß ich ihn in der Politischen Gesellschaft gehört habe. Weißt du, er konnte ja nicht wissen, daß ich dort war. Versprichst du's?«

»Ich versprech's dir.« Evelyn wußte, wie wichtig es selbst für einen Menschen von Dans finanzieller Unabhängigkeit war, das Schulleben vom Leben zu Hause zu trennen. »Ich werde nicht ins Fettnäpfchen treten.«

»Mutti, Liebste, das tust du nie.« Reuevoll kam er zu ihr und küßte sie. Sie war von dieser Zärtlichkeit, die Dans Erregung bei dem Gedanken verriet, Miles Vane-Merrick kennenzulernen, außerordentlich bewegt. Nun brachte sie es über sich, die Worte auszusprechen, die sie seit Dans Ankunft auszusprechen versuchte: »Übrigens hat er uns beide für die Weihnachtsferien eingeladen.«

»Uns beide? Aber er kennt mich doch gar nicht.«

»Aber er kennt mich«, sagte Evelyn.

»Für länger? Wohin?«

»Irgendwo in Kent. Er lebt in einer alten Burg. Möchtest du hin?«

»Und ob ich möchte! Wann, Mutti? Neujahr?«

»Gleich nach Neujahr«, sagte Evelyn und dachte an die Überraschung, die William Jarrold für seine Familie zu Neujahr vorbereitet hatte.

»O Mutti! Wie schön! Wie herrlich! Miles Vane-Merrick! Wie unglaublich fabelhaft!«

Evelyn und Dan und Privett fuhren am Heiligen Abend nach Newlands hinunter. Sie reisten erster Klasse und Privett dritter. Der Rolls-Royce und ein Diener holten sie in Leatherhead ab, der Ford-Lastwagen war auch da für Privett und das Gepäck. (Die Jarrolds trieben großen Luxus; vielleicht sogar ein wenig aufdringlich. Evelyn fragte sich, ob es für Dan nicht nachteilig sei, in einen Rolls-Royce zu steigen und sich von einem Diener einen Fehpelz über die Knie legen zu lassen.) Er setzte sich neben ihr im Wagen zurück, äußerlich ganz das Muster des Enkels eines reichen Mannes. Vor ihm auf dem Boden lagen jedoch statt Golfschlägern und Gewehrfutteralen sein Malkasten und der zusammengeklappte Feldstuhl.

»Freust du dich auf Weihnachten, Dan?«

»Ich glaube schon, Mutti.«

»Nein, sag, ob du dich wirklich freust!«

»Nun, ich mag den Newlands-Teil davon nicht leiden. Ich meine, ich habe die Geschenke gern und all das, aber ich wünschte, du und ich, wir könnten zusammen irgendwohin fahren, statt diesen ganzen Familientratsch mitzumachen.«

»Sag mir genau, weshalb!«

»Zum Teil, weil ich gern mit dir allein bin, und zum Teil, weil ich es hasse, daß man alles mögliche von mir erwartet, was ich gar nicht bin. Und dann ist Robin da – ich hasse Robin –, das Ferkel.« Er war gesprächiger als gewöhnlich, weil er sich ärgerte und sich fürchtete und sein Vorgefühl seit Tagen unterdrückt hatte. »Übrigens, hast du Großvater etwas wegen des Jagdreitens gesagt?« Er hätte schon immer gern danach gefragt, hatte sich aber bis jetzt davor gedrückt.

»Natürlich habe ich das getan.«

»War er sehr ärgerlich?«

»Ja, ziemlich. Ich glaube, er wird überhaupt nichts davon erwähnen. Wenn er es doch tut, darfst du dich nicht fürchten. Ich stehe dir schon bei.«

»Er wird mich vornehmen, wenn du nicht da bist«, murmelte Dan.

»Wenn er das tut, Liebling, mußt du selber fest bleiben. Du darfst dich nicht nur auf mich verlassen!«

»Ich hasse Auseinandersetzungen.«

»Ja, Liebling, ich weiß, aber manchmal lassen sie sich nicht vermeiden.«

»Das ist eine prinzipielle Angelegenheit«, sagte Dan.

Sie war überrascht, diesen Erwachsenenausdruck aus seinem Munde zu hören.

»Wie meinst du das, eine prinzipielle Angelegenheit?«

»Herr Vane-Merrick hat das gesagt.«

»Dan! Immer zitierst du Herrn Vane-Merrick.«

»So? Verzeih! Ich tu's nicht mehr, wenn es dich stört. Aber du mußt zugeben, Mutti, daß er ein ganz ungewöhnlicher Mensch ist. Ich bin niemals einem Menschen begegnet, der so voller Ideen ist. Ich habe tatsächlich niemals einen Menschen getroffen, der ihm auch nur im mindesten ähnlich ist. Er ist anscheinend all das, was man nicht sein soll, und glaubt an all das, woran man nicht glauben soll, und doch kann ich mir niemand vorstellen, auf den er keinen Eindruck machen und den er nicht überzeugen könnte. Man kann ihn doch nicht einfach als einen verdorbenen Menschen bezeichnen, nicht wahr?«

»Nein, das kann man wohl nicht.«

»Das Außergewöhnliche an ihm ist«, sagte Dan verwirrt, »daß er sich für Ideen im allgemeinen interessiert. Du wirst es nicht glauben, Mutti, aber in der Schule kann ich niemand dazu kriegen, sich für Ideen im allgemeinen zu interessieren.«

Evelyn war über diesen Ausbruch bekümmert, denn das war eine von Dans Feststellungen, mit denen sie nicht fertig werden konnte. In Wirklichkeit mochte sie beunruhigende und umstürzlerische Ideen genausowenig wie Dans Schulkameraden oder die Jarrolds; sie sah es lieber, wenn alles in der gewohnten Weise vor sich ging. Miles hatte sie in der kurzen, aber überwältigenden Zeit ihrer Bekanntschaft gerade genug durch seine Lebhaftigkeit und Unehrerbietigkeit aus der Fassung gebracht; er glich in keiner Weise den Leuten, an die sie gewöhnt war. Nun erkannte sie, daß er und Dan zu Bundesgenossen bestimmt waren. Sie seufzte und redete sich ein, es sei gesund für die Jugend, unbefriedigt, aufrührerisch und wißbegierig zu sein. Sie redete es sich ein und glaubte es doch nicht recht. Trotzdem liebte sie Dan um dieses jugendlichen Eifers willen nur noch mehr, so sehr er sie auch beunruhigte. Sie machte einen Versuch, seine letzte Bemerkung so zu beantworten, wie Miles sie beantwortet hätte, und wünschte, Miles wäre da und fände Dan in dieser Stimmung und senkte die Saat seiner Anregungen in ihn hinein, wie man Blumensaat in den Boden senkt, den der Regen geöffnet und erwärmt hat.

»In der Schule! Aber du wirst finden, daß im Leben nicht alle so töricht sind wie in der Schule.«

»Meinst du? Aber alle, die ich kenne, sind beinahe ebenso töricht: Onkel Gottfried und Onkel Evan und alle deine Bekannten, Mutti, wenn es dir nichts ausmacht, daß ich das sage. Alle klopfen mir auf die Schulter und fragen, wie ich mich beim Kricket anstelle oder wie viele Tage ich in dieser Saison auf die Jagd reiten möchte oder ob ich schon Korporal im Offiziersausbildungskorps bin. Das meine ich, wenn ich sage, ich hasse es, daß man alles mögliche von mir erwartet, was ich nicht bin. Und ob ich in die Garde oder ins Werk will? Und ob ich in der Schulmannschaft bin? Und wenn nicht, warum nicht? Und das kommt nicht daher, weil ich Schüler bin, sondern weil das die Dinge sind, die sie wirklich für wichtig halten. Sie reden auch untereinander so, da ist nur ein kleiner Unterschied. Anscheinend kümmert sich kein Mensch darum, was du bist, sondern nur darum, was du tust; und das dümmste Zeug, was du tust, interessiert sie am meisten. Sie kümmern sich nicht im mindesten darum, was du innerlich bist; das ist überhaupt etwas, wessen man sich eigentlich schämen muß.«

Das beunruhigte Evelyn aufs neue; sie war nahe daran, den

Boden unter den Füßen zu verlieren; sie fühlte, daß Dan ungewöhnlich gründlich war. Wieder wünschte sie, Miles wäre da, ihr zu helfen, Miles, der Dan beredt, überzeugend und verständlich hätte antworten können. Sie hatte nicht erwartet, in so tiefes Wasser gezogen zu werden, während sie durch die dunklen Heckenwege von Surrey fuhren. Es war etwas anderes, wenn sie Dans Briefe bekam und sich Zeit für die Antwort nehmen konnte.

»Ich glaube, Dan, daß ich dich vielleicht mit den falschen Leuten zusammengebracht habe. Es gibt auch andere, weißt du – wie Herr Vane-Merrick –, die ebenso an Ideen im allgemeinen interessiert sind wie du selber. Du darfst nicht glauben, daß die Welt mit Männern wie Onkel Gottfried und Onkel Evan zu Ende wäre, die sind nur wie erwachsene Schuljungen. Sehr viele Engländer sind nichts als erwachsene Schuljungen. Vielleicht findest du, daß die Menschen ganz anders sind, wenn du erst nach Oxford kommst und dir deine Freunde selber aussuchen kannst.«

Sie gab sich die größte Mühe, ihm zu helfen, obwohl es ihr eigentlich gegen die Natur ging. Es gab Augenblicke, in denen sie wirklich wünschte, er möchte ein normaler Junge sein – ein netter normaler Junge. Und doch fragte sie sich, ob sie nicht Freundschaft mit ein paar Menschen hätte pflegen sollen, die seine Ansprüche befriedigen konnten. Von den Verwandten konnte sie ihn nicht fernhalten, von der Schule konnte sie ihn nicht nehmen – diese beiden Gedanken hätten ihr wirkliches Entsetzen eingeflößt –, aber sie hätte ihm wenigstens ein paar Bekannte geben können, die jenseits der Schranken seiner Familie und des Kreises ihrer eigenen, unzulänglichen Freunde standen. Miles hatte ihre Freunde unzulänglich genannt und hinzugefügt, sich mit ihnen zufriedenzugeben sei ein Zeichen von Furcht vor dem Leben. Furcht! Gerade das, was sie Dan unbedingt abgewöhnen wollte!

Seine nächsten Worte kamen wie ein neuer Vorwurf.

»Gott, was sollte ich ohne dich anfangen, Mutti! Du sagst immer das Richtige. Wenn du mich damit ermutigst, ich solle daran glauben, daß das Leben auf der Schule eben ein Leben auf der Schule sei, und so etwas. Und das ist alles Unsinn, daß du mich mit den falschen Leuten zusammengebracht hättest. Du kannst Onkel Gottfried und Onkel Evan und Robin und Ruth nicht ändern. (Sie ist übrigens die Schlimmste von allen, aber sie ist ja schließlich ein Mädchen.) Hast du mich nicht mit Miles Vane-Merrick bekannt gemacht? Und ohne dich hätte ich ihn niemals kennengelernt. Weißt du, Mutti, mir ist, als könne ich kaum noch leben, bis ich ihn wiedersehe. Da sind tausend und abertausend Dinge, über die ich mit ihm sprechen möchte, so viele, daß ich sie in tausend Jahren nicht aussprechen könnte. – Aber natürlich kann ich das nicht«, fügte er verzagt hinzu, »weil es ihn nur langweilen würde.«

»Er schien sich nicht mit dir zu langweilen, Dan, als wir uns ›*Erde*‹ ansahen, oder fandest du? Ich glaube, er hat kein einziges Wort mit mir gesprochen! Er hat nur mit dir geredet, den ganzen Abend.«

»Er war fabelhaft«, sagte Dan – »fabelhaft« war ein Wort, das es ihm angetan hatte. »Ich habe nie etwas von Rußland verstanden, bis er es mir erklärt hat. Mutti, ich glaube, Rußland ist etwas außerordentlich Wichtiges, meinst du nicht auch? Der Fünfjahresplan und all das. Natürlich würde man so was in England ablehnen. Man könnte in England nicht alle Hecken unterpflügen, nicht wahr? Herr Vane-Merrick sagte, er fände es abscheulich, wenn man's täte.«

»Herr Vane-Merrick gehört zur grundbesitzenden Aristokratie«, sagte Evelyn und lachte plötzlich auf.

Dan verstand sie nicht; nun hatte *er* den Boden unter den Füßen verloren.

»Er liebt England«, sagte er trotzig.

»Natürlich tut er das. – Sieh, da ist Newlands!«

»Newlands ist nicht England«, sagte Dan und schaute voller Abneigung auf das Haus seiner Vorfahren.

»Doch, das ist es!« sagte Evelyn und wurde plötzlich steif, »jedenfalls ein sehr wichtiger Teil von England.«

Niemand konnte Newlands für etwas anderes halten, als es war: für den Landsitz eines erfolgreichen Geschäftsmannes in Surrey. Mit Gold war es erworben, mit Gold wurde es erhalten. Viereckig, rot, stattlich und behaglich beherrschte es die zweihundert Morgen Surrey-Boden, Felder, Weiden und Terrassengärten, die dazu gehörten. Die Aussicht von den Fenstern war auf ihre Weise erfreulich: nicht von Stadt oder Siedlung versperrt und außerordentlich sauber. Die Sauberkeit hatte ihren Grund vielleicht in der ungewöhnlichen Reinlichkeit und Ordnung des Besitzes Newlands selbst: nicht eine Koppel ohne weiße Pfosten, nicht eine Zufahrt ohne eisernes Gitter, nicht ein Weg ohne Kies, nicht ein Obstgarten, dessen Bäume nicht in regelmäßigen Reihen gepflanzt waren; soweit man blicken konnte, war alles das Werk eines Mannes – eines reichen Mannes –, nicht das Werk der ungeordneten Natur. Das aufstrebende Bürgertum waltete unumschränkt. Die Hecken waren vollendet ebenmäßig beschnitten, die Rasenflächen sahen immer aus, als seien sie gerade an demselben Morgen gemäht worden, die Wegekanten waren wie mit dem Lineal gezogen, die Kletterpflanzen am Hause waren so gehalten, daß auch nicht eine Ranke ungebändigt im Winde wehte. Die nächste Umgebung des Hauses drückte diese Sorge für Ordnung, Bequemlichkeit und Schicklichkeit ganz besonders aus. Ein Blick auf den Stall allein genügte, um sich die Schirrkammer mit ihrem spiegelblanken Leder, den schimmernden Gebißstücken, den Kreuzleinen auf den Holzpflöcken, den gelben Pferdedecken mit roten Streifen und den Initialen W. J. vorzustellen sowie die Reihen der Boxen mit den Kavalleriehalftern und den Einfassungen aus Strohzöpfen, die Fliesen und die Eimer mit Initialen, die aufgereiht neben den Futterkisten standen. Ein Blick auf die Garage ließ einen an Betonböden denken, an abgedeckte Montiergruben, Wasserhähne an der richtigen Stelle, Speichenleder und Putzleder. Ein Blick auf den Dienstbotenflügel erweckte die Vorstellung von Anrichteraum neben Silberkammer, Küche mit anstoßender Spülküche, Vorhalle und Telefonzelle, Putzkammer mit breiten Brettertischen und Töpfen voller Wichse, Lederfett und Meltonwachs. Ein Paradies für Dienstboten, die dafür bekannt sind, mit solchen Dingen großzutun.

Es war dunkel, der kurze Wintertag ging seinem Ende zu, als Evelyn und Dan ankamen. Die Lichter des Wagens schwangen durchs Tor und erleuchteten die breite Kiesauffahrt. Die Fenster des Hauses strahlten einen gelben Willkommensgruß. Paterson, der Hausmeister, kam ihnen bis an die Haustür entgegen, von zweien seiner Untergebenen in Livree begleitet. Paterson mochte Frau Thomas gern. Zwar verursachte sie eine ganze Menge besonderer Mühe im Hause, wenn sie zu allen Stunden des Tages verlangte, daß man für sie telegrafiere und telefoniere oder Pakete vom Bahnhof hole. Überdies konnte es geschehen, daß sie zu spät zu den Mahlzeiten erschien, eine Nachlässigkeit, die niemand anders gestattet wurde; trotzdem rangierte er sie unter dem Begriff »Dame« ein und fügte bei sich hinzu, es sei ja genug Personal da, um all ihre Wünsche zu erfüllen. Außerdem hatte sie eine Art, von Zeit zu Zeit zu sagen: »Ich fürchte, ich mache Ihnen eine Menge Ärger, Paterson«, gerade wenn Paterson das Gefühl hatte, daß er lieber zwanzig Leute im Haus habe als nur Frau Thomas; und die Art, wie sie das sagte, machte allen Ärger wieder gut. Er mochte auch Herrn Dan, der im Laufe der Zeit der Herr in Newlands werden würde, wenn Herr Dan ihn auch befangen und sehr zurückhaltend behandelte und bei der Ankunft wahrscheinlich vergaß, nach Patersons Befinden zu fragen. Im ganzen zog Paterson, der nicht viel Ehrfurcht vor den Jarrolds als Familie hatte, so angenehm sie auch in mancher Hinsicht als Arbeitgeber sein mochten, Frau Thomas und Herrn Dan den übrigen vor. Sie näherten sich am ehesten dem Typ, dem er zu dienen gewohnt war.

Die Haustür wurde rasch geschlossen, um die eisige Luft des Dezemberabends abzuhalten; und als sie sicher in der warmen Halle waren, half Paterson ihnen aus den Mänteln.

Der Tee, teilte er ihnen mit, sei gerade in der Bibliothek serviert worden. Und zur Bibliothek geleitete er sie, nachdem er Evelyn zunächst einen Stapel Briefe und Päckchen und Dan eine einzige Drucksache ausgehändigt hatte, die sie erwarteten. Durch Halle und Frühstückszimmer führte er sie zur Bibliothek, wo er die Tür öffnete und zeremoniell verkündete: »Frau Thomas Jarrold; Herr Daniel Jarrold«, worauf er sie den Verwandten überließ.

Die ganze Familie Jarrold war um den Teetisch versammelt und erhob sich erfreut, um Evelyn willkommen zu heißen. Dan stand abseits und hatte ein wenig das Gefühl, als gehöre er nicht dazu, und war dankbar, daß er Taschen hatte, in die er die Hände stecken konnte. (Als ihm jedoch einfiel, daß sein Großvater sofort sagen würde: »Aha, die schlappe Eton-Haltung! M–m–m. Kannst du nicht mehr grade stehen, mein Junge?«, nahm er die Hände aus der Tasche und versuchte ziemlich ungeschickt, sie anderswo unterzubringen.) Alle schienen sehr froh zu sein, seine Mutter zu sehen, und man rückte ihr einen Stuhl neben Großmutters Platz an den Tisch. Großvater war um sie her wie eine alte Hummel um eine Rose, bot ihr Hörnchen, belegte Brote, Teegebäck an und machte schließlich den Scherz, zu sagen, er wisse genau, daß sie lieber einen Cocktail möchte. Onkel Gottfried und Onkel Evan gaben ihr übliches langweiliges Getue auf und wurden ganz lebendig; sie strichen sich mit der Hand übers Haar, fingerten an den Manschetten und zogen auch am Knoten ihrer Krawatten. Dan stand inzwischen immer noch da und war froh, daß die Ankunft seiner Mutter soviel Aufmerksamkeit erregte, aber er war sich nicht ganz sicher, wie weit er selber sich vortrauen dürfe. Schließlich tippte seine Großmutter auf einen Stuhl und ließ ihn neben sich, auf der anderen Seite, sitzen.

Es erleichterte ihn, zu sitzen; er fühlte sich nun weniger groß, weniger unbeholfen, weniger auffallend.

Das Zimmer war warm, geräumig und strahlend hell erleuchtet – zu strahlend. Es tat kund, daß die Jarrolds es nicht nötig hatten, mit elektrischem Licht zu sparen. Ein riesiges Holzfeuer loderte im Kamin, doch es war im wesentlichen zum Anschauen; die eigentliche Wärme des Zimmers kam von der Zentralheizung. Ungeheure, chintzbezogene Sessel und Sofas verkündeten den englischen Sinn für Bequemlichkeit, sie wurden durch die Hörnchen, das Teegebäck und die dampfende Silberkanne ergänzt. Da der Raum Bibliothek genannt wurde, erhoben sich Buchgestelle an den Wänden hinter Gittertüren, deren Schlüssel an Herrn Jarrolds Uhrkette hing, der Hauptschlüssel, der auch die Schaukästen des Museums in der Park Lane öffnete. Die Bibliothek bestand durchweg aus Gesamtausgaben der führenden Schriftsteller von Spence bis herunter zu Hardy; die meisten davon waren nicht aufgeschnitten und nur wenige gelesen. Diese Ausnahmen, die aufgeschnittenen und gelesenen, waren Dickens und – überraschenderweise – Swinburne, mit dem nach Herrn Jarrolds Ansicht die englische Prosa wie auch die englische Poesie ein Ende hatte. Die Modernen waren in teuren Ausgaben vertreten und wurden – das erklärte das Vorhandensein von Hardy und Conrad – auf gut Glück immer dann nach dem Rat eines Freundes bestellt, wenn es Herrn Jarrold notwendig erschien, seine Bibliothek auf dem laufenden zu halten. Es war ein angenehmer Raum, diese Bibliothek in Newlands, für jeden, der nicht gerade ein Buch lesen wollte.

Rund um den Teetisch saßen William Jarrold; Luise, seine Frau; Gottfried, der älteste der lebenden Söhne, mit Hester, seiner Frau, Robin, ihrem Sohn, und Ruth, ihrer Tochter; Evan, der zweite der lebenden Söhne, und Katharina, die unverheiratete Tochter. Minnie, das unartige Kind, war zweifellos oben bei »Kakao«, dem alten Kindermädchen, das alle Jarroldkinder aufgezogen hatte und dessen richtiger Name schon längst vergessen war.

Eine heitere, typische und harmonische Familiengesellschaft, würde man denken, die William Jarrolds kurze, derbe Hand zusammenhielt. Und doch gab es Bestandteile, die nicht zusammenpaßten, und Streitmöglichkeiten, wie Evelyn wohl wußte. Jeden Augenblick konnte sich eine Explosion zwischen Evan und seinem Vater ereignen, jeden Augenblick eine andere Explosion zwischen Dan und seinem Großvater. Und in Ruths unglücklichen Augen las sie die ganze Schwierigkeit der unausgesprochenen Situation zwischen Ruth und ihr selber – zwischen Ruth, ihr selber und Miles Vane-Merrick.

Dan war der erste, der wütend wurde. Er stürmte in ihr Zimmer, während sie sich zum Dinner ankleidete. Sie hatte ihm wegen seiner Schweigsamkeit und schlechten Laune beim Tee Vorwürfe gemacht.

»Die Wahrheit ist, daß ich sie nicht ausstehen kann, Mutti. Großpapa und Großmuttchen mag ich ganz gerne, aber die andern kann ich nicht ausstehen. Es ist zum Ersticken hier. Warum sprechen sie niemals über etwas, das sich lohnt anzuhören? Warum spötteln sie über alles, was ich gern mag? Warum zieht mich Onkel Gottfried am Haar und sagt: ›Willst du ein Dichter werden, Dan?‹, bloß weil ich keine Zeit gehabt habe, mir's schneiden zu lassen? Warum halten sie's für *komisch*, wenn man Gedichte und Bilder und Musik gerne mag, und machen Witze darüber, wo sie selber es doch so verdammt ernst mit ihrem Golf oder Englands Gewinnaussichten gegen Australien nehmen? Großpapa ist irgendwie anders; es ist wahr, daß auch er sich nicht die Bohne aus den Dingen macht, die ich gern habe, aber man fühlt, daß er etwas aus seinem Leben gemacht hat, selbst wenn's nur Geschäft ist. Man hat das Empfinden, daß er immer mit wichtigen Dingen zu tun gehabt hat und daß er einem eine Menge darüber erzählen könnte, wie man die Welt lenkt, wenn er sich nur die Mühe machen wollte. Es macht einem gar nichts aus, daß er ein Philister ist, möchte ich sagen. Aber anscheinend hat er all seine Energie für sich verbraucht und nichts davon für seine Kinder übriggelassen.«

»Sie versuchen, sich ihrer Vorstellung vom idealen Engländer anzupassen«, sagte Evelyn.

»Lachst du mich aus, Mutti? Das klingt, als ob du Herrn Vane-Merrick zitierst. Was würden sie wohl von ihm denken? Ich möchte ihn mal hier zwischen ihnen erleben!«

Evelyn wußte genau, was sie von ihm dachten: ein Verräter seiner Klasse. (»Ich kann den Kerl nicht verstehen«, hatte Gottfried gesagt.) Aber das erzählte sie Dan nicht.

»Tröste dich, Dan; in einer reichlichen Woche bist du bei ihm!«

»Gott sei Dank! Mutti – ich habe nie gewagt, dich danach zu fragen –, war Vater den Onkeln ähnlich? Oder war er so wie Herr Vane-Merrick?«

»Dein Vater war Onkel Gottfried sehr ähnlich«, sagte Evelyn nach einer Pause. Die Frage hatte sie erschüttert.

»Aber er hatte doch sicher mehr Charakter, Mutti? (Du weißt, wie sie in der Schule immer auf uns losfahren wegen Charakter.) Ich weiß nicht soviel über Onkel Gottfried, aber bei Onkel Evan habe ich den Eindruck, als hätte er überhaupt keinen Charakter. Er hat ja die richtigen Manieren, aber nichts dahinter. Viele Leute sind so. War Vater so? Ich möcht's wissen – ich muß es wissen!«

»Nun ja, Dan, weil du's wissen willst, er war so. Er war sehr reizend und sehr beliebt und ein sehr guter Sportsmann auf allen Gebieten, aber man konnte ihn nicht als sehr energischen oder intelligenten Mann bezeichnen. Er machte sich nichts aus gescheiten Leuten, er mißtraute ihnen. Ich glaube, du würdest sagen, er pfiff auf sie. Ich weiß, daß du es dir zu Herzen nehmen wirst, was ich sage, Dan, aber du weißt, daß ich dir immer die Wahrheit sage.«

»Ja, Mutti. Da ist noch etwas mit eurem idealen Engländer: Er haßt die Wahrheit einfach. Ich habe das auf der Schule entdeckt. Wenn du sagst, was du wirklich denkst, oder versuchst, hinter die Wahrheit zu kommen, hinter die wirkliche Wahrheit, dann wird's den Leuten unbehaglich, als ob du etwas Anstößiges gesagt hättest.«

Evelyn lächelte über Dans naive Entdeckungen; sie war froh, daß sie wieder lächeln konnte nach dem plötzlichen schwierigen Augenblick, den sie hinter sich hatte. Aber wie problematisch er war, dieser junge Prophet, der in der Wüste rief! Sie fragte sich, ob sie ihn um seines eigenen Glückes willen ermutigen sollte oder nicht.

»Bleib du bei deinen Prinzipien, Dan; kümmere dich nicht um andere Leute! Und lauf jetzt, oder ich komme zu spät zum Dinner!«

Es gab Augenblicke, in denen ihre Liebe zu ihm größer war, als sie ertragen konnte.

Newlands langweilte sie entsetzlich, es langweilte sie nicht nur, sondern es ging ihr auf die Nerven. Diese Reizbarkeit war ihr neu und hatte sie überkommen, seit sie Miles kannte. Das völlige Fehlen von Gedanken bei den jüngeren Jarrolds, ihr dauernder grober Spott, den sie für Witz hielten, die Begrenztheit ihrer Interessen, die Unduldsamkeit, die Engstirnigkeit, das alles schien ihr nun unerträglich im Gegensatz zu Miles Vane-Merricks Munterkeit und Frohsinn. Beinahe zog sie den betrunkenen Evan, der ihr mit seinen Fehlern menschlicher erschien, dem steifen und selbstgerechten Gottfried und seiner tugendhaft britischen Frau vor. Frau Gottfried konnte über nichts anderes als über ihre Dienstboten sprechen.

»Kannst du dir das vorstellen, meine Liebe, wir können dienstags niemand zum Dinner bitten, weil die Köchin darauf besteht, an diesem Tage auszugehen? Denkst du, sie würde ihren freien Tag verschieben, um uns einen Gefallen zu tun? Die nicht! Und die andern sind genauso. Als ich neulich mit Baxendale darüber sprach, antwortete sie – du kannst dir nicht vorstellen, wie unverschämt sie antwortete: ›Nun, gnädige Frau, jeder möchte sein kleines Vergnügen haben.‹ Kleines Vergnügen, wirklich! Und ich höre, daß die Unsittlichkeit unter den Mädchen dieser Klasse schrecklich ist. Denk nur an die Geschichten, die man über die Parks hört! Und bist du schon mal abends durch die Straßen in Brighton gegangen?«

»Vielleicht haben die armen Dinger keinen andern Ort, wo sie hingehen können«, sagte Evelyn.

»Ich muß schon sagen, Evelyn, du setzt mich in Erstaunen! Da sieht man's, daß du niemals ins Kino gehst. Wenn du dich da im Dunkeln umsiehst...«

»Warum sieht man sich denn dann um?« fragte Evelyn, als ihre Schwägerin eine vielsagende Pause machte.

»Ha, ha! Du bist wirklich manchmal komisch, Evelyn. Gottfried, hast du das gehört? Das ist wirklich lustig. Ist sie nicht klug, Gottfried?«

»Ich habe schon immer gesagt, Evelyn ist ein bißchen intellektuell«, sagte Gottfried von seinem Sessel her.

Frau Gottfried Jarrold schrie vor Entzücken. »Ja, so ist es: ein bißchen intellektuell. Fortschrittliche Ansichten und all so etwas. Wenn man sich vorstellt, daß wir eine Intellektuelle in *unserer* Familie gehabt hätten! Und nun Dan...«

Nach ein paar hämischen Bemerkungen sagte sie: »Im Ernst, Evelyn, wir machen uns alle ein bißchen Sorgen um Dan. Ich hoffe, du nimmst es mir nicht übel, daß ich das sage. Aber du weißt ja, daß er gestern nicht mit auf die Jagd wollte; er sagte, er möchte malen. Weißt du, das ist aber unnatürlich für einen Jungen in dem Alter, nicht wahr, Gottfried? Steh mir doch ein bißchen bei!«

»Würdest du es für natürlich halten, wenn er den Dorfmädeln nachliefe?«

»Ha, ha!« machte Gottfried. »Da hast du's, Hester.«

»Liebe Evelyn, ich hoffe wirklich, daß du so etwas nicht sagst, wenn Ruth dabei ist!«

»Ich kann Dan verstehen, Hester, ich kann's nicht ändern. Ich hasse es auch, auf die Jagd zu gehen. Manchmal glaube ich wirklich, es kann einer der größte Lump der Welt sein, wenn er nur ein guter Schütze ist, vergibt man ihm alles. Und nun muß ich wirklich gehen und mit Kakao sprechen; ich hab sie kaum gesehen, solange ich hier bin, und möchte sie nicht verletzen.«

Als Evelyn das Zimmer verlassen hatte, sagte Hester: »Ich

weiß gar nicht, was über Evelyn gekommen ist, Gottfried. Ich glaube, da muß sie irgendwer beeinflussen. Was sie für Sachen sagt! Ich bin wirklich empört. Was hätte nur der arme Thomas denken müssen! Ich meine, du solltest mit Dan sprechen, Gottfried, und versuchen, den armen Thomas ein wenig zu ersetzen.«

»Der Junge ist verdorben«, sagte Gottfried verdrießlich.

»Das fürchte ich auch. Ruth sagt, er hätte die merkwürdigsten Ideen.«

»Einem anständigen Jungen dürfte es nicht soviel Schwierigkeiten machen, in der Schule voranzukommen. Irgend etwas muß mit ihm nicht in Ordnung sein. Jungen erkennen das immer.«

»Er sollte ins Heer eintreten.«

»Ja, dort würden sie ihm die Albernheiten austreiben.«

»Ich möchte nur wissen, was Papa von ihm hält, Gottfried?«

»Ich glaube, Papa mag ihn ganz gern.«

»Dein Vater ist so unberechenbar, Lieber. Wieso glaubst du, daß er ihn gern hat?«

»Nun, ich habe Dan gestern ausgescholten, weil er sein dummes Farbengepfusche der Jagd vorzieht, als Papa dazukam, Dan auf die Schulter klopfte und sagte: ›Bleib du nur bei deinen Grundsätzen, mein Junge!‹«

»War das ein Scherz?«

»Ein ziemlich dünner Scherz«, brummelte Gottfried.

Aber trotzdem hatte er recht. Herr Jarrold mochte Dan gern. Er achtete ihn, als er sah, daß der Junge keine Marionette war wie seine beiden eigenen Söhne.

»Katharina«, sagte Hester, die später noch einmal von diesem Thema anfing, »was hältst du von Dan?«

»Wie meinst du das, Liebste? Du weißt, daß ich niemals gerne etwas gegen irgend jemand sage, besonders nicht gegen die Jugend. Sie ist so rührend schutzlos, denke ich immer.«

Aus dieser Antwort ersah Hester, daß sie fortfahren konnte. Sie fuhr fort. Katharina war ein ausgezeichnetes Publikum. Sie hatte sich ihre Jungfräulichkeit nicht fünfundvierzig Jahre lang bewahrt, ohne diese Tatsache in jedem Satz, in jeder Geste zu offenbaren. Als tätige Christin war sie mit tugendsamer Selbstzufriedenheit vollgepfropft, ohne ein Lot Nächstenliebe zu besitzen.

Sie war weniger an Dan als an Evelyn interessiert.

»Vielleicht dürfen wir den armen Jungen gar nicht tadeln, Hester. Du weißt, wie sehr man den Geist der Jugend beeinflussen kann, und vielleicht ist Dans häuslicher Einfluß nicht immer – nun, vielleicht nicht immer so gewesen, als wenn der arme Thomas noch lebte.«

»Du meinst...?«

»Ich denke, du verstehst, was ich meine. Zwing mich nicht, tadelnde Gedanken in Worte zu kleiden!«

»Du bist so gewissenhaft, Katharina – so ein reizender Zug von dir, Liebste. Es ist wirklich wahr, wir wissen wenig von Evelyns Leben, wenn sie nicht mit uns zusammen ist. Ihre Freunde zum Beispiel, vielleicht hat sie Dutzende von Freunden, von denen wir nie etwas gehört haben. Denk dran, Katharina, daß Evelyn noch eine hübsche Frau ist!«

»Ja, und sie sieht viel jünger aus, als sie wirklich ist. Das muß man ihr zugestehen. Das ist, glaube ich, heutzutage nicht allzu schwierig, wenn man seine Zeit und sein Geld beim Schneider und im Schönheitssalon verschwendet. Ich persönlich kann mir freilich eine bessere Verwendung meiner Zeit vorstellen.«

»Gewiß. Du weißt ja, wie gern ich Evelyn habe – wie gern wir sie tatsächlich alle haben – der Himmel bewahre mich davor, daß ich ein böses Wort gegen sie sage –, aber sie ist eine eitle Frau, Katharina – oh, eine ganz harmlose Eitelkeit! – also kurz gesagt, was denkst du?« Hester machte eine erwartungsvolle Pause.

»Ich denke mir *gar* nicht gern etwas«, sagte Katharina, die es in Wirklichkeit sehr gern tat.

»Nein. Ich dachte mir, daß du das sagen würdest. Mir

geht's genauso. Aber angenommen, da wäre *doch* – nun ja –, da wäre doch jemand in ihrem Leben? Jemand, von dem wir nichts wissen? Würde das ein sehr gutes Vorbild für Dan sein? Eine sehr schöne Art, ihm Achtung vor dem Andenken seines Vaters beizubringen?«

»O Hester, das glaube ich nicht – nein, ich kann es nicht glauben – ich will es nicht glauben.«

»Bitte, Katharina, ich habe nichts Bestimmtes gesagt.«

»Natürlich nicht – aber wer könnte es sein?«

»Wie kann man das sagen? Evelyn geht oft aus – und schließlich hat sie eine eigene Wohnung.«

»Was für ein furchtbarer, entsetzlicher Gedanke!« sagte Katharina und genoß den Kitzel. Sie malte es sich aus, mit allen Einzelheiten, die sie sich ausdenken konnte, während sie das christliche Werk tat, der armen alten Frau Moffat im Dorf einen Topf Sülze hinunterzutragen. Sie schaute Evelyn mit anderen Augen an, bemerkte dabei ihre Anmut, ihre Schönheit und stellte sich vor, wie diese Anmut, diese Schönheit einem Mann in die Arme sank.

Später kam es zwischen den beiden Jungen zu einem offenen Streit. Hester und Gottfried, die zusammen im Garten auf und ab gingen, hörten zornige Stimmen, die aus dem Jagdzimmer klangen. Sie hörten, wie Dan sagte: »Du kleines Stinktier!«

»O Gottfried, da beschimpft Dan wieder unsern Robin!«

Sie eilten zur offenen Tür und sahen die beiden Jungen; Robin war ganz rot und trotzig, Dan voller Verachtung und sehr überlegen.

»Aber, aber, ihr Jungen, was ist denn nun schon wieder?«

»Er hat gesagt, er will mich durchprügeln«, sagte Robin, durch das Dazwischentreten seiner Eltern befreit.

»Schäm dich, Dan – wo du doppelt so groß bist! Lernst du so was in Eton?«

»Was hast du angestellt, Robin?« fragte Gottfried vernünftiger.

»Ich hab überhaupt gar nichts gemacht, Vati.«

»Laß Dan reden! Dan, was hat er getan?«

»Ach, nichts«, sagte Dan und stieß mit der Fußspitze gegen den Boden.

»Nun, wenn's keiner von euch sagen will, kommt Robin jetzt mit uns, und wenn ihr das nächste Mal zusammenkommt, benehmt ihr euch! – Wirklich, Gottfried«, sagte Hester, als sie weggingen, »ich glaube, ich muß mal mit Evelyn darüber sprechen, wie Dan unsern Robin tyrannisiert.«

Sie sprach mit Evelyn, Evelyn wurde heftig, und die ganze Familie wurde hineinverwickelt. Alle nahmen Robins Partei und sagten, es sei eine Schande, daß Dan einen Jungen bedrohe, der zwei Jahre jünger sei. Alle hatten das Gefühl, Robin sei ein netter, gesunder, normaler Junge und Dan ein Ungeheuer, ein Paria. Sie hatten zu gute Manieren, als daß sie das so offen ausgesprochen hätten; Evelyn konnte diese Folgerung selber ziehen.

Sie rief Dan in ihr Zimmer. »Was ist da los, Dan?«

»Ich kann's dir nicht erzählen, Mutti.«

»Ich versteh nicht, weshalb du dich nicht besser mit Robin verträgst – er ist nicht sehr interessant, das gebe ich zu, aber er ist ein völlig harmloser kleiner Junge.«

Das war ein bißchen viel für Dan, dem ganz übel war; er brummte. Was würde seine Mutter wohl denken, fragte er sich, wenn sie Robins übliche Unterhaltung mit dem einen Reitknecht anhören könnte? Was würde Tante Hester denken oder Onkel Gottfried? Sie alle billigten Robins Leidenschaft für die Ställe; Großvater hatte erst gestern sehr beißend gesagt, daß er sich wirklich freue, einen Jungen zu sehen, der Pferde gern möge. Wenn sie nur wüßten! Aber Dan würd's ihnen nicht erzählen. Sie sollten ruhig wohlwollend lächeln, wenn Robin aus dem Stall zurückkam und Strohhalme auf dem Rücken hatte. Das einzige, was er, Dan, tun konnte, war, die kleine Bestie zum Teufel zu wünschen.

Er würde es Herrn Vane-Merrick erzählen. Er würde ihm

das Unsittliche von dieser Sache sagen, ohne Robins Namen zu nennen.

»Mutti, wieviel Tage müssen wir noch hierbleiben?«

»Fünf Tage, Dan – aber warum?« Hatte sie sie nicht gezählt, sie abgestrichen, Tag für Tag?«

»Ach, nichts.«

»Möchtest du wieder nach London?«

»Nein, ich möchte zu Herrn Vane-Merrick. Hier gibt es soviel Schwindel – ich halte das nicht mehr aus.«

Es gab sogar noch mehr Schwindel, als Dan glaubte. Gottfried hatte ziemlich treffende Vorstellungen vom wirklichen Charakter seines Sohnes. Aber in seiner lässigen Weise lachte er nur darüber: Robin hatte es in sich, er war nicht so wie dieser Schlappschwanz Dan, der sich zu nichts traute. Gottfried spürte immer eine Aufwallung von Stolz, wenn er beobachtete, wie sein Sohn das Pferd über die Hindernisse auf der Koppel brachte oder einen Vogel mit dem neuen Gewehr herunterholte, das ihm sein Großvater zu Weihnachten geschenkt hatte. Wenn ein Junge von fünfzehn das fertigbrachte und sich so zum richtigen Mann entwickelte, was kam es dann auf das bißchen Schmutz an?

Außerdem würde der Junge bald die Schulfarben tragen dürfen. Und so einen guten Kricketspieler würden sie niemals von der Schule werfen! Gottfried hatte sich darüber mit dem Lehrer unterhalten, zu dessen Haus Robin gehörte, der hatte eine zuversichtliche Andeutung gemacht. Gewiß, Robin war nicht gut im Wissenschaftlichen – er war sogar zweimal in den Quartalsprüfungen durchgefallen –, aber er war der beste Werfer im Haus. Diese kleinen Schwierigkeiten ließen sich überwinden. Jedenfalls war Robin ein sicherer Kricketspieler für sein Haus, und jeder, der sicher für sein Haus spielte, war sicher, in die Schulmannschaft zu kommen. Nicht anzunehmen, daß sie einen sitzenbleiben lassen und von der Schule weisen würden, der sicher für die Schulmannschaft war.

Nein, nein, dachte Gottfried, Robin ist schon in Ordnung;

schade, daß er nicht der Erbe ist! England würde sicher sein, wenn immer nur Jungen wie Robin die Erben wären.

Es war keine gelungene Weihnachtsgesellschaft; das konnte niemand behaupten. Evelyn mußte die ganze Zeit daran denken, sie um die Klippen herumzusteuern. Sie mußte unerschöpflich heiter und erfindungsreich sein; und das war sehr schwer, da sie selber auch Vorurteile hatte und darüber hinaus durch ihre Entfremdung von Ruth in die Familienschwierigkeiten verwickelt war. Bei den früheren Weihnachtszusammenkünften hatten sie sich gewöhnlich zwischen Tee und Dinner in ihren Zimmern getroffen und müßig ihre Ansichten über die Ereignisse des Tages ausgetauscht. Evelyn hatte eine gewisse Befriedigung in Ruths Verehrung gefunden; nicht, daß sie sich besonders viel aus Ruth gemacht hätte, aber für einen Menschen ihrer Veranlagung war es immer angenehm, einen andern zu haben, der sich völlig und kritiklos unterordnete. Ruth durfte ihr die Langweile vertreiben. Es war eine fast boshafte Freude, sich dieser wollüstigen Herrschsucht bewußt zu werden. Das unwürdigste Opfer war immer noch besser als überhaupt kein Opfer. Es verdroß ihre Eitelkeit, nun feststellen zu müssen, daß sie ihre Gewalt über Ruth verloren hatte; gelegentlich tat Ruth ihr leid, aber sie wußte nicht, was sie daran ändern könnte; und außerdem empfand sie grollend die Ironie, die darin lag, daß ausgerechnet Miles Vane-Merrick sie einer Sklavin beraubt hatte.

Diese abendlichen Zusammenkünfte mit Ruth gehörten nun der Vergangenheit an. Das war für beide unangenehm. Einmal kam Ruth und klopfte an Evelyns Tür, aber die Unterhaltung blieb gespannt und kurz; sie hatte nichts von dem törichten, leichten und freundschaftlichen Ton früherer Tage. Sie endete damit, daß beide gleichzeitig sagten, sie müßten Briefe schreiben; diese Gleichzeitigkeit und die Offenkundigkeit der Ausrede machten die Angelegenheit nur schlimmer und schwieriger. Das war verletzend und ärgerlich. Dazu kam, daß Ruth offensichtlich unglücklich war; Evelyn hatte nie geglaubt, daß die oberflächliche Ruth wirklich unglücklich sein könnte. Unverständlicherweise reizte es sie, jemand unglücklich zu sehen, wie verschwiegen dieser Kummer auch sein mochte, wo sie so erschreckend, so leidenschaftlich glücklich war. Ruths armes weißes Gesicht und ihre rührenden Anstrengungen, normal zu erscheinen, waren ein Vorwurf für sie.

Ruth litt schrecklich. Die furchtbaren Verse gingen ihr nicht aus dem Kopf:

»Es ist kein ehrlicher Feind, der mir diese Schmach angetan hat, denn dann hätte ich sie zu ertragen vermocht. Noch war es mein Widersacher, der sich über mich erhoben hat, denn dann hätte ich mich verborgen vor ihm. Sondern du selber warst es, du, mein Gefährte, mein Führer und mein vertrauter Freund!«

Die Ungewißheit quälte sie noch immer. Hätte sie genau gewußt, daß Evelyn Miles Vane-Merrick liebte, hätte sie es zu ertragen vermocht; doch da sie selber eine Frau war, gab sie sich keinen Illusionen über die Tiefe weiblicher Grausamkeit hin, wo Liebe oder Eitelkeit im Spiel waren. Evelyn hatte – das wußte sie – einen grausamen und häßlichen Zug in ihrer Veranlagung. Das war ihr Ausdruck: Grausamkeit; weiter dachte sie nicht, denn daß sie es in Evelyn mit einer sehr komplizierten und leidenschaftlichen Natur zu tun hatte, reichte weit über die Grenzen ihres Verständnisses hinaus. Sie glaubte, Evelyn spiele nur deshalb mit Miles Vane-Merrick, um sie zu demütigen und zu unterwerfen, oder auch nur deshalb, weil sie es nicht ertragen konnte, daß das Interesse eines Mannes einer anderen Frau galt. Frauen, selbst die nächsten Freundinnen, taten einander so etwas an. Ruth wußte das. Es war ihr so selbstverständlich, daß sie niemand deswegen getadelt hätte, wenn es nicht gerade Evelyn gewesen wäre. Doch es schmerzte sie zu denken, daß Evelyn, die sie von Kind auf verehrte und der man von allen Seiten schon soviel Ergebenheit bewies, den Wunsch gehabt haben sollte, ihr die einzige armselige Kostbarkeit wegzunehmen.

Vielleicht ahnte Evelyn gar nicht, wie bitter sie sie getroffen hatte. Aber weshalb wich Evelyn ihr dann aus und benutzte jede Ausrede, nicht mit ihr allein zu bleiben? Nein, Evelyn wußte sehr gut, was sie da tat.

Ruth verlor jeden Zweifel, als die Gesellschaft nach einem Spaziergang am Silvesterabend die Briefe in einzelnen Stößen auf dem Tisch in der Halle vorfand. »Hier sind deine, Evelyn«, sagte Ruth gedankenlos und sah, daß ein Umschlag mit Miles Vane-Merricks Handschrift auf dem Stapel obenauf lag.

Evelyn benutzte die Gelegenheit, im Laufe des Abends in Ruths Gegenwart zu Dan zu sagen: »Ich höre heute von Herrn Vane-Merrick, daß er uns am zweiten erwartet, Dan. – Dan und ich werden deinen Freund Vane-Merrick besuchen, Ruth«, fügte sie, zu Ruth gewandt, hinzu; »ist das nicht ein spaßiges Zusammentreffen? Ich glaube, er lebt unter den scheußlichsten und unbequemsten Verhältnissen, aber Dan möchte gern hin, also muß ich mich wohl opfern.«

»Ich wußte gar nicht, daß Dan ihn kennt«, sagte Ruth mit einem Messer im Herzen.

Dan war sofort voller Eifer.

»Kennst du ihn auch, Ruth?« Er hatte die naive Überraschung des jungen Menschen noch nicht überwunden, der entdeckt, daß jemand, den er kennt, auch mit einem andern bekannt ist, den er ebenfalls kennt. Das ist das zweite Stadium, das der Kindheit folgt, in der man annimmt, daß jeder einzelne in dem kleinen Kreis, in dem man lebt, auch mit jedem außerhalb dieses Kreises vertraut sei. »Ist er nicht ein wunderbarer Mensch? Er hat uns neulich abends in London in einen russischen Film mitgenommen. Ich glaube, er ist der anregendste Mensch, den ich in meinem Leben kennengelernt habe. Mutti meint das auch – nicht wahr, Mutti? Aber sie wird so etwas nicht sagen. Ich glaube, sie hat Furcht, daß ich zuviel von ihm rede.«

Plötzlich schwieg Dan; gewöhnlich war er Ruth gegenüber nicht so mitteilsam. Nur die Erinnerung an Vane-

Merrick hatte ihm die Zunge gelöst. Er empfand es als Abweisung, als Ruth gleichgültig sagte: »Ach, ist er wirklich so wunderbar? Ich hielt ihn für einen ganz netten jungen Mann.«

Nun wußte sie die Wahrheit. Eine Qual war der Gedanke, daß Evelyn bei ihm sein würde – die seltsame, halbzerstörte Burg sehen würde, wo er seine freie Zeit allein zubrachte –, in sein persönliches Leben eindringen, eine neue Vertraulichkeit zwischen sich und ihm schaffen würde, die Vertraulichkeit des täglichen Lebens, das sie miteinander teilten und das nicht von der lästigen Anwesenheit von Dienstboten unterbrochen wurde; sie stellte sich vor, wie Dan hinausgeschickt wurde, um Wasser vom Brunnen zu holen, während Miles das Feuer anblies und Evelyn von nebenan hereinrief, ob das Wasser schon koche. Welches Vergnügen würden sie haben! Und nach dem Vergnügen würde die verborgene zitternde Leidenschaft warten, die man dem Jungen verhehlen mußte, die jedoch gerade wegen des Geheimnisvollen um so süßer war. Diese zwiefache Qual schmerzte Ruth so sehr, daß sie das Gesicht mit einem Aufstöhnen in den Händen barg. Niemals vorher hatte sie gewußt, wie sehr das Leben schmerzen konnte.

Evelyn zuckte die Schultern, als sie sich auf den Weg zur Bibliothek machte. Es war ein unangenehmer kleiner Zwischenfall gewesen, und sie war froh, daß er vorüber war. Wenigstens hatte er die Lage zwischen Ruth und ihr geklärt; Evelyn fand keinen Geschmack an ungeklärten Situationen.

Als sie an der Tür der Bibliothek war, kam Minnie heulend herausgelaufen.

»Nun, was hast du denn, Minnie?«

»Großpapa ist so böse mit Onkel Evan.«

»Dort drin?«

»Ja, dort drin. Ich geh zu Kakao. Ich hab Angst.«

»Sind sie allein?«

»Ja.«

Evelyn zögerte. Sollte sie hineingehen und vermitteln?

Vielleicht würde es Evan die Sache erleichtern. Aber es war schwierig, wenn man den Kopf von einer Angelegenheit, und nur von einer einzigen Angelegenheit, voll hatte, sich in die Unannehmlichkeiten anderer einzumischen. »O Miles!« flüsterte sie und preßte in ungeduldiger Erbitterung die Hände zusammen; sie sehnte sich nach dem Frieden und dem Glück, die sie in der nächsten Woche erwarteten.

Sie trat ein.

Herr Jarrold war offenbar wirklich sehr böse. Er stürmte im Zimmer auf und ab, schlug die Hände auf dem Rücken zusammen, wie es seine Gewohnheit war, wenn er sich sehr ärgerte. Evan stand am Kamin und sah recht dämlich aus; auf dem Tisch neben sich hatte er eine Karaffe Whisky und einen Siphon Sodawasser.

Herr Jarrold, der alle Selbstbeherrschung verloren hatte, wandte sich sofort an Evelyn: »Ich bitte dich, sieh dir das an, Evelyn! Fünf Uhr nachmittags, und schon ist er wieder dabei! Glaubte, ich sei weit vom Schuß bei einer Direktorenkonferenz. Es ist eine Schande. Er ist den ganzen Tag nicht draußen gewesen – hat nur hier drin gehockt, Whisky gesoffen und sich zum Vieh gemacht. Ich sage ihm, daß ich das nicht dulde. Ich will keinen Sohn, der sich in meinem Hause zum Vieh macht. Wenn er trinken will, soll er gehen und es sonstwo tun. Aber ich ändere bei Gott mein Testament; nicht einen Pfennig soll er von meinem Gelde in die Finger kriegen, nicht ein Wort soll er in meinem Unternehmen zu sagen haben. Ich hab's ihm gesagt; nun kann er wählen.«

»Und ich habe Papa gesagt, es sei ungerecht, einen erwachsenen Mann zu verdammen, nur weil er an einem kalten Nachmittag einen Whisky mit Soda statt Tee trinkt«, sagte Evan mürrisch.

»Verflucht noch mal! Laß die Ausflüchte!« brüllte Herr Jarrold. »Du weißt ganz genau, weshalb ich dich schelte. Du säufst hinter meinem Rücken vom Morgen bis zum Abend. Du bist ein unnützer, betrunkener, schlapper, fauler Bummelant. Ich schäme mich deiner. Am liebsten möchte ich dich sofort aus dem Haus werfen. Ich weiß nicht, was in alle meine Kinder gefahren ist. Verdorbene Früchte, das sind sie. Gottfried ist ein Einfaltspinsel, du bist ein Trunkenbold, Dan ist ein Schlappschwanz – das ist der Dank dafür, daß ich was aus meiner Familie mache und mein ganzes Leben lang schufte, damit sie von allem das Beste haben. Und dann wagst du's, mir etwas vorzuschwatzen von einem Whisky mit Soda statt Tee! Weiß Gott, Bursche, am liebsten möchte ich dich verprügeln, dich in dein dämliches Gesicht schlagen«, und Herr Jarrold ging zitternd vor Wut mit erhobener Faust auf seinen Sohn los.

»Mein lieber Vater«, sagte Evelyn und suchte dabei ihre Zuflucht in einer eisigen Überlegenheit, gleichzeitig schob sie sich ein wenig zurück, »du vergißt dich. Wir sind hier doch schließlich nicht in einer Bergarbeiterhütte.«

»Nein, das sind wir nicht«, sagte Herr Jarrold, »aber manchmal wünschte ich, wir wären's. Ich wollte, ich hätte mich niemals aus der Klasse hochgearbeitet, in der ich geboren bin. Oh, ich schäme mich dessen nicht, aber du! Du schämst dich, weil der Vater deines Vaters ein Mann aus dem Volke war – du mit deiner Vornehmtuerei steckst den feinen Herrn heraus, du Gernegroß! Gar nichts bist du – weder das eine noch das andere. Ich hab etwas Falsches aus dir gemacht. Wir sind nicht in einer Bergarbeiterhütte – nein, aber ich bin in so einer Hütte geboren und bin stolz darauf. Mein Vater hatte rotes Blut in den Adern und kein Zuckerwasser. Weiß Gott, damals hat England noch Männer hervorgebracht!«

Er hielt inne, vergaß seinen persönlichen Kummer und ließ die aufschlußreichste Rede vom Stapel, die Evelyn je von seinen Lippen vernommen hatte. Ihre Achtung für ihn stieg; er mochte grob sein, er mochte ungeschliffen sein, ihm mochte der dekorative Reiz des vornehmen Gottfried und des erbärmlichen Evan völlig fehlen, ihm mochte auch das erwachende Unterscheidungsvermögen Dans fehlen, aber er war so echt wie ein alter Bulle auf dem Felde, und er kannte kein wählerisches, gekünsteltes Zögern, das auszusprechen, was er dachte. Er war so stark und obendrein so beredt, daß Evelyn endlich verstand, weshalb es ihm immer gelungen war, seine Direktoren mitzureißen. Sie freute sich, daß Dan sich ins Zimmer geschlichen hatte und zuhörte.

»Ich will nicht sagen, daß sie keine Fehler gemacht hätten. Viele Leute halten es für einen Fehler, daß man England überhaupt zu einem Industrieland gemacht hat. Aber damals konnte man von keinem Menschen ein solches Maß an Voraussicht erwarten. Es war die große Chance, und sie packten zu. Weiß Gott, sie packten zu! Mit beiden Händen. Man konnte nicht von ihnen erwarten, daß sie erkannten, daß es bis heute zu einem unlenkbaren Ungeheuer werden würde. Denkt an die Erregung, an die Gelegenheit! Mein Vater hat mir erzählt, was er dabei empfand, als er seine ersten Werkstätten einrichtete. Ein Mann wie mein Vater hatte bis dahin gar keine Möglichkeiten gehabt; entweder war man ein Adliger oder ein Bauer, ein kleiner Geschäftsmann oder ein Arbeiter – ein großer Herr oder ein kleiner Mann, je nachdem. Es gab keine eigentliche Mittelklasse. Alle Vorrechte lagen auf der einen Seite, das Fehlen aller Möglichkeiten auf der andern. Diejenigen, die das Privileg hatten, nahmen sich eigentlich nur ihr Recht, sie haben es nicht einmal unbillig ausgenutzt. Diejenigen, die keine Gelegenheit hatten, mußten eben so auskommen. Doch dann wuchsen energische Männer wie mein Vater heran, die das neue England schufen, und ihre Söhne setzten die Arbeit fort – ich habe sie selber auch fortgesetzt. Donnerwetter, wir haben was geschafft! Vielleicht wäre es besser nicht getan worden, aber man kann nicht in die Vergangenheit zurück, man kann nicht zurücknehmen, was getan worden ist. Wir haben einen neuen Schlag von Engländern geschaffen, weder große Herren noch kleines Volk, sondern einen Mann, der wirklich in diese Zeit paßte, zäh, freimütig, ohne Albernheiten. Dann kam die Schwierigkeit; es genügte uns nicht mehr, wenn unsere Söhne blieben, was wir selber gewesen waren, einfache Geschäftsleute, die etwas von ihrer Arbeit verstanden und entschlossen waren, das Beste herauszuholen. Wir wünschten, daß unsere Söhne genau das wurden, was wir verachtet und worauf wir mit Neid geblickt hatten. Und jetzt haben wir weiß Gott erreicht, was wir wollten. Wir haben einen Haufen Nichtsnutze geschaffen, die verdammt auf ihre Manieren und allein auf ihre Manieren achten, weil sie wissen, sie stehen in einer schiefen Position. Gib mir einen Vornehmen, gib mir einen Bauern, gib mir einen Arbeiter, gib mir einen rechtschaffenen Johann Schmidt aus dem Mittelstand, aber der Himmel bewahre mich vor diesen anmaßenden Taugenichtsen, die sich einbilden, die Aristokratie der Zukunft zu sein.

Und das will ich dir sagen«, fügte er grimmig hinzu, »nicht einmal imitieren könnt ihr. Früher war einiges dran an dem Engländer von Geburt. – Zuck nur zusammen, halt mich nur für einen alten Großsprecher; bin ich auch. – Er kümmerte sich um seine Ländereien und schämte sich weder seiner Gefühle noch seines Verstandes. Heute lehrt man ihn, seine Gefühle zu unterdrücken, bis er keine mehr hat, und noch mehr gilt das für den Verstand. Früher schämte er sich seiner Kultur nicht. Heute tut er das. Und er hat sie nicht durch etwas anderes ersetzt. Er hat sein überlegenes Benehmen und seine Hochachtung vor guten Umgangsformen behalten, aber das ist alles, was er von seinen Vorfahren geerbt hat, und das ist alles, was du und deinesgleichen ihm nachäffen. Er ist selber schon eine Nachahmung, und du bist eine doppelte Fälschung. Welchen Zweck erfüllst du in einer Welt, die lebendige Menschen braucht und nicht Wachspuppen, die mit Stroh ausgestopft sind?

Du wirst vielleicht sagen, daß ich gegen all das spreche, an das ich anscheinend geglaubt habe. Ich gebe zu, daß es so ist. Ich habe dich und deine Brüder in eine Internatsschule geschickt, und ich habe Dan nach Eton geschickt; alles, worüber ich mich beklage, habe ich selber hervorgerufen. Es wird noch schlimmer kommen, aber das weißt du noch nicht; morgen wirst du's wissen. Ich habe geglaubt, dir und der ganzen Familie das Beste zu geben; und erst jetzt, wo ich sehe, was für ein Stinktier du bist, erkenne ich meine Fehler. Ich hätte euch alle in die Werke schicken sollen. Ich habe gute Lust, es noch zu tun.«

Als er sich umblickte, entdeckte er Dans Anwesenheit.

»So, du bist auch da, Junge? Und wie ist das nun mit dir – der dritten Generation, wie? Nun sag mal, bist du ein Schlappschwanz oder bist du keiner? Deine Mutter hat mir von deinen Ansichten über das Jagdreiten erzählt, und ich hab ihr die Meinung gesagt; aber wenn du mir irgend etwas mitzuteilen hast, will ich es mir anhören. Ich hab so den Eindruck, als ob du deinen eigenen Kopf hättest, ob ich nun damit einverstanden bin oder nicht. Ich habe den Eindruck, als ob du dich in Eton überhaupt nicht erziehen lassen willst. Ich hab dich dort hingeschickt, damit du erzogen wirst, aber, verdammt noch mal, du gefällst mir, weil du durchhältst. Na?«

Er wartete. Dan war sprachlos. Er fand keine Worte, um auf diese plötzliche Aufforderung etwas zu erwidern; außerdem war das ein Krach mit Onkel Evan, nicht mit ihm.

»Hat's dir die Sprache verschlagen?« fragte Herr Jarrold in überraschend guter Laune. »Na, mach dir nichts draus! Du bist jung. Ich will dich nicht tyrannisieren. Aber hör mal, junger Mann, du hast was gutzumachen. Verdammt viel wiedergutzumachen! Überspring diese Generation!« Er wies mit einem Ruck seines Daumens auf Evan. »Tu so, als hätte es die nie gegeben! Entweder geh richtig zurück oder geh vorwärts! Beides ist möglich. Komm in einem Jahr zu mir und sag mir, wozu du dich entschlossen hast!«

»Ja, Großpapa«, sagte Dan und war froh, daß er etwas Konkretes hatte, um sich daran zu halten; er war erleichtert: Ein Jahr war etwas Konkretes.

»Du kannst nach Oxford gehen, wenn du willst, oder sonst kannst du ins Werk kommen. Ich mache dich nicht zum Teilhaber, ehe du fünfundzwanzig bist. Nein. Ich könnte dich jetzt zum Teilhaber machen, wenn ich Lust hätte. Aber ich will nicht. Nicht gut für dich. Du solltest lieber ins Werk gehen, wenn du von Eton kommst. Ich bring dir was bei, was du in Eton nicht lernen kannst. Doch du mußt selber wählen. Aber du mußt etwas *sein*, Junge, keine Nachahmung von irgend etwas.«

»Ja, Großpapa«, sagte Dan, der ihn beinahe verstand.

»Und du«, sagte Herr Jarrold zu Evan, »mach, daß du rauskommst!«

Evan war froh, hinauszukommen; aber er trank erst seinen Whisky mit Soda aus und schlenderte dann mit der Miene eines Menschen hinaus, dem eingefallen ist, daß es Zeit für das Bad vor Tisch sei.

Er redete später am Abend mit Evelyn; Dan spielte Schach mit Herrn Jarrold; Frau Jarrold studierte eine Liste japanischer Lilien, während sie eine Wolljacke für die Landstreicher-Fürsorge strickte; Gottfried, Frau Gottfried, Ruth und Katharina spielten Bridge. Evelyn und Evan waren vorübergehend aus der Bridgepartie ausgeschieden, so waren sie einer auf des andern Gesellschaft angewiesen. Evan war wütend und fühlte sich gedemütigt, weil er in Evelyns Gegenwart wie ein Schuljunge ausgescholten worden war; doch er war ihres Mitgefühls sicher: Sie war so ein guter Kerl. Jedenfalls war es ausgeschlossen, solch eine Szene zu ertragen, ohne sich seiner eigenen Lage zu vergewissern.

Sein Wortschatz war gering; seine Fertigkeit in der Kunst der Unterschätzung gewaltig.

»Einfach scheußlich, was?« sagte er.

»Ich hätte nicht reinkommen sollen, Evan. Ich glaubte, ich könnte dir helfen.«

»Macht mir nichts aus, daß du reingekommen bist«, sagte er großartig. »Man muß dem Alten seinen Willen lassen. Nicht gut, grob gegen ihn zu werden. Viel besser, wenn man ihm erlaubt zu sagen, was er denkt. Worte tun schließlich nicht weh. – Was für ein hübsches Kleid!«

»Kümmre dich endlich einmal nicht um mein Kleid, Evan! Verschwende deine Zeit nicht mit Ausflüchten! Wie steht es mit dem Trinken? Du hast mich schon früher gebeten, ich sollte dir helfen. Ich glaubte, du hättest dir Mühe gegeben.«

»Es ist eine verteufelte Sache.«

»Armer Evan, kannst du gar nichts dagegen tun?«

»Was? In eine Trinkerheilstätte gehen, meinst du? Nee, danke. Das Schlimmste daran ist, daß ich gar nicht wirklich aufhören möchte. Ich fühle mich nur richtig lebendig, wenn ich schon einen genommen habe. Sonst sieht alles so schal aus. Warum willst du mich nicht heiraten, Evelyn? Das ist gesetzlich möglich, das weißt du ja. Ich würde nicht mehr trinken, wenn ich dich hätte.«

»Evan, das hast du mir nun schon ein dutzendmal erzählt, und ich habe dir ein dutzendmal gesagt, daß mich nichts dazu veranlassen kann, dich zu heiraten. Sei bitte wieder mein Schwager! Wie ermüdend und kompliziert ihr alle seid!«

»Nur weil du uns alle ganz abhängig von dir machst.«

»Meinst du, jeder sei ermüdend und kompliziert, wenn man ihn genug kennt?«

»Na ja, so ungefähr. Ich und mein Trinken zum Beispiel.«

»Machst du dir wirklich Sorgen darüber?«

»Sorgen? Das will ich meinen. Ich sage dir, es ist wirklich die Hölle. Wenn ich morgens aufwache, ist es das erste, woran ich denke. Ich versuche auszuhalten, aber bis jetzt bin ich noch nie über halb zwölf hinausgekommen. Und wenn ich erst anfange, kann ich nicht mehr aufhören; ich brauche mehr. Und doch fasse ich jeden Morgen, wenn ich aufwache und mich wie tot fühle, den Entschluß, an diesem Tage nichts als Wasser zu trinken. Und bis halb zwölf falle ich jedesmal um.«

»Aber Evan«, sagte Evelyn, die plötzlich die Neugier packte, »wie kommst du denn hier an das Zeug? Das ist doch kein Haus, wo Flaschen auf jedem Tisch bereitstehen.«

»Ach, Paterson ist ein guter Bursche«, sagte Evan gedankenlos.

»So weiß es Paterson? O Evan!«

»Schilt mich um Himmels willen nicht auch noch aus! Es ist ohnedies gerade schlimm genug. Ja, Paterson bringt's mir ins Zimmer, wenn du's wissen willst. Ich brauche nicht mal darum zu bitten, er bringt's mir so.«

»Evan, du tust mir so leid – ich wünschte, ich könnte dir helfen.«

»Du könntest schon helfen, ich hab's dir ja gesagt.«

»Das kommt nicht in Frage. Alles andere will ich tun.«

»Alles?«

»Na ja, nicht gerade alles. Alles, soweit es vernünftig ist. Ich kann verstehen, daß du dich erbärmlich fühlst.«

»O nein«, sagte Evan und stand auf, »ich amüsiere mich prachtvoll. Da sieh, sie sind fertig mit dem Rubber.«

Nur noch einen Tag! dachte Evelyn, als sie am Neujahrsmorgen erwachte. Sie mußte sofort zum Frühstück hinuntergehen, um die Wirkung von Herrn Jarrolds Überraschung auf die versammelte Familie zu beobachten. Es würde lustig sein zu sehen, wie er seine heutige Haltung mit dem gestrigen Zornausbruch in Einklang brächte. Sehr wahrscheinlich würde er nach britischer Art bequemerweise überhaupt vergessen, daß es dazu gekommen war. Er würde dasitzen, bescheiden strahlen, die Gratulationen entgegennehmen und entzückt sein über den Streich, den er seiner Familie gespielt hatte.

Als Evelyn ins Speisezimmer kam, saß er schon auf seinem Platz und hatte eine riesige Tasse dampfenden Tee neben sich. Er sah Evelyn an und blinzelte ihr mit den alten Augen zu.

»Gewöhnlich gibst du uns nicht die Ehre, meine Liebe.«

»Vielleicht habe ich einen Neujahrsvorsatz gefaßt, stets zum Frühstück aufzustehen.«

»M-m-m, das glaube ich nicht. Komm, setz dich hierher! Dan, gib deiner Mutter den Kaffee! Was willst du essen, meine Liebe? Würstchen, Ei, Haferflocken, geschmorte Nieren, Schellfisch oder die Reisplatte? Oder Pastete? Sehr gute Wildpastete dort drüben.«

»Danke, nichts, Papa – eine Tasse Kaffee und einen Apfel.«

»Kontinentale Gewohnheiten«, sagte Herr Jarrold mißbilligend. »Sehr schlecht für dich. Fang den Tag stets mit einem guten Frühstück an! Ich frühstücke immer gut, sogar im Ausland, wo es schwierig ist.«

Er war in heiterster Laune, wie er da saß, seinen Tee umrührte und über die ganze Länge des Tisches zu seiner Frau hinschaute. Die Mitglieder seiner Familie saßen an den beiden Langseiten, sprachen nicht viel, sondern aßen. Messer und Gabeln senkten sich mit leisem Klappern. Platten mit Hörnchen, Brötchen, Toast, Schalen mit Konfitüren, Honig, Orangenmarmelade und Obst bedeckten das weiße Tischtuch. Auf der Anrichte brutzelte eine Reihe von Schüsseln über kleinen Spiritusflammen. Tassen standen in Gruppen um die Tee- und Kaffeekanne. Die hohen Glastüren blickten auf die Landschaft Surrey, die in der strahlenden kalten Wintersonne lag. Die Hunde hatten sich vor dem Kamin ausgestreckt. So saßen die Jarrolds beim Frühstück, und William Jarrold war mit der Welt zufrieden.

Paterson kam mit den Zeitungen herein. Es war ein Gesetz, daß die Zeitungen neben den Hausherrn gelegt wurden, der sie dann verteilen und die, welche er selber lesen wollte, zurückbehalten konnte. Sein Blick begegnete dem Evelyns. Dann sortierte er die Zeitungen, verteilte sie und tat ganz mürrisch.

»*Daily Mirror*, Evelyn? Gottfried, den *Expreß*? Dan, gib Großmutter die *Morning Post*!«

Er selbst vergrub sich hinter der ganzen Größe der *Times*. Einen Augenblick später begannen die Ausrufe...

Evelyn hatte richtig vorausgesehen: Keine Anspielung fiel über den vorhergegangenen Tag. Herr Jarrold selber schien nicht das mindeste von irgendeiner Mißstimmung zu wissen. Er war sanft und zufrieden, obwohl er so tat, als mache ihm die Sache gar nichts aus. Er grunzte freundlich, als seine Frau auf ihn zukam und ihn küßte. Er tat so, als schaue er nicht auf die Fotografie, die ihn unter den vier neuen Baronen darstellte, doch Evelyn erwischte ihn dabei, wie er auf die Frontseite des *Daily Mirror* schielte. Und als Paterson unter einem Vorwand zurückkam und stehenblieb, um respektvoll zu sagen: »Darf ich mir gestatten, Eurer Lordschaft im Namen der Dienerschaft die ergebensten Glückwünsche auszusprechen«, war William Jarrold wirklich ein sehr zufriedener Mann.

Zweiter Teil

Porträt des Miles Vane-Merrick

Evelyn konnte kaum glauben, daß es keine achtzig Kilometer von London entfernt noch so unberührtes Land gab. Sie war mehr an Surrey als an Kent gewöhnt. Sie war mit Dan auf einer Station umgestiegen, und nun führte die kleine Lokalbahn sie zwischen den Wäldern und Obstgärten von Kent dahin. Der Zug hielt auf jeder Station und fuhr auch auf den Strecken dazwischen nur sehr langsam, so daß Evelyn reichlich Gelegenheit hatte, aus dem Fenster zu schauen und sich mit Miles Vane-Merricks Land vertraut zu machen. Sie versuchte sich vorzustellen, wie es im Frühling aussah, wenn die Obstgärten als niedrige Wolken von Weiß und Rosa über der Erde schweben, wenn die Wälder zu weiten Flächen von Grün anschwellen, wenn der wandernde Himmel sich über den Nordhügeln mit weißen Segeln bedecken würde. Jetzt waren die Obstbäume geisterhaft für den Winter gekalkt; sie streckten ihre bleichen Zweige in kleinen Alleen aus, überall, wo der Zug vorüberfuhr. Die Wälder lagen wie braune Keile im blauen Land. Die langen Reihen der Stangen in den Hopfengärten öffneten und schlossen sich in der Perspektive, sie waren ohne das Grün der Ranken. Der Winter hatte seine eigene Schönheit, obwohl es vielleicht nicht die Schönheit war, die man üblicherweise dem Gefühl nach mit Kent im Frühling verband.

Doch konnte gewiß niemand den Reiz dieses südlichen Landes leugnen. Zum Teil verdankte es diesen Reiz der Tatsache, daß es sich selber so treu geblieben war. Die Hügellinie, die Weite des offenen Waldrandes, die roten Hütten, die fernen Kirchtürme, die schmalen Heckenwege fügten sich zu einem Bild zusammen, das dort und nirgends anders hingehörte. Jeder, der ein Gefühl für den Charakter einer Landschaft hatte, hätte bei einem Blick aus dem Fenster des Zuges sofort sagen können, daß er durch Kent führe – durch das obsttragende Kent, das Hopfenland Kent, das Kent, das die Fühler Londons nicht erreichen. Miles hatte nicht viel über seinen Wohnort erzählt; er hatte nur gesagt, er möchte gern, daß sie ihn kennenlerne. Bedauerte sie es, daß sie nicht erst im Frühling oder Sommer dorthin gekommen war? Sie zögerte, als sie an das Schleierkraut an den Wegen und die Heckenrosen an den Zäunen dachte. Im ganzen bedauerte sie es nicht. Die Bäume waren ernst, das Wasser in den Teichen war gefroren; diese Strenge, die über einer schmerzhaften Zartheit lag, verhalf ihr vielleicht auch zu der Tapferkeit, die sie brauchte.

Mittlerweile wurde ihr die Aussicht, Miles in seinem Heim zu begegnen, fast zur Qual. Sie konnte sich kein Bild machen, wie dieses Heim aussehen mochte; sie wußte nur, daß sie ihn durch die Gegend schreiten sehen würde, die ihm vertraut, ihr jedoch völlig fremd war. Sie war ihm immer nur in London begegnet; niemals hatte sie ihn in ländlicher Kleidung gesehen. Vielleicht würde sie sogar unter einem Gefühl des Ausgeschlossenseins leiden, wenn sie ihn mit seinen Leuten sprechen hörte, wenn er anordnete, dieses Feld müsse gepflügt oder jener Baum als Brennholz gefällt werden. Litt er unter demselben Gefühl des Ausgeschlossenseins, wenn er sie in ihrer Wohnung mit unbekannten Freunden telefonieren oder Mason oder Privett einen Auftrag geben hörte? Schließlich war er als völlig Alleinstehender zu ihr gekommen, einfach er selber, ohne jede Umwelt, während sie weiter in der Umgebung gelebt hatte, die zu ihr gehörte. Nun war die Lage umgekehrt; sie kam in sein Leben statt er in ihres und brachte keinen ihrer Anker mit; nicht einmal Privett hatte sie mitgenommen. Nichts brachte sie aus ihrem Leben mit als Dan, der ebenso fremd und unwissend sein würde wie sie selber.

Fremd? Unwissend? Wieviel fremder! Wieviel unwissender! Denn sie kannte Miles wenigstens und liebte ihn, während Dan ihn erst einmal gesehen hatte.

Wenn sie ihre Erregung und Besorgnis in sich verschließen mußte, so hatte Dan diese Vorsicht nicht nötig. Auch er war zu erregt zum Lesen. Er zappelte im Abteil hin und her und schaute alle Augenblicke auf die Uhr. Immer wieder fragte er, wann der Zug ankommen solle, und fluchte jedesmal, wenn er wieder auf einer Station hielt. Er studierte die Karte der Südbahn über dem Sitz.

»Noch zwei Stationen«, sagte er.

Er setzte sich wieder, streckte die Beine aus und starrte seine Mutter an. Wie gelassen sie aussah; sie stäubte die Asche von der Zigarette in der langen Spitze, ihre Sachen hatte sie auf dem Platz neben sich ausgebreitet – sie waren allein im Abteil –, Handkoffer, Reisedecke, Handtasche, Magazin. Um die Zeit zu verkürzen, versuchte er sich vorzustellen, daß er seine Mutter noch nie gesehen habe, daß sie eine ganz fremde Dame sei, die mit ihm im selben Abteil fuhr. Er fand, daß alles an ihr auffallend geschmackvoll und ordentlich sei, angefangen von der enganliegenden Pelzkappe bis zum Handkoffer mit dem eingeprägten E. J. Sie sah aus wie ein Mensch, der niemals ins Gedränge kam oder in Eile war und niemals das, was er brauchte, gerade in dem Augenblick, wenn er es brauchte, verlegt hatte. Sie schien ruhig und gelassen, jedoch voller Geheimnisse und Erfahrungen zu sein. Es beruhigte Dan, sie anzusehen. Sie hatte schmale, faltenlose Hände, die sie mit schönen Bewegungen benutzte, und trug gerade die rechte Zahl von Ringen. Dan entsann sich, daß er sich als ganz kleiner Junge damit vergnügt hatte, ihr die Ringe abzuziehen und auf die eigenen Finger zu stecken. Da war besonders einer, ein großer Saphir, der ihn nun an den nächtlichen Himmel von Portofino erinnerte. Während der Sommerferien waren sie zusammen in Portofino gewesen. Sie hatte ihm immer erlaubt, mit ihren Händen und Ringen zu spielen.

Vielleicht war es einfach, so gelassen zu sein, wenn man es gewöhnt war, irgendwohin zu Besuch zu fahren.

Er beugte sich zu ihr hinüber und nahm ihre Hand, weil er

den großen Saphir und die weiße Glätte ihrer Hand gern mochte.

»Ach, Mutti, du hast einen neuen Ring?«

»Nein, Dan, den hast du schon gesehen.«

»Ich kann mich nicht entsinnen. Ist das einer von denen, die man Ewigkeitsringe nennt? Mit Steinen rundherum?«

»Ich weiß nicht, Dan, es mag wohl sein.«

»Mutti, glaubst du, daß Herr Vane-Merrick uns von der Bahn abholt?«

»Ja, Liebling, er hat's gesagt. Er hat keinen Chauffeur.«

»Ist er arm?«

»Ziemlich arm, glaube ich. Du darfst kein zweites Newlands erwarten.«

»Lieber Gott, nein! Es tut mir leid, daß er arm ist; was für eine Last für ihn!«

»Ich glaube, es macht ihm nichts aus.«

Im geheimen dachte sie, es würde Dan guttun, jemand kennenzulernen, der den Reichtum nicht unbedingt für selbstverständlich hielt.

»Was für einen Wagen hat er denn?«

»Einen spaßigen alten Wagen, der überall mit Staublappen und Drahtenden zusammengebunden ist. Er fährt sehr schnell, und man erwartet jeden Augenblick, der Wagen werde auseinanderfallen.«

»Oh, du bist schon drin gefahren?«

»Ja, ich bin schon drin gefahren.«

»Die nächste Station!« rief Dan, sprang wieder auf und stürzte ans Fenster. »Die nächste Station ist's, Mutti«, sagte er, während er wieder auf seinen Platz sank. »Sehen diese Bahnhöfe nicht wie Spielzeughäuser aus, die man in Abständen aufgestellt hat? Und hör dir das Klappern der Milchkannen an! Hoffentlich wird es nicht dunkel, ehe wir dort sind!«

Evelyn dachte: Im Sommer sind diese kleinen Bahnsteige vollgetürmt mit runden Weidenkörben voll Obst, diese Heckenwege sind verstopft von einem großen Lastwagen, der unter seiner Ladung von Hopfensäcken schlingert;

Heuwagen fahren vorüber und hinterlassen ihre Spuren an den überhängenden Bäumen. Es war ihr, als sinke sie tiefer und tiefer dem eigentlichen Miles entgegen. Angst überkam sie; sie hatte das Gefühl, als sei sie einer Gefahr ausgeliefert, die über ihre Kraft ginge. Plötzlich war sie überzeugt davon, daß etwas Unheilvolles geschehen werde. Das Klappern der Milchkammern hallte vom Bahnsteig wider; es war kein angenehmes, ländliches Geräusch mehr, das von Weiden und Milchkammern sprach, sondern ein dämonisches Getöse.

»Mach das Fenster wieder zu, Dan!« sagte sie und kroch tiefer in ihren Pelz. »Es ist zu kalt.«

Die Lokomotive pfiff, als der Zug anfuhr; sie pfiff mit einer Beharrlichkeit, daß man annehmen mußte, es gebe eine Anordnung »Einen Kilometer lang pfeifen!«. Dan konnte an nichts anderes denken als daran, daß Herr Vane-Merrick mit seiner verrückten Karre an der nächsten Station auf sie warte. Mehrmals wiederholte er es sich: »Staublappen und Drahtenden!« Und jedesmal, wenn er das aussprach, schüttelte ihn ein Lachen. Evelyn sagte sich, sie müsse sich über die Erregung des Jungen freuen, aber sie fühlte nur, daß er mit alldem verbündet war, was sie schneller und schneller einer Katastrophe entgegentrieb.

Der Gedanke an eine Katastrophe ließ sie an Eisenbahnunglücke denken. Jedoch der kleine Zug stampfte mit einer Gemächlichkeit seinen Weg dahin, daß solche Besorgnisse albern schienen. Sie war nervös, das war alles; nur zu natürlich. Daß sie zu Miles fuhr, in seinem Hause lebte, Dan mitnahm, das war die aufregendste Sache, die sie jemals getan hatte. Jahrelang war das Leben zahm gewesen wie ein Wollknäuel, das sich abwickelte; dann plötzlich sprang einem ein wildes Tier brüllend auf die Schultern.

»O Mutti, sieh! Sieh nur! Es geht durch!«

Sie trat zu Dan ans Fenster, und im schwindenden Tageslicht sah sie einen alten Bauern, der vergeblich versuchte, ein durchgegangenes Pferd zu halten. Der Wagen schwankte wild den Weg entlang, und der Galopp der erschreckten Hufe auf der Erde klang selbst durch die geschlossenen Fenster des vorüberfahrenden Zuges. Evelyn faßte Dan am Handgelenk. »Gleich wirft er um – und wir können gar nichts tun.«

Der Zug fuhr mit einem letzten triumphierenden Pfeifen über die Straßenkreuzung, als der Wagen gegen die Schranken krachte, umschlug und einen Trümmerhaufen in der plötzlichen Stille zurückließ.

»Sieh nicht hin, Dan! Sieh nicht hin!« sagte sie und bedeckte ihm die Augen mit der Hand.

Einen Augenblick später fuhr der Zug in den Bahnhof ein.

Miles erwartete sie unter den Lampen. Die Lichter standen gelb in dem kalten blauen Abend. Er war barhäuptig, trug eine alte Lederjacke, Reithosen und Ledergamaschen. Er sah lebhaft und eifrig aus, wie er da ungeduldig am Zuge auf und ab blickte, während ihm die Bahnhofslampen auf das Haar schienen.

Genauso hatte Evelyn sich die Begegnung ausgemalt, aber der Unglücksfall hatte sie jäh auf eine andere Ebene geworfen. »Es hat ein Unglück gegeben«, sagte sie und umklammerte seinen Arm. Sie wußte nicht, ob es sonst jemand im Zuge gesehen hatte. Er mußte nachsehen lassen; er mußte den Schaffner fragen. »Eilen Sie, Miles! Vielleicht ist der Mann schrecklich verletzt, vielleicht stirbt er.«

Aus seiner Freude gerissen, wurde Miles sofort ernst. Sie und Dan sollten im Wagen warten, sagte er; sie fänden ihn auf dem Platz draußen.

Er blieb ziemlich lange fort. Dan und Evelyn drängten sich unter dem schadhaften Verdeck zusammen, während andere Autos mit ihren Insassen fortfuhren und der Bahnhofsplatz leer und still wurde. In der Ferne rangierte ein Güterzug. Die Dunkelheit kam rasch, und die grünen und roten Lichter an den Signalen sprangen hoch. Ein D-Zug brauste pfeifend durch und stieß eine lange Fahne von Qualm und Funken aus. Dann wieder Stille, während die Signale mit einem leisen hölzernen Geräusch niederfielen.

Endlich kam Miles zurück.

»Es war der alte Rowland«, sagte er kurz. »Es ist alles in Ordnung mit ihm. Der Schrankenwärter vom Straßenübergang ist gerade gekommen. Sie brauchen sich keine Sorgen zu machen.«

An der Art, wie er sagte: »Es war der alte Rowland«, erkannte Evelyn, daß er nicht die Wahrheit sprach. Aber sie stellte keine Fragen.

Miles fuhr in wilder Geschwindigkeit ab, die Scheinwerfer rasten die Wege hinunter und fegten in den Kurven um die Hecken. Auch daran erkannte sie, daß ihn etwas aus der Fassung gebracht hatte. Als Fahrer vertraute sie ihm unbedingt. Sein Wagen mochte auseinanderfallen, aber er jagte ihn die Straße entlang, als ob er in Brooklands führe. Diesem Haufen Schrott vermochte er eine außerordentliche Leistung und Geschwindigkeit abzuzwingen.

Sie kannte das Land nicht. Sie fegten durch Dörfer und an Hütten vorüber, die sie noch nie gesehen hatte. Sie rasten einen Hügel hinab und den nächsten hinan, ehe sie noch Zeit hatte, auf Weg und Umgebung zu achten. Die Dunkelheit vertiefte das Geheimnis, in das Miles sie fuhr.

Sie fing an, darüber nachzudenken, daß Miles Vane-Merricks Burg überraschend weit vom Bahnhof entfernt sei.

Endlich bogen sie von der Hauptstraße in einen holperigen kleinen Weg zwischen Hecken. Eine Tafel an der Biegung sagte. »Privatweg. Keine Durchfahrt.« Aus irgendeinem Grunde erschreckten sie diese Worte, die in schwarzen Buchstaben aus dem Weiß der Tafel sprangen, als die Scheinwerfer darüber hinwegfegten. Keine Durchfahrt. Also führte dieser Weg nirgends hin; nirgends hin als zu Miles und seiner Burg; man konnte nicht vorbei und an der anderen Seite weiterfahren. Man konnte natürlich umkehren und zurückkommen, aber im Leben gab es kein Umkehren und Zurückkommen. In ihrer Übererregung hätte sie Miles fast gebeten anzuhalten, ehe es zu spät sei. Aber vielleicht war es schon zu spät, nun, da sie wirklich sein Reich betreten hatte –

sie wußte, daß seine Burg mitten in einem großen landwirtschaftlichen Besitz stand, und nahm an, daß die Wälder und Äcker zu beiden Seiten schon ihm gehörten.

Das empfand sie als ein Zeichen, dem sie sich ergab. Das alte hinreißende Glücksgefühl durchströmte sie wieder. Doch die Schatten blieben beharrlich und machten ihr angst. Wäre doch das Pferd nicht mit dem alten Rowland durchgegangen, könnte sie nur dieses Bild aus dem Gedächtnis löschen! Es war so schnell geschehen; es war so entsetzlich plötzlich gekommen.

Der Weg wurde breiter, und der Lichtfächer zeigte eine Gruppe von Hopfendarren neben einer großen Scheune mit Ziegeldach; dann schwang sich der Weg im Bogen an einer langen Reihe niedriger Gebäude mit einem Spitzbogen zwischen zwei Giebeln vorüber. Miles fuhr unter den Bogen und hielt. Es war ganz dunkel und sehr kalt. Das klare winterliche Sternenlicht enthüllte einen unordentlichen Hofraum, der von zerfallenen Mauern umschlossen war, und gegenüber einen spitzen Turm, der mit blitzenden Fenstern zu schöner Höhe aufragte. Miles stellte Motor und Scheinwerfer ab. In der Dunkelheit funkelten die Sterne mit doppeltem Glanz.

Ein alter Mann kam mit einer Laterne herbei.

»Wollen Sie das Gepäck aus dem Wagen nehmen, Munday? – Paß auf deinen Kopf auf, Dan! Da sind leider eine Menge Brennesseln, Evelyn, aber wir haben einen Weg querdurch getreten. Übrigens sind sie ja um diese Jahreszeit nicht da. Können Sie sehen? – Geben Sie mir die Laterne, Munday!«

Sie gingen quer über den Hof, Miles vorneweg; die Laterne schaukelte in seiner Hand. Sie gingen durch einen Bogengang im Turm und kamen auf der andern Seite auf einen sauberen Platz mit einem Obstgarten dahinter. Die dunklen Schatten des kleinen Hauses und anderer Mauern aus demselben Ziegelmauerwerk der Tudorzeit hoben sich aus der Nacht. Miles Vane-Merricks Burg schien aus einzelnen Gebäuden, verbindenden Mauern und dem dunklen Hintergrund der Landschaft zu bestehen. Sie lag sehr einsam.

»Hier wohne ich«, sagte Miles und führte sie zum Haus, das seiner Bauweise nach offensichtlich einmal ein Teil der ursprünglichen Burg gewesen war. Es war nur ein kleines Landhaus, doch in den durch Pfeiler aufgeteilten Fenstern bewahrte es noch Spuren einstiger Pracht.

Evelyn sah nun, daß das ganze Anwesen einschließlich des Obstgartens von einem Burggarten umschlossen sein mußte. Trotz der Unordnung hatte es eine ebenmäßige Form.

Auf der Schwelle des Hauses empfing sie eine alte Frau von der überraschenden Schönheit einer römischen Bäuerin. Sie stand wartend da wie die ewige Ceres, bereit, sie alle an die Brust zu ziehen. Breit wölbte sich die Stirn über den grauen Augen; das Haar lag glatt gescheitelt zu beiden Seiten des Kopfes an, es erinnerte Evelyn an die Schwingen eines Vogels.

»Das ist Frau Munday. Evelyn. Frau Munday, ich weiß, daß Sie alles tun werden, um es Frau Jarrold behaglich zu machen, nicht wahr? Kommen Sie herein! Sie werden frieren. Komm herein, Dan!«

Er war nervös; das Erlebnis, Evelyn in seinem Hause zu sehen, war für ihn fast ebenso seltsam wie für sie das Erlebnis, zu ihm zu kommen.

»Ich habe eine Tasse Tee für die Dame und den jungen Herrn gemacht«, sagte Frau Munday. Sie sprach starken Dialekt. Sie blickte sie mütterlich an, als ob sie ihr leid täten nach der langen Fahrt in der Kälte, doch gleichzeitig prüfend, als ob sie sie als Freunde von Herrn Vane-Merrick abwägen wolle.

Eine dänische Dogge stand von ihrem Platz vor dem Kamin auf, kam zu Miles und stieß ihm die Schnauze in die Hand.

Das Zimmer war mit dunklem grobem Holz vom Boden bis zur Decke getäfelt. Es war alles ziemlich grob, aber behaglich. Ein Glas mit Veilchen stand auf dem Tisch. Bücher und Zeitungen lagen herum.

Evelyn dachte an die Bibliothek in Newlands.

Miles drehte die Lampe unter dem grünen Porzellanschirm an, nahm einen Wachsstock vom Kamin und steckte die Kerzen in den Wandleuchtern an. Evelyn spürte, daß er diese kleinen Dinge tat, um seine Verlegenheit zu verbergen. Als sie ihre Beherrschung wiedergewann, fühlte sie, daß sie sich Mühe geben mußte.

»Darf ich den Tee eingießen, Miles? – Es ist sehr erregend für Dan und mich, hier in der Dunkelheit anzukommen und nicht zu wissen, was wir erblicken werden, wenn wir morgen früh hinausschauen. Dieser Ort scheint ganz außerhalb der Welt zu liegen. Ich wußte gar nicht, daß es in Kent solch unbewohnte Gegenden gibt.«

Sie sprach, um zu sprechen, und Miles ging darauf ein, doch die Ungezwungenheit, die gewöhnlich zwischen ihnen herrschte, ließ sie im Stich; keiner von beiden konnte an etwas anderes denken als daran, Dan aus dem Wege zu schaffen. Als Munday mit dem Gepäck kam, gab es eine Ablenkung. Miles sagte, er wolle den Wagen in den Schuppen fahren. Der große schwarz-weiße Hund folgte ihm in die Nacht hinaus.

Dan, der bist jetzt geschwiegen hatte, sprudelte nun: »O Mutti, ist es nicht romantisch hier? Hast du den reizenden Turm gesehen und all die Gebäude und die Hopfendarren? Was für ein merkwürdiger Ort – wohnt er hier wirklich ganz allein mit diesen beiden alten Leuten? Erzähl mir doch mehr davon!«

»Ich weiß auch nicht mehr, Dan; du mußt ihn selber fragen. Würdest du mir jetzt einen Gefallen tun? Würdest du hinaufgehen und Munday zeigen, welches dein und welches mein Gepäck ist? Und am besten packst du deins gleich aus. Leg deine Sachen ordentlich weg, überstürz dich nicht!«

»Natürlich, Mutti.«

Er sprang bereitwillig auf; er war immer so zuvorkommend und liebenswürdig, wenn sie ihn um etwas bat. Voller Selbstvorwürfe – war es dann nicht ein kleiner Anschlag, den sie sich gegen ihn ausgedacht hatte? – beobachtete sie ihn, als er sich mit seiner jungen linkischen Anmut zur Tür bewegte, über das Tischbein stolperte, seine Kamera polternd auf den Fußboden fallen ließ und mit dem Kopf anstieß, als er sich bückte, sie wieder aufzuheben. Seine rührende Unbeholfenheit, seine Unkenntnis und seine Unschuld zerrissen ihr das Herz.

»Dan!« sagte sie gebieterisch. »Komm mal her!«

Überrascht kam er. Sie zog ihn auf die Sessellehne, hielt ihm die Hände fest und blickte ihm forschend ins Gesicht. »Dan, du liebst mich doch, nicht wahr? Sag, daß du's tust!«

»Aber Mutti, Liebste, natürlich liebe ich dich – weshalb? Was ist denn? Du wirst doch nicht weinen? Deine Augen glänzen so.«

»Ich weine nicht«, sagte Evelyn. »Ich wollte nur, daß du's mir sagst. Ich glaube, der Unglücksfall hat mich nervös gemacht«, sagte sie, weil sie spürte, daß sie ihm eine Erklärung geben mußte. »Dan, du mußt mich immer liebhaben – versprich's! –, was auch geschieht. Versprich's! Versprich's mir!« wiederholte sie drängend und preßte ihm die Hände, bis ihre Ringe ihm weh taten.

Er war erschreckt. Da er selber erregbar und nur äußerlich beherrscht war, außer in seinen Briefen, erschreckte es ihn, Äußerungen der Erregung bei einem Erwachsenen zu beobachten. Er hatte das Gefühl, als blicke er in einen Abgrund voller Feuer hinab, wie er es einmal in Orlestone gesehen hatte, wo man ihn – er war damals ein kleiner Junge – schreiend wegtragen mußte. Das war eine Gewalt, die er fürchtete und kannte, wenn er sie freilich auch nicht ganz verstehen konnte.

Er ahnte – wie aus einer großen Entfernung –, daß seine Mutter in ihrem gewohnten Gleichgewicht erschüttert war. Seine Verantwortung und die Notwendigkeit, sie zu beruhigen, erschreckten ihn auch. Er konnte nicht mit diesen verwickelten Geheimnissen der Erwachsenen fertig werden. Er wußte nicht, was man da sagen mußte. Er wünschte, er könnte fliehen, Munday mit dem Gepäck helfen – diesem netten, soliden, grauhaarigen alten Mann. Aber er mußte irgend etwas sagen.

»Mutti – natürlich – ich brauch's nicht zu versprechen – ich hab dich lieb – das ist so. Für immer.«

»Was auch geschieht?« wiederholte sie.

»Aber Mutti, was sollte denn geschehen? Sag doch nicht so etwas! Ich glaube, der Unglücksfall hat dich nervös gemacht – für mich war es auch gräßlich –, aber dem Mann ist doch nichts passiert, Herr Vane-Merrick hat es ja gesagt. Denk nicht mehr daran!«

»Ja, ich will nicht mehr daran denken«, sagte Evelyn. Sie ließ seine Hände los und gab ihm einen freundlichen kleinen Stoß.

»Ich war töricht, Liebling, aber nun ist's wieder gut. Geh jetzt hinauf und vergiß es!«

»Ehrlich?« Er küßte sie und legte besondere Wärme in den Kuß, aber sie wußte, daß er von dieser Rückkehr zum Normalen erleichtert war. Sie liebte ihn wegen dieser Zärtlichkeit ihr gegenüber und wegen des kindlichen Ausdrucks, mit dem er sie so entsetzt und verwirrt ansah, und wegen des unbeholfenen Mitgefühls, das dankbar, aber irrtümlich alles auf den Unfall schob.

Er sah sie noch einmal zärtlich an, lächelte und war verschwunden.

Sie war allein. Sie schritt zur Tür, die sich nach dem dunklen Garten öffnete, stand auf der Schwelle und schaute hinaus in die Nacht. Sie lauschte angespannt, um das Geräusch von Miles' Schritten zu hören, wenn er zurückkäme, oder wenigstens das Geräusch des Wagens, wenn er in den Schuppen ratterte, doch sie konnte nichts vernehmen als den Schrei einer Wildente aus Süden. In dieser Richtung mußte der See liegen, nahm sie an. Das erleuchtete Zimmer lag hinter ihr, doch vor ihr waren Dunkelheit und Schatten, die ihre Augen nicht zu durchdringen vermochten. Der Schrei der Wildente erhöhte die Einsamkeit.

Sie schwankte; und als sie sich schon fast entschlossen

hatte, hinauszugehen und Miles zu suchen, kam der große Hund den Weg herauf, und das Licht ergoß sich durch die Tür bis auf seine schwarzweißen Pfoten. Miles folgte ihm mit raschen Schritten; er stieß fast mit Evelyn zusammen, die an der Tür stand.

»Evelyn! – Wo ist Dan?«

»Oben, er packt aus. Miles, sag mir rasch, ehe er zurückkommt – du hast nicht die Wahrheit gesagt über den alten Mann in dem Wagen? Der alte Rowland hieß er, glaube ich. Er ist verletzt? Tot?«

Miles runzelte die Stirn. Er hatte gehofft, ihre Befürchtungen hätten sich gelegt. Er überredete sie, wieder ins Zimmer zu kommen, und schloß die Tür.

»Miles?«

»Ja, er ist tot. Er war schon tot, als sie ihn aufhoben.«

»Ich hab es gewußt. Wer war es? Jemand, den du kanntest?«

»Ein alter Bauer – er kam jeden Montagmorgen zum Markt, fuhr immer mit diesem Pferd und ritt es auch zur Jagd. Ich hasse Jagdreiten, aber er war doch ein prächtiger alter Bursche; diesen Typ gibt es viel hier in der Gegend. Ich hab es bedauert, daß du den Unfall sehen mußtest; ich hatte gewünscht, daß alles schön für dich sein sollte, von Anfang bis Ende.«

Ihr Herz genoß diese persönliche Bemerkung; Miles war wieder bei ihr. Schon diese wenigen Worte begannen ihre Schwermut zu zerstreuen, so stark war die Macht seiner Liebe auf sie.

»Ich wollte, ich wüßte genau, was ich wirklich für diese Landleute empfinde«, fuhr Miles fort, »ich komme hier mit so vielen zusammen. Natürlich, sie sterben aus, und ein Teil meines Wesens kann nicht dagegen an, das zu bedauern. Ich sehe, wie ihre Söhne in die Stadt gehen oder über den Stumpfsinn des Lebens murren, wenn sie auf dem Hof bleiben; und mit all ihrer Unverschämtheit und Unabhängigkeit haben sie anscheinend die wirkliche Würde der alten

Leute verloren. Es ist niemals würdelos, mit dem zufrieden zu sein, was man wirklich ist. Anmaßung erzeugt nur eine schiefe Gesinnung und Gemeinheit. Und doch kann man nicht erwarten, daß sie stehenbleiben. Mein Instinkt macht mich reaktionär, die Vernunft fortschrittlich. Ich habe tatsächlich oft das Gefühl, daß ich bei der nächsten Wahl eine ganze Menge Stimmen verlieren würde, wenn mich manche von meinen Wählern hier sähen.«

Was für eine Art, die wenigen kostbaren Minuten zu verbringen, während Dan oben ist! dachte Evelyn. Sie war viel zu sehr Frau, um Gefallen an diesem unpersönlichen Ton zu finden, andererseits jedoch viel zu klug, um äußerlich dagegen zu protestieren. Ganz fest hatte sie sich eingeprägt, daß sie bei Miles keine Fehler begehen dürfe, sondern der Stimmung folgen müsse, die ihn gerade ergriff. Aber es war doch unerträglich, daß er sie mit diesen Dingen begrüßte.

Er beantwortete etwas von dem, was ihr gerade durch den Kopf ging, als er sagte: »Gott sei Dank kann man mit dir reden! Seit zehn Tagen bin ich hier draußen, ohne mit einer Seele zu sprechen außer den Mundays und den Landarbeitern.«

»Aber es gefällt dir, Miles? Deine Briefe klangen, als seiest du außerordentlich glücklich.«

»Und das hast du übelgenommen!« sagte er lachend. »Du möchtest, daß ich ohne dich elend wäre? Das war ich nicht. Ich habe mich nach diesem Tag gesehnt, das ist wahr, aber ich habe in einem solchen Zustand der Hochstimmung gelebt, daß ich darüber wegkam. Ich hatte den ganzen Tag zu tun, und das Wissen, daß du kämest, hat mich gewärmt wie ein geheimes Feuer. Ich hatte beinahe Lust, den Tag zu verschieben, damit es nicht so rasch vorüber wäre. Auch jetzt möchte ich es noch verschieben, verzögern und hinausschieben...«

Er kauerte sich zu ihren Füßen auf den Boden und legte den Kopf an ihre Knie. »Schäm dich, solche Phrasen zu machen, Miles!« Doch ihr Glück war plötzlich vollkommen. Der

Wechsel in seiner Stimmung, dachte sie, war wie der Flug der Schwalbe: Vor einem Augenblick noch war er der ernste junge Politiker, nun der Liebhaber, dem inhaltsreiche, extravagante Phrasen verschwenderisch zur Verfügung standen, um sie zu beruhigen. Das war seine Besonderheit, sich extravagant, bildhaft und ohne falsche Scham auszudrücken. Darin unterschied er sich von den jüngeren Jarrolds, die man auf der Schule gelehrt hatte, daß Armut des Ausdrucks das Kennzeichen männlicher und englischer Zurückhaltung sei; und sie hatten sich diese Lektion sorgfältig eingeprägt. Miles war weniger bedacht, weniger befangen als sie. Er schien tatsächlich in allem zu einer früheren Generation zu gehören, zu einer früheren noch als William Jarrold, der gelegentlich beredt genug sein konnte.

Sosehr der Anfang des Gespräches Evelyn gereizt hatte, um so angenehmer empfand sie nun den Umschwung. Sie konnte wohl einmal verärgert sein; aber niemals langweilte er sie, niemals war sie seiner ganz sicher. Dieser Reichtum, diese Gefahr zwischen ihnen befriedigte alle ihre Bedürfnisse. Sie fürchtete eher, Miles zu verlieren, als seine Quellen zu erschöpfen; doch die Möglichkeit, ihn zu verlieren, erhöhte nur seinen Wert. Sie betete darum, daß sie es vermöchte, ihn kühl zu behandeln; sie hatte Erfahrungen mit Männern; die einzige Erfahrung, die sie nie gemacht hatte, war die mit ihrem eigenen Herzen, dessen Leidenschaftlichkeit sie verführen konnte.

Dan glaubte, er könne niemals einschlafen; er war viel zu erregt, viel zu sehr in Aufruhr. Herrn Vane-Merricks unordentliches Zimmer gehörte in eine andere Welt als Eton oder Newlands oder die Wohnung am Portman Square oder die Häuser der Bekannten seiner Mutter. Die Zeichen eines Dutzends verschiedener Beschäftigungen lagen achtlos herum: Zeitschriften, von denen Dan nie gehört hatte, Bücher über so verschiedene Themen wie Gerard Manley Hopkins und Volkswirtschaftslehre, Rechnungsbücher voll landwirtschaftlicher Abrechnungen, das kleine blaue Hansard-Monatsheft auf der großen braunen Architektur-Rundschau; ein Gewehr stand in der Ecke, und Kartoffelproben waren auf dem Eichenbalken des Kaminsimses aufgereiht. Dan war vor dem Essen umhergewandert, während Miles irgendeiner Beschäftigung draußen nachging. Mutter hatte ihn getadelt und gesagt, sie habe gar nicht gewußt, daß er so neugierig sei. Er wußte, daß der Vorwurf nicht ernst gemeint war.

»Sieh nur, wie er Anmerkungen in seine Bücher macht, Mutti! Du hast mir immer gesagt, ich soll nicht in die Bücher kritzeln, du hast gesagt, damit verdirbt man sie. Aber sieh hier – er hat einen Schuhlöffel in das eine gelegt, um die Seite wiederzufinden, und unten hat er Notizen gemacht – vgl. pag. 44–46, Milton und Marvell. Wenn ich das tun würde, hätte ich eine Möglichkeit, mir die Bücher zu merken, die ich gelesen habe. Bücher sind doch sicher nicht nur dazu da, daß man sie ansieht. Und an wieviel verschiedenen Dingen er interessiert sein muß! Wie findet er nur die Zeit? Stell dir nur Onkel Gottfried und Onkel Evan vor, die niemals an irgend etwas denken, soweit ich feststellen kann, und den lieben langen Tag nichts, nichts, gar nichts tun! Aber nun sieh dir das an! Da hast du Politik, Poesie, Landwirtschaft, Philosophie, Architektur, Musik – er hat einen Flügel – und Bücher in Deutsch und Französisch. Und ein griechisches Drama – Aristophanes –, warum im Himmel soll er Lust haben, Aristophanes zu lesen, wenn er's nicht braucht? Großpapa sagt, er sei ein ganzer Mann; ich fange an, einzusehen, was er damit meint.«

»Hat Großpapa das gesagt?«

»Ja, neulich, als Onkel Gottfried ihn schlechtmachte. Onkel Gottfried sagte, er sei ein Poseur. Ich hätte ihn prügeln mögen. Aber Großpapa sagte: ›Nein, mein lieber Gottfried, m–m–m, er ist ein ganzer Mann, was du niemals sein wirst.‹« Dan konnte seinen Großvater vollendet nachahmen.

»Haben sie sonst noch etwas gesagt?«

»Ja. Großpapa sagte so etwas wie, er sei ein Rückschlag

zum Urtyp. Das habe ich nicht verstanden. Was hat er damit gemeint?«

Seine Mutter hatte es nicht mehr erklären können, weil Herr Vane-Merrick zurückkam, als sie gerade überlegte, was sie sagen solle.

Dann hatten sie im Nebenzimmer gegessen. Offensichtlich gab es kein Speisezimmer, und Herr Vane-Merrick wie auch Frau Munday hatten das Dinner Abendbrot genannt. Das hatte Dan, der trotz der Unabhängigkeit seines Geistes an die Förmlichkeit von Newlands gewöhnt war, überrascht. Er war noch kindlich genug, die Wertmaßstäbe seiner Familie in so unwichtigen Dingen anzuerkennen. Noch mehr war er überrascht, als er sah, daß Herr Vane-Merrick zum Dinner nicht den Smoking anzog, sondern sich damit begnügte, einen alten blauen Sweater statt der Lederjacke überzuziehen. Diese Zwanglosigkeit überraschte Dan sehr und war der Grund dafür, daß er nun schlaflos lag und versuchte, die verschiedenen Ansichten, die in seinem Innern gegeneinander stritten, zu ordnen. Onkel Gottfried, der mitten in Arabien ein gestärktes Hemd angezogen hätte, würde Herrn Vane-Merrick gewiß als Außenseiter ablehnen. Ebenso wäre es mit allen Bekannten von Dan in Eton, einschließlich des angebeteten Herrn Meiklejohn.

Das Dinner – oder Abendbrot – war ein einfaches Mahl, das Frau Munday zubereitet hatte und auftrug. Man konnte nicht behaupten, daß es gut zubereitet sei. Das Hühnchen war anscheinend in Wasser gekocht, obwohl es Brathuhn genannt wurde; man hatte die Soße mit Mehl und Gelatine angerührt, um ihr Geschmack zu geben. Der Kohl war ebenso zubereitet. Dan hatte überlegt, ob er wohl auf die Schokoladenspeise verzichten dürfe zugunsten der schwarzen Johannisbeeren (»aus dem Garten, voriges Jahr in Flaschen eingelegt«, sagte Frau Munday, als sie sie auf den Tisch setzte) und Schlagsahne, die immerhin fest und reichlich war; er hatte schließlich beides gegessen. Die Schokoladenspeise war besonders schlecht. Aber alles, was Herr Vane-Merrick gesagt hatte – und dabei hatte er Frau Munday zugelächelt –, war: »Frau Munday übertrifft sich selbst. Gewöhnlich erlaube ich ihr nur, Eier und Käse zum Abendbrot zu geben.«

Jedesmal, wenn Frau Munday hereinkam, blieb sie stehen und plauderte mit ihnen. Sie gab aus freien Stücken Auskünfte, zum Beispiel, daß die Wildgänse wieder über den See geflogen seien. Sie sagte, sie sehe gern wilde Vögel auf dem Wasser, und Herr Vane-Merrick müsse vorsichtig sein, damit er sie mit seinem Gewehr nicht verscheuche. Sie stand da und plauderte flüssig und behaglich, bis sie sagte, sie müsse nun gehen und aufpassen, daß ihr der Topf nicht überkoche. Das sagte sie mit der Miene höflicher Entschuldigung, als ob sie annehme, es täte ihnen leid, auf ihre Anwesenheit zu verzichten, daß sie ihr aber nun wirklich erlauben müßten zu gehen. Ihre Trödelei war für Dan auch eine Überraschung. Mason am Portman Square oder Paterson in Newlands hätten eher daran gedacht, sich im Speisezimmer splitterfasernackt auszuziehen, als sich in die Unterhaltung einzumischen, wenn sie eine Platte herumgereicht hatten. Schon bei dem Gedanken allein mußte Dan laut lachen, als er da in seinem Bette lag.

Frau Munday erinnerte ihn an die *Padrona* des kleinen Gasthauses in Portofino, wo seine Mutter und er die Sommerferien verbracht hatten.

Aber was kam es schon darauf an – auf gekochtes Brathühnchen und schlechte Schokoladenspeise –, wenn man Herrn Vane-Merrick als Gesellschaft hatte? Dan liebte ihn bis zur Vergötterung. Er sprudelte sechzig Ideen in der Minute heraus, alle neu und alle beunruhigend; und obwohl er anscheinend zu rasch und zu ungeduldig war, sich aus eigenem Antrieb Zeit zu lassen, sie zu entwickeln und auszubauen, so hielt er sich doch bereitwillig dabei auf, Dans Fragen anzuhören, ihnen seine ganze Aufmerksamkeit zu schenken, sie zu erklären, von allen Seiten zu beleuchten, sich viel Mühe zu machen, so daß der glänzende Sprudel kein Feuerwerk blieb, sondern zum Feuer wurde; er konnte seine

Aphorismen tatsächlich mit stichhaltigen Begründungen rechtfertigen, wenn er das wollte. Andere mochten über Miles Vane-Merrick den Kopf schütteln; Dan war von seinem Erlebnis betäubt.

Nach dem Abendbrot, als Frau Munday abgeräumt hatte, wobei sie sehr viel über Wärmflaschen und genügend Bettdecken sprach, hatte sich Herr Vane-Merrick an den Flügel gesetzt. Dan konnte Musik nicht ausstehen, er verstand gar nichts davon. Er mochte Schlager gern, aber andere Musik machte ihn böse und streitsüchtig. An diesem Abend hatte ihm die Musik jedoch gefallen, obwohl er sich gern unterhalten hätte; er hatte am Kamin auf dem Boden gesessen, seine Mutter hatte mit seinem Ohr gespielt, und die grüne Lampe hatte Ringmuster an die Decke geworfen. Es war ganz anders als in Newlands gewesen. Außerdem hatte die Musik nicht sehr lange gedauert; er hatte es beinah bedauert, als Herr Vane-Merrick vom Flügel aufstand, sich eine Zigarette an der grünen Lampe ansteckte und sich in den gegenüberstehenden Sessel fallen ließ; dabei baumelten seine Beine über die Lehne. Dann hatte er gesagt, Dan täusche sich völlig über Aristophanes.

Dan war gewiß, niemals einschlafen zu können. Ihm fiel ein Satz ein, den er in einem Roman gelesen hatte: »Sein Hirn siedete von Gedanken.« Dan hatte ein Empfinden für die Bedeutung von Wörtern. Sieden, das hieß: kochen und zischen und Blasen werfen. Ein Kessel; schäumende Flüssigkeit; er hatte gesehen, wie Onkel Gottfried seinen Sekt mit einer Gabel aufgerührt hatte. Das hatte gesiedet, dann nachgelassen; aber er, Dan, würde niemals nachlassen, solange er Herrn Vane-Merrick kannte. Er hatte noch niemals solch einen Menschen gekannt, nicht einmal Herrn Meikeljohn, der einen aufwühlen und zu hundert Dingen anregen konnte, ohne auch nur einen Augenblick lang belehrend zu wirken. Herr Gott! dachte Dan und maß es mit seinen geringen Erfahrungen, was wäre das für ein Lehrer!

Er drehte sein Kopfkissen um und zog sich die Bettdecke

höher unters Kinn in der Hoffnung, sich den Schlaf zu er schmeicheln. Er hatte die Vorhänge aufgezogen, wie er das immer tat, und konnte durch das offene Fenster die Sterne sehen. Die Enten schrien, dann eine Eule. Hier war man auf dem Lande, ein Gefühl, das man in Newlands nie hatte. Das war eine seltsame kleine Hütte, in der er allein mit der Mutter lag – denn die Mundays schliefen in dem langen halbzerstörten Gebäude, und Herr Vane-Merrick schlief im Turm. Er hatte es gesagt. Er hatte erklärt: »Evelyn, ich gebe Ihnen mein Schlafzimmer; stört es Sie? Frau Munday meint, es sei bequemer für Sie. Ich bin in den Turm hinübergezogen, wo ich im Sommer immer schlafe.« Sie hatte ein wenig protestiert bei dem Gedanken, ihn zu verdrängen. Dan, der voller Freude und Heiterkeit war, hatte gesagt: »Ich nehme an, er liebt den Turm, Mutti – er ist so romantisch.« Und dann war er jämmerlich rot geworden, weil er dachte, sie würden nicht merken, daß er einen Scherz machen wollte. Es war vielleicht nicht sehr geschmackvoll, Scherze über den Charakter von Leuten zu machen. Aber Herr Vane-Merrick hatte gesagt: »Ganz richtig, Dan, du hast den Finger auf meine Wunde gelegt.« Er schien belustigt zu sein, nicht beleidigt.

Die kühlere Seite des Kopfkissens wurde auch warm, und noch immer kam der Schlaf nicht. Dan schlüpfte aus dem Bett, lehnte sich aus dem Fenster und atmete die kalte Luft ein. Ein goldenes Licht leuchtete hoch oben im Turm. So war Herr Vane-Merrick auch wach? Las er? Arbeitete er? Dan fand seltsamen Trost bei dem Gedanken, daß auch ein anderer wachte. Während er hinschaute, ging das Licht aus. Nun konnte er den Turm in schattenhaften Umrissen gegen den Sternenhimmel sehen. Er tappte zum Bett zurück und fiel augenblicklich in den gewohnten Schlaf.

Den ganzen Tag ging es: »Miles, Miles! Wo sind Sie?« Evelyn hörte den Jungen rufen oder sah ihn aus dem Fenster schauen, sah, wie er Miles überall folgte, eifrig und ergeben. Diese Kameradschaft rief gemischte Gefühle in ihr hervor: Er nahm ihr die Hälfte der Verantwortung für Dan von den Schultern, es freute sie, die Verehrung des Jungen für Miles zu sehen, und doch erfüllte es sie auch mit einer zwiespältigen Eifersucht und komplizierte alles noch mehr, weil sie Miles niemals für sich allein hatte, ehe Dan im Bett lag. Und Dan ging nur widerstrebend ins Bett. Er und Miles verstrickten sich stets in irgendeine Diskussion, wenn sie beim Abendbrot saßen, und verlängerten sie durch endlose Abschweifungen, während Evelyn in ihrem Sessel vor dem Kamin wie auf Kohlen saß. Es brachte sie um so mehr zur Verzweiflung, als Miles niemals eine Streitfrage fallen ließ, niemals eine Pause einlegte, in der sie hätte sagen können: »Nun, Dan . . .« Sobald sie jedoch allein waren, kam er immer sofort zu ihr und sagte »Endlich!« in einem Ton, der allen Schmerz heilte.

Sie war sehr vorsichtig, zu vorsichtig, als daß sie sich erlaubt hätte, Miles Vorhaltungen zu machen. Sie durfte nicht das Gefühl in ihm aufkommen lassen, daß er irgendwie gebunden wäre. Er sagte ihr oft, daß er die Freiheit liebe, die sie ihm gewähre; sie belästige ihn nie; sie sei anders als andere Frauen. (Dieser Satz ließ sie zusammenzucken, aber sie blieb ihrem Entschluß treu und machte keine Bemerkung darüber.)

Wenn es ihr während dieser Zeit jedoch gelang, ihre Enttäuschung zu überwinden und zuzuhören, statt schweigend in ihrem ganz weiblichen Kummer dahinzubrüten, war sie erstaunt über den Sturzbach vertraulicher Gedanken, der aus Dan hervorbrach. Der Junge hatte tiefer nachgedacht, als sie vermutete. Schlecht aufgebaut, kindlich, ungefeilt mochten seine Ansichten, die ohne vernünftige Grundlage beziehungslos in der Luft schwebten, wohl sein; doch bewiesen sie eine sehr bestimmte Einstellung, die Dan sich ganz selbständig erworben hatte. Diese Ursprünglichkeit war überraschend, da sie von einem Schuljungen kam. Er mochte sich vor seinem Großvater fürchten, er mochte übermäßig unter der Schwierigkeit irgendeiner unlösbaren Situation leiden, aber dieser Geist, der dabei war, eine solch strenge Doktrin zu entwickeln, war nicht der Geist eines Schwächlings. Miles sagte das auch. »Dein Junge«, sagte er, »wehrt sich heftig gegen nahezu alles, was man ihn auf der Schule lehrt. Es gehört Mut und Selbständigkeit dazu, so etwas zu tun.«

»Du ermutigst ihn, Miles. Was wird nachher aus seinem Leben?«

»Wenn er aus der Schule kommt? Er wird kämpfen müssen.«

»Ich glaube, du bist dauernd auf Kampf aus. Wenn du zu der Zeit gelebt hättest, als die Männer noch Schwerter trugen, würde deines nie in der Scheide geblieben sein.«

»Ach, Unsinn!« lachte Miles. »Ich bin ein konservativer Landjunker.«

Es war tatsächlich schwer für sie, sich ihn als jungen sozialistischen Abgeordneten vorzustellen, wenn sie sah, wie er seine Wiesen prüfte, oder hörte, wie er mit Munday sprach. Er liebte das Volk, obwohl er die Demokratie verabscheute und ihr mißtraute. Mit den Landleuten verkehrte er ebenso ungezwungen wie sie mit ihm. Er verstand alles, was sie anging – ihre praktisch vernünftige Anschauung, ihr angeborenes Mißtrauen, ihre Schlauheit, ihre geistigen Schranken, ihre Geschicklichkeit, ihre Treue und ihre Ausdauer. Er romantisierte sie nicht im mindesten. »Munday ist ein alter Fuchs«, sagte er, »deshalb hält er jeden andern auch für einen Fuchs.«

Evelyn hätte sich sehr gern mit Munday unterhalten, und wenn auch nur, um zu hören, was er über Miles zu sagen hätte, aber wegen seines starken Dialekts verstand sie nicht die Hälfte von dem, was er sagte. Deshalb wich sie dem freundlichen alten Mann ziemlich befangen aus. Das war eine neue Erfahrung für sie, sich befangen zu fühlen.

Dieses Landleben war ihr ganz fremd. Sie hatte kaum gewußt, daß es das immer noch gab. »Meine Liebe«, sagte Miles, als sie davon sprach, »zwei Drittel der Bevölkerung unseres Landes sind in der Landwirtschaft beschäftigt.«

Miles bewirtschaftete sein Gut von tausend Morgen selber

(sein Vater hatte es ihm zu Lebzeiten als Anteil des jüngeren Sohnes zusammen mit der Burg, die im Mittelpunkt stand, vermacht); aber, sagte er, er könnte es nicht ohne Verlust führen, wenn er Pacht dafür zu zahlen hätte. Munday behauptete, daß ausländisches Getreide und ausländische Butter nur deshalb zum Ruin der englischen Bauern zu viel zu niedrigen Preisen nach England eingeführt werden dürften, weil Parlamentsmitglieder Güter im Ausland besäßen. »Und Munday hat eine Stimme bei der Wahl!« sagte Miles halb belustigt und halb verzweifelt.

Evelyn mußte sich mit vielem abfinden, da Miles es immer für ganz selbstverständlich hielt, daß sie mit dem Landleben ebenso vertraut sei wie er. Sie fragte sich, ob er es absichtlich tat, um sie zu demütigen und zu erniedrigen – denn er mußte sich doch wirklich nach allem, was sie ihm erzählt hatte, klar darüber sein, daß sie eine unverbesserliche Städterin sei. Das beste, was sie aufbringen konnte, war ein Paar Krokodillederschuhe, die für den geruhsamen Nachmittagsspaziergang auf den Kieswegen von Newlands ganz geeignet waren, jedoch völlig ungeeignet für die Wanderungen über Sturzäcker, die Miles mit Dan unternahm und bei denen er ihre Begleitung erwartete. Als sie die Schuhe in ihrem kahlen Schlafzimmer betrachtete, in dem sie kaum ihr Gesicht im Spiegel erkennen konnte, lachte sie kläglich über diese unpassende Wahl ihres Liebhabers. Was für ein Witz des Schicksals hatte ihr Miles über den Weg geführt? Er lief vorneweg, überließ es ihr, über Zäune zu steigen, sich von den Brombeerranken zu befreien, die sie zerkratzten, und sich aus dem Schlamm herauszuarbeiten – sie, die verwöhnte, die verzärtelte, die feine und doch tugendhafte Frau, die ohne Miles Vane-Merrick in Luxor oder Caux oder an der Riviera wäre und die dazu passenden Schöpfungen des Modehauses Rivers & Roberts tragen würde. Er hielt es für ganz selbstverständlich, daß sie sich ohne die Dienste von Privett behalf. Und doch war er durchaus vernünfig, weder ein Dummkopf noch ein Tölpel, seine Bildung war ebenso breit wie tief, sein Geist lebhaft und unterhaltend. Der Miles, der ein Dutzend Themen streifte, wenn er seinen Wein trank, war ein anderer Mensch als der Miles, der an einem Winternachmittag seine Felder durchstreifte. Dennoch waren diese beiden in Wirklichkeit nur eine einzige Person, und Evelyn, deren geistige Fähigkeiten unentwickelt sein mochten, deren Auffassungsgabe jedoch trotz mangelhafter Übung scharf war, erkannte die Wahrheit von William Jarrolds Urteil an: ein ganzer Mann.

Das war es, was sie an Miles band: Er war vital; er packte das Leben. Ob er sich mit Dan unterhielt oder Evelyn über die Felder schleppte oder sie in seinem Turm erwartete, immer war er mit der gleichen Energie geladen. Das Gefühl der Unzulänglichkeit blieb ihm unbekannt.

Er war erst fünfundzwanzig.

Die Liebe war eine neue Entdeckung für ihn. Er behandelte sie als ein ungeheures neues Gebiet des Lebens, das er zu erforschen hatte, und brauste mit erschreckender Erregung hinein. Und doch konnte er sie völlig getrennt halten von anderen Dingen; das störte Evelyn. Sie hätte es gern gesehen, wenn er die ganze Zeit nur an sie dächte. Er schien jedoch fähig zu sein, sie stundenlang völlig zu vergessen, und sie mußte versuchen, Trost darin zu finden, wenn er ihr sagte, sie sei eine gute Zuhörerin. Doch wenn er sich ihr als Liebender widmete, hatte sie sich über nichts zu beklagen, denn er brachte dieselbe Intensität und Konzentration für die Liebe mit, die er sonst auf andere Dinge verwendete. Ihre Stimmung fiel und stieg; zuweilen glaubte sie, daß er überhaupt nichts für sie übrig habe, dann wieder vermochte sie ihn so in Anspruch zu nehmen, daß alles andere ausgeschaltet war. Und sie war von beidem mit gleicher Leichtigkeit zu überzeugen, bald so, bald so.

Manchmal war sie unglücklich. Obwohl sie Miles seelisch und körperlich leidenschaftlich und ausschließlich liebte, war sie sich doch der tiefen Unterschiede zwischen ihnen bewußt. Überall begegnete sie warnenden Anzeichen, die sie sich selber zu verheimlichen suchte. Es gelang ihr, diese vor sich selber zu verbergen. Aber sie waren da wie eine schwarze Wolke, die sie nicht sehen wollte.

Miles selbst war so jugendlich unbekümmert, so froh verliebt, daß er nur für die Leidenschaft des Augenblickes lebte. Er hatte Evelyn entdeckt, er hatte sie gewonnen, und das war ein Wunder. In seiner Überschwenglichkeit lachte er von früh bis spät. Es machte ihm Freude, von ihr wegzugehen, sich anderen Dingen zu widmen, um dann erfrischt und mit doppelter Innigkeit zu ihr zurückzukehren. Es kam ihm überhaupt nicht zum Bewußtsein, wie sehr sie diese Art übelnahm. Er hatte das bestimmte Gefühl, daß einen die Liebe übersättige, wenn man sich nicht freiwillig Unterbrechungen auferlege. Es machte ihm Spaß, sich stundenlang vorzutäuschen, daß es im Leben Dinge gebe, die ebenso wichtig, sogar noch wichtiger seien. Es war eigentlich nicht einmal eine völlige Täuschung. Er war viel zu kraftvoll, um sich zu gestatten, ganz von der süßen Betäubung der Liebe ausgefüllt zu werden.

Außerdem schrieb er an einem Buch, einem sehr schwerwiegenden Werk über die wirtschaftliche Lage, und hatte nicht die Absicht, Evelyn zu erlauben, ihn davon abzuhalten. Er erkannte sehr rasch, daß sie seine Arbeit als ihre Feindin betrachten und seine Aufmerksamkeit völlig bedenkenlos auf sich lenken würde, wenn sie könnte. Zuerst tat sie das sehr vorsichtig, doch als die Zeit verstrich und sie unvorsichtiger wurde, forderte sie immer mehr. Dieser unerklärliche Krieg zwischen ihnen belustigte ihn, und er war entschlossen, ihn zu gewinnen.

Er besaß starkes Verantwortungsbewußtsein. Er war jung, und unter seinem Frohsinn lag im Grunde viel Ernst. Dieser Ernst rührte Evelyn, er brachte sie dazu, daß sie sich Jahrzehnte älter vorkam als er. In einer Hinsicht war er so völlig ihr Herr, daß sie sich ihm gegenüber ganz demütig fühlte; in anderer Hinsicht erschien er ihr als ein unerfahrener Junge. Sie wußte nicht, was sie mehr an ihm liebte.

Miles hatte wohl gemerkt, daß sie sich Sorgen über ihr Verhältnis zueinander machte. Er selbst kümmerte sich nicht im mindesten darum, was die Leute dachten oder sagten, aber er war klug genug zu wissen, daß Evelyn aus einer Tradition mit anderen Auffassungen kam. Er neckte sie ein- oder zweimal damit, und sie gab traurig zu, daß er recht habe.

»Ich kann nichts dazu, Miles; du kannst mich deshalb verachten, wenn du willst. Aber«, fügte sie leidenschaftlich hinzu, »du tust eine ganze Menge, mich aus meinen altmodischen Ansichten aufzuschrecken.«

»Es ist ein merkwürdiger Gegensatz, dich anzusehen, wie du auf das modernste gekleidet bist, und dich dann von solch altmodischen Ansichten sprechen zu hören! Das gibt deiner Persönlichkeit einen so reizenden Bruch. Die Viktorianerin und die moderne Dame. Der Streit zwischen deinem Inneren und deinem Äußeren. Du solltest dich liederlich anziehen. Gott sei Dank, daß du's nicht tust!«

Dann wurde er ernster, hörte auf, Phrasen zu machen, und bat sie wieder, ihn zu heiraten. »Du würdest viel glücklicher sein! Du brauchtest dir keinen Kummer wegen der Jarrolds zu machen. Du brauchtest dich nicht Dans wegen zu sorgen. Du weißt genau, daß du ständig in Angst lebst, Dan könnte etwas merken.«

»Dan ist ein Kind, Miles; er kann bei diesen Dingen Recht und Unrecht nicht beurteilen. Das ist unsere Sache, nicht seine.«

»Ich glaube wirklich nicht, daß Dan uns hart beurteilen würde. Dan ist ein vernünftiger Junge – aber bei den ganz jungen weiß man's nie. Er könnte irgendein sonderbares archaisches Gefühl für seine Mutter in sich aufstöbern. Das ist das Schlimmste an den Konventionen: Sie haben gewöhnlich ihre Wurzeln in irgendeinem nützlichen, schützenden Geschlechtstabu.«

»Ich werde dich nicht heiraten, Miles.«

»Aber warum nicht?«

»Miles, ich hab es dir schon zweimal gesagt – zwing mich nicht, es dir noch einmal zu sagen! Es macht mir wirklich keine Freude, es zu sagen.«

»Daß ich jünger bin als du?«

»Fünfzehn Jahre.«

Das war stets das Ende. Er machte ihr freundschaftliche Vorhaltungen, und sie blieb steinhart. Er meinte seine Vorstellungen wirklich aufrichtig, da er so jung war, daß der Gedanke an das Alter ihn nicht zu stören vermochte. Außerdem konnte er sich Evelyn nicht als viel älter vorstellen, als er selber war. Sie verriet keine Anzeichen des Alters; ihr Haar war glänzend, ihre Haut glatt, der Körper fest und weiß. Gewiß, »vierzig« hatte einen ominösen Klang, und sie wurde in diesem Jahre vierzig; nachdem sie ihm das einmal gesagt hatte, hatte sie es zwanzigmal wiederholt. Er schob es beiseite. Er war unbesonnen, ungestüm und nicht an Widerstand gewöhnt. Es ärgerte ihn, daß sie seine Vorschläge so ruhig und beharrlich ablehnte. Freilich konnte er nicht ahnen, was diese Festigkeit sie kostete.

Sie fing an, davon zu sprechen, daß sie und Dan zurück nach London müßten. »Wir können nicht ewig hierbleiben. Wir sind schon länger als acht Tage hier.«

»Was macht denn das? Bist du nicht glücklich hier?«

»Du weißt, daß ich hier glücklich bin, nur zu glücklich. Aber was werden die Leute denken?«

»Die Leute – du meinst: die Jarrolds.«

»Sie sind sehr altmodisch, das weißt du ja, Miles; genau wie ich; sehr konventionell.«

»Und du kümmerst dich darum, was sie denken?«

»Ich muß an Dan denken.«

»Unsinn, Evelyn, das ist nicht wahr. Ich will dir sagen, was wahr ist, ohne darum herumzureden. Du bist altmodisch; das ist wahr. Und außerdem bist du so eitel, daß du den Gedanken nicht erträgst, dir auch nur ein Tüpfelchen von der Zustimmung der Jarrolds zu verscherzen. Du hast es gern, wenn dir alle Leute, selbst die Jarrolds, zu Füßen liegen. Du nimmst jede Kritik übel. Was für eine seltsame Mischung du bist! Du bist so echt – und so unecht in Kleinigkeiten. Ich finde mich nicht zurecht in dir.«

»Leider kann ich deine großzügige aristokratische Unbekümmertheit nicht teilen, das ist das ganze Geheimnis. Ich gehöre zu einer ziemlich vorsichtigen und ängstlichen Familie. Du kannst dir diese großzügige Verachtung erlauben; wir können das nicht. Ich hasse mich selber deswegen, aber ich bleibe das Opfer. Vielleicht hast du auch recht mit meinen persönlichen Mängeln.«

»Deine persönlichen Mängel sind mir gleichgültig. Sie machen mir Spaß. Sie bezaubern mich. Ich würde mich freuen, wenn du sie gegen mich richtetest. Ich glaube, ich werde dich eifersüchtig machen, nur zum Spaß.«

»Gut, Miles – tu's, wenn es dich amüsiert.«

»Nein, das ist töricht. Aber was du da von einer vorsichtigen und ängstlichen Familie sagst, interessiert mich wirklich. Willst du damit sagen, daß du dir ernstlich Sorge um das machst, was man deinen guten Ruf nennt? Ist das möglich? Denkt noch irgend jemand an solche Dinge? Ist das nicht sehr viktorianisch? Einstellung aus der Zeit um die Jahrhundertwende?«

»Vielleicht, Miles. Aber du mußt bedenken, daß Familien wie die Jarrolds die Ergebnisse der viktorianischen Zeit sind.«

»Ja, das sind genau die Leute, die aus dem Grunde gegen die Narkose waren, weil Gott keinen Schmerz auf die Erde geschickt hätte, wenn er nicht gewollt hätte, daß der Mensch leide; genau die Leute, welche das erste Buch Mose so mit der Geologie in Einklang brachten, daß sie die Theorie aufstellten, die Erde sei fix und fertig mit den im Gestein eingeschlossenen Fossilien erschaffen worden. Oder Adam sei fix und fertig mit einem Nabel geschaffen worden, obwohl er nie eine Mutter hatte.«

»Haben sie das gesagt?«

»Liebste, du bist so köstlich unwissend.«

»Ich habe nie das Gegenteil behauptet, Miles. Ich weiß, daß du immer Beispiele zur Hand hast. Ich kann mich nicht mit dir messen.«

»Das brauchst du auch nicht – du bist *hors concours*. Du folgst dem kürzeren Weg des Instinkts. Ein ungleicher Kampf – Genie gegen Talent.«

»Ich wollte, du nähmest es ernst.«

»Ich nehme es ernst. Ich bin ein sehr ernster junger Mann. Die meisten jungen Leute meines Alters begnügen sich damit, gute Schützen zu sein. Ich tue das nicht. Ich beschäftige mich mit sozialen Fragen. Ich beschäftige mich außerdem mit praktischer Landwirtschaft. Kannst du mehr Ernst verlangen? – Doch wie dem auch sei, du hast völlig recht damit, daß die Jarrolds ein Ergebnis der viktorianischen Zeit sind. Natürlich sind sie das, sowohl der Zeit wie auch der Veranlagung nach. Du würdest es nicht genau erklären können, weshalb du das gesagt hast – wahrscheinlich hattest du eine unbestimmte Vorstellung davon, daß die Industrie in England unter der Herrschaft der Königin Viktoria entstanden ist – das war solch eine lange Regierungszeit, daß man es sich leisten kann, ein bißchen unbestimmt mit den Daten zu sein – unter diesen weiten Röcken läßt sich alles mögliche bequem verstecken – wie eine Schar Küken unter einer alten Glucke – und du hattest die unbestimmte Vorstellung, daß die ersten Maschinen von bösen, unwissenden Leuten zerschlagen worden sind – Gott, was haben die für einen Weitblick bewiesen! – und daß Leute wie die Jarrolds feststanden – und England zu dem gemacht haben, was es nun ist – na ja, das haben sie getan, sie haben auch ein nettes Päckchen daraus gemacht, von dem sie noch immer auf ihre haushälterische Weise profitieren – aber aus welchem Grunde du es auch gesagt hast, du hast recht. Die Jarrolds sind Viktorianer – nicht nur deshalb, weil sie noch immer an all die Heuchelei glauben, die damit zusammenhängt. Sie glauben an den Ruf und an die Ehrbarkeit und daran, daß man den Schein wahren muß. An all so etwas. Und daran, daß man den Leuten nicht erlauben darf, sich am Sonntag zu amüsieren – an dem einzigen Tag der Woche, an dem ihnen das zermürbende Leben eine Pause gestattet. Und daran, daß die Frauen dazu verurteilt sind, ein Kind nach dem andern zur Welt zu bringen, gleichviel ob sie sie in den ersten Jahren ordentlich ernähren, sie ihren Talenten entsprechend erziehen und sie später ausstatten können oder nicht – alles aus dem einen Grunde, damit England bleibt, was es ist. Macht uns frei von diesen Ideen und von all dem, was sie nach sich ziehen, und wir können anfangen, etwas zu leisten. Deine Jarrolds sind heutzutage Anachronismen. Sie sollten ausgestopft und in einen Glaskasten gesetzt werden.«

»Du beurteilst den alten Herrn Jarrold ziemlich falsch«, sagte Evelyn, da sie sich an Herrn Jarrolds Ausbruch erinnerte, als er mit Evan gescholten hatte. »Ich glaube, er könnte genauso harte Vorwürfe gegen dich und deinesgleichen erheben. Ich glaube nicht, daß er auch nur die Hälfte des Aufwandes billigt, den er aufrechtzuerhalten sucht.«

»Nein, ich habe den alten Mann gern«, sagte Miles; »er ist auf seine Weise ein feiner alter Mann, aber er ist trotzdem ein Anachronismus.«

»Ich verstehe, daß du selber nicht vorhast, ein Anachronismus zu sein, auch Dan nicht, wenn du darüber mitzureden hättest.«

»Dan ist in Ordnung. Dan, das hoffe ich inständig, ist das junge England. Mit kühnem, forschendem Geist und einer großen Schere, das Gestrüpp wegzuschneiden.«

»Das mag sein, wie es will, Miles, aber um wieder darauf zurückzukommen, worüber wir gerade sprachen: Ich kann nicht ewig hierbleiben.«

Miles war halsstarrig. »Du tust keinem weh und machst mir viel Freude.«

»Tue ich das wirklich, Miles? Bestimmt? Brauchst du mich wirklich? Und deine Arbeit, die ich unterbreche? Du weißt, deine Arbeit ist dir wichtiger als ...«

(Ich darf ihm so etwas nicht sagen, dachte sie, Närrin, die ich bin. Aber ist es nicht wahr – oder – ?)

(Wie unmöglich weiblich Frauen doch sind! dachte er, aber da er sie liebte, empfand er ein zärtliches Gefühl für sie.)

»Evelyn, sei nicht albern! Na ja, ich kann ja jeden Tag ein paar Stunden arbeiten, wenn du das willst. Wird das deine Bedenken zerstreuen?«

(Oh! dachte sie, während sie ein plötzlicher Schmerz durchfuhr, er nutzt die Gelegenheit aus, die ich ihm biete.)

»Was für eine gute Idee, Miles – ja, arbeite zwei Stunden am Tag, auch mehr, wenn du magst! Vielleicht kannst du mir ein paar Bücher leihen, dann lese ich, während du zu tun hast.«

Er war nicht enttäuscht. Er war noch nicht in dem Stadium, in dem man sich wünscht, enttäuscht zu werden. Er wünschte nicht einmal, so zu tun, als mißverstehe er sie. Er kam näher zu ihr, ergriff ihre Hand und verschränkte seine Finger in ihren. Körperlicher Kontakt, selbst der leiseste, beruhigte ihn.

Jede Wolke zwischen ihnen konnte vertrieben werden, wenn sie wieder körperlich nacheinander faßten. Und eine halbe Stunde Enthaltung wurde zu einer halben Stunde des Verhungerns.

Manchmal verlängerte Miles diese Zeiten der Enthaltung absichtlich. Evelyn war unter ihrer verfälschten Oberfläche weit primitiver als er. Ihre Gefühle waren zu stark, als daß sie ihr erlaubt hätten, Spaß damit zu treiben. Alles, was sie tun konnte, war: ihre böse Heftigkeit einigermaßen in Schach zu halten. Nur Klugheit vermochte das. Sie wußte, daß sie in ihrem Verhältnis zu Miles keine Fehler machen durfte. Er war ein schwieriges und gefährliches Fohlen für den, der es zähmen wollte. Weil er jedoch ein junger und kräftiger Mann war, endete es stets damit, daß der Hunger nach ihr seine Sucht zu experimentieren überwog. Wenn er eine Zeitlang so getan hatte, als sei sie ihm gleichgültig, flammte das Begehren immer wieder überwältigend und unwiderstehlich in ihm auf.

So hielt er sie zwischen Ungewißheit und Sicherheit unglücklich – glücklich als seine Sklavin.

Sie willigte ein, noch ein paar Tage zu bleiben. In Wahrheit vermochte sie sich nicht von ihm loszureißen. Dieses späte Blühen ihres Herzens und ihrer Sinne war zu süß, machte sie zu schwach. Die Welt existierte nicht mehr; sie dachte nicht daran; nichts blieb als der verzauberte Ort, Miles Vane-Merricks Burg. Die hohen rötlichen Mauern schlossen sie ein wie ein verwunschenes Gefängnis.

»Ach, du müßtest es im Frühling sehen!« sagte er, als sie ihm davon erzählte. »Oder an einem Sommerabend.«

Sie gingen durch den ummauerten Garten, und die Doppelspitze des Turmes schwang sich über ihnen in den blauen Himmel. Die Bäume waren winterlich kahl und der Himmel voller Krähen.

»Ich kann kaum glauben, daß es hier noch schöner sein könnte, Miles.« Sie, die früher niemals solche Dinge bemerkt und stets mehr Bequemlichkeit als Schönheit verlangt hatte, war von dieser Offenbarung lieblicher Schönheit wirklich bewegt. Ihr Empfindungsvermögen vertiefte sich; sie hörte es sogar gern, wenn Miles ihr Gedichte vorlas. »Ich weiß gar nicht, was du aus mir machst, Miles«, sagte sie lachend, »es scheint, als verwandeltest du mich in einen ganz anderen Menschen.«

In diesem Augenblick war sie glücklich. Sie ergriff Miles' Arm und fühlte, daß sie an seinem Leben teilhatte. Sie hörte sogar geduldig zu, als Munday hereinkam, um mit ihm über das »Puppenholz« – wie er sich ausdrückte – zu sprechen. Sie hatte keine Ahnung, was das »Puppenholz« sein mochte, doch Miles schien es zu wissen. Er erörterte ernsthaft und ziemlich ausführlich – Ausführlichkeit war unabänderlich mit jedem Thema verbunden, das Munday anschnitt –, ob es ratsam sei, gewisse Kastanienbäume in diesem Jahr zu fällen oder es bis zum nächsten Jahr zu lassen. Sie hörte ziemlich abwesend zu, doch bekam sie einen neuen Begriff von der Beständigkeit solcher Anordnungen. Miles und seine Ahnen, Munday und seine Ahnen hatten solche Dinge Jahrhunderte hindurch erwogen. Es erschien ihr richtig, daß Miles und Munday auch heute darüber berieten. Miles, der auf seiner Burg saß, sein Gut und seinen Besitz bewirtschaftete, mit Munday sprach, war der echte, der traditionsgebundene Miles.

Als Munday gegangen und das Gartentor hinter ihm eingeschnappt war, schob sie die Hand wieder in Miles' Arm. »Ich mag dich gern als konservativen Landjunker.«

»Ich bitte um Entschuldigung, Liebling. Munday hat keinen Takt. Er stürzt sich auf mich, wo er eine Gelegenheit findet.«

»Ich sage dir doch, daß ich es mag. Es ist so neu für mich. Ich mag dich gern in dieser Rolle. – Miles, sieh diese schwarzen Wälder! Schau diesen weiten Himmel! Ich glaube, das könnte niemals schöner sein, nicht einmal an einem Sommerabend.«

Irgendwo im Obstgarten fing eine Eule an zu schreien.

»O Miles – versprich mir, daß du mich im Sommer noch liebst – bitte, Miles!«

Und nun störte ihre Bitte ihn nicht mehr; in diesem Augenblick waren sie vollkommen aufeinander abgestimmt. Sie fühlte die Harmonie und war zufrieden. Sie schritten weiter den Gartenweg unter der hohen Mauer auf und ab, bis die Dämmerung herabsank und andere kleine Eulen den Schrei der ersten im Obstgarten aufnahmen.

Sie war bestürzt, als sich herausstellte, daß Miles ihren Vorschlag, täglich zwei Stunden zu arbeiten, wirklich ausführte. Sie kam in sein Zimmer und entdeckte, daß er mit einem jungen Mann am Tische saß, der mit Papieren bedeckt war. Er sah mit einem Stirnrunzeln auf, lächelte aber, als er erkannte, daß sie es war. »Ich hätte nie geglaubt, daß Sie so früh herunterkommen würden. Das ist Herr Bretton, der sein Bestes tut, meine Wähler davon zu überzeugen, daß ich der einzige Mensch bin, der geeignet ist, sie im Parlament zu vertreten. Es ist eine schwere Arbeit für ihn. – Frau Jarrold, Bretton.«

Bretton hatte leuchtende, aber ziemlich kleine Augen und unordentliches schwarzes Haar. Er gab ihr linkisch die Hand, als ob er an gesellschaftliche Formen nicht gewöhnt sei. Er war ein ziemlich untersetzter junger Mann, schlecht angezogen, und Miles erschien neben ihm noch gewandter und ungezwungener als gewöhnlich.

Er sprach kein Wort, nicht einmal »Sehr angenehm«, aber Evelyn hatte nicht den Eindruck, daß das daher käme, weil er nichts zu sagen hätte. Er schien im Gegenteil voll verhaltener Energie und Sensibilität zu sein. Sie schenkte ihm ihr bezauberndstes Lächeln, spürte aber, daß er auf den ersten Blick eine Abneigung gegen sie gefaßt hatte. Sie waren zu große Gegensätze.

»Lassen Sie sich nicht stören, Miles! Ich hatte keine Ahnung, daß Sie beschäftigt sind.«

Miles begleitete sie zur Tür. Bretton, der sich wieder gesetzt hatte, blieb sitzen und spielte nervös mit einem Bleistift. Sie lächelte, nickte ihm zum Abschied zu, und er antwortete mit einem verlegenen Nicken; er war sich offensichtlich bewußt, daß er hätte aufstehen müssen; aber er wollte es nicht.

An der Tür blieb sie stehen und schaute Miles an. Er blickte zurück. Sie sahen sich eine Sekunde lang an, einer in des andern Augen. In seinen spiegelte sich Trotz und Belustigung.

Sie ging langsam die Wendeltreppe hinunter – eine erzürnte Frau. Miles behandelte sie nicht einmal mit der gewöhnlichen Höflichkeit, die man einem Gast gewährt. Weil sie sich liebten, glaubte er, sie auf diese gleichgültige Weise behandeln zu dürfen. Er sollte seinen Denkzettel bekommen: Sie würde noch am selben Tag nach London zurückkehren.

Sie ging in ihr Schlafzimmer hinauf und wich Dan aus. Dan, das wußte sie, saß im Wohnzimmer und las eine Broschüre über Volkswirtschaft, die Miles ihm gegeben hatte. Sie konnte Dans Begeisterung in diesem Augenblick nicht ertragen. Sie schlich sich durch die Hintertür ins Haus und so leise wie möglich die Treppe hinauf. Es war kalt im Schlafzimmer. Der Kamin war allerdings schon fertig gemacht, aber sie war zu stolz und zu ärgerlich, Feuer anzuzünden. Sie erinnerte sich, wie Miles am Abend vorher in den Garten hinausgelaufen und mit einem gefrorenen Holzscheit zurückgekommen war, das er lachend aufs Feuer geworfen hatte. Sie ging umher und legte ihre Sachen in den großen Koffer. Fast alles, was sie in die Hand nahm, erweckte Erinnerungen an Miles: die Pullover, die er gern hatte, die Schuhe, über die er spottete. Sie stopfte alles hinein und dachte nicht an die Mißbilligung, die Privett beim Auspakken zeigen würde. Es wäre eine Erleichterung, zu Privett und der Wärme und Sicherheit ihrer Wohnung zurückzukehren. Sie mußte verrückt gewesen sein, daß sie jemals glauben konnte, sie und Miles seien füreinander bestimmt, sie könnten überhaupt zusammenpassen. Mochte Miles bei seiner Landwirtschaft und seiner Politik bleiben, mochte er sich eine Frau suchen, die anpassungsfähiger und sklavischer war als sie.

Sie hatte fast alles eingepackt, als sie Miles' Stimme unten hörte. Gleichzeitig vernahm sie ein Kratzen an der Tür und ein leises Winseln. Sie öffnete, und Cäsar, die dänische Dogge, stürmte herein. Der Hund schlug mit dem Schwanz wie mit einem Stück Holz an die Möbel; er trottete umher, schnüffelte an ihren Sachen und hob fragend den Kopf. »Hunde wissen stets, wenn man weggeht«, hatte Miles gesagt. »Ja, Cäsar«, sagte sie und legte die Arme um seinen mächtigen Hals, »ich gehe fort.«

Dans Schritte sprangen die Stufen herauf. »Mutti, Mutti! Wo bist du? Miles ist hier.«

Sie kam schnell heraus, schloß die Schlafzimmertür hinter sich und trat an die Treppe. Miles erschien auf der ersten Stufe. »Evelyn, kommen Sie heraus? Ich bin Bretton losgeworden.«

Sie stieg die Treppe vorsichtig hinunter; die Stufen waren alt und ausgetreten. Da war Miles, sein Haar leuchtete unter dem Fenster. Dan war auch da, er war rot und erregt. Beide sahen sehr jung und arglos aus. Sie konnte nicht an den Blick glauben, den Miles ihr zugeworfen hatte, als er ihr die Tür zum Hinausgehen geöffnet hatte. Sie konnte nicht glauben, daß er wirklich seine Stärke mit ihrer gemessen hatte. Er sah aus wie ein Junge, der schulfrei hat.

»Ich muß einen Hut aufsetzen«, sagte sie, »wenn ihr wollt, daß ich mit hinauskomme.«

Sie sagte ihm nichts von ihrer Absicht, abzufahren; sie packte ihre Sachen nur sanftmütig wieder aus und fühlte sich halb grimmig, halb froh, als sie erkannte, daß sie sich unterworfen hatte. Aber sie fragte ihn nach Bretton.

»Bretton? Das ist mein politischer Agent. Der Sohn eines Gemüsehändlers in Rotherham. Ein guter Junge und ein wilder Kommunist.«

»Ein Kommunist?« fragte Evelyn, als ob Miles gesagt hätte: ›ein Löwe‹.

»Ja, der arme Junge, er muß seine Überzeugung verwässern, um seinen Posten bei mir zu behalten. Bretton wird es eines Tages weit bringen.«

»Mittlerweile will er sich wohl nicht mit gutem Benehmen beschäftigen?«

»Nein, ist das wichtig? Es wäre von ihm aus doch nur Trug, wenn er es täte. Möchtest du seine Erziehung in die Hand nehmen? Wenn ja, will ich ihn morgen zum Essen einladen.«

»Um Gottes willen, tu das nicht, Miles! Er mag mich nicht, er kann mich nicht leiden.«

»Wie kannst du erwarten, daß er jemand mag, der den Wert eines dreijährigen Universitätsstudiums in Perlen um den Hals hängen hat?«

»Ich dachte, Kommunisten seien ebensosehr gegen Universitätsausbildung wie gegen Perlen.«

»Das sind sie auch – aber sie beneiden einen darum. Sie glauben, es brächte einem Gott weiß was für Vorteile. Aber

Bretton hat tatsächlich einen weit helleren und schärferen Verstand als ich. Er ist völlig frei von Gefühl und Tradition und ähnlichen obskuren Belastungen. Und was dich anlangt, so glaube ich nicht, daß er jemals in seinem Leben einen Menschen wie dich gesehen hat.«

»Findest *du* mich auch so verächtlich, Miles?«

»Ich finde dich entzückend und dekorativ.«

»Aber unnütz, müßig?« beharrte sie.

»Nein«, sagte er, »ich liebe es, wenn Frauen entzückend und dekorativ sind. Das Leben ist so schon häßlich genug, ohne daß die Frauen sich auch noch häßlich machen.«

»Meinst du das im Ernst? Oder ist das ein Scherz?«

»Beides. Du kannst wählen.«

Ein oder zwei Tage später fand sie sich allein mit Bretton. Er wollte Miles besuchen, aber Miles war von Munday geholt worden, um nach einer kranken Kuh zu sehen.

»Kommen Sie doch herein, Herr Bretton! Herr Vane-Merrick wird in wenigen Minuten zurück sein. Wärmen Sie sich doch am Kamin, es ist ein sehr kalter Tag. Kommen Sie von weit her?« Sie plauderte freundschaftlich darauflos.

Evelyn brachte ihn aus der Fassung; er war beunruhigt, mißtrauisch. Er saß auf der Stuhlkante am Kamin, weil sie ihn dazu aufgefordert hatte, aber er war durchaus nicht abhängig von äußerer Behaglichkeit. Das Licht, das in seinen ziemlich gemeinen, lasterhaften und intelligenten Augen brannte, bezeugte seine Unabhängigkeit von solchen Dingen. Evelyn fühlte sich trotz all ihrer Weltgewandtheit nicht behaglich mit diesem jungen Mann. Er verhalf ihr zu einer neuen Erfahrung, ebenso wie Munday ihr zu einer neuen Erfahrung verholfen hatte. Aber sie war jetzt nicht böse auf ihn, sie war interessiert. Sie merkte, daß England nicht nur von Jarrolds bevölkert war.

»Sie müssen eine sehr interessante Beschäftigung haben, wenn Sie für Herrn Vane-Merrick arbeiten.«

Er wollte immer noch nicht auftauen; er war verdrießlich, aber ganz anziehend. Sie war entschlossen, ihm zu gefallen.

»Als ich Herrn Vane-Merrick kennenlernte, wußte ich gar nicht, was für ein tätiges Leben er führt. Er hat anscheinend sehr viele und ganz verschiedene Interessen.« (Sie dachte: Ich spioniere Miles hier doch nicht etwa auf häßliche Weise nach?) »Ich nehme an«, fuhr sie fort, »seine Wahl hier unten im Wahlkreis ist sicher?«

»Soweit ein Wahlerfolg überhaupt sicher sein kann, Frau...«

Er schwieg. Er hatte ihren Namen vergessen. »Verzeihung«, sagte er unbeholfen, »ich habe leider Ihren Namen vergessen.«

Er gefiel ihr immer besser; sie war in großzügiger Stimmung. »Jarrold«, sagte sie, »aber das macht gar nichts. Erzählen Sie mir lieber, was Sie für Herrn Vane-Merrick tun! Ich bin so unwissend in diesen Dingen. Arbeiten Sie... nun, was tun Sie eigentlich?«

Er ließ sich nicht aushorchen. Er machte Ausflüchte, und sie fühlte, daß er sie abschätzte; das Ergebnis schien nicht günstig zu sein. Gleichzeitig spürte sie seine treue Ergebenheit für Miles.

»Herr Vane-Merrick scheint mir ein sehr bemerkenswerter Mensch zu sein«, sagte sie impulsiv.

»O ja«, sagte Bretton, »ja.« Er wollte wohl mehr sagen, doch plötzlich versank er wieder in seine alte Schweigsamkeit.

Sie wußte nicht mehr weiter.

»Wie unaufmerksam von mir, Herr Bretton – wollen Sie nicht etwas trinken? Ich glaube, da steht Whisky im Schrank. Nein, bleiben Sie sitzen! Ich hole ihn schon.«

Sie erwartete beinahe, daß er sagen würde, er trinke nicht; aber er ließ sie zum Schrank gehen, ein Glas, einen Siphon und die Whiskyflasche holen. Sie war erleichtert, als sie sah, daß er sich einen ordentlichen Schuß eingießen ließ. Er beobachtete ihre hübschen Hände, als sie die Flasche hinstellte.

»Danke«, sagte er und fügte hinzu: »Zum Wohl!«

»Trinken Sie auf Herrn Vane-Merricks Glück bei der nächsten Wahl!« erwiderte sie.

Bretton grunzte. Dann trank er.

»Hat er eine große Zukunft, was meinen Sie?«

»Eine große Zukunft, Frau Jarrold? Meinen Sie, ob er im nächsten Kabinett Minister wird?« Sein Ton war voller Verachtung.

»Ja, ich glaube – ich verstehe nicht viel davon.«

»Das könnte geschehen«, sagte Bretton, »in einer konservativen Regierung.« Wieder schwieg er mit derselben Miene, die vieles ungesagt ließ.

»Aber er ist doch kein Konservativer.«

»Nein.«

Sie füllte sein Glas noch einmal. »Herr Bretton – verzeihen Sie meine Unkenntnis – aber ist es nicht eigenartig, daß er kein Konservativer ist?«

»Wegen seiner Geburt, meinen Sie?« sagte Bretton und schaute sie so verächtlich an, daß sie zusammenzuckte.

»Nun...«, sagte Evelyn. Jede Erwiderung auf diese Bemerkung hätte vorsichtiger ausgedrückt werden müssen, als sie es vermochte. Deshalb begnügte sie sich mit einer ziemlich lahmen Antwort: »Man würde eher erwarten, daß ein Mensch seiner Art auf der sicheren Seite wäre.«

»Seiner Art – ja –, aber nicht er.«

Zum erstenmal wurde Brettons Hochachtung spürbar.

»Das macht ihm nur noch mehr Ehre, Herr Bretton.«

»Ja.«

Sie hatte etwas Verkehrtes gesagt, sie hatte ihn begönnert. Sie versuchte es mit äußerster Einfalt, die nicht einmal ganz unaufrichtig war: »Herr Bretton, ich glaube wirklich ganz fest an Herrn Vane-Merricks Fähigkeiten. Deshalb habe ich mit Ihnen so unpassend über ihn gesprochen. Ich hoffe, Sie nehmen mir das nicht übel.«

»Fähigkeiten – er hat starke Fähigkeiten.«

»Vielleicht sind seine Ansichten nicht extrem genug, um Ihre Anerkennung zu finden?« sagte Evelyn lächelnd.

Bretton antwortete nicht; er trank nur sein Glas aus. Evelyn konnte sich nicht schmeicheln, viel weitergekommen zu sein. Sie war erleichtert, als Miles, von Cäsar und Dan und einem Hauch eisiger Luft auf den Fersen begleitet, hereinkam.

Bretton war Miles gegenüber nicht verdrießlich. Sofort entspannte er sich. Er war immer noch zurückhaltend, aber nicht verdrießlich. Miles hänselte ihn, und er ließ sich zu einem Lächeln herbei. Evelyn spürte, daß Miles ihn sogar gegen seine Überzeugung zu gewinnen vermochte. Sie hatte Bretton jetzt gern, aber sie fühlte sich sehr unbehaglich. Sie war dankbar, als er – ein wenig unfreundlich – Miles' Einladung zum Essen ablehnte.

Dan brach unwillig los: »Was für ein abscheulicher Mensch, Miles! Ich hätte ihn prügeln mögen, weil er so grob zu Ihnen war.«

»Er hat keine Eton-Manieren, Dan.«

Dan sah verblüfft aus. »Das verstehe ich nicht. Manieren sind doch wichtig. Sie selber haben gute Manieren.«

»Die hat auch dein Onkel Gottfried.«

»Und Sie meinen – Sie loben sich Bretton, wie er auch sei?«

»Ja, ich lobe ihn mir, wie er auch sei. Obwohl er mir vielleicht die Kehle durchschneidet, ehe er mit mir fertig ist.«

Evelyn bekam einen Brief von Ruth. Er war auf dem Papier von Newlands geschrieben, und jetzt war eine Krone statt des Helmbusches auf der Klappe des Umschlages.

10. Januar 1932

Liebste Evelyn!

Ich weiß nicht, wo Du bist, deshalb sende ich diesen Brief an Deine Wohnung, damit er Dir nachgeschickt werden kann. Wir sind noch hier. Onkel Evan ist abgefahren. Wir glauben, er hatte Streit mit Großpapa, aber wir wissen es nicht genau. Jedenfalls ist er fort, und wir erwähnen seinen Namen nicht.

Wir halten das für besser. Großpapa macht von Zeit zu Zeit bissige Bemerkungen über ihn. Großpapa ist im ganzen sehr sarkastisch. Er sagt, was es für eine Aussicht für das Land wäre, wenn ein Haufen unwissender junger Männer glaubten, sie könnten es regieren. Wie zum Beispiel Miles Vane-Merrick. Er sagt, nirgends wäre noch das geringste bißchen von Vernunft zu finden. Es ist ziemlich stumpfsinnig hier. Die Beckwiths kamen mal zum Tee. Was für herrliches Wetter! Es sieht nicht so aus, als ob Dan überhaupt mal zum Schlittschuhlaufen käme. Ich hoffe, Ihr seid beide auf dem Lande und amüsiert Euch. Anscheinend ist jetzt kein Mensch in London, deshalb glaube ich, in London wäre es jetzt nicht nett. Ich nehme an, Du wirst bald dorthin fahren. Schreib mir, wann Du wieder in London bist! Inzwischen grüße ich Dich herzlich. Mutti würde es auch tun, wenn sie im Zimmer wäre.

Deine Dich liebende Ruth.

PS Als Du bei Miles Vane-Merrick zu Besuch warst (ich glaube, Du sagtest, Du wolltest mit Dan auf die alte Burg), war da auch die Fürstin Tscharskaja da? Ich höre, sie hat seit Jahren ein Verhältnis mit M. V.-M.!!!
PPS Minnie war einfach *unerträglich.* Sie hat Kakao eine Maus (eine lebendige) ins Bett gelegt und mir zwei Haarbürsten.

Evelyn ärgerte sich nicht besonders über diesen Brief. Als sie ihn las, lächelte sie mitleidig und dachte: »Arme kleine Ruth!« Ruth war keine Stilistin, und ihre Methoden waren plump. Ruth tat ihr leid, aber Ruth war wirklich so roh und grob, daß man sie nicht wichtig zu nehmen brauchte. Ruth hatte überhaupt keine Bedeutung. Ruth tat ihr leid, aber man mußte mitleidlos sein. Sie benutzte absichtlich dieses Wortspiel. Es schien sie von jeder Verantwortlichkeit Ruth gegenüber freizusprechen.

Wofür sollte sie sich Ruth gegenüber denn verantwortlich

fühlen? Die Sache mit Miles war faires Spiel; und wenn sie Miles gefangen hatte, während es Ruth nicht gelungen war, ihn zu fangen, so war das für Ruth traurig, nicht für sie. Sie hatte keinen Vorsprung gehabt; Ruth hatte ihn sogar früher gekannt. Sie konnte sich Ruth gegenüber von jeder Schuld freisprechen.

Dann begann Ruths Brief in ihr zu wühlen. Nicht sehr ernstlich. Sie lachte über sich selber, weil sie sogar noch daran dachte, als sie ihn schon ins Feuer geworfen hatte. Elisabeth Tscharskaja...

»Miles«, sagte sie, »du kennst Elisabeth Tscharskaja?«

Er sah vom Buch auf. »Elisabeth Tscharskaja?« sagte er. »Ja, natürlich kenne ich sie. Weshalb?«

»Was hältst du von ihr?«

»Gar nichts. Ein Schmarotzer. Ich meine, die Umstände haben sie dazu gemacht.«

»Wie gut kennst du sie?«

»Ich glaube, ich habe drei- oder viermal Bridge mit ihr gespielt. Weshalb? Wie kommst du auf sie?«

»Ich traf sie neulich in einem Modesalon. Du kennst sie gar nicht näher?«

»Gott behüte!«

Nein, Miles dachte sehr wenig an Frauen. Das schien sicher zu sein. Es war schlimm genug, sich gegen sein Buch durchsetzen zu müssen und gegen Bretton und all das, was mit Bretton zusammenhing – das war eine viel ernstere Rivalität. Eine Rivalität, gegen die sie sich nicht durchsetzen konnte und nicht durchsetzen durfte. Sie mußte mit einer Hälfte seines Lebens zufrieden sein und sich mit dieser Verteilung noch glücklich schätzen. Der Kompromiß war hart für sie bei ihrem herrischen Temperament und dem Übermaß ihrer Liebe für Miles, doch sie war entschlossen, vernünftig zu sein. Miles mußte man mit lockerem Zügel reiten.

Er schien etwas von dem Kampf in ihrem Innern zu wissen und ein boshaftes Vergnügen daran zu finden, sie zu versuchen und zu demütigen. Voller Verzweiflung beschuldigte sie ihn sadistischer Eigenschaften. Lachend sagte er, die besäße sie auch. Er sah sie an mit einem harten, spöttischen Glanz in den Augen. Sie fürchtete sich vor ihm, wenn er sie so anblickte, weil sie sah, wie erbarmungslos er sein konnte, wenn er wollte. Aber dann war er wieder so reizend, so zärtlich und jungenhaft einfach, daß sie ihre Furcht vergaß.

Dennoch wußte sie nicht, ob sie sich beherrschen könnte, falls er Interesse an einer anderen Frau zeigen würde.

Er überraschte sie mit der Frage, wie sie sich ihre Zukunft vorstelle. Daraufhin sah sie ihn so gequält an, daß sogar er gerührt war.

»Ich weiß es nicht, Miles. Du bist völlig frei, das weißt du ja – ich habe keine Gewalt über dich außer der Liebe. Ich will auch keine haben. Wenn das nicht genug ist, lasse ich dich lieber gehen.«

»Das sagst du, weil du sehr gut weißt, daß das genug ist.«

»Für den Augenblick wohl. Aber ... ach, wir wollen nicht davon sprechen.«

»Sag, Evelyn, könntest du eifersüchtig sein?«

»Rasend«, sagte sie leise.

»Ja, ich hätte nicht zu fragen brauchen. Ich sehe ein, daß ich vorsichtig sein muß, oder man findet eines Tages die verstümmelte Leiche eines jungen Mannes unter einer Hecke in Kent.«

»Spotte nicht, Miles!«

»Aber ich mache mich doch so gern über dich lustig.«

»Ja, ich weiß. Mach dich über etwas anderes lustig! Es ist schrecklich, ganz sicher wirst du mich eifersüchtig machen, ehe du mit mir brichst. Ich möchte das nicht schon vorher spüren. Ich möchte in der Gegenwart leben.«

»Kluge Frau!«

»Nein, Miles, ich fürchte, ich bin nicht sehr klug.«

Schließlich ließ er sie nach London zurückfahren, weil er selbst dorthin mußte. Dan bestand darauf, daß er häufig zu ihnen käme. Er drängte Miles Einladungen auf, während

Evelyn stumm zuhörte und das Gefühl hatte, daß ihr das Schicksal in dieser Hinsicht gewogen sei. Trotz Miles' Spötteleien hatte sie noch immer Angst vor der neugierigen Kritik der Jarrolds wegen ihrer plötzlichen Vertrautheit mit diesem jungen Mann. Es war nicht zu vermeiden, daß sie früher oder später Verdacht schöpfen mußten, selbst wenn Ruth davon absehen sollte, es ihnen zu erzählen – und Evelyn vermutete sehr scharfsinnig, daß Ruth es aus wichtigen persönlichen Gründen geheimhalten würde – sie mußte es herausfinden, weil in dem engen Kreise, den die Jarrolds um all ihre Familienmitglieder zogen, nichts lange verborgen bleiben konnte. Das Netz war zu dicht, zu fest. Wenn Frau Jarrold – Lady Orlestone! – oder Frau Gottfried Jarrold oder Evan dreimal in der Woche zu ihr in die Wohnung kämen, wozu sie durchaus fähig waren, weil sie echt bürgerliche Ansichten über ein nettes und behagliches Familienleben in der Verwandtschaft hatten, und wenn einer von ihnen dann jedesmal mit Miles zusammentreffen würde, so konnte es nicht lange dauern, bis sie Bemerkungen austauschen und die unvermeidlichen Schlüsse ziehen würden. Bisher hatte Evelyn nie etwas darin gefunden, daß die Jarrolds zu jeder Tageszeit unangemeldet in ihrer Wohnung erschienen – wenn sie sich dabei auch stets arg gelangweilt hatte. Sie stammte selber aus der gleichen bürgerlichen Tradition. Der Grundsatz, daß man seine Verwandten gern habe, nur weil es die Verwandten sind, war eine Selbstverständlichkeit für sie gewesen. Doch nun wurden ihre Ansichten unter Miles' Einfluß großzügiger; seine Zwanglosigkeit wirkte anstekkend; daß die Familie sich anmaßte, in ihr Privatleben einzudringen, machte Evelyn ungeduldig. Sie fand diese Einbrüche in ihr persönliches Leben unerträglich. In Wirklichkeit war es jedoch nur die Entdeckung, daß die Liebe ihre besonderen Schwierigkeiten mit sich brachte. Und Evelyn wollte für ihren Geliebten frei sein.

Sie verachtete sich selber, weil sie die Ansichten der Jarrolds wichtig nahm, und doch hatte die Erziehung dieselben Ansichten so tief in ihr verwurzelt, daß sie nichts anderes tun konnte, als Rücksicht darauf zu nehmen. Das machte Miles' Vorschlag zu heiraten so besonders verlockend. Sonderbarerweise wollte sie nicht, daß die alten Jarrolds Miles deshalb tadelten, weil er sie in den Augen der Welt kompromittierte. Und doch wußte sie, daß sie niemals einwilligen durfte, ihn zu heiraten. Es wäre ihm gegenüber nicht fair. Daran hielt sie fest wie an einem strengen Grundsatz.

Doch wenn sie vielleicht die Hälfte der Verantwortung auf Dan schieben könnte, wäre sie gesichert. Wenn sie Miles als Dans Freund, Philosophen und Führer hinstellen könnte, ließen sich die alten Jarrolds vielleicht Sand in die Augen streuen. Sie waren einfältige und arglose Seelen; oder, wenn nicht einfältig und arglos, so neigten sie doch mindestens so sehr zur Selbsttäuschung, daß sie jeden Vorwand ergreifen würden, um ihre Schwiegertochter in ihren eigenen Augen zu entschuldigen.

Ob sie mit Miles als Dans Freund, Philosophen und Führer einverstanden wären, war eine andere Sache.

Dann waren da ihre eigenen Dienstboten. Vor den forschenden Blicken dieser Dienstboten schämte sie sich sogar noch mehr als vor denen der Jarrolds. Sie wußte, daß sie über solchen Dingen stehen sollte. Und doch stellte sie sich den verschlagenen und höhnischen Gesichtsausdruck vor, mit dem Mason oder Privett – besonders Privett, da sie wahrscheinlich ihr Leben lang auf Privett angewiesen war, während sie Mason jeden Augenblick entlassen konnte – die Tür öffnen und ankündigen würden: »Herr Vane-Merrick!« Dann würden sie sie wieder schließen und sich in die Küche zurückziehen, um heimlich Witze über sie zu machen.

Sie haßte sich selber wegen ihrer Furchtsamkeit. Sie wußte nur zu gut, daß es Miles nie in den Sinn gekommen wäre, die Mundays könnten sich über ihre Beziehung den Kopf zerbrechen. Wahrscheinlich hatten es die Mundays auch nicht getan. Oder wenn sie es getan haben sollten, so hatten sie es in ihrer geraden ländlichen Weise aufgenommen. Sie hatten wahrscheinlich höchstens gesagt, es sei schade, daß ihr junger Herr sich nicht eine Dame gesucht habe, die im Alter besser zu ihm passe, damit er heiraten und einen Erben zeugen könne. Mehrere Erben. Söhne und Töchter. (Sie wünschte jetzt, sie hätte sich mehr Mühe gegeben, die Mundays für sich einzunehmen.) Doch Mason und Privett waren Londoner Dienstboten. Mason würde kichern und Privett ihr Verhalten säuerlich mißbilligen.

Aber wenn sie zu Privett sagen könnte: »Herr Vane-Merrick kommt heute abend zu Besuch zu Herrn Dan« – dann wäre sie wieder gerettet.

Dan würde Ende Januar wieder zur Schule fahren. Doch bis dahin wäre Miles als ständiger Besucher anerkannt. Sie kannte die Bedeutung althergebrachter Gewohnheiten für einen Geist wie Privett.

»Übrigens, Privett«, sagte sie, »Herr Vane-Merrick kommt vielleicht heute abend zu Besuch zu Herrn Dan. Es kann sein, daß ich nicht da bin, wenn er kommt.«

»Bleibt er zum Essen?« Privett war immer mürrisch.

»Zum Essen? Nein. – Ach ja, vielleicht wäre es ebenso richtig, sich auf das Essen einzurichten. Vielleicht überredet Herr Dan Herrn Vane-Merrick, zu bleiben. – Sie wissen ja, wie Herr Dan ist. Er denkt nicht daran, daß die Läden um sechs schließen. Daran denken Jungen nicht. Bestellen Sie ein Birkhuhn, Privett, ja? Und ein paar Austern! Und sagen Sie Mason, daß er für drei deckt!«

Sie blieb absichtlich lange fort, um Miles warten zu lassen. Mit ihrer Rückkehr nach London hatte sie etwas von ihrer weiblichen Selbstsicherheit wiedergewonnen. Sie war Miles nicht mehr so ausgeliefert, daß er sie durch schlammige Felder hinter sich herschleppen konnte. Es war ein kalter Abend, draußen fiel Schnee, und sie sehnte sich nach nichts so sehr wie nach der Behaglichkeit ihres Zimmers und nach Miles' Gegenwart. Nun, Miles mochte sich mit Dan trösten. Sie wollte nicht springen, wenn Miles winkte. Bequem in ihrem Wagen sitzend, war sie zu Rivers & Roberts gefahren.

Eigentlich hatte sie nicht die mindeste Lust, zu Rivers & Roberts zu gehen. Sie wollte mit Miles zusammen zu Hause sein. Sie verabscheute jetzt richtig den Luxus und die Extravaganzen von Rivers & Roberts. Sie verglich die devote Affektiertheit von Herrn Rivers mit der eigensinnigen Schweigsamkeit von Bretton. Da sie sich voller Unruhe fühlte, war sie netter zu Herrn Rivers als gewöhnlich und wußte die Schöpfungen, die er ihr vorführen ließ, kritischer zu würdigen als sonst. Er entschied, daß Frau Thomas Jarrold in jeder Hinsicht wirklich eine seiner angenehmsten Kundinnen sei. Sie war eine bezaubernde Frau, und sie ließ seinen Kleidern Ehre angedeihen.

»Wir haben Sie eine ganze Zeit nicht gesehen, Frau Jarrold. Wir haben Sie vermißt – wirklich.«

»Ich bin auf dem Lande gewesen, Herr Rivers.«

»Auf dem Lande? In dieser Jahreszeit? Das paßt gar nicht zu Ihnen, Frau Jarrold. Im Sommer aufs Land zu gehen . . . nun, das will man sich gefallen lassen. Aber im Januar!«

Sie dachte daran, wie sie mit Miles den Gartenweg auf und ab gegangen war und der Turm in den klaren Himmel ragte.

»Furchtbar kalt und schmutzig, Herr Rivers! Aber man kann nicht immer, wie man gern möchte.«

Er verbeugte sich zustimmend.

»Das verstehe ich vollkommen, Frau Jarrold. – Lord Orlestone ist hoffentlich wohlauf?«

Er glaubte also, sie sei in Newlands gewesen.

»Danke, es geht ihm ausgezeichnet. Es ist erstaunlich bei seinem Alter.«

»Siebzig, nicht wahr?«

»Fünfundsiebzig.«

»Du liebe Zeit! – Und Ihr hübscher Junge, Frau Jarrold? Er ist wohl der Erbe? Er muß etwa vierzehn sein, nicht wahr?«

»Leider schon beinah achtzehn.«

»Was Sie nicht sagen! Wie die Zeit vergeht! Beinah achtzehn! Das würde niemand glauben, wenn man seine Mutter ansieht – wenn ich mir diese Bemerkung erlauben darf, ohne aufdringlich zu erscheinen. Beinah achtzehn! Du liebe Zeit! – Und geht er nun wieder nach Eton – er ist doch natürlich in Eton? – Oder geht er ab?«

»Nein, Ende des Monats fährt er wieder hin.«

»Und was werden Sie dann unternehmen, Frau Jarrold? Doch natürlich nicht auf dieser scheußlich feuchten Insel bleiben? Lieber Gott, nein! Die Sonne – die Sonne ruft uns um diese Jahreszeit, nicht wahr? Die Riviera vielleicht? Oder Ägypten? Aber nicht England – lieber Gott, nein! Man muß fortfahren, ist es nicht so, und wenn es nur um der Gesundheit willen wäre?«

»Reisen Sie, Herr Rivers?«

Er seufzte und kehrte die Handflächen nach oben. »Ach, Frau Jarrold! Geschäftliche Verpflichtungen, Sie wissen ja. Vielleicht ein wenig später ... Eine kurze kleine Spritztour nach Cannes hinüber.«

»Ich kann mir wirklich nicht vorstellen, was Madame Louise ohne Sie anfangen sollte.«

»Zu gütig, Frau Jarrold. Sie schmeicheln mir. Madame Louise ist heute leider nicht hier; eine leichte Erkältung ... Oh, gar nichts Ernstes. Ich habe eine unserer jungen Damen mit ein paar Trauben zu ihr geschickt. Und mit einem Gardenienstrauß. Ein sehr reiner Duft, denke ich immer; finden Sie nicht auch? Ich sehe, Sie tragen Vergißmeinnicht am Mantel. Sehr originell – sehr kleidsam. Keine Orchideen – nein, Vergißmeinnicht. *Viel* vornehmer! Es gibt zu dieser Jahreszeit so wenig Blumen, nicht wahr? Nichts als Orchideen und Gardenien. Und Flieder natürlich; aber das ist kaum etwas fürs Knopfloch. Vergißmeinnicht – daran muß ich mich erinnern. Vergißmeinnicht zur Erinnerung, nicht wahr? Ach, sehr vornehm, ganz reizend. Wir haben alle etwas, woran wir uns gern erinnern, nicht wahr? – Aber, Frau Jarrold, ich darf Ihnen die Zeit nicht damit stehlen, daß ich Ihnen von den Dingen erzähle, an die wir uns alle gern erinnern. Wo sind meine jungen Damen? Ich muß in die Hände klatschen ...«

Er klatschte in die Hände.

Die ganze Zeit hatte sie nur daran gedacht, was für Kleider sie kaufen könnte, um Miles zu gefallen. Sie kannte seinen Geschmack schon. Sie würde etwas Neues und Apartes mit nach Hause nehmen und zum Dinner anziehen.

Herr Rivers, ein ungeduldiger, kleiner, selbstherrlicher Gebieter in seinem Reich, klatschte noch einmal in die Hände.

Als sie nach Hause kam, fand sie Dan allein.

»Endlich, Mutti! Miles war da – er ist wieder fort.«

»Fort?«

»Ja, er sagte, er könne nicht warten. Großmuttchen war auch da.«

»Kam sie, als Miles bei dir war?«

»Ja. Weshalb kommst du so spät, Mutti? Hattest du vergessen, daß Miles kommen wollte? Er ist fast eine Stunde geblieben – Großmuttchen war natürlich schrecklich im Wege – wir konnten über gar nichts reden – es war so langweilig. Miles hat über Rhododendren mit ihr gesprochen. Miles scheint von allem etwas zu verstehen. Großmuttchen war entzückt; ich glaubte, sie wollte überhaupt nicht wieder gehen. Du hättest daran denken sollen, Mutti!«

»Hat Miles irgendeine Nachricht hinterlassen?«

»Ach ja, das habe ich fast vergessen. Er sagte, du könntest ihn anrufen, wenn du wolltest. Er sagte, er diniere bei der Fürstin Sowieso. So ein russischer Name. Ich habe ihn vergessen.«

Sie läutete ihn nicht an.

Aber sie war froh, daß die alte Frau Jarrold – Lady Orlestone – sich gut mit Miles verstanden hatte.

Das Leben in London gestaltete sich komplizierter als das Leben auf Miles' Burg. Miles war in London sehr begehrt. Sie merkte bald, daß sie ihn überhaupt nicht zu Gesicht bekommen würde, wenn sie ihn so behandelte. Und doch tat sie es verdrehterweise weiter. Er blieb bei dieser Behandlung nicht geduldig. Er übte stets und sofort Vergeltung. Die Leute liefen ihm nach, und wenn Evelyn ihn seinen eigenen Vorhaben überlassen wollte, so hätte er genügend Gelegenheiten gefunden. Er erklärte ihr das auch rundheraus. Der Kampf zwischen ihnen hatte begonnen. Sie wollte nicht nachgeben, er ebensowenig.

Schließlich gab sie nach.

Sie dachte an die Tage zurück, die sie auf seiner Burg verbracht hatte. Dort hatten sie manchmal sehr harte Kämpfe ausgefochten, aber im wesentlichen war jeder Tag harmonisch ausgeklungen. Wenn sie am Tage auch als Liebende miteinander gestritten haben mochten, so hatte die Nacht sie doch wieder als Liebende vereint. In der Erinnerung wurden die Tage auf Miles' Burg idyllisch und vollkommen. Sie war klug genug, zu erkennen, daß die Beständigkeit ihres Glükkes in London von ihr – und nur von ihr allein – abhing. Sie mußte Zugeständnisse machen. Miles benahm sich stolz und störrisch. Sie selber war eitel und verwöhnt. Aber ihre verwöhnte Eitelkeit war billig und oberflächlich. Verglichen mit Miles schien sie unbedeutend. Sie mußte sich beugen. Er war ein ganzer Mann und sie nur eine leere Frau – völlig leer außer der Fähigkeit, ihm in seinen Mußestunden zu gefallen. Sie mußte Zugeständnisse machen, sie mußte ihre Eitelkeiten seinen Bedürfnisse unterordnen.

Sie machte sich nichts mehr aus der Kritik der Jarrolds. Sie war entschlossen, unbedingt die Tage wieder auferstehen zu lassen, in denen sie mit Miles so glücklich gewesen war.

Er war auch glücklich – sie spürte es. Er ging mehr aus sich heraus und lebte auf; er quälte sie nicht mehr, als sie ihn nicht mehr quälte. Sie sagte Mason ganz offen, er solle erklären, sie sei nicht zu Hause, wenn Herr Vane-Merrick da sei. Sie hörten die Türglocke läuten und lachten miteinander, wenn sie vernahmen, daß Mason die Tür hinter dem Störenfried wieder zumachte. Sie waren, in Evelyns Wohnung eingeschlossen, sogar noch glücklicher, als sie auf seiner Burg gewesen waren.

Es war warm; es war persönlich. Dan war wieder auf der Schule. Evelyn hatte Gewissensqualen durchgemacht, als er abfuhr, und nicht nur Gewissensqualen, sondern auch Qualen der Liebe. Sie liebte Dan. Sie liebte ihn auf ganz animalische Weise. Seine junge heranwachsende Schönheit bewegte sie; sein junger verwirrter Geist rührte sie; er war ganz ihr Geschöpf. Die Tatsache, daß sein Vater tot war, machte ihn noch ausschließlicher zu ihrem Eigentum, die Tatsache, daß sein Vater überhaupt nicht teilgehabt hatte an der Erschaffung Dans, außer während einer kurzen, widerwärtigen und unwichtigen Stunde. Dan war kein Jarrold.

Sie und Dan hatten den ganzen Abend über dauernd auf die Uhr gesehen. Zum Tee hatte es Toast mit Butter gegeben. Dan liebte wie auch Miles Toast mit Butter; und wenn Evelyn es vielleicht vergessen hätte, so dachte Privett doch stets daran. An dem Tage, an dem Dan nach Eton zurückfuhr, gab es immer Toast mit Butter zum Tee. (Privett war ärgerlich, als Herr Vane-Merrick eines Tages eine Toastgabel mitbrachte.) Und jedesmal standen für Dan zum Mitnehmen zwei Gläser mit Honig und zwei mit Marmelade fertig gepackt in der Halle. Privett hatte sie sorgfältig zu netten Päckchen in festem braunem Papier zusammengepackt.

Dan und seine Mutter beobachteten die Uhr, und beide taten so, als ob sie nicht darauf achteten. Sie machten Konversation; sie sprachen über Newlands; sie sprachen nicht über Miles oder seine Burg oder über sonst etwas, was sie besonders interessierte. Sie wichen diesen Dingen aus. Sie sprachen nicht einmal über das nächste Halbjahr in Eton oder darüber, wie unglücklich er sich dort fühlen werde. Sie waren beide zu bewegt, um die Dinge zu erwähnen, die für sie wirklich von Bedeutung waren.

Um sieben Uhr wurde Evelyn unruhig. »Dan, Liebling, ich glaube, du mußt aufbrechen.«

Sie hatte den Wagen für ihn vorfahren lassen. Er sollte auf die vornehmste Weise zur vornehmsten Schule in England fahren. Und doch bedauerte sie ihn. Miles hatte gesagt, Dan sei auf der Schule wie ein Paradiesvogel in einem Käfig voller Spatzen.

»Dan, Liebling, hoffentlich hast du ein gutes Quartal! Dies Semester ist nur kurz, denk dran! Bald kommen die Osterferien.«

»Wollen wir Miles in den Osterferien wieder besuchen, Mutti?«

»Ich denke, ja. Laß es dir gutgehen, Dan! Laß es dir gutgehen! Hast du alles? Deinen Malkasten? Deinen Handkoffer? Den Mantel?«

»Ja, Mutti, ich hab alles zurechtgelegt, daß es Mason hinunterbringt. – Ach, Mutti, meine Schlittschuhe!«

»Wo sind sie denn, Liebling? Es ist sehr spät – du mußt fahren!«

»Ich hab sie auf Miles' Burg vergessen. Würdest du – könntest du vielleicht – Miles bitten, daß er Frau Munday sagt, sie möchte sie mir schicken? Du siehst Miles doch, nicht wahr? Ich hatte gedacht, der See würde zufrieren. – Es tut mir leid, daß ich dir so zur Last falle.«

»Aber Liebling, du fällst mir doch nicht zur Last!« Sie war durchaus daran gewöhnt, daß er in letzter Minute etwas vergessen hatte.

»Mutti – versprich mir, daß du es mit Miles so einrichtest, daß wir Ostern wieder hinfahren können!«

»Ja, Liebling, ja – aber nun mußt du gehen!«

»Ich werde Schelte kriegen, wenn ich nicht fahre.«

Immer noch zögerte er.

»Dan, es wäre töricht, wenn du unnütz zu spät kämest – nicht wahr?«

»Mutti, kannst du nicht im Wagen bis Eton mitkommen?«

Sie stand zwischen zwei schmerzenden Wünschen: Miles wollte zum Essen kommen. Zum erstenmal seit dem Anfang der Ferien würden sie allein sein.

»Liebling, wegen dreiviertel Stunden?«

»Ach ja, es ist töricht, ich weiß. Ich sehe dich ja in den Ferien. – Was zum Teufel hat Mason mit meinen Sachen angefangen? Mutti, du solltest den Mann hinauswerfen! – Ach, da sind Sie ja, Mason! Wo ist mein Mantel? Leb wohl, Mutti! Bis zu den Ferien! Leb wohl!«

Er raste die Treppen hinunter.

Evelyn ging allein in die Wohnung zurück. Der Abschied von Dan erschütterte sie jedesmal. Sie hatte das Gefühl, daß sie ihn wieder zu drei Monaten unnötigem und doch notwendigem Leiden verurteilte. Diesmal empfand sie ein besonderes Schuldgefühl ihm gegenüber, weil sie ihn in den vergangenen drei Wochen als Schutzschild gegen die Welt benutzt hatte, ohne daß es ihm bewußt geworden war. Armer kleiner Dan! So großmütig, so naiv, so erregbar, so herzlich! Ihr Herz folgte ihm, als der Wagen ihn durch die dunklen Straßen von Hammersmith und über die große Fernstraße nach Westen trug.

Aber in der Wohnung war es warm und anheimelnd. Miles und sie waren allein. Innerlich hatte sie den Entschluß gefaßt, daß Miles diese Nacht in London bleiben sollte. Sie würde ihn dazu bringen, daß er blieb. Sie sagte Mason, er könne zu Bett gehen. Dan, der inzwischen in Eton angekommen war, schleppte seinen Malkasten die hölzernen Treppen hinauf und warf ihn in seinem kahlen kleinen Zimmer zu Boden.

Nach dem Essen glaubte sie, Miles sei in günstiger Stimmung. Er war anscheinend froh gewesen, sie nach der langen Unterbrechung der Ferien allein zu finden; und obwohl ihr Herz noch um Dan schmerzte, war sie glücklich, die Einsamkeit mit Miles zu teilen. »Ich dachte, dir hätte es Spaß gemacht, mit Dan zu reden«, sagte sie eifersüchtig und hoffte, einen Widerspruch zu hören. »Es macht mir wirklich Freude, mit Dan zu reden«, sagte er ohne zu zögern und ganz ehrlich, »aber ich bin lieber mit dir allein.« Davon war sie befriedigt. Sie ließ Miles zu ihren Füßen sitzen, und während ihre Hand auf seinem Haar ruhte, schmiedete sie Pläne, wie sie ihn über Nacht in London behalten könnte. Sie wußte, daß er sein Buch zu schreiben hatte; sie wußte, daß er schwer arbeitete; aber sie konnte nicht einsehen, daß vierundzwanzig Stunden so viel ausmachen sollten.

»Miles bleib bei mir; bleib nur dieses eine einzige Mal bei mir! Schenk mir diesen Abend! Es kann doch kein so großer Unterschied sein, ob du heut nacht oder morgen früh zu deiner Arbeit zurückkommst! Du wirst heut nacht doch nicht mehr arbeiten; du kommst viel zu spät zur Burg.«

»Aber ich fange morgen früh gleich nach dem Frühstück an zu arbeiten.«

»Ja, ich weiß, aber wenn du morgen den Zug neun Uhr fünfzehn nimmst, bist du Viertel nach elf zu Hause. Du verlierst nur ungefähr eine Stunde. Miles, bitte! Nur dieses eine einzige Mal!«

Er konnte ihren flehenden Augen kaum widerstehen. Und doch sagte er: »Aber es ist nicht nur dieses eine Mal. Es sind neun von zehn Malen – nein, das ist übertrieben – es sind drei von zehn Malen.«

»Wenn du mir die Stunden so vorrechnest«, sagte sie und ließ ihn frei, »ist es besser, du gehst.«

Da blieb er natürlich.

Aber er liebte sie weniger danach. Er schätzte es, sich das Leben nach dem Stundenplan einzurichten: eine Zeit für die Arbeit, eine Zeit für die Spaziergänge, eine Zeit für Lesen, eine Zeit für die Liebe. Evelyn störte in diesem System; für sie waren alle Zeiten für die Liebe da. Im Gegensatz zu ihm hatte sie nichts anderes mit ihrer Zeit zu tun, als ihr Freude abzuringen. Überdies liebte sie sehr heftig und schmerzlich, da sie noch niemals wirklich geliebt hatte. Als sie Thomas Jarrold heiratete, hatte sie geglaubt, ihn zu lieben, weil es eben so dazugehörte, wenn man sich verlobte; doch jetzt entdeckte sie den Unterschied. Der Unterschied war so groß, daß sie für Miles, der ein tätiger Mensch war, unbedingt zu einer Last werden mußte; und je klarer sie einsah, daß sie lästig wurde, desto lästiger machte sie sich. Je stärker er widerstrebte, desto hartnäckiger wurde sie. Ihre Beweggründe waren verschiedenster Art: Teils wollte sie ihn sich unterwerfen, teils sehnte sie sich nach seiner Gegenwart. Eitelkeit und Leidenschaft brachten Miles' Stundenplan in Unordnung und führten zu unzähligen Streitereien und Versöhnungen zwischen ihnen – zum Streit der entgegengesetzten Wünsche, zur Versöhnung der leidenschaftlich Liebenden. Das alles war sehr zermürbend, obwohl sie ihm, wenn sie ihren Willen einmal durchgesetzt hatte, die Überzeugung einzuflößen verstand, daß die verlorene Zeit in ihren Armen angenehm verloren sei. Aber er wußte, daß solch vorübergehender Rausch, so verführerisch er auch sein mochte, doch recht unwirklich war. Die Wirklichkeit war anders: Sie bestand aus seiner Burg, seinem Gut, seinen neuen Gittertoren; aus seinen Plänen, aus dem Buch, das er schrieb, aus Bretton; selbst aus dem Unterhaus, aus seinem Verkehr mit den verschiedenen Menschen, die er kannte; aus seinen Büchern, Gedichten, aus seiner Liebe zur Musik, seinem Interesse an hundert Dingen – nicht allein aus Evelyn und aus seiner Liebe. Liebe und eine Frau genügten einem tätigen Geist nicht. Liebe und ein Mann jedoch waren mehr als genug für ein hungriges Herz und einen unbeschäftigten Geist. Miles erfuhr dies und mußte dafür zahlen; Evelyn erfuhr es nie – und zahlte dennoch.

Er blieb; ungern zu bleiben ist schlimmer, als gar nicht zu bleiben.

Es gab noch anderes, womit sie ihn reizte. Sie erwartete, daß er ihr jeden Tag schrieb, wenn sie nicht zusammen waren, doch gleichzeitig scheute sie sich davor, daß die Dienstboten jeden Morgen seinen Brief mit der Frühpost ankommen sahen. Sie müßten seine Handschrift kennen, sagte sie; sie müßten sie wiedererkennen; und sie würden ihre Schlüsse daraus ziehen. »Gut«, sagte Miles geduldig, »ich werde die Umschläge tippen.« Das genügte ihr eine Zeitlang; dann schlug sie ihm vor, die Art seiner Umschläge zu wechseln. Er sagte: »Man könnte wirklich meinen, dir spioniere ein eifersüchtiger Ehemann nach!« Und obwohl er lachte, als er das sagte, tat er ihr nicht den Willen, sondern steckte weiter seine Briefe in die blauen Umschläge, die er auf seiner Burg benutzte. »Meine Liebe«, sagte er überlegen, als sie ihm vorwarf, er nehme keine Rücksicht auf ihre Gefühle, »Mason und Privett können den Poststempel sehen, welche Farbe der Umschlag auch haben mag«. »Sie sehen doch nicht immer auf den Stempel«, wandte sie ein, »aber dein leuchtendblaues Papier kann man eine Meile weit erkennen.«

»Ja«, sagte er, »es ist die Farbe des Sommerhimmels.«

Das war stets das Ende ihres Streites mit Miles: Er schlug sie mit einer Redensart.

Er war gereizt, doch war er verliebt genug, sich selber einzureden, daß ihre komischen Bedenken bezaubernd seien. Sie waren ein Teil ihres äußerlichen Menschen, und er hätte sie nicht anders haben wollen – das redete er sich ein. Sein Blick für die Wahrheit wurde von seinem neuen Erlebnis getrübt, von dem Erlebnis zu lieben. Er hatte immer gemeint, daß er das klare Denken über alles andere stelle; nun erkannte er, daß die Liebe ein Feind davon sei. Entweder mußte er Widerstand leisten, oder er mußte zulassen, daß er besiegt wurde. Bis zu einem Punkte erlaubte er es sich, besiegt zu werden. Aber nur bis zu einem gewissen Punkte.

Dan kam vor den Ferien aus Eton zurück. Er kam zurück, weil sein Großvater starb. Ein kräftiger Mann, ging William Jarrold ganz plötzlich dahin. Am 10. Februar erkältete er sich, und am 25. war er tot. Man schickte nach Evelyn, und sie erlebte seine letzten Stunden. Er kämpfte hartnäckig gegen die doppelseitige Lungenentzündung. Dr. Gregory war hoffnungsvoll, Dr. Gregory, der Hausarzt, den man aus London gerufen hatte, weil der alte Mann an ihn gewöhnt war und seine Medizin nehmen würde, während er die eines andern verweigerte. Aber Dr. Gregory war eigentlich immer hoffnungsvoll; wenn man Dr. Gregory zuhörte, konnte man glauben, daß es so etwas wie Tod und Gefahr auf der Welt gar nicht gebe. Der andere Arzt, ein Fremder, auch aus London, hatte weniger Hoffnung; er sagte ganz offen, wenn Leute im Alter von Lord Orlestone doppelseitige Lungenentzündung bekämen, so lasse sich nicht leugnen, daß es eine ernste Sache sei. Mit einem Wort: Der andere Arzt, der Fremde, gab ihm vierundzwanzig Stunden, doch William Jarrold übertrumpfte ihn um fast eine Woche.

Bis zum letzten Augenblick seines Bewußtseins bestand er darauf, seine Briefe zu unterschreiben. Evelyn bewunderte den alten Mann wegen seiner Zähigkeit, obwohl sie ihren Respekt vor dieser körperlichen Zähigkeit und Energie nicht ganz verstehen konnte. Sie schienen eine zufällige Gabe zu sein, die einem von einer guten Fee achtlos in die Wiege gelegt wurde. Es gab keinen wirklichen Grund dafür, weshalb sie ihren Schwiegervater mehr achten sollte, weil er sich (eine Woche lang) weigerte zu sterben. Die einzige Erklärung, die sie sich selber zu geben vermochte, war die, daß es die Bewunderung für die Lebenskraft sei, die ihn aufrechterhielt. Eine Woche mehr oder weniger war bei fünfundsiebzig Jahren unwichtig. Aber sie hatte Herrn Jarrold immer geliebt, und ihre Liebe wuchs bei seiner Weigerung zu sterben. Bretton hätte vielleicht gespöttelt, aber sie fühlte, daß mit ihm ein Stück des viktorianischen England gestorben, und schwer gestorben war.

Die gewohnte heitere Atmosphäre von Newlands wandelte sich, sobald bekannt wurde, daß sein Herr im Sterben lag. Der Glaube an ein vorübergehendes Unwohlsein wich einer beunruhigenderen Sorge. Das Gespenst der Gefahr erschien plötzlich in der Sicherheit dieses Ortes. Man hatte so getan, als gebe es gar keinen Tod – und plötzlich war er gegenwärtig. Hester rief Evelyn an und schlug ihr vor, zum Wochenende herüberzukommen, »um uns ein bißchen aufzuheitern«. Es wurde nicht gesagt, daß ihre Anwesenheit dringend erforderlich sei. Natürlich fuhr Evelyn mit dem nächsten Zug und fand, daß die ganze Familie sich bemühte, den Anschein aufrechtzuerhalten, als sei alles, wie es sein sollte.

Die Bibliothek war bei dem unbarmherzigen elektrischen Licht hell wie immer; alle saßen um den Teetisch und hänselten und neckten sich wie gewöhnlich; nur wurden hin und wieder Blicke gewechselt, irgendein Mitglied der Familie erhob sich und schlüpfte aus dem Zimmer, um zehn Minuten oder länger fortzubleiben, und kehrte dann zurück, um den leeren Platz wieder einzunehmen; nach einigen Augenblicken pflegte jemand zu fragen: »Nun?«, und die Antwort lautete: »Die Schwester ist heute abend anscheinend nicht so ganz zufrieden... er ist ziemlich unruhig.« Und dann kamen Fragen über Temperatur und Puls, die mit ganz veränderter Stimme gestellt wurden.

Man beriet darüber, ob Evelyn ihn sehen dürfe oder nicht. Einerseits könnte ihre Ankunft ihn zu sehr anstrengen und könnte ihn auf den Gedanken bringen, daß er kränker sei, als er glaubte; andererseits hatte Evelyn stets einen guten Einfluß auf ihn ausgeübt: Ihr Anblick könnte ihn aufheitern. Eines Tages schien es ihm ein wenig besser zu gehen und seine Stimmung sich zu beleben; am nächsten Morgen ging es ihm anscheinend wesentlich besser, und der Arzt war der Meinung, es sei vorteilhaft, sie zu ihm zu lassen. Allerdings nur einen Augenblick. Hester brachte sie hinauf, obwohl Evelyn den Weg genau kannte; Hester drückte die Klinke herunter, hielt sie fest und zog die Tür an, als sie die Klinke herunterdrückte, dann gab sie der Tür rasch einen kleinen Stoß, so daß sie sich geräuschlos eine Handbreit öffnete. »Geh hinein!« flüsterte sie Evelyn zu. »Ich schließe wieder hinter dir.«

Das Zimmer lag im Halbdunkel; ein ungewisses rosiges Licht drang durch die zugezogenen Vorhänge. Vor dem Kamin stand ein Wandschirm, und in dem Viereck, das so entstand, saß die Schwester in ihrem Sessel vor einem kleinen Tisch, auf dem zwischen Füllfederhalter und Fieberkurve einige Flaschen, Krüge, eine Tasse standen. Evelyn konnte die Zickzackstriche der Temperatur sehen, die auf und ab gingen und zu Gipfeln und Klüften wurden wie der geographische Aufriß einer Gebirgskette. Hinter dem Wandschirm stand das Bett, in dem jemand ganz still lag. Die Schwester stand rasch und leise auf und legte den Roman weg, in dem sie gelesen hatte. Sie lächelte Evelyn zu und nickte schweigend, als seien sie Verschwörerinnen.

»Lord Orlestone«, sagte sie mit deutlicher Stimme, während sie zum Bett hinüberging, »Frau Jarrold ist hier und möchte Sie besuchen.« Dabei winkte sie Evelyn heran.

»Papa?« sagte Evelyn in der tapferen Art, die man denen gegenüber annimmt, die sehr krank sind; sie war ganz nah ans Bett getreten.

In dem rosigen Halblicht sah sie ihn nur undeutlich. Sie konnte gerade seinen Kopf, der sich ins Kissen eindrückte, und die Hände erkennen, die auf der Decke lagen.

»Papa«, sagte sie noch einmal. »Ich bin so froh, daß es dir besser geht.«

»Wer ist das?« fragte er und bewegte sich ein wenig. »Evelyn? Geht's dir gut, meine Liebe? Nett, daß du kommst. Dan auch hier? Wie?«

»Nein, Papa, Dan ist nicht da. Dan ist in der Schule.«

»Haben Sie also den Erben noch nicht kommen lassen?« Er kicherte ein wenig – sehr schwach – über seinen Scherz. »Weißt du, sie sagen mir nicht viel, meine Liebe – diese verdammte Schwester, wie? –, aber solange sie den Erben nicht kommen lassen – was?«

Er ist sehr schwach, doch geistig völlig klar, dachte Evelyn. »In vierzehn Tagen bist du wieder unten, Papa.«

Er versuchte, ihr mit dem Finger zu drohen, doch die Anstrengung, den Arm zu heben, war zuviel für ihn, und die Hand fiel zurück auf die Decke.

»Nett, dich zu sehen, meine Liebe«, murmelte er, »nett, daß du gekommen bist.«

Die Schwester winkte sie hinaus.

Die Beerdigung fand in Orlestone statt. Nicht in Newlands. Der alte Mann hatte einen Brief hinterlassen, der deutlich seine Wünsche enthielt und Anweisungen, wie sie ausgeführt werden sollten. Auf keinen Fall, schrieb er, solle seine Leiche verbrannt werden. Er halte nichts von solchen neumodischen Ideen. Beerdigt, und anständig beerdigt, wolle er werden in der Nähe der Gruben, die den Reichtum seiner Familie begründet hätten. Er wolle bei seinem Vater und Großvater beerdigt werden, und er hoffe, daß sein Enkel (obwohl er ihm natürlich keine Verpflichtung auferlegen könne), wenn für ihn die Zeit komme, auf demselben Platz und auf gleiche Weise beerdigt werde.

Zu seiner Beerdigung kam die ganze Familie. Entfernte Vettern, von denen Evelyn kaum gehört hatte, tauchten auf und waren stolz auf ihre Verwandtschaft mit den Jarrolds. Sie gaben den Pressevertretern genau ihre Namen an und hofften, sie am nächsten Tag in der *Times*, der *Morning Post* oder im *Daily Telegraph* zu lesen. (Tatsächlich berichtete die Presse: Lady Orlestone, die Witwe; Herr Daniel Jarrold, Enkel; Herr Gottfried Jarrold, Sohn, und Frau Gottfried Jarrold; Herr Evan Jarrold, Sohn; Frau Thomas Jarrold, Schwiegertochter; Fräulein Ruth und Fräulein Minnie Jarrold, Enkelinnen; Herr Robin Jarrold, Enkel.)

Dan geriet durch den Tod und die Beerdigung ganz außer Fassung. Er hatte Sonderurlaub von Eton bekommen und blieb über Nacht in der Wohnung seiner Mutter. Auch der Anblick der mittelenglischen Landschaft, die da unter einem Nebel von Qualm lag, während er Windsor doch im hellen Schein der Februarsonne verlassen hatte, die riesigen Scharen von Berg- und Fabrikarbeitern, die dem Sarge seines Großvaters gefolgt waren, all das brachte ihn aus dem Gleichgewicht. Die Verantwortung jedoch, die ihm plötzlich zugefallen war, hatte ihn bis jetzt noch nicht unsicher gemacht; dazu war er zu jung und zu schüchtern. Er war sich der Macht noch nicht bewußt, die ihm in die Hand gegeben war. Aber fassungslos stand er vor dem Tode, mit dem er nicht vertraut war, und vor dem rauchigen mittelenglischen Hintergrund des Lebens seines Großvaters. Das schien so verschieden von dem heiteren Luxus von Newlands! Doch Newlands war darauf entstanden; der Goldregen und die Rhododendren in Newlands waren ebenso aus der Kohle von Orlestone entstanden, wie die Kohle von Orlestone aus den verfaulenden urzeitlichen Wäldern entstanden war. Er saß vor dem Kamin in der Wohnung seiner Mutter, stützte den Kopf in die Hände und vermochte den Tod nicht zu begreifen.

Evelyn versuchte, ihn zu trösten. Sein Großvater, sagte sie, sei ein alter Mann gewesen; es war ganz natürlich, daß er dahingehen mußte. Aber es war nicht sein Dahinscheiden, das Dan quälte, es war der Gedanke daran, daß sein Großvater in der Erde verweste.

»Er wollte sich nicht verbrennen lassen, Mutti – weshalb nicht?«

»Großpapa glaubte an die Auferstehung des Fleisches, Liebling.«

»Aber wenn der Körper aus einem Skelett auferstehen kann, kann er auch aus der Asche auferstehen. Entweder kann er auferstehen, oder er kann nicht auferstehen. So ist es doch? Das eine ist doch ebenso vernünftig oder unvernünftig wie das andere.«

Evelyn wußte keine Erwiderung. Logik war nicht ihre Stärke. Ebenso wie sie an die Macht der menschlichen Leidenschaft glaubte und nach diesem Glauben lebte, besaß sie auch einen instinktiven, nicht zweifelnden Glauben an die Dogmen der Kirche. Im tiefsten Grunde folgte sie ihrem Instinkt, nicht ihrem Verstande. Sie konnte für einen Menschen Freundschaft empfinden, der nicht jeden Sonntag zur Kirche ging, aber sie war insgeheim erschüttert, als Dan die althergebrachte Sitte des christlichen Begräbnisses in Frage stellte. Sie hing an der Tradition der Familiengruft.

»Es ist doch bestimmt hygienischer, sich verbrennen zu lassen, Mutti?«

»Du sollst nicht über solche Dinge nachdenken, Dan!«

»Aber Mutti, es ist doch hygienischer. Man braucht nicht soviel Platz. Und man sickert anderen Leuten nicht in die Wasserleitung.«

»Dan! Was meinst du damit?«

»Nun, der Friedhof von Orlestone steht unmittelbar neben dem Wasserwerk. Das hast du gewiß bemerkt. Großpapa wird viele Jahre lang aus den Wasserhähnen seiner Bergarbeiter tropfen... zehn Jahre lang... bis er ein Skelett ist. Es dauert zehn Jahre, ein Skelett zu werden, besonders wenn man in einem teuren Sarge beigesetzt wird.«

»Dan! Du darfst so etwas nicht sagen! Das ist gräßlich, das ist krankhaft.«

»Nein, Mutti, es ist die Wahrheit.«

»Dan, hör auf! Ein Junge in deinem Alter sollte nicht solche Gedanken haben. Willst du, daß ich mir die Ohren zuhalte? Dein armer Großvater! – Kann er nicht Frieden im Grabe finden?«

»Er hat keinen Frieden, Mutti. Ich habe eine Predigt von Donne gelesen...«

»Donne? Wer ist Donne?«

»Er ist ein Dichter des siebzehnten Jahrhunderts, von dem niemand Notiz genommen hat; erst in letzter Zeit... Und er ist außerdem Geistlicher gewesen.«

»Miles hat dir all das erzählt.«

»Nein, Miles nicht, ich hab es selber herausgefunden. Und Donne hat eine Predigt darüber gehalten, daß man von Würmern gefressen wird – ich will sie dir zitieren. Ich hab sie auswendig gelernt. ›Dieser posthume Tod, dieser Tod nach dem Tode, nein, dieser Tod nach der Beerdigung, diese Auflösung nach der Auflösung, dieser Tod der Fäulnis und Verwesung, des Würmerfraßes und Aschewerdens, der Auflösung und des Zerfalles in und aus dem Grabe. Erbärmliches Rätsel, wenn derselbe Wurm meine Mutter und meine Schwester sein muß. Elende Blutschande, wenn ich meiner eigenen Mutter und Schwester vermählt werden muß und den Wurm füttern, lecker an mir füttern soll...«

»Dan, bitte, hör auf! Ich kann's nicht ertragen.«

»Nein, die Leute, die seine Predigten hörten, konnten es auch nicht ertragen. Sie wurden ohnmächtig hinausgetragen.

Aber es ist wahr – du kannst nicht sagen, es sei nicht wahr. Donne war ein Realist.«

»Er war ein Gotteslästerer«, sagte Evelyn mit ärgerlicher Energie.

»Alle Realisten nennt man Gotteslästerer«, sagte Dan.

Er wuchs heran. Der Junge hatte sonderbare, empörende Ideen.

»Das hat dir Miles erzählt«, sagte Evelyn noch einmal.

»Allerdings«, sagte Dan diesmal ganz heiter, »er hat's mir erzählt.«

Dan fuhr als Eigentümer von Newlands und der Berg- und Hüttenwerke von Orlestone nach Eton zurück. Evelyn machte sich Sorgen. Sie waren reicher als je, aber sie fürchtete die Verantwortung, die in Dans jungen Händen lag. Bei ihrer stark konservativen Einstellung fürchtete sie den Gebrauch, den er davon machen würde. Sie hielt ihn für zu jung, zu schwärmerisch und zu ziellos. Sie war nach der Theorie erzogen worden, daß man »diese Arbeiter in der Stellung zu halten hätte, die ihnen gebührt«. Sie hatte den ungewaschenen Armen gegenüber die traditionelle Einstellung der Wohlhabenden. Sie empfand ein unklares Mitleid mit ihnen; aber sie mochte sie nicht und beruhigte ihr Gewissen damit, daß sie sagte, diese Leute würden sich unter veränderten Lebensumständen gar nicht wohl fühlen. »Weißt du«, sagte sie gewöhnlich – und ihre Bekannten sagten dasselbe –, »wenn man ihnen anständige Kleider gäbe, trügen sie sie bloß aufs Pfandhaus, und wenn man ihnen ein Bad gäbe, bewahrten sie die Kohlen darin auf.« Damit war diese beunruhigende Angelegenheit beigelegt. Solange man die Elendsviertel von Orlestone nicht aufsuchte, konnte man sie vergessen, oder man konnte sich dabei beruhigen, daß die Leute, die dort lebten, einen andern Lebensstandard hätten als man selber. Aber sie hatte das unbehagliche Gefühl, daß Dan nicht diesen Standpunkt einnehmen würde, wenn er sich seiner neuen Stellung erst bewußt wurde; und Miles würde auf seiner Seite stehen, nicht auf ihrer. Nicht, daß sie gewünscht hätte, daß Leute in Elendsvierteln wohnten. Sie hatte nur Furcht, Dan könne plötzlich etwas allzu Revolutionäres und Unangenehmes anstellen. Es wäre viel schöner und beruhigender und viel weniger anstrengend, wenn er sich nur ein paar Jahre lang nach den normalen Gewohnheiten richten wollte. Wenn er erst fünfundzwanzig wäre, könnte er ja selber entscheiden. Sie wagte nicht, mit Miles darüber zu sprechen.

Miles war gleichzeitig spöttisch und erfreut. »Endlich habe ich, was ich wollte: einen jungen Kapitalisten, der ganz in meiner Gewalt ist.«

»Miles, was hast du mit dem Jungen vor?« Da sie sich wirklich Sorgen machte, war sie im Innersten froh über seinen Einfluß auf Dan.

»Ausnutzen will ich ihn natürlich, meine Liebe. Sein Geld ausnutzen und seinen ganz sicheren Sitz im Oberhaus ausnutzen, der mir sehr zupasse kommt. Ausbeuten will ich ihn, richtig ausbeuten.«

»Miles! Das ist gräßlich!«

»Was ist gräßlich? Das Beste aus dem Jungen und seinen Möglichkeiten herauszuholen, weil er meinen Worten zufällig ein wenig Aufmerksamkeit widmet? Ist das gräßlich?«

»Nein – aber weil seine Mutter zufällig deine Geliebte ist.« Ein sinnlicher Schauer überlief sie, als sie das sagte.

»Das hat gar nichts damit zu tun – ich hätte Dan auch kennenlernen können, wenn wir beide uns nie gesehen hätten. Ich hätte in der Politischen Gesellschaft in Eton mit ihm zusammenkommen können.«

»Wie kalt du bist, Miles!«

»Nein, nicht kalt. Vernünftig.«

»Ich hasse die Vernunft.«

»Das tun die meisten Frauen.«

»Ich nehme an, daß das der Grund ist, weshalb Frauen die Männer langweilen, außer wenn sie in ihren Armen liegen und die Vernunft nicht mehr zählt.«

»Ja, so wird es sein.«

»Miles, jetzt zanken wir uns.«
»So? Ich dachte, wir hätten nur eine Auseinandersetzung.«
»Auseinandersetzungen sind immer Zank.«
»Ja, vielleicht – für Frauen.«
»Miles, du haßt mich manchmal, nicht wahr?«
»Nein – nur wenn du sagst, ich haßte dich.«
»Ich bin eine Närrin, Miles. Ich will's nicht wieder tun.«

Miles bat sie, zu einigen seiner Freunde zum Essen zu kommen; er wolle gern, daß Evelyn sie kennenlerne – Viola und Leonard Anquetil. Zuerst rebellierte ihr Hang zum Konventionellen. »Ich kann nicht zu Leuten zum Essen gehen, die ich nicht kenne!«

»Aber sie haben dich doch eingeladen.«

»Woher wissen sie denn etwas von mir? Was hast du ihnen erzählt?«

»Ich hab ihnen die Wahrheit gesagt, es ist schon endlos lange her. Stört es dich? Ich war ein paar Tage nach dem Ball im Chevron-Haus zum Essen bei ihnen und konnte es nicht für mich behalten.«

Diese Worte bereiteten ihr eine solch ungeheure Freude, daß es sie fast schmerzte; Unruhe und Mißtrauen schwanden.

»Natürlich komme ich, wenn du es wünschst. Werden noch andere Leute dasein?«

»Vielleicht ein paar Menschen. Ich werde Viola sagen, daß sie weiter keine Frauen einladen soll, weil ich möchte, daß du dich mit ihr anfreundest. Zieh kein Abendkleid an – sie machen nie Toilette.«

Das kam Evelyn sehr merkwürdig vor; jeder, den sie kannte, zog sich zum Essen um, die Jarrolds und die Leute, die Miles sarkastisch ihre feinen Freunde nannte, die Bridge spielende Clique von Elisabeth Tscharskaja und ihresgleichen. Sie stellte fest, diese Anquetils müßten Bohemiens sein. Sie hatte schon von ihnen gehört; Leonard Anquetil war bekannt als Forschungsreisender, der die einzige Tochter aus dem Chevron-Haus geheiratet hatte.

»Vielleicht ist Bretton da«, sagte Miles.

»Bretton?« Den hätte Evelyn zuallerletzt mit dem Chevron-Haus in Verbindung gebracht.

»Sie haben ganz verschiedene Freunde«, sagte Miles und gab keine weiteren Erklärungen.

Sie fühlte sich merkwürdig befangen, als sei sie ein junges Mädchen, die Verlobte von Miles, und er führe sie bei seinen Bekannten zur Begutachtung vor. »Zieh kein Abendkleid an!« hatte er gesagt, deshalb wußte sie nicht, was sie tragen sollte, da dieser Verzicht auf die üblichen Konventionen sie ein wenig außer Fassung brachte. Das Abendkleid war eine Formel, eine Sicherheitswache – wie die guten Manieren; es war ein Teil von alldem, was die Räder des Lebens ölte. Evelyn billigte diese Dinge; sie war sehr auf sie bedacht, und sie fühlte sich immer ein bißchen unbehaglich, wenn sie Miles' äußerste Geringschätzung dafür beobachtete. Sie war eifersüchtig auf diese Freunde, die offenbar den Dingen, die sie noch für wesentlich hielt, völlig gleichgültig gegenüberstanden. Sie waren besser auf Miles abgestimmt als Evelyn. Sie war von vornherein in instinktiver Feindseligkeit gegen sie eingestellt und entschied bei sich, daß sie sich nur wichtig machten.

Sie zog eine schwarzseidene Bluse mit einem lose geknoteten scharlachfarbenen Halstuch an. Es sah nachlässig aus, war jedoch in Wirklichkeit außerordentlich teuer und gesucht – eine von Herrn Rivers' malerischen Schöpfungen. Herr Rivers sagte gewöhnlich, daß nur wenige seiner Kunden es fertigbrächten, gleichzeitig malerisch und elegant auszusehen, Frau Thomas Jarrold sei jedoch eine dieser Ausnahmen. Als Evelyn vor dem Spiegel saß, war sie mit ihrem Bild zufrieden. Das rote Tuch paßte gut zu ihrem kleinen Kopf und den dunklen Locken. Sie war froh, eine Frau zu sein, die in allen Kleidern gut aussah, ob sie auf dem Lande, im Ballsaal oder auf der Straße war oder ob sie sich wie heute abend anzog. Sie wünschte nur, daß ihr Herz ebenso schnell in Ordnung zu bringen wäre wie ihr Äußeres: Diese Qualen, die sie duldete, seit Miles in ihr Leben getreten war, ertrug sie nicht, und sie fürchtete sich vor ihrer eigenen Leidenschaftlichkeit sogar jetzt, da sie an ihrem Toilettentisch saß und sich die Nägel polierte.

Miles holte sie ab. Er war besonders heiter. »Wie schön!« sagte er und war noch jungenhafter als sonst; als er sie von Kopf bis Fuß gemustert hatte, sagte er, sie sei reizend und mache ihn ganz stolz. Sie lächelte ein wenig traurig, da ihr der Altersunterschied zwischen ihnen plötzlich wieder bewußt wurde. Wie viele Jahre lang würde er sie seinen Freunden noch vorführen wollen? Es war lächerlich, daß sie sich wie ein junges Mädchen vorgekommen war, das mit Miles verlobt sei. Da waren die Bilder, die einem bei der freundlichen Verführung durch das gedämpfte elektrische Licht in den Kopf kamen.

Er war in einer seiner reizenden Stimmungen. Sie hätte gern den Grund gewußt und wurde argwöhnisch.

»Miles«, sagte sie, als sie in ihrem Wohnzimmer saßen und jeder ein Glas Sherry tranken, »erzähl mir doch mehr von deinen mysteriösen Freunden!«

»Ein Weckglas voll Biographie?« fragte er, sah sie an, und seine Augen funkelten und waren voller Lachen.

»Natürlich weiß ich die bekannten Tatsachen über sie. Erzähl mir etwas mehr! Wie alt sind sie zum Beispiel, und sind sie sehr aufregend?«

»Alter: Viola muß zwei- oder dreiundvierzig, Leonard ungefähr zehn Jahre älter sein. Aufregend: Das mußt du selbst beurteilen. Manche Leute finden sie aufregend. Ich kenne sie zu gut.«

»Magst du sie sehr gern, Miles?«

»Ich verehre sie beide; doch wenn du meinst, ob ich mal in Viola verliebt gewesen bin – das ist nicht der Fall. Siehst du, manchmal bin ich auch schlau. Das hast du doch gemeint, nicht wahr? Glaubst du nicht, daß wir jetzt aufbrechen sollten?«

Er neckte sie, aber er nahm sie dabei in den Arm und küßte

sie. Sie mißtraute ihm, konnte ihm aber nicht widerstehen. In einer überschwenglichen Glücksstimmung ging sie die Treppe vor ihm hinunter.

Ihre Stimmung änderte sich, als sie das Haus der Anquetils erreichten, denn sie fühlte sofort, daß Miles völlig ungezwungen war. Er war in dieser Wohnung zu Hause. Anquetil öffnete ihnen selber die Tür – ein magerer, grauhaariger Mann mit zerfurchtem Gesicht und verschlossenem Wesen, unordentlich mit einer alten Jacke und grauen Flanellhosen bekleidet. Er nickte Miles zu und war bei der Vorstellung Evelyn gegenüber recht zurückhaltend, als finde er, daß diese Konzession an die üblichen Gepflogenheiten ein Kraft- und Zeitverlust sei. »Kommt herein!« sagte er und nahm im dunklen Flur die Pfeife aus dem Munde.

Das Wohnzimmer war ein Atelier zu ebener Erde. Es war groß, dämmerig und schwer zu beschreiben. Mehrere Leute standen um das Kaminfeuer, zwei, drei Männer, ein Mädchen, eine Frau. Das Mädchen sah hübsch und herausfordernd aus; es hatte kurze goldblonde Locken und trug eine lange blaue chinesische Jacke und schwarze Satinhosen. Evelyn wußte sofort, daß all diese Menschen sich sehr nahestanden und daß auch Miles sehr vertraut mit ihnen war. Da sie spürte, daß sie ganz außerhalb dieses Kreises stand, war sie ärgerlich über Miles, daß er sie hierhergebracht hatte. Das war keineswegs die Welt, an die sie gewöhnt war, und sie nahm es übel, daß Miles seit Jahren mit dieser Welt vertraut war, die sie gar nicht kannte. Sogar ihre Freude darüber, daß er diesen Leuten, diesen Anquetils, sein wirkliches Verhältnis zu ihr enthüllt hatte, nahm sie ihm nun, da sie ihnen gegenüberstand, übel, obwohl sie den Grund dafür nicht hätte erklären können.

Und trotzdem gefiel ihr Viola Anquetil. Sie kam ihr entgegen, um sie zu begrüßen, eine ruhige, große, beherrschte Frau, in venezianisches Rot gekleidet. Viola Anquetil war eine schöne Frau im mittleren Alter; wie bei einer Statue lag ihr dunkles Haar glatt gescheitelt über der Stirn und war im Nacken zu einem Knoten zusammengenommen. Ihre Hand war kühl und schlank, ihr Auftreten ruhig. Evelyn, die gehört hatte, Viola sei aufregend, spürte, daß diese Frau ein sehr tiefes Eigenleben hatte. Sie spürte, daß der Lebensstrom in diesem Hause tief und stark und reißend floß und daß alle Heiterkeit von der Frau ausging.

Ganz gewiß ging sie nicht von dem Mann aus; jedem Mann, der solch ein zerfurchtes Gesicht hatte, mußte die Heiterkeit von Natur aus fremd sein. Die Heiterkeit war das Geschenk der Frau für ihn, und ihre Harmonie umhüllte sie wie ein Lichtschein. Nicht, daß sie miteinander gesprochen oder sich nur angeblickt hätten; das war unnötig. Aber es war deutlich, daß sie zutiefst und bedingungslos miteinander verbunden waren.

Alles war sehr zwanglos. Viola stellte ihren Sohn vor, einen ausgelassenen Jungen etwa in Dans Alter. Sie stellte das Mädchen als Inez Marston, den anderen jungen Mann als Herrn Allen vor. Evelyn sagte keiner dieser Namen etwas. Niemand nahm weiter Notiz von ihr oder machte irgendein Aufhebens um sie, alle führten vielmehr die unterbrochene Unterhaltung fort. Das Mädchen und Bretton saßen auf einem Sofa und sprachen sehr ernsthaft miteinander; das Mädchen redete, und Bretton, der aufmerksam zuhörte, nickte von Zeit zu Zeit, wenn das Mädchen seine Schlußfolgerungen zog. Evelyn erinnerte sich voller Empfindlichkeit daran, daß sie es nicht vermocht hatte, seine Aufmerksamkeit oder seine Zustimmung auch nur für einen Augenblick zu gewinnen.

Es gab anscheinend kein Eßzimmer im Hause, denn sie speisten an einem Tisch in einer Ecke des Ateliers. Es waren auch keine Dienstboten zu sehen, sondern Anquetil und sein Sohn räumten die Teller ab und nahmen neue von einer Anrichte. Evelyn war das alles völlig ungewohnt. Die Unterhaltung brachte sie ebenfalls außer Fassung, denn niemand plauderte oberflächlich, wie sie es gewöhnt war; wenn diese Menschen nichts Besonderes zu sagen wußten, schwiegen sie. Sie hielten es anscheinend nicht der Mühe wert, um des Redens willen zu reden. Weder Klatsch noch persönliche Anzüglichkeiten interessierten sie, sondern lediglich Ideen, völlig im Gegensatz zur Welt der Jarrolds und der von Elisabeth Tscharskaja. Und doch waren sie keinesfalls feierlich. Sie wurden lebhaft und lachten; sie waren eifrig bei der Sache und stritten. Nur Anquetil war ein wenig mürrisch und abgespannt. Als ernster Mann von höchstem Niveau erlaubte er sich nie mehr als ein ziemlich grimmiges Belustigtsein.

Evelyn versuchte zuerst, mit ihm zu sprechen, fand jedoch, daß sie nicht mehr Antworten von ihm erhielt als damals von Bretton. Es wurde deutlich, daß die Männer in diesem geschlossenen Kreis sich nicht die Mühe machten, Frauen gegenüber von konventioneller Höflichkeit zu sein. Vielleicht war das einer der Gründe für die Atmosphäre unerschütterlicher Echtheit. Diese Menschen waren echt; das erkannte Evelyn an, so groß ihre Abneigung gegen sie auch war. Sie kämpfte gegen sie; sie versuchte, ihnen ihren eigenen Standpunkt aufzuzwingen, indem sie mit Leonard Anquetil Konversation machte; es mißlang; sie zog sich in ein verärgertes Schweigen zurück. Niemand bemerkte es; niemand kümmerte sich darum.

Sie beobachtete Miles. Er sprach mit dem Mann namens Allen, nicht mit seiner Gastgeberin, die vernachlässigt und in Gedanken versunken dasaß. Das machte Evelyn wieder wütend. Es machte sie wütend, daß Miles sich dem Benehmen dieser aufregenden Menschen so natürlich anpaßte. Viola Anquetil war eine unvergleichliche Frau – das hatte sie erraten –, und Miles war nicht höflicher zu ihr als zu einem Mann. Evelyns weibliches Solidaritätsgefühl erwachte. Und dann wurde sie doppelt wütend, als sie entdeckte, daß die andere Frau Miles' Gleichgültigkeit nicht im geringsten übelnahm.

Die Unterhaltung steigerte sich ab und zu zur Heftigkeit eines Streites. War das die Echtheit? – Diese Menschen hatten eine Leidenschaft für die Dinge, die sie interessierten. Evelyn, die in den behüteten Traditionen des guten Mittelstandes erzogen worden war, spürte aufrichtiges Entsetzen bei den Themen, die sie erörterten. Sie schaute den ausgelassenen Sohn und das Mädchen Inez mit einer angeborenen Zuneigung für die Jugend an. Der Junge war noch nicht achtzehn, das Mädchen kaum zwanzig, und doch hielten sie Dinge für selbstverständlich, die Evelyn in diesem Alter eher verwirrt als interessiert hätten. Sie hielten sie für selbstverständlich und begegneten ihnen mit einem klugen und brennenden Interesse, das zeigte, daß sie bereits darüber nachgedacht hatten und bei sich selber zu einem Schluß gekommen waren. Aber nicht nur, daß sie Themen wie die Notwendigkeit erleichterter Scheidungen erörterten – Schweden, sagten sie, sei ein vernünftiges Land –, das konnte Evelyn noch hinnehmen, da sie wußte, daß die Jugend nicht mehr so unwissend war, wie sie sein sollte – vielmehr flößte ihr die Offenheit Entsetzen ein – diese Offenheit über Einkommen, über ihr eigenes und das anderer Leute – diese Offenheit über ihre Gefühle. Solche Dinge waren in der Welt der Jarrolds tabu; und selbst in der Welt Elisabeth Tscharskajas wahrte man eine dezente Zurückhaltung. Doch hier im Hause der Anquetils gab es keine Zurückhaltung. Alle hatten ein Verlangen nach Wahrheit; das war noch der beste Ausdruck, mit dem man ihr Verhalten bezeichnen konnte.

Evelyn haßte sie, aber sie mußte zugeben, daß sie offen, frisch und heiter waren. Sie verglich ihre hin und her springende Unterhaltung mit der leeren Hänselei der Jarrolds. Das war ein anderes England. Sie waren offen, sogar roh, aber immer echt. Sie waren gescheit, aber sie konnten nichts dazu – besonders das Mädchen war entsetzlich gescheit –, doch durch all ihre Gescheitheit wollten sie hindurchstoßen zu den Dingen, auf die es ihnen wirklich ankam. Unabhängig vom Alter gehörten sie zu einer Generation, die in einer komplizierten Welt lebte: die Anquetils, das Mädchen, die jungen Männer, sie alle. Das Gesicherte der Jarrolds fehlte vollständig; und damit fehlte der Schein, den die Jarrolds aufrechterhielten, daß alles in Ordnung sei in einer Welt, die für die Jarrolds geschaffen sei. Evelyn hatte das Gefühl, daß diese Menschen hier den alten Mann gern gemocht hätten, aber daß sie mit den Kindern des alten Mannes nicht das mindeste anfangen könnten. Und was würden sie von Robin halten? Evelyn dachte plötzlich freundlicher von ihnen, als sie sich bewußt wurde, wie sehr sie Robin verachten und wie gern sie Dan haben würden. Dann bekam sie Furcht, daß Miles Dan den Anquetils bringen und daß er von ihnen ganz in Anspruch genommen würde.

Nach dem Essen setzten sich die Frauen an den Kamin. Das Atelier war groß genug für zwei völlig voneinander getrennte Gruppen. Viola Anquetil saß auf einem niedrigen Hocker und stocherte mit einem Schürhaken im Kamin; der Schein des Feuers fiel auf ihr rotes Kleid und auf das Gesicht mit seiner merkwürdig geistigen, fremdartigen Schönheit. »Inez, du mußt Klavier spielen, weil ich mit Frau Jarrold sprechen möchte.«

Eine Jarrold hätte das niemals gesagt. Evelyn konnte sich nicht vorstellen, daß Hester oder Katharina so etwas sagen würden. Sie fühlte sich beunruhigt, da sie an Offenheit zwischen Frauen nicht gewöhnt war. Frauen spielten ein besonderes Spiel – in beiden Welten, die sie kannte. Sie fürchtete, Viola würde ihr das Herz sozusagen mit einem Korkenzieher herausholen. Sie wurde steif, als das Mädchen zum Flügel ging und in der Dämmerung des Raumes ein paar weiche Akkorde anschlug.

»Ich bin so froh, daß Miles Sie überredet hat zu kommen, Frau Jarrold. Er erzählte mir, daß Sie sich vielleicht weigern würden – und ich kann das verstehen –, es ist sehr peinlich, den Freunden seiner Freunde vorgestellt zu werden.«

»Es war reizend von Ihnen, mich einzuladen.«

»Wollen wir nicht auf all das verzichten? Es war nicht reizend von mir; ich war neugierig. Sehen Sie, ich kannte

Miles schon als kleinen Jungen; ja, siebzehn war er. Ihr Junge ist jetzt siebzehn, nicht wahr? Deshalb interessiere ich mich natürlich für Miles' Beziehungen, und als er zum erstenmal mit mir über Sie sprach und als ich erkannte, wie wichtig Sie ihm waren, meinte ich, ich müßte Evelyn Jarrold selber sehen. Ich hoffe, es stört Sie nicht? Wir beide haben Miles sehr gern.«

»Beide?«

»Leonard und ich.«

»Ach so – natürlich.«

Die Großzügigkeit, das zu sagen, bedeutete für Evelyn eine Anstrengung.

»Miles ist ein recht außergewöhnlicher Mensch, Frau Jarrold – aber das brauche ich Ihnen natürlich nicht zu erzählen. Außergewöhnlich – und folglich schwierig; bei weitem nicht so zugänglich, wie er äußerlich scheint. Er ist sehr liebenswürdig, aber er hat eine rauhe, entschlossene Seite in seinem Wesen. Natürlich ist er sehr ehrgeizig.«

(Aha! dachte Evelyn, sie will mir erzählen, ich dürfe Miles nicht behindern – nicht versuchen, ihn in seiner Karriere zu stören. Verfluchte Karriere! dachte sie und blickte zum Eßtisch hinüber, wo Miles in tiefem Gespräch mit Leonard Anquetil saß und sein Haar im Lichte der vier Kerzen schimmerte. Verfluchte Karriere! Weshalb kann er nicht mein, nur mein sein?)

»Er hat gewiß eine große Zukunft«, sagte sie laut.

»Ich weiß nichts über eine große Zukunft«, sagte Viola, »das ist ein so relativer Begriff, finden Sie nicht? Aber ich weiß genau, daß Miles sehr energisch und lebendig ist. Er wird niemals Ruhe geben. Und man möchte es ihm auch gar nicht wünschen, Ruhe zu geben und sich zu vergeuden. – Ich habe manchmal gedacht«, sagte sie, »er sondere sich ein wenig zu sehr ab, als daß seine Freunde damit zufrieden sein könnten. Manchmal verletzt er einen. Man muß Geduld mit ihm haben. Es dauert Jahre, bis man ihn ganz versteht.«

(Wie leicht du zu durchschauen bist, dachte Evelyn, leicht

zu durchschauen und ziemlich ungezogen. Doch konnte sie sich eigentlich nicht vorstellen, daß Viola Anquetil wirklich ungezogen sei, wenn sie in diese heiteren und ausgeglichenen Augen blickte.)

»Ich meine, es ist sehr interessant, sich mit Miles zu beschäftigen«, sagte Viola, und der Ton, in dem sie sprach, nahm den Worten alle Schwere. »Das ist es bestimmt, Frau Jarrold. Wissen Sie, für mich ist er eine ständige Quelle der Belustigung. Ich glaube, Sie kennen seine Familie nicht, oder...?«

»Erzählen Sie mir von ihr!« sagte Evelyn. Sie war sehr empfindlich, aber sie kapitulierte, teils weil Viola sie hinriß, teils weil sie jede Enthüllung über Miles begierig begrüßte. Es war ein seltsames Erlebnis, diese unvorhergesehene Unterhaltung über Miles mit einer andern Frau, während Miles im selben Zimmer saß und der Flügel mit unaufdringlichen Akkorden die beiden getrennten Plaudergruppen begleitete. Das Mädchen Inez spielte gut; ihre Hände glitten spielerisch über die Tasten. Wirkliches und Unwirkliches waren in diesem Abend seltsam gemischt.

»Ja, er hat mehrere Brüder und einen alten Vater«, begann Viola, als ob sie einem kleinen Kind eine Geschichte erzähle. »Sein Vater war Gouverneur irgendeiner Kolonie, früher – mehrerer Kolonien –, ich habe vergessen, von welchen. Er opferte sich im öffentlichen Dienst auf, weil er glaubte, es sei seine Pflicht, während er eigentlich viel mehr Freude daran gehabt hätte, auf seinen Besitzungen zu Hause Rebhühner zu jagen. Er hatte den Kolonisationsgeist, verstehen Sie? – Er war ein richtiger alter Baumeister des Imperiums aus der früheren Tradition, die davon überzeugt war, daß man widerstrebende Völker, die sich nicht friedlich selber regieren können, regieren müsse. Im ganzen ein lieber alter Mann, wenn man ihn von seinem Standpunkt aus beurteilt, gerade so, wie ich mir vorstelle, daß Ihr Schwiegervater auch ein lieber alter Mann gewesen ist, nicht wahr, Frau Jarrold? Miles hat mir von ihm erzählt.«

»Ja«, sagte Evelyn, »er war ein lieber alter Mann.«

»Sie gehörten zur selben Generation«, sagte Viola, »nur lag ihre Tätigkeit zufällig auf verschiedenen Gebieten. Ihr Schwiegervater baute ein Werk auf; Miles' Vater half dabei, ein Weltreich aufzubauen. Beide sehr ehrenwert. Beide streng in ihren Grenzen. Und was geschieht nun mit ihren Nachkommen? Ich kenne Ihre Verwandten nicht, Frau Jarrold, aber ich weiß genug von ihnen, um sie mir vorstellen zu können. Sie haben es nicht im geringsten weitergebracht. Sie leben nur das bequeme, behagliche Leben, das man von ihnen erwartete; wohlhabende Nachkommen von Menschen, welche die Arbeit gemacht haben. Sie ernten den Gewinn, wenn es ein Gewinn ist. Ebenso ist es mit Miles' Brüdern. Miles' Brüder murren heute über die Steuern, die sie zu zahlen haben – aber sie machen sich sonst über sehr wenig Dinge Sorgen. Sie trauern der Welt nach, die dahin ist, und sie klammern sich, solange sie können, an die armseligen Überbleibsel dieser Welt. Ich möchte annehmen, daß diese Überbleibsel für ihr Leben noch ausreichen. Miles dagegen schaut vorwärts. – Sein Vater ist nicht mit ihm einverstanden.«

»Aber ich hätte gedacht, Miles auf dem Lande ...«

»Ach, Frau Jarrold, ich habe Miles auf dem Lande erlebt! Auf seiner Burg, meinen Sie? Ja, natürlich, Miles auf seiner Burg ist noch am ehesten das, womit sein Vater einverstanden sein würde. Miles, der Landjunker; Miles, der Gutsbesitzer. Aber wie steht es mit Miles in seinem Wahlkreis? Würde sein Vater damit einverstanden sein?«

»Ich habe ihn nie in seinem Wahlkreis gesehen«, sagte Evelyn kühl.

»Aber ich. Ich bin vor der letzten Wahl hinuntergefahren, um die Wähler für ihn zu bearbeiten. – Aber das führt uns weg von dem, worüber wir sprachen: Miles und seine Familie. Miles stammt aus einer jener Familien, aus denen man nur sehr schwer ausbrechen kann.« (Ja, dachte Evelyn, du kennst das, weil du selber auch aus so einer Familie stammst.) »Sie wissen ja, Miles wurde nach Eton geschickt. Sie können sich vorstellen, was für eine Zukunft sein Vater sich für ihn erhoffte – die Zukunft eines jüngeren Sohnes – Miles war außerdem sein Lieblingssohn – Miles sollte das Gut bewirtschaften und Gutsherr sein – er zeigte keine Neigung für die Armee oder den Auswärtigen Dienst, für den Indischen Staatsdienst oder – helf ihm der Himmel! – für die Kirche, so blieb das Land, und der Familienbesitz war groß genug dazu: Miles sollte aufs Land gehen. Miles liebte es auch, auf dem Lande zu sein. In Miles steckt echte konservative Gutsbesitzertradition. Aber das ist nicht genug. Er streitet; er zweifelt. Er bricht aus der Tradition der Internatsschule aus. Er kehrt zurück zu dem, was England früher war.«

»Wie meinen Sie das«, fragte Evelyn, »was England früher war?« Sie war gegen ihren Willen gefesselt. Sie wollte Viola Anquetil hassen, aber sie vermochte es nicht.

»Ich habe eine Theorie«, sagte Viola, als sei sie über die eigenen Gedanken belustigt, »ich weiß nicht, ob Sie sie hören mögen?«

»Bitte.«

»Vielleicht ist auch alles falsch.«

»Das tut nichts. Bitte erzählen Sie!«

»Nun, ich meine, daß Miles ein Rückschlag zum Urtyp ist. Euer Engländer von Geburt und Erziehung war nicht immer das vorsichtige, gehemmte Geschöpf, das er heute ist. Es hat eine Zeit gegeben, in der er sich weder seiner Gefühle noch seiner Kultur geschämt hat. Er war damals in gewisser Hinsicht roher und ungeschliffener – weniger vornehm nach modernen Ansichten, aber vornehmer, so wie ich es sehe. – Ich weiß nicht, ob Sie sich einmal mit der italienischen Renaissance beschäftigt haben.«

»Leider nicht«, sagte Evelyn mit unbestimmten Vorstellungen über Leonardo da Vinci.

»Miles hätte in die italienische Renaissance gepaßt. Er wäre in Urbino recht glücklich gewesen. Ihm hätten die Riesenportale gefallen, über denen Marmorfrüchte und -blumen hingen, doch gleichzeitig hätte er es genossen, stundenlang empiristische Streitgespräche zu führen – er hätte Alberti gern gemocht, der in Rimini einen Tempel bauen und in den Sattel springen konnte, ohne sich mit der Hand aufs Pferd zu stützen. Verstehen Sie, was ich meine? Der imaginäre Miles des sechzehnten Jahrhunderts, ob in Italien oder in England, hatte keine Grenzen. Begierig trank er das Leben. Er wäre glücklich gewesen in Urbino, in Rimini oder im England der Königin Elisabeth. Damals wäre er Kosmopolit gewesen, Weltbürger, nicht nur stumpfsinnig Engländer. Aber nun ist etwas schiefgegangen.«

»Was ist Ihrer Auffassung nach schiefgegangen?«

»Ich weiß es nicht genau«, sagte Viola, »ich bilde mir ein, es war eine Mischung aus Vernunftgläubigkeit und viktorianischer Lebensanschauung. Aber was es auch sein mochte, je vornehmer die Familie war, aus der man stammte, und je teurer die Erziehung, die man genoß, desto fester lernte man, seinen Geist zu verschließen. Man lernte, immer weniger ein Individuum und immer stärker ein Typ zu sein. Und dazu kam unsere außerordentliche Lehre vom Charakter, als ob Charakter mit Gehirn und Phantasie unvereinbar wäre. Die einzige Art von Gehirn, die wir in diesem Lande überhaupt dulden, ist das politische Hirn oder das Verwaltungshirn. Wir spotten bei weitem nicht so verächtlich über unsere Staatsmänner oder Regierungsleute wie über unsere Künstler. Unseren Staatsmännern gestatten wir sogar, das Haar ziemlich lang zu tragen, ohne daß darüber Kommentare im Witzblatt *Punch* oder in der Presse erscheinen, die das Volk liest.«

»Wie sich mein Junge freuen würde, das von Ihnen zu hören!«

»Sie müssen ihn einmal mit hierherbringen; wollen Sie das tun? Miles sagt, er sei reizend. Er ist noch in Eton, nicht wahr?«

»Ja«, sagte Evelyn und fühlte sich zum erstenmal in ihrem Leben leicht beschämt, weil Dan in Eton war.

»Ich fürchte, Sie sind der Meinung, daß wir Paul – unsern

Jungen – ziemlich verdreht erzogen haben. Wir haben ihn nach Deutschland statt in eine englische Internatsschule geschickt. Sehen Sie, er ist Musiker, und wir hielten es für besser, daß er in München glücklich statt in Eton unglücklich ist. Leonard und mein Bruder waren beide ganz dagegen, ihn auf eine Internatsschule zu schicken. Mein Bruder ist selber in Eton gewesen, aber trotz Eton gelang es ihm, zu einer ganz klaren Persönlichkeit heranzuwachsen«, sagte Viola lächelnd, »und von Miles' Laufbahn in Eton werden Sie ja selbst gehört haben. Seine Brüder waren so empört, daß sie fünf Jahre lang kaum ein Wort mit ihm gesprochen haben. Sie haben versucht, es damit zu bemänteln, daß sie sagten, er sei hoffnungslos von unnatürlichen Ideen infiziert gewesen. Sein Vater hatte viel mehr Verständnis dafür, aber selbst sein Vater fand es schwer, Miles' politische Ansichten zu verdauen; er kann es nicht verwinden, daß sein Sohn ein bekannter Pazifist ist. Der alte Mann glaubt immer noch, alle Ausländer seien Schurken und die meisten Nicht-Europäer Nigger. Und deshalb sollte man sie natürlich niederknallen. – Ich rede zuviel«, sagte Viola, und da sie sah, daß die Männer aufstanden, rief sie Inez zu, zum Kamin herüberzukommen.

Miles suchte Evelyns Blick, aber sie wollte ihn nicht ansehen; sie wußte, daß er voll neugieriger Spannung war, doch sie wollte ihm nicht einmal durch einen Blick zugestehen, daß sie Viola Anquetil leiden mochte.

Er brachte sie ziemlich spät nach Hause, und sie zankten sich. Zum ersten Male hatten sie einen offenen Streit miteinander. Sie hatte diesen ersten Zank immer mit Furcht erwartet, aber immer wieder hinausgeschoben, indem sie ihre Stimmungen und Gefühle unterdrückte – und nun war sie es törichterweise, die ihn herausforderte. So etwas kommt vor, wenn die Erregung zu groß wird. Miles selber war guter Laune; er war stets guter Laune, wenn er bei Anquetils gewesen war, und an diesem Abend hatte Evelyns Anwesenheit den Becher seiner Freude besonders hoch gefüllt. Er hatte es genossen, sie zwischen seinen Freunden sitzen zu sehen. Er war darin rührend naiv, und obwohl sie in ihrem Herzen, das ihn liebte, irgendwie davon angesprochen wurde, blieb sie äußerlich doch unangenehm verstockt und sarkastisch.

Er kam mit in ihre Wohnung hinauf. Unterwegs im Wagen hatte er nur zu sagen gewagt: »Spielt Paul nicht gut?« Paul hatte nach dem Essen vorgespielt.

»Ich nehme es an, Miles, aber ich bin schließlich kein Musikkritiker.«

Das war eine frostige Antwort, die Schlimmes verhieß.

Doch in der Wohnung sprudelte er unbekümmert los, während er sich noch den Mantel auszog: »Na, wie haben sie dir gefallen?«

»Ist es wirklich notwendig, so schmutzig und flegelhaft zu sein wie Herr Anquetil?«

Miles lachte. »Oh, hat dir Leonard nicht gefallen? Die meisten Frauen finden ihn sehr anziehend. Wollte er nicht antworten? Ich gebe zu, er zeigt sich Fremden nicht von der besten Seite. Aber Viola – wie bist du mit ihr ausgekommen?«

»Ich glaube nicht, daß sie mich sehr gern mag, Miles – ich bin nicht annähernd gescheit genug für sie.«

»Verdammte Gescheitheit! – Viola ist nicht gescheit, sie ist nur intelligent. Ich kann gescheite Frauen nicht ausstehen.«

»Ich sehe da leider keinen großen Unterschied.«

»Nein? Um so schlimmer für dich!« In seine Stimme kam ein gereizter Ton. Er war kein langmütiger und geduldiger Mensch. Unbeirrt fuhr er fort. »Jedenfalls ist sie sehr schön, oder findest du nicht?«

»In ihrer unordentlichen Art, ja. Ich denke wohl.«

»Unordentlich? Ach so, du meinst wohl, daß sie nicht nach der neuesten Mode angezogen ist und nicht die neuesten Kosmetika von der Dover Street benutzt. Nein, das tut sie nicht. Sie geht nicht zum Rennen, läßt sich nicht fotografieren, während sie auf einem Jagdstock sitzt, und unter das Bild schreiben ›mit Freund‹, ob der Freund nun ein Mann oder ein Pekinese ist. Weder sie noch Sebastian geben sich für so etwas her.«

»Sebastian?«

»Ihr Bruder.«

»Ach so, natürlich. Sie erwähnte ihn.«

»Sie betet ihn an. Aber er ist nur die Hälfte des Jahres in England, und wenn er hier ist, vergräbt er sich auf dem Lande.«

»In Chevron?«

»Ja, in Chevron. Willst du ihn dafür tadeln? Es ist nicht seine Schuld, daß er ein englischer Herzog ist, und er hält es für das beste, was er tun kann, seinen Grundbesitz gut zu bewirtschaften. Er ist ein unglücklicher Mensch.«

»Ich nehme an, er möchte lieber Bretton ähnlich sein.«

»Dem Sohn eines Gemüsehändlers in Rotherham? Das glaube ich wohl, daß er so denkt. Aber weißt du, Evelyn, das ist alles ziemlich verzwickt: Mancher wäre lieber ein englischer Herzog als der Sohn eines Gemüsehändlers aus Rotherham.«

»Du überraschst mich, Miles; ich glaubte, du haßtest Vorrechte?«

»Ich hasse sie auch – theoretisch –, aber ich genieße sie, und ebenso ist es mit Sebastian. Wir wollen doch ehrlich sein!«

»Ehrlich! – Ehrlich! – Du redest einen Haufen Unsinn über Ehrlichkeit! Bretton . . .«

»Wie du Bretton haßt!«

»Er ist so ungebildet, Miles!«

»Ungebildet? – Du meinst, er hebt dir das Taschentuch nicht wieder auf, wenn du's fallen läßt. Nein, er hat an andere Dinge zu denken. Und wenn ihr Frauen Gleichberechtigung wollt, könnt ihr nicht beides haben.«

»Aber Miles, du würdest mir doch das Taschentuch aufheben, oder auch einer andern Frau!«

»Das liegt daran, daß ich eine Zeitlang in Eton erzogen worden bin. Man hat mir dort zwar nicht beigebracht, Frauen ein Taschentuch aufzuheben, aber man hat mir beigebracht, den Hut vor dem Lehrer abzunehmen. – Wir reden aneinander vorbei. Mit einem Wort heißt das: Die Anquetils haben dir nicht gefallen?«

»Viola hat mir nicht mißfallen«, sagte Evelyn nach einer Pause.

»Das heißt: Alle andern haben dir mißfallen?«

»Wir können sie ja einzeln betrachten, Miles. Leonard Anquetil hat überhaupt kein Benehmen. Bretton – du hast erraten, was ich von Bretton halte. Der Junge, Paul, schien mir – wenn ich auch sagen muß, daß er gut spielt – sonderbar und eigenartig. Dieser junge Mann – hieß er nicht Allen? – redete zuviel und über Dinge, die er vor einem Mädchen nicht erwähnen sollte . . .«

Miles lachte schallend. »Meinst du etwas Inez? Meine Liebe, die ist seit Jahren Allens Geliebte.«

»Tatsächlich? Ich dachte, sie wäre Brettons Freundin.«

»Weshalb? Weil sie mit ihm auf dem Sofa geredet hat? Nein, Bretton hat ganz andere Absichten. – Es tut mir leid. Ich hätte dich nicht mit zu Anquetils nehmen sollen.«

»Ich will wieder darauf zurückkommen, was ich vorhin sagte, Miles: ich bin nicht gescheit genug. Du hättest statt meiner besser Dan mitnehmen sollen.«

Sie wendete sich ab; und er sah, wie sie versuchte, die Tränen zurückzuhalten.

»Evelyn, Liebste!«

»Um Gottes willen, laß mich in Ruhe! Bleib du bei deinen Freunden und laß mir meine! Ich bin zu alt für dich. Ich gehöre zu einer andern Generation, ich gehöre zu den Jarrolds.«

»Viola ist Jahre älter als du.«

»Dann ist sie eben anpassungsfähiger als ich. Ich passe nicht in diese Umgebung, Miles, und je eher du das einsiehst, um so besser. Sie hat eine Menge von dir gesprochen, und ich habe dabei gemerkt, wie weit wir beide, du und ich, voneinander entfernt sind. Ich nehme an, sie hat es absichtlich getan.«

»Viola? Niemals! So eine Frau ist sie nie und nimmer.«

»Alle Frauen sind so, alle!«

»Das ist wieder so eine von deinen übernommenen Vorstellungen. Kannst du diese Vorurteile nicht ablegen und mit einer neuen Anschauung von vorn anfangen? Diese Vorstellungen sind so lähmend, wenn du das nur zugeben wolltest!«

»Manche Dinge bleiben wahr, wenn sich auch noch so viele andre wandeln und verändern.«

»Schön, ich will zugeben, daß du mehr von Frauen verstehst als ich, aber ich verwahre mich dagegen, daß du Viola so falsch beurteilst.«

»Weshalb gehst du dann nicht zu deinen Freunden? Sie passen viel besser zu dir als ich. Warum bist du überhaupt gekommen, Miles, und hast mein Leben aus dem Gleichgewicht gebracht, mein und Dans Leben? Ich war ganz glücklich, ehe ich dich kannte.«

»Warst du glücklich? Mit Bridge, damit, daß du vor den Jarrolds geglänzt hast und dich selber vergeudet...«

»Ich habe nichts zu vergeuden, das weißt du genau. Geh wieder zu deinen Freunden und laß mich in Ruhe! Laß auch Dan in Ruhe! Dan macht mir ohne dich weiß Gott schon genug Kummer. Und wenn er nun den Anquetils noch in die Hände fällt...«

»Das würde ihm guttun«, sagte Miles fest.

»Ach, Miles, Miles, du bist mir so fremd! Du bist so hart, ich verstehe dich nicht. Diese Frau versteht dich. Mit der kann ich mich nicht messen. Ich bin nicht auf sie als Frau eifersüchtig, versteh mich nicht falsch! Aber eines Tages wirst du einer Frau begegnen, auf die ich eifersüchtig bin, vielleicht einer Frau wie dieses Mädchen Inez, ich weiß es nicht. Ich glaube ganz fest, daß wir uns gegenseitig Unglück bringen. Ich liebe dich bis zum letzten Blutstropfen, aber du liebst mich nicht so, und wir hätten niemals zusammenkommen dürfen.«

Dritter Teil

Porträt der Lesley Anquetil

Sie hatten sich gezankt. Das war ein Markstein in ihrer Beziehung zueinander. Als Evelyn die Selbstbeherrschung erst einmal verloren hatte, vermochte sie nicht, sie wiederzugewinnen. All die Gefühle, die sie verdrängt hatte, stiegen an die Oberfläche. Alles, was sie an Miles bezaubert hatte, begann nun ihren Widerspruch zu erregen. Sie nörgelte an ihm herum wegen seiner Arbeit, seiner Politik, seines Benehmens und seiner Freunde, ja sogar wegen seiner Kleidung.

»Miles, ich wünschte wirklich, du trügst diesen schwarzen Hut nicht! Du siehst damit aus wie ein Verschwörer oder wie ein Leierkastenmann.«

»Ich habe gar nichts dagegen, wie ein Verschwörer oder wie ein Leierkastenmann auszusehen.«

Er nahm es mit Humor auf, und das reizte sie noch mehr. Wenn sie ihn wenigstens zur Wut hätte treiben können, wäre sie zufrieden gewesen. So empfand sie seine Gutmütigkeit als ein Zeichen von Gleichgültigkeit; immer lag sie jetzt auf der Lauer nach solchen Zeichen der Gleichgültigkeit.

»Er kann mich nicht ewig lieben«, versuchte sie sich selber zu beweisen und war sehr elend dabei. »Der Tag wird kommen, da er sich natürlicherweise einer jüngeren Frau zuwendet – das *muß* kommen –, er *muß* aufhören, mich zu lieben. Je eher ich darüber klarwerde, desto besser. Habe ich es nicht immer vorausgesehen? Ach, wenn es doch wieder wie in jenen ersten Wochen wäre, als ich mich noch weigerte, darüber nachzudenken – als es mir genügte, ihn zu lieben und von ihm geliebt zu werden! Und wenn es so weitergeht wie im Augenblick, treibe ich ihn nur noch eher von mir, als notwendig ist. Was bin ich für eine Närrin! Ich muß damit aufhören, ich muß, ich muß!«

So ging sie in ihrem Zimmer auf und ab, preßte die Hände

gegeneinander und war nach jedem neuen Entgleisen unglücklich und gequält.

Die Angelegenheit wurde dadurch noch schlimmer, daß die Jarrolds ihre Verbindung mit Miles entdeckt hatten. Sie sagten das nicht offen, aber sie zeigten es ihr doch deutlich genug. Hesters Andeutungen konnte man nicht mißverstehen. Sie waren Evelyn entsetzlich peinlich. Sie verachtete sich selber, weil es ihr naheging, aber Erziehung und Tradition waren stärker als sie. Sie beschloß, Miles nichts davon zu sagen, und erzählte es ihm natürlich doch, als sie sich das nächste Mal sahen.

Er lächelte. »Die guten alten Schachteln! Sind sie empört? Was macht das schon?«

»Dir macht es vielleicht nichts aus, Miles – du bist ein Mann, und du bist überhaupt anders. Aber es sind meine einzigen Verwandten.«

»Ich dachte, sie langweilten dich?«

»Das tun sie auch – aber ich möchte nicht, daß sie schlecht von mir denken.«

Miles war nicht fähig, diesen Standpunkt zu verstehen. In seinem ganzen Wesen gab es keine Spur von Bürgerlichkeit.

»Du hast es in der Hand, das abzustellen«, sagte er, so geduldig er es nur vermochte, »ich habe dir immer und immer wieder vorgeschlagen, mich zu heiraten.«

»Ich weiß, und gerade die Art und Weise, wie du es sagst, zeigt mir, wie du wirklich darüber denkst. ›Ich habe dir immer und immer wieder vorgeschlagen‹! Du weißt ganz genau, daß du es mir nur vorschlägst, um mir einen Gefallen zu tun. Du wünschst es dir nicht wirklich. Ich mache dir natürlich keinen Vorwurf, daß du dich nicht an eine Frau zu binden wünschst, die fünfzehn Jahre älter ist als du. Es ist wirklich nett und ritterlich von dir, es überhaupt vorzuschlagen. Aber du brauchst keine Angst zu haben, Miles: Ich werde dich nicht beim Wort nehmen!«

»Evelyn, sei doch nicht so unvernünftig; ich wünsche es wirklich; zugegeben, daß ich die Ehe als Institution verabscheue – ich muß dabei immer an Herrn und Frau Noah denken und an die Tiere, die paarweise in die Arche hineingingen –, aber wenn ich überhaupt jemand heiraten möchte, dann bist du es. Weshalb denn nicht? Wir können uns jederzeit scheiden lassen, wenn es nicht gutgeht.«

»Miles, bitte, hör auf zu scherzen!«

»Ich scherze nicht. Ich werde mir morgen eine Sondererlaubnis besorgen; das wird für deine reizenden scheinheiligen Jarrolds ein Schlag ins Gesicht. Ich werde mir für die Zeremonie sogar einen steifen Hut kaufen. Oder würdest du einen Zylinder vorziehen? Und wo wollen wir unsere Flitterwochen verbringen?«

Seine Frivolität kränkte sie. »Du verstehst mich nicht, Miles. Nichts kann mich dazu veranlassen, dir das Leben zu verderben.«

»Komm um Gottes willen nicht mit so großen Redensarten! Versuch lieber, den Jarrolds mit der Verachtung zu begegnen, die sie verdienen!«

Dann erkannte er, daß sie sich wirklich quälte, kam zu ihr und setzte sich auf die Lehne ihres Sessels. »Es tut mir leid, Liebste, daß ich die Vorurteile der Jarrolds nicht so ernst nehmen kann wie du. Ich kann Leute, die bewundernswert strenge Regeln und kein Verständnis im Herzen haben, nicht ausstehen. Pharisäer! Daß diese Latte von Hester es wagen darf, dich zu kritisieren, oder gar diese vertrocknete alte Jungfer Katharina! Für Katharina gäbe es nichts Besseres auf der Welt, als daß sie einmal vergewaltigt würde, und von Hester glaube ich nicht, daß sie in ihrem ganzen Leben auch nur einen Augenblick ehrlicher Freude genossen hat. Natürlich beneiden sie uns und flüstern über uns und verfolgen dich mit Nadelstichen, wo sie nur können. Komm, laß uns ihnen doch die Mäuler schließen!«

»Niemals, Miles, niemals! Niemals werde ich das tun; du darfst mich nicht bitten, weil es so schwer für mich ist, nein zu sagen!«

»Nun hör mich einmal an: Du verabscheust die Ungesetzlichkeit unseres Verhältnisses; du verabscheust sie aus deinem Innersten heraus, nicht nur wegen der Jarrolds. Sie quält dich und macht dich unglücklich; du glaubst, Dan würde dich verurteilen, wenn er davon wüßte – und er wird es sehr bald wissen, er ist ja kein Kind mehr; ich glaube, es stört dich sogar Privett gegenüber. Du versuchst, in meiner Gegenwart den Anschein zu erwecken, als wenn es dich nicht störte, und doch nagt es die ganze Zeit an dir und verstimmt dich. Ich glaube, das ist immer der tiefste Grund, wenn wir uns zanken – nicht nur mein Buch. Wenn ich dich bitte, zur Burg hinauszukommen, wird dir die Freude schon verdorben, weil du fürchtest, die Leute könnten herausfinden, wo du bist. Du versuchst es mit allerlei Ausflüchten, und da du von Natur sehr ehrlich bist, findest du die Ausflüchte lästig. Aber aus reiner Halsstarrigkeit lehnst du den Ausweg ab, den ich dir vorschlage. Ich glaube, ganz unten in deinem Kopf denkst du, ich sollte ein nettes Mädel heiraten und dir für immer Lebewohl sagen.«

»Das ist nur zu wahr, Miles; ich bestreite nicht ein Wort davon. Ich werde dich nicht drängen, dein nettes Mädchen zu heiraten, weil ich einfach nicht die Kraft oder den Mut dazu habe, aber ich selber muß und werde mich weigern, dich zu heiraten.«

»Dann sei doch wenigstens konsequent und vergiß deine Zweifel und Bedenken und laß uns so glücklich sein, wie wir können!«

»Ich will ja, Miles, ich will wirklich.« Sie sah ihn an, lächelte und versuchte, die Wolken zu vertreiben und ihm zu verheimlichen, wie stark die Versuchung war, der er sie aussetzte.

Sie war ihm dankbar dafür, daß er sie so gut verstand, und aus Dankbarkeit enthielt sie sich nicht nur ihrer scharfen und beißenden Bemerkungen, sondern erlaubte ihm, sich mit ihr in der Öffentlichkeit zu zeigen, auch wenn sie sicher war, Bekannte zu treffen und Kommentare zu ihrem ständigen gemeinsamen Erscheinen herauszufordern. Die Osterfeiertage waren vorüber, und sie konnte nicht mehr vorschützen, um den alten Herrn Jarrold zu trauern. Um Miles' willen und um sich nicht seine Verachtung zuzuziehen, legte sie ihre instinktive Zurückhaltung ab. Es war eine Marter für sie, aber sie versuchte, den Anschein zu erwecken, als gefalle es ihr, doch in Wirklichkeit bereitete es ihr die größten Qualen; und als sie eines Abends, als Miles sie abholte, in den Spiegel schaute, fragte sie sich, weshalb nur ihre inneren Gefühle nicht besser mit ihrer äußeren Erscheinung zusammenstimmten.

»Ich sollte mich hausbackener anziehen«, sprach sie zu sich selber, »Miles hatte ganz recht.« Der Satz war ihr im Gedächtnis haftengeblieben. »Ich sollte grauen Voile und ein Amethystkreuz tragen; ich sollte aussehen wie eine Bourgeoise, die ich in Wirklichkeit ja auch bin.«

Bedauerte sie es, Miles begegnet zu sein? Bedauerte sie, vom Pfade der Tugend abgewichen zu sein, dem sie stets gefolgt war? Bedauerte sie, den bequemen und behaglichen Platz verloren zu haben, den sie im Herzen der Jarrolds bisher eingenommen hatte, diese Polster und Kissen der Zuneigung und Achtung der Familie, die ihr Schutz in der Welt gewesen war, zu der sie gehörte? Noch niemals hatte sie ihnen Grund zum Tadel gegeben. Selbst als sie mit Bekannten an die Riviera gefahren war – die Jarrolds waren mit dieser Gegend nicht einverstanden gewesen –, wußten sie, daß ihr Verhalten untadelhaft blieb, und das höchste, was sie sagen konnten, war, daß die gute Evelyn, wenn sie im Sommer ein bißchen Sonne genießen wollte, in einen Schweizer Kurort hätte gehen können oder höchstens nach Rapallo, wo man ihres Wissens doch recht nette Leute traf.

Diese Tage waren nun vorüber; sie hatte ihren Ruf aufs Spiel gesetzt und verloren. Sie schämte sich ihrer Vorurteile in einer Sache, die Miles für so geringfügig hielt, aber sie lagen tief, tief in ihr, so tief wie das Herz.

»Vergiß es!« sagte sie sich immer wieder. »Vergiß es und sorg dafür, daß Miles glücklich bleibt! Dann wird er sich nicht ganz so schnell von dir zu einer andern wenden.« Und sie bestellte neue Kleider und ging mit Miles zum Tanzen und begegnete ungeniert den belustigten Blicken anderer Frauen und erlaubte anderen Männern, in einer Weise mit ihr zu reden, wie sie es früher nie gewagt hätten.

Sie sah die Jarrolds immer seltener, und obwohl sie sie gelangweilt hatten, fehlten sie ihr nun in gewisser Hinsicht. Sie vermißte die gelegentlichen Wochenendbesuche in Newlands, wo der alte Herr Jarrold die Familie zusammengehalten hatte. Jetzt waren sie zerstreut, die alte Dame lebte im Witwenhaus und war mit ihren Rhododendren ganz glücklich; Newlands war mehr oder weniger unbewohnt, und Evelyn argwöhnte, daß Dan sich entschließen könnte, es zu verkaufen, wenn er mündig sein würde. Evan traf sie manchmal in einem Nachtklub, und an seinen Augen konnte sie erkennen, daß er den Kognakverbrauch noch nicht eingeschränkt hatte. Sie ging ein- oder zweimal zum Essen zu Gottfried und Hester, stellte jedoch fest, daß Ruth es jedesmal so eingerichtet hatte, nicht zu Hause zu sein. Sie sagte sich, eigentlich müsse sie froh darüber sein, daß das enge Familienleben zu Ende sei.

In den großen Ferien Anfang Juli widerstand sie den vereinten Bitten von Miles und Dan und fuhr mit ihrem Sohn zu ihrem Vater nach Biggleswade; sie meinte, es sei nur recht und billig, daß er seinen andern Großvater besuche, solange er noch lebe. Sie empfand eine hohe Genugtuung bei diesem Argument, das nicht zu widerlegen war. Selbst Miles konnte nicht darüber spötteln und versuchte es auch gar nicht. Dan konnte darüber murren (was er auch tat), doch sie blieb bewundernswert hartnäckig.

Es verursachte ihr auch eine merkwürdige Genugtuung, wieder in eine Atmosphäre zu kommen, die ihr fast fremd geworden war. Das Haus ihres Vaters war in bescheidener Weise das Gegenstück zu Newlands; die Überzeugungen ihres Vaters entsprachen stillschweigend denen der Jarrolds. Herr Wilson, der Anwalt gewesen war, sich zur Ruhe gesetzt hatte und mit einem ausreichenden Einkommen hinter dem Eichenzaun auf seinen zwei Morgen Grundbesitz lebte, erweckte den Eindruck gutfundierter Sicherheit. Sein Haus, das aus roten Ziegeln gebaut war, zu deren Farbe der wilde Wein, der es umrankte, im Gegensatz stand, war behaglich, jedoch nicht luxuriös; es entsprach seiner Einstellung, dafür zu sorgen, daß die Kirche immer im Dorf blieb. Er war stolz auf seine Zigarren und seinen Weinkeller, dessen Schlüssel er – mehr nach der Gepflogenheit als aus Mißtrauen gegen sein ältliches Hausmädchen – an der Uhrkette trug. Vor jeder Mahlzeit pflegte er feierlich mit einer Taschenlampe in den Keller hinunterzusteigen und die Flasche auszusuchen, die er trinken wollte. Ein gut Teil seiner Konversation kreiste um die verschiedenen Weine und ihre Jahrgänge, einschließlich der dazu passenden Anekdoten aus seiner Londoner Juristenzeit. Gewohnheitsmäßig aß er viel zuviel, ohne damit seiner Gesundheit zu schaden, und war auf seine Weise ein Feinschmecker, wenn auch nicht auf französische Weise; er liebte Remouladensoße zum Fisch, Meerrettich zum sonntäglichen Roastbeef, Kräutermayonnaise zum kalten Roastbeef am nächsten Tag und Kartoffelbrei zu fast allen Gerichten außer zum Fasan, der Pommes frites verlangte; ein Essen mit weniger als fünf Gängen wäre ihm als ein Verstoß gegen die guten Sitten vorgekommen; und sein Gabelfrühstück wurde stets durch ein pikantes Vorgericht abgerundet. Außerdem bezeichnete er sich als einen Mann von Kultur; seine Ansichten über diese Fragen standen unverrückbar fest und schienen gerade an dem Punkt erstarrt zu sein, an dem er sie zufällig angenommen hatte; er hielt Galsworthy für den größten englischen Romanschriftsteller, lehnte dagegen die Romane entschieden ab, die er wöchentlich zweimal aus einer Leihbücherei erhielt – die Liste dazu suchte er sich aus den angeseheneren der Sonntags- und Wochenzeitungen zusammen; er las sie mit einem gewissen Vergnügen und leichter Beunruhigung; er schickte sie zurück und hoffte für das nächste Mal auf Bücher, die besser zu seinen Ansichten paßten. Zwischen seinen Aquarellen jedoch fühlte er sich ganz sicher; er liebte es, in seinem Wohnzimmer umherzuwandern, wenn er nichts Besseres zu tun hatte, und sich diese hübschen, behaglichen Malereien von Kindern mit Schutenhüten zwischen Kornfeldern und rotem Mohn anzuschauen; Evelyn liebte sie auch – sagte er sich, denn er fühlte sich manchmal einsam, und der Gedanke an Evelyn war ein Trost –, Evelyn liebte sie, und Evelyns Junge würde sie alle bekommen, wenn er stürbe; es war nichts im Vergleich zu dem Reichtum, den sein anderer Großvater ihm hatte hinterlassen können, aber vielleicht würde Evelyns Junge doch einen Platz für die Aquarelle in seinem privaten Arbeitszimmer finden.

Evelyn wollte den Jungen in den großen Ferien herbringen. Nett von ihr. Er befahl ein besonders gutes und reichliches Essen, weil er an den Appetit von Schuljungen dachte. Sein kleiner Haushalt war in heller Aufregung. Ellen, das Hausmäden, fragte, ob sie eine Wärmflasche für Frau Jarrolds Bett kaufen solle.

»Wird Frau Jarrold nicht ihre eigene mitbringen, Ellen?«

»Eine steinerne, dachte ich, gnädiger Herr, für die Füße, wissen Sie, gnädiger Herr, nur damit das Bett angewärmt wird.«

»Die Betten sind doch gelüftet, Ellen?«

»Aber, gnädiger Herr!«

»Ja, natürlich, Ellen, ich weiß es ja. – Ich dachte nur, wir haben jetzt Juli. – Na ja, kaufen Sie eine Steinkruke, wenn Sie's für richtig halten! Ja, ich glaube, es wäre schon richtig – würde Frau Jarrold eine Freude machen –, und eine Wärmflasche kommt einem immer mal zupasse, das kann man wohl sagen.«

»Doch, wirklich, gnädiger Herr, auch wenn Sie selber niemals eine nehmen wollen. Und wie ist es mit Seiner Lordschaft, gnädiger Herr?«

»Jungen brauchen keine Wärmflaschen«, sagte Herr Wilson streng, »und wenn sie's doch tun, paßt es sich nicht. Besonders im Juli.«

Er hatte Evelyn monatelang nicht gesehen und war begeistert von ihr, als sie eintraf. Er konnte kaum glauben, daß eine so reizende Frau seine Tochter sei. Seine ganze alte Galanterie wachte in ihm auf – und in jüngeren Jahren hatte er viel für Frauen übriggehabt –, so daß er das Gefühl hatte, er müsse sich anstrengen, sie zu unterhalten. Wenn er sich zum Essen umzog, überlegte er sich seine besten Geschichten, fürchtete aber, sie habe sie alle schon gehört. Es war ein wenig verwirrend: Er hatte das Gefühl, als habe er eine Fremde unter seinem Dache, eine schöne, verwirrende Fremde, doch diese Fremde war seine eigene Tochter, dieselbe Evelyn, die er als kleines Mädchen in Schürzen gekannt hatte. Ein gutes Mädchen; sie war immer ein gutes Mädchen gewesen; jede andere Frau hätte nach dem Tode des armen Thomas wieder geheiratet, aber sie, Evelyn, hatte sich Dan gewidmet. Nicht viele Frauen mit Evelyns Reizen hätten das getan. Gott sei Dank hatte Evelyn eine gute Erziehung gehabt; eine ordentliche Grundlage; sie hatte eine gute Mutter gehabt, obwohl die Mutter starb, als Evelyn erst neun Jahre alt war. (Die ersten sieben Jahre im Leben eines Kindes seien die wichtigsten, hatte er gehört.) Diese gute Grundlage trug nun ihre Früchte. Und wie Evelyn damals eine gute Mutter gehabt hatte, so hatte Dan jetzt eine gute Mutter. Herr Wilson hatte das dunkle Gefühl, daß dies alles sein Verdienst sei. In außerordentlich guter Laune stieg er über die türkischen Teppiche der Treppe hinunter zum Essen, während der Gong pünktlich ertönte.

Evelyn war ebenfalls glücklich. Sie war jetzt selten ganz glücklich, selbst in den leidenschaftlichsten Augenblicken nicht, und es war eine Erleichterung für sie, sich zu entspannen. Sie vergaß Miles beinahe. Er verblaßte und trat zum erstenmal seit sieben Monaten zurück. Sie war glücklich, wenn sie zwischen ihrem Vater und ihrem Sohne saß. Es war sicher hier, sicher und beständig; es gab keine Gefahr, keine Notwendigkeit, sich einem reißenden Strome anzupassen. Sie konnte ausruhen. Das Schiff war verankert.

»Ich fürchte, meine Liebe, du wirst es hier ziemlich stumpfsinnig finden.«

»Ach, Vater, wenn du nur wüßtest, wie ich es genieße, von London fort zu sein!«

»Sehr nett von dir, das zu sagen, meine Liebe. Und wie steht es mit Dan? Möchte er keine Gesellschaften, Theater? Ich in seinem Alter hatte den Wunsch ...«

Dan antwortete höflich; er gab eine ganz überzeugende Antwort, aber Evelyn wußte, daß er sich danach sehnte, bei Miles zu sein. Sie nahm diese Erinnerung an Miles übel. Sie blickte von Dan auf seinen Großvater: Dan war so stattlich in seiner Jugend wie sein Großvater im Alter, der mit weißen Locken und rosig strahlendem Gesicht so blühend aussah, als rieche er auch gut. Sie wußte, daß der Großvater stolz auf Dan war und es als Selbstverständlichkeit annahm, daß der Junge ein ordentlicher Junge sei; er wußte nichts von dem Abgrund, der Dan von seiner eigenen Denkweise trennte.

Ellen stellte den Portwein auf den Tisch und verließ das Zimmer.

»Ein Glas Portwein, mein Junge? Nein? Recht so, recht so – aber warte nur, bis du nach Oxford kommst! Und hör mal, ich muß dir was sagen: Als du geboren wurdest, habe ich ein Faß Portwein in den Keller gelegt, und du wirst es mir eines Tages danken – vergiß das Faß nicht! Na? – Nun erzähl mir mal, was du für Pläne hast, hm? Ich meine, wenn du Oxford hinter dir hast.«

Dan gab eine ausweichende Antwort. Er besaß den Takt, der aus einem gütigen und verstehenden Herzen kommt. Er habe sich noch nicht entschieden, sagte er; und dann, als er mit seiner Weisheit zu Ende war, schaute er seine Mutter hilfesuchend an.

»Ich meine, Dan sollte reisen, Vater, ehe er sich entscheidet, meinst du nicht auch?«

»Es gibt nichts Besseres als Reisen, um seinen Horizont zu erweitern«, sagte Herr Wilson, der nichts auf der Welt mehr verabscheute als einen weiten Horizont, obwohl er es leidenschaftlich abgestritten hätte, »und nichts Bessers als Reisen, sage ich immer, um einzusehen, daß das eigene Land das beste ist. Großartige Idee, Evelyn! Heutzutage kann sich's nicht jeder leisten. Dan hat das Glück. Und was willst du dann tun? Dich im Oberhaus als erblicher Gesetzgeber an die Arbeit machen?«

Herr Wilson lachte selber über seinen Ausdruck. Er gehörte zu der Schule, die vielsilbige Wörter für spaßig hielt. Er lachte so unschuldig und einfach, daß Evelyn voller Zärtlichkeit für ihn war. Außerdem hielt sie, wenn sie nicht mit Miles zusammen war, vielsilbige Wörter selber auch für ziemlich spaßig.

Dann wurde Herr Wilson neugierig, als sei ihm etwas eingefallen. »Wie kommt es, daß du nicht bei den Wettspielen auf Lord's Kricketplatz bist, Dan? Du brauchst nicht hierzubleiben, nur um mir altem Mann einen Gefallen zu tun, das weißt du doch. Möchtest du morgen mit deiner Mutter hinüberfahren?«

»Ach nein, Großpapa, danke, ich möchte lieber hierbleiben.«

»Ich würde vielleicht mitkommen, wenn du es möchtest, wer weiß?« sagte Herr Wilson zwinkernd. »Ich bin erst ein einziges Mal in meinem Leben auf Lord's gewesen – es wäre ein ganz netter Ausflug für mich.«

»Ich glaube, man spricht davon, die Spiele von Lord's abzuschaffen«, sagte Dan hastig, um Herrn Wilson von dieser gefährlichen Absicht abzubringen, »aus Sparsamkeitsrücksichten, weißt du.«

»Lord's abschaffen«, rief Herr Wilson bestürzt, »lieber Gott, nächstens werde sie noch die Verfassung abschaffen!« Er war erschüttert; die Vorstellung, mit einem eleganten jungen Enkel über den Rasen zu schlendern, die einen Augenblick lang ganz lebendig in ihm geworden war, war unfreundlich zerstört worden. »Lieber Gott!« sagte er noch einmal.

Dan wollte widersprechen. Er schaute seine Mutter an, aber sie winkte ihm, still zu sein. Eine Auseinandersetzung zwischen Dan und seinem Großvater hätte sie unruhig gemacht – eine Auseinandersetzung, die zu nichts als gegenseitigen Mißverständnissen und Aufregungen führte. Besser, man ließ die Dinge laufen; besser, man ließ Herrn Wilson und seine Generation ins Grab fahren, ohne sie noch zu beunruhigen. Es gab schon genug, was sie beunruhigte, auch ohne daß man die Unruhe in die eigene Familie hineintrug. Die armen, alten Menschen, sollten sie in Frieden dahingehen! Dan stimmte ihr bei, als sie es ihm später – allein mit ihm in ihrem Schlafzimmer – auseinandersetzte. Sie war ihm für diese Zustimmung dankbar, denn sie wollte kein Echo von Miles und seinen umstürzlerischen Lehren zwischen den Aquarellen von Biggleswade.

Das Juliwetter machte es ihr schwer, nicht ständig an Miles zu denken; es sprach von der Süße der Liebe. Sie wußte, daß Miles auf seiner Burg war, und als sie zwischen den Rosenbeeten im Garten ihres Vaters umherging, kehrte der unerträgliche Schmerz um Miles zurück. Als Dan wieder nach Eton gefahren war, schickte sie Miles ein Telegramm und teilte ihm mit, daß sie ihn besuchen wolle.

»Miles«, sagte sie, als er sie von der Bahn abholte und sie in demselben alten Auto die Heckenwege, die jetzt sommerlich üppig grünten, entlangratterten, »erinnerst du dich des ersten Males, als du uns an einem Winterabend hier abholtest, mich und Dan, und als der alte Mann am Eisenbahnübergang verunglückte?«

»Denk nicht mehr daran!«

»Ich will auch nicht daran denken. Deshalb spreche ich davon. Ich hatte ein abergläubisches Gefühl dabei, als sei es ein böses Vorzeichen, das mich seitdem ständig verfolgt. Wenn ich es dir erzähle, verschwindet der Schatten vielleicht. Ich habe bis jetzt stets vermieden, darüber zu sprechen. Ich möchte, daß wir jetzt ganz glücklich sind, ohne Wolke.«

Sie sah ihn mit einem offenen und vertrauensvollen Lächeln an. Sie fühlte sich plötzlich erleichtert und glücklicher als seit Wochen.

»Fahr nicht ganz so schnell; laß uns ein bißchen trödeln; ich möchte mir das Land ansehen, das nach dem grauen London so grün ist. Ich mag den Rain an den Hecken gern, der sich am Wege entlang mit hundert Blumen breitmacht, deren Namen ich gar nicht kenne. Ich mag die wilden Rosen gern, deren Zweige über den Hecken winken. Ich fühle mich wie ein Kind aus den Elendsvierteln, das man zur Erholung schickt und das aus London aufs Land hinauskommt. Ich mag das hohe Gras gern und die Wiesen, auf denen das Heu liegt. Nimmst du mich morgen mit aufs Feld? Jeden Tag?«

»Wie viele Tage willst du denn bei mir bleiben?« Er war belustigt über ihre Begeisterung, belustigt, entzückt und überrascht.

»So lange du mich haben willst. Es ist etwas geschehen, es ist etwas in mir klargeworden. Ich weiß nicht, was es ist; ich weiß nur, daß ich versucht habe, dich zu vergessen, als ich bei meinem Vater war, und dann habe ich mich so sehr nach dir gesehnt, daß es daneben gar nichts mehr gab. Miles, fahr noch ein wenig langsamer! Laß mich diese Sommerfahrt genießen, und laß sie jenen Winterabend auslöschen! Erinnerst du dich, daß du gesagt hast, ich müsse deine Burg im Sommer sehen? Und ich sagte, sie könne nicht schöner sein als an diesem Wintertag? Ich glaube, ich habe wirklich gedacht, unsere Liebe sei unabhängig von den Jahreszeiten. Damals war alles so vollkommen, daß ich nicht glaubte, es könne so bleiben; ich habe gewiß nicht geglaubt, es könne noch stärker werden. Aber es ist stärker geworden, weißt du? Ich liebe dich jetzt noch mehr als damals. Du verwirrst mich, du bestürzt mich, aber ich liebe dich mehr; ich komme nicht mehr los von dir. Ich habe kein Verlangen danach.«

Sie saß dicht neben ihm und flüsterte, während er fuhr. Sie beugte sich rasch nieder, und ihre Lippen berührten seine Hand, die auf dem Lenkrad lag. Bereitwillig ging er auf ihre begeisterte Stimmung ein, verlangsamte die Geschwindigkeit, und still wie Menschen in einem Traum glitten sie zwischen den Julihecken dahin. Er hatte ihr Kommen nicht erwartet, und ihr Telegramm hatte ihn in einer Stimmung, die zwischen Besorgnis und Erregung schwankte, zum Bahnhof getrieben. Doch als sie sich gegenüberstanden, schwand die Besorgnis; ihre Empfindungen strebten zueinander, wurden eins, fanden Erfüllung im ausschließlichen Gefühl ihrer Liebe. Für ihn gab es nur noch sie und für sie nur ihn. Der Sommer und die ländlichen Wege waren für sie beide da.

»Du hast keine Freude daran gehabt, mit mir in Nachtklubs zu gehen«, sagte er und gestand damit eine Schuld ein, die er an ihr begangen hatte.

»Es war gräßlich für mich, Miles; du warst nicht du; ich war nicht ich. Oder wenn ich es war, so war es ein verächtliches Ich. Das hier ist besser. Laß uns hierbleiben, vergraben, verloren! – Sieh, da sind wir an der Abzweigung zu deiner Burg! Da ist die Tafel mit der Aufschrift: ›Privatweg. Keine Durchfahrt.‹ Weißt du, als ich diese Tafel das erstemal sah, hatte ich Angst. Es war das erstemal, daß ich hierherkam, die Scheinwerfer deines Wagens fegten darüber hin, und ich wußte, ich war auf einer Straße, von der es kein Zurück gab. Halt eine Minute, halt an!«

Er fuhr den Wagen an den Straßenrand, stellte den Motor ab, und sie lehnte sich an ihn, so eng, daß sie den Schlag seines Herzens fühlen konnte.

»Kannst du mein Herz auch spüren, Miles? Nein, natürlich nicht, ich bin auf der falschen Seite. Liebster, fahr ganz langsam weiter! Das ist dein eigener Feldweg. Das sind deine eigenen Äcker auf beiden Seiten. Das ist dein wahres Wesen, glaube ich – echter als das aus den Nachtklubs, sogar als das aus dem Unterhaus. Bretton kennt diese Seite von dir gar nicht richtig, die Anquetils auch nicht. Ich auch nicht«, setzte sie demütig hinzu, »ich bin nie ein Landmensch gewesen, und ich kann nicht ein Wort von dem verstehen, was Munday sagt. Ich war sehr böse – obwohl du es nicht merktest –, wenn du mich über die Sturzäcker schlepptest. Und doch empfinde ich deine Burg und deine Felder als rechte Umgebung für dich und unsere Liebe. Siehst du mich als Eindringling an?«

Der Wagen glitt die steile Zufahrt zu Miles' Weg hinunter; es war ein Weg, der so ungepflegt war, daß blühende Gräser und Wiesenschleierkraut die Kotflügel streiften, als sie vorüberfuhren. Er legte den Arm um ihre Schulter und fuhr mit einer Hand. Der Wagen scheuchte einen Flug junger Rebhühner in den Graben.

»Ich wünsche mir nichts anderes als dies«, sagte er, und im Augenblick glaubte er es auch.

Der schwere goldene Sonnenschein verlieh dem alten Gemäuer eine Art Patina und ließ den Turm einen langen Schatten über das Gras werfen, wie bei einer riesigen Sonnenuhr bewegte er sich langsam mit der Sonne. Alles war still und verschlafen außer dem Gurren der weißen Tauben, die dicht nebeneinander auf dem Dache saßen. Miles sagte, eigentlich habe er den Frühling lieber, wenn das Grün frischer sei, die Bäume weniger dunkel und schwer, das ganze Jahr noch nicht voll erblüht; doch Evelyn verbot ihm, in solcher Vollkommenheit Fehler zu suchen.

»Selbst wenn wir morgen stürben, Miles, wäre das Heute fehlerlos.«

Er neckte sie damit, daß er sagte, sie und er und die Burg zwischen ihnen gäben ein Bild wie von Marcus Stone, und das sei es gerade, was sie liebe; und sie war sofort ein wenig traurig, nicht weil er sie neckte, sondern weil sie wußte, daß Marcus Stone nur junge Liebespaare malte. Sie hütete sich aber, ihm den Grund zu erklären, weshalb diese kleine Wolke ihre Stimmung verdunkelt hatte. Andere Wolken gab es nicht; sie war entschlossen, keine aufkommen zu lassen. Sie ermutigte ihn sogar dazu, mit ihr über sein Buch zu sprechen, über dieses Schreckgespenst, das selbst in ihren glücklichsten Augenblicken tabu war. Er habe es gerade beendet und ihr übrigens vor drei Tagen darüber geschrieben – er arbeite nun an den letzten Korrekturen. Sie sagte, er solle sich morgen früh daran setzen, aber nicht diesen Abend: »Bitte, Miles, laß diesen Abend mir gehören!« Darüber lachte er, aber fröhlich, und meinte, sie sei keine Ehefrau für einen Schriftsteller oder Politiker.

Nach dem Abendbrot wanderten sie in völliger Eintracht an den hohen Ziegelmauern entlang. Der Abend war ganz still; der Turm sprang wie eine verzauberte rote Fontäne zum Himmel auf. Evelyn schaute zu seinen Fenstern empor, und ihre Finger schlossen sich fester um Miles' Hand. Sie dachte an die erste Nacht, als sie über hartes, gefrorenes Gras gegangen war, um Miles in seinem Turm zu besuchen, während Dan unschuldig im Hause, hundert Schritte entfernt, im Schlafe lag. Damals war es kalt gewesen, und sie war bebend und beklommen in Miles' Arme gekommen. Jetzt war es warm, und sie waren einander eng vertraut.

»Miles«, sagte sie, »schläfst du im Hause oder im Turm?«

Sie lachten über diese Frage. Natürlich schlief er im Turm. Was würde Frau Munday denken, wenn er allein mit Frau Jarrold im Hause schliefe? Sie lachten glücklich, wie Liebende lachen, die ein Geheimnis miteinander teilen.

»Diesmal komme ich zu dir, Evelyn, und verlasse dich, wenn's dämmert.«

Sie schlenderten den Weg an der Mauer auf und ab. Sie vergaßen die Welt, brachen kleine Zweige von der Eberraute ab und zerrieben sie zwischen den Fingern. Die Stiefmütterchen und die weißen Lilien leuchteten noch aus der Dämmerung hervor. Es war ein Traum, ein Schweben.

Später kletterten sie die fünfundsiebzig Stufen des Turmes hinan und standen oben auf der bleiernen Plattform, stützten die Ellbogen auf die Brüstung und schauten schweigend über die Felder, die Wälder, die Hopfengärten und den See unten in der Mulde, von dem ein feiner Nebel aufstieg. Der Mond stand voll und hell am Himmel; nur wenige Sterne waren zu sehen, weil der Mond hell leuchtete: nur die Sterne erster Größe und ein oder zwei Planeten. Evelyn fragte Miles, welche das seien, und er nannte sie sofort mit Namen; solche Dinge wußte er stets, und obwohl sie ihr fremd waren, freute sie sich über sein Wissen. Es machte sie stolz, ihn zu veranlassen, seine Fähigkeiten zu zeigen, und seine überlegenen Kenntnisse festzustellen. Und niemals enttäuschte er sie. Andere mochten sagen, der junge Vane-Merrick sei ein bißchen vorneweg mit dem Mundwerk, ein bißchen oberflächlich – wenn er auch in mancher Hinsicht ernsthaft genug sei, meinten sie, sogar einflußreich –, Evelyn war jedenfalls unfehlbar von seinem umfassenden Wissen beeindruckt, besonders wenn es ihre Beziehung in keiner Weise störte. Wenn er sich ernsthaft mit astronomischen Studien beschäftigt hätte, würde sie es ihm übelgenommen haben, eine Nacht am Teleskop verbringen zu sollen; in der jetzigen Stimmung aber liebte sie es, auf einen leuchtenden Stern zu zeigen und zu sagen: »Was ist das für einer, Miles?« Und dann erhielt sie seine Antwort, so bedeutungslos sie ihr auch sein mochte: »Arcturus – du kannst ihn immer finden, wenn du einem Halbkreis vom Großen Bären herunter folgst.« Das war einfach, aber Evelyn wußte es nicht. Sie unterschied nicht zwischen den Dingen, über die Miles wirklich etwas wußte, und denen, von denen er kaum eine Ahnung hatte. Sie wußte nur, daß manche Dinge sie langweilten und andere nicht; Politik langweilte sie, und sein Buch langweilte sie, und Astronomie langweilte sie, aber es langweilte sie nicht, wenn Miles ihr die Venus am Abendhimmel zeigte und ihr erzählte, daß das der Planet sei, der den Liebenden geweiht ist. Danach schaute sie die Venus mit gesteigerter Achtung an.

Sie stiegen wieder hinunter und wanderten fort vom Turm, vom Garten und vom Burggraben.

Unten im Walde am See saßen sie auf einem umgestürzten Baum zwischen Fingerhut und hohem Farnkraut. Der See schimmerte durch eine Lichtung. Die Eichen über ihnen verdunkelten den halben Himmel. Es war still und warm – so still, daß sie das Rauschen der Blätter hörten; so warm, daß Evelyn den Mantel abwarf und Miles seine Hand auf ihrem bloßen Hals ruhen ließ. Es war eine richtige warme Sommernacht, wie sie in England selten ist. Sie sprachen kaum.

Endlich seufzten sie, erhoben sich und wanderten über die Wiesen zum Turm zurück. Eine Koppel war spät gemäht worden, und sie gingen zwischen den Reihen der frischen Schwaden dahin. Einmal sanken sie in das duftende Heu nieder und blieben eine Weile dort; sie schwiegen, doch die Liebe war beredt. Dann erhoben sie sich wieder, wie in einem gemeinsamen Entschluß, und setzten, sich anblickend – wenn auch die Nacht inzwischen hereingebrochen war und sie einander kaum sehen konnten –, den Weg fort, Hand in Hand, über die Wiesen dem Turme zu.

Am nächsten Morgen erwachte Evelyn, noch erfüllt von demselben Gefühl höchsten Glücks. Die unbedingte Abgeschlossenheit auf der Burg inmitten der tausend Morgen, die Miles gehörten, kleidete ihre geheime Liebe in idyllische Farben. Weit weg lag der Tadel der Jarrolds und das Gespenst des Altersunterschiedes. Sie waren nur Liebende, vereint in dem ewig jungen, lyrischen Bund der Liebe. Sie sprang aus dem Bett und begann sich anzuziehen; der Gedanke erfüllte sie mit Freude, daß sie nun hinuntergehen und Miles beim Frühstück treffen würde und daß ein neuer Tag für ihre Freude anbrechen würde, mit einer neuen Abenddämmerung, einer neuen Sommernacht und dem Mond, der durch die vergitterten Turmfenster schien. Das Vorgefühl dieser kommenden Freude machte sie schwach, als sie sich anzog, und zwang sie, sich einen Augenblick schwindlig in den Sessel neben dem ungeheuren leeren Kamin des Schlafzimmers zu setzen. Schwalben nisteten im Kamin. Sie stießen aus dem Rauchfang herab, ins Zimmer hinein, setzten sich kurze Zeit auf den Riegel des offenen Fensters, dann glitten sie hinaus in den Garten und kehrten, ohne auf die Bewohnerin des Zimmers zu achten, mit Nahrung für ihre zwitschernde, unsichtbare Brut zurück. Evelyn beobachtete ihr Aus- und Einfliegen. Niemals hätte sie geglaubt, daß sie – ausgerechnet sie! – sie, die so verstädtert war – in der Gemeinschaft mit Schwalben leben könne; doch Liebe wirkt seltsame Wunder. Sie beobachtete die kleinen Geschöpfe bei ihrer sorgenden Beschäftigung und vergab ihnen den Schmutz, den sie auf ihre Haarbürsten und den Frisiertisch machten. Sie waren nur damit beschäftigt, die Forderungen der Natur zu erfüllen. Wie natürlich, einfach und unausweichlich war ihr Glaubensbekenntnis! So natürlich, daß es ihr göttlich erschien. Sich paaren, nisten, brüten; Futter für die Jungen suchen; Futter bringen, entweder durch den Rauchfang oder durch das Fenster; auf dem Wege ihr bißchen unschuldigen Dung verstreuen; zum Plaudern oben auf dem Spiegel rasten; nichts empfinden außer dem Drang, Junge zur Welt zu bringen und aufzuziehen in den kurzen Monaten, ehe die unerklärliche Notwendigkeit der Wanderung sie ergriff; soviel Zutrauen in das Wohlwollen des Menschen setzen, unter seinem Dach oder sogar in seinem Kamin zu nisten! Diese zerbrechlichen, verletzlichen Vögel, die vom Schicksal nach dem einfachen Leben ihres englischen Sommers zu jener langen, geheimnisvollen Reise bestimmt waren! Im Sessel vor dem Kamin ausgestreckt, beobachtete Evelyn die Schwalben bei ihren rastlosen Flügen und fand nicht die Kraft, sich weiter anzuziehen, so sehr war sie von dem kleinen Schauspiel der Schwalben gefangengenommen, so sehr neidete sie ihnen die Einfachheit und die Kinder, die sie da im Dunkel des Kamins aufzogen. Halb angekleidet, noch im Hemd, ließ sie sich auf die Knie nieder und schaute in den Rauchfang empor; und dort über dem Rand des Nestes sah sie zwei unentschlossene, knäuelförmige, halbflügge Gestalten, fast schon bereit zu fliegen; als sie sich zurückzog, preßte sie die Finger in die Augen, daß die Augäpfel schmerzten, und dachte an Kinder, die sie von Miles hätte haben können; und dann dachte sie an Dan, der nicht Miles' Sohn war; doch der Sommermorgen draußen vor dem Fenster war so herrlich und die Erinnerung an die Nacht so lebendig und die Vorstellung von den folgenden Tagen so deutlich, daß sie die

Finger von den Augen nahm, sich erhob und ein Sommerkleid anzog, um hinunterzugehen und Miles zu suchen, der bei alledem ihr Geliebter war.

Er hatte vor dem Frühstück im See gebadet und kam mit nassem Haar herein, das er gerade zurückstrich. Frau Munday war im Zimmer und setzte eine große Schüssel mit Speck und Eiern auf den Tisch; ihr Gesicht trug wie gewöhnlich den Ausdruck verständnisvoller Heiterkeit. Die Tür zum Garten mit den leuchtenden Blumen stand offen; das Licht der Sonne ergoß sich ins Zimmer.

»Ich hoffe, Sie haben gut geschlafen.«

Sie antwortete ihm mit einem raschen und bedeutungsvollen Lächeln. »Danke, herrlich. Habe ich mich verspätet? Ich habe getrödelt, weil ich den Schwalben zugesehen habe, die in meinem Kamin auf und nieder geflogen sind.«

»Ich hätt's Ihnen vorher sagen sollen, daß sie da sind – Sie hätten gestern abend das Feuer anzünden können! Frau Munday mag sie nicht; aber ich habe Fürsprache für sie eingelegt, und so hat sie ihnen das Leben gelassen.«

»Sie würden sie auch nicht mögen, gnädiger Herr, wenn Sie nach ihnen sauberzumachen hätten.«

»Das mag sein, aber Sie wissen ja, daß Sie selbst ihnen auch nicht weh tun könnten, wenn ich es auch zuließe. In Griechenland hält man es für das größte Glück, Frau Munday, wenn Schwalben im Hause nisten.«

»Wirklich, gnädiger Herr? – Ich lerne eine Menge von Herrn Vane-Merrick«, sagte sie, vergnügt zu Evelyn gewendet. »Hoffentlich ist der Kaffee so, wie Sie ihn mögen! Was kann ich Ihnen sonst noch bringen?«

»Wir haben alles, was wir uns auf der Welt nur wünschen können, Frau Munday.«

Als Frau Munday gegangen war, streckte Evelyn ihm die Hand entgegen. »Meinst du es wirklich so? Daß wir alles hätten, was wir uns auf der Welt nur wünschen können? Hast du auch dieses Gefühl, Miles? Als ich heute morgen aufwachte, war ich so glücklich, daß ich dachte, ich würde daran sterben. Komm einen Augenblick vor die Tür, ehe wir anfangen zu frühstücken! O Miles, wie warm die Sonne ist! Leg mal deine Hand auf die Ziegel – sie sind ganz heiß. Ich habe noch nie so leuchtende Blumen gesehen; es ist, als hätten sie sich in der Nacht verdoppelt, und jedes einzelne Blütenblatt glänzt. Ist es möglich, daß wir beide hier zusammen sind? Du und ich allein? Daß wir uns lieben?«

Sie lehnte in ihrem Sommerkleid am Türrahmen im Sonnenschein, erregt, strahlend und voller Staunen; einmal blickte sie auf Miles und sein glattes, schimmerndes Haar, einmal in den Garten hinaus, der von Blumen und Sonne leuchtete. Sie faltete ihre Finger in seine. Die Erinnerung an die Nacht war lebendig in ihr: eine vollkommene Nacht, der ein vollkommener Tag folgte.

»Nun wollen wir frühstücken«, sagte sie, ließ seine Hand frei, ging zum Tisch und legte ihm Speck und Eier auf den Teller. Das Vertrautsein miteinander beglückte sie. Nach solch einer Nacht durfte sie ihm schon einmal Speck mit Eiern vorlegen.

»Worüber lächelst du, Miles?«

»Ich lächle über deine Häuslichkeit.«

Sie frühstückten in vollkommener Eintracht. »Ich habe nie gewußt«, sie sprach es nicht aus, sie fühlte es nur, »daß Frühstück eine so romantische Mahlzeit sein kann.« Sie war so guter Stimmung, daß sie ihn nach dem Frühstück fragte, was er nun vorhabe, statt vorauszusetzen, daß er bei ihr bleiben und faulenzen werde. »Du mußt dich gewiß mit Munday besprechen, Miles. Vielleicht hat in der Nacht eine Kuh gekalbt. So etwas scheint auf dem Lande dauernd zu geschehen. Oder wenn keine Kuh gekalbt hat, mußt du dein Buch korrigieren. Ich gehe ein bißchen durch die Felder, und du kannst mir dann nachkommen. Beeil dich nicht!« Im stillen dachte sie, die Lust des Augenblickes, wenn er käme, würde durch die kurze Trennung gesteigert. Außerdem kam sie sich sehr heldenhaft vor, weil sie ihm vorschlug, er solle sein Buch korrigieren.

Er ließ sie gehen und beobachtete, wie ihre Gestalt in dem Musselinkleid unter einem Sonnenschirm in der langen Nußbaumallee verschwand. Die dänische Dogge stand neben ihm und wartete geduldig. Er sah, wie Evelyn aus dem Schatten der Nußbäume hervorkam, das kleine Tor aufklinkte und in den Sonnenschein des Feldes hinaustrat. Sie wandte sich um und winkte ihm zu. Er winkte zurück. Sie war ebenso leuchtend bunt wie die Blumen im Garten. Er stellte sich tatsächlich vor, als er sie mit liebenden Augen beobachtete, daß sie eine Blume sei, ein Blütenblatt, das aus seinem Garten davonwehte, die Nußbaumallee hinunter, durch den Schatten, und seine Farbe zurückerhielt, als es wieder ins Sonnenlicht hinauskam. Der Schatten konnte sie verdunkeln, die Sonne sie erhellen. Er hatte sie lieber, wenn die Sonne sie hell machte. Schatten machte ihn ungeduldig und reizbar. Sein Leben war zu erfüllt und zu männlich, um ihre rein weiblichen Schwierigkeiten zu erfassen. Er liebte sie, aber sie war Zerstreuung für ihn, nicht sein ganzes Leben. Er liebte sie gewiß. Doch er liebte sie besonders, wenn sie so heiter, so glücklich, so einfach, so unbeschwert und so malerisch war wie die Blumen an diesem Morgen vor der offenen Tür im Garten. Er konnte es nur nicht ertragen, wenn sie schwieg und anstrengend und eifersüchtig war. Dann hatte er den Wunsch, für immer von ihr zu gehen und von der Liebe mit all ihren lästigen und weiblichen Schwierigkeiten befreit zu sein, doch wenn sie froh und unbeschwert war und so hübsch, wie sie ausgesehen hatte, als sie in ihrem Musselinkleid am Türrahmen in der Sonne lehnte, hatte er das Gefühl, daß er für immer bei ihr bleiben wolle. Er war ihr besonders dankbar dafür, daß sie ihn an sein Buch geschickt hatte. Die Zeit und sein Verleger drängten, und in den letzten Monaten hatte er manchen Tag durch Evelyns Ansprüche verloren. Weshalb konnte sie nicht immer so vernünftig sein wie an diesem Morgen? Dann hätte es niemals Verdruß zwischen ihnen gegeben.

Er ging ins Haus zurück und beschäftigte sich mit den Papieren auf seinem Schreibtisch. Tief unten in seinem Geist behielt er das Bild, wie sie die Nußbaumallee hinunterging, das Tor aufklinkte und in das Sonnenlicht des Feldes hinausschritt; er wußte, daß er in ein, zwei Stunden hinausgehen und sie suchen würde und daß ihr Zusammensein weiterhin idyllisch sein würde. Doch in der Zwischenzeit war er weit genug von ihr entfernt, um ihr dankbar für die Stunde zu sein, die sie an sein tägliches Leben abgetreten hatte.

So dankbar war er und so außerordentlich erleichtert – denn er hatte sich von vornherein eine strenge nochmalige Durchsicht seines Buches vorgenommen, und Evelyns unerwartete Ankunft hatte die Befürchtung in ihm erweckt, daß er sie hinausschieben müsse –, daß er sich ganz in sein Schreiben vertiefte und die Zeit vollständig vergaß.

Er schrieb besser als sonst, und sein Verstand arbeitete schärfer, weil er sich bewußt war, daß sie irgendwo draußen auf seinen Feldern sei und auf ihn warte.

Evelyn ging querfeldein, bis sie an den See in der Mulde kam, wo sie sich auf einen Baumstumpf setzte und über das glitzernde Wasser schaute. Sie hatte keine bestimmten Gedanken; ihr Wesen war einfach in sinnliche Wärme gebettet, die sich aus Liebe und aus der Schönheit des Sommertages zusammensetzte. Gleich würde Miles zu ihr kommen. Alles andere war unwichtig. Sie wußte, daß er an seinem Buch zu schreiben hatte; sollte er es schreiben! Sein Buch war wichtig und doch unwichtig. Er könnte sogar Bretton in Maidstone anläuten und sich lange mit ihm unterhalten, wobei eine Stimme dann und wann unterbrach, um zu sagen: »Sechs Minuten – neun Minuten – zwölf Minuten«, aber all diese Minuten waren nichts, verglichen mit der Minute, wenn sie sehen würde, daß er das Feld zum See herunter ihr entgegenkam. Es ist entsetzlich, es ist göttlich, dachte sie und preßte die Finger wieder in die Augen wie vorhin, als sie die Schwalben beobachtet hatte, es ist entsetzlich, es ist göttlich, als Frau so sehr zu lieben. Diese Pein mußte man sogar vor dem Geliebten verbergen; und daher rührt die Einsamkeit der Liebe einer Frau. Wie sehr wir uns auch lieben mögen, er und ich, immer ist es ein Unterschied: Ihm bleibt die Welt, mir vergeht sie. Die männliche Welt bleibt ganz getrennt von der Welt der Liebe bestehen. Deshalb – diesen logischen Schluß zog ihr Verstand – darf ich ihm nicht lästig werden. Ich muß mich der Stimmung fügen, die ihn beherrscht, und dankbar sein für das, was er mir schenkt. Er ist ein Mann, und ich bin eine Frau. Sein Leben ist erfüllt, und meins ist leer, soweit er es nicht erfüllt.

Doch es war schwer für sie, sich selber in die Zucht zu nehmen, während sie am See saß und auf Miles wartete. Zwanzig Stunden zusammen mit ihm hatten sie unzugänglich für Vernunftgründe gemacht. Sie war sein; deshalb mußte auch er ihr gehören. Sein Buch und seine Telefongespräche mit Bretton waren unwesentlich. »Ich, dein Gott, bin ein eifriger Gott« – ein eifersüchtiger Gott, wenn es der Gott der Liebe ist.

Sie wartete so lange Zeit, daß ihre Vernunft anfing zu verfliegen und ihr Unwillen die Oberhand gewann. Wirklich, sie mußte ihm sehr wenig bedeuten, wenn er so viele Stunden verschwendete, in denen sie hätten zusammensein können! Sie riß ein Büschel Gras aus und nagte ärgerlich an den Halmen, wobei sie eine tapfere Anstrengung machte, sich zu beherrschen. Sie war entschlossen, ihn nicht unfreundlich zu empfangen, wenn er überhaupt zu kommen geruhte. Es war ihre eigene Schuld; sie hatte ihm gesagt, er solle an seinem Buche arbeiten und sich nicht beeilen. Er war nicht zu tadeln, wenn er sie beim Wort nahm. So ermahnte sie sich selber. Und doch fing sie an, zornig zu werden über seine Annahme, daß sie unendlich glücklich und geduldig die wilden Enten am See beobachten wollte.

Dann sah sie ihn über die Felder auf sich zukommen. Ihr Ärger verflog. Die Felder und der Sommer und die Liebe und Miles klangen in ihrem Geist wieder harmonisch zusammen. Sie vergaß, daß er sie hatte warten lassen.

Sie wollte nicht aufstehen, um ihm entgegenzugehen. Sie wollte den Augenblick hinauszögern, wenn er ihre Hand ergreifen und sagen würde, daß seine Schreiberei nun ganz und gar fertig sei und daß er frei sei und den ganzen Tag bei ihr bleiben werde. Ein Zittern lief über ihren Leib, als er ihr nahe kam. »Sieben Monate!« dachte sie. »Und noch so unsinnig verliebt!«

Er kam zu ihr und warf sich neben sie ins Gras.

»Fertig mit Schreiben, Miles? Was wollen wir tun? Sollen wir in den Wald gehen, oder willst du mit mir Kahn fahren? Was du willst. Ich bin vollkommen glücklich, solange wir allein sind.«

»Wir werden leider nicht allein sein.«

»Nicht allein? Was willst du damit sagen?« Sie setzte sich kerzengerade auf, dann entspannte sie sich, als sie erriet, was er meinen könnte. »Du mußt Bretton oder sonst jemand sprechen?« sagte sie, entschlossen, vernünftig zu sein.

»Die Anquetils haben angerufen«, sagte er bedächtig, »sie wollen heute herauskommen.«

»Miles, du hast doch nicht gesagt, daß sie kommen könnten?«

»Natürlich habe ich das gesagt – sie sind das ganze Jahr noch nicht hiergewesen. Du hast doch nichts dagegen?«

»Nichts dagegen! Ach, Miles, du wußtest, daß ich etwas dagegen haben würde. Wie konntest du etwas so Unüberlegtes und Grausames tun! Ich glaube, du hast es absichtlich getan, um mich zu kränken, um einen Streit hervorzurufen. Oder hast du wirklich gedacht, ich hätte nichts dagegen? Bist du nur gedankenlos oder absichtlich grausam? Aber wie es auch sei, ich verstehe dich nicht, ich verstehe es nicht.«

All ihre Heiterkeit, all ihr Glück waren erbarmungslos zerstört; sie fühlte sich verletzt, ärgerlich und bestürzt. Sie sah ihn an, als wolle sie versuchen, in seine Gründe einzudringen. Er erwiderte ihren Blick mit den harten Augen, die sie zu fürchten gelernt hatte. Er fühlte sich tatsächlich schuldig, und das Schuldgefühl machte ihn trotzig. Es war nicht wahr, daß er die Absicht gehabt hatte, sie zu kränken und herauszufordern; es war jedoch richtig, daß er die

Absicht gehabt hatte, sie in ihrer Unvernunft – wie er es nannte – zu demütigen. Schon als er telefonierte, hatte er bei dem Gedanken an ihren Unwillen ironisch gelächelt. Nun tat es ihm leid, als er ihre Enttäuschung und ihr Elend sah; und doch wollte er nicht nachgeben.

»Wie du übertreibst! Sie fahren ja heut abend zurück nach London und lassen uns allein – wenn es wirklich das ist, was du willst.«

»Du bist gemein, Miles – kalt und gemein. Gut: Wenn sie kommen, gehe ich.«

»Verlierst du nicht jeden Maßstab?«

»Ich glaube nicht. Wenn du fähig bist, etwas zu tun, von dem du weißt, daß es mich verletzt, so ist das doch ganz eindeutig, nicht wahr? Dann heißt das, daß du dir nicht so viel aus mir machst, wie ich mir einzureden versucht habe. Du hast mich überdies den ganzen Morgen allein gelassen. Entweder bist du roh oder gleichgültig, oder du tyrannisierst mich. Wie es auch sei, es macht kaum einen Unterschied. Unter solchen Voraussetzungen will ich dich nicht. Ich ziehe es vor, dich jetzt zu verlassen, sofort und für immer. Du kannst in Ruhe an deinem Buche weiterarbeiten; und du kannst deine Freunde behalten.«

Sie stand auf.

»Du brauchst nicht so höhnisch über mich zu lächeln, wie du da liegst, Miles. Ich meine es ernst. Du weißt, von uns beiden hat immer jeder die Oberhand haben wollen – oh, ich gebe zu, wenn du es willst, daß wir beide keinen schönen Charakter haben. Wir sind beide eitel und herrschsüchtig. Aber du hast nicht gewonnen. In einem Punkte hast du gewonnen, weil ich dich viel stärker geliebt habe als du mich; das kannst du dir zum Triumph anrechnen. Nun ist's vorbei, und ich nehme an, daß du dankbar bist, mich loszuwerden.«

»Evelyn, du redest all das nach, was die Leute bei solchen Gelegenheiten sagen. Das ist doch alles unsagbar abgedroschen.«

»Mein lieber Miles, du kannst mich mit deiner Überlegenheit nicht mehr reizen. Spar sie dir für die Anquetils auf – vielleicht machst du auf sie Eindruck damit. Auf mich nicht. Ich bin ein Durchschnittsmensch, eine gewöhnliche Frau, nicht gescheit, nicht intellektuell – das hab ich dir immer gesagt. Ich habe nie versucht, dir etwas vorzumachen. Aber eines muß ich dir noch sagen, ich habe viel für dich aufgegeben, Dinge, von denen ich nie geglaubt hätte, daß ich sie aufgeben könnte ...«

»Deine Ehrbarkeit, meinst du wohl?«

»Ja, die meine ich wirklich. Du magst darüber höhnen. Für mich hat sie etwas bedeutet. – Und da«, fügte sie hinzu, an ihren andern Kummer erinnert, »dachtest du mit keinem Gedanken an mich, als du die Anquetils hierher einludest. Was würden sie denken, wenn sie mich hier allein mit dir träfen! Du weißt, wieviel ich riskiere, wenn ich überhaupt komme, ohne es aller Welt bekanntzugeben.«

»Die Anquetils sind nicht alle Welt; außerdem wissen sie schon über uns Bescheid.«

»Ja – du hast es ihnen erzählt. Ohne mich um Erlaubnis zu fragen, hast du's ihnen erzählt.« Sie zog es vor, die Freude zu vergessen, die es ihr bereitet hatte, als sie hörte, er sei unfähig gewesen, sein neues Glück seinen besten Freunden zu verhehlen. »Auch nicht einen einzigen Augenblick hast du dir die Mühe gemacht, darüber nachzudenken, wie sehr du mich vielleicht kompromittierst. Dan – meine Dienstboten – meine Verwandten –, hast du jemals an die gedacht?«

»Du lieber Gott, daß du auch mit solch albernen Dingen rechnest!«

»Für dich mögen sie albern sein. Für mich sind sie's nicht. Und doch habe ich dir alles geopfert, Miles. Bildest du dir ein, daß mir dieses Opfer gar nichts bedeutet hat? – Nein, ich will dir keine Vorwürfe machen. Ich habe um deinetwillen gelitten – mehr als du weißt –, aber ich bin auch mit dir glücklich gewesen, manchmal – nein, ich will dir keine Vorwürfe machen. – Ich gehe jetzt, Miles. Sag den Anquetils nicht, daß ich hier war, willst du das?«

Beunruhigt und gereizt faßte er sie am Rock, als sie ging. »Evelyn, sei nicht ärgerlich! Es gibt wichtigere Dinge im Leben als den Zank von Liebesleuten. Zank und Versöhnung – das ist eine Erfindung der Romanschreiber.«

»Miles, bitte, laß meinen Rock los! Du bist es, der lächerlich aussieht, wie du dich da im Grase rekelst und dich an mich klammerst. – Was meinst du übrigens damit, daß Zank und Versöhnung eine Erfindung der Romanschreiber seien? Schlag dir die Romane aus dem Kopf, und du bist ein klügerer Mann!«

»Bring Vernunft in deinen«, brummte er und ließ sie los, »dann bist du eine klügere Frau!«

»Wir haben beide recht«, sagte sie und schaute ihn traurig an; und obwohl er sie in diesem Augenblick leicht hätte wiedergewinnen können, da sie unglücklich und schon besänftigt war, verpaßte er die Gelegenheit; und sie ging von ihm weg, quer über das Feld in dem Kleid, das er vor dem Frühstück so sehr geliebt hatte.

Ärgerlich sah er ihr nach; dann sprang er auf und ging hinter ihr her. »Evelyn!«

Sie blieb stehen und wandte sich nach ihm um, aber sie war sehr kühl. »Ich glaube nicht, daß du mir noch etwas zu sagen hast, oder...?«

»Dieser Zank ist töricht. Wir waren so glücklich.«

»Ja, wir waren's, aber du hast's verdorben.«

»Können wir's nicht wieder in Ordnung bringen?«

»Wenn du's in Ordnung bringen willst, Miles, so ruf die Anquetils an und halt sie davon zurück, herzukommen!«

»Nein«, sagte er nach einer Pause.

»Du willst nicht?«

»Ich will nicht. – Der Ausweg ist albern. Und außerdem ist's zu spät.«

»Ich verstehe: Du ziehst deine Freunde vor. Wir wollen es dabei lassen.«

Sie ging weiter.

»Ich ziehe meine Freunde nicht vor«, sagte er und folgte

ihr, »aber ich ziehe ein friedliches Leben einem Leben voll zerstörender und unnützer Aufregungen vor.« Der Augenblick der Reue war vorüber; er war sehr böse und wütend.

»Ist das eine unnütze Aufregung, wenn ich stundenlang dasitze, auf dich warte und an nichts anderes denke, als daß ich dich endlich – endlich! den ganzen Tag für mich habe, ja, und die Nacht auch, Miles, und du kommst und sagst ruhig, daß andere Leute kämen, uns die Einsamkeit zu verderben, und kümmerst dich nicht darum, daß die anderen Leute uns das rauben, was mir – wenn vielleicht auch nicht dir – so kostbar ist? Du lädst sie absichtlich ein, obgleich du sehr wohl weißt, daß du mir die ganze Freude verdirbst: Du tust es absichtlich, du verdirbst mir die Freude, weil du glaubst, ich sei unvernünftig. Hast du gar keine Phantasie, du, der du so stolz auf deine Intelligenz bist? – O doch, Miles, du hast Phantasie; du hast genug Phantasie, um ganz genau zu wissen, was du getan hast, und das kann ich dir nicht verzeihen. Ich könnte dir Dummheit verzeihen – du bist schließlich nur ein Mann –, aber deine Absicht kann ich nicht verzeihen. Du hattest die Absicht, mich zu verletzen; nun, das ist dir gelungen, aber du hast mich damit verloren.«

Was für eine Sprache! sagte er zu sich selbst, wütend, weil sie solch einen Lärm um nichts machte, aber gleichzeitig wußte er irgendwo tief in seinem Innern, daß ihre Empörung von ihrem Standpunkt aus berechtigt war; er wußte, daß sie versucht hatte, ihm bei der Arbeit an seinem Buch entgegenzukommen; er wußte, daß die Anquetils eine bedeutsame Kluft zwischen ihm und ihr darstellten. Der Lärm, den sie machte, war nach dem Buchstaben des Gesetzes nicht zu rechtfertigen, doch nach dem Geist des Gesetzes ließ sich manches zu ihren Gunsten sagen. Verfluchte Liebe, verfluchte Weiber! sagte er zu sich selber, während er zusah, wie sie das Feld überquerte. Er war bestürzt, es tat ihm leid; und doch war er nicht bereit, nachzugeben. Weshalb sollten Viola und Leonard denn nicht für diesen einen Tag kommen? sagte er zu sich selber und sah ihr nach; und er fragte sich, ob sie wirklich für immer ginge; doch da er selbst von tyrannischem Wesen war, verließ er sich darauf, daß sie ihn nicht so leicht aufgeben werde, und freute sich eher über die Probe, die er ihr auferlegt hatte, als daß er sie bedauerte. »Wieder mal ein kleines Mißverständnis!« sagte er sich, während er hinter ihr herschlenderte. Er hoffte nur, daß sie nicht so ungezogen zu den Anquetils sein würde. Ungezogenheit war etwas, was er nicht ertragen konnte, wenn sie nicht flammend aus dem Schmelzofen irgendeiner Überzeugung sprang – Brettons Ungezogenheiten zum Beispiel fanden stets seine Sympathie, und Leonard Anquetils Barschheit belustigte ihn nur. Die schlechten Manieren übler Laune jedoch fand er peinlich und verletzend.

Er kam zu dem Schluß, daß er sich auf Evelyn verlassen könne: Sie war zu konventionell, um ungezogen zu sein.

Als die Anquetils ankamen, war sie nirgends zu sehen. Er fühlte sich ein wenig unbehaglich. Ob sie wirklich oben beim Packen war? Hatte er sie wirklich verloren? Sein Gemüt war zwischen der Freude über die Ankunft der Anquetils und der Sorge über die Wolke geteilt, die Evelyns Himmel verdunkelt hatte. Er wußte – niemand konnte es besser wissen –, wie heftig sie unter diesen Gefühlsstürmen litt; er wußte auch, wenn er ihr gerecht werden wollte, daß sie sich gewöhnlich bemühte, ihre Gefühle vor ihm zu verbergen, wenn sie sie nicht so heftig überkamen, daß sie alle Klugheit wegfegten. Bei dieser Gelegenheit war er allein zu tadeln. Sie hatte recht: Er hatte ganz genau gewußt, daß er ihr alle Freude verderben würde. Er haßte sich selber um seiner absichtlichen Unfreundlichkeit willen; doch gleichzeitig war er ärgerlich über sie wegen ihrer Empfindlichkeit. Er war nicht in guter Stimmung, als er den Anquetils entgegenging.

Deren bezaubernde Natürlichkeit änderte seine Stimmung sofort. Sie waren sichtlich erfreut, ihn zu sehen, und ebenso erfreut über ihren Ausflug aufs Land. Sogleich fühlte er, was er in ihrer Gesellschaft stets spürte, daß zwischen ihnen unmöglich kleinliche Mißverständnisse entstehen könnten. Das war wirkliche Freundschaft, sowohl zwischen Viola und Leonard als auch zwischen Viola, Leonard und ihm. Sie hatten ihren Sohn Paul und ihre Tochter Lesley mitgebracht; sie hatten unterwegs in Tonbridge einen Hummer gekauft, weil sie fürchteten, Frau Mundays Vorräte seien einer solchen Invasion nicht gewachsen. »Einsiedler wie du, Miles, leben eine Woche lang von einem Blatt Salat, wie ich weiß«, sagte Viola, als sie ihm den Hummer gab, der in ein Stück Zeitungspapier eingewickelt war.

»Keineswegs«, sagte er, weil er meinte, daß es gut sei, die Mitteilung sofort zu machen, »ich habe Gesellschaft; das bedeutet, daß ich in Üppigkeit schwelge. Evelyn Jarrold ist zu Besuch hier – du erinnerst dich doch an sie, Viola?«

»Oh, wie herrlich!« sagte Viola sofort. »Es freut mich sehr, sie wiederzusehen. Ich glaube, du warst damals nicht da, Lesley? Nein, natürlich, du warst ja in Paris. – Lesley bestand darauf, an die Sorbonne zu gehen, Miles, weißt du, und wir waren froh, daß sie dorthin fuhr, sonst hätten wir's erlebt, daß sie uns nach Australien wegflog. Irgendwo mußte sie ein Feld für ihre Energie finden, und von diesen beiden Möglichkeiten fanden wir die Sorbonne weniger beunruhigend. – Mein lieber Miles, wie reizend deine Burg aussieht! Du hast all die vielen Brennesseln vom vorigen Jahr ausreißen lassen. Und als wir eben durch deine weiten Äcker fuhren, bemerkte Leonard, daß du mehrere neue Zauntore gebaut hast. Weißt du noch, im vorigen Jahre waren sie alle zusammengefallen und aus den Angeln gebrochen.«

»Nach und nach richtet man diese Dinge«, sagte Miles lächelnd. Er war ihr dankbar dafür, daß sie so zartfühlend über die Mitteilung von Evelyns Anwesenheit hinwegging, und er war Leonard dankbar, weil er die neuen Tore bemerkt hatte. Evelyn hatte sie nicht bemerkt. »Lieber Gott«, sagte er und gab damit plötzlich einem geheimen Gedanken Ausdruck, »ich wünschte, ich könnte es mir leisten, wirklich ein tüchtiger Gutsbesitzer zu sein!«

»Du solltest mal vernünftig mit meinem Schwager reden«, sagte Anquetil in seiner mürrischen Weise; er war immer mürrisch, doch niemals unangenehm. »Ihr seid beide alte Konservative im Herzen. Der einzige Unterschied ist, daß Sebastian sich's leisten kann, ein alter Konservativer und tüchtiger Gutsbesitzer und was sonst noch dazu gehört zu sein, und du nicht.«

»Macht nichts«, sagte Miles, »ich tue, was ich kann, und habe viel Freude daran. Meine neuen Tore befriedigen mich ebenso wie Sebastian seine ganze musterhafte Milchwirtschaft. Aber nun kommt«, sagte er, »und vergeßt euren Spott über Gutsbesitzer – die ihr mit Kapitalisten verwechselt, was sie weiß Gott nicht sind –, kommt, gebt Frau Munday den Hummer, und dann kriegen wir vielleicht was zu essen.«

Er führte sie den Gartenpfad entlang und war glücklich und beruhigt von ihrer Anwesenheit. Sie gingen neben ihm, blieben stehen, um seine Blumen anzuschauen und ihn wegen seiner ländlichen Gewohnheiten zu necken. Ihre Zustimmung war ebenso echt wie ihr Spott. Die ganze Zeit fragte er sich, wann Evelyn erscheinen würde. Es war doch nicht möglich, daß sie ihm einen Streich spielen und in ihrem Zimmer bleiben würde, bis sie wieder fuhren, oder – schlimmer noch – nach einer Taxe telefonieren und zum Bahnhof fahren würde. Da er wußte, wie heftig sie war, konnte er ihrer nicht sicher sein. – Da war sie; in ihrem hellen Kleid kam sie durch das Tor am Ende des Gartenweges.

Natürlich benahm sie sich vollendet. Niemand außer Miles hätte die leichte Kälte in ihrem Benehmen entdecken können. Äußerlich schlug sie genau den richtigen Ton an, indem sie sich weder die Vorrechte der Gastgeberin anmaßte noch die Sonderstellung einer Fremden betonte. So vollkommen spielte sie ihre Rolle, daß sogar Miles sich hätte verleiten lassen können zu glauben, sie heiße die Anquetils ebenso herzlich willkommen wie er selber. Miles jedoch, der sie so gut kannte, durchschaute ihre Freundlichkeit; sein Wissen um sie war wie ein Fuß, der auf eine dünne Eisdecke tritt. Außerdem wußte er, daß sie in Versuchung war, die Anquetils gegen ihren eigenen Willen gern zu haben. Das machte nur alles schlimmer für sie. Es war so schwierig, Menschen zu hassen, die man in Wirklichkeit gern mochte! Infolgedessen war die Situation voller Verwicklungen.

Sie war sogar noch verwickelter, als Miles wußte, denn er vergaß, daß Evelyn das Mädchen Lesley niemals gesehen hatte – niemals von ihrer Existenz gehört hatte. Vom ersten Augenblick an betrachtete Evelyn das Mädchen Lesley mit Argwohn, nein, mit Entsetzen. Sie war sofort überzeugt, daß die Tochter der Anquetils die für Miles bestimmte Frau sei, und da sie sich das einbildete, saß sie mit dem Tod im Herzen bei Tisch. Miles, der nie auch nur im entferntesten an Lesley Anquetil gedacht hatte, außer daß er sie für ein besonders wenig schulmädchenhaftes Schulmädchen hielt, merkte von alldem gar nichts. Er merkte nur – und das war ebenfalls richtig –, daß Evelyn zwischen dem Verlangen, die Anquetils zu verabscheuen, und einer starken Neigung, sie gern zu haben, hin und her schwankte. Wer könnte sie auch *nicht* gern haben, dachte er, wo sie so freundlich, so unbeschwert und so intelligent sind? Er fühlte eine herzliche Zuneigung für sie, als er sie da an seinem Tisch sitzen sah. Er war froh, daß sie da waren, und wünschte nur, daß Evelyn seine Freude unbefangen teilen könne. Es gab, wie er schon festgestellt hatte, wichtigere Dinge im Leben als Streit zwischen Liebenden. Dieser Streit verdroß ihn; er erfreute sich an den Blumen der Liebe, aber ihre Dornen mochte er nicht. Es gab wichtigere Dinge: Freundschaften, Interessen, Gespräche...

Lesley Anquetil war sehr still; sie sprach nie viel. Miles, der sie anschaute, vermutete, sie müsse viel Ähnlichkeit mit ihrer Mutter haben, als diese noch so jung war: ruhig, verschlossen und voll unausgesprochener Kritik. Nur hatte Viola, die in großem Luxus aufgewachsen war, viel Grund zu Kritik gehabt; Lesley konnte nur sehr wenig zu kritisieren gefunden haben. Sie war in einer vernünftigen und aufgeklärten Atmosphäre groß geworden. Und doch blieb sie zurückhaltend und kritisch. Nun, dachte Miles – der nur sechs Jahre älter war als Lesley –, es ist richtig, daß die Jungen Kritik üben. Die Kritik der Jungen ist es, welche die Welt in Bewegung hält – so dachte Miles, der selber jung, doch gerade alt und klug genug war, um hinzuzufügen, daß die ältere Generation immerhin ausgleichend und verbessernd wirken konnte. Miles als Mann war Lesley natürlich weit voraus. Trotz Sorbonne hatte er mehr von der Welt gesehen. Trotz Unterhaus hatte er es fertiggebracht, mehr von der Welt zu sehen. Er kannte die verschiedensten Menschen – die Verschiedenartigkeit seiner Bekannten war für Evelyn manchmal bestürzend gewesen. Lesley waren notwendigerweise Schranken auferlegt, und doch besaß sie irgendwo in ihrem Innern dasselbe Gefühl für menschliche Werte, wie es Viola in demselben Alter gehabt haben mußte, wodurch sie die Normen des Hauses ihrer Vorfahren in Verwirrung gebracht hatte. In ihrer ruhigen Weise nahm sie nichts für erwiesen – nicht einmal die fortschrittlichen Ansichten, die in ihrem Elternhause maßgebend waren. Über alles dachte sie erst selber nach. Doch war sie vernünftig genug, darüber zu schweigen. Miles mochte sie gern; ihm gefiel ihre glatte Stirn, die Schweigsamkeit, die Klugheit der wenigen Bemerkungen, die sie machte.

»Sie sind im letzten Jahr eine Erwachsene geworden, Lesley«, sagte er, als sie nach Tisch zum See hinuntergingen.

Evelyn und Viola blieben zusammen; der junge Paul suchte mit seinem Vater nach Birkhuhngelegen im Schilf. Miles fragte sich in ziemlich grimmiger Besorgnis, wie Evelyn und Viola miteinander auskommen mochten. Er wünschte, daß sie Freundinnen würden. Es würde Evelyn guttun, wenn Viola sie ein wenig aufpulverte.

Viola vermochte jedoch nicht, Evelyns Vertrauen zu gewinnen. Diese blieb höflich, aber formell. Viola, die sehr wohl ahnte, daß Evelyn unter dem konventionellen Äußeren eine Frau von leidenschaftlichen Gefühlen war, schwankte, ob sie es wagen dürfe, unbesorgt und geradeheraus zu sagen, was sie auf dem Herzen hatte, entschloß sich jedoch, lieber vorsichtig zu sein. Es war gewöhnlich das beste, Frauen gegenüber vorsichtig zu sein; sie waren geheimnisvoll, argwöhnisch und konnten einen mißverstehen. Der Instinkt sagte ihr, daß Evelyn Jarrold eine sehr weibliche Frau, in gewisser Hinsicht Miles' ganz unwürdig, sei, wenn sie in anderer Hinsicht auch ausgezeichnet zu ihm paßte. Evelyn Jarrold tat ihr leid. Viola kannte Miles gut und wußte, daß er nicht der Mann war, eine anspruchsvolle und leidenschaftliche Frau zu behandeln: Er mochte eine Weile Geduld haben, doch auf die Dauer würde er sich zur Wehr setzen. Diese Art der Liebe war Tyrannei, und Miles war nicht dazu geschaffen, ihr Sklave zu sein. Sie empfand freundschaftlich für Miles, aber sie konnte nicht umhin, Evelyn Jarrold zu bedauern. Sicher endet es damit, daß Miles Evelyn schlecht behandelt, dachte sie; und wenn Evelyn sich auch selber in diese Schwierigkeiten gebracht hat, ist sie doch nicht zu tadeln – höchstens insoweit, als jeder für die Schwächen seiner Natur zu tadeln ist.

Sie seufzte, als sie daran dachte, wie gut Lesley mit Miles ausgekommen wäre.

Später vertraute sie Leonard einige ihrer Gedanken an. »Diese Bindung wird ein schlimmes Ende nehmen, Leonard. Ich wollte, ich könnte etwas dagegen tun. Ich mache mir wirklich Sorgen, sowohl Miles' als auch Evelyn Jarrolds wegen.«

»Je eher er von Evelyn Jarrold loskommt, desto besser!« sagte Leonard, der keine Geduld mit sehr weiblichen Frauen hatte, wie hübsch sie auch sein mochten.

»Der Meinung bin ich auch, aber ich glaube, du beurteilst sie zu hart. Du hältst sie einfach für eitel und dumm. Sie ist wertvoller. Zum Beispiel liebt sie Miles leidenschaftlich.«

»Man kann jemand leidenschaftlich lieben und trotzdem dumm und eitel sein.«

»Natürlich kann man das, aber ich glaube, sie ist einer

außergewöhnlich tiefen Liebe fähig, und das nimmt mich für sie ein. Sie liebt in einer Art, die sie entsetzlich leiden lassen wird, und in ihrem Leid kann sie etwas Verzweifeltes tun. Ich mache mir wirklich Sorgen, Leonard. Evelyn Jarrold, die du für solch einen leeren Menschen hältst, gehört zu den Frauen, die fähig sind, einen Mord oder Selbstmord zu begehen.«

»Meine Liebe, was ist mit deiner Phantasie geschehen? Sie ist einfach eine Frau, die selbstsüchtig, sinnlich und gierig liebt. Sie hat keine Achtung vor Miles als Individuum, sie ist eine Frau, die sich den Geliebten zum Sklaven wünscht.«

»Darin hast du recht, aber ich habe auch recht. Und was die Angelegenheit noch ernster macht, ist, daß Miles der letzte ist, der zuließe, daß man ihn zum Sklaven macht. Du weißt, Miles ist ein harter Mann.«

Das nächste, was sie hörten, war, daß Evelyn mit Miles gebrochen habe. Viola hörte es von Miles selber. Eines Abends erschien er unerwartet, und Viola, die spürte, daß er etwas auf dem Herzen hatte, fragte ihn offen, was geschehen sei. Da kam es heraus: Evelyn weigerte sich seit drei Wochen, ihn zu sehen. Er war sehr bekümmert und unglücklich, doch gleichzeitig halsstarrig und ärgerlich.

»Es war nicht mehr zu ertragen, Viola; wir zankten uns ununterbrochen. Wenn wir uns nicht zankten, war es wunderbar. Ich gebe mir natürlich selbst die Schuld; ich war nicht nachgiebig genug; sie sagte, ich stellte meine anderen Interessen über sie, und ich gebe zu, daß ich das manchmal getan habe. Kannst du das verstehen, ich wußte, wenn ich nicht fest bliebe, würde sie mich völlig in Anspruch nehmen, und das könnte ich niemals ertragen.«

»Worüber habt ihr euch meistens gezankt?«

»Ach, über lächerliche Dinge – meine Arbeit, mein Buch, meine Verabredungen...«

»Andere Frauen?«

»Ich habe ihr nie Grund gegeben, über irgendeine andere Frau zu streiten«, sagte Miles nach einer Pause.

»Und doch habt ihr euch deswegen gezankt?«

»Viola, du bist wirklich sehr scharfsinnig. Na ja, auch darüber. Über jede Frau, die ich besuchte oder mit der ich sprach.«

»Sie hat dir nachspioniert? War mißtrauisch wegen deiner Verabredungen?«

»Viola, bitte, frag mich nicht nach Dingen, über die ich nicht sprechen möchte!«

»Verzeih, ich hätte es nicht tun sollen. Glaub mir bitte, daß ich keine Vorurteile gegen sie habe. Im Gegenteil, sie tut mir sehr, sehr leid, und ich glaube, daß ich sowohl ihren Standpunkt als auch deinen verstehen kann. Würde sie bereit sein, mit mir zu sprechen, was meinst du?«

»Wie kann ich das wissen? Ich habe seit drei Wochen kein Wort von ihr gehört. Wenn ich in ihre Wohnung komme, sagt man mir, sie sei nicht zu Hause. Wenn ich anrufe, meldet sich einer ihrer Dienstboten und sagt, Frau Jarrold sei ausgegangen. Wenn ich schreibe, beantwortet sie meine Briefe nicht. Der Junge muß inzwischen seine Ferien zu Hause verleben, aber ich habe auch von ihm kein Wort gehört. Sie muß ihm verboten haben, mir zu schreiben. Ich frage mich, was sie ihm als Grund angegeben haben mag. Wahrscheinlich fährt sie mit ihm aufs Land während der Ferien, und dann kann ich sie noch schwerer erreichen. Was im Himmel soll ich tun? Ich könnte ihr natürlich an der Haustür auflauern, aber ich will verflucht sein, wenn ich das tue.«

»Du möchtest sie zurückhaben, Miles?«

»Natürlich möchte ich das, weiß Gott!«

Sie hätte gern gewußt, ob er ganz aufrichtig sei, wenigstens vor sich selber. »Bist du ganz sicher, Miles, wirklich ganz sicher, daß du auf die Dauer nicht glücklicher ohne sie wärest? Sei mir nicht böse! Sieh, ich habe es nie für ein glückliches Verhältnis gehalten. Ihr schienet euch nicht sehr gut zu verstehen. Du mußt auch an die Zukunft denken. Du bist jung, sehr jung.« Sie machte eine Pause.

»Ich möchte zu ihr zurück«, sagte Miles so hartnäckig, wie

sie es erwartet hatte. Sie meinte, sie habe genug gesagt. Sie hatte ihn gereizt und dadurch seine Treue wachgerufen, aber das würde nichts daran ändern, daß ihre Worte auf fruchtbaren Boden gefallen waren. Die Frau tat ihr leid, aber ihr erstes Interesse mußte Miles gelten.

»Ja, wenn du meinst, es könne etwas nützen, will ich sie besuchen.«

»Du bist ein Engel. Ich wußte, daß du mir das anbieten würdest, und ehrlich gesagt, könnte ich mir dafür niemand anders vorstellen als dich. Ihre eigenen Freundinnen sind alle solche Dummköpfe, und außerdem kann man sich auf die meisten Frauen nicht verlassen. Was mich quält, ist, daß sie sich selber unglücklich macht. Weißt du, das tut sie wirklich. Vielleicht glaubst du es mir nicht, aber sie hat tatsächlich eine unglückliche Veranlagung.«

»Das glaube ich durchaus.« Sie sagte das so ernst, daß er sie unwillkürlich anschaute. Dabei sah sie, wie tief bekümmert er war.

»Mach dir nicht zuviel Sorgen, Miles; ich will sehen, was ich tun kann.«

Sie schwiegen; beide beschäftigte derselbe Gedanke.

Schließlich sagte Viola: »Miles, ich muß dich etwas fragen: Hat sie jemals verlangt, daß du sie heiratest? Oder vielleicht sollte ich sagen: Hast du sie jemals heiraten wollen?«

»Sie will nicht«, erwiderte er.

»Das spricht für sie.«

»Ja, das spricht für sie. Es spricht vieles für sie«, sagte er mit einem Seufzer.

Danach stand er auf und ging fort. Er tat ihr leid, als sie ihn auf die heiße und leere Straße hinausließ, er sah so verstört und verlassen aus.

»Besuch mich ruhig, wenn du Lust hast, lieber Miles! Inzwischen lasse ich dich wissen, was ich erreicht habe.«

Als sie ins Haus zurückging, nahm sie den Hörer vom Telefon und verlangte Evelyns Nummer. Wie Miles gesagt hatte, meldete sich ein Diener.

»Könnte ich bitte Frau Jarrold sprechen?«

»Wie ist der Name, bitte?«

Sie zögerte. Sollte sie Evelyn eine Falle stellen? Nein, das wäre unfair. »Lady Viola Anquetil.«

Nun wird sie sich weigern, mit mir zu sprechen, dachte sie und fragte sich, ob ihre Bedenken vielleicht töricht gewesen seien, aber zu ihrer Überraschung hörte sie Evelyns Stimme.

»Sind Sie's, Frau Jarrold – Viola Anquetil. – Ja. Wir haben uns so lange nicht gesehen; könnte ich Sie überreden, zum Abendbrot zu uns zu kommen? Wir würden ganz allein sein. Jeden Abend, diese Woche oder die nächste, der Ihnen paßt.«

Nun würde sich's zeigen. Wenn Evelyn ausweichen wollte, würde sie irgendeine Entschuldigung finden, dann müßte man es weniger diskret versuchen.

Evelyn fand eine Entschuldigung: Sie sagte, sie verlasse London. Ihr Bedauern war höflich, doch ihre Stimme klang eiskalt. Eine sehr unglückliche Frau, dachte Viola, und die Erleichterung, die sie unwillkürlich verspürt hatte, als sie hörte, daß der erste Schritt für Miles' Freiheit getan sei, wandelte sich in wirkliche Sorge um die einsame Schuldige am anderen Ende der Leitung. Wenn die Angelegenheit so ernst wurde, war Diskretion lächerlich; sie ließ sie beiseite: »Ich muß Ihnen etwas sagen: Die Einladung zum Abendbrot war ein Vorwand. Ich möchte Sie ganz dringend sprechen. Kann ich Sie nicht heute abend sehen, wenn Sie wirklich morgen verreisen, wie Sie sagen? Ich würde in Ihre Wohnung kommen, jetzt sofort.«

»Es tut mir schrecklich leid, Lady Viola, ich habe eine Einladung zum Essen und komme schon zu spät. Ich wünschte wirklich, ich könnte warten ... wie gräßlich London ist, nicht wahr? ... niemals einen Augenblick für sich selbst ... aber vielleicht kann ich Ihnen mitteilen, wann ich aus Newlands zurückkomme? Ich muß morgen mit Dan hinfahren, aber wenn ich zurückkomme, würde ich Sie sehr gern sehen ... ich weiß nicht genau, wann das sein wird ...

Ende September, nehme ich an... es tut mir so schrecklich leid... ich fürchte, ich muß nun fort... verzeihen Sie bitte...« Die Stimme verschwand, und Viola konnte hören, daß eingehängt wurde.

»Armer Miles! Arme Evelyn!« dachte sie, und dann: »Was mache ich nun?«

Als Leonard fünf Minuten später hereinkam, ging sie zu ihm und faßte nach seiner Hand. Sie waren üblicherweise ein Paar, das nicht überschwenglich tat, und er fragte sich, was da geschehen sei, was sie bewegte.

»Leonard, unser Verhältnis ist doch niemals kompliziert gewesen, nicht wahr?«

»Ich wäre dir längst fortgelaufen, wenn das der Fall wäre«, erwiderte er, wobei er die Pfeife aus dem Munde nahm; dann schob er sie wieder hinein.

Miles kam jetzt häufig zu ihnen; in seiner Not wandte er sich an sie. Es war Hochsommer, und er hätte eigentlich auf seiner Burg sein müssen, doch seine Unruhe führte ihn immer wieder nach London. Die Anquetils waren merkwürdig verdrehte Menschen: Sie liebten es, den Juli und August hindurch in London zu bleiben, wenn die meisten Leute, die es sich leisten konnten, aufs Land, an die See oder ins Ausland fuhren. Miles neckte sie damit, daß sie waschechte Londoner Kleinbürger seien; doch selbst wenn er sie neckte, erinnerte er sich daran, daß Viola in Chevron aufgewachsen war und Leonard eine abenteuerliche Jugend hinter sich hatte; beides stand so sehr im Gegensatz zu dem Leben, das sie jetzt führten, in einem geradezu lächerlichen Gegensatz zu dem Leben waschechter Normal-Londoner. Ihr Haus war der Treffpunkt junger Männer wie Bretton und Allen; ein Strom durchfloß es, ein Strom von Aktivität und Wagemut, ein Strom von Menschen, die sich irgendeiner Idee verschrieben hatten, junge Maler, junge Politiker, oder was es sonst sein mochte. Miles kam nun dorthin, aber er wußte wohl, daß er unter einem Vorwand kam. Nach außen hin erschien er als der junge Politiker, doch in Wirklichkeit war er ein unglücklicher junger Mann, der bei Viola Hilfe suchte. Beim Essen und nachher konnte er mit der gewohnten Begeisterung sprechen; aber er wußte während der ganzen Zeit, daß Viola ihn beobachtete und erriet, wie sein Herz sich nach der Burg und dem sommerlichen Lande sehnte und nach einem friedlichen Leben mit Evelyn, die für ihn verloren war und deren Gemütsverfassung er nicht kannte. Selten sprach er mit Viola allein. Sie war kein Mensch, der auf dem fast zufälligen Vorrecht des Vertrauens bestanden hätte, doch ermutigte und beruhigte ihn schon ihre Gegenwart. Ihre Maßstäbe waren dieselben wie seine: Sie galten nicht nur für die Mißgeschicke seines Herzens, sondern auch für seine beständigeren Ideale. In ihrem Hause fand er ein wenig Frieden; anderswo quälten ihn Herz und Sinne – und das Gewissen.

Evelyn war aus seinem Leben gegangen. Das war so vollständig und plötzlich geschehen, daß er sich noch nicht damit abfinden konnte. Es war, als sei ihm ein Glied abgehauen worden – die rechte Hand, an deren Gebrauch er gewöhnt war und ohne die er sich nun behelfen mußte. Seine Gefühle waren außerordentlich wirr. Manchmal sehnte er sich so unerträglich nach ihr, daß er sich gewaltsam beherrschen mußte, nicht nach Newlands zu jagen. Manchmal wieder bemerkte er, daß seine Freiheit ihm ein gewisses Gefühl der Erleichterung gab – und das beschämte ihn. Schon seine angeborene Ehrlichkeit zwang ihn zu diesem Eingeständnis vor sich selber. Er haßte dieses Gefühl der Erleichterung, aber er unterdrückte es nicht. Es war wirklich eine Erleichterung, nicht zu jeder Tageszeit von Evelyn angerufen, nicht über seine Verabredungen ausgefragt zu werden – denn ihre früheren guten Vorsätze waren schließlich kläglich zusammengebrochen, und sie hatte nicht mehr versucht, ihre kleinliche Neugierde zu verbergen –, nicht kritisiert und entmutigt und gescholten zu werden, keine Vorwürfe wegen irgendeiner eingebildeten Vernachlässigung zu hören. Dann wieder überfiel ihn eine traurige Stimmung, wenn er daran dachte, wie wunderbar sie in der ersten Zeit gewesen war; wie sie sich ihm nach dem Ball im Chevron-Haus ohne Zögern geschenkt hatte, als er in ihre Wohnung gekommen war und ihr seine Liebe gestanden hatte; wie froh und glücklich sie trotz all ihren Bedenken gewesen war, erfüllt von dem Wunsche, ihm zu gefallen, sich zu seiner Freude schön zu machen, sich von ihm in die Arme schließen zu lassen, wenn er kam, ihn mit solcher Wärme, Zärtlichkeit und Leidenschaft zu begrüßen, daß er vor Freude, Dankbarkeit, Entzücken und Sorglosigkeit berauscht war. Er konnte es nicht ertragen, an jene Tage zu denken; er rief nach Cäsar und streifte durch die Felder in der Hoffnung, sich müde zu laufen, so daß er die Nacht durchschlafen könnte, ohne zu träumen – nur nicht träumen! Aber die sommerlichen Felder bereiteten ihm neue Qualen, denn sie erinnerten ihn an jenen Julitag, an dem sie durch die Heckenwege gefahren waren, an jenen Julitag, an dem sie gesagt hatte, daß sie ihn mit jedem Monat mehr liebe. Sie waren am Abend an den Ziegelmauern entlanggegangen und hatten einen Zweig der Eberraute zwischen den Fingern zerrieben; und einmal, als er gedankenlos eine der graugrünen Spitzen abbrach und der bittere Geruch in sein Bewußtsein drang, warf er sie von sich und schlug absichtlich mit den Knöcheln gegen die rauhen Ziegel, um seine Qual zu lindern.

Und doch konnte er nicht ganz verstehen, weshalb er sie so leicht hatte gehen lassen. Sie hatten sich nach einer schrecklichen Szene im Zorn voneinander getrennt; er hatte keinen Versuch gemacht, sie zurückzuhalten, sondern die grausamsten Dinge gesagt, die er sich ausdenken konnte – ihre gegenseitige Grausamkeit paßte wirklich gut zusammen. Den ganzen Tag hatte er getobt, nachdem sie gegangen war; erst am nächsten Morgen, als ihm ein vergessenes Taschentuch, klein und duftend, in die Hand fiel, begann er Gewissensbisse zu spüren. Vielleicht hätte er selbst im Zorn die Dinge nicht sagen sollen, die er gesagt hatte. Er hätte ihr nicht sagen dürfen, daß sie sein Leben hemme und kompliziere. Er hätte nicht über ihren beschränkten Horizont, ihre Eitelkeit, ihren Mangel an echter Kameradschaftlichkeit spotten sollen. Er hätte ihr nicht sagen dürfen, daß ihre Liebe zerstörend, nicht schöpferisch sei. (Gott sei Dank hatte er nicht hinzugefügt, daß vielleicht der Altersunterschied viele ihrer Mißverständnisse erkläre. Es war ihm in den Sinn gekommen, als er nach Dingen suchte, um sie zu verletzen; doch wie wütend er auch war und wie heftig sein Temperament auch mit ihm durchging, wenn er die Beherrschung verlor, das zu sagen hatte er sich wenigstens enthalten.) Ja, es war eine schreckliche Szene gewesen, häßlich und peinlich, und mit Selbstverständlichkeit hatte er Evelyn gehen lassen, sich sogar eingeredet, daß er dankbar sei, endlich von ihr befreit zu sein. Er hatte sie so rücksichtslos schnell zur Bahn gefahren, daß sie sich ängstigen mußte; sie hatte kein Wort gesagt, doch sah er, wie blaß sie geworden war, als sie am Bahnhof ankamen. Er hatte gesehen, wie ihre Hand zitterte, als sie ihre Fahrkarte kaufte; aber er war hart geblieben. Er haßte sie; sie haßten sich beide. Doch am nächsten Tag wurde er ruhiger, er begann zu glauben, daß man selbst solche entsetzlichen Szenen vergessen könne; er begann zu glauben, daß sie sich versöhnen würden, wie sie sich bis jetzt stets versöhnt hatten; mit ihrem Tuch in der Tasche hatte er sich an den Tisch gesetzt, an sie geschrieben und sie gebeten, seine Worte zu vergessen und noch einmal von vorn auf der Grundlage gegenseitigen Verstehens zu beginnen.

Er hatte den Brief absichtlich ziemlich kühl und vernünftig abgefaßt. Als keine Antwort kam, war er zum erstenmal ernstlich besorgt. Bis dahin hatte er sich nur ein wenig unbehaglich gefühlt. Sie hatten so oft Streit gehabt, und immer war er vorübergegangen! Sie war stets so großmütig und reuig gewesen – wenn auch der Streit innerhalb von vierundzwanzig Stunden wieder begann. Sicher würde sie auch diesmal zu ihm zurückkommen. Und vielleicht hatte der Zank sogar die Luft gereinigt.

Als sie aber weiter schwieg, versuchte er es von neuem. Er

schrieb wieder; er telefonierte. Nach wiederholten Abweisungen verschlechterte sich seine Laune; wenn sie schmollen wollte, sollte sie schmollen, sagte er sich. Und so vergingen viele Tage, fast ohne daß er es bemerkte, und der Abgrund zwischen ihnen vertiefte sich, bis es kaum noch möglich schien, ihn je wieder zu überbrücken.

Weshalb hatte er nur keine wirklich drastische Maßnahme ergriffen? Das war es, was er sich nun, da er an jene Tage zurückdachte, nicht erklären konnte. Weshalb hatte er sie nicht gezwungen, ihn vorzulassen? Ein wirklich verzweifelt Liebender hätte einen Weg gefunden. War es möglich, daß er trotz seiner Qual, trotz seiner Gewissensbisse und trotz seines Bedauerns kein wahrhaft verzweifelt Liebender war? Er war unglücklich genug, rastlos in London umherzustreifen, unglücklich genug, sich Viola anzuvertrauen; doch zu einer entschlossenen Tat fehlte ihm der letzte Zwang. Es war, als halte ihn etwas zurück. Und stets, wenn er bei den Anquetils war, war er nahe daran, zuzugeben, was dieses Etwas war: Evelyn war niemals für ihn bestimmt gewesen.

In dieser Hinsicht waren die Anquetils Evelyns schlimmste Feinde. Der Gegensatz zwischen ihnen war zu groß. Viola selber war sich durchaus klar darüber, was geschah. Sie überlegte, wo ihre Pflicht liege.

»Miles«, sagte sie, »hast du noch nichts von Evelyn gehört?«

»Nicht ein Wort, nicht ein Zeichen.«

»Wie lange ist es jetzt her?«

»Fast zwei Monate.«

»Es scheint, daß sie es als endgültig ansieht. Weshalb unternimmst du nichts, Miles? Ich muß gestehen, daß es mich irremacht, wie du die Dinge laufen läßt.«

»Was kann ich denn noch tun?« sagte er mit der Gereiztheit des schlechten Gewissens. »Ich habe geschrieben, ich habe angerufen, ich habe mich bemüht, sie aufzusuchen. Sie will weder mit dir noch mit mir etwas zu tun haben. Ich kann nichts mehr tun.«

»Lesley meint, du solltest sie zwingen, dich anzuhören.«

»Lesley? Was weiß Lesley denn von der Angelegenheit?«

»Spiele nicht den Vogel Strauß, Miles! Jeder weiß davon. Die Leute schwatzen, das weißt du doch.«

»Den Teufel sollen sie! Was sagt Lesley denn?«

»Sie sagt, du dürftest es nicht zulassen, daß Evelyn sich so elend macht.«

»Weshalb nimmst du plötzlich Evelyns Partei, Viola? Selbst wenn du's vielleicht auch leugnest und selbst wenn du's mir nicht mit so vielen Worten gesagt hättest, weißt du doch, daß du im Grunde erleichtert warst, als wir uns verzankten.«

»Das leugne ich nicht. Ich war erleichtert. Ich habe immer geglaubt, sie passe nicht zu dir. Aber das hindert mich nicht daran, Lesley anzuhören, wenn sie ganz ernsthaft zu mir kommt und sagt, du dürfest Evelyn nicht ganz allein die Folgen ihrer doch schließlich heroischen Tat tragen lassen.«

Miles starrte sie verblüfft an. »Heroische Tat?«

»Ach, Miles, sei doch nicht so dumm! Manchmal reißt mir wirklich die Geduld mit euch Männern! Siehst du denn nicht, daß Evelyn dich nur verlassen hat, weil sie glaubt, sie richte dich zugrunde?«

»Also hätte sie mich zu meinem Besten verlassen?« fragte Miles bitter.

»Du kannst ruhig sarkastisch sein, aber so ist es tatsächlich. Ich habe Zeit gehabt, über die Angelegenheit nachzudenken, und nun sehe ich sie ganz klar. Lesley ging es ebenso.«

»Lesley muß von prophetischen Kräften besessen sein. Oder nennst du das weibliche Intuition?«

»Dein Hohn ist mir ganz gleichgültig. Ist es mir wenigstens gelungen, dir die Situation in einem neuen Lichte zu zeigen?«

»Du hast mich erschreckt«, sagte Miles und fügte naiv hinzu: »Ich hätte nie gedacht, daß Evelyn zu so etwas fähig sei. Nun glaube ich fast, daß du recht hast. Ach Gott, was habe ich ihr alles gesagt! Ich habe ihr gesagt, sie verderbe mir das Leben. Bei unserm letzten Streit habe ich das gesagt, an dem Tage, an dem sie mich verlassen hat. Ich will sofort zu ihr gehen, Viola; ich fahre nach Newlands hinüber. Vielen Dank, daß du mir die Augen geöffnet hast. Wenn sie nun zu mir zurückkommt«, sagte er mit einem Lächeln, »hast du es dir selbst zuzuschreiben.« Aber er war schon aufgesprungen, und sein Gesicht strahlte glücklich und erwartungsvoll.

Er liebt sie noch, dachte Viola und fragte sich, ob ihr Mitgefühl für Evelyn sie nicht zu einer großen Torheit verleitet habe. »Einen Augenblick, Miles«, sagte sie und hielt ihn zurück, »du ziehst voreilig den Schluß, daß ich wünschte, du holtest sie zurück. Ich meine nicht, daß du das versuchen solltest. Du sollst ihr nur klarmachen, daß du ihre Motive verstehst und billigst. Ich glaube, wenn ich deine Evelyn auch nur ein bißchen kenne, wirst du feststellen müssen, daß sie an ihrem Entschluß festhält. Mach es ihr nicht zu schwer! Wenn du einen Augenblick deine Vernunft sprechen lassen willst, statt so hitzköpfig davonzubrausen, wirst du einsehen, daß es wirklich besser für euch beide ist, wenn ihr getrennt bleibt. Denk an die Zukunft, Miles! Du weißt, daß der Zank bestimmt wieder anfängt. Versuch nicht, sie zurückzuholen, versuch's nicht! Wenn du dir genug Mühe gibst, könntest du Erfolg haben, sobald sie dich wirklich wiedersieht. Du kannst sehr beredt sein, wenn du willst, und vielleicht überzeugst du sie. Versuch's nicht! Versuche nur, all die Bitterkeit und den Schmerz zu beseitigen und das Gefühl in ihr wach werden zu lassen, daß es nicht vergeblich war, was sie getan hat!«

Sie sprach sehr eindringlich und sagte genau das, was sie dachte, denn seine heftige Reaktion hatte sie beunruhigt. Sie hätte daran denken sollen, wie ungestüm er war, und sie malte sich aus, was geschehen mochte, wenn er Evelyn gegenüberstand.

»Könntest du nicht schreiben, statt hinzufahren?« schlug sie vor.

»Zu spät, Viola! Nun hast du das Unheil schon angerichtet.« Er war froh und erregt wie ein Sekundaner. »Ich danke dir, und ich danke Lesley. Dürfen wir beide nächste Woche mal zum Abendbrot zu euch kommen? Und dürfen wir Dan mitbringen? Er muß schon hier sein; das Sommerhalbjahr in Eton ist zu Ende. Dan wird dir gefallen – und wer weiß, vielleicht verliebt er sich in Lesley? Er ist eine sehr gute Partie, weißt du.«

»Du willst also nicht auf mich hören?«

»Nein, liebste Viola, ich will nicht auf dich hören. Statt dessen will ich dir die Hand küssen. Und morgen früh rufe ich dich an.«

Er war noch nie in Newlands gewesen und erreichte es doch schneller, als William Jarrolds Rolls-Royce es je erreicht hatte; aber er hörte von Paterson nur, daß Frau Jarrold am selben Morgen zusammen mit Lord Orlestone England verlassen habe. Sie wollten eine Autofahrt durch Spanien machen, hatten keine Adresse hinterlassen und würden etwa einen Monat fortbleiben.

»Du siehst also, es läßt sich nicht machen«, sagte er verzweifelt zu Lesley.

Er war ganz erstaunt festzustellen, daß er sich mit Lesley ausgesprochen hatte. Er begriff nicht, wie es dazu gekommen war. Es war nicht seine Gewohnheit, jedem wahllos sein Vertrauen zu schenken. Er war nur gekommen, um mit Viola zu sprechen; da sie ausgegangen war, hatte er auf sie gewartet; er war so offensichtlich niedergeschlagen, daß Lesley ihn schließlich nach dem Grunde fragte. Ihm lag eine konventionelle Ausrede auf der Zunge, aber er konnte nicht Komödie spielen. Deshalb sah er sie an und sagte: »Ich dachte, Sie wüßten es.«

So war es gekommen, erinnerte er sich. Er hatte ganz einfach und natürlich mit Lesley gesprochen. Es war leicht, mit ihr zu reden, weil sie nur zuhörte und nickte und von Zeit zu Zeit etwas sagte – nichts von Mitgefühl – er war nicht in der Stimmung für Mitgefühl –, aber irgend etwas Festes und meist Strenges. Er nahm ihre Strenge hin; sie schmerzte ihn, aber sie stärkte ihn auch. Es war tatsächlich eine Erleichterung für ihn, von einem Menschen kritisiert zu werden, den er kaum kannte, der jedoch zufällig Kenntnis von seinen intimsten Verhältnissen hatte und dessen Urteil völlig unvoreingenommen war. Lesley stand weder auf seiner noch auf Evelyns Seite. Für sie waren sie einfach Hauptpersonen in einem Drama. Wenn sie sie hart beurteilte, dann geschah es deshalb, weil sie ein hartes Urteil verdienten. Sie schonte ihn nicht, und er achtete sie wegen ihrer Aufrichtigkeit.

Erst später erschien ihm die Unterredung mit einem neunzehnjährigen Mädchen über seine Geliebte ziemlich seltsam. Er grinste. »Wie entsetzt die Jarrolds wohl wären!« dachte er.

Es war schwer zu glauben, daß Lesley erst neunzehn Jahre alt sei. Sie hatte nichts von der Unschuld der Jugend, die in den Märchen gepriesen wird. Sie schien sich über die wesentlichen Urprobleme des Lebens bereits klargeworden zu sein.

Wieder stellte Miles fest, daß die Ähnlichkeit mit ihrer Mutter, als diese neunzehn war, groß sein müsse; beide blieben sich selber treu, Viola in der luxuriösen Umgebung von Chevron, Lesley in der schlichten und doch anregenden Atmosphäre ihres Elternhauses. Er mochte Lesley wirklich sehr gern, einmal, weil er Viola so gern hatte und es ihm Freude machte, sich vorzustellen, er spreche mit der Viola von vor einigen zwanzig Jahren, dann aber auch um ihrer selbst willen. Als er damit zu Ende gekommen war, sich seine Wut und Enttäuschung vom Herzen zu reden, sich von diesen Dingen freizumachen, bis nichts davon sein Inneres mehr erregte, schlug er Lesley vor, den Abend zusammen mit ihm zu verbringen. Da ging auf einmal eine überraschende Wandlung mit ihr vor. Sie war nicht mehr der strenge junge Mentor, sondern wurde zum Kameraden, bereit zu einem fröhlichen Abend. Er hatte sie zuerst vielleicht für ein bißchen steif gehalten; die Veränderung war eine willkommene und erfreuliche Überraschung für ihn. Menschen, die ihre Stimmung schneller wechseln konnten als die Kleider, hatte er gern; er selbst war ebenso. Sie gingen also miteinander aus. Evelyn erwähnten sie an diesem Abend nicht mehr, sondern amüsierten sich, wie es Menschen ihres Alters tun. Hin und wieder schmerzte Miles die Erinnerung, wenn die Kapelle die Melodien spielte, nach denen er so oft mit Evelyn getanzt hatte; dann tröstete er sich ein wenig bitter bei dem Gedanken, daß sie nun ohne ihn mit Dan – und mit wem noch? – auf irgendeinem warmen flachen Dach mit der Aussicht auf Sevilla Kaffee trinke. Ihre Auseinandersetzung konnte warten.

Er ging wieder mit Lesley aus. Sie gewöhnten sich daran, miteinander auszugehen. Gewöhnlich kam er ins Haus der Anquetils und bat Viola ganz selbstverständlich, ihm Lesley auszuleihen, geradeso als ob er sie bäte, ihm ein Taschentuch auszuleihen. Es waren keine komplizierten Gefühle, die sie verbanden, nur eine ruhige Kameradschaft. Viola, eine kluge, vorausschauende Frau, wußte das und dachte über die möglichen Folgen nach: Miles und Lesley? Nun, sie kannte Miles' Fehler, sie kannte Lesleys Fehler und kam zu dem Schluß, daß sie eine gute Mischung abgeben könnten. Das rechte Verhältnis von Gegnerschaft und Verständnis würde dasein. Viola war keine Anhängerin des bequemen Ehestandes; sie glaubte daran, daß immer wieder Funken aus den Meinungsverschiedenheiten springen, aber die gemeinsamen Ansichten das Fundament abgeben müßten.

Sie sah auch voraus, daß Miles bald beginnen würde, Vergleiche zwischen Lesley und Evelyn zu ziehen. Die Vergleiche würden nicht ganz fair sein, wenigstens in einer Hinsicht nicht, in anderer freilich gesund genug. Er würde beider Verhalten gegeneinander abwägen, und in dem Maße, in dem er Lesley bequem fand, würde er Evelyn schwierig und ermüdend finden. Sie beobachtete zum Beispiel, daß er keine Bedenken trug, in letzter Minute anzurufen und eine Verabredung mit Lesley im Vertrauen darauf abzusagen, daß sie Verständnis haben und es keine Aufregung geben würde. Viola konnte sich sehr gut vorstellen, daß es Evelyn erregt hatte, wenn er sie auf diese Weise behandelte – wie es wahrscheinlich häufig geschehen war. (Es gehörte zu Miles' Art, in solchen Dingen ziemlich rücksichtslos zu sein; er konnte ebensowenig dafür wie für die Farbe seiner Haare, aber Viola vermochte sich die Wirkung auf eine Frau vorzustellen, die ihn leidenschaftlich liebte.) Bei Lesley gab es keine Aufregungen, einmal, weil sie selber rücksichtslos und völlig frei von weiblicher Eitelkeit war, dann aber auch, weil sie Miles nicht liebte. Das machte einen wesentlichen Unterschied. Es war leicht, sich nicht aufzuregen, wenn es einem gleichgültig war, ob es so oder anders kam, schwer dagegen, wenn einen die Angelegenheit bis ins Innerste traf. Doch selbst wenn man das berücksichtigte, blieb noch ein wesentlicher Unterschied zwischen Lesley und Evelyn. Viola gab das zu und wußte, daß Miles ihn früher oder später bemerken würde.

Dann begann sie in einem mütterlichen Gefühl, dessen Neuheit sie überraschte und beschäftigte, sich vorzustellen, wie Lesley wohl sein mochte, wenn sie liebte.

Vierter Teil

Nachruf auf Evelyn Jarrold

Das herbstliche Spanien war heiß und dürr im Norden, heiß und duftend im Süden. Dan und Evelyn blieben lange in Granada, denn Granada gefiel ihnen, und sie sahen nicht ein, warum sie so schnell weiterreisen sollten, anstatt zufrieden hierzubleiben. Keiner von beiden hatte irgendwelche Bindungen oder Verpflichtungen: Dan war von der Schule in Eton abgegangen, und Evelyn hatte Miles verlassen. So waren sie beide vollkommen frei, ihren Neigungen gemeinsam zu folgen, mit dem Unterschied – und das war ein entscheidender Unterschied –, daß Dan sein Leben bald wieder beginnen und sechs Monate bei einer französischen Familie verbringen würde, ehe er nach Oxford ging, während Evelyn fühlte, daß ihr Leben zu Ende sei. Ein Leben ohne Miles hatte weder Sinn noch Bedeutung. Als Dan Eton verließ, hatte er nur etwas hinter sich gelassen, das ihn ganz natürlich zu anderen Dingen führen würde; als Evelyn Miles verließ, hatte sie mit dem Leben abgeschlossen. Sie erwartete nichts mehr. Sie wünschte sich nichts mehr – nichts konnte ihr Miles ersetzen, und aus einer seltsamen und überraschenden Treue (oder Sentimentalität?) wünschte sie sich auch nichts, was ihn ersetzen könnte. Sie verspürte nur den unbestimmten Wunsch, den Rest ihres Lebens dem Andenken der wenigen glücklichen Monate zu weihen, und wünschte gleichzeitig nichts brennender, als Miles zu vergessen. Doch welcher der Wünsche auch in Erfüllung gehen würde, ihr Leben war leer und abgeschlossen. Miles hatte ihr Leben reich gemacht; sie erkannte nun, daß er die Sonne und der Wind gewesen war, das Gewitter, der Regenbogen und alle Farbigkeit der Blumen in seinem Garten. Sie warf sich vor, seinen Wert nicht genügend erkannt zu haben, als sie ihn noch besaß. Nun, in der Erinnerung, sah sie ihn als einen

Menschen, der so viel zu geben vermochte und auch gegeben hatte. Zuzeiten war er grausam, selbst absichtlich grausam, zu andern Zeiten verschenkte er so großzügig von dem Reichtum seiner Natur, daß er alle Grausamkeit und Schroffheit der Augenblicke, in denen er gereizt war, damit ausglich. Demütig dachte sie manchmal, wie glücklich sie sei, so vertraut mit Miles gewesen zu sein. Denn auch mit ihrem primitiven Urteilsvermögen erkannte sie die Bedeutung des jungen Mannes, und einzelne Bemerkungen anderer befestigten sie noch in ihrer Meinung. Sie empfand dabei einen unsinnigen Stolz, obwohl sie genau wußte, wie unsinnig dieser Stolz im Grunde war. Nicht als geistige Kameradin hatte Miles sie gewählt! Niemals war sie seine Kameradin gewesen, sondern nur seine Geliebte; und der ganze Einfluß, den sie auf seine Arbeit gehabt hatte, war der, ihn dabei zu stören: So erniedrigte sie sich nun vor sich selbst. Es war vorbei; Miles würde nie wieder von ihr belästigt oder gehemmt werden.

Sie hegte keinen Groll gegen ihn, sondern sie liebte ihn nur noch tiefer als früher. Der Schmerz ihrer Liebe war so heftig, daß sie sich manchmal danach sehnte zu sterben, damit alles aus sei; dieser Schmerz war ganz anders als die erbärmliche Qual über die häufigen Streitereien und ihre ständige Eifersucht; jene vergangene Pein war selbstsüchtig, erniedrigend gewesen; der jetzige Schmerz besaß einen gewissen Adel wie das Feuer. Er brannte, aber er reinigte.

Sie hatte gehofft, diesem Schmerz zu entgehen, wenn sie England verließ und nach Spanien fuhr. Törichte Hoffnung! Sie machte nur die bittere Erfahrung, daß das innere Ich mit einem geht, wohin man sich auch wenden mag. Sie blieb dieselbe Frau, ob sie sich auf die Brüstung des *Generalife*, des alten Sommerschlosses der Könige von Granada, lehnte und über die *Vega* blickte oder ob sie sich auf die Balustrade von Newlands lehnte und über die gepflegten Koppeln von Surrey schaute. Die Persönlichkeit konnte man nicht abstreifen, und dieselben Gedanken, dieselben Erinnerungen begleiteten sie durch die wechselnde Landschaft. Wohin sie sich auch wandte, es gab kein Entrinnen.

Hier wurde sie wenigstens nicht von Miles' Briefen verfolgt; sie fuhr nicht mehr hoch, sie wurde nicht mehr ohnmächtig, wenn die Türglocke oder das Telefon läutete. Das war schon eine Erleichterung, das und die Gewißheit, Miles nicht an der nächsten Ecke begegnen zu können oder ihn plötzlich in Newlands auftauchen zu sehen, so vertraut, so teuer mit seinem schimmernden Haar, dem schlanken Körper und den schönen Händen. Wie klug sie gewesen war, diese Erleichterung einfach durch ihre Abreise aus England zu suchen! Flucht? Ja, es war eine Flucht, aber sie gab ihr einen Aufschub, sie gab ihr Zeit, ihre Kräfte zu sammeln. Sie vermochte nicht an den Tag zu denken, an dem sie nach England zurückkehren mußte und wieder der Gefahr ausgesetzt war, Miles an der Straßenecke zu begegnen.

Wenn Dan nicht wäre, hätte sie eine weite Reise gemacht. Aber den Jungen konnte sie nicht verlassen – denn ihn wenigstens hatte sie niemals selbstsüchtig geliebt, und außerdem hatte sie nun eine Lehre erhalten, daß selbstsüchtige Liebe den schlimmsten Lohn in sich birgt. Sie erkannte die Veränderung in sich selber; solch ein Erlebnis läßt niemand unberührt. Sie wollte auch Dan nicht bitten, sie reisen zu lassen; das wäre nicht recht. Er hatte sich erstaunlich entwikkelt; plötzlich war er kein Kind mehr; er schien nicht mehr tastend und verwirrt, sondern fest und entschlossen zu sein. Endlich hatte er begriffen, daß er der Herr von Newlands und der Werke in Orlestone war. Newlands mit seinen Parks und Koppeln bedeutete ihm gar nichts; Orlestone mit seinen Elendsvierteln und Kohlengruben dagegen sehr viel. Dan hatte jetzt sehr entschiedene Ansichten. Orlestone machte ihn reich, aber er hatte nicht die Absicht, auf Kosten von Orlestone reich zu bleiben. Der Wunsch nach persönlichem Reichtum fehlte ihm. Aber es war ihm wichtig, daß die Bergleute von Orlestone an seinen Gewinnen Anteil hatten. Ihm war klargeworden, daß sein Einkommen seine Bedürfnisse in einem Maße überschritt, das nach seinen demokratischen Ansichten übertrieben und peinlich war; er wünschte sich weder Moore zur Hühnerjagd noch Segeljachten; er wünschte nur, sich mit seinen Bergarbeitern in gerechter Weise zu verständigen. Was konnte er sonst tun? fragte er sich, beunruhigt von dem ganzen System; was konnte er tun, außer seine Leute so anständig wie möglich zu behandeln? Er wollte eher verflucht sein, als sie auf niedrige Löhne herabzudrücken; er wollte ihnen den Höchstlohn zahlen und dafür lieber auf den Kieswegen von Newlands Gras wachsen lassen. Evelyn hörte ihn an und stimmte ihm in ihrer neugewonnenen Klugheit zu. Darauf ging Dan, von ihrer Zustimmung ermutigt, weiter. Er würde aus den Orlestoner Werken eine Mustergemeinschaft machen. Er wollte Spezialschulen und Stipendien einrichten, ein Theater, eine Bildergalerie, Tennisplätze und ein Schwimmbad... Immer neue Pläne entstanden in seinem Kopf, und er sprudelte sie alle hervor, während er mit seiner Mutter in den Sonnenuntergang über der *Vega* von Granada blickte. Eine Weile wolle er nach Frankreich gehen, wenn es ihr Freude mache, aber er werde oft zum Wochenend nach England hinüberkommen, um zu sehen, wie seine Pläne standen. Sie mußte versprechen, seine Partei gegen Onkel Gottfried zu ergreifen, der gewiß all seine Ideen ablehnen würde. Onkel Evan hatte Gott sei Dank in der Angelegenheit nichts zu sagen, aber mit Onkel Gottfried würde es schwierig sein.

Dan war taktvoll genug, nicht zu sagen: »Wenn ich nur Miles zur Hilfe hätte!«

Sie hatte Miles' Namen erwähnen müssen, denn sie ahnte nicht, was Dan über ihr Verhältnis dachte; sie wußte nur, daß er dringend nach Miles fragen würde, sobald er von der Schule heimkäme. Vor dem Augenblick hatte sie sich gefürchtet, und als er kam, versuchte sie auszuweichen.

»Und wie steht es mit Miles, Mutti? Wo ist er? Wann besuchen wir ihn? Er hat meine letzten beiden Briefe nicht beantwortet; das kenne ich gar nicht von ihm. Ich glaubte, er sei vielleicht im Ausland. Ich habe mir keine Sorgen gemacht, weil ich sicher war, daß du's wissen würdest.«

»Nein, er ist nicht im Ausland.« Jetzt, da sie sprechen mußte, zögerte sie und meinte, ersticken zu müssen.

»Was ist denn passiert? Irgend etwas Unangenehmes? Ist er krank?«

»Nein, er ist nicht krank. Ich glaube es wenigstens nicht. Dan, ich kann es dir ja ruhig sagen: Ich habe mich mit Miles gezankt. Wir werden ihn nicht wiedersehen, nie.«

»Gezankt? Ernstlich? Für immer? O Mutti, nein! Nicht mit Miles! Aber weshalb? Worüber?«

»Das kann ich dir nicht sagen, Dan; du mußt mich nicht fragen! Es tut mir sehr leid – für dich, meine ich, weil ich weiß, wie sehr er dir fehlen wird. Du mußt schon glauben, daß ich es nicht ändern konnte; ich gebe dir mein Wort; du mußt mir einfach glauben. Vielleicht kannst du eines Tages wieder sein Freund sein, aber im Augenblick, glaube ich, ist es besser, du versuchst nicht, ihn zu sprechen. Und du mußt verstehen, daß ich ihn nie wieder sehen kann, selbst wenn ihr später wieder Freunde seid. Ich will eure Freundschaft nicht verhindern, aber du darfst nie versuchen, Miles und mich zu versöhnen; du darfst ihn nie hierherbringen: Das ist alles aus – ganz zu Ende.«

Fast hatte sie die Absicht, ihm die ganze Wahrheit zu sagen, aber sie brachte es nicht über sich; es hatte sie schon genug gekostet, das zu sagen, was sie gesagt hatte. Und Dan könnte empört sein, entsetzt. Ihre Ansichten über manche Dinge waren zu altmodisch und konventionell, als daß sie es für möglich gehalten hätte, einem Jungen zu erzählen, daß seine Mutter einen Geliebten habe.

Dan sagte sehr bekümmert: »Menschen, die sich lieben, zanken sich doch gewiß oft und vertragen sich dann wieder. Ist da gar keine Hoffnung, Mutti? Kannst du dir's nicht noch einmal überlegen? Der arme Miles! Er wird sehr unglücklich sein. Und du auch.«

»Dan, was sagst du da?«

»Mutti, du hast doch nicht geglaubt, ich wüßte es nicht?«

»Du hast es gewußt?«

»Natürlich. Nicht gleich zu Anfang – vielleicht nicht das erste Mal, als wir zur Burg fuhren, oder dann nur im Unterbewußtsein –, aber bald danach.«

»Woher hast du's erfahren? Wer hat's dir gesagt?«

»Niemand hat's mir gesagt. Ich hab's gefühlt, habe es mir allmählich zusammengereimt. Es war doch offensichtlich, nicht wahr? Ich mußte ja die Ausreden merken, die ihr beide gebrauchtet, um ungestört zu sein. Ich mußte ja die heimlichen Scherze bemerken, die ihr miteinander machtet. Zuerst wußte ich nur, daß ihr auf etwas anspieltet, was ich nicht verstehen konnte, und ich glaubte, es sei etwas Erwachsenes, was man in meinem Alter überhaupt nicht verstehen könne; weißt du, in meinem Alter ist man ziemlich gehemmt, man wird so leicht zurückgewiesen. Dann merkte ich, daß eure Scherze etwas ganz Besonderes für euch bedeuteten, private Scherze; und das brachte mich zum Nachdenken. Diese Scherze kehrten immer wieder – kleine Sätze, über die ihr beide jedesmal wieder geheimnisvoll lachtet, wenn ihr sie ausspracht. Ihr lachtet; und dann schautet ihr auch an; und dann blicktet ihr beide auf mich, um zu sehen, ob ich's gemerkt hätte; und ihr dachtet, ich hätte nichts gemerkt; aber ich hatte es doch gemerkt. – Es tut mir nun leid, daß ich zuerst so dumm war. Ich muß sehr gestört haben. Aber damals wußte ich's ja noch nicht, weißt du. Ich war doch nachher gewiß taktvoller? Oder nicht? Ich hab mir Mühe gegeben. Ich wollte wirklich taktvoll sein. Ja, natürlich hab ich's gewußt. Ich war nicht überrascht; ich meine, ich könnte jeden verstehen, der Miles liebt. Oder dich. Er war ungemein anziehend – ich weiß gar nicht, weshalb ich sage ›war‹, als ob er tot wäre. Er ist nicht tot; er lebt. Oder nicht? Mutti, du willst mir doch nicht verheimlichen, daß Miles tot ist? Nein, er kann nicht tot sein; ich hätte es in den Zeitungen gelesen. Mutti, bitte?«

»Nein, Dan, nein: Er ist nicht tot; wir haben uns nur gezankt, das ist alles; ich sage dir die Wahrheit.«

»Ja, Mutti, ich glaube es. Du hast mir immer die Wahrheit gesagt; du hast mir die Wahrheit gesagt, als du mir erzählt hast, mein Vater sei wie Onkel Gottfried gewesen. Das war ein Schlag; aber du hattest ganz recht, es mir zu sagen, als ich dich fragte. – Aber über Miles... Das beschäftigt mich zu sehr, als daß ich mich einfach damit abfinden könnte. Ich kann es nicht fassen, daß Miles für immer aus unserem Leben gegangen ist, aus deinem und meinem. Er war für uns beide so wertvoll, auf verschiedene Weise! Weißt du genau, Mutti, daß du nicht einen entsetzlichen Fehler gemacht hast?«

»Ach, Dan, quäl mich nicht! – Ja, ich weiß es genau, ganz genau.«

»Wenn du so sicher bist, Mutti, wirst du wohl recht haben. Ich verstehe nichts von diesen Dingen. Aber was war es denn überhaupt, was nicht ging? Wenn du an mich gedacht hast, so weißt du doch, daß ich mit Miles als Stiefvater glücklich gewesen wäre. Kein Stiefvater wie im Märchen! Und außerdem handeln die Märchen nur von Stiefmüttern, nicht von Stiefvätern – warum wohl? Weshalb hast du Miles nicht geheiratet, Mutti? Ihr wart beide frei, und ich wäre glücklich gewesen, wenn ihr geheiratet hättet – weshalb also nicht? Weshalb nicht jetzt noch? Sieh mal, ist es denn zu spät? Ich bin sicher, daß er dich heiraten wollte... Können wir ihm nicht ein Telegramm schicken? Weißt du, ich kann es ja schicken; ich werde schreiben: ›Bitte kommen Sie rasch, und heiraten Sie meine Mutter!‹ Wird das genügen? Und dann ist alles in Ordnung, und wir drei können für alle Zeit glücklich zusammen sein. Wäre dann nicht alles in Ordnung? Und dann könnte Miles mir mit Orlestone helfen. Er würde sich Onkel Gottfried gegenüber durchsetzen. Onkel Gottfried hätte Angst vor Miles; er würde eingeschüchtert, besonders wenn Miles mein Stiefvater wäre. Und dann könnte ich all meine Pläne ausführen, und jeder wäre glücklich außer Onkel Gottfried, auf den es nicht ankommt. Du wärest glücklich, Mutti, und ebenso Miles und ich auch. Sieh mal, könnte ich es nicht in Ordnung bringen, wenn ich einfach ein

Telegramm schicke? Es ist so einfach. Zank ist so töricht, solch eine Zeitverschwendung zwischen Menschen, die sich wirklich lieben. Ganz sicher ist es so; es ist, als ob du und ich miteinander zanken wollten. Laß mich Miles das Telegramm schicken! Verflucht noch mal, jetzt hab ich die Telefonnummer von der Burg vergessen, und er hat die Nummer gesperrt, so daß ich sie beim Amt nicht erfahren kann.«

»Nein, Dan, laß die Dinge, wie sie sind; schick keine Telegramme; ich weiß, daß du's nur gut meinst, aber es gibt einen Punkt, wo man die Dinge selber entscheiden muß und wo einem niemand helfen kann. – Ich möchte gerade jetzt nicht mehr davon sprechen, bitte, Dan. Wir wollen lieber von deinen Ferienplänen reden.«

Darauf hatte Dan sie angesehen, und sie hatte sich gefragt, wieviel er wirklich wußte. Die Selbstverständlichkeit, mit der er ihr Verhältnis zu Miles aufnahm, hatte sie stutzig gemacht; und diese kindlich einfache Lösung des Problems ließ sie aufs neue aufhorchen. Hatte er das ernst gemeint? Hatte er einen Scherz gemacht? Glaubte er wirklich, alle Liebesbeziehungen endeten mit der Ehe? Es war so überraschend, daß er ihr Verhältnis entdeckt hatte; seine drängende kleine Rede war nicht weniger überraschend. Manchmal erschien er so ruhig und erwachsen, dann wieder so naiv und geradezu.

Sie war froh, daß er es wußte, wußte und es als selbstverständlich hinnahm.

Sie erwähnten Miles nicht wieder. Evelyn bemerkte, wie Dan jedem Satz eine rasche Wendung gab, in dem der verbotene Namen aufzutauchen drohte. Daraus erkannte sie, daß er die Tiefe ihres Schmerzes ermaß, und als sie ihm vorschlug, sie sollten zusammen ins Ausland fahren, brauchte sie ihm ihren Wunsch, zu entfliehen, nicht zu erklären: Er verstand sie sofort.

Sie konnte nicht ewig im Ausland bleiben. Sie mußte ihren Mut zusammennehmen und zurückkehren. Wie sie den

Winter fürchtete mit der Reihe seiner Tage, die alle Erinnerungstage sein würden! Da war der Tag, an dem sie Miles zum erstenmal in der Park Lane gesehen hatte; der Tag des Balles im Chevron-Haus; der Tag – der nächste –, an dem er zu ihr in die Wohnung gekommen war und ihr gesagt hatte, daß er sie liebe. In was für einer seelischen Verfassung war sie während dieser vierundzwanzig Stunden zwischen dem Ball und seinem Besuch gewesen! Sie hatte die Katastrophe, in die sie geraten war, wohl erkannt. Ob es ihn auch überwältigt hatte, fragte sie sich und ging in ihrem Zimmer hin und her, gequält von Ungewißheit, Angst, Sorge und Unentschlossenheit. Wenn es so war – und sie zweifelte kaum daran, wenn sie sich der verlangenden Augen und der ganzen Art erinnerte, die seinen Wunsch verriet, sich auszusprechen; nur mit Mühe vermochte er sich zu beherrschen –, wenn es so war, was sollte sie dann tun? Ehrsam und wohlerzogen, wie sie war, fragte sie sich, ob sie der Versuchung widerstehen könne. Dann hatte er plötzlich telefoniert und gebeten, sie besuchen zu dürfen. »Ich muß Sie heute sehen, wenn es irgend möglich ist«, hatte er gesagt, und ihre Unentschlossenheit war dahingeschwunden wie ein Traum. Sie konnte nur noch dasitzen und sein Kommen erwarten.

Nun sollte sie all diese Tage noch einmal erleben, all diese Monate mit ihrem Wechsel aus Hochstimmung, Enttäuschung und Elend. Müde hoffte sie, es doch ertragen zu können. Wenn Miles sie nur in Ruhe ließe, wenn er nicht versuchte, sie wankend zu machen, dann würde sie es aushalten können. Sie *mußte* es aushalten. Eines Tages würde er ihr dankbar sein. Bis dahin war die Qual, die sie erdulden mußte, ihre Sache.

Als sie in Dover landeten, regnete es. In London regnete es – lange, nasse Straßen, die traurig und verlassen im wäßrigen Schein der Laternen lagen. Aber in der Wohnung war es warm, und Privett, die mit Spanien sehr wenig einverstanden gewesen war, sah auf einmal zufrieden aus, als sie Evelyns Sachen auspackte und das Schlafzimmer wieder so einrichtete, wie es immer gewesen war. Stöße und Stöße von Briefen lagen da; Evelyn blickte sie bangen Herzens an: Würde sie auf die vertraute Schrift stoßen? Sie wollte die Briefe erst nach Tisch durchsehen.

Darauf wandte sie sich ab, schlenderte müßig umher und roch an den hohen weißen Lilien, die auf dem Flügel standen; sie vermutete, sie seien von Newlands herübergeschickt worden, aber sie fand eine Karte an den Strauß gebunden: »Von M.« Zwischen den Blumen steckte ein Eberrautenzweig. So hatte er herausgefunden, wann sie zurückkommen wollte! Er hatte nicht die Absicht, sie in Ruhe zu lassen. »O Gott!« murmelte sie in einem Anfall von Verzweiflung und spürte, daß sie keine Kraft für diesen langen und marternden Kampf besaß.

Der Kampf hatte schon begonnen, zehn Minuten nachdem sie das Haus betreten hatte. Glücklicherweise war Dan nicht im Zimmer, sonst hätte ihre Schwäche und Verzagtheit sie in diesem Augenblick verraten. Sie mußte sich zusammennehmen, ehe er zurückkam. In Zukunft würde ihr Leben immer aus dieser furchtbaren Einsamkeit bestehen, sich zusammennehmen zu müssen, um ihre geheimsten Gedanken vor anderen zu verbergen.

Mason kam herein und sah, daß sie immer noch die Lilien in der Hand hatte. Sie hatte Mason nie gemocht: Er war respektvoll, doch schien es immer, als verheimliche er etwas.

»Ich habe vergessen, gnädige Frau, Ihnen zu sagen, daß Herr Vane-Merrick diese Blumen gebracht hat.«

»Danke schön, Mason; ich habe die Karte gefunden.«

»Er hat sie heute morgen gebracht, gnädige Frau. Herr Vane-Merrick hat mehrere Male angerufen, gnädige Frau, und gefragt, wann Sie zurückkämen. Er hat gestern abend wieder angerufen.«

»Danke schön, Mason.«

»Ich weiß nicht, ob ich es richtig gemacht habe, daß ich es ihm sagte, gnädige Frau; ich hatte keine Anweisung, es zu verschweigen.«

»Ganz richtig, Mason.«

»Lady Viola Anquetil hat auch angerufen, gnädige Frau; sie fürchtete, Sie und Seine Lordschaft würden zum Essen ausgehen. Sie hinterließ, Sie möchten Lady Anquetil anrufen. Ich habe die Nummer aufgeschrieben.«

»Danke schön, Mason; legen Sie die Nummer bitte auf meinen Schreibtisch! Ich werde morgen anläuten.«

»Frau Gottfried Jarrold hat auch angerufen, gnädige Frau. Es ist nichts auszurichten; sie fragte nur, wann Sie zurückkämen und ob Sie und Seine Lordschaft hierblieben oder nach Newlands führen. Ich habe gesagt, ich wisse es nicht.«

»Danke schön, Mason; falls Frau Jarrold oder Herr Vane-Merrick wieder anläuten sollten, sagen Sie bitte, daß ich morgen früh mit Seiner Lordschaft nach Newlands hinüberführe. Nein, wenn irgend jemand anruft, sagen Sie lieber, ich sei ausgegangen. Ich habe eine ganze Menge zu tun, ehe ich nach Newlands fahre.«

»Sehr wohl, gnädige Frau.«

Mason zog sich zurück. Es gab kein anderes Wort, mit dem man sein Hinausgehen bezeichnen konnte. Evelyn haßte ihn; sie war sicher, daß er alles wußte, vom Anfang bis zum Ende. Privett wußte es wahrscheinlich auch, aber bei Privett störte es sie weniger – die gute, zuverlässige, unangenehme alte Privett, sauer wie eine Zitrone und solide wie eine Kohlrübe. Daß Mason ihr nachspionierte, das war es, was sie haßte.

Mit peinlicher Sorgfalt löste sie Miles' Karte von den Lilien und warf sie ins Feuer. Sie beobachtete, wie die kurze Nachricht zusammenschrumpfte, das »Von M.« schwarz wurde und in einem Rauchfaden aufging.

Privett kam herein, brachte Evelyns Handtasche und stellte sie neben den Schreibtisch.

»Privett, könnten Sie wohl diese Blumen mit hinausnehmen? Hier drinnen duften sie so stark; ich bekomme Kopfschmerzen davon.«

»Soll ich sie ins Badezimmer stellen?« fragte Privett und betrachtete die schwere Vase mit Mißfallen.

»Nein, stellen Sie sie auf den Flur! Nehmen Sie sie mit in Ihr Zimmer, wenn Sie mögen; ich will sie nicht.«

Ob Mason Privett erzählen würde, daß sie von Herrn Vane-Merrick kamen? Das mußte sie riskieren. Alles, wenn sie ihr nur aus den Augen waren!

Privett nahm sie weg und kam mit dem Eberrautenzweig zurück. »Ich weiß, daß Sie so was immer gern zum Verbrennen haben«, sagte sie mürrisch und gab ihn Evelyn.

Evelyn warf ihn ins Feuer. Er duftete aromatisch, und der Geruch erfüllte das Zimmer.

Dan kam herein, gewaschen und sauber. »Hallo, was riecht das gut!«

»Dan, willst du Mason sagen, daß wir essen wollen? Sag ihm, er soll sich beeilen – sag ihm, wir hätten Hunger! Und bestell ihm, wir wollen Sekt trinken!«

Sie konnte es nicht mehr aushalten. Der Duft der Eberraute war zuviel für sie gewesen.

Der Sekt tat ihr gut; er belebte sie. Sie war nie gewöhnt gewesen, viel Wein zu trinken, und zwei Gläser wirkten bei ihr sofort. Sie dachte an die Worte des armen Evan; er fühle sich niemals lebendig, hatte er gesagt, ehe er nicht etwas getrunken habe. Mit einem Anflug grimmigen Humors, den der Sekt hervorrief, überlegte sie, daß sie das Trinken keinesfalls als Medizin für ein gebrochenes Herz benutzen dürfe; das wäre wirklich allzu abgedroschen, hätte allzu viele Vorbilder. Trotzdem fühlte sie sich besser; Miles schien weit weg, ganz entfernt; ihre Besorgnisse verringert; leicht belustigt dachte sie sogar daran, wie unbefangen sie ihn begrüßen würde, falls Mason ihn plötzlich hereinführte. Sie stand auf und sagte zu Dan: »Komm, Dan, wir wollen tanzen!«

Sie gingen ins Wohnzimmer und schalteten das Radio an. Das Wohnzimmer eignete sich nicht gut zum Tanzen; es hatte einen dicken Teppich und viel zuviel Möbel. Aber es machte Evelyn an diesem Abend Vergnügen, unter Schwierigkeiten zu tanzen und ihren Weg um die vielen Hindernisse von Stühlen und Tischen zu nehmen. Dan machte es auch Spaß, denn auch er hatte Sekt getrunken, nicht zuviel, gerade genug. Gleich seiner Mutter tanzte er sicher und mit gutem Einfühlungsvermögen. Beide hatten sie genug Unbekümmertheit und Rhythmus im Blut.

Früher hatten sie oft zusammen getanzt, doch niemals war der Strom so gleichmäßig durch sie geflossen. Dan war erregt, ohne genau zu wissen, weshalb; er nahm an, es müsse der Sekt sein und das eigenartige Gefühl, wieder in der Wohnung zu sein nach der fernen Lieblichkeit Spaniens und der langen Heimfahrt im Auto mit den Nächten in kleinen spanischen und französischen Städten, in denen sie abends draußen auf der Straße saßen und Scherbett oder Wermut tranken, während die einheimische Bevölkerung auf und ab flanierte, unenglische Schuhe und steife schwarze Kleider trug und er und seine Mutter alberne Scherze machten und glücklich, warm und sorglos miteinander waren.

Sorglos? War sie wirklich sorglos gewesen, auch nur einen Augenblick? Voller Selbstvorwürfe dachte er dann an den Kummer, der sie die ganze Zeit begleitet haben mußte wie ein Schatten, den die Sonne wirft. Diesen Kummer hatte sie vor ihm verborgen – sie war selbstlos genug gewesen, ihn zu verbergen. Sie hatte Miles nie wieder erwähnt, nicht einmal indirekt. Und doch mußte sie die ganze Zeit an ihn gedacht haben. Evelyn spürte, daß Dan beim Tanzen seinen Arm fester um sie legte. Sie wußte den Grund nicht, doch sie reagierte darauf, indem sie sich seiner Führung noch williger überließ. Und er spürte ihre Schmiegsamkeit und den weiblich weichen Körper unter den seidenen Kleidern; und er ahnte, wie sehr Miles sie und sie Miles geliebt haben mußte.

Um halb zwölf läutete das Telefon.

»Melde du dich, Dan! Mason wird zu Bett gegangen sein. – Dan, wenn es Miles ist, sag, ich schliefe schon!«

»Ja, ist gut, Mutti.«

Er nahm den Hörer ab, sagte »hallo!« und lauschte.

»Nein, Mutti, es ist nicht Miles; es ist Onkel Evan.« Er hatte die Hand über die Muschel gedeckt.

»Was will er?«

»Er will herüberkommen.«

»Gut, sag ihm, er soll herkommen!«

»Aber bist du nicht müde, Mutti?«

»Nein, sag ihm, er kann kommen!«

»Onkel Evan, Mutti sagt, du möchtest bitte kommen.«

»Und nun gehst du ins Bett, Dan! Du mußt müde sein.«

»Aber du auch.«

»Nein, ich bin nicht müde. Außerdem wäre es gleich. Du gehst zu Bett, Dan! Gute Nacht, mein Liebling, schlaf gut!«

»Kann ich nicht noch ein Glas Sekt haben, ehe ich gehe, Mutti?«

»Nein, das kannst du nicht. Geh zu Bett, Liebling! Es ist spät.«

»Dann gute Nacht, Mutti. Schlaf gut!«

»Schlaf gut, mein liebes Herz!«

Evan kam; sie öffnete ihm selbst die Tür. Er war nicht sehr betrunken; gerade betrunken genug, um den Sekt zu begrüßen, den sie ihm anbot. Er war genau soweit, daß er noch ein bißchen mehr wollte.

»Donnerwetter, du siehst reizender aus als je, Evelyn.«

»Wirklich, Evan?«

»Ganz bestimmt! Wie machst du das nur, nach einer langen Reise im Zuge? – Ach nein, ich vergaß – du bist ja im Wagen gefahren, nicht wahr?«

»Ja, wir hatten den Wagen mit.«

»Du und Dan?«

»Ja, ich und Dan.«

»Ach nein? Das erzähl einem andern, Evelyn! Du und Dan – alleine nach Spanien? Und wer hat euch begleitet, wie?«

»Niemand, Evan – wenn du nicht Privett mitrechnen willst. Privett hat Spanien nicht gefallen. Sie hat einen Floh im Bett gefunden, mehrere Flöhe.«

»Und was hast du im Bett gefunden? Keinen Floh, möchte ich wetten. Was Besseres als einen Floh – was?«

»Evan, wenn du in der Stimmung bist, gewöhnlich zu werden, solltest du lieber gehen.«

»Sei nicht gleich empfindlich, Evelyn! Vergiß nicht, daß ich dich monatelang nicht gesehen habe. Erzähl mir doch ein bißchen! Wie ist es dir ergangen? In der Familie hat es allerlei Klatsch über dich gegeben.« Er hatte nicht vorgehabt, das zu sagen, aber das dritte Glas hatte ihn unbesonnen gemacht.

Evelyn zuckte zusammen; sie bedauerte, ihm erlaubt zu haben zu kommen. Die Stimmung verflog, in der sie geglaubt hatte, jede Gesellschaft, selbst die von Evan, sei besser, als allein zu sein. Nun war sie einfach sehr müde, sehr müde und sehr deprimiert, zu müde, um noch irgend etwas stark zu empfinden.

»Ich hasse Klatsch, Evan; bitte erzähl mir keine Unfreundlichkeiten!«

»Nicht zu verwundern, daß du Klatsch haßt, besonders wenn er wahr ist. Natürlich habe *ich* alles über dich gewußt, aber glaub nicht, daß ich dich bloßgestellt hätte; es waren Katharina und die alte Hester, die herumgeschnüffelt haben. Ich wußte, hinter wem sie her waren, als Hester mich eines Tages zufällig fragte, ob ich einen gewissen jungen Mann kenne.«

»Ach, Evan, laß mich bitte damit in Ruhe! Ich kümmere mich wirklich nicht darum, was du denkst oder was Hester denkt oder was Katharina denkt. Ich hätte mich früher einmal darum kümmern sollen, aber jetzt bin ich darüber hinweg. Schweig bitte davon!«

Mit plötzlichem Mitgefühl blickte er sie an; es paßte gar nicht zu Evelyn, sich nicht darum zu kümmern, was die Familie dachte. »Du, hör mal«, sagte er, »ist es denn schiefgegangen? Das tut mir leid.«

»Danke, Evan, aber ich brauche wirklich kein Mitleid. Ich will nicht, daß dieses Thema je wieder erwähnt wird. Wenn du mir einen Gefallen tun willst, dann sag Hester und

Katharina, daß das, was vielleicht einmal wahr gewesen sei, nicht mehr wahr ist. Und nun mußt du gehen, ich muß schlafen.«

Sie hatte nur den einen Wunsch, allein zu sein. Was sie auch tat, wohin sie sich auch wandte, vom Schicksal schien ihr bestimmt zu sein, daß sie überall von Erinnerungen an Miles verfolgt wurde; sogar Evan, der nicht bösartig, sondern nur ein betrunkener Schwätzer war, konnte sie nicht in Ruhe lassen. Sie hatte ihm erlaubt zu kommen, weil sie glaubte, er würde sie eine Viertelstunde mit seinem üblichen törichten Geplauder und den letzten Börsenwitzen ablenken, zum Teil auch deshalb, um vor sich selbst eine Entschuldigung dafür zu finden, daß sie ihre Briefe nicht las; doch alles, was sie bekam, war wieder Miles – Miles! Sollte es denn immer so bleiben?

Er wollte nicht gehen; sie schob ihn zur Tür, aber er ging nicht und versuchte, sie in den Arm zu nehmen. Er war widerlich in dieser Stimmung, und sie verabscheute ihn.

»Nein, Evan, bitte nicht, bitte! Siehst du nicht, daß ich ganz erschöpft bin? Ich kann mich heute abend nicht wehren; sei kein Schuft!«

Mitleid für sie drang bis in seinen betrunkenen Verstand, und er ließ sie los. Er schwankte ein wenig. »Schön, ich will dich nicht quälen. Aber kann ich nach Newlands kommen?«

»Ja, wenn du dich benimmst.«

»Ich hab dich so verdammt gern, Evelyn; das ist der Haken. Hab mich sonst nie um jemand gekümmert.«

»Unsinn, Evan; du läufst jeder Frau nach, die dir in den Weg kommt.«

»Nicht jeder Frau«, sagte Evan mit leichtem Humor, »nur den hübschen.«

Sie hätte weinen mögen bei dem Gedanken, daß Evan oder sonst irgendein anderer Mann versuchen könnte, sich ihr zu nähern, doch seine Antwort brachte sie natürlich zum Lachen.

»Das ist wenigstens ehrlich. Nun geh, und komm nach

Newlands hinüber, wann du magst!« Sie schob ihn hinaus und schloß die Tür hinter ihm.

Endlich war er gegangen und sie allein, allein in der kleinen warmen Wohnung, und Dan schlief friedlich nebenan. Sie versuchte sich einzureden, hier sei Sicherheit und Frieden. Doch für sie gab es nirgends Sicherheit und Frieden. Ein nichtiger Reim kam ihr in den Kopf:

Wenn eine Frau 'ne Dummheit hat begangen und
Allein im Zimmer wieder ist, sieh: schon
Malt automatisch sie den roten Mund
Und legt 'ne Platte auf das Grammophon.

Miles hatte ihr das auf der Burg einmal vorgelesen. Er und Dan waren von dem Versgeklingel angesteckt worden und waren lächerlicherweise im Zimmer auf und ab marschiert, während sie es deklamierten, wobei jeder eine Zeile nahm.

Sie erinnerte sich daran, daß Miles die erste Zeile gesprochen und hinter dem absichtlich schlecht gestellten »und« eine lange Pause gemacht hatte. Es war, als ob in dem Pfänderspiel »Stuhlpolonäse« plötzlich das Klavier aufhört zu spielen.

Wenn eine Frau 'ne Dummheit hat begangen und...

Er und Dan hatten wie alberne Kinder gelacht und die Zeilen mehrmals hintereinander immer lauter gebrüllt. Sie hatte über die beiden, die sie liebte, lächeln müssen. Dann hatte sie gesagt, die Zeilen erinnerten sie an etwas anderes, obwohl irgend etwas an ihnen anscheinend nicht in Ordnung war. Und Miles, der auf dem Gipfel der guten Laune war, hatte mit dem Finger auf Dan gezeigt und ihn aufgefordert: »Nun, Dan, zitiere es deiner Mutter einmal richtig!« Und Dan hatte feierlich gesagt:

Wenn eine Frau 'ne Dummheit hat begangen,
Zu spät erkennt, daß sie betrügt der Mann,
Was löscht die Schuld, die sie begangen,
Welch Zauber lindert ihre Trauer dann?

Dann hatte Miles ein Buch aus dem Schrank genommen und gesagt: »Nun mußt du dir dies anhören!« Evelyn konnte sich nicht erinnern, was er vorgelesen hatte; sie erinnerte sich nur der letzten Zeile, die sie erschreckt und beeindruckt hatte. Er hatte gelesen:

Komm in den Schatten dieser roten Felsen.
Ich will dir etwas zeigen,
Anders als dein Schatten,
Der heute morgen hinter dir geschritten,
Anders als dein Schatten,
Der am Abend dir entgegentritt.
Das Grauen in einer Handvoll Staub will ich dir zeigen.

Diese letzte Zeile war in ihrem Gedächtnis haftengeblieben, wenn sie auch damals nur wenig für sie bedeutet hatte, so glücklich, wie sie war, so heiter, als nichts anderes sie störte als der geringe Ärger über Klatschmäuler, ob's die Jarrolds waren oder die Welt. Wie kleinlich dieser Ärger nun schien! Wie gerne sie ihn jetzt ertragen würde, wenn die Leute nur die Gelegenheit hätten, zu klatschen! Nun, Klatsch machte ihr überhaupt nichts aus – hatte sie nicht Evan ehrlich gesagt, daß sie sich nicht darum kümmere, was Hester denke oder was Katharina denke oder sonstwer? – all das war zurückgetreten an den Platz, auf den es gehörte; und nichts war geblieben als die Wirklichkeit, die Wirklichkeit von:

Das Grauen in einer Handvoll Staub will ich dir zeigen.

Sie konnte das Grauen nun sehen in der Handvoll Staub, die ihr eigenes Fleisch war. Sie begann zu verstehen, was Menschen, die Gedichte liebten, darin fanden. Sie fanden die Dinge, die ihre Bedeutung behielten, wenn der Schrecken und die Gefahr des Lebens drohten. Sie hatte nie etwas für Gedichte übriggehabt; sie hatte sie nur für eine überflüssig komplizierte Art gehalten, Dinge auszusprechen, die ebensogut in gewöhnlicher Sprache gesagt werden konnten. Sie hatte Gedichte nur gemocht, wenn Miles sie ihr vorlas – und auch nur deshalb, weil sie das Sonnenlicht auf seinem Haar beobachten konnte und dem Klange seiner Stimme mehr lauschte als dem Sinn dessen, was er las. Doch bestimmte Stellen fielen ihr nun wieder ein, obwohl sie sie damals nicht mit Bewußtsein aufgenommen hatte:

> Nun ist es köstlicher als je, zu sterben,
> Um Mitternacht zu scheiden ohne Schmerz.

Von Miles' tiefer Stimme gelesen, hatten jene Zeilen wie Musik geklungen; sie zog Musik der Poesie vor; Musik wirkte auf ihr Gefühl, das stets darauf ansprach, Poesie auf ihren Verstand, der wenig aufnahmewillig war. Nun merkte sie, daß beide eng miteinander verbunden waren.

> Um Mitternacht zu scheiden ohne Schmerz.

Es war Mitternacht – nach Mitternacht. Sie versuchte, das Radio anzuschalten, und das Summen der Stille überzeugte sie davon, daß die Mitternachtsstunde bereits geschlagen hatte. Sie mußte zu Bett gehen – zu Bett gehen auf die alte, gewöhnliche, traurige Weise, sich ausziehen, waschen, die Zähne putzen, das Haar bürsten. Wie sinnlos! Wieviel besser, um Mitternacht zu scheiden ohne Schmerz!

Der Stoß Briefe fiel ihr ins Auge. Irgenwann mußte sie ihn durchsehen – oder sollte sie die Briefe ungeöffnet mit nach Newlands nehmen? Nein, das wäre feige. Sie setzte sich vor das verlöschende Feuer und blätterte sie durch, die Post von fünf Wochen. Eins, zwei, drei, vier, fünf, sechs – nichts von

Miles. Doch, der siebente war von ihm. Wie oft hatte sie diese Schrift gesehen und den Umschlag beiseite gelegt, um ihn zuletzt zu öffnen! Nun zitterte sie, als sie ihn in der Hand hielt. Dann stand sie rasch auf und schloß ihn ungeöffnet fort zu den andern ungeöffneten Briefen.

Am nächsten Morgen fuhr sie früh nach Newlands hinüber, früh für ihre Begriffe, das heißt, sie bestellte den Wagen für zehn Uhr und kam kurz nach elf, von Dan und Privett begleitet, herunter. Sie betrachtete Newlands als Zuflucht, ebenso wie Spanien. Sie fürchtete sich vor London, da Miles jeden Augenblick kommen konnte. In Newlands würde sie sich verhältnismäßig sicher fühlen.

Sie hatte Viola Anquetil nicht angerufen. Viola Anquetil war Miles' Verbündete, und jede Verbindung mit ihr bedeutete Verbindung mit Miles.

Miles verfolgte sie noch, wenn er auch selbst nicht angerufen hatte oder gekommen war. Er verfolgte sie in einer Weise, die nicht absichtlich sein mochte und doch außerordentlich schmerzlich war. Sein Buch war an dem Tage herausgekommen, an dem sie nach England zurückkehrte – das Buch, auf das sie immer so eifersüchtig gewesen war und dessen Entstehen sie stets zu unterbrechen sich bemüht hatte. Sie konnte keine Zeitung aufschlagen, ohne eine Notiz darin zu erblicken: *Die wirtschaftliche Situation der Nachkriegswelt.* Der Titel konnte kaum trockener sein; doch nach den Berichten vermochte ein Ungebildeter das Buch ebenso zu lesen wie ein Volkswirtschaftler. Eine Arbeit wie diese war seit J. M. Keynes' *Wirtschaftliche Konsequenzen des Friedens* nicht erschienen. Es war gleichzeitig verständlich und wissenschaftlich, praktisch und anschaulich – eine fast unmögliche Verbindung; doch Miles war sie anscheinend gelungen. Er hatte ein nüchternes Buch geschrieben, das trotzdem lesbar war. Ernsthafte Zeitungen nahmen es ernsthaft auf. Sie nannten Miles »einen unserer jüngeren Politiker, der noch von sich reden machen wird«. Die Revolverblätter brachten es als »das Neueste«, die ernsthaften Zeitungen nahmen es als einen ernsthaften Beitrag zur politischen und wirtschaftlichen Literatur. Plötzlich waren die Spalten voll von Miles' Namen. Plötzlich war Miles von Donnerstagabend bis Freitagmorgen bedeutend geworden; er war eine Persönlichkeit geworden, mit der man rechnete. Die *Times* ging soweit, zu sagen, daß die nächste Regierung die Forderungen von Herrn Vane-Merrick nicht ignorieren könne.

Evelyn dachte daran, daß er ihr das Buch hatte widmen wollen und daß sie es ihm ausgeredet hatte, weil die Leute darüber klatschen würden. Sie dachte an den Blick, mit dem er sie damals angesehen hatte, und an sein leise belustigtes Lächeln; aber er hatte nicht gestritten. Er hatte sie nicht einmal mit ihrer Furchtsamkeit geneckt, wie er es gewöhnlich tat.

Sie begann, sich davor zu fürchten, daß er ihr ein Exemplar des Buches schicken und daß sie das Paket mit dem Absender des Buchhändlers arglos öffnen würde. Sie hatte ihm einmal über die Schulter geschaut, als er das maschinegeschriebene Manuskript korrigierte, und obwohl der Anblick der Zahlen sie abgeschreckt hatte, war ihr plötzlich ein sehr bildhafter Ausdruck ins Auge gefallen und hatte sie zum Lachen gebracht. Sie hatte über seine Schulter weitergelesen, während er ihr die Seiten umblätterte. Es war gut, sehr gut; Evelyn konnte das erkennen, obwohl sie keine erfahrene Leserin war und sie einen Abscheu vor Statistiken hatte. Doch auch damals hatte sie nicht sehr viel gelesen. Sie hatte bald gesagt: »Nun hast du genug Zeit damit zugebracht; komm hinaus und kümmere dich ein bißchen um mich!«

Es kam kein Paket, und obwohl sie es gefürchtet hatte, war sie enttäuscht, als es ausblieb. Miles hatte auch aufgehört, ihr zu schreiben. Kein Brief wurde ihr nach Newlands nachgeschickt. »Dem Himmel sei Dank!« sagte sie; doch im Innern dachte sie: Er fängt an, mich zu vergessen.

Und doch wußte sie, daß das nicht wahr sein konnte.

Niemand, nicht einmal Miles, vergaß so rasch. Nein, viel wahrscheinlicher war, daß der Stolz ihn schweigen hieß, nachdem sie sich beharrlich geweigert hatte, ihm zu antworten. War das nicht genau das Ergebnis, das sie beabsichtigt hatte? Sie hatte gebetet, daß er sie nur in Ruhe lassen möge, damit sie fähig sei, die Last des Leides zu tragen, die sie sich selbst ausgesucht und aufgeladen hatte; doch nun, da ihr Gebet anscheinend erhört worden war, kam diese neue Bitterkeit zu ihrem Opfer: Miles hatte sie sehr leicht aufgegeben.

Ein entsetzlicher Argwohn erwachte in ihr. Waren seine Anstrengungen, mit ihr in Verbindung zu kommen, nur oberflächlich gewesen? Diese Briefe, die zu öffnen sie sich geweigert hatte, die sie aber noch besaß, waren auch sie oberflächlich? Sie schloß den Kasten auf, in dem sie sie aufbewahrte, und zögerte, als sie die Spitze des Papiermessers bereits in den ersten Umschlag geschoben hatte. Sie betrachtete die Poststempel; sie reichten bis zum Juli zurück; der erste war einen Tag, nachdem sie ihn verlassen hatte, gestempelt. Der Brief kam aus seiner Burg – der vertraute blaue Umschlag. Was hatte er gesagt, als sie ihn zu überreden versuchte, die Umschläge zu wechseln, weil Mason und Privett ihre Farbe auf eine Meile erkennen könnten? »Ja«, hatte er gesagt, »die Farbe eines Sommerhimmels.« Der nächste war in London geschrieben – der fast ebenso vertraute weiße Umschlag seines Klubs. Im allgemeinen hatte er ihr nie sehr oft aus dem Klub geschrieben, da sie einander jeden Tag sahen, wenn er in London war, und die Briefe, die sie von ihm aus dem Klub erhalten hatte, waren immer sofort, nachdem sie sich getrennt hatten, geschrieben worden, manchmal um Mitternacht, um ihr zu sagen, wie reizend sie zu ihm gewesen sei und wie sehr er sie liebe und daß sie einen Brief auf dem Frühstückstablett haben müsse, der ihr das sagen solle; nur sei die letzte Leerung, verdammt noch mal, um Mitternacht, und deshalb vermute er, daß er sie verpaßt habe. Und doch, sagte er, müsse er schreiben, ganz gleich, wann der Brief ankomme. Der dritte wieder von der Burg – sie konnte seine Fahrten aus den Poststempeln und Umschlägen nacherleben. Dann mehrere aus London – so war er im August in London gewesen? Weshalb? Weil er sich fürchtete, allein auf seiner Burg zu bleiben? Weil sein Elend ihn davontrieb? Diese Überlegung gab ihr für einen Augenblick Trost. Das war gar nicht seine Art, im August in London zu sein. Sie wußte, wie sehr er seine Burg und das Land liebte. Er mußte um ihretwillen nach London gekommen sein. Ihre Freude darüber war nicht frei von Rachegefühlen.

Noch immer quälte und marterte sie der Inhalt dieser Umschläge, und noch immer zögerte sie, den Brieföffner in der Hand. Sie war stark genug gewesen, nicht einen einzigen zu öffnen. Zuerst hatte sie sich gewehrt, sie zu öffnen, damit die drängenden Bitten darin ihren Entschluß nicht wankend machen sollten. Jetzt fürchtete sie sich, sie zu öffnen, damit sie nicht vielleicht weniger drängende Bitten fände, als sie wünschte. Wenn sie wirklich oberflächlich wären, würde sie daran sterben, das fühlte sie. Nein, nein, dachte sie, legte den Stoß wieder weg und warf das Papiermesser weit von sich ins Zimmer, als sei es ein Dolch.

Später entdeckte sie, daß Dan Miles' Buch hatte, denn eines Tages kam sie in sein Zimmer und sah ihn darin lesen. Seine Bewegung, es zu verbergen, und sein Erröten verrieten ihr sofort, was es sei. Und als er erkannte, daß sie es erraten hatte, murmelte er irgendeine Entschuldigung, er hätte nicht gewollt, daß sie es sehe. Es war die erste Anspielung, die einer von ihnen machte.

Sie nahm das Buch mit soviel Gleichmut auf, wie sie nur aufzubringen vermochte. Auf dem Titelblatt stand sein Name – *Die wirtschaftliche Situation der Nachkriegswelt* von M. Vane-Merrick. Sie tat, als wende sie gleichgültig die Blätter um, doch in Wirklichkeit sah sie nach, ob er es jemand gewidmet habe – ja, da stand es: »Viola und Leonard Anquetil in Freundschaft.« Nun, das war nicht so schlimm, und sie hatte sich nur selber zu tadeln, wenn die Widmung nicht ihr galt.

Sie gab Dan das Buch zurück. Er war bis ins Innerste von dem seltsamen Lächeln gerührt, mit dem sie es ihm gab.

Besucher kamen nach Newlands: eine pausenlose Folge von Jungen in Dans Alter, Freunde aus Eton, denn schließlich hatte er während des letzten Jahres doch ein paar Freunde gefunden; Verwandte und einige von Evelyns früheren Bekannten. Sie kümmerten sich wenig darum, wer kam und wer ging. Im ganzen war sie froh über jede Ablenkung, wie nichtig sie auch sein mochte.

Mit Dan allein zu sein bedeutete eine zu große Anstrengung; außerdem wäre es dem Jungen gegenüber nicht recht gewesen. Sie konnte ihn nicht bitten, Abend um Abend mit ihr allein zu bleiben, da sie wußte, daß sie nicht die geeignete Gesellschaft für ihn war. In Spanien war es anders gewesen, dort war alles unbekannt; aber was konnten sie hier in Newlands anderes anfangen, als am Kamin zu sitzen und so zu tun, als läsen sie, während doch jeder auf seine Weise sich danach sehnte, daß Miles bei ihnen sei? Es war viel besser, Besucher ins Haus zu laden, nach dem Essen zu tanzen oder Tischtennis auf dem Billardtisch zu spielen und so zu tun, als habe niemals ein Kummer den Weg in ihre vortreffliche und sorglose Welt gefunden.

Evelyns Bekannte, die natürlich untereinander über sie redeten, sagten, sie sei ein bißchen zu reizbar; sie fragten sich sogar, ob sie nicht ein wenig zuviel trinke. Aber sonst fanden sie sie ganz in Ordnung. Sie hatte einen Stoß abbekommen, das war alles; das erlebten früher oder später alle, besonders Frauen, die so unvernünftig waren, sich in Männer zu verlieben, die fünfzehn Jahre jünger waren als sie selber. Belustigt stellten sie sich vor, daß Evelyn Jarrold so etwas getan hatte, ausgerechnet sie, die immer so vorsichtig, so korrekt, so bedachtsam war! Und trotz der Besorgnis, die sie untereinander äußerten – die arme Evelyn, hofften sie, hätte doch nicht vielleicht einen allzu harten Stoß abbekommen? –, waren sie boshafterweise ganz zufrieden darüber, daß Evelyn die unvermeidlichen Früchte ihrer Torheit erntete.

Man sagte offen, wenn auch nicht in Evelyns Gegenwart, daß Miles Vane-Merrick dauernd mit Lesley Anquetil zusammen sei.

Niemand kannte die Geheimnisse, die Evelyn für sich behielt. Niemand wußte um ihren unruhigen Schlaf, aus dem sie um vier Uhr erwachte, um gegen sieben Uhr wieder in einen krampfartigen Halbschlaf zu sinken, aus dem sie ein dutzendmal aufschreckte, während die Erinnerungen daran, wer sie war und was sie schmerzte, auf sie einströmten. Niemand wußte, daß sie morgens mit zitternden Händen und sprunghaft schlagendem Herzen aufstand, während Schwindelanfälle sie ergriffen und kalter Schweiß unerwartet ihr über den ganzen Leib floß. Niemand wußte, daß sie am Vormittag nicht einmal einen Scheck auszufüllen vermochte, weil die Feder in ihren zitternden Fingern Buchstaben malte wie die einer alten Frau. Der erste Teil des Tages war wirklich unerträglich. Diese plötzlich aufbrechenden Erinnerungen, diese unüberwindliche körperliche Schwäche machten das tägliche Erwachen zur Qual. Wenn sie in ihr Wohnzimmer floh und in atemberaubender physischer Angst die Hand aufs Herz preßte und wartete, bis das Schwitzen, die Mattigkeit und das Übelsein vergingen, fragte sie sich manchmal, ob sie den Tod nicht begrüßen solle, statt ihn zu fürchten. »Ist das das Sterben?« fragte sie sich und war fast überzeugt davon, daß dieses seltsame, unsichtbare und lebenswichtige Organ, das Herz, nun aufhören würde zu schlagen und daß ein Diener sie in ein paar Stunden finden würde, wie sie schlaff in ihrem Sessel zusammengesunken lag. Mit einer sonderbaren Neugier überlegte sie, welche Empfindungen sie im Augenblick des Hinübergehens wohl haben mochte. Würde sie nach Luft ringen, keuchen, sich verkrampfen? Oder würde die Schwäche nur zunehmen, bis sie zur Nacht wurde, zur Nacht, die einen einhüllte und aus der es kein Erwachen gab?

Zehn Minuten später war sie wieder unten und sah Dan zu, wie er mit einem seiner Freunde Tischtennis spielte.

Ruth lud sich selber zum Besuch ein. Ruth, die Miles auch verloren hatte, war Evelyn all die Monate ausgewichen, da sie den Anblick ihrer Anmut und Schönheit nicht ertragen konnte; nun kam sie, da sie glaubte, daß er für sie beide endgültig verloren sei. Ihre Liebe zu Miles – wenn man es Liebe nennen konnte – war nie sehr tief gegangen, gewiß nicht tiefer als ihre Liebe zu Evelyn; nur die Verbindung dieser beiden hatte sie aus dem Gleichgewicht gebracht, so daß sie sich eine kurze Zeitlang selber für viel unglücklicher hielt, als sie es wirklich war. Sie hatte Miles und seine Anziehungskraft auf sie nun vergessen und war nur zu froh, Evelyn wieder für sich zu haben. Ruth gehörte nicht zu den Menschen, die vom Leben zerbrochen werden.

Es geschah nicht ganz ohne Absicht, daß sie die erste Gelegenheit benutzte, Miles' Namen zu erwähnen. Sie hatte aus Leihbüchereiromanen die Vorstellung gewonnen, daß Menschen, die sich innerlich mit etwas beschäftigen, stutzten, wenn dieses Etwas erwähnt würde. Sie wußte nicht genau, wie das vor sich ging, wenn Leute stutzten, bildete sich jedoch ein, daß es eine ganz deutliche und erkennbare Äußerung sei. Sie hatte eigentlich nicht die Absicht, Evelyn zu verletzen, sondern lediglich den Wunsch, herauszufinden, ob sie sich noch mit ihm beschäftigte. Evelyn stutzte jedoch keineswegs, als Ruth sie fragte, ob das Gerücht auf Wahrheit beruhe, daß Miles Vane-Merrick mit Lesley Anquetil verlobt sei. Sie sah nicht einmal überrascht aus; sie lächelte nur und sagte, sie hoffe es, denn sie könne sich keine passendere Verbindung vorstellen.

Das war also die Erklärung für Miles' Schweigen! Wie roh, wie abgeschmackt, wie billig! Und Ruth, die selber roh und abgeschmackt und billig war, hatte man sich dazu ausgesucht, ihr diese Neuigkeit mitzuteilen! Sie nahm an, daß alle andern es schon lange wußten, aber taktvoll genug gewesen waren, es ihr zu verheimlichen, weil sie nicht so roh waren wie Ruth. Einen ganzen Tag war das Gefühl des Zornes und der Erniedrigung so stark in ihr, daß sie sich überhaupt keines Schmerzes bewußt wurde. Danach durchlitt sie zwei Tage lang alle Qualen eingebildeter Eifersucht. Dann verging selbst diese Eifersucht, und es blieb nur eine völlige und grenzenlose Verzweiflung, aus der ihr klarwurde, daß sie bis zu diesem Augenblick immer noch mit einem Schimmer von Hoffnung gelebt hatte.

Tagelang war sie unfähig, sich aus ihre Apathie aufzuraffen; kaum vermochte sie ihre Rolle als Gastgeberin zu spielen. Schließlich war sie so unruhig und gequält, daß sie Dan fragte, ob es ihn sehr stören würde, wenn sie für einige Tage nach London führe. Er sagte natürlich, daß es ihn nicht störe, machte ein Gesicht, als ob er noch etwas sagen wolle, hielt aber den Mund. Er machte sich Kummer um seine Mutter; sie sah krank und fiebrig aus, und ihre Augen waren ruhelos. Er wagte jedoch nicht, etwas zu sagen.

Evelyn fuhr, ohne genau zu wissen, weshalb sie fuhr. Die Absicht, Miles zu sehen, war nicht deutlich in ihrem Bewußtsein; wenn sie jedoch später auf diesen Tag zurückschaute, schien es ihr sicher, daß sie tatsächlich deshalb gefahren war, weil der Gedanke bereits in ihr bohrte. Und wenn nicht Miles, dann Viola Anquetil; aber auf irgendeine Weise mußte sie Miles näherkommen, um jeden Preis mußte sie die Wahrheit erfahren. Zunächst unternahm sie keine Schritte; sie blieb fast die ganze Zeit in ihrer Wohnung, tat nichts, ging müßig hin und her, verwarf einen unklaren Plan nach dem andern. Dann ging sie aus, ohne recht zu wissen, was sie tat, und fuhr zu Anquetils.

Viola war allein in dem großen Atelier. Sie war über Evelyns Aussehen entsetzt. Diese Frau machte den Eindruck, als habe sie wochenlang nicht geschlafen. »Meine Liebe«, sagte sie, während sie hastig aufstand und ihre Stickerei weglegte, »das ist eine sehr große Freude. Setzen Sie sich doch! Ich will nur eben dem Mädchen etwas sagen und bin im Augenblick zurück.«

»Nein, tun Sie das nicht!« sagte Evelyn. Sie ließ sich kraftlos nieder. »Ich weiß, was Sie dem Mädchen sagen wollen; Sie fürchten, daß Miles kommt. Wenn er kommen soll, lassen Sie ihn kommen! Vielleicht ist es besser. Wenn ich ihn überhaupt sehen muß, würde ich ihn lieber in Ihrem Hause sehen. Ich verspreche Ihnen, ihm keine Szene zu machen.«

Sie lächelte so kläglich, daß Viola tief bewegt war und sich ratlos fragte, was sie am besten tun solle.

»Es ist wohl am richtigsten, wenn ich es Ihnen gleich sage«, erwiderte sie dann, »es ist sehr wahrscheinlich, daß er kommt.«

Sie glaubte, Evelyn würde ohnmächtig, denn sie legte die Hand über die Augen und sagte nichts.

»Wissen Sie«, sagte Viola warm, »lassen Sie mich wenigstens dem Mädchen sagen, daß sie niemand anders einläßt. Mit Miles will ich es halten, wie Sie es wünschen. Recht so?«

»Lassen Sie ihn ruhig kommen!« sagte Evelyn kaum hörbar.

Viola stand auf und ging aus dem Zimmer; als sie zurückkam, hatte Evelyn ein Exemplar von Miles' Buch vom Tisch genommen. Sie legte es wieder hin.

»Wird er bald kommen?« fragte sie.

»Nein – wahrscheinlich nicht vor einer halben Stunde.«

»Darf ich dann erst eine Weile mit Ihnen sprechen? Ich habe nur eine Frage an Sie. Von Ihrer Antwort hängt es ab, ob ich gehe oder bleibe.«

»Fragen Sie nur alles, was Sie wollen!«

Evelyn schien unfähig zu sprechen; sie stand auf und ging zum Kamin hinüber. Sie nahm eine kleine Bronze auf, schaute sie genau an und stellte sie wieder hin.

»Ist es wahr«, fragte sie und drehte sich um, »daß Miles mit Ihrer Tochter verlobt ist?«

»Mit Lesley verlobt? Nein, das ist nicht wahr; wer hat

Ihnen das erzählt? Sie sind befreundet, sogar eng befreundet, aber sie sind nicht verlobt; sicher sind sie es nicht; Lesley hätte es mir erzählt. Aber setzen Sie sich doch – Sie sehen völlig erschöpft aus –, wir wollen besprechen, was da zu tun ist.«

»Noch eine Frage, dann will ich mich setzen. Lieben sie sich?«

»Das ist eine schwierigere Frage, aber – nein, ich glaube es nicht. Ich bin fast sicher, daß sie sich nicht lieben.«

»Fast sicher? Nicht ganz sicher?«

»Wie kann man ganz sicher sein? Ich will Sie nicht täuschen. Die beiden haben viel Gemeinsames, sie sind dauernd zusammen...«

»Und sie sind fast im gleichen Alter«, beendete Evelyn den Satz für sie.

»Wissen Sie«, sagte Viola, »das hat nicht sehr viel zu bedeuten. Ob man sich verliebt oder nicht, hat nichts mit Vernunft zu tun.«

»Sie brauchen sich nicht zu bemühen, mich zu schonen«, sagte Evelyn, »wenn es auch sehr gütig von Ihnen ist. Ich versichere Sie, daß ich gelernt habe, mich weder zu schonen noch selbst zu betrügen. Es ist wahr, es hat nichts mit Vernunft zu tun, ob man sich verliebt, aber beständig zu lieben hat mit sehr vielen Dingen etwas zu tun.«

»Ich glaube, Sie betrügen sich doch; die Schwierigkeiten zwischen Ihnen und Miles entstanden nicht aus dem Altersunterschied.«

»Aus welchem Grunde entstanden sie Ihrer Meinung nach?«

»Wollen Sie, daß ich offen bin? Aus dem Unterschied im Temperament.«

»Verzeihen Sie, aber Sie wissen doch gar nichts von meinem Temperament.«

»Man errät das«, sagte Viola, »und ich kenne Miles ganz gut. Ich will Ihnen ehrlich sagen, daß mir jede Frau leid tut, die Miles liebt.«

»Aber Ihre eigene Tochter...«

»Ich sagte Ihnen schon, ich glaube nicht, daß Lesley Miles liebt. Natürlich weiß man das nie. In diesen Dingen sind die Menschen verschwiegen, und manchmal ist es ihnen selber nicht bewußt, bis sie es ganz plötzlich entdecken. Es ist durchaus möglich, daß Miles und Lesley auf einmal zu dieser Entdeckung kämen. Ich glaube, Sie dürften Miles keine Vorwürfe machen. Er ist sehr unglücklich gewesen.«

»Es geht nicht darum, ihm Vorwürfe zu machen. – Aber ist er so unglücklich gewesen? Ich glaube nicht. Wenn man sehr unglücklich ist, verzweifelt unglücklich, dann tut man etwas Entscheidendes dagegen.«

»Aber Miles hat Ihnen geschrieben, hat sich bemüht, Sie zu sprechen ...«

»Ach, Viola! Ist das genug? Ist das alles, was man tut? Sehen Sie, ich spreche ohne Eitelkeit mit Ihnen. Sie wissen selbst, daß Miles hitzköpfig und impulsiv genug ist, nicht zu zögern, wenn er etwas durchsetzen will. Er hat mir geschrieben, ja; er hat sich bemüht, mich zu sprechen, ja – eine Zeitlang. Er hätte kaum weniger tun können, aber ich glaube wohl, daß er darin aufrichtig war. Aber was ist nun geschehen? Er bemüht sich nicht mehr, mich zu sprechen, er schreibt nicht mehr; ganz deutlich, er hat meine Entscheidung hingenommen.«

»Miles ist stolz, das wissen Sie ja – und Sie haben sich sehr plötzlich und endgültig zurückgezogen.«

»Ich hatte keine Wahl; ich konnte nur das eine oder das andere tun; halbe Maßnahmen waren nicht mehr möglich.«

»Hätten Sie sich ihm nicht vielleicht ein wenig stärker anpassen können? Ich will Ihnen keine Belehrungen geben, aber konnten Sie sich und Miles nicht sehr viel Kummer ersparen? Könnten Sie es nicht sogar jetzt noch?«

»Viola, ich bin sicher, daß Sie gegen Ihre eigene Überzeugung sprechen; ich bin sicher, es würde Ihnen leid tun, mich wieder mit Miles zusammen zu sehen. Sie wissen ganz genau, wie es enden würde, es wäre die Wiederholung dieser ganzen traurigen Geschichte. Geben Sie zu, Sie wissen, daß ich recht habe!«

»Dann erklären Sie mir, weshalb Sie ihn heute sehen wollen!«

Evelyn sah sie verwirrt an. »Ich weiß es nicht«, sagte sie.

»All die Monate sind Sie fest geblieben, ob es nun recht oder falsch war. Soweit ich es beurteilen kann, meine ich, Sie hatten wahrscheinlich recht. Ich weiß jedenfalls, daß Sie es aus den besten Motiven taten. Miles weiß es auch.«

»Miles?«

»Ich habe es ihm gesagt. Aber was ich nicht ganz begreife, ist, weshalb Sie jetzt schwach werden. Ist irgend etwas gewonnen, wenn Sie mit ihm sprechen?«

»Ich bin nicht mit der Absicht hergekommen, ihn zu sehen, denken Sie bitte daran!«

»Aber als sie hörten, er käme vielleicht, war die Versuchung zu groß für Sie?«

»Sie können es so auffassen, wenn Sie wollen. – Nein, ich glaube nicht, daß das der einzige Grund war. Ich glaube, ich will es ganz, ganz sicher wissen, daß ich ihn aufgeben muß. Ich möchte ganz sicher sein, daß er selber es lieber sähe. Nach seinem Verhalten werde ich es sofort beurteilen können. Ich hatte beinah gehofft, Sie würden das Gerücht über ihn und Lesley bestätigen ... Das wäre viel einfacher für mich gewesen. Im Augenblick frage ich mich manchmal, ob ich nicht einen entsetzlichen und sinnlosen Fehler mache. Wenn Miles mich wirklich braucht ... aber nein, er braucht mich nicht, nein, er braucht mich nicht. Sie selbst haben gesagt, Sie glaubten, daß ich recht hätte.«

»Es ist schmerzlich, sagen zu müssen ...«

»Nein, Sie müssen die Wahrheit sagen! Das alles ist so ungeheuer wichtig – für mich wenigstens –, daß Sie um jeden Preis ehrlich sein müssen. Nehmen Sie keine Rücksicht darauf, wie sehr es mich verletzen könnte. Es ist so wichtig, daß Mitleid völlig fehl am Platze wäre. Sagen Sie es noch einmal: Sie glauben wirklich, ich hätte es richtig gemacht?«

»Wenn Sie sich Miles nicht anpassen können – wenn Sie ihn nicht auf die Weise glücklich machen können, wie er es wünscht – wenn Sie glauben, daß Sie das niemals könnten –, dann bin ich sicher, daß Sie es richtig gemacht haben.«

»Ich habe es versucht, Viola, zuerst habe ich mir sehr große Mühe gegeben, und zuerst ist es mir wohl auch gelungen. Doch als es die ersten Schwierigkeiten gab, zwang mich irgendein verwünschter Widerspruchsgeist, es immer noch schlimmer zu machen. Wenn ich sah, daß ich Miles störte, wollte ich ihn noch mehr stören. Können Sie das verstehen?«

»Ich verstehe es so gut, daß ich wünschte, Sie hörten auf, sich selber so zu zerfleischen. Sie brauchen mir's nicht zu erzählen; ich weiß es schon.«

»Ich war sogar eifersüchtig auf ihn.«

»Ich bin sicher, daß Sie niemals Grund dazu hatten.«

»Vielleicht nicht durch seine Schuld. Aber Miles ist überall sehr beliebt . . . und ziemlich eitel; die Frauen liefen ihm nach, und er hatte nichts dagegen; ich wußte nie, wann er einer Frau begegnen würde, die ihn mir wegnahm . . .«

Viola lächelte. »Das war vielleicht nicht der beste Weg, ihn zu halten.«

»Ich weiß, ich weiß! Ich bin wahnsinnig gewesen. Ich konnte mich nicht beherrschen. Er war im ganzen sehr geduldig. – Was nutzt das Reden? Ich sehe, wie die Dinge liegen. Es ist viel besser, wenn ich gehe, jetzt sofort, ehe er kommt.«

Sie erhob sich und nahm dabei Handschuhe und Tasche auf.

»Aber wohin gehen Sie?« fragte Viola und stand auch auf. Sie konnte den Gedanken an Evelyns Einsamkeit nicht ertragen; sie fürchtete wirklich, Evelyn könne eine Torheit begehen.

»Ach, vielleicht wieder nach Newlands«, sagte Evelyn, »wo kann ich sonst hin? Für mich ist jeder Ort ganz gleich, und dann habe ich Dan, um den ich mich kümmern kann. Lassen Sie mich gehen, Viola, und vielen Dank, daß Sie so gut zu mir waren. Ich werde Ihnen immer dankbar sein, immer.«

Sie sah so blaß und müde aus, daß Viola sie am liebsten in die Arme genommen hätte, aber sie wußte, daß Evelyn dann zusammenbrechen würde.

»Sehen Sie«, begann sie, doch in dem Augenblick trat Miles ins Zimmer.

Viola erfuhr nie genau, was zwischen ihm und Evelyn vor sich ging. Nach dem ersten Augenblick, in dem sie alle drei in gleicher Bestürzung schwiegen, entschloß sie sich, sie lieber allein zu lassen; die Umstände waren stärker gewesen als sie. Sie ging nach oben, nachdem sie dem Mädchen gesagt hatte, daß Frau Jarrold und Herr Vane-Merrick geschäftliche Dinge zu besprechen hätten und nicht gestört werden dürften. Geschäfte! Ja, ein lebensentscheidendes Geschäft. Sie ging in ihr Schlafzimmer hinauf und verbrachte dort zwei der peinlichsten und ratlosesten Stunden ihres Lebens. Nach einer Weile fiel ihr ein, daß Leonard und Lesley ausgegangen waren und bei der Rückkehr wahrscheinlich selber die Haustür aufschließen und vergnügt in das Atelier stürmen würden. So schlich sie hinunter und legte einen Zettel für die beiden an die Stelle, wo sie immer ihre gegenseitigen Mitteilungen hinlegten. Dann ging sie wieder nach oben und verbrachte eine Stunde damit, aus dem Fenster zu schauen und an die beiden unten zu denken; sie fragte sich, ob einer von ihnen dableiben würde, um ihr zu erzählen, was geschehen sei, oder ob sie beide zusammen würde unbesonnen in einer Taxe wegfahren sehen. Dann sah sie Evelyn aus dem Hause kommen, einer Taxe winken und wegfahren. Also war Miles dageblieben? Doch ehe sie zu ihm hinuntergehen konnte, kam auch er aus dem Hause und ging, ohne Hut, mit ärgerlichem Schritt die Straße hinunter.

Evelyn fuhr nach Newlands zurück, wo sie Dan mit einer Gruppe junger Leute antraf, die eifrig pokerten. Sie waren alle höchst erfreut, sie zu sehen, erhoben sich höflich, unterbrachen ihr Spiel und sagten, sie hätten sie sehr vermißt. Dan war besonders herzlich, nahm ihren Arm und drückte ihn an sich. »Liebste Mutti«, sagte er, »wie herrlich, dich wiederzuhaben!« Für einen Augenblick hatte sie das Gefühl, daß sie hier wirklich gebraucht wurde. Für einen Augenblick hatte sie das Gefühl, daß ihr das genügen könne. Dan wenigstens gehörte ihr. – Aber Dan würde sie bald verlassen; Dan würde seine eigenen Liebeserlebnisse und seine eigenen Pläne haben.

Eigene Pläne hatte er bereits, und es waren nicht ihre: Es waren Miles' Pläne.

Und doch blieb sie wie betäubt. Sie unterhielt Dans Freunde und ihre Bekannten und fuhr sogar mit Dan nach Orlestone, um ein neues Ledigenheim zu eröffnen, das ein junger Mann eingerichtet hatte, der sie an Bretton erinnerte. Es gab anscheinend viele junge Männer von diesem Typ unter Dans Bekannten, unhöfliche, hitzige junge Männer; das war ihr unangenehm. Dan hatte wenigstens tadellose Manieren; sie hielt sie für den Erfolg der Erziehung in Eton. Der alte William Jarrold habe am Ende doch recht gehabt, dachte sie.

In Orlestone verlor Dan aufs neue sein Gleichgewicht. Er brachte einen jungen Mann, der aussah wie Bretton, mit ins Hotel, sie saßen und redeten bis drei Uhr morgens. Dan sagte, daß etwas geschehen müsse, daß er bereit sei, sein gesamtes persönliches Vermögen zu opfern, daß das aber nicht genug sei; es könne das Elend in Orlestone lindern, aber nichts an dem Problem an sich ändern. Evelyn ließ sie dabei allein, doch als sie die Tür hinter sich schloß, hörte sie ihn sagen: »Und Miles Vane-Merrick...«

Ständig Miles! Sie konnte ihm nicht entrinnen, weder in der Unterhaltung noch in den Zeitungen – und am wenigsten in ihren eigenen Gedanken.

Sie kamen nach Newlands zurück. Dan haßte Newlands jetzt und wünschte sich so schnell wie möglich davon zu befreien. Newlands stand zum Verkauf als ein begehrenswerter Herrensitz, den sein junger Eigentümer nicht begehrte. Evelyns Vater, der die Anzeige in der *Times* und im

Country Life gelesen hatte, schrieb einen bestürzten Brief an Evelyn, in dem er sein tiefstes Bedauern darüber aussprach, daß Dan sich von solch einem schönen Besitz zu trennen wünschte. Gottfried Jarrold konnte nicht begreifen, weshalb Dan Newlands verkaufen wollte. Konnte der Junge einen hübscheren Besitz finden? Es sei denn, er wollte bessere Sportmöglichkeiten haben – aber er hatte doch Dan immer so verstanden, daß er sich nicht viel aus Jagdreiten und Schießen mache; was zum Teufel suchte der Junge also? Evelyn zeigte Dan den Brief und fragte, was sie antworten solle. »Schreib ihm«, sagte Dan, »daß ich die weißen Pfosten und die Ketten hasse, die Weiden und die Kieswege und das ganze Surrey!«

Evelyn begriff nicht genau, was er meinte. Doch sie verstand viel mehr davon, als sie vor zwölf Monaten begriffen hätte. Und das war wieder Miles zu verdanken.

Dan sollte nach Frankreich gehen. Er wehrte sich nachdrücklich, ohne aber den wahren Grund anzugeben: die Furcht, seine Mutter allein zu lassen. Evelyn blieb jedoch fest. Sie war nur überrascht davon, wie fest sie jetzt sein konnte; das Unglück schien alle schlummernde Stärke ihres Charakters wachgerufen zu haben. So sehr sie wünschte, Dan bei sich zu behalten, war sie doch entschlossen, stets sein Wohl über ihr eigenes zu stellen; sie hatte genug von selbstsüchtiger Liebe.

Er fuhr, bis zur letzten Stunde widersprechend; und sie blieb allein in England. Allein trotz der Leute, die um sie waren, denn Dan war nun der einzige Mensch auf der Welt, der etwas für sie bedeutete. Was sonst von ihrem Leben noch blieb, war nichts als ein nebelhaftes Schattenbild.

Sie bemühte sich, Interesse an anderem zu finden; da aber jeder Anreiz fehlte, fühlte sie sich wie ein Mensch, der versucht, schwere Gewichte zu heben, ohne die notwendigen Muskeln zu besitzen. Liebe war es, die ihr fehlte, nun sie sie einmal kennengelernt hatte. Sie glaubte, manche Frauen litten darunter und sie gehöre bestimmt zu diesen. Es war tragisch, eine solche Veranlagung zu haben.

Viola Anquetil war der einzige Mensch, den sie zu sehen wünschte. Sie vermochte, wenn auch nur vorübergehend, ein wenig Frieden darin zu finden, ruhig und selbst ohne zu sprechen mit der kühlen Viola zusammenzusitzen. Aber ihre Zaghaftigkeit hielt sie zurück; sie hatte kein Recht, Viola ihren Kummer aufzudrängen. Viola rief mehrere Male an und schrieb, doch stets erwiderte Evelyn, sie sei in Newlands.

Darin war sie wieder fest.

Diese Festigkeit war unerklärlich, sogar ihr selbst. Das war anscheinend die Rückseite der Medaille. Auf der andern Seite war die Medaille von Nachgiebigkeit gegen sich selbst, Weichheit, Hang zum Luxus und Egoismus geprägt; nun hatte sie sie umgewendet und fand Strenge, Stolz und Opferfähigkeit.

Was würde schließlich die Zukunft bringen? dachte sie. Sie hatte vielleicht noch dreißig bis vierzig Jahre vor sich. Würde das Gefühl, das Beste für Miles getan zu haben, ausreichen, sie aufrechtzuerhalten? Oder war das nur ein vorübergehender Rausch? Wenn er verging, wenn die Stimmung abflaute, würde sie dann zerschmettert auf den Boden fallen wie ein Akrobat, der vom gespannten Seil stürzt?

Die Unterredung mit Miles war endgültig gewesen. Sie hatte es schon gewußt, als er sie noch anflehte. Er mochte rasen, toben, bitten, flehen: Der überzeugende Ton fehlte. Sie hatte genügend Gefühl dafür, den Unterschied zu erkennen; außerdem kannte sie Miles zu gut! Erregbar, beredt und ohne Scheu, seine Gefühle zu äußern, war er fähig, sich in eine Bewegung hineinzusteigern, die ihn selber täuschte und die jeden andern getäuscht hätte, nur sie nicht. (Und doch hatte sie sich, weiß Gott, brennend genug gewünscht, sich dieser Täuschung hingeben zu können.) Als sie nachgiebig zu werden drohte, hatte sie ihn ironisch angesehen und gesagt: »Hältst du mal wieder Wahlreden, Miles?« Plötzlich abgekühlt, hatte er ihr einen Blick voll wirklichem Haß zugeworfen, und all ihre vergangenen Meinungsverschiedenheiten waren mit einemmal wieder lebendig. »Wahlreden« – welch böser Geist hatte sie verleitet, dieses Wort zu gebrauchen? Es umschloß seine gesamte öffentliche Karriere – den Hauptfeind jener Tage, als ihre Liebe sie noch verband. »Wenn du so denkst...«, hatte er gesagt und war von ihr fort bis in die entfernteste Ecke des Zimmers gegangen. Sie hatte ihn dabei beobachtet, betroffen von seiner Erregung und von der vertrauten Anmut seiner Bewegungen. Wie nahe war sie in diesem Augenblick daran gewesen, ihn zurückzurufen! Er stand als Silhouette vor dem großen Fenster in Violas Atelier – als Silhouette, aber mit schimmerndem Haar –; er war wütend, hatte die Hände in den Taschen, und beinahe wäre sie zu ihm gegangen und hätte »Miles?« gesagt mit der Stimme, die ihn herumreißen und dazu bringen würde, sie sofort in die Arme zu ziehen, das wußte sie. Dann hätte sie jene körperliche Berührung wieder gespürt, die so viel und doch so wenig bedeutete; für den Augenblick wären sie zusammengeschmolzen, zueinander zurückgekehrt; für eine Stunde, für eine Nacht, für eine Woche wäre ihre Vereinigung wieder vollkommen gewesen. Sie hatte der Versuchung widerstanden – um welchen Preis! – und war froh darüber. Sie war am Kamin geblieben, während er drüben beim Fenster stand, und hatte ihre Trümpfe ausgespielt. »Das ist die dir gemäße Rednerbühne«, hatte sie gesagt, »die Apfelsinenkiste oder das Heringsfaß. Bleib du dabei, und laß mich gehn!«

Darauf eine Antwort zu geben war schwierig für ihn – fast so schwierig, als wenn ein Amerikaner ihm sagte: »Hat mich gefreut, Sie kennenzulernen, Herr Vane-Merrick.« Sein Herz lag nicht in der Antwort; soviel war gewiß. Er begann zu zweifeln, ob er überhaupt ein Herz habe. Gefühlserregungen hatte er im Überfluß; Beredsamkeit stand ihm zu Gebot, aber – Herz? Was hieß das überhaupt – Herz? Leidenschaft? Lust? War das der Ausdruck der Liebe? Nicht der Liebe, wie er sie verstand. Noch weniger der Liebe, wie Evelyn sie auffaßte. Die Liebe, wie Evelyn sie verstand, war das völlige

Aufgehen eines Liebenden im andern. Er vermochte die Liebe nicht in diesem Licht zu sehen. Er wollte seine Individualität, seine Tätigkeit, seinen Stundenplan behalten. Er wollte neben dem Leben der Liebe sein eigenes Leben führen, unabhängig, getrennt davon. So hatte er sich zu Evelyn umgewandt und sich bemüht zu erklären, aber er hatte die Erklärungen mit erbitterter Stimme vorgebracht, und sie hatte die Erbitterung hinter den Erklärungen gespürt. »Plag dich nicht, Miles!« hatte sie gesagt. »Wir haben sieben reizende Monate erlebt, und man kann nicht erwarten, daß diese Dinge ewig währen.«

Sie hoffte dadurch den Eindruck hervorzurufen, daß die Angelegenheit für sie ebenso zu Ende sei wie für ihn. Sie wollte, daß er es leichtnahm. Sie wollte, daß er glaube, sie nähme es selber auch leicht. Sie wollte nicht, daß er sich quälte – das war ein Teil ihres Rausches. Wenn sie sich für ihn opfern mußte, dann wollte sie es so gründlich und barmherzig tun wie nur möglich.

Den Satz mit der Wahlrede hatte er ihr heimgezahlt. Wie sie wußte, ließ er sich leicht zur Vergeltung hinreißen, doch bei dieser Gelegenheit verletzte er sie bitter, obwohl sie es nicht zeigte. Was kam es auf eine Verletzung mehr oder weniger an, wenn das Herz schon eine einzige Wunde war? Er sagte: »Das glaube ich wohl, daß du froh gewesen bist, mich los zu sein. Du hast dir immer Sorgen darüber gemacht, was die Jarrolds dazu sagten.« Sie hatte gelächelt und erwidert: »Ja, Miles, das habe ich leider getan.«

Sie fuhr nach London zurück, als Dan abgereist war. Der Dezember war auf dem Lande nicht nach ihrem Geschmack; außerdem war es kaum möglich, irgend jemand zu veranlassen, im Dezember nach Newlands zu kommen. Und sie mußte ständig Menschen um sich haben, so unwesentlich sie ihr auch sein mochten, denn sie fürchtete sich, allein zu bleiben. Von morgens bis abends mußte sie Menschen um sich haben – oder besser von morgens bis morgens, denn sie ging jetzt selten vor zwei oder drei Uhr zu Bett. Wenn sie dann endlich ins Bett kam, konnte sie nicht schlafen und fürchtete diese matten Morgenstunden, wenn alle Kümmernisse des Lebens zur Größe der Erdkugel anschwollen und sie in den Kissen fast erdrückten. Um sechs oder sieben schlief sie gewöhnlich ein, schlief bis neun oder zehn; wenn sie dann aufwachte, griff sie nach dem Telefon und bat Ruth oder eine andere Verehrerin, sofort herüberzukommen. Sie fand Freude daran, Ruth zu tyrannisieren, und wenn sie sie bestellt hatte, ließ sie sie gewöhnlich endlos warten, während sie badete. Es war eine armselige Rache an einem armseligen Objekt; aber ihre schmerzende Seele suchte jede Erleichterung.

Auch Evan zeigte Ausdauer in seinen Besuchen. Sie verachtete und verabscheute Evan mit seiner faseligen und sentimentalen Art, aber er stand immer und zu allen Gelegenheiten zur Verfügung. Sie konnte ihn ohne weiteres anrufen und ihm sagen, sie wolle sofort in ein Theater oder einen Nachtklub gehen. Sie zog ihn in der Tat den jungen Männern vor, die stets bereit waren, mit ihr auszugehen. Obwohl er sie auf die geschmackloseste Weise mit seinen Annäherungsversuchen verfolgte, war er doch immerhin ihr Schwager, und sie brauchte sich bei ihm keinen Zwang aufzuerlegen; sie konnten über Thomas reden oder über Lady Orlestone und ihre Rhododendren; sie konnte ihn abweisen, so oft sie wollte, und er war niemals beleidigt. Sie konnten endlos und mühelos über die gemeinsame Familie schwatzen. Sie konnte ihn wegen seines unmäßigen Trinkens ausschelten, und wenn sie dann sah, daß er die Augen niederschlug, und spürte, daß es ihm wohltat, hatte sie sogar Mitgefühl für ihn. Die Beziehungen zu Evan waren ganz zwanglos, besonders in einem öffentlichen Lokal, wo er nicht versuchen konnte, ihr den Arm um die Schulter zu legen.

Allein mit ihm in ihrer Wohnung zu bleiben, vermied sie.

Evan besaß trotz seiner Unbeholfenheit einen gewissen

Takt. Nie erwähnte er Miles. Doch das Gefühl, daß er über sie und Miles Bescheid wußte, gab ihr einen seltsamen Trost und Halt.

Sie war mit Evan ausgegangen, als sie Miles und Lesley zum erstenmal zusammen sah.

Sie dinierten in demselben Restaurant, und es dauerte einige Zeit, bis sie sich erblickten. Und zwar war es ein Spiegel, in dem Evelyn sie schließlich sah. Plötzlich hatte sie das vertraute Bild vor sich, als sie die Augen zu dem Spiegel an der Wand hob, und als sie sich umwandte, konnte sie sich davon vergewissern, daß das undeutliche Spiegelbild sie nicht getäuscht hatte. Sie lachten und plauderten vertraulich miteinander, stützten die Ellbogen auf den kleinen Tisch und sahen beide sehr jung und anschauenswert aus. Ja, sie fielen auf, Miles so blond und Lesley so dunkel und streng. Sie sahen vorzüglich und intelligent aus – törichte Worte, um den plötzlichen Schmerz zu beschreiben, den Evelyn spürte, als sie beobachtete, wie die beiden zueinander paßten. Sie konnte sie nicht dauernd über die Schulter anstarren, aber als sie sich zurückwandte, sah sie sie wieder im Spiegel. Was für ein seltsames Ding ein Spiegel ist! Er gab die Farbe des Lebens wieder, die natürliche Größe, die Gebärden, und doch bot er nichts als eine ferne Unwirklichkeit. Das war nicht Miles, dessen Haar über dem dunklen Anzug und dem weißen Tischtuch schimmerte, der die Hand ausstreckte, um Brot zu nehmen, der roten Wein aus einer dunklen Flasche goß. Und doch war es Miles; sie brauchte sich nur umzudrehen, und die Wirklichkeit war dicht hinter ihr.

»Evan«, sagte sie, »hat man schon stereoskopische Spiegel erfunden?«

Evan starrte sie an. Er hatte geredet, und sie hatte offenbar nicht zugehört.

»Wie?«

»Ich dachte gerade, ein Spiegel zeigt alles flach, nicht wahr? Nicht wirklich plastisch? Ich meine, man hat nicht das

Gefühl, als ob man die Hand hinter irgend etwas legen könne, das im Spiegel zu sehen ist. Es ist so lebenswahr und doch überhaupt nicht lebenswahr. Ich finde das ziemlich erschreckend.«

Es war nur natürlich, daß Evan in den Spiegel schaute, der genau hinter seinem Kopf hing. Dann sah er sie.

»Möchtest du gehen?« fragte er, als er sie gesehen hatte. Sie war ihm dankbar – der arme Evan! Aber sie schüttelte den Kopf und lächelte. »Nein, lieber Evan, es ist nicht gut, wegzulaufen.«

»Früher oder später mußte es passieren«, meinte er.

»Ja, früher oder später mußte es passieren.«

»Ist es das erstemal?«

»Ja, das erstemal.«

»Dann hast du Glück gehabt.«

»Ja, ich habe Glück gehabt.«

»Haben sie dich gesehen?«

»Nein, ich glaube nicht – noch nicht.«

»Sie werden dich sehen.«

»Ja, natürlich werden sie mich sehen.«

Er konnte nicht wissen, welche Qual ihr das Fürwort »sie« bereitete.

»Sie werden herüberkommen und dich ansprechen, Evelyn.«

»Ja, ich nehme an, daß sie das tun werden. Sie werden sich dazu verpflichtet fühlen. Es ist peinlich für sie, nicht wahr?«

»Evelyn, mach nicht so ein Gesicht!«

»Was für eins?«

»So – nun, ich weiß nicht.«

Sie lachte. »Ausgezeichnet, mein undeutlicher Evan!«

»Was bedeutet das?«

»Das bedeutet, daß du nicht sehr gut auszudrücken verstehst, was du meinst.«

»Na ja«, sagte Evan unbehaglich, »man versteht's eben nicht.«

Nein, Evan und seinesgleichen verstanden es nicht gut,

auszudrücken, was sie meinten. Miles dagegen konnte es außerordentlich gut. Vielleicht war es zum Teil auch das, was Viola im Sinn hatte, wenn sie Miles einen Engländer aus der Zeit Elisabeths nannte... Und doch war Evan eine gute Seele, und sie war lieber mit ihm als mit einem Fremden zusammen.

Als sie fast fertig mit dem Essen waren, erblickte Miles sie. Ihre Augen begegneten sich im Spiegel. Er hatte gerade in dem Augenblick aufgeschaut, als sie wieder hineinsah – sie konnte ihren Blick nicht zurückhalten. Es war ein seltsames Erlebnis. Sie sah seinen erschreckten Blick im Spiegel: Sie sah, wie er die Augen senkte und sie suchte – ihr wirkliches Ich, das körperliche. Als sie sah, daß sein Spiegelbild das tat, zwang sie sich, sich nicht umzudrehen. Ehe sie sich nicht umwandte, konnten ihre Augen sich nicht begegnen. So aß sie weiter und plauderte mit Evan, obwohl sie wußte, daß Miles sie ansah.

Sie bemühte sich, nicht in den Spiegel zu schauen; es gelang ihr auch bis auf einen einzigen Blick. Dieser eine Blick zeigte, daß Miles wieder mit Lesley sprach. Er zeigte, daß Lesley noch nichts von ihrer Anwesenheit wußte. Miles verriet sich durch übernervöse Lebhaftigkeit. Das Mädchen war heiter wie immer und voller Interesse für ihren Begleiter und das, was er sagte. Sie hatten wieder die Ellbogen auf den kleinen Tisch gestützt und plauderten. Miles verriet seine Nervosität nur durch die Hast, mit der er sein Brot zerkrümelte.

Evelyn wußte nicht, was sie zu Evan sagte. Sie hatte nur das tröstliche Gefühl, daß Evan sie verstand und ihr alle Versehen vergab.

Sie überlegte, daß entweder sie und Evan oder Miles und Lesley als erste das Restaurant verlassen mußten. Irgend etwas mußte geschehen, deshalb stand sie tapfer auf und ging zwischen den Tischen durch. Bei Miles und Lesley blieb sie stehen und redete sie an. Lesley schaute überrascht auf; als sie Evelyn dann erkannte, lächelte sie freundlich. Evelyn fragte sich, wieviel sie wirklich wußte. Miles erhob sich verlegen. Er ließ die Serviette fallen und mußte sie unter dem Tisch suchen – das war für jeden Mann eine lächerliche Haltung, doch da sie ihn liebte, empfand sie dabei nur noch mehr Zärtlichkeit für ihn. Er tat ihr leid, weil sie ihm unbeabsichtigt den Abend verdorben hatte. Und doch war sie froh, es getan zu haben.

Die Begegnung verlief in höflichster Form.

Sie war spät nach Haus gekommen, da dichter Nebel über London lag. (Sie hoffte, Dan werde in Frankreich dem Nebel entgehen.) Er war undurchdringlich, einfach scheußlich. Es war ein Nebel, in dem unsichtbare Räuber den Frauen die Ohrringe aus den Ohren reißen konnten. Evan brachte Evelyn spät in der Nacht oder besser früh am Morgen nach Hause, denn sie waren noch tanzen gegangen, und als sie Evan mit einigen Schwierigkeiten verabschiedet hatte, verweilte sie noch allein in der Wohnung, ehe sie zu Bett ging. Evan, der immer sentimentaler geworden war, je weiter die Nacht vorrückte, hatte sie wieder angefleht, ihn zu heiraten. »Es ist erlaubt, weißt du – Parlamentsakte«, hatte er zum zwanzigstenmal gesagt; und zum zwanzigstenmal hatte sie ihn geneckt und gesagt, daß die Heiratsanträge zu einer schlechten Angewohnheit bei ihm würden. Er erwiderte, daß er niemand Heiratsanträge mache außer ihr; und der arme Thomas würde einverstanden gewesen sein. Sie entgegnete, sie sei es müde, immer wieder die posthumen Ansichten des armen Thomas zu hören. Evan wurde unsicher; Worte wie posthum beunruhigten ihn; er behauptete, sie müsse sie beim jungen Vane-Merrick aufgeschnappt haben – inzwischen, um zwei Uhr morgens, hatte er seinen natürlichen Takt verloren. Der junge Vane-Merrick sei ein verfluchter Intellektueller, sagte er; »Sieh dir nur das Mädchen an, mit dem er gegessen hat, wie die angezogen war! So eine Bluse aus grüner indischer Seide. Das war doch ein Malermodell aus Chelsea, was er sich da aufgelesen hatte.«

»Keineswegs«, antwortete Evelyn kühl, »das war Viola Anquetils Tochter; ich kenne sie gut.« Sie bemühte sich, es so zu sagen, als ob Viola Anquetils Tochter ihre beste Freundin, fast ihre Patentochter sei.

»Na«, sagte Evan, »zum Heiraten ist das nichts; alles, was du willst, aber nicht heiraten.«

Evelyn wußte nicht, ob sie sich über diese Bemerkung freuen oder ärgern sollte. Sie konnte keinen Geschmack an der Anspielung »alles, was du willst« finden. Doch hatte sie es lieber als eine Trauung in der St.-Georgs-Kirche am Hanover Square oder in der St.-Margarets-Kirche in Westminster, durch die Miles der Welt als der offizielle und gesetzliche Geliebte Lesley Anquetils oder einer anderen verkündet würde. Die Eitelkeit konnte merkwürdige Formen annehmen – die Eitelkeit und ebenso die Eifersucht. Sie war soweit gekommen, daß es ihr kaum noch etwas ausmachte, was Miles mit seinem Privatleben anfing, er war schließlich ein junger Mann und brauchte seine Entspannungen, sie konnte das verstehen und ertragen, aber sie war leidenschaftlich dagegen, daß er öffentlich mit einer anderen Frau in Verbindung gebracht wurde. Das war fraglos eine unnatürliche Form der Eifersucht; aber ihre Eifersucht nahm eben diese Form an.

Sie öffnete das Fenster, stützte die Ellbogen aufs Fensterbrett und stellte sich Miles und Lesley zusammen vor. Sie war überzeugt davon, daß sie eines Tages in der *Times* die Anzeige lesen werde: M. Vane-Merrick, hochwohlgeboren, und Fräulein L. Anquetil. Ob Miles sie vorher benachrichtigen würde, oder Viola? Viola würde es sicher tun; sie verstand die Regungen des Herzens. Miles verstand sie überhaupt nicht. Er wurde nur ärgerlich und wütend darüber, wenn die Gefühle anderer unbequem heftig wurden. Seine eigenen Gefühle blieben der Politik vorbehalten. Lesley würde ihn nie belästigen. Es war ebenso unmöglich, sich vorzustellen, daß das glattgescheitelte Haar über ihrer Stirn jemals zerzaust oder unordentlich aussehen könnte. Gewiß, sie war die vollkommene Frau für Miles – wenn er eine Frau haben mußte.

Evelyn stand immer noch mit aufgestützten Ellbogen am offenen Fenster, obwohl die Dezembernacht kalt und der Nebel dicht war: Sie dachte daran, wie Miles die Ellbogen auf den kleinen Tisch gestützt hatte, ehe er ihre Anwesenheit bemerkte. Gerade ebenso stützte sie jetzt die Ellbogen auf das Fensterbrett, doch während Miles über den Tisch hinweg mit Lesley geplaudert hatte, atmete sie nun die kalte beklemmende Luft ein, hatte niemand, mit dem sie plaudern konnte, nur ihre eigenen Gedanken, die ihr Gesellschaft leisteten. Sie hatte gebadet und war warm, zu warm, das wußte sie, für die eisige tödliche Luft, die in das offene Fenster kroch. Diese Londoner Nebel, wie undurchdringlich sie waren, wie sie alles unwirklich machten, ebenso undurchdringlich wie der Spiegel, der Miles' Bild zurückwarf. Nie wieder würde sie in einem öffentlichen Lokal in einen Spiegel blicken können, ohne Furcht zu verspüren.

Sie hätte zu Bett gehen sollen. Aber sie war in die Gewohnheit verfallen, die Stunde hinauszuschieben, in der sie die Lampen ausschalten und im Dunkeln liegen mußte. Heute wollte sie ein Schlafmittel nehmen; das war ein Luxus, den sie sich so selten wie möglich erlaubte. Heute glaubte sie, ihn verdient zu haben. Sie fühlte sich so erbärmlich einsam, und der Nebel schien ihre Einsamkeit noch zu vertiefen. Wenn sie sich aus dem Fenster lehnte, konnte sie die flackernden Warnlichter an der Straßenecke sehen, düstere orangefarbene Flecken im Nebel. Ob Miles sicher nach Hause gekommen sein mochte, fragte sie sich, als eine Taxe vorüberfuhr und vorsichtig hupte.

Dann fühlte sie, daß sie wirklich sehr fror, und als sie ihr Chloral abgemessen und eingenommen hatte, lag sie eine ganze Zeit trotz der Wärme des Bettes mit klappernden Zähnen wach.

Entsetzliche Träume peinigten sie; sie träumte, sie stehe mit

Miles in einer kalten Nacht auf den Zinnen seines Turmes, und er verwehre es ihr, in die Wärme und Sicherheit hinunterzugehen. Als sie ihn drängte, sprang er auf die Brüstung und in die Tiefe; sie hörte, wie sein Körper dröhnend unten auf dem Steinpflaster aufschlug. Zitternd erwachte sie, schweißgebadet, und war nicht fähig, sich klarzuwerden, daß sie nur geträumt habe. Dann glaubte sie, daß der Traum das Zittern und Schwitzen hervorgerufen habe, bis sie merkte, daß sie ihre Glieder kaum zu bewegen vermochte; und als sie mit der Hand über die Stirn strich, merkte sie, daß sie naß war. Das Zimmer war dunkel; kein Lichtschimmer war hinter den Vorhängen zu erblicken. Sie knipste die Lampe an und sah zu ihrem Erstaunen, daß es elf Uhr war. Sie nahm an, die Wirkung des Chlorals habe sie so lange schlafen lassen. Sie hätte sich erfrischt fühlen müssen, doch fühlte sie sich im Gegenteil müde und zerschlagen; Kopf und Glieder schmerzten.

Sie klingelte nach Privett, die mit unwilliger Miene hereinkam. »Sie haben wieder dieses Zeug genommen!« sagte sie, als sie das leere Glas neben der Flasche sah.

»Ist es wirklich schon elf, Privett?«

»Ja, schon drüber. Was können Sie anders erwarten, wenn Sie dies Zeug nehmen?«

»Aber das Zimmer war ganz dunkel.«

»Der Nebel ist so dick, daß man ihn mit Händen greifen kann.«

Privett zog die Vorhänge zurück; vor den Fenstern stand eine feste braune Wand. Das elektrische Licht gab dem Zimmer Helligkeit; es war wie eine strahlende Zelle, die in die Dunkelheit gegraben war. Privett schaltete die elektrische Heizung ein.

»Bitte, nicht die volle Stärke, Privett; mir ist so heiß!«

»Heiß? Wieso? Es ist kalt und feucht.« Privett kam ans Bett und sah sie an. »Sie sind rot. Sie haben doch kein Fieber?« Sie legte Evelyn die Hand auf die Stirn. »Ich will mal Ihre Temperatur messen«, sagte sie energisch.

Evelyn fühlte sich wirklich zu krank, um sich zu wehren.

Privetts grobe Freundlichkeit und ihre Besorgtheit waren wohltuend; sie ließ sich pflegen.

»Nun?« sagte sie, als Privett die Brille aufgesetzt hatte und das Thermometer unter der Lampe studierte.

»Über achtunddreißig«, verkündete Privett endlich. Es waren tatsächlich sogar neununddreißig, und sie machte sich Sorge.

»Achtunddreißig ist doch gar nichts«, murmelte Evelyn. »Ich muß mich heute nacht erkältet haben.«

»Sie bleiben, wo Sie sind!«

Evelyn lächelte.

»Gut, Kindermädchen. Ich habe auch nicht viel Lust, etwas anderes zu tun.«

»Das will ich glauben«, brummte Privett, als sie aus dem Zimmer ging.

Sie überlegte, was sie tun sollte. Neununddreißig war keine gute Temperatur für den Morgen. Nach dem Arzt schicken? Frau Gottfried Jarrold anrufen? »Das arme Wurm hat niemand, der sich um sie kümmert«, murmelte sie und verwünschte zum tausendstenmal diesen jungen Vane-Merrick. Wenn Frau Jarrold eine Erkältung hatte, so war es Vane-Merricks Schuld.

Sie rief Frau Gottfried Jarrold an.

»Natürlich, Privett, Sie haben ganz recht; rufen Sie sofort den Arzt! Natürlich Dr. Gregory. Ich komme selber hinüber, wenn ich bei dem Nebel durchkomme.«

Der Arzt kam zuerst. Er sagte, Evelyn habe zweifellos eine Erkältung, und eine recht schwere; er verschrieb Aspirin und nur Suppe zum Mittagessen und meinte ermunternd, daß an einem solchen Tage das Bett der beste Aufenthaltsort sei.

»Sie versäumen nicht viel«, sagte er, rieb sich die Hände und sah sich anerkennend in dem hübschen Zimmer um. Er war ein ältlicher Arzt mit einer vornehmen Praxis und hatte durchaus nichts gegen Besuche bei hübschen Frauen mit unbedeutenden Beschwerden in angenehmer Umgebung. Frau Jarrold, dachte er, sieht ganz reizend aus, wie sie da im

Bett liegt, zart wie eine abgefallene Blüte, rosig, das krause dunkle Haar auf dem Kopfkissen, sehr still und voller Selbstbedauern. Er fragte sich, weshalb sie wohl nicht wieder geheiratet habe. – »In ein, zwei Tagen sind Sie wieder gesund«, sagte er, »ich schaue heut abend noch einmal herein. Aber nun erzählen Sie mir mal«, fügte er hinzu, »was haben Sie angestellt, daß Sie sich so eine Erkältung geholt haben? Spät in der Nacht in dünnen Kleidern unterwegs gewesen, wie? Oh, diese leichtsinnigen jungen Frauen!«

»Nein«, sagte Evelyn, »ich habe vergangene Nacht nach einem heißen Bad am offenen Fenster gestanden.«

»Und den Nebel bewundert, wie? Na, wenn Menschen wie Sie nicht so verrückte Dinge täten, würden wir Ärzte wohl verhungern. Oder haben Sie sich das Leben nehmen wollen?« Er lachte, ein fettes, behagliches Lachen über seinen eigenen Scherz. »Nun stehen Sie aber heute nicht wieder auf, um den Nebel zu bewundern!« sagte er und drohte mit dem Finger.

Auf dem Weg hinaus traf er Frau Gottfried Jarrold und Ruth. Sie waren alte Bekannte; er hatte Ruth schon in Empfang genommen, als sie auf die Welt kam.

Nachdem sie ihre Ansichten über das Wetter ausgetauscht hatten, sprachen sie über die Patientin.

»Nur eine Erkältung, Frau Gottfried; in ein paar Tagen ist sie wieder wohlauf.«

»Privett hat mich recht erschreckt: neununddreißig, wissen Sie ... bei einem Kind wäre das natürlich gar nichts, aber für eine Erwachsenen doch eine recht hohe Temperatur.«

»Ach, Dienstboten sind immer Schwarzseher. Sie werden's erleben, heute abend ist die Temperatur gefallen.«

»Aber das Fieber steigt doch abends immer.«

Er lachte freundlich und überlegen und tätschelte ihr den Arm. »Ich glaube, Sie werden sehen, daß es gefallen ist. Ich will ihr etwas schicken, das es herunterbringt.«

»Dann braucht man sich also keine Sorgen zu machen?«

»Du meine Güte, gar kein Grund, besorgt zu sein! Gehen

Sie nur hinein, aber lassen Sie sie nicht zuviel reden! Je ruhiger sie heute ist, desto besser.«

Der Arzt hatte recht; die Temperatur ging wirklich herunter. Evelyns Schwägerin kam am Abend und neckte sie mit der Furcht, die sie ihnen eingejagt hatte. Evan schickte Blumen mit einer teilnahmsvollen Karte. Sie lag im Bett und fühlte sich ziemlich schwach, aber voller Frieden. Sie war zu müde, über Miles nachzudenken. Glieder und Kopf schmerzten zu sehr, als daß sie an den Schmerz im Herzen denken konnte. Mit spöttischer Belustigung stellte sie fest, daß körperliche Leiden die seelischen Leiden auszulöschen vermochten, und als ihr das klargeworden war, malte sie sich voller Phantasie aus, wieviel lieber sie dauernd solche Unpäßlichkeiten statt der andern Qualen leiden würde. Es war nicht unangenehm, leicht krank zu sein; selbst die Schmerzen in den Gelenken waren eher interessant als unangenehm. Es war spannend, den Fuß zu bewegen und den fernen, undefinierbaren Schmerz im Knöchel zu spüren. Es war schwierig, genau zu sagen, wo der Schmerz war, schwierig, ihn abzugrenzen. Sie wußte nur, daß er sich fast sinnlich über den ganzen Körper ausbreitete, daß er gerade stark genug war, damit sie sich – wie unter einer Liebkosung – des eigenen Körpers bewußt wurde. Als Gefangene allein in ihrem Zimmer empfand sie mehr Frieden als seit Monaten. Privett war freundlich, und die Notwendigkeit, sie darum zu bitten, ihr bei den kleinen körperlichen Bedürfnissen zu helfen, war eine seltsame Erleichterung der Einsamkeit, unter der sie in der letzten Zeit gelitten hatte. Es war eine Erleichterung, Privett um ein frisches Glas Milch mit Selterwasser zu bitten, eine Erleichterung, zu sagen, sie habe Durst; es war fast ebensoviel wert, als wenn sie gesagt hätte, sie sei unglücklich. Krankheit, selbst eine unbedeutende Krankheit, wurde so schnell wichtig! Das Krankenzimmer wurde so rasch zum Mittelpunkt der Welt.

Privett war sehr fürsorglich. Zweimal stahl sie sich nachts

auf Zehenspitzen in Hausschuhen in Evelyns Zimmer – das war eine beachtliche Leistung für Privett, die gewöhnlich unbekümmert und geräuschvoll in derben Schuhen umherstampfte. Hester und Ruth und Evan waren ebenfalls besorgt; sie besuchten sie und brachten Blumen und Trauben. Bald war ihr Zimmer überfüllt mit den Dingen, die einem geschickt oder gebracht werden, wenn man krank ist. Wie sie Miles kannte, konnte sie sich vorstellen, daß er seinem Spott über solch konventionelle Äußerungen des Mitgefühls Luft gemacht hätte. Doch von Miles hatte sie nicht ein einziges Wort erhalten. Sie konnte ihn nicht tadeln, denn woher sollte er wissen, daß sie krank war? Lediglich die unvernünftige Empfindlichkeit der Kranken ließ sie sein Schweigen übelnehmen; und einmal, als sie allein lag und ins Feuer starrte, fühlte sie, wie eine Träne ihr die Wange hinabrollte.

Das Fieber schien vorüberzugehen, aber sie bekam einen Husten, der sie mehr störte, denn er erschütterte sie und verursachte immer neue Kopfschmerzen. Der Arzt verbot ihr aufzustehen, ehe der Husten nicht besser sei. »Wir wollen nicht, daß Sie sich dann mit einer Bronchitis hinlegen«, sagte er und kam jeden Tag. Sie hatte schon das Gefühl für Zeit verloren und war überrascht, als sie hörte, sie liege bereits acht Tage im Bett. Es war erstaunlich, daß man daliegen konnte und den größten Teil des Tages gar nichts tat und doch nicht fühlte, wie die Zeit sich mit unerträglicher Langsamkeit dahinschleppte; die kleinen, immer wiederkehrenden Begebenheiten im Krankenzimmer unterbrachen den Tag, teilten ihn auf und ließen ihn dahinfließen. Sie wäre ganz zufrieden gewesen, wenn nur der Husten sie nicht ständig so belästigt hätte, daß sie Schmerzen in der Brust hatte.

»Ja«, erwiderte der Arzt auf Hesters Frage, »es ist wohl eine kleine Bronchitis. Ganz unbedeutend. Wenn wir sie warm halten, wird es bald vorüber sein.«

Die Bronchitis machte jedoch keine Anstalten, bald vorüberzugehen, und eine kleine Auswahl medizinischer Instrumente tauchte in Evelyns Zimmer auf: Inhalatoren und ein Kessel, der Tag und Nacht am Kochen zu halten war. Hester drückte dem Arzt ihre Besorgnis aus. Diese Bronchitis müßte doch eigentlich nun schon besser sein?

»Was kann man bei diesem Wetter erwarten?« sagte er. »Dieser Nebel und die Feuchtigkeit lassen die Heilung nicht zu. Wir können ja das Fenster nicht einmal aufmachen, um das Zimmer zu lüften, ohne fast zu ersticken.«

Sie hörten Evelyn nebenan husten und schwiegen, um zu lauschen.

»Armes Geschöpf, es muß sie schrecklich quälen. Es ist so anstrengend und hält sie die ganze Nacht wach.«

»Dieses schweigsame Mädchen, das sie da hat, scheint sich für sie aufzuopfern.«

»Da fällt mir etwas ein, Dr. Gregory: Evelyn macht sich Gedanken darüber, daß Privett dauernd in der Nacht zu ihr kommt und sie versorgt. Es war nicht schlimm, solange wir glaubten, sie würde in ein paar Tagen wieder aufstehen, aber nun liegt sie ja immerhin schon über eine Woche, und es sieht fast so aus, als solle es noch eine Woche dauern.«

»Das wird es sicher«, sagte der Arzt.

»Meinen Sie dann nicht, daß wir eine Pflegerin nehmen sollten? Es ist ja vielleicht lächerlich, bei einer so leichten Krankheit eine Schwester zu nehmen, aber es würde Privett entlasten, und ich glaube, Evelyn sähe es lieber. Sie könnte in Dans Zimmer schlafen, und Evelyn könnte eine Glocke bekommen.«

Der Arzt meinte, das sei ein guter Gedanke, und die Schwester wurde bestellt, wenn auch jeder sehr darauf bedacht war zu betonen, es geschehe, um Privett zu entlasten, und nicht, weil Evelyn der Pflege bedürfe.

Hester und der Arzt hatten insgeheim verabredet, daß Evelyn für ein paar Wochen in eine Gegend mit warmem Klima gehen sollte – nach Südfrankreich oder gar nach Ägypten –, sobald sie soweit hergestellt war, daß sie reisen konnte.

Inzwischen ließ sich nicht leugnen, daß ihre Temperatur, die beim Ausbruch der Bronchitis wieder gestiegen war, hartnäckig oben blieb. Die Pflegerin führte eine Fieberkurve, die auf dem Wohnzimmertisch lag und auf die Hester jedesmal einen Blick warf, ehe sie in Evelyns Zimmer ging. Evelyn durfte nicht viel reden, sie verspürte auch nicht den Wunsch dazu, denn das Sprechen reizte sie zum Husten. Sie lächelte nur, wenn Hester hereinkam, und tätschelte ihr die Hand, wenn sie sie auf die Steppdecke legte. Hester fand, daß sie sehr krank aussehe, so gerötet, die Augen so groß und glänzend; und an Evelyns Händen konnte sie erkennen, wie dünn sie geworden war. Sie war jetzt zehn Tage krank; ja, zehn Tage; es war der sechzehnte Dezember.

Hester fragte den Arzt um seine Meinung.

»Es scheint ihr heute wirklich nicht so gut zu gehen. Der Husten quält sie, und leider ist da eine leichte Kongestion. Beunruhigen Sie sich nicht, Frau Gottfried, ich versichere Sie, daß ich keinen Grund zu ernsten Besorgnissen sehe.«

»Kongestion der Lunge, meinen Sie?«

»Ja, der Lunge.«

»Doktor Gregory, Sie befürchten doch keine Lungenentzündung?«

»Nun, bei diesen Fällen muß man diese Möglichkeit in Betracht ziehen, aber mehr auch nicht.«

»Kann man nicht irgend etwas dagegen tun?«

»Für den Augenblick wohl nicht; gute Pflege hat sie; nein, ich glaube, wir können nur abwarten. Ich bitte Sie, Ihrer Schwägerin nichts davon zu sagen. Ich hätte es auch Ihnen gegenüber nicht erwähnt, aber Sie haben mich ja gefragt.«

»Sie halten wirklich die Möglichkeit einer Lungenentzündung nicht für bedrohlich?«

»Oh, keineswegs; das wollen wir doch nicht hoffen; du liebe Zeit, nein, keineswegs. Sagen Sie, Frau Gottfried – ich möchte nicht indiskret sein, aber ich kenne Sie alle ja schon so lange –, hat Ihre Schwägerin irgend etwas, was sie bedrückt? Wissen Sie etwas davon?«

Hester zögerte, ehe sie antwortete.

»Wie kommen Sie darauf?«

»Ich will offen sein: Als ich heute abend hereinkam, hatte ich den Eindruck, Frau Jarrold hätte geweint.«

»Nun, offen gesagt, mag sie in der letzten Zeit wohl Grund gehabt haben, unglücklich zu sein. Ich habe nicht ihr Vertrauen, deshalb kann ich Ihnen nichts Bestimmtes sagen, aber man hört so allerlei, wissen Sie.«

Der Arzt nickte.

»Ich verstehe. Sie glauben nicht, daß sie jemand hat, den sie gern für einen Augenblick sehen möchte? Es ist sehr wichtig, sie abzulenken und zu beruhigen, solange sie noch fiebert.«

»Ich weiß nicht, aber ich kann sie fragen.«

»Ich möchte gern, daß Sie das tun, aber Sie dürfen nicht länger als fünf Minuten bleiben, und Frau Jarrold soll so wenig wie möglich reden.«

Hester bemühte sich, die Frage taktvoll zu formulieren, denn im Innersten war sie keine herzlose Frau, und obwohl sie Evelyns Affäre mit Vane-Merrick hart verurteilt hatte, war sie nun von Evelyns Schwäche und ihrem erschöpften Zustand wirklich gerührt. Deshalb beugte sie sich über sie und sagte warm: »Es muß so langweilig für dich sein, Liebe, hier zu liegen. Der Arzt sagt, du könntest jeden von deinen Freunden für ein paar Minuten sehen, wenn du magst.«

Evelyn blickte überrascht zu ihr auf, und Hester sah, wie ihre Augen sich plötzlich mit Tränen füllten. Doch dann wendete sie sich ab und schüttelte den Kopf, ohne zu sprechen.

Es war der Jahrestag des Balles im Chevron-Haus, aber natürlich konnte Hester das nicht wissen, auch der Arzt nicht.

Hester ging hinaus, um der Pflegerin ein paar Worte zu sagen. Sie sprachen mit gedämpfter Stimme, und in der ganzen Wohnung war es nun sehr still. Die Schwester war, wie es in ihrem Beruf häufig ist, wenig mitteilsam, wenn sie auch zugab, daß Frau Jarrold »heute abend anscheinend nicht ganz so wohl wie sonst« sei. Wie seltsam die Leute aus medizinischen Berufen die Dinge ausdrücken, dachte Hester, als sie in Evelyns Zimmer zurückging, um gute Nacht zu sagen.

Sie sah, daß Evelyn ihr etwas auf ein Stück Papier geschrieben hatte; sie benutzten jetzt manchmal dieses Verständigungsmittel, um Evelyns Stimme zu schonen. Auf dem Zettel stand: »Ich möchte gern Viola Anquetil sehen, Mason weiß die Telefonnummer.«

Hester las es und sagte, sie wolle dafür sorgen. Sie war ein wenig überrascht, denn sie hatte keine Ahnung, daß Evelyn die exzentrische Viola Anquetil kannte; aber sie wußte ja so wenig von Evelyns Leben. Das war für die Jarrolds immer ein Kummer gewesen. Sie hatten geglaubt, Evelyn verbringe ihre Zeit mit eleganten Freunden, die Bridge spielten und zum Rennen gingen.

Evelyn griff nach ihrer Hand, als sie gerade gehen wollte, winkte sie näher heran und flüsterte: »Heute abend!«

»Ja, ja, ich versprech's dir; ich werde heute abend dafür sorgen. Ich rufe sie selber an.«

Evelyn überkam die matte Reizbarkeit der Kranken, als Hester nicht sofort verstand, was sie meinte. Wenn Hester nur wüßte, was es sie kostete, zu sprechen und Erklärungen zu geben.

»Ich meine, wird sie heute abend kommen?«

»Ach, Evelyn, Liebste, ist es nicht schon recht spät? Gut, gut«, setzte sie hastig hinzu, als sie sah, daß Evelyn sofort bekümmert war, »wenn's die Schwester erlaubt, soll sie heute abend kommen. Bist du nun zufrieden?« Sie lächelte ihr beruhigend zu, beugte sich nieder, küßte den lockigen Kopf und ging zum Telefon.

Viola sagte, natürlich komme sie sofort. Niemand hatte ihr erzählt, daß Evelyn krank sei.

Die Neugier hielt Hester in der Wohnung, bis Viola kam.

Sie wollte diese Frau sehen, die jeder vom Hörensagen kannte, obwohl sie sich bewußt in jeder Weise der Öffentlichkeit fernhielt, und die sich so unerwartet als Evelyns Freundin herausstellte – tatsächlich als einzige Freundin, die sie sehen wollte. Viola kam innerhalb von zwanzig Minuten; sie war ruhig und schön. Hester mußte zugeben, daß sie schön sei, wenn es auch keine auffallende Schönheit war; sie meinte aber, Violas Kleidung sei doch recht sonderbar. Viola dagegen fand, Hester sei genauso, wie sie sich die Frauen der Jarrolds vorgestellt hatte: ein ziemlich hartes Gesicht, ein solides Tweedkostüm und große Füße in Schuhen mit flachen Absätzen. Frauen, die im gewöhnlichen Leben unduldsam und kritisch, jedoch verläßlich und gütig im Notfall waren – falls es ein Notfall war, den sie begreifen konnten, etwa eine körperliche Krankheit. Krankheiten des Herzens und der Seele brachten sie in Verwirrung.

Hester führte sie in Evelyns Zimmer und ließ die beiden allein.

Sie wartete, bis Viola wieder herauskam, da sie ihr gesagt hatte, sie möchte nicht länger als fünf Minuten bleiben. Sie verwendete die fünf Minuten auf ein Gespräch mit der Pflegerin – ein gewöhnliches, aber tüchtiges kleines Ding –, die immer sehr auf ihre Würde bedacht war, sich gewissenhaft ihren Patienten widmete und unangenehm zu den Dienstboten der Patienten wurde, wenn sie annahm, sie behandelten sie geringschätzig und servierten ihr die Mahlzeiten nicht richtig. Es gehörte auch zu ihrer Würde, den Bekannten und Verwandten ihrer Patienten gegenüber eine schweigsame Feindseligkeit zu wahren, diesen lästigen Leuten gegenüber, die Fragen stellten, die Schwestern nicht beantworten durften. Sie wußte ganz genau, daß Frau Jarrold Lungenentzündung hatte. Sie hatte viele solche Fälle erlebt. Aber sie würde es nicht sagen; das war Sache des Arztes. Sie mochte Frau Jarrold ganz gern, da sie sich immer entschuldigte, wenn sie in der Nacht läutete, und weil sie so reizende Schlafanzüge und so hübsche Sachen auf ihrem Frisiertisch hatte. Doch eigentlich waren die Patienten nur Nummern für sie, obwohl sie ihr gutes Auskommen bei ihnen hatte und ihrer Mutter ein bißchen Geld nach Yorkshire schicken konnte. Den Freunden und Verwandten ihrer Patienten gegenüber hatte sie sich eine bestimmte Manier angewöhnt; eine Schwester war zur Selbstverteidigung gezwungen. Sie waren alle Nummern: der Patient, der nur »ein Fall« war, und die Freunde und Verwandten, die sie mit ängstlichen Fragen bestürmten, die sie entweder nicht beantworten konnte oder nicht beantworten durfte – wenn man sie auch ihrer Tracht wegen für allwissend hielt. Der einzige Mensch, der keine Nummer war, war der junge Medizinstudent, der an ihren freien Abenden mit ihr ins Kino ging, wobei sie nie fachsimpelten.

Viola kam nach den bewilligten fünf Minuten aus Evelyns Zimmer. Sie ging auf Hester und die Pflegerin zu und sagte: »Sie ist ja wirklich sehr krank.« Aus irgendeinem Grunde nahm weder Hester noch die Schwester diese Feststellung übel. Die Schwester wußte es, und Hester fühlte es. »O nein«, sagte Hester, »der Arzt meint, es sei kein Grund zu ernstlicher Besorgnis.«

Die Schwester schaute Viola nur an und wußte, daß das ein Mensch war, der sie nicht mit Fragen belästigen, sondern ohne Rücksicht auf Dr. Gregory einen Spezialisten kommen lassen würde. Nach der persönlichen Ansicht der Schwester war Dr. Gregory kompetent für Masern oder Grippe, aber nicht für einen Fall von doppelseitiger Lungenentzündung. Sie, die Schwester, hatte kein besonderes Interesse an Frau Jarrold, doch ging es gegen ihre Berufsehre, einen Fall unter ihren Händen sterben zu sehen. Diese Lady Anquetil war ein Mensch, der auf einer Konsultation bestehen würde. Frau Gottfried Jarrold dagegen war eine Frau, die ganz emsig jeden Morgen und Abend kam und im allgemeinen recht vernünftig war – verglichen mit manchen andern Verwandten –, aber viel zuviel Respekt vor dem Arzt hatte und sich von seinen allzu optimistischen Ansichten überzeugen ließ. Lady Anquetil bildete sich ihr eigenes Urteil und war bereit, die Angelegenheit selbst in die Hand zu nehmen. Der Schwester war es nur recht, als sie Lady Anquetil sagen hörte, daß Frau Jarrold einen Spezialisten brauche. Lady Anquetil – was für ein seltsamer Name! – sagte, es sei Unsinn, wenn der Arzt meine, zur Besorgnis liege kein Grund vor. Er habe, im Gegenteil, allen Grund, ernstlich besorgt zu sein. Ihrer Meinung nach sei Evelyn wirklich sehr krank. Wenn Frau Gottfried Jarrold einverstanden sei, sagte sie und stellte es ihr als der Verwandten anheim, sollte man ohne zu zögern einen Lungenspezialisten rufen. Sie wolle gern dafür sorgen, wenn Frau Gottfried Jarrold einverstanden sei.

Hester war einverstanden. Sie fühlte sich ein wenig gekränkt, war im ganzen jedoch dieser unbekannten Frau, die da kam und alle Verantwortung für Evelyn übernahm, dankbar.

Sie wollte Dr. Gregory bitten, morgen früh einen Lungenfacharzt zuzuziehen, sagte sie und beruhigte sich selber damit, daß sie ja da sei, wenn Dr. Gregory kam. Doch Viola erklärte gelassen, sie werde gegen zehn Uhr morgens wieder hiersein; sie wolle den Arzt gern sprechen und den Bericht des Spezialisten hören.

Evelyn hatte eine schlechte Nacht. Sie hustete sehr viel und konnte in den Zwischenzeiten nicht schlafen, weil sie an den Ball im Chevron-Hause vor einem Jahr dachte. Am nächsten Morgen hatte die Schwester eine höhere Spitze als sonst in ihre Fieberkurve einzuzeichnen. Sie zog sie mit der Feder automatisch und peinlich genau, gerade bis an die richtige Linie. Dann lehnte sie sich in ihrem Stuhl – Evelyns Stuhl an Evelyns Schreibtisch – zurück und betrachtete die Kurve. Sie ging auf und ab wie eine Querschnittkarte des Himalaja. An solche Kurven war die Schwester durchaus gewöhnt, trotzdem schüttelte sie zweifelnd den Kopf. Sie war froh, daß Lady Anquetil darauf bestanden hatte, einen Spezialarzt zu rufen.

Der Besuch des Spezialisten war nicht sehr tröstlich, und Dr. Gregory nahm seine Anwesenheit auf respektvolle Weise übel. Der Spezialist erklärte, beide Lungen seien angegriffen, er hoffe jedoch, der Prozeß werde sich nicht ausbreiten. Er meinte, man müsse die Entwicklung abwarten, er werde am nächsten Tage wiederkommen. Er änderte Dr. Gregorys Verordnungen gerade so weit, daß es Dr. Gregory ärgerte, jedoch nicht so weit, daß es eine spürbare Wirkung auf die Patientin ausübte. Die Pflegerin behandelte ihn mit einem Schein mehr Respekt, als sie Dr. Gregory gönnte. Dann ging er und fuhr in einer langen, grauen Rolls-Royce-Limousine zu seinem nächsten reichen Patienten.

Evelyn schien sehr wenig Interesse an dem plötzlichen Erscheinen eines Spezialarztes zu nehmen. Hester, die wirklich ängstlich wurde, fragte die Pflegerin, ob diese Gleichgültigkeit nicht ein schlechtes Zeichen sei. Nein, sagte die Schwester, so seien sie immer. Hester nahm das Fürwort »sie« übel; es zeigte an, daß Evelyn zu der allgemeinen Klasse der kranken Menschen gezählt wurde. Dadurch empfand Hester plötzlich mehr Zärtlichkeit für Evelyn und die Verpflichtung, sie zu schützen. Sie begann, die Pflegerin zu hassen, obwohl sie wußte, daß diese ihr Bestes für Evelyn tat. Sie empfand all die hilflose Feindschaft des verwirrten Laien dem kühlen Fachmann gegenüber.

Viola Anquetil war es, die wirklich die Verantwortung übernahm. Viola nahm keine Rücksicht auf konventionelle Rechte, wie sie die Verwandtschaft beanspruchte. Sie war höflich, sogar freundlich zu Hester, aber sie machte es unmißverständlich klar, daß sie die Absicht hatte, dafür zu sorgen, daß Evelyn diese Krankheit sicher überstehe. Sowohl die Pflegerin als auch Dr. Gregory, zu dem sie offensichtlich nicht das mindeste Vertrauen hatte, erkannten ihre Autorität an. Beide benahmen sich ganz verschieden, je nachdem, ob sie mit Viola oder mit Hester sprachen. Viola konnte Vorschläge machen, und Dr. Gregory pflegte sie anzunehmen. Er wagte es nicht anders. Hester selbst, so energisch und maskulin sie auch sonst sein mochte, stellte fest, daß sie sich selber Violas Ratschlägen unterwarf. Hinter ihnen stand soviel Können und Erfahrung, sie wurden mit soviel kühler Vernunft und ohne jede überlegene Anmaßung angeboten, daß sie nie beleidigend wirkten. Viola hielt sowohl Dr. Gregory als auch Hester völlig unter Aufsicht. Auch die Pflegerin wußte, daß sie keine Fragen stellte, sondern einfach Anordnungen gab.

Sie kam jeden Morgen und blieb den ganzen Tag in der Wohnung. Sie war der einzige Mensch, den Evelyn sehen wollte. Evelyn war jetzt sehr ruhig, außer wenn sie hustete. Sie lag im Bett, aber wenn Viola hereinkam, lächelte sie und streckte die Hand aus. Viola nahm sie, jedoch ohne jede Sentimentalität. Sie hatte praktisch zu sein, nicht sentimental. Wichtig war, daß Evelyn nicht erfuhr, wie krank sie sei. Nur Viola wußte, wie krank sie war. Dr. Gregory tat immer noch so, als sei sie in einer Woche gesund. Auch der Spezialarzt war optimistisch. Die Schwester, deren Urteil vermutlich das richtigste war, äußerte ihre Meinung nicht; das war nicht ihre Sache. Von Hester konne man natürlich absehen. Aber Viola wußte, daß Evelyns Krankheit sehr ernst war.

Jeden Tag bemerkte sie eine leise Veränderung bei der Patientin. Sie erkannte dieses endgültige Sich-Zurückziehen, das ernste Krankheiten begleitet. Evelyn konnte Stunde um Stunde schweigend daliegen. Zuerst hatte sie kleine Mitteilungen auf ihren Block geschrieben. »Wollen Sie Evan bitte für seine Blumen danken?« – »Wollen Sie Dan bitte eine Postkarte schicken und ihm sagen, ich schriebe ihm nächste Woche?« Jetzt hatten selbst diese kleinen rührenden Mitteilungen aufgehört. Gegen alles, was draußen vor sich ging, schien sie völlig gleichgültig zu sein. Viola hätte nicht sagen können, woran Evelyn dachte – falls sie überhaupt dachte. Sie lag einfach im Bett; ohne Protest, ohne Interesse gestattete sie alles, was man mit ihr tat.

Am zwanzigsten Tag wurde sie auf eine mit Wasser gefüllte Gummimatratze gelegt, weil man fürchtete, sie würde sich wund liegen, so daß sie eine Weile auf ihrem Unterbett auf dem Fußboden lag, während man das Wasserkissen ins Bett hob. Es hatte einige Zeit gedauert, es im Badezimmer zu füllen. Es war ein unhandlicher Gegenstand; es sprang ruckartig herum, als das Wasser die verschiedenen Abteilungen füllte. Dann hoben sie Evelyn auf, Viola am Kopf und die Pflegerin an den Füßen, und legten sie auf die seltsame neue Ballonmatratze. Sie war von dem Vorgang erschöpft, lächelte aber und sagte, sie fühle sich sehr viel behaglicher. Viola ging ins Nebenzimmer und versuchte zu vergessen, wie sie die zerbrechlichen, mageren Schultern gehoben und den Kopf hatte halten müssen.

In dieser Nacht blieb sie in der Wohnung.

Am nächsten Tage ging es Evelyn entschieden besser. Die Temperatur war heruntergegangen, sie hustete weniger. Dr. Gregory kam zuversichtlich aus dem Krankenzimmer. »Ich glaube, wir sind über den Berg«, sagte er und rieb sich die Hände. Viola, die müde war, hörte ihm zu, ohne überzeugt zu sein. Jedoch beobachtete sie wirklich eine Veränderung, als sie zu Evelyn hineinging, und schrieb einen zuversichtlichen Brief an Dan – an Dan, den sie nie gesehen hatte, dem sie aber seit einer Woche jeden Tag einen Brief nach Frankreich schrieb. Obwohl sie den Jungen nie gesehen hatte, war sie doch von vornherein für ihn eingenommen durch das, was Miles ihr von ihm erzählt hatte, und durch die Briefe, die sie von ihm bekam, seit sie begonnen hatte, ihm über seine Mutter zu berichten. Er erinnerte sie irgendwie an ihren eigenen Bruder in dem Alter.

Am nächsten Tage hielt die Besserung an, wie Dr. Gregory es auffaßte. Das bedeutete, daß Evelyn zum erstenmal die Zeitung sehen wollte und fragte, ob Briefe gekommen seien, die sie beantworten müsse. Sie fragte matt; aber sie fragte doch immerhin. Das war ein gutes Zeichen. Man sagte ihr, sie brauche sich keine Sorgen zu machen; es seien keine wichtigen Briefe da, nur Drucksachen. Diese unwahre Versicherung nahm sie leicht und dankbar hin.

Dan machte man Hoffnung, daß er vielleicht über Weihnachten nach Hause kommen dürfe. Er schickte sofort ein Telegramm als Antwort und sagte, er fahre ab, sobald man es ihm nur erlaube. Doch Viola war vorsichtig und schrieb, sein Zimmer sei immer noch von der Pflegerin belegt, und wenn seine Mutter nun auch praktisch außer Gefahr sei, so ließen reine Bequemlichkeitsrücksichten sein Kommen noch nicht geraten erscheinen. Dan telegrafierte ungeduldig wieder: »Ich kann doch im Hotel schlafen.«

Daran hatte Viola nicht gedacht. Sie legte Dans Telegramm beiseite, um es am nächsten Tag zu beantworten. Am nächsten Tag ging es Evelyn nicht so gut. Sie hatte nachts sehr viel gehustet, war morgens schwach und müde und klagte über Schmerzen in der Brust. Selbst der optimistische Dr. Gregory war mit diesem Rückschlag unzufrieden. Er tat jedoch so, als sei es nur eine vorübergehende Erscheinung. »In ein, zwei Wochen ist sie wieder gesund, so sicher wie der Regen«, sagte er und schaute aus dem Fenster auf den strömenden Regen, der den Nebel abgelöst hatte.

Viola schrieb an Dan, er solle sich lieber darauf einrichten, Weihnachten in Blois zu bleiben. Seiner Mutter ginge es viel besser, schrieb sie, aber sie huste noch, wenn sie zu sprechen versuche, und Aufregungen seien schädlich für sie. Dans Kommen würde aufregend für sie sein. Deshalb müsse Dan selbstlos sein und Weihnachten wegbleiben. Vielleicht dürfe er Neujahr kommen ... Inzwischen solle er sich keine Sorgen um sie machen. Es gehe ihr wirklich viel besser, aber es sei wichtig, daß man sie nicht in Unruhe bringe.

Dan schickte wieder ein Telegramm: »Verstehe vollkommen. Grüßt sie herzlich und sagt, sie soll ruhig sein, werde Weihnachten hierbleiben und hoffe, Neujahr nach Hause zu kommen.«

Am nächsten Tag ging es Evelyn wieder nicht so gut. Sie lag sehr schweigsam, als man sie jedoch fragte, sagte sie, Brust und Rücken täten ihr weh. Die Schwester vermerkte es kühl in ihrem Notizbuch: »5.30: klagt über Schmerzen in der

Lumbalgegend.« Viola las diese Notizen jedesmal, wenn sie durch das Wohnzimmer ging. Das Atmen wurde mühsamer, und man merkte, daß ihr jeder Atemzug Schmerz bereitete. Die Atmosphäre von Besorgnis, die sich in den vergangenen achtundvierzig Stunden etwas entspannt hatte, herrschte wieder in der Wohnung, und all die kleinen Scherze wurden unterlassen, die sich mit dem Krankenzimmer und solch lächerlichen Dingen wie Steckbecken und Wassermatratzen beschäftigen – die kleinen, tapferen Scherze, die vorgeben, das Leben sei ein Spaß ohne Tod und Gefahr, die doch schon an der Tür stehen.

Evelyn dachte kaum darüber nach, was mit ihr geschah. All ihre instinktiven Bemühungen waren darauf gerichtet, sich zu schonen, soweit es nur möglich war. Sie hatte nur den Wunsch, in Ruhe gelassen zu werden, statt daß man sie dauernd wusch, ihr den Rücken mit Whisky abrieb und ihr Laken wechselte. Wenn die Pflegerin kam, hatte sie schon Furcht, daß sie von ihr verlangte, sich zu bewegen, etwas zu essen, sich aufzusetzen oder zu sprechen. Sie sprach nur, wenn man sie dazu zwang, denn bei jedem Atemzug hatte sie das Gefühl, als dringe der Panzer der Rippen in den Körper wie die Kiefer eines Haifisches.

Nun waren zwei Schwestern da, eine für den Tag und eine für die Nacht. Die Nachtschwester saß am Kamin hinter einem Wandschirm und legte Patiencen oder las während der Nacht einen Roman aus. Sie war sehr leise, doch Evelyn lag und lauschte dem Rascheln der Seiten beim Umblättern oder dem leisen Klappen der fallenden Karten. Hin und wieder legte die Schwester im Kamin nach, denn die elektrische Heizung war abgestellt, weil sie die Luft zu trocken machte; hin und wieder kam sie vorsichtig ans Bett, um zu sehen, ob Evelyn schliefe oder etwas wünsche. In Abständen zählte sie ihr den Puls, die Uhr in der Hand. Es war eine merkwürdige Vertrautheit mit einer Frau, von der sie nichts wußte und die von ihr nichts wußte außer den Geheimnissen ihres leidenden Körpers.

Die Nächte waren das Allerschlimmste, unendlich waren sie, da ihnen die kleinen Einschnitte des Tages fehlten. Bei Nacht schienen wirklich alle sie verlassen zu haben und fortgegangen zu sein, zurück ins normale Leben, sie diesem Dasein überlassend, das sich in der Einsamkeit so seltsam konzentrierte. Für jene begann das normale Leben wieder, sobald sie das Krankenzimmer verlassen hatten; doch für Evelyn gab es keine Möglichkeit, in eine gesundere Luft zu entfliehen. Jene konnten vergessen; Evelyn mußte die Last weiter tragen.

Als die Schwester sie stöhnen hörte, erhob sie sich und kam zu ihr. »Liegen Sie unbequem?« fragte sie, legte den Arm unter Evelyns Schultern und drehte gewandt das Kopfkissen um. Sie holte einen Schwamm und wischte Evelyn die Stirn ab, die feucht von Schweiß war. »Sind die Schmerzen schlimm?« fragte sie und beugte sich zu ihr nieder, denn der Arzt hatte ihr für den Notfall eine Ampulle Morphium gegeben.

Evelyn nickte, ohne zu sprechen.

»Schlimmer als sonst?«

Evelyn nickte wieder. Sie hatte von den Schmerzen Tränen in den Augen.

»Einen Augenblick«, sagte die Schwester, während sie ihre Entscheidung traf – denn wenn Frau Jarrold die ganze Nacht nicht schlief, würde sie am Morgen erschöpft sein. »Ich gebe Ihnen etwas, damit es aufhört, und dann werden Sie herrlich schlafen.«

Evelyn schaute dankbar zu ihr auf und bemühte sich zu lächeln.

Solch eine Erleichterung hätte sie nie für möglich gehalten. Sie zuckte ein wenig zusammen, als die Nadel in ihren Arm ging und die Schwester den gnadenbringenden Inhalt hineindrückte und Jod auf die kleine Wunde strich. Der winzige örtliche Schmerz lenkte ihre Aufmerksamkeit einen Augenblick von dem großen allgemeinen Schmerz ab. Sie war sich nicht klar darüber, was die Schwester mit ihr getan hatte.

Dann begann alles im Zimmer zu schwimmen, und das vertraute Gefühl, durch das Bett zu fallen, wurde angenehm statt erschreckend. Sie fing an, sich belustigt auszumalen, was das Ehepaar in der Wohnung unter ihr wohl sagen würde, wenn sie allmählich durch ihre Decke käme. Der Schmerz wich in eine weite Ferne zurück – wenn er auch noch da war, irgendwo. Aber obwohl der Schmerz zurückwich, erhielt alles andere größere Bedeutung – das Taschentuch unter dem Kopfkissen, das Gewebe des Bettbezuges unter dem Kinn, die Umrisse des Zimmers, seine Höhe, die Fenster mit den Vorhängen davor; die weiße Decke – welch eine Ausdehnung! –, sie wünschte, das Zimmer wäre heller erleuchtet, damit sie es besser beobachten könne; es war wie der Vollmond, nur rechteckig statt rund – wie merkwürdig verkehrt, daß sich die Decke nicht der Form des Mondes anpaßte! – der Schirm um den Kamin – alles wurde ungeheuer wichtig und komisch. Sie dachte an Miles. Aber auf Miles kam es nicht an. Er war weit fort. Miles? Wer war Miles? Irgend jemand, den sie mal in einem Spiegel gesehen hatte. »Geben Sie mir einen Spiegel!« sagte sie mit lauter Stimme.

»Aber, aber!« sagte die Schwester, die ihr die Stirn abwischte. »Sie schlafen nun schön ein!«

»Geben Sie mir einen Spiegel!« sagte sie wieder und versuchte, sich aufzusetzen. Die Schmerzen waren nun ganz unwichtig, aber es war äußerst wichtig, daß sie Miles in einem Spiegel sah.

Die Schwester kannte es zur Genüge, daß Morphium manche Patienten erregte, ehe es sie einschlafen ließ, und daß es besser war, ihnen den Willen zu tun. In ein paar Minuten würde Frau Jarrold schlafen. Bis zum nächsten Morgen würde sie vergessen, wie sie im Spiegel aussah, und es war kein Schaden geschehen. Von ihrem fiebernden und abgezehrten Bild würde ihr nicht genug in der Erinnerung haftenbleiben, daß es sie beunruhigen könnte. So holte sie den Handspiegel vom Frisiertisch und gab ihn ihr in die Hand, die kaum soviel Kraft besaß, ihn zu halten.

Evelyn schaute in den Spiegel und sah Miles. Er lachte und war froh und blond. Sein Haar schimmerte. Er war allein. Keine Frau war bei ihm. Er blickte sie an und lachte.

Der Spiegel fiel ihr aus der Hand, und sie schlief ein. Die Schwester brachte den Spiegel zurück zum Frisiertisch und ging auf Zehenspitzen wieder zu ihrem Roman an den Kamin. Die Patientin schlief bis zum nächsten Morgen neun Uhr.

Als der Arzt kam, sagte ihm die Pflegerin, daß sie Morphium injiziert habe. Er sagte, das sei recht gewesen, aber sie solle so sehr wie möglich damit sparen. Frau Jarrold würde natürlich darum bitten, nachdem sie nun entdeckt hatte, welche Erleichterung es ihr bringen konnte. Aber sie müsse es ihr bis zum letzten Moment vorenthalten und dürfe es nur geben, um sie eine Nacht schlafen zu lassen.

Evelyn bat wirklich darum; sie wußte nun, daß es irgend etwas gab, das sie von den Schmerzen zu befreien vermochte, von denen sie geglaubt hatte, sie sei gezwungen, sie zu ertragen. Die Stunde, in der sie es bekam, war die eine Stunde, für die sie den ganzen Tag lebte. Schon eine Stunde bevor sie es bekommen sollte, fing sie an, darum zu bitten, und als sie spürte, daß man es ihr aus irgendeinem Grunde vorenthielt, wandte sie sich an Viola. Viola war tief bekümmert. Sie ging zum Arzt und sagte: »Kann es wirklich so sehr viel ändern, wenn man es ihr früher gibt?«

»Wie meinen Sie das, Lady Viola? Natürlich ändert es etwas; es erleichtert ihre Beschwerden und gibt ihr Schlaf.«

»Das meine ich nicht, Dr. Gregory. Geradeheraus gesagt meine ich: Welche Aussicht hat sie, wieder gesund zu werden?«

»Wir sind alle in Gottes Hand, Lady Viola.«

»Wenn wir Gott einen Augenblick beiseite lassen wollen, falls Sie nichts dagegen haben, so ist sie in ihrer Hand. Unmittelbarer als in Gottes Hand. Und da ich Gott nicht fragen kann – ich wünschte, ich könnte es –, frage ich Sie. Welche Aussicht hat sie? Sehen Sie, ich habe bis zu einem gewissen Grade die Verantwortung übernommen, ebenso wie ihre Schwägerin natürlich. Es kann notwendig werden, Frau Jarrolds Sohn kommen zu lassen, der in Frankreich ist, wie Sie wissen. Er braucht einen Tag, um herzukommen. Wenn Sie glauben, wir sollten ihn kommen lassen, müssen Sie uns rechtzeitig verständigen.«

Dr. Gregory haßte es, in die Enge getrieben zu werden, und Viola trieb ihn immer in die Enge. Vorsichtig sagte er: »Lord Orlestone würde Weihnachten zweifellos gern in England verbringen. Man genießt es, in einer Zeit wie Weihnachten bei seiner Familie zu sein. Ich könnte mir denken, daß es seine Mutter vielleicht beruhigen würde, zu wissen, daß er im Hause ist.«

»Mit anderen Worten: Sie meinen, man sollte ihn kommen lassen?«

»Ich würde nicht soweit gehen, das zu sagen, Lady Viola.«

»Aber es ist das, was Sie meinen?«

»Ja, wenn Sie es so nehmen, meine ich, es wäre ratsam, wenn Lord Orlestone leichter zu erreichen wäre, soviel ist sicher.«

»Ich werde heute abend telegrafieren.«

»Oh, telegrafieren ist nicht nötig. Ich würde an Ihrer Stelle schreiben. Die Postverbindung nach Frankreich ist sehr gut.«

»Nein, ich werde telegrafieren. – Aber um wieder darauf zurückzukommen: Wenn Sie die Lage so ernst beurteilen, kann dann das Morphium noch viel ändern?«

»Ich habe nie gesagt, daß ich die Lage ernst beurteile.«

»Dr. Gregory, bitte! Wenn Sie meine Gefühle schonen wollen, so kann ich Ihnen versichern, daß das nicht nötig ist. Ich will nur die Wahrheit wissen. Ich will Frau Jarrold soviel Schmerzen ersparen wie möglich. Ich kann es nicht ertragen, sie Stunde um Stunde stöhnen zu hören, wo ich weiß, daß Morphium ihr Erleichterung bringen könnte, wenn sie am Ende doch stirbt. Sie wollen doch ihr Leben nicht um vierundzwanzig Stunden verlängern um den Preis von achtundvierzig Stunden Qual. Wenn sie sterben muß, dann wollen wir ihr die letzten Stunden so leicht wie möglich machen. Das wollen wir doch?«

Dr. Gregory war unangenehm berührt. Er war an solch offene Sprache nicht gewöhnt. Gewöhnlich bat die Familie seiner Patienten um Beruhigung, um die Beruhigung, die zu geben er stets bereit war. Diese Lady Viola schien das Schlimmste geradezu zu erwarten. Aber sie war natürlich auch nur eine Freundin, keine Verwandte.

Er verteidigte seine Würde: »Ich bedaure, Frau Jarrold kann nur einmal am Tage Morphium haben, und es ist besser, daß sie es für die Nacht bekommt.«

»Gut, Dr. Gregory, wollen Sie mir wenigstens das versprechen: Wenn der Fall ihrer Ansicht nach hoffnungslos wird, werden Sie sie die ganze Zeit unter Morphium halten?«

»Wir müssen abwarten, Lady Viola, sehen, was wird. Inzwischen dürfen wir den Mut nicht verlieren.«

»Es gibt noch etwas anderes, Dr. Gregory. Ich weiß natürlich nicht genau, wie diese Krankheiten verlaufen. Aber vorausgesetzt, sie würde darum bitten, einen Freund zu sehen? Was soll ich dann sagen?«

»Es ist nicht sehr wahrscheinlich, daß sie darum bittet, irgend jemand zu sehen, in ihrem augenblicklichen Zustand.«

»Nein, ich weiß. Aber es ist möglich. Angenommen, sie wird sich klar darüber, daß sie sterben muß, dann wird sie, glaube ich, einen bestimmten Menschen sehen wollen.«

»Sollten wir nicht besser warten, bis dieser Fall eintritt?«

»Gewiß, wenn Sie meinen«, sagte Viola; sie war es leid, mit Dr. Gregory zu sprechen, und entschloß sich, den Spezialarzt zu fragen, der eher bereit war, den Tatsachen ins Auge zu sehen, obwohl er immer in Eile war und es fertigbrachte, den Eindruck hervorzurufen, daß die Krankenbesuche eine Belästigung für ihn seien. Sie hatte nicht gewagt, Miles Evelyn gegenüber zu erwähnen, obwohl sie ein wenig überrascht war, daß Evelyn selber ihn nie erwähnt hatte. Sie hatte nicht einmal danach gefragt, ob er von ihrer

Krankheit wisse, ob er sich nach ihr erkundigt habe, ob er einmal in der Wohnung vorgesprochen habe. Tatsächlich war Miles außer sich vor Sorge, und Viola konnte seinen Besuch nur verhindern, indem sie sagte, Evelyn wünsche es bestimmt nicht, daß die Jarrolds erführen, er sitze ständig im Wohnzimmer. Er hätte am liebsten den ganzen Tag dort gesessen, um bei der Hand zu sein, falls sie nach ihm fragte. Er sagte, die Jarrolds sollten sich zum Teufel scheren.

»Ja, Miles, aber Evelyn wäre es wirklich nicht recht, wenn sie es später erführe.«

Nun, da es wahrscheinlich kein Später mehr gab und da sie Miles' wirklichen Kummer sah, ließ sie sich erweichen und sagte ihm, er könne kommen, wenn er sehr vorsichtig wäre, damit Evelyn seine Stimme nicht höre. Sie kam dann auf eine scharfsinnige Ausrede, mit der sie Hester seine Anwesenheit erklärte.

»Frau Jarrold, Dan kann jeden Augenblick ankommen, und ich habe Miles Vane-Merrick gebeten, hierzusein, wenn er kommt. Dan ist ihm sehr zugetan, und ich glaube, er würde es dem Jungen leichter machen.«

Sie haßte sich selber wegen dieser Heuchelei, aber sie wußte, daß Evelyn dankbar sein würde – später.

Hester mußte sich damit abfinden. Sie richtete sich einen Augenblick steif auf, dann fiel ihr ein, daß es jetzt nicht die Zeit sei, seine Würde zu behaupten oder auf seinen Vorurteilen zu bestehen, sie wurde freundlicher und stimmte zu. Trotzdem fand sie es seltsam. Sie war auch empört darüber, daß Dan dem Geliebten seiner Mutter sehr zugetan sein sollte. Aber zweifellos hatte der arme Junge keine Ahnung.

Sie ging, ehe Vane-Merrick dasein konnte, und sagte, sie wolle später am Tage wiederkommen. Innerlich war sie ganz gegen das Eindringen von Fremden – Viola mit ihren anmaßenden Methoden, und nun dieser junge Mann, der nicht das mindeste Recht hatte, hierherzukommen, dessen Anwesenheit wirklich unschicklich war. Ihrer Meinung nach waren die einzigen Menschen, die das Recht hatten, sich um einen Kranken zu kümmern, die nächsten Verwandten; und die wurden von dieser vollkommen fremden Frau verdrängt, einfach verdrängt, von dieser Frau, die es fertigbrachte, Evelyns Geliebten in die Wohnung zu holen! Obwohl Hester sich bemüht hatte, sich nichts anmerken zu lassen, als Viola ihr den Vorschlag machte, zog sie empört die Luft durch die Nase, als sie wegfuhr. Das ging wirklich ein wenig zu weit!

Miles kam sofort. Er bemühte sich rührend, Violas Anordnungen zu befolgen, kam auf Zehenspitzen in die Wohnung und sprach nur flüsternd mit Mason. Das vertraute Wohnzimmer sah fremd aus, die Sessel waren in den verschiedensten Stellungen zur Seite geschoben, und neben der Tür zu Evelyns Schlafzimmer stand ein Küchentisch mit einer weißen Decke und einem Durcheinander von weißen Krügen, Tassen und Becken, einer ungeöffneten Flasche Sekt und einer Ananas. Er blickte scheu und befangen darauf. Hinter dieser Tür lag Evelyn. Wie verändert mochte sie sein? Was taten sie mit ihr? Woran mochte sie denken? Würde man ihm erlauben, sie zu sehen, oder würde man sie vor ihm hinter diesem geheimnisvollen Schleier von Gefahr und Schmerz verbergen? Er fühlte sich grausam zurückgehalten von dieser Evelyn, die fremden Händen ausgeliefert war.

Die Schlafzimmertür öffnete sich, Viola kam heraus und schloß ganz leise die Tür hinter sich. Sie sah müde und überanstrengt aus, lächelte jedoch, als sie ihn sah, und legte den Finger auf die Lippen. Sie gingen miteinander in den entfernten Teil des Zimmers, wo sie sprechen konnten.

»Wie geht es ihr?«

»Im Augenblick ruhig – sie schlummert. Die Wirkung des Morphiums ist noch nicht ganz vorüber. – Dan kommt.«

»Steht es so schlimm?«

»Ich hoffe nicht, aber ich konnte das Risiko nicht auf mich nehmen.«

»Du hoffst nicht; aber du glaubst es?«

»Ja, Miles, ich glaube es.«

»Der Arzt...?«

»Der Arzt sagt überhaupt nichts, wenn er es vermeiden kann, aber er hat mir nicht abgeraten, Dan kommen zu lassen.«

»Der Spezialist?«

»Nicht sehr hoffnungsvoll. Miles, was meinst du, was ich wegen ihres Vaters tun soll? Er ist ein alter Mann, und ich kann den Sinn nicht einsehen, ihn nach London zu hetzen. Doch Hester scheint zu glauben, er müsse hiersein. Du weißt, wie die Jarrolds sind: Familie, Familie, Familie! Die persönlichen Gefühle der Menschen scheinen bei ihnen überhaupt keine Rolle zu spielen. Hester war ganz entsetzt bei dem Gedanken, daß du herkämest – ich mußte ihr sagen, es geschehe Dans wegen; entschuldige! –, aber sie ist durchaus bereit, einen armen alten Mann von Biggleswade hierherzuhetzen, weil sie meint, es gehöre sich so. Er würde nur im Wege sein; es würde ihn quälen; und Evelyn würde nicht nach ihm fragen. Ist es nicht besser und menschlicher, ihn zu lassen, wo er ist, selbst auf die Gefahr hin, daß er dann beleidigt ist, wenn sie stirbt?«

»Unglücklicherweise ist aber Hester, wie du sie nennst, Evelyns Schwägerin und du nicht; wenn sie also Evelyns Vater kommen lassen will, wird sie's wahrscheinlich tun, ohne dich um Rat zu fragen.«

»Wie töricht das alles ist, Miles, findest du nicht, diese Idee ›Familie‹? Du und ich, wir wissen weit mehr über Evelyn, obwohl ich sie, weiß Gott, eigentlich sehr wenig kenne – als all die Jarrolds zusammen.«

»Laß du ihren Vater nicht kommen! Wenn Hester es tun will, dann trägt sie die Verantwortung. Ich bin derselben Meinung wie du, daß es einfach lieblos und überflüssig wäre, den alten Mann hierherzuholen.«

»Er könnte uns nachher Vorwürfe machen.«

»Und doch hast du dann das Beste für ihn getan. Er mag das vielleicht nicht anerkennen, aber im Herzen wirst du wissen, daß du das Rechte getan hast.«

Sie schwiegen eine Weile.

»Wie ist ihre Temperatur?«

»Die scheint nicht sehr wichtig zu sein. Sie ist nie sehr hoch gewesen. Der Puls ist anscheinend viel wichtiger, und die Anstrengung für das Herz.«

»Und die Schmerzen?«

»Das Morphium lindert sie, aber es wird ihr nur eine Injektion am Tag erlaubt. Die Stunden dazwischen sind recht quälend. – Miles, ich muß wieder hinüber, falls sie aufwacht.«

»Was soll ich sagen, wenn Dan kommt?«

»Sag, daß es ihr schlecht geht, daß wir aber Hoffnung hätten. Was du auch tust, laß ihn nicht plötzlich in ihr Zimmer! Ich lasse dich als Wache hier.«

»So ist man doch zu etwas zu gebrauchen«, sagte Miles bitter.

»Du wirst ein großer Trost für Dan sein.«

»Weiß sie, daß er kommt?«

»Nein, natürlich nicht. Man wird ihm nicht erlauben, sie zu sehen, es sei denn, es ging ihr besser – oder schlechter.«

»Und ich?«

»Miles, Lieber, du mußt Geduld haben; wir müssen alle Geduld haben. Du sollst sie sehen, wenn es ihr nicht schaden kann. Was willst du tun? Lesen?«

»Ich werde ein Buch finden, wenn ich eins brauche«, sagte Miles und schaute auf Evelyns Bücherschrank. Wie oft hatte er sie mit den schön gebundenen Büchern geneckt, die ihr die Bekannten zu Weihnachten schenkten! Er kannte das Zimmer so gut und jeden Gegenstand darin außer diesen fremden neuen Dingen auf dem weißgedeckten Tisch. Alles war mit Evelyn und seinen Erinnerungen verbunden: Da war der Schreibtisch, an dem er sie so oft gefunden hatte; der Sessel, in dem sie immer saß, während er zu ihren Füßen hockte; die Toastgabel, die er ihr selber geschenkt hatte, weil er es liebte, sich zum Tee selber den Toast zu rösten. Verschiedene andere Dinge, die er ihr geschenkt hatte, vermißte er und vermutete, daß sie sie weggelegt habe; das schmerzte ihn ganz unmäßig. Er hätte gern gewußt, ob sie den Ring abgenommen habe, den er ihr geschenkt hatte. Er ging hinüber zum Schreibtisch und fand dort das Schreibheft, in das die Schwester ihre Notizen über den Fall eintrug; er öffnete es, ohne daß ihm zu Bewußtsein kam, was er da tat, doch die wenigen Worte, die er las, verursachten ihm solche Qualen, daß er das Heft hastig niederlegte.

Es war nicht gut, im Zimmer herumzulaufen, wo er so unruhig war. Es konnte sein, daß man ihn stundenlang allein hier ließ; er mußte versuchen, sich auf irgend etwas zu konzentrieren, mußte versuchen, irgendwie Gewalt über das Leben zu bekommen, das in demselben Augenblick so wahnsinnig gräßlich wurde, da er seiner Phantasie erlaubte, Macht über ihn zu gewinnen. Als er nach einem Buch suchte, fand er eins, das er Evelyn selber geschenkt hatte, eine Übersetzung von Prousts Roman *Du côté de chez Swann*; er erinnerte sich, wie er es ihr nach einem Zank geschenkt und dabei in der wiedergewonnenen guten Stimmung der Versöhnung gesagt hatte, daß sie darin die Leidenschaft der Eifersucht in allen ihren Phasen geschildert finden würde. Und als er sie dann mehrmals gefragt hatte, ob sie es schon gelesen habe, erwiderte sie stets, daß sie noch keine Zeit gehabt habe... daß es so lang sei... daß die absatzlosen Seiten ihr angst machten... daß sie glaube, sie möge lieber Bücher mit mehr Dialogen.

Und dann war er wieder ärgerlich geworden und hatte gesagt, sie sei wirklich hoffnungslos. Was meinte sie damit, wenn sie sagte, sie habe keine Zeit gehabt? Was hatte sie denn sonst zu tun?

Wenn er zurückschaute, schien es ihm, als habe er sie nur ausgescholten.

Dan kam unerwartet früh um vier Uhr an, da er von Blois nach Paris im Nachtzug und von Paris aus mit dem ersten verkehrenden Flugzeug gereist war. Das schlechte Wetter hatte ihn aufgehalten. Er kam von Ungeduld und Sorge gequält an und schien kaum überrascht zu sein, daß Miles in der Wohnung auf ihn wartete. Er nahm Miles' Anwesenheit als selbstverständlich, begrüßte ihn gleich mit der unvermeidlichen Frage »Wie geht es ihr?« und fügte sofort hinzu, während er auf die Tür zuging: »Ich muß hinein und sie sehen.«

Miles hielt ihn zurück.

»Nein, Dan, das kannst du leider nicht.«

»Kann nicht? Aber weshalb denn? Weshalb hat man mich sonst gerufen? Weshalb kann ich nicht hinein? Du hast sie gesehen, nicht wahr?«

»Nein, Dan, ich habe sie nicht gesehen. Und du darfst nicht so laut sprechen; sie könnte deine Stimme hören. Sie weiß nicht, daß du hier bist.«

»Sie weiß es nicht? Miles! Dann ist sie wirklich so sehr krank?«

»Sie haben noch Hoffnung«, sagte Miles, wie Viola ihn beauftragt hatte.

Ehe Dan sprechen konnte, kam Viola aus Evelyns Zimmer heraus. Sie sah Dan, ging auf ihn zu und zog ihn auf den Flur hinaus.

»Sie sind Dan, das weiß ich. Ich bin Viola Anquetil. Sehen Sie, Sie müssen sehr still sein; Ihre Mutter weiß nicht, daß Sie angekommen sind.«

Sie sah, daß der Junge völlig durcheinander war.

»Sie ist leider sehr krank«, sagte sie.

»Kann ich sie sehen?«

»Jetzt nicht – vielleicht später. Sie müssen Geduld haben und mit Miles warten.«

»Sie stirbt doch nicht?«

Viola achtete ihn wegen dieser tapferen Frage. Das war ein Junge, dem man die Wahrheit sagen konnte. Sie hatte stets den Unterschied zwischen Menschen erkannt, denen man – selbst in unbedeutenden Angelegenheiten – die Wahrheit sagen konnte, und jenen, die sie nicht vertrugen, doch in den letzten Tagen hatte sie ihn tiefer und schärfer erkannt.

»Es ist heute abend besonders ernst«, erwiderte sie und blickte ihm in die klaren Augen.

»Ist der Arzt da?«

»Er wird jeden Augenblick wiederkommen. Auch der Spezialist. Wir haben angerufen. Sie können mit ihnen sprechen, wenn sie kommen.«

Immerhin war Dan neunzehn. Es war nur recht, daß er einen Teil der Verantwortung trug; es war recht, wenn auch hart. Sie konnte sehen, wie kindlich er noch war, obwohl er äußerlich erwachsen schien.

Sie ging wieder in Evelyns Zimmer. Dort war es still bis auf das schwache Stöhnen, das gleichmäßig vom Bett her klang. Viola ging zum Kamin hinüber und flüsterte mit der Pflegerin. Sie brauchten keine Furcht zu haben, Evelyn zu stören, die fast bewußtlos war.

»Ihr Sohn ist angekommen.«

»Das ist gut.«

Die Stimmen verstummten; sie saßen und lauschten Evelyns schmerzlichem Stöhnen.

»Kann Sie das Morphium nicht jetzt haben, Schwester?«

»Es tut mir leid, nicht vor acht Uhr.«

»Oder wenn der Arzt kommt?«

»Ja, falls er's erlaubt.«

Evelyn rief leise vom Bett her. Viola ging hinüber. Sie beugte sich nieder und konnte nur das eine Wort verstehen: »Morphium.«

»Gleich, Liebste. Der Arzt ist schon unterwegs hierher, er wird Ihnen etwas geben.«

Sie würde lieber Morphium nehmen, dachte Viola, als hören, Miles sei nebenan. Wie sonderbar und schrecklich dieser Körper war, der alles im Geist, im Herzen und in der Seele auszulöschen vermochte! Was war der Sinn? Starb sie um Miles' willen? Und wenn es so war, dann bedeutete der lange, quälende Vorgang des Sterbens gerade jetzt mehr für sie als Miles selbst.

Welch entsetzliches Chaos sie aus ihrem Verhältnis zu Miles gemacht hatte! Und wie teuer sie dafür bezahlte!

Der Arzt und der Spezialist kamen gleichzeitig. Sie gingen geradewegs in Evelyns Zimmer, ohne Dan zu sehen. Der Spezialist verordnete unverzüglich eine Kochsalz-Injektion, da das Herz sehr schwach war. Sie wurde gegeben; sie belebte Evelyn ein wenig, und Evelyn fragte wieder nach Morphium. Der Spezialist wandte sich mit Viola zur Seite. Er sah nun nicht mehr aus, als ob er es eilig habe oder seine Patienten als eine Belästigung empfinde.

»Wir können es ihr ruhig geben, Lady Viola. Aber sie wird danach nicht wieder aufwachen.«

»Soll sie ihren Sohn einen Augenblick sehen, ehe sie es bekommt?«

»Ja, und wen sie sonst Ihrer Meinung nach gern noch sehen würde.«

Viola erkannte, daß der Spezialist alles wußte und verstand. Er hatte Miles' Anwesenheit im Nebenzimmer bemerkt. Und trotzdem fühlte sie sich verpflichtet zu fragen: »Soll ich ihre Schwägerin und ihren Schwager anrufen?«

Der Spezialist zögerte. Da er ein Mann war, der durch seinen Beruf ein umfassendes Wissen vom menschlichen Leben gewonnen hatte und mehr beobachtete, als es den Anschein erweckte, jedoch seine Beobachtungen erst im letzten Augenblick mitteilte, sagte er schließlich: »Wir können sie anläuten, wenn Frau Jarrold die Injektion bekommen hat.«

»Dann soll ich den Jungen wohl lieber sofort hereinrufen?«

»Ja, es ist kein Grund mehr zu zögern.«

Viola ging ins Wohnzimmer und sprach mit Dan. Er und Miles saßen dort im Dunkeln zu beiden Seiten des Kamins. Sie hatten die Sessel wieder so hingestellt, wie sie früher standen.

»Dan, möchten Sie kommen und Ihrer Mutter gute Nacht sagen?«

Er erhob sich sofort.

»Nur ans Bett gehen und gute Nacht sagen! Erschrecken Sie nicht, wenn sie Ihnen nicht antwortet! Sie ist sehr müde und schläft halb. Vielleicht erkennt sie Sie nicht. Sagen Sie nur gute Nacht und gehen Sie schnell wieder! Miles und ich warten auf Sie.«

Nach einem erschrockenen Blick auf Viola ging er.

»Danach mußt du hineingehen, Miles! Wenn das vorbei ist, geben sie ihr eine Spritze.«

Miles verstand, was sie meinte.

»Das ist das Ende?«

»Sie scheinen es anzunehmen.«

Es war überraschend, wie fern und ruhig nun alles war, fast so, als gebe es nichts Wirkliches mehr.

Dan kam zurück.

»Sie hat mich erkannt. Sie sagte, sie freut sich, daß ich wieder zu Hause bin.«

»Nun geh du, Miles, und sag ihr gute Nacht!«

Miles ging in das vertraute Schlafzimmer. Es war dunkel, nur eine verhängte Lampe brannte neben dem Kamin. Die Schwester stand auf, als er hereinkam, ihre weiße Tracht schimmerte, als sie hinausschlüpfte. Er war allein mit dem Schatten im Bett, mit dem Schatten, der Evelyn war. Er konnte zuerst im Halbdunkel nichts sehen als den Kopf auf dem Kissen.

»Evelyn«, sagte er. »Ich bin's, Miles.«

Er setzte sich neben sie und nahm die Hand, die auf der Decke lag. Er fühlte, daß sie den Ring noch trug, den er ihr geschenkt hatte, der aber jetzt sehr lose an ihrem Finger stak. Diese winzige Tatsache bewegte ihn unaussprechlich. »Miles?« sagte sie, nichts weiter, lag nur zufrieden, ihre Hand in seiner. Er wußte nicht, ob er sprechen sollte oder nicht, so saß er schweigend da und wartete, daß Viola jeden Augenblick kommen und ihn holen würde. In all den Stunden des vertrauten Zusammenseins mit Evelyn war er nie so völlig allein mit ihr gewesen wie jetzt. Es war seltsam und erschreckend und doch tröstlich. Es war wie eine endgültige Läuterung und Vollendung all dessen, was vorausgegangen war.

Viola kam nicht, um ihn zu holen. Er saß da und hatte jeden Zeitbegriff verloren. Evelyn bewegte sich nicht und stöhnte nicht, aber ab und zu drückte sie immer wieder seine Hand, so wußte er, daß sie noch lebte. Einmal, als sie ihm die Hand drückte, flüsterte er: »Willst du das Morphium?« Und sie flüsterte zurück. »Ich bekomme es bald.« Da wußte er, daß sie im Augenblick ohne Schmerzen war.

Es verging eine solch lange Zeit, daß er sich fragte, ob sie schlafe oder gestorben sei. Doch als er versuchte, seine Hand zurückzuziehen, hielt sie ihn fest und flüsterte: »Geh nicht fort!« So blieb er wieder eine Zeit und wußte nicht, wie lange. Er dachte an nichts, nicht einmal daran, wie er sie gescholten hatte. Er war einfach mit ihr verschmolzen in der Dunkelheit des Raumes ohne eine andere körperliche Berührung als ihre Hand, die in seiner lag.

Nachwort

›Eine Frau von vierzig Jahren‹ – welch ein überraschend aktueller Titel bei einem Roman, der schon vor über fünfzig Jahren entstanden ist! Vita Sackville-West veröffentlichte ihn 1932, auf der Höhe ihres Ruhms als Romanschriftstellerin, kurz nachdem sie mit ›The Edwardians‹ (1930) und ›Erloschenes Feuer‹ (1931) ihre beiden größten Publikumserfolge in diesem Genre erzielt hatte; noch beliebter in ihrem Heimatland war freilich das lange Gedicht ›The Land‹ (1926). Der hier vorliegende Roman stieß zwar wegen einiger kompositorischer Schwächen, auf die einzugehen sein wird, bei seinem Erscheinen nicht auf ganz so große Begeisterung bei Rezensenten und Publikum wie seine beiden Vorgänger, gehört aber heute zweifellos zu den Werken der Autorin, die wegen ihrer frauenspezifischen Problematik, die so modern wirkt, besonderes Interesse erregen. Vita Sackville-West, über einige Jahrzehnte ein wenig in Vergessenheit geraten, insbesondere überschattet vom Ruhm ihrer großen Freundin Virginia Woolf, erlebt heute in England und auch in Deutschland mit zahlreichen Neuauflagen ihrer Bücher eine Renaissance. Zugegeben, der Titel ›Eine Frau von vierzig Jahren‹ stammt nicht von der Autorin selbst, sondern wurde 1950 von den Übersetzern Th. A. und I. Knust gefunden. Vita Sackville-West hatte ihr Buch ›Family History‹ genannt, ein Titel, der schon den ersten Rezensenten nicht recht zu passen schien. So schrieb Basil Davenport, der Kritiker der ›Saturday Review of Literature‹: »Ich gehe wohl kaum fehl in der Anahme, daß niemand außer der Autorin auf den Titel ›Family History‹ (Familiengeschichte) für diese Geschichte einer Frau, Evelyn Jarrold, gekommen wäre.« Die Übersetzer fanden Treffenderes: Tatsächlich ist das Lebensalter der Heldin Evelyn der entscheidende Angelpunkt für Handlung und Problematik des Romans.

Mit diesem Titeleinfall aber stellten die Übersetzer den

Roman zugleich in eine Traditionslinie, in die er auch wirklich hineingehört. Schon seit ungefähr hundert Jahren waren Werke mit ähnlichen Überschriften erschienen: Zwischen 1831 und 1834 schrieb Balzac ›Die Frau von dreißig Jahren‹, einige Jahre früher, 1821, Goethe eine novellenartige Einlage in ›Wilhelm Meisters Wanderjahre‹ mit dem Titel ›Der Mann von fünfzig Jahren‹. Umgekehrt erschien noch in den sechziger Jahren dieses Jahrhunderts Kingsley Amis' ›Girl, 20‹. Nennung einer runden Jahreszahl an der Schwelle zwischen zwei Lebensjahrzehnten, dazu »die Frau«, »eine Frau«, »der Mann«, »das Mädchen« – kein Name, kein Individuum. Was steckt dahinter? Gibt es etwas Gemeinsames zwischen diesen in so vielerlei Hinsicht völlig unterschiedlichen Werken? Es scheint durchaus so. Das genannte Alter hat jeweils nicht nur für einen einzelnen, sondern für *den* Mann, *die* Frau in einer bestimmten Gesellschaft symbolische Bedeutung, und zwar als Höhepunktsalter, das zugleich Schwellenalter ist und den Eintritt in eine neue Lebensphase signalisiert. Seltener ist es der Übertritt von der Jugend in die Reifezeit, meist bezeichnet es den Punkt der vollendeten Reife kurz vor der Wende zum Altern, also die »Lebenswende« oder, wie wir uns angewöhnt haben, amerikanisch und mit einem bezeichnenden Zusatz zu sagen, die »midlife crisis«. Betrachtet man die Entstehungsdaten dieser Werke mit dem gleichen Titelmuster, fällt auf, daß sich das Grenzalter offenbar im Verlauf der letzten hundert bis hundertfünfzig Jahre verschoben hat, und es fällt weiter auf, daß es für Mann und Frau im gleichen historischen Zeitpunkt verschieden angesetzt wird. Der historische Zufall will es, daß Goethes Novelle und Balzacs Roman zeitlich nicht sehr weit auseinanderliegen – oder ist es kein Zufall? Das plötzliche Interesse an dieser kritischen Altersgrenze mag sich durchaus aus der zu Beginn des 19. Jahrhunderts beginnenden Ökonomisierung aller Lebensverhältnisse erklären, die auch die alte Frage nach altersangemessenen gesellschaftlichen Rollen unter den neuen Aspekt der wirtschaftlichen Nützlichkeit und Verwertbarkeit zwangen und ihr damit neue Brisanz verliehen. Für den Mann des beginnenden 19. Jahrhunderts zeigt sich nun bei Goethe, daß er den Scheitelpunkt des Lebens mit fünfzig Jahren erreicht, während die Frau bei Balzac ihn schon mit dreißig Jahren passiert hat und mit fünfzig verbraucht ist, eine alte Frau: »Obwohl Frau d'Aiglemont einen modischen Kapotthut trug, konnte man unschwer sehen, daß ihr ehemals schwarzes Haar durch qualvolle Erschütterungen weiß geworden war. ... Ihr feingeschnittenes Gesicht, ihre regelmäßigen Züge gaben eine wenn auch noch so schwache Vorstellung von der Schönheit, auf die sie einst hatte stolz sein müssen. Aber noch mehr kündigten diese Spuren von dem Leid, das unbarmherzig genug gewesen war, dieses Antlitz auszuhöhlen, seine Schläfen einzutrocknen, seine Wangen einfallen zu lassen, die Augenlider wund zu machen und ihnen die Wimpern zu nehmen, die dem Blick soviel Anmut verliehen.« Es ist wohl auch mehr als ein Zufall, daß Titel der besonderen Art, die sich auf Frauen beziehen, in der Überzahl sind: Für Frauen war das Thema der kritischen Altersgrenze offenbar bedrohlicher, prekärer. Wir wollen untersuchen, warum.

Was ist es in all diesen Werken genau, das da noch einmal voll aufblüht, bevor es zu welken beginnt? Ein Blick auf die Handlungen gibt einen Hinweis: Mit der charakteristischen Ausnahme von Goethes Novelle, in der der Held, ein Major, sich auch in der öffentlichen Sphäre verändert und sich vom Soldatenleben der verantwortlichen Verwaltung der Familiengüter zuwendet, steht im Mittelpunkt immer ein Liebesverhältnis, eine letzte große Leidenschaft, die keine Erfüllung mehr findet. Bei Goethe also Liebe, die sich nicht mehr erfüllen kann, aber auch eine befriedigende neue Arbeit; bei Balzac und bei Vita Sackville-West nur die Liebe, und nach ihrem Scheitern Unglück, inhaltsleeres Leben, Altern, Tod. Natürlich gibt es auch Romane und Geschichten, die sich mit dem gleichen Thema beschäftigen, ohne daß deren Titel dem besagten Muster entsprächen, und die brutalste ist vielleicht

Thomas Manns Erzählung ›Die Betrogene‹, in der die fünfzigjährige Rosalie von Tümmler sich in einen vierundzwanzigjährigen Amerikaner verliebt: Die Blutungen, die bei ihr einsetzen, nachdem ihre Periode bereits versiegt war, erweisen sich nicht als Zeichen neuer Vitalität, wie Rosalie sie deutet, sondern als Vorboten des Todes – sie hat Unterleibskrebs. Das Problem der »midlife crisis« ist also in all diesen literarischen Darstellungen, in deren Mittelpunkt eine Frau steht, zugespitzt auf die Krise der erotischen Attraktivität und Funktionsfähigkeit. Die Frauen in diesen Werken klammern sich so an ihre letzten Leidenschaft, weil sie offenbar nur durch die Liebe ihre volle Identität erleben; selbst Kinder spielen für sie nur eine Nebenrolle. Und es ist vor allem der physische Aspekt, der dabei entscheidend ist: Nur solange eine Frau die Liebe eines Mannes gewinnen kann, hat sie in der Welt dieser Geschichte und Romane eine sozial geachtete Rolle, und sie kann diese Liebe nur gewinnen, wenn und solange sie schön ist, jugendlich wirkt und körperlich voll über ihre weiblichen Funktionen verfügt. Die Autoren spiegeln hier getreu historische gesellschaftliche Verhältnisse.

Im 19. Jahrhundert, im Verlaufe der immer strikteren Trennung der öffentlichen und der privaten Sphäre im Zuge der fortschreitenden Arbeitsteilung, wurden die Frauen immer mehr in den privaten Bereich der Familie abgedrängt, vor allem die Frauen der Mittel- und Oberschicht, aus der all diese traurigen Heldinnen stammen. Hatte die adelige oder bürgerliche Hausfrau noch im 18. Jahrhundert und zu Beginn des 19. Jahrhunderts auch zum Erwerb des Lebensunterhalts beigetragen, indem sie an der Verwaltung eines großen Landhaushalts teilnahm oder im Geschäft mitwirkte, sah sie sich im Laufe des Jahrhunderts mit wachsendem Wohlstand des Mannes, durch den immer mehr Dienstboten in den Haushalt kamen, zur Untätigkeit verurteilt und auf eine rein repräsentative Rolle beschränkt; selbst das Stillen und Erziehen der Kinder wurde mehr und mehr Ammen und Gouvernanten überlassen. Das Ideal der »perfect lady« bildete sich heraus; sie durfte zwar ein wenig musizieren, malen oder sticken, sollte aber vor allem das Haus des Gatten mit ihrer dekorativen Person und vollendeten Manieren schmücken. Ihre Abhängigkeit vom Ehemann war vollkommen, da ihm die volle Verfügungsgewalt über ihr Einkommen, ob ererbt oder erworben, zustand. Daß unter diesen Umständen Schönheit und Jugendlichkeit der Frau als das einzige Mittel sozialer Wirksamkeit, das ihr geblieben war, einen sehr großen Stellenwert gewinnen mußten, versteht sich von selbst. Es hatte auch Zeiten in Europa gegeben, wo alles ganz anders war: Im Mittelalter konnte die Frau voll über ihren Besitz verfügen, und Alter und Schönheit spielten bei der Eheschließung kaum eine Rolle. Natürlich hatten sich zu Vita Sackvilles Lebzeiten, nicht zuletzt auf das Drängen engagierter Frauen hin, die Gesetze und die soziale Lage der Frauen gegenüber dem 19. Jahrhundert bereits sehr verändert; aber das Bewußtsein wandelt sich oft langsamer als die Fakten. Und so wird es verständlich, daß auch noch bei Vita Sackville und bei Thomas Mann der Zeitpunkt, an dem eine Frau sich von einem erotisch attraktiven in ein erotisch neutrales Wesen zu wandeln droht, eine solche überhöhte Bedeutung gewinnen konnte.

Balzac, zu Beginn des vorigen Jahrhunderts, sah die Marquise Juliette d'Aiglemont schon mit dreißig Jahren auf diesem »zauberhaften Gipfel im Frauenleben«. »Ihre Seele ist dann noch schön von der fliehenden Jugend, und ihre Leidenschaft wird tiefer unter dem Druck einer erschreckenden Zukunft.« Vita Sackville gönnte ihrer Heldin Evelyn Jarrold schon ein ganzes Jahrzehnt mehr, ehe sie an diesem bittersüßen »Höhepunkt des Frauenlebens« ankommt – ein Fortschritt, ein Ergebnis des Kampfes um die Emanzipation? Ist Vita Sackville gar eine Prophetin gewesen, die vorwegnahm, was wir jetzt in den achtziger Jahren auf so vielen Gebieten beobachten können, nämlich geradezu eine besondere Bewunderung für die Frau um vierzig? Denken wir an die schönen Schauspielerinnen, die bestimmten Fernsehserien erst zu ihrer außergewöhnlichen Beliebtheit verhelfen, oder an populäre Sängerinnen, die an Vitalität und erotischer Ausstrahlung Zwanzigjährige übertreffen. Soweit ihr Erfolg an die traditionellen weiblichen Vorzüge, nämlich eben Schönheit und jugendliche Körperlichkeit allein geknüpft ist, möchte man fürchten, daß es ihnen eines Tages gehen könnte wie Evelyn Jarrold: daß sie erkennen müssen, daß diese Mitgift nicht genug ist, um sich einen befriedigenden Platz in der Welt einzurichten, denn sie ist nun einmal, so sorgsam man sie auch hege und pflege, vergänglich. Doch es gibt heute auch Frauen von und über vierzig, die sich durch den Einsatz anderer Fähigkeiten einen anerkannten Platz im öffentlichen Leben erworben haben. Zwar gibt es immer noch nur wenige Politikerinnen, Gewerkschaftlerinnen, Professorinnen, doch immerhin schon eine beachtliche Zahl von Ärztinnen, Architektinnen, Lehrerinnen, Malerinnen, Journalistinnen, Soziologinnen, sogar Managerinnen und Ingenieurinnen. Wenn man an diese Frauen denkt, die sich durch intellektuelle oder künstlerische Leistung ein befriedigendes Leben aufgebaut haben – und wir lassen hier einmal die Frage der objektiven Bedingungen, die sich neuerdings wieder so beklagenswert verschlechtern, außer acht, wollen nur den Aspekt des Bewußtseins dieser Frauen betrachten –, dann kann man Vita Sackville nicht, mindestens nicht in ihrem Roman ›Eine Frau von vierzig Jahren‹, eine Prophetin nennen, die für Frauen in der Mitte ihres Lebens neue Wege vorausgesehen oder gar gewiesen hätte.

Vielmehr sieht es fast so aus, als verhalte es sich genau umgekehrt: Vita Sackvilles romantische Liebesgeschichte, deren Heldin mit einem gebrochenen Herzen endet, antwortet genau auf die Wünsche und Ängste der noch immer großen Mehrheit der Frauen, die keine befriedigende Beschäftigung außerhalb des häuslichen Rahmens haben, sei es im Beruf oder in einer öffentlichen oder sozialen Funktion, die vielmehr, auch wenn sie in Büro oder Fabrik Geld verdienen, ihr Selbstverständnis allein aus ihren Familienfunktionen als Ehefrau, Mutter und Hausfrau beziehen. Die romantische Liebe ist das einzig mögliche Abenteuer in einem solchen Dasein; davon leben Tausende von Schlagerkomponisten und Groschenromanautoren. Doch auch die ist selten, und die Wirklichkeit sieht meist anders aus. Sind die ersten Ehejahre, die zunächst ein neues Lebensgefühl bringen mögen, erst einmal vorbei, befällt viele Hausfrauen, wie Betty Friedan zuerst beschrieben hat, »das Problem ohne Namen«, ein Gefühl der Einsamkeit, Langeweile und Nutzlosigkeit, das viele in Depressionen stürzt und zu Tablettensucht und Alkoholismus führen kann. Evelyn Jarrolds Situation weicht gar nicht sehr von der dieser Frauen ab. Was sie unterscheidet, ist nur der Reichtum, der Luxus, den Evelyn sich leisten kann; die Isolation ist die gleiche, und wenn sie auch nicht zu Pillen oder Whisky greift, so flüchtet sie doch in Krankheit und Tod, als der Traum von der idealen Liebe sich nicht verwirklichen läßt.

Doch ist es wiederum auch nicht so, daß Vita Sackville einfach ein antiemanzipatorisches Buch geschrieben hätte, etwa mit der Botschaft: Frauen, gebt euch zufrieden, wenn ihr nur gelegentlich in süßen Träumen schwelgen dürft! Der Sachverhalt ist komplizierter. Allein die Tatsache, daß Vita Sackville ihre Heldin im Alter von vierzig Jahren mit soviel ungebrochener Schönheit und Anziehungskraft ausgestattet hat und sie unbedenklich ihr bisher in den Augen der Umgebung mustergültiges Leben für ein echtes und tiefes Gefühl umstoßen läßt, enthält auch einen Kern feministischer Rebellion. Evelyn »verriet keine Anzeichen des Alters; ihr Haar war glänzend, ihre Haut glatt, der Körper fest und weiß«. Ganz abgesehen davon, daß alle Männer bezaubert sind, müssen sogar mißgünstige weibliche Verwandte anerkennen: »Sie sieht viel jünger aus, als sie ist.« Und selbst ihr halbwüchsiger Sohn Dan – ein idealisiertes Porträt von Vita Sackvilles ältestem Sohn Ben, ihrem »dark boy«, wie sie ihn nannte – spürt eine leicht inzestuöse Erregung, als er mit seiner Mutter tanzt: »Evelyn spürte, daß Dan beim Tanzen seinen Arm fester um sie legte ... Und er spürte ihre Schmiegsamkeit und den weiblich weichen Körper unter den seidenen Kleidern; und er ahnte, wie sehr Miles sie und sie Miles geliebt haben mußte.« Wenn man dagegenhält, was Sigmund Freud in einer Vorlesung über ›Die Weiblichkeit‹ just in demselben Jahr, in dem Vita Sackville ihren Roman veröffentlichte, über die Frau von nur dreißig Jahren zu sagen hatte, wird sinnfällig, wie progressiv Vita Sackvilles Beurteilung der sexuellen Reize und Potenz der Frau um vierzig war: »Ein Mann um die Dreißig erscheint als ein jugendliches, eher unfertiges Individuum, von dem wir erwarten, daß es die Möglichkeiten der Entwicklung, die ihm die Analyse eröffnet, kräftig ausnützen wird. Eine Frau um die gleiche Lebenszeit aber erschreckt uns häufig durch ihre psychische Starrheit und Unveränderlichkeit. Ihre Libido hat endgültige Position eingenommen und scheint unfähig, sie gegen andere zu verlassen. Wege zu weiterer Entwicklung ergeben sich nicht; es ist, als wäre der ganze Prozeß bereits abgelaufen, bliebe von nun an unbeeinflußbar, ja als hätte die schwierige Entwicklung zur Weiblichkeit die Möglichkeiten der Person erschöpft.« Übrigens hat nicht nur die wachsende Zahl der aktiven Übervierzigjährigen, von denen die Rede war, Freud widerlegt, sondern auch neuere Forschungen auf dem Gebiet weiblicher Sexualität haben zu Ergebnissen geführt, die eher Vita Sackville recht geben: Es scheint, daß die sexuelle Aktivität der Frau, wenn sie sich nur traut, unvermindert anhält bis ins sechste Lebensjahrzehnt, auch noch nach der Menopause, die im Durchschnitt jetzt zu Anfang des fünften Lebensjahrzehnts einsetzt.

Daß Vita Sackville, ohne Kenntnisse der Psychoanalyse und Sexualforschung, so überzeugt sein konnte von der Möglichkeit großer Attraktivität bei einer Frau um die Vierzig und ihr das Recht auf eine leidenschaftliche Liebe zusprach, hing zweifellos mit ihrer eigenen Erfahrung zusammen, wie überhaupt alle ihre Romane stark auf Autobiographischem aufbauen. Als sie den Roman schrieb, war Vita Sackville selbst gerade vierzig Jahre alt und verliebt, erlebte also ganz konkret die Realität solcher Möglichkeiten. Freilich galt ihre Liebe nicht einem Mann, sondern einer Frau, der zehn Jahre jüngeren Journalistin Evelyn Irons, deren Vornamen sie ihrer Heldin gab. Vita Sackvilles Homosexualität ist spätestens bekannt, seit ihr Sohn Nigel Nicolson 1973 in seinem Buch ›Portrait einer Ehe‹ über die Beziehung seiner Eltern ein geheimes Tagebuch aus dem Jahre 1920 veröffentlichte, in dem Vita ihre Leidenschaft für Violet Trefusius verarbeitet hatte. Inzwischen ist eine neue, ausgezeichnete Biographie von Victoria Glendinning mit dem Titel ›Vita‹ (1983) erschienen, die auch über die späteren Beziehungen Vita Sackvilles Auskunft gibt, wie überhaupt über das ganze Netz ihrer höchst interessanten Bekanntschaften und Freundschaften aus aristokratischen, politischen und literarischen Kreisen. Über das Verhältnis zu Evelyn Irons erzählt Glendinning, daß es mit einem Interview begann: Evelyn kam nach Sissinghurst, um die berühmte Schriftstellerin für ihre Zeitung zu befragen. Die Beziehung wurde schnell sehr intensiv, dauerte aber nur ein knappes Jahr, weil Vita, mit einer Vorliebe für komplizierte Konstellationen, der Versuchung nicht widerstehen konnte, mit Evelyns Lebensgefährtin Olive Rinder ebenfalls ein Verhältnis einzugehen. Der autobiographische Bezug des Romans ist freilich nicht so plump direkt, daß die Roman-Evelyn mit der realen Evelyn und Vita mit Miles Vane-Merrick gleichzusetzen wäre oder umgekehrt. Zwar erinnern manche Eigenschaften und Verhaltensweisen des Miles' tatsächlich an Vita Sackville selbst, worauf wir noch zurückkommen werden, aber der weichen, unselbständigen Evelyn Jarrold ähneln weder Vita noch Evelyn Irons. Im Gegenteil: Evelyn Irons war eine äußerst unabhängige Frau und die einzige von Vitas Geliebten, die die Kraft hatte, Vita zu verlassen – und nicht von ihr verlassen wurde. Das Aussehen, das Vita Sackville ihrer Heldin gab, hat einen anderen autobiographischen Hintergrund: Es erinnert nicht an die sportliche Evelyn Irons, sondern scheint eher eine späte Huldigung an Violet Trefusis. Vita hatte sie in ihrem Schlüsselroman ›Challenge‹ (1924), noch auf der Höhe ihrer Leidenschaft für Violet, als Eve so geschildert: »Sein wandernder Blick nahm die warme Rundung ihrer Kehle und ihrer Arme wahr, das kleine Grübchen in ihrem Mundwinkel, ihre kleinen anmutigen Hände und weiße Haut, die hier und da in den Schatten schwach golden schimmerte, als habe jemand einen Hauch von Bernstein über das Weiß gestäubt; die alles durchglühende Sinnlichkeit, die von ihr ausstrahlte wie die Hitze eines glimmenden Feuers.« Noch das Echo dieser Leidenschaft in Virginia Woolfs ›Orlando‹ (1928) hebt das besonders Verführerische hervor, das von Violet ausging. Hier erscheint sie als russische Prinzessin: »Die Person ... war von mittlerer Größe, sehr schlank und in austernfarbenen Samt gehüllt, abgesetzt mit etwas fremdartigem, grünen Pelz. Aber diese Einzelheiten wurden überstrahlt von der außerordentlichen verführerischen Ausstrahlung, die von der ganzen Person ausging.«

Victoria Glendinning vermutet, daß Vita Sackville in ›Eine Frau von vierzig Jahren‹ ihr persönliches Problem einer gesellschaftlich nicht akzeptablen Liebe habe behandeln wollen, sich aber nicht traute, das Thema lesbischer Liebe direkt anzusprechen, sondern statt dessen den großen Altersunterschied zwischen Evelyn und Miles als Metapher wählte. Damit wäre sie von einem noch ganz und gar tabuisierten auf ein immerhin literaturfähiges Gebiet ausgewichen. Denn während noch 1928 Radclyffe Halls Roman ›The Well of Loneliness‹, der zum erstenmal offen eine lesbische Beziehung beschreibt, in England in einem aufsehenerregenden Prozeß verboten wurde, gehört das Thema eines großen Altersunterschieds zu den ältesten der Literatur. Glendinnings Argument hat einiges für sich: Vita Sackville war Zeit ihres Lebens und oft zur Empörung ihrer Geliebten bestrebt, sowohl literarisch als auch privat ihre Neigung zu Frauen geheimzuhalten. Sie gehörte nicht zu den mutigen, kämpferischen Lesbierinnen. Vielmehr versuchte sie, in ihrem Leben für sich ganz persönlich einen lebbaren Kompromiß zwischen ihren Bedürfnissen nach Erotik einerseits und emotionaler wie gesellschaftlicher Sicherheit andererseits herzustellen: Sicherheit, das war die Ehe mit Harold Nicolson; Erotik, das waren Frauen wie Violet Trefusis, Evelyn Irons, Virginia Woolf und noch viele andere, mit denen sie buchstäblich bis zu ihrem Tode – ihre letzte Geliebte, die Malerin Edith Lamont pflegte sie in ihrer letzten Krankheit – sehr intensive Beziehungen hatte und denen sie doch nach Violet nie mehr erlaubte, ihre Ehe ernstlich zu gefährden.

Wenn aber Vita Sackville eine Metapher für lesbische Liebe gesucht hätte, welche Vorteile bot ihr dann der Altersunterschied? Was ließ sich durch ihn ausdrücken? Es ist aufschlußreich, daß sie auch auf dem metaphorischen Gebiet nicht offen und direkt gegen das gesellschaftliche Tabu anschreibt, etwa indem sie das ungeschriebene Gesetz, daß Frauen jünger zu sein haben, von einer Person hinterfragen ließe oder es durch ein glückliches Ende widerlegte: Auf keinem Gebiet war Vita Sackville radikal oder forderte Sozialreformen. Wohl aber erschien ihr die Rücksicht auf das Urteil der Gesellschaft, auf den Klatsch, schäbig und verachtenswert, und hier sparte sie nicht mit Kritik. Evelyn Jarrold plagt sich ständig mit Gedanken, was die Verwandten und die Dienstboten zu ihrer Verbindung mit Miles sagen werden, und sie versagt sich und dem Geliebten manche Freude aus Furcht vor dem Gerede. Dieser und die Autorin tadeln Evelyn dafür unmißverständlich, und es steht zu vermuten, daß die Aristokratin Vita Sackville hier, obwohl sie diesen Zug als spezifisch bürgerlich bei Evelyn anprangert, doch auch eine gewisse Selbstkritik übt.

Darüber hinaus aber steckt auch in diesem Thema, wie schon im Motiv von Evelyns Schönheit und Vitalität, ein – freilich wieder nicht voll entfalteter – Keim zu feministischem Protest. Vita Sackville wandelt nämlich das klassische Thema des großen Altersunterschieds auf bezeichnende Weise ab.

In der Literaturgeschichte ist es allemal selten, daß die Frau die Ältere in einem solchen asymmetrischen Verhältnis ist. Daß ein älterer wohlsituierter Mann um ein junges Mädchen freit, das er entweder nicht bekommt, weil es dem Lauf der Welt widerspricht, oder das ihn durch Untreue straft, ist ein altes Komödienthema von Boccaccio bis Molière und Congreve. Im 19. Jahrhundert, mit der Erstarrung der patriarchalischen Verhältnisse und wachsenden Abhängigkeit der Frau, wandelt sich das Thema freilich zum Tragischen hin: Effie Briests Tragödie entzündet sich am großen Altersunterschied zu ihrem Mann; Ibsens Nora bricht aus aus dem ›Puppenheim‹, in das sie ihr älterer Mann gesperrt hat; und bei Gerhart Hauptmann ist es der Mann, der siebzigjährige Clausen, der in ›Vor Sonnenuntergang‹ seine Liebe zu der jungen Gärtnerstochter Inken mit dem Tode bezahlt. Waren Frauen in der Literatur des 18. und 19. Jahrhunderts einmal die älteren, dann nicht als Ehefrauen und vollgültige Partnerinnen, sondern sie erfüllten eine von zwei möglichen Funktionen. Einmal gibt es – vor allem eine deutsche Spezialität – die edlen Frauen, Muster reiner Sittlichkeit wie z. B. die Fürstin Leonore in Goethes ›Tasso‹, Makarie in den ›Wanderjahren‹ oder, als spätere und schon stärker erotisierte Variante, Frau Eva in Hermann Hesses ›Demian‹. Die andere Funktion einer älteren Frau ist die von vornherein zeitlich begrenzte Rolle der erotischen Lehrmeisterin. Beispiele finden sich überall in der Weltliteratur, und die Darstellungen reichen von unbekümmerter, lebenslustiger Saftigkeit, wie etwa in Fieldings ›Tom Jones‹ aus dem England des 18. Jahrhunderts oder auch in Günther Grass' ›Blechtrommel‹, bis zu schwüler Widerwärtigkeit, z. B. in Robert Musils ›Zögling Törleß‹. Was von solcher Aufspaltung und Vereinseitigung des Frauenbildes durch männliche Autoren, auch bei liebenswürdiger Darstellung, psychologisch zu halten ist, hat ein Mann, Klaus Theweleit, in seinem Buch ›Männerphantasien‹ höchst plausibel aufgedeckt. Es sei nur noch auf einen zusätzlichen Aspekt hingewiesen: Die Darstellung einer vollen Partnerschaft und Ehe zwischen einer älteren

Frau und einem jüngeren Mann hätte finanzielle und gesellschaftliche Gleichberechtigung vorausgesetzt, und die war im patriarchalischen 19. Jahrhundert eben nicht gegeben.

In Vita Sackvilles Roman nun erscheint die ältere Frau weder als Hure noch als Heilige, sondern als liebenswerte Frau, die von Miles durchaus als mögliche Ehepartnerin ernst genommen wird: Er verheimlicht – im Gegensatz zu Evelyn – sein Verhältnis zu ihr nicht vor der Welt und bittet sie mehrfach, ihn zu heiraten. Er will also die volle Partnerschaft; sie ist es, die ablehnt aus eben ihrer falschen Rücksicht auf die Konvention. So erweist sich Vita Sackvilles Haltung schließlich als fortschrittlich, aber halbherzig: Sie postuliert zwar die Möglichkeit echter Partnerschaft zwischen einer älteren Frau und einem jüngeren Mann und vergißt dabei auch nicht, für die nötige reale Grundlage zu sorgen – Evelyn ist eine reiche Witwe und damit finanziell unabhängig –, doch indem die Autorin die Beziehung scheitern läßt, bestätigt sie letztendlich doch wieder die hergebrachte Ordnung der Dinge. Dabei ist es gar nicht wirklich der Altersunterschied, an dem die Liebe von Miles und Evelyn zerbricht; er bleibt eine Behauptung, wird gerade wegen der Betonung von Evelyns ungebrochener Physis nicht sinnfällig. Sie ist nicht nur entzückend anzusehen, sondern auch vital. Sie wird nie müde; wenn ihr ein Spaziergang über Miles' Äcker schwerfällt, dann nur, weil ihr als Städterin das richtige Schuhzeug fehlt. Miles andererseits macht in seiner vielseitigen und schon sehr erfolgreichen Tätigkeit als Landwirt, Politiker und Autor eines vielbeachteten Buchs zu Wirtschaftsfragen durchaus nicht den Eindruck eines erst Fünfundzwanzigjährigen. Woran die Liebe der beiden wirklich scheitert, sind Unterschiede in ihrem Wesen, wobei es sich nicht so sehr um wirklich individuelle Charaktereigenschaften handelt, als vielmehr um allzu rollentypische Verhaltensweisen. Bei aller deutlichen Sympathie für ihre schöne und gefühlvolle Heldin greift Vita Sackville leider zum Klischee, wenn es darum geht, ihr Verhältnis zum geliebten Mann darzustellen. Miles

Vane-Merrick ist der typische aristokratische Held, wie er bei Vita Sackville-West seit ihrem ersten veröffentlichten Roman ›Heritage‹ (1919) häufig vorkommt, ein Mann »wie aus der italienischen Renaissance«, ein Mann wie Glendinning vermutet, der Vita selbst gern gewesen wäre; schön, groß, stark, unabhängig, tatkräftig und idealistisch zugleich, erfolgreich und erhaben über kleinlich enge Gesellschaftsregeln. Er hat den Kopf voller wichtiger und nützlicher Gedanken, und die Liebe kommt für ihn erst an zweiter Stelle: »Sein Leben war zu erfüllt und männlich, um ihre rein weiblichen Schwierigkeiten zu erfassen. Er liebte sie, aber sie war Zerstreuung für ihn, nicht sein ganzes Leben.« Wenn er gelegentlich einmal wirklich roh zu Evelyn ist, sieht die Autorin ihm das bereitwillig nach: Er ist eben »ein harter Mann«, und Evelyn gibt ihm mit ihren »Empfindlichkeiten« gar soviel Anlaß, gereizt zu reagieren. Denn Evelyn entpuppt sich bald als der Prototyp der besitzergreifenden Frau. Wie eine viktorianische Lady oder wie das sprichwörtliche Cinderella (aus Colette Dowlings Buch ›Der Cinderella-Komplex‹) sitzt sie im komfortablen Heim und erwartet alles Glück der Welt vom Mann. Sachliche Interessen neben ihren menschlichen Beziehungen hat sie nicht, und diese bestehen, bevor Miles in ihr Leben tritt, auch nur aus Beziehungen zu Verwandten, die sie, mit Ausnahme ihres Sohnes und des alten Schwiegervaters, nicht einmal besonders mag. Freunde hat Evelyn nicht. So verbringt sie ihre Tage mit Teebesuchen bei den Schwägerinnen, Geplauder mit der Nichte oder Einkäufen im Modesalon. Als sie beginnt zu lieben, verdrängt dieses Gefühl alles andere: »Für sie waren alle Zeiten für die Liebe da«, »Liebe und ein Mann waren mehr als genug für ein hungriges Herz und einen unbeschäftigten Geist«. Evelyn empfängt nicht wie Miles schöpferische Anstöße aus ihrem Gefühl, die auf anderen Gebieten fruchtbar werden, sondern wird süchtig nach seiner Gegenwart, ungeduldig, wenn er keine Zeit hat, schließlich eifersüchtig auf seine Arbeit und seine Freunde, auf alles, was nicht mit ihr zu tun hat. Sie macht ihm Szenen und beginnt, ihn einzuengen. Das mag in der Grundtendenz und in Einzelzügen durchaus dem Verhalten vieler Frauen entsprechen: Die amerikanische Psychologin Carol Gilligan hat in ihrem Buch ›Die andere Stimme‹ (1982) nachgewiesen, daß Frauen psychisch anders strukturiert sind als Männer, und zwar in der Weise, daß schon im Kindesalter die menschlichen Beziehungen Vorrang vor den Sachbezügen haben, wie sich schon bei einem Vergleich der Spiele von Jungen und Mädchen beobachten läßt. Daraus folgt, daß Frauen im Gegensatz zu Männern weniger Bindungsängste, dafür aber Schwierigkeiten mit der Individuation haben. Die Priorität für menschliche Beziehungen muß sich aber natürlich nicht notwendig destruktiv auswirken, ist vielmehr, weil sie Rücksicht auf die Gefühle anderer beinhaltet, gerade ein lebensfreundliches Prinzip. Evelyns Verhalten aber fehlt gerade dieser Aspekt: Sie bringt kein Verständnis für Miles in seiner Andersartigkeit auf, will ihn nicht sein lassen, wie er ist, sondern den Partner besitzen. Ihre Liebe hat also neurotische Züge, die sich keineswegs so aus der weiblichen Grundstruktur ergeben müssen.

Ein solches Frauenbild, das eher von Männerängsten als von sympathetischer Teilnahme diktiert scheint, muß gerade bei einer Autorin erstaunen, die selbst ein ganz anderes Leben geführt hat, ein sehr unabhängiges und aktives Leben als Schriftstellerin und Gartenplanerin. Mehr noch: Vita Sackville ist auch, wie Victoria Glendinning berichtet, öffentlich fast ebenso engagiert für die Rechte der Frauen auf Entfaltung ihrer geistigen Fähigkeiten eingetreten wie ihre Freundin Virginia Woolf. Schon 1929 hat sie in Rundfunkdiskussionen mit ihrem Mann über »Ehe« und »Glück« diese Rechte verteidigt, selbst dann, wenn sie den Verzicht auf Kinder bedeuten sollten. Victoria Glendinning meint nun, Vita Sackville habe in ›Eine Frau von vierzig Jahren‹ durch die Darstellung einer erstickenden, extrem besitzergreifenden Liebe gerade das Gegenteil, nämlich ihr Ideal der »getrennten Entwicklung« in der Ehe propagieren wollen.

Wenn das so war, dann war das literarische Mittel nicht sehr geschickt gewählt. Denn der Roman zeigt zwar überdeutlich, wie es nicht geht, dagegen nur sehr verschwommen, wie es gehen sollte oder könnte. Zwar sind Miles' Freundinnen Viola und Lesley Anquetil als positive Alternativen weiblichen Verhaltens gemeint: ruhig, selbstsicher, uninteressiert an Äußerlichkeiten wie Kleidern und gesellschaftlicher Etikette, gleichwohl dennoch schön, nehmen sie regen Anteil an Fragen der Politik, Kunst und Kultur. Doch bleiben beide Frauenfiguren blaß; zu wenig sind sie von innen her gesehen, sind ihre Handlungen aus Gedanken und Gefühlen entwickelt. Ihre Rolle wird behauptet, nicht gestaltet. Was aber noch schwerer wiegt, ist, daß auch Viola und Lesley nicht wirklich selbständig sind: Kein eigener Wirkungskreis wird ihnen zugeschrieben. Sie sind nur die idealen Stützen ihrer Männer, Viola für Leonard und Lesley am Ende für Miles. Und Lesley ist nur deshalb eine bessere Frau für Miles als Evelyn, weil sie verständnisvoll zuhören und auf seine Gedanken eingehen kann, nicht etwa, weil sie selbst Ziele im Leben hätte. Bei der ersten Beschreibung von Lesley wird das hierarchische Verhältnis deutlich, das die Autorin selbst noch zwischen diesen kultivierten Frauen und einem Mann voraussetzt. Lesley kommt gerade vom Studium an der Sorbonne nach Hause. »Miles als Mann war Lesley natürlich weit voraus, trotz Sorbonne hatte er mehr von der Welt gesehen. Trotz Unterhaus hatte er es fertiggebracht, mehr von der Welt zu sehen. Er kannte die verschiedensten Menschen... Lesley waren notwendigerweise Schranken auferlegt.« Alle anderen Frauen, die im Roman auftreten, sind ohnehin Karikaturen: die elegante russische Gräfin Tscherskaja, die sich aushalten läßt, und die marionettenhafte Besitzerin von Evelyns bevorzugtem Modesalon als Vertreterinnen der geistlos gewordenen, eleganten Welt ebenso wie die derben, unsensiblen und vor allem klatschsüchtigen Frauen der bürgerlichen Familie Jarrold in ihren Tweedkostümen und flachen Schuhen, die nur dann, wenn es ans Kranksein und Sterben geht, menschlich warme Regungen zeigen. So bleibt Evelyn die einzig lebendig gestaltete Frauenfigur, und ihrem Verhältnis zu Miles wächst damit die Bedeutung des letzten Wortes zum Thema der Geschlechterbeziehungen zu.

Selbst unter diesen Umständen hätte es noch eine Möglichkeit gegeben, den emanzipatorischen Zug, der im Anfang des Romans durchaus angelegt ist, zum Durchbruch zu verhelfen: Evelyn hätte lernen können. Sie hätte eigene Interessen entwickeln können, und sei es auf dem Umweg über Anregungen von Miles, sie hätte sich ernstlich mit ihm auseinandersetzen, hätte lesen, lernen und ihn dennoch lieben, das Experiment mit ihm wagen können. Tatsächlich gibt es in Evelyns Verhalten Ansätze, aus denen sich ein anderer Weg hätte konstruieren lassen. Wenn Evelyn sich gegen Miles' Kälte wehrt, als er sie stundenlang warten läßt und dazu noch bewußt verletzt, indem er seine Freunde einlädt, obwohl er weiß, daß sie gerade die Einsamkeit mit ihm genießt, dann ist das ein berechtigter Protest, der zum Überdenken der eigenen Position und einer eigenständigen Entwicklung hätte führen können. Die Autorin hätte sogar, wie Ibsen in ›Hedda Gabler‹, Fingerzeige geben können, daß die ganze vehemente Energie, die die Liebe bei Evelyn freisetzt, unter anderen gesellschaftlichen Umständen in ganz andere als destruktive Bahnen hätte fließen können. Doch was für Möglichkeiten auch immer die Handlungsebene bot, macht die Autorin auf der Argumentationsebene zunichte, indem sie auch Viola Anquetil, die als eine Art neutrale Instanz und Stimme der Autorin fungiert, sich den Männerstandpunkt zu eigen machen und Evelyns Reaktionen nur als destruktive Nörgeleien beurteilen läßt: »... der Instinkt sagte ihr, daß Evelyn Jarrold eine sehr weibliche Frau, in gewisser Hinsicht Miles' ganz unwürdig, sei... Diese Art der Liebe war Tyrannei, und Miles war nicht dazu geschaffen, ihr Sklave zu sein.«

Statt also ihre Heldin sich entwickeln zu lassen, hat Vita Sackville sich entschieden, Evelyn bitteren Verzicht aufzuerlegen. Sie läßt sie leiden und schließlich einen melodramatischen Operntod nach dem Zuschnitt der ›Bohème‹ oder ›La Traviata‹ sterben. Warum das? Es wirkt fast wie eine Hilflosigkeit. Steckt dahinter eine Furcht, eine wie auch immer zu erklärende Scheu, den Weg der Emanzipation konsequent weiterzudenken? Oder kann es sein, daß Vita Sackville, gerade weil sie Lesbierin war, ein unsicheres Frauenbild hatte? Sie empfand viele Züge an sich selbst als männlich und verkleidete sich auch zur Zeit ihrer Liebe zu Violet Trefusis gern als Mann. Jedenfalls scheint es denkbar, daß sie zumindest von einer befriedigenden heterosexuellen Beziehung eine unklare Vorstellung hatte, und sie mag, weil sie ihren eigenen ambivalenten Weg für schwerlich zu verallgemeinern hielt, einem Bild aufgesessen sein, das sich gerade Männer gern von Frauen machen, dem Bild vom hübschen, aber den Mann lähmenden Dummchen. Wie es auch dazu gekommen sein mag, das Ergebnis ist eine zweideutige Darstellung der Frauenrolle. Der Roman artikuliert den Anspruch einer vierzigjährigen Frau auf Selbstverwirklichung, aber der bleibt beschränkt auf den privaten Bereich von Sexualität und Liebe und erfüllt sich darüber hinaus nicht. Damit aber werden die alten Verhältnisse als die einzig möglichen erneut bestätigt.

Virginia Woolf hat einmal an Vita Sackville geschrieben: »Und gibt es da nicht etwas Dunkles in Dir? In Dir ist etwas, das nicht vibriert: ... etwas Reserviertes, Gedämpftes. Gott weiß, was das ist. Übrigens ist das auch in Deinem Schreiben. Das, was ich zentrale Transparenz nenne, gelingt Dir da manchmal auch nicht.« Und Vita hatte ihrem Mann gegenüber zugegeben: »Verdammt sei die Frau, sie hat ihren Finger auf die wunde Stelle gelegt. Da ist tatsächlich etwas Gedämpftes. Was ist es, Hadji? Etwas, das nicht vibriert, etwas, das nicht lebendig wird. Es macht alles, was ich tue, d. h. schreibe, ein bißchen unwirklich; erweckt den Eindruck, als sei es von außen getan.« Eine mutige und einsichtsvolle Selbstkritik, wie sie sich häufig in Vita Sackvilles Briefen und

Tagebüchern findet: Sie war immer uneitel in der Einschätzung ihres literarischen Ranges. Der Eindruck einer gewissen Gedämpftheit bleibt auch bei der Lektüre von ›Eine Frau von vierzig Jahren‹ zurück. Wie aber kommt er zustande?

Zum einen folgt sowohl die Dialogführung wie der Beschreibungsstil, ohne daß die Autorin nennenswerte eigene Farben hinzufügte, im wesentlichen Mustern, die dem Roman des 19. Jahrhunderts entstammen und den gehobenen Unterhaltungsroman des beginnenden 20. Jahrhunderts beherrschten. Wenn Vita Sackville begeistert ist, wie zum Beispiel bei der Beschreibung von Kent und von Miles' abgelegener Schloßruine, in der man unschwer Vitas geliebtes Sissinghurst erkennt, gerät die Beschreibung sogar gefährlich nah an die Grenze zum Kitsch: »Nach dem Abendbrot wanderten sie in völliger Eintracht an den hohen Ziegelmauern entlang. Der Abend war ganz still, der Turm sprang wie eine verzauberte rote Fontäne zum Himmel auf.« Und: »Eine Koppel war spät gemäht worden, und sie gingen zwischen den Reihen der frischen Schwaden hin. Einmal sanken sie in das duftende Heu nieder und blieben eine Weile dort; sie schwiegen, doch die Liebe war beredt.« Auch wenn Vita Sackville Symbolik einsetzt, gerät der Fingerzeig leicht gar zu eindeutig: Die Geschichte hätte ihren verhängnisvollen Lauf auch nehmen können ohne den symbolischen Tod des alten Bauern, dessen Pferd just in dem Moment durchgeht, als Evelyn Miles zum erstenmal besucht.

Was die Psychologie der Figuren angeht, so ist der Eindruck gemischt. Das Denken der Nebenfiguren bleibt in aller Regel schemenhaft und nur auf ihre Rolle begrenzt, ob es sich nun um die Anquetils, die Jarrolds oder um unbedeutendere Nebenfiguren handelt, etwa um den Kommunisten Bretton oder Evelyns Dienstmädchen Privett. Die Gefühle der beiden Hauptfiguren dagegen sind oft glaubhaft dargestellt und nachvollziehbar vermittelt, so etwa Evelyns Gefühle der Leidenschaft, der Eifersucht, der Trauer und Depression. Aber auch der Mechanismus des gegenseitigen Quälens,

Kämpfens und Triumphierens ist gut eingefangen. Evelyn und Miles sind auch die einzigen Figuren, die über ihre Rolle hinaus wirklich individuelle Züge aufweisen. So hat Miles trotz seiner Rolle als Ritter ohne Tadel einen echten Zug der Grausamkeit und eine höchst persönliche Vorliebe für die eifersüchtig bewachte Einsamkeit seines Schreibzimmers im Schloßturm. Auch sein widersprüchliches Schwanken zwischen einem traditionellen Leben als Landjunker und fortschrittlichen Ideen als Politiker wirkt psychologisch echt. Bei Evelyn interessieren Züge wie ihre unersättliche Sucht nach Zuneigung, die ihre Beziehung zur Nichte Ruth und zum Teil auch ihre Angst vor Klatsch und Ablehnung motiviert, ihre Sehnsucht nach Geborgenheit, und sei es in einer ungeliebten Familie, und ihre liberale, sehr modern anmutende Haltung und fast verliebte Zuneigung zu ihrem großen Sohn. Wenn man Glendinnigs Biographie gelesen hat, fällt einem auf, daß dies alles Züge sind, die die Autorin selbst charakterisierten und die sie hier bezeichnenderweise auf ihre Heldin und ihren Helden verteilt hat. Es hat also den Anschein, daß Vita Sackville psychische Vorgänge dann überzeugend wiedergab, wenn sie sie an sich selbst wahrnehmen konnte, daß es ihr aber an Einfühlungsvermögen für anders geartete Charaktere fehlte. Eine gewisse Egozentrik wäre dann mindestens eine Ursache ihrer literarischen Begrenzungen. Victoria Glendinning führt den Eindruck eines unlebendigen Restes auf eine noch tiefere Ursache zurück: Sie hält ihn für eine Folge von Vita Sackvilles Unfähigkeit, ihre eigene tiefe innere Spaltung je zu überwinden, die zwischen ihrer leidenschaftlichen Natur, die die Form lesbischer Sexualität trug, und ihrer außergewöhnlich starken Bindung an die Tradition ihrer Familie und Klasse bestand. Die Anstrengung, beides ein Leben lang in der Schwebe zu halten, habe einen echten Durchbruch zu ihrem Persönlichkeitskern verhindert, aus dem heraus sie hätte authentischer schreiben können. Die neutralisierende Wirkung dieser immer aufrechterhaltenen Spaltung, ihre Furcht vor radikalen

Schritten, wäre dann auch endlich eine Erklärung für die noch immer offene Frage, warum Vita Sackville in diesem Roman ›Eine Frau von vierzig Jahren‹ zwar emanzipatorische Töne anschlägt, aber dann auf halbem Wege eine abrupte Kehrtwendung vollzieht und den Roman in einen den Status quo bestätigenden Liebes- und Opfertod münden läßt.

Das Thema Frau in der Lebensmitte ist aber nicht das einzige des Romans, und es muß nun noch ein weiteres erörtert werden, das, wie schon die ersten Rezensenten bemerkten, nicht unbedingt schlüssig mit dem Hauptthema verknüpft ist, das aber Michael Stevens in seiner ›Kritischen Biographie‹ (1973) sogar für das eigentliche Zentralthema hielt. Zweifellos spielt der Originaltitel ›Family History‹ darauf an: Es ist der Gegensatz zwischen der bourgeoisen Aufsteigerfamilie Jarrold und der aristokratisch-intellektuellen Welt des Miles Vane-Merrick und der Anquetils. Verwoben mit diesem Komplex ist – höchst ungewöhnlich bei Vita Sackville – das Thema reformerischer politischer Ideen, vertreten von Miles, den Anquetils und Evelyns Sohn Dan. Durch den Einschluß der Reformideen ergab sich zugleich die Möglichkeit, das Schichtenbild abzurunden und auch politisch engagierte Arbeiter auftreten zu lassen.

Bereits in ›The Edwardians‹ hatte Vita Sackville versucht, über ihre ganz persönlichen Themen hinauszugehen und ein Gesellschaftsbild zu zeichnen. In diesem Roman hatte sie mit wachem Blick und Ironie das Ambiente ihrer Jugend porträtiert, das moralisch laxe und geistig träge Milieu der englischen Hocharistokratie zur Zeit König Edwards, des Sohnes von Victoria, als in gewissen, dem Hof nahestehenden Kreisen die Sittenstrenge der viktorianischen Epoche in ihr Gegenteil umschlug. Das Buch, von Vita Sackvilles Verleger und Freund, Virginia Woolfs Mann Leonard Woolf als »Zeitstück« (period piece) gelobt, wurde ein Bestseller, und wohl nicht zuletzt deshalb, weil die Autorin hier aus eigener Anschauung schöpfen konnte. Im Vergleich nehmen sich die Milieuschilderungen in ›Eine Frau von vierzig Jahren‹ etwas trocken und klischiert aus; dekadente Adlige konnte Vita Sackville satirisch aufs Korn nehmen, Bürgerliche weniger gut, was nicht bedeutet, daß nicht manche Szenen amüsant zu lesen sind, wie etwa die Anfangsszene, in der der alte Jarrold Evelyn stolz zum ungezählten Male sein Museum mit den Trophäen seines Aufstiegs zeigt.

Vita Sackville wollte hier offenbar ein Thema einarbeiten, das zu Anfang des Jahrhunderts, als auch in der historischen Realität die großen Gründerfamilien des Industriezeitalters in die Krise kamen, in der Literatur sehr beliebt gewesen war: Den gesellschaftlichen Aufstieg und baldigen moralisch-geistigen Verfall einer Bürgerfamilie hatte in England John Galsworthy in der ›Forsyte Saga‹ behandelt, in Deutschland Thomas Mann in den ›Buddenbrooks‹; aber es gab auch triviale Versionen wie Rudolf Herzogs ›Wiskottens‹. Daß eine Autorin im Jahre 1932 noch einmal dieses Thema aufgreift, könnte angesichts der historischen Realität erstaunen, in der ganz andere Fragen und Probleme wie Massenarbeitslosigkeit, Wirtschaftskrise und aufkommender Faschismus die Gemüter bewegten. Bei Vita Sackville wird es freilich verständlich, da sie, sehr zum Kummer ihres politisch arbeitenden Mannes, an tagespolitischen Fragen herzlich uninteressiert war, dafür aber, wie es ihrer konservativ-traditionsorientierten Komponente entsprach, der Historie durchaus lebhaftes Interesse entgegenbrachte; davon zeugen unter anderem auch ihre Biographien großer Frauen der Geschichte.

Leider gelingt es Vita Sackville nicht, die großbürgerliche Welt der Jarrolds wirklich lebendig werden zu lassen: Sie mochte die Bürgerlichen nicht nur im Grunde ihres Herzens nicht, sie kannte sie offenbar auch kaum. Deshalb gerieten ihr die einzelnen Mitglieder der Familie Jarrold, genauso wie schon die Söhne und Töchter der achtundachtzigjährigen Heldin aus ›Erloschenes Feuer‹, zu mit wenigen Strichen umrissenen starren Typen. Das gilt ebenso für den rauhen, aber liebenswerten alten Jarrold, den ungeschliffenen, aber ehrlichen Firmengründer, wie für die Angehörigen der zweiten und dritten Generationen, denen die Verachtung der Autorin gilt: die antriebsschwachen Söhne und deren biederbissige Frauen, die hübsche, oberflächliche Ruth und ihren nichtsnutzigen Bruder. Ausnahmen sind natürlich Evelyn und ihr Sohn Dan. Aber die passen in ihren Verhaltensweisen auch besser in die Welt des Adels, weshalb sie sich denn auch zu Miles und Viola mehr hingezogen fühlen als zu den Verwandten.

Der Adel wird in der Welt des Romans vertreten von Miles Vane-Merrick und den Anquetils, die allesamt den schalen Vergnügungen, die in ihren Kreisen üblich sind, den Parties, den Teegesellschaften, den Rennen entsagt haben. Statt dessen führen sie ein relativ bescheidenes, aber intellektuell ausgefülltes Leben, das gewissen Idealen verpflichtet ist. Es ist also ein wahrhaft adeliger Adel, der hier auftritt, gereinigt von den Auswüchsen, die Vita Sackville in ›The Edwardians‹ kritisiert hatte und die hier höchstens noch im Verhalten der russischen Gräfin und anderer Kundinnen des Modesalons von ferne in den Blick geraten. Unschwer ist hier als Vorbild das Leben zu erkennen, das Vita selbst inzwischen auf Sissinghurst führte, zurückgezogen von der Londoner High Society, die sie mehr und mehr langweilte, je älter sie wurde, dafür in intensivem Kontakt mit ihren intellektuellen Freunden. Das Ehepaar Virginia und Leonard Woolf gehörte zu den engsten Vertrauten, und Michael Stevens vermutet in den Anquetils ein Porträt von ihnen. Die Ähnlichkeiten sind freilich höchstens äußerlich; die groben Striche des Bildes können der Komplexität dieser beiden Menschen nicht gerecht werden. Für das Gesellschaftsbild des Romans aber war mit dieser kräftig unterstrichenen Renobilitierung des Adels erreicht, daß er wieder als moralisches Vorbild taugte, wodurch seine angestammte Führerrolle erneut gerechtfertigt schien.

Denn daß allein der Adel und ein paar auserwählte Bürgerliche, die schon vor so langer Zeit zu Geld gekommen waren, daß sie sich wie »echte Adelige« allein mit den höheren Dingen der Kultur beschäftigen konnten, an die politische und gesellschaftliche Spitze gehörten, davon war Vita Sackville, lebenslang treue Anhängerin der Konservativen Partei und Verehrerin des Königshauses, zutiefst überzeugt – im Gegensatz zu ihrem Mann übrigens, der als Realpolitiker die Dinge etwas differenzierter sah und zeitweilig sogar für die Labour Party kandidierte, wenn auch erfolglos.

Daß die Arbeiter in Vita Sackvilles Gesellschaftsspektrum noch schablonenhafter gezeichnet sind als die Bürgerlichen, ist nur logisch. Sofern sie als Diener und Bauern ihren Herren und Herrinnen treu ergeben sind wie Evelyns Dienstmädchen Privett und das Ehepaar Munday, das Miles den Haushalt führt, gilt ihnen eine gewisse Sympathie der Autorin, denn sie akzeptieren ihren untergeordneten Platz, der erst die Herrenrolle des Adels begründet. Aber Bretton, Sohn eines Gemüsehändlers und Kommunist, ein politischer Mitarbeiter von Miles, hat »ziemlich gemeine, lasterhafte, intelligente Augen« und flößt Evelyn Antipathie, weil Angst ein, denn sie teilt die Vorurteile ihrer Klasse gegenüber denen, auf deren Ausbeutung ihr Reichtum beruht: »Sie hatte den ungewaschenen Armen gegenüber die traditionelle Einstellung der Wohlhabenden. Sie empfand ein unklares Mitleid mit ihnen; aber sie mochte sie nicht und beruhigte ihr Gewissen damit, daß sie sagte, diese Leute würden sich unter veränderten Lebensumständen gar nicht wohl fühlen.« Was Bretton in den Augen der Autorin ein wenig aus dieser zugleich beklagens- und verachtenswerten Masse heraushebt, ist nicht so sehr sein politisches Engagement an sich als vielmehr eine grenzenlose Bewunderung für Miles, dem er sich unterordnet, wodurch die »natürliche« Hierarchie paradoxerweise selbst auf dem Gebiet politischer Reformbestrebungen bestätigt wird.

Zu diesem konservativen Gesellschaftsbild steht die politische Botschaft selbst in seltsamem Kontrast, die freilich bei näherem Hinsehen auch nicht sehr präzise, sondern voller

Widersprüche ist. Denn was sich da in den Positionen von Miles, Dan und Bretton, die doch alle als Weggenossen auftreten, vermischt, ist verschiedenster Provenienz und teils älteren, teils jüngeren Datums. Dan hat patriarchalisch-feudalistische Ideale: Er will seinen Arbeitern Höchstlöhne zahlen, Stipendien geben und Schulen und Schwimmbäder einrichten. Miles verfolgt offenbar die damals neue und höchst aktuelle, erst nach 1945 praktizierte Wirtschaftspolitik von John Maynard Keynes, den Vita Sackville bei den Woolfs kennenlernte, und arbeitet als Labourabgeordneter im Unterhaus. Von Bretton schließlich heißt es, er sei Kommunist. Nur schwer ließe sich daraus eine gemeinsame politische Linie zimmern. Freilich entzieht sich die Autorin den Schwierigkeiten einer Beweisführung, indem sie es zu keinen ideologischen Diskussionen kommen läßt und überhaupt das Thema im Verlauf der Handlung immer mehr an den Rand drängt, bis es auf den letzten hundert Seiten ganz von Evelyns privatem Elend überschattet ist. In erster Linie ging es Vita Sackville wohl nie um die Propagierung fortschrittlicher demokratischer Ideen; das hätte auch zu sehr im Widerspruch zu ihren Überzeugungen gestanden, selbst wenn sie sie bei anderen, wie bei den verehrten Woolfs, bewundern mochte. Michael Stevens mag recht haben, wenn er vermutet, daß Vita das politische Thema eingeführt haben könnte, weil es zu jener Zeit in ihrem Familienleben eine große Rolle spielte: Harrold Nicolson beklagte sich brieflich – und sicher nicht nur brieflich –, daß Vita ihn nicht auf seinen Wahlreisen unterstützte. Und so mag das Porträt der Evelyn, die so gar kein Verständnis für die politische Aktivität ihres Geliebten aufbringt, denn auch als Produkt der Einsicht interpretiert werden, mit dem die Autorin Abbitte leisten wollte. Die Hauptfunktion der demokratischen Ideen bleibt aber eine andere: Die politischen Ziele, so diffus sie auch gestaltet sein mögen, verleihen ihren Verfechtern eine gewisse Würde und moralische Überlegenheit gegenüber jenen Figuren, die nur ihren privaten Zwecken leben, also in aller

Regel den Bürgerlichen, und sie stützen damit das hierarchische Gesellschaftsbild des Romans, das sie doch ihrem Inhalt nach in Frage stellen.

Wenn im vorangegangenen einige kritische Bemerkungen zu machen waren, so überwiegen doch bei weitem die Vorzüge des Romans: Er erzählt eine spannend geschriebene Liebesgeschichte mit klugen Einblicken in die Mechanismen der Leidenschaft, der Eifersucht, des Geschlechterkampfes und bietet daneben unterhaltsame Genreszenen aus dem großbürgerlichen und dem intellektuellen Milieu. Vor allem aber wirft er, indem er die vierzigjährige Evelyn so schön, so unverbraucht darstellt, daß sie die volle Liebe eines fünfzehn Jahre jüngeren, äußerst attraktiven Mannes gewinnt, die Frage nach dem gesellschaftlichen Wert der Frau in der Mitte ihres Lebens neu auf und ist damit, so unbefriedigend die Antwort der Romanhandlung auch erscheinen mag, für Frauen von heute sehr interessant.

Vita Sackville-West hat mit der ihr eigenen Selbstkritik ihre Romane nie überschätzt. Ihre Lieblingsgattung war die Lyrik, in der sie auch ihren größten Erfolg erzielte: Ihr langes Gedicht ›The Land‹ (1926), in dem sie den Jahreszyklus der ländlichen Arbeit in Kent beschrieb und für das sie den begehrten Hawthornden Prize bekam, wurde so etwas wie eine nationale Hymne, und man zelebrierte sie sogar einmal im Krieg in der Liverpooler Kathedrale als Litanei. Auch in der Lyrik war Vita Sackville freilich keine Avantgardistin, und ihre Kritiker, selbst die wohlwollendsten wie Virginia Woolf, haben sie immer wieder mehr oder weniger sanft auf die für ihre Zeit zu starke Traditionsgebundenheit ihrer Formen hingewiesen. Als 1946 die Jury der Schriftstellervereinigung Society of Authors sie von einer Lesung der Lyriker vor der Königin ausschloß, indem man ihren Namen schweigend überging, fühlte sie sich schließlich so gedemütigt, daß sie kein Gedicht mehr veröffentlichte.

Überblickt man heute Vita Sackville-Wests Werk, dann erscheinen Bücher besonders interessant, denen weder sie selbst noch das zeitgenössische Publikum großen Wert beigemessen haben: vor allem ihre Biographien von Frauen aus der Geschichte. Ganz nach ihrer persönlichen Sympathie und ihrem Interesse wählte sie aus den verschiedensten Jahrhunderten und Nationen Frauen aus, die ihr bemerkenswert erschienen und zu denen sie eine gewisse Seelenverwandtschaft empfand: Es waren alles starke, selbständige, ungewöhnliche Frauen, wie die elisabethanische Dramatikerin Aphra Behn, Johanna von Orleans, die beiden Heiligen Teresa von Avila und Thérèse de Lisieux sowie Anne-Marie-Louise d'Orleans, Herzogin von Montpensier, genannt La Grande Mademoiselle, Cousine Ludwigs XIV. Geplant waren Bücher über Jane Carlyle und George Sand, freilich auch über Leonardo da Vinci und ihren Ahnherrn Thomas Sackville, Dramatiker und Schatzkanzler der Königin Elisabeth I., doch hat sie mit Ausnahme einer kleinen Monographie über den Dichter Andrew Marvell kein Buch über einen Mann ausgeführt. Für diese Frauenbiographien recherchierte Vita Sackville mit großem Fleiß und überraschender Genauigkeit und schrieb doch sehr unakademische, lebendige Lebensbilder, in denen alle Vorzüge ihres Erzähltalents zur vollen Entfaltung kamen. Vielleicht kam ihr hier zugute, daß die Zügel der Realität sie vor Klischees und Sentimentalitäten bewahrten und sie zugleich der Schwierigkeit enthoben war, sich in mehrere unterschiedliche Psychen hineinfühlen zu müssen. Hier konnte sie sich ausführlich mit nur einer, ihr verwandt erscheinenden Psyche beschäftigen und erwies sich dann ganz als die Schriftstellerin, als die Leonard Woolf sie beschrieben hat: »... eine ehrliche, einfache, sentimentale, romantische, naive und fähige Schriftstellerin.« Vielleicht wäre Vita Sackville-West unter anderen persönlichen und historischen Voraussetzungen eine hervorragende Historikerin geworden, die sich speziell der Geschichte der Frau gewidmet hätte? Jedenfalls fügen sich ihre Biographien gut in die zur Zeit wachsende Reihe von Lebensbildern großer und weniger großer Frauen aus der

Vergangenheit, in die sogenannte »Frauenarchäologie«. Da ist es gut, daß der Verlag Ullstein, außer Vitas vielleicht schönstem Roman ›Erloschenes Feuer‹, bereits zwei dieser Biographien auch für deutsche Leserinnen zugänglich gemacht hat, nämlich ›Adler und Taube‹, die Geschichte der beiden heiligen Theresias, und ›Pepita‹, ein Doppelporträt ihrer eigenen bemerkenswerten Großmutter und Mutter.

Ingrid von Rosenberg